货代物流实务案例丛书

国际货代实务案例

牛鱼龙 主编

内容提要

本书是《货代物流实务案例丛书》之一。书中主要内容包括：国际货物运输代理的基本知识和操作常识；国际货代企业的规章制度、法律法规和战略发展规划；有代表性的部分国际货物运输代理的实战经验；以及该领域中公司间出现的经济纠纷、合同纠纷等法院判决的案例，等等。

本书内容具有权威性、系统性和实用性，可作为大专院校的教材；也可给物流管理者、货运代理人员提供借鉴；同时，也是其他物流从业人员、企业管理人员以及货代爱好者学习货代行业知识的必要参考用书之一。

图书在版编目(CIP)数据

国际货代实务案例/牛鱼龙主编. —上海：同济大学出版社，2008.9

(货代物流实务案例)

ISBN 978-7-5608-3707-9

Ⅰ.国… Ⅱ.牛… Ⅲ.国际运输：货物运输—代理(经济) Ⅳ.F511.41

中国版本图书馆 CIP 数据核字(2008)第 120010 号

货代物流实务案例丛书

国际货代实务案例

牛鱼龙 主编

责任编辑 姚烨铭 责任校对 郁 峰 封面设计 房惠平

出版发行 同济大学出版社 www.tongjipress.com.cn

(地址：上海市四平路 1239 号 邮编：200092 电话：021－65985622)

经 销 全国各地新华书店

印 刷 同济大学印刷厂

开 本 787mm×1092mm 1/16

印 张 27

印 数 1—4100

字 数 674000

版 次 2008 年 9 月第 1 版 2008 年 9 月第 1 次印刷

书 号 ISBN 978-7-5608-3707-9/F·369

定 价 48.00 元

丛书编委会

于梦凤 于汝民 于 肖 万应东 马择华 马一平 马里权 马治国 王淑芹 王淑凤
王延辉 王树声 王策清 王进草 王珊珊 王连喜 王 伟 王太勇 王世春 王世翔
王世忠 王纯丹 王庆华 王鹏飞 王 滟 王 军 王振华 王 丽 王力群 王建芝
王顺举 王泳会 王 延 牛永杰 牛平楚 方 奇 方宏新 尹秀文 龙爱翔 龙 隆
由 涛 玉 梅 石鹏飞 司宝元 卢立新 卢薇青 叶曼丽 白建伟 付长明 付存柱
田 松 田恩缓 丛 斌 史少武 华灵群 华德民 朱春瑞 朱德久 朱伟民 朱耀维
朱宝桦 朱忠海 乔 海 师鸣秀 孙焕军 孙玉文 孙浙安 孙焕高 孙隽明 孙立男
孙 燕 孙综国 冯玉玲 齐 茂 向明军 毕先进 许 葵 刘洪泉 刘 武 刘国祥
刘鲁鱼 刘立英 刘艳红 刘涯男 刘辉宇 刘永辉 刘景福 刘 军 刘宝山 刘为民
刘和林 刘培吉 刘晓鑫 任时强 闫晓红 李东军 李克麟 李广棣 李 琚 李振宇
李志为 李广文 李力申 李发勇 李 伟 李赛赛 李 榕 李大全 李金栋 李铁桥
李尔涛 李 强 李福廷 李 锋 李世军 李向军 李 欣 李志伟 李大庆 李国剑
严世平 汤京阳 汤京沙 沈 林 沈伟民 杜道锋 余 波 余志华 余宗根 时 节
肖景新 肖 茵 肖剑成 宋鲁风 宋少波 束开抱 汪润田 张烈征 张沿婷 张国梁
张守海 张 波 张宗武 张金平 张 华 张炳华 张勇峰 张 浩 张爱强 张士明
邹 蓝 邹建军 赵迎春 赵 萍 赵耀州 赵 元 赵煜鹏 赵 腾 赵厚柱 赵 勇
赵冬梅 赵 剑 岑芬勇 吴耀华 吴 畏 吴世滨 吴静萍 吴国华 吴国金 杨长春
杨娟红 杨玉华 杨厚平 杨绵绵 杨国平 杨振天 陈晓蓉 陈京生 陈道兴 陈东升
陈建军 陈书智 陈广元 陈汉忠 陈福岗 陈 凯 陈昱名 林启明 林锐明 孟 鑫
孟 芹 孟晋蓬 孟 坚 金飞应 范刚东 国士平 顾迎春 郑继春 郑忠晡 郑玉强
官金仙 罗 卫 罗易为 罗德滨 周亚力 周建明 周国辉 周碧玲 周德钊 武庆发
陆冠驹 费光荣 费元全 庞玉华 钟贞旺 施联炳 洪水坤 胡 勇 胡永生 胡鸣鸣
胡小兵 胡国武 查 举 查显忠 贺东海 姚敬美 姜志忠 姜海勇 逄金柱 欧阳文霞
欧阳灵芝 欧阳万钧 部振峰 徐培华 徐长波 徐帮虎 徐 成 徐和平 徐克铭
徐建洲 柳培珍 袁红烟 袁 佶 贾涟昀 贾作祥 贾健生 顾应春 茹春华 郭敏杰
郭春雨 部云朝 高 丹 高自斌 耿 博 郭立新 郭正俭 浦林祥 崔宏金 梅洪海
程学琴 程海甜 程 军 常开君 常 清 景维民 靳新中 姬章峰 黄振东 黄 振
黄红东 黄长山 黄伟雄 黄忠高 董书亮 董自文 魏 栋 魏际刚 梁伟华 梁一峰
梁金河 葛 洪 舒 琴 曹永堂 曹 杰 韩福文 潘 登 颜志卿 谭 刚 谭 理
谭敏春 谭志华 谭国勇 翟纪庆 蔡晨宇

丛书策划：牛鱼龙物流事务所　中国物流图书网
总 主 编：牛鱼龙
本书主编：李家齐
副 主 编：欧阳万钧　梁金河　庞玉华　乔·司巴午(美国)　毛牛石戚(日本)　时期华(新加坡)
编 著 者：金 众　齐 茂　王淑芹　玉 梅　由 涛　刘洪泉　李志为　李振宇　部振峰　张烈征　程学琴　赵耀州　陈晓蓉　孙焕军　龙爱翔　黄长山　黄启新　李国剑　张 诚　茹春华　时 芹　毛泽龙　毛艳青　于 肖

联系电话:0755－26238748　　0755－21982716
地　　址:中国深圳盐田梧桐路 1968 号新世界 A71A
邮　　编:518081
电子邮箱:　nyl2068@163. com　　mzd568@sina. com
网　　址:　www. nyl56. com　　www. zg56book. cn
网络实名:牛鱼龙(在 baidu,yahoo,sohu,google 等搜索)

主编简介

牛鱼龙，研究员，高级物流师，高级策划师，中国注册策划师。中国第一家物流事务所(www.ny156.com)创始人，董事长。

兼任：中国物流百强企业专家评委，深圳市人民政府采购评标专家，广东省科学技术厅广东省软科学研究成果评审委员会副主任，北京中交协物流研究院顾问，中国物流学院院长，中南物流工程技术研究所研究员，上海海事大学物流研究中心研究员，香港物流协会“中国物流企业与 CEPA 机遇”课程导师，新加坡新创物流战略研究中心特约研究员，北京现代物流研究所副所长，中国物流网专家主持人，全国高协组织(深圳)物流专家委员会主任，深圳大学、格林威治大学等 6 所大学客座教授，中国内地 18 个地方政府、物流企业的高级顾问，香港盈运网有限公司高级顾问。

2000 年以来，策划、组织、主持了“深圳物流发展研讨会”、“中国金融与深圳现代化研讨会”、“消费信贷与个人信用座谈会”、“中小企业发展与银企合作论证会”等，参与了“WTO 与中国经济高层论坛”、“中国物流经济发展高峰论坛”、“21 世纪供应链管理战略研讨会”等工作，策划了“WTO 规则与中国物流发展战略研讨会”、“现代物流企业实用型急缺人才培训班”等活动；组织了“国际物流与深圳物流讲座”、“现代物流专家研讨会”、“物流园区建设考察团座谈会”等；为深圳市政府、泰安市政府等政府官员做过《世纪物流与中国物流》专题报告，为培训机构的职员们做过《物流知识与物流人才培训》等专题报告；主持策划了香港某物流集团深圳仓储企业的剪彩座谈研讨活动及运营模式，为某省的物流园区建设提供了规划方案，为深圳某物流企业设计了经营模式等；参与设计了美国某集团公司投资深圳的 5 亿美元的物流项目，以及某大型国际物流会议的起草和策划。曾经担任博鳌亚洲论坛(深圳)国际物流大会高级顾问。为香港生产力促进局、香港物流协会、北京物流协会、深圳物流协会、深圳大学、中共深圳市委党校等组织、大学、机构授课，培训了大批的物流人才(包括物流教授、物流师、物流经理等)。

最近，作为物流专家应邀对深圳市政府等 9 个省市的“十一五现代物流规划”进行了评审；策划、组织、主持了“中国首届货运物流实战论坛”；评审了《中国物流发展报告》、《深圳市保税物流中心布点规划》、《深圳市拖车集装箱行业存在的现状和政策研究报告》、《中国物流现状调查报告》、《美国人看中国物流调查问卷》、《日本人看中国物流调查问卷》、《中国在世界物流领域中的地位调查问卷》等 66 项标书。

著作有《现代物流：21 世纪的黄金产业》、《第三方物流：模式与运作》、《世界物流经典案例》、《中国物流经典案例》、《经营物流：采购与销售》、《需求链物流：成本与利润》、《物流企业操作指南》、《怎样成为物流人才》、《现代物流实用词典》、《现代银行创新之路》、《ERP 知识与应用》、《EDI 知识与应用》、《GPS 知识与应用》、《工商物流系统知识与应用》、《货运物流实用手册(上、中、下)》、《美国物流经典案例》、《日本物流经典案例》、《香港地区物流经典案例》、《台湾地区物流经典案例》、《欧洲物流经典案例》、《亚洲物流经典案例》、《中国物流百强案例》、《中国货代百强案例》等。

丛书前言

随着全球经济一体化的不断发展和中国 GDP 的突飞猛进，货物运输代理行业特别是国际货物运输代理行业，更是如日中天、红红火火。

根据国家商务部等权威部门的统计，我国货运代理行业现有从业人员 300 万，主要分布在以下领域：进出口货物的代理领域；国际多式联运和仓储业务领域；对外租船领域；国家批准的三类商品的进口领域；国(境)外与对外贸易运输有关的工程项目领域；(境)外承包工程和海外企业设备材料出口业务领域；海运、空运进出口货物的国际运输代理业务领域，包括揽货、订舱、仓储、中转、集装箱拼装拆箱、结算运杂费、报关、报验、保险、相关的短途运输服务及咨询业务；文件(不含信函)、印刷品、样品、小件包裹的国际航空快递业务领域；航空、海上进出口货物及展览品的运输代理业务领域，包括揽货、订舱、包机、接交、分拨、集装箱拼箱、包装、仓储、报关、报验及地面运输服务；等等。

但是，我国货运代理人员目前的知识结构层次不同，且相对较低，货代行业没有一套系统的理论经验与实战事务的图书来指导，这就是出版本丛书的目的。

通过本套丛书，把国外大型货代的企业案例展现给中国同行，让中国的大、中、小货代企业与他们交流、相互沟通，零距离学习他们：如何向现代物流企业转型？如何在全球建设网络？如何与国际接轨实现单证统一？如何相互寻找商机？等等。中国同行也可以在互相比较中互相学习，取长补短。

本丛书一套八部，共分为：《货代物流操作实务》、《公路货代实务案例》、《铁路货代实务案例》、《水路货代实务案例》、《海运货代实务案例》、《空运货代实务案例》、《国内货代实务案例》、《国际货代实务案例》。

《货代物流操作实务》一书的主要内容包括：货物运输代理的基本知识和操作常识，中国货代和世界货代的概况，货代企业的规章制度和战略发展，货代管理及其管理系统的实务流程，最先进的货代经营和运作模式，最新的货代合同版本，常用的货代法规，国际货代的生存前景，国内部分行业协会的介绍等。

《公路货代实务案例》一书的主要内容包括：公路货物运输代理的基本知识和操作常识，公路货代企业的规章制度、法律法规和战略发展，有代表性的部分公路货物运输代理的实战经验的典型企业，以及该领域出现的经济纠纷、合同纠纷等法院判决的案例等。

《铁路货代实务案例》一书的主要内容包括：铁路货物运输代理的基本知识和操作常识，铁路货代企业的规章制度、法律法规和战略发展，有代表性的部分铁路货物运输代理的实战经验的典型企业，以及该领域公司间出现的经济纠纷、合同纠纷等法院判决的案例等。

《水路货代实务案例》一书的主要内容包括：内河货代企业的规章制度、法律法规和战略发展，有代表性的部分内河货物运输代理的实战经验的典型企业，以及该领域公司间出现的经济纠纷、合同纠纷等法院判决的案例等。

《海运货代实务案例》一书的主要内容包括：远洋货物运输代理的基本知识和操作常识，海运货代企业的规章制度、法律法规和战略发展，有代表性的部分远洋货物运输代理的实战经验的典型企业，以及该领域公司间出现的经济纠纷、合同纠纷等法院判决的案例等。

《空运货代实务案例》一书的主要内容包括：航空货物运输代理的基本知识和操作常识，空运货代企业的规章制度、法律法规和战略发展，有代表性的部分航空货物运输代理的实战经验的典型企业，以及该领域公司间出现的经济纠纷、合同纠纷等法院判决的案例等。

《国内货代实务案例》一书的主要内容包括：国际货物运输代理的基本知识和操作常识，国内货代企业的规章制度、法律法规和战略发展，有代表性的部分典型企业国际货物运输代理的实战经验，以及该领域公司间出现的经济纠纷、合同纠纷等法院判决的案例等。

《国际货代实务案例》一书的主要内容包括：国际货物运输代理的基本知识和操作常识，国际货代企业的规章制度、法律法规和战略发展，有代表性的部分典型企业国际货物运输代理的实战经验，以及该领域公司间出现的经济纠纷、合同纠纷等法院判决的案例等。

本丛书是我国第一套关于货代物流的较为全面的书籍，其内容具权威性、系统性、实用性。可作为大专院校的教材；能给物流管理者、货运代理人员提供借鉴；同时，也是其他物流从业人员、企业管理人员很好的工具书，还是大学生、货代爱好者等读者学习货代极好的行业图书。

丛书专家委员会

丛书编辑委员会

2007.8

目　次

1 国际货代概论

1.1 国际货代知识

1.1.1 国际货代简述

1.1.1.1 货运代理

“货运代理人”一词来源于英语“Freight Forwarder”和“Forwarding Agent”2个词组。具体含义到目前为止还没有统一。

货运代理“是货主与承运人之间的中间人、经纪人和运输组织者”。简称“货代”。

根据FIATA(国际货运代理协会联合会)的规定,“货运代理人是指根据客户的指示,并为客户的利益而揽取货物运输的人,其本身不是承运人”。

“货代”是具有专门的知识,拥有自己的网络,根据客户的指示,并为客户的利益而揽取货物,保证安全、迅速、经济地运送货物并控制货物运输全过程的人,被认为是国际货物运输的组织者和设计师。

美国《船务和货运代理业务词典》的定义:“准备航运单证、安排舱位、投保并办理关税手续,以取得费用的商业组织。”

日本《日本商法》的定义:“运输代办人是指以自己的名义,以代办物品的运输为业的人。”

1.1.1.2 国际货运代理

国际货运代理(International Freight Forwarder)简称“国际货代”,是服务性行业中的一种类型,国际货代是完全独立的行业。

国际货运代理根据客户的指示,并为客户的利益揽取货物,保证安全、迅速、经济地运送货物,因而被认为是国际货物运输的组织者和设计者。可以简明地说:“国际货运代理是货主与承运人之间的中间人、经纪人或运输组织者。”

在网络化服务竞争方面,许多本土国际货代公司时常感叹与国外先进的物流公司相比自身网络资源的匮乏。仔细审视市场现状,其实大多数的终端市场(即所谓直接客户)份额仍掌握在本土公司手中,关键是如何保持这种市场地位的优势。

从实际经营来看,想在网络化服务竞争中保持优势,一方面要充分发挥熟悉了解本地市场的优势,努力做到细致到位的服务和市场渗透;另一方面要从价值网络观的高度,打破从自身内部找寻资源能力优势的思维框架,利用承运人等各个相关价值网络成员自身的服务网络来实现竞争优势。

对众多中小型的国际货代公司而言,利用外部服务网络比建立一个自身的网络或谋求正式加盟更为实际有效。在这种情况下,对于外部网络资源的选择和关系的维护是工作的重点。一般来说,风险效用体系相近的公司容易彼此吸引合作,例如,比较重视信用和服务品质的高风险效用的国际货代公司,会相应地选择讲求信用服务稳定周到的承运人合作;而低风险效用的公司,则倾向选择即使服务欠佳但价格便宜的承运人合作。

前者使用网络和维护网络关系的成本要高于后者，但有助于开发高端市场和实现长期合作利益，风险较低。

选择适合的服务网络合作方，接下来要做好自身服务标准化和与外部网络的接口管理，这是对公司软硬件方面的要求，将自身操作程序规范标准化并了解、熟悉、掌握如何与价值网络成员和顾客的操作程序接轨是许多优秀的本土国际货代公司要努力为之的。

1.1.1.3　国际货代的发展

1）在世界的诞生与发展

国际货运代理是国际运输代理中的一种，从公元10世纪起就开始存在，它随公共仓库在港口与城市的建立、海上贸易的扩大、运输的发展而不断地壮大。

其初期为报关行，从业人员多从国际贸易企业而来，人员素质较高，能为货主代办相当一部分国际贸易业务和运输事宜。随贸易发展，逐渐派生出一个专门行业，在其发展过程中，有些国家曾试图取消它，让货主与承运人直接发生业务关系，减少中间环节，但都未成功。因为构成国际货运市场的货主、货代、船东（或其他运力）、船代4大主体，与港务码头、场、站、库等客体不能相混，兼营、交叉经营，会使国际货运市场竞争秩序出现混乱。

起初，国际货运代理作为厂家、商人的佣金代理，依附于货方，进行各种诸如联系装卸、结关、储运、销售、收款等经营管理事宜。

12—13世纪，欧洲手工业和商品交换日益繁荣，海上贸易发展起来，首先是地中海沿岸航运便利的意大利城邦，以后逐渐扩展到西欧等国，不同的商品所有者通过各种契约关系组成专门经营海上运输的组织，由于海上贸易的特点，商人们往往不亲自出海，而将货物或其业务交给其代表或代理人经营。

18世纪，货运代理开始越来越多地把几家托运人运往同一目的地的货物集中起来托运，同时开始办理投保，逐步地由过去依附于货方开始发展成一个独立的行业。

蒸汽时代的到来，运输业随着蒸汽机的应用经历了一场革命。大型轮船与汽动吊机的出现使海上运输业的成长空间大为拓展，国际货运代理也随着海洋运输的日渐重要在本国经济中占据了一定的地位，并建立了行业组织。

进入21世纪以后，国际货运代理间的国际合作有了较大的发展，同时，国际货运代理也从传统的海运领域延伸到航空运输、公路运输、集装箱运输领域。

国际货运代理行业在国际货运市场上，处于货主与承运人之间，接受货主委托，代办租船、订舱、配载、缮制有关证件、报关、报验、保险、集装箱运输、拆装箱、签发提单、结算运杂费，乃至交单议付和结汇。这些工作联系面广、环节多，是把国际贸易货运业务相当繁杂的工作相对集中地办理，协调、统筹、理顺关系，增强其专业性、技术性和政策性。国际货运代理行业的形成，是国际商品流通过程的必然产物，是国际贸易不可缺少的组成部分。正因为如此，该行业被世界各国公认为国际贸易企业的货运代理。其英文命名为Forwarders，并为其成立了国际性组织，即“菲亚塔”，英文缩写为“FIATA”。

2）在我国的发展

在我国，国际货运代理是一种新兴的产业，“是处于国际贸易和国际货物运输之间的‘共生产业’或‘边缘产业’”。

尽管我国的海上贸易发展较早，但货运代理行业的出现却是在资本主义列强变中国为半殖民地的背景下产生的。

从 1840 年鸦片战争后，随着殖民主义者的入侵，资本主义的贸易、海关、航运、保险等行业在中国建立起来，国际货运代理行业也逐渐形成。解放前，中国的货代行业几乎全部被帝国主义和资本主义国家的洋行所控制和垄断，主要是英商的怡和洋行，民族资本的货代企业无法形成有影响的独立行业。

解放初始，我国就建立了国营的对外贸易运输企业——中国对外贸易运输总公司（中外运）。

1956 年全行业实行公私合营，解放以前的旧报关行和运输行经过社会主义改造，都并入到各地外运分公司，中外运从 1949 年到 1983 年期间成为我国唯一的外贸进出口专业公司的货运总代理。这是由我国当时实行的对外贸易统制政策所决定的。

改革开放后，我国的外贸体制和货运代理体制都已暴露出不适应新形势要求的现象，客观上需要以中远为主体的承运人和以中外运为主体的货运代理人建立新型的业务合作关系。

1983 年，国务院曾试图合并中远与中外运，但没有成功，政府行政无法解决的，只好由市场竞争来解决。

从 1984 年开始，中远与中外运互相兼营，打破了中外运一家经营的局面。此外，货代的行业管理也有明显改善，货运代理市场整顿初见成效，货代行业管理规定及其实施细则以及外商投资货代企业审批办法等一系列法规出台。同时，行业管理自治也有了长足发展，目前我国除国家级的国际货运代理协会以外还有 16 家地方性的货运代理协会。

1995 年 6 月 6 日，经国务院批准并于 6 月 29 日由商务部发布实施的《中华人民共和国国际货运代理业管理规定》指出：国际货运代理是指接受进出口货物收货人、发货人的委托以托运人的名义或以自己的名义，为托运人办理国际货物运输及相关业务并收取报酬的行业。

1998 年出台的《中华人民共和国国际货物运输代理业实施细则》第二条，进一步明确了国际货运代理人可作为代理人或独立经营人从事经营活动。

中国已加入 WTO，中国货运市场也将随之进一步放开，面对即将全面加剧的行业内竞争，海上货运、航空货运、铁路货运等都要受到很大的冲击，营造一个良好的发展环境，对国内货运企业的健康发展是十分必要的。

随着商品经济的不断发展，与社会化大生产形成以前相比，商人们的活动无论是在地域上还是在交易规模与频率上都有了显著提高。频繁的经济活动经常由于时间、空间、精力、知识技能等条件的限制，使当事人无法亲自完成全部的经济行为，代理行业便由此兴盛起来。

就国际运输代理而言，它是处于国际贸易与国际运输之间的边缘或共生产业，它随着国际贸易与国际运输的发展而发展。国际货物运输由于其业务范围遍布全球，涉及面广，环节多，情况复杂多变，任何一个运输业者或货主都不可能到世界各地亲自处理每一项具体业务，于是很多业务就需委托代理人代为办理。为了适应这种需要，在国际贸易与国际运输之间便产生了国际运输代理。他们以自己在运输行业中的专门技能和广泛的社会联系渗透到运输领域内的各个环节，成为国际货物运输不可或缺的组成部分。

1.1.1.4 国际货代的成因

国际货运代理是国际贸易与国际运输间的桥梁和纽带，它是国际贸易和国际运输发展到较高阶段产生的一种中介服务行业。国际货运代理业的形成既有国际贸易方面的因素，也有国际运输方面的因素，是两种因素共同作用的结果。国际贸易从业者面对商事交易日益频繁、规模与范围日益扩大带来的挑战，也愈发依赖于国际货运代理这一中介服务行业。

从国际贸易方面来看，国际贸易中商品做远距离运输，途中涉及面广、环节多，如果每一个环节都由买卖双方亲力而为，由于专业技能、精力等条件限制，往往造成事倍功半的效果，因此国际贸易中的买方或卖方就把办理报关、商检、卫检、订舱、保险、装卸、储存等手续委托给国际货运代理人去完成。可见，国际货运代理从属于、服务于国际贸易，相伴于国际贸易的发展而发展，二者之间互相推动，良性循环。

从国际运输方面来看，外贸运输货源分散，货物品种繁杂。如果承运人亲力而为，同一个又一个零担货主洽商，同样会造成事倍功半的效果。可见，国际货运代理也服务于国际运输，并随着运输业规模的扩大而不断地发展、壮大。

1.1.1.5　国际货代的作用

国际货运代理企业通晓国际贸易环节，精通各种运输业务，熟悉有关法律、法规，业务关系广泛，信息来源准确、及时，与各种承运人、仓储经营人、保险人、港口、机场、车站、堆场、银行等相关企业，海关、商检、卫检、动植检、进出口管制等有关政府部门存在着密切的业务关系，不论对于进出口货物的收、发货人，还是对于承运人和港口、机场、车站、仓库经营人都有重要的桥梁和纽带作用。不仅可以促进国际贸易和国际运输事业发展，而且可以为国家创造外汇来源，对于本国国民经济发展和世界经济的全球化都有重要的推动作用。国际货运代理的主要工作是接受委托人的委托或授权，代办各种国际贸易、货物运输所需要的业务。

国际货运代理的作用在于：运用专门知识，以最安全、最迅速、最经济的方式组织运输；在世界各贸易中心建立客户网和自己的分支机构，以控制全部运输过程；在运费、包装、单证、结关、领事要求及金融等方面向企业提供咨询；把小批量的货物集中为成组货物，使客户从中受益；货运代理不仅组织和协调运输，而且影响到新运输方式的创新和新运输路线的开发；在进出口业务中，托运、提货、存仓、报关和保险等环节的手续相当复杂，要求经办者充分熟悉业务，国际货运代理业的出现，为进出口商解决了这方面的困难。

对委托人具体而言，至少可以发挥以下作用：

1）组织协调作用

国际货运代理人历来被称为“运输的设计师”，“门到门”运输的组织者和协调者。凭借其拥有的运输知识及其他相关知识，组织运输活动，设计运输路线，选择运输方式和承运人（或货主），协调货主、承运人及其与仓储保管人、保险人、银行、港口、机场、车站、堆场经营人和海关、商检、卫检、动植检、进出口管制等有关当局的关系，可以省却委托人时间，减少许多不必要的麻烦，专心致力于主营业务。

2）专业服务作用

国际货运代理人的本职工作是利用自身专业知识和经验，为委托人提供货物的承揽、交运、拼装、集运、接卸、交付服务，接受委托人的委托，办理货物的保险、海关、商检、卫检、动植检、进出口管制等手续，甚至有时要代理委托人支付、收取运费，垫付税金和政府规费。国际货运代理人通过向委托人提供各种专业服务，可以使委托人不必在自己不够熟悉的业务领域花费更多的心思和精力，使不便或难以依靠自己力量办理的事宜得到恰当、有效的处理，有助于提高委托人的工作效率。

3）沟通控制作用

国际货运代理人拥有广泛的业务关系，发达的服务网络，先进的信息技术手段，可以随时保持货物运输关系人之间、货物运输关系人与其他有关企业、部门的有效沟通，对货物进行运输的全过程进行准确跟踪和控制，保证货物安全、及时运抵目的地，顺利办理相关手续，准确送达收货人，并应委托人的要求提供全过程的信息服务及其他相关服务。

4) 咨询顾问作用

国际货运代理人通晓国际贸易环节，精通各种运输业务，熟悉有关法律、法规，了解世界各地的有关情况，信息来源准确、及时，可以就货物的包装、储存、装卸和照管，货物的运输方式、运输路线和运输费用，货物的保险、进出口单证和价款的结算，领事、海关、商检、卫检、动植检、进出口管制等有关当局的要求等向委托人提出明确、具体的咨询意见，协助委托人设计、选择适当处理方案，避免、减少不必要的风险、周折和浪费。

5) 降低成本作用

国际货运代理人掌握货物的运输、仓储、装卸、保险市场行情，与货物的运输关系人、仓储保管人、港口、机场、车站、堆场经营人和保险人有着长期、密切的友好合作关系，拥有丰富的专业知识和业务经验，有利的谈判地位，娴熟的谈判技巧，通过国际货运代理人的努力，可以选择货物的最佳运输路线、运输方式，最佳仓储保管人、装卸作业人和保险人，争取公平、合理的费率，甚至可以通过集运效应使所有相关各方受益，从而降低货物运输关系人的业务成本，提高其主营业务效益。

6) 资金融通作用

国际货运代理人与货物的运输关系人、仓储保管人、装卸作业人及银行、海关当局等相互了解，关系密切，长期合作，彼此信任，国际货运代理人可以代替收、发货人支付有关费用、税金，提前与承运人、仓储保管人、装卸作业人结算有关费用，凭借自己的实力和信誉向承运人、仓储保管人、装卸作业人及银行、海关当局提供费用、税金担保或风险担保，可以帮助委托人融通资金，减少资金占压，提高资金利用效率。

1.1.2 国际货代协会

1.1.2.1 国际货代协会联合会

国际货运代理由于其业务特点，十分注重业务网络的建立。当欧洲在工业革命中成为世界工厂之时，欧洲各地的国际货运代理建立了国际货运代理协会。1880 年在莱比锡召开了第一次国际货运代理代表大会，这是一次国家级的货代协会代表大会。进入 20 世纪，国际货运代理的国际合作有了较大发展，这里需要着重指出的是 1926 年 5 月由 16 个国家的货运代理协会在维也纳成立的国际货运代理协会联合会(简称 FIATA 或菲亚塔)。

国际货运代理协会联合会(FIATA)是世界国际货运代理的行业组织。

菲亚塔于 1926 年 5 月 31 日在奥地利维也纳成立，总部设在瑞士苏黎士。其目的是保障和提高国际货运代理在全球的利益。

菲亚塔是一个在世界范围内运输领域最大的非政府和非盈利性组织，具有广泛的国际影响，其成员包括世界各国的国际货运代理行业，拥有 76 个一般会员，1751个联系会员，遍布 130 多个国家和地区，包括3 500个国际货运代理公司，拥有 800 名雇员。

菲亚塔是联合国经济与社会组织及联合国贸易发展大会的咨询者，并被确认为国际货运代理业的代表。

菲亚塔的最高权力机构是大会，2 年举行一次，选举产生执行委员会，下设 10 个技术委员会。

在国际货运代理业区域发展方面，欧美发达国家的货代公司借助于本国的经贸实力控制着当今世界的国际货运代理业务。此外，一些市场经济不发达国家的货代公司，一方面受到本国经济发展水平的限制，另一方面管理滞后、缺少培训、业务网络不健全，从而影响了此类货代公司的发展，因此，他们在国际市场上的地位不高。值得一提的是，随着亚太地区的经济增长显著，联合国亚太经社理事会和菲亚塔对亚太地区给予了更多关注，1977 年，菲亚塔在孟买设立了亚洲秘书处，以推动会员在亚洲地区的活动。

中国外运总公司作为国家组织以一般会员的身份，于 1985 年正式加入了该组织。

我国上海、天津、青岛、大连、江苏、深圳相继成立了国际货运代理协会，国家对外贸易经济合作部成立了中国国际货运代理协会，领导各地行业协会，并加入了国际性组织成为成员国。

1.1.2.2 中国国际货运代理协会

中国国际货运代理协会(以下简称 CIFA)是国际货运代理行业的全国性中介组织，于 2000 年 9 月 6 日在北京成立，是我国各省市自治区国际货运代理行业组织、国际货运代理企业、与货运代理相关的企事业单位自愿参加的社会团体，亦吸纳在中国货代、运输、物流行业有较高影响的个人。目前，CIFA 拥有会员近 600 家，其中理事 81 家，常务理事 27 家。

CIFA 的业务指导部门是商务部。作为联系政府与会员之间的纽带和桥梁，CIFA 的宗旨是:协助政府部门加强对我国国际货代行业的管理;维护国际货代业的经营秩序;推动会员企业间的横向交流与合作;依法维护本行业利益;保护会员企业的合法权益;促进对外贸易和国际货代业的发展。

CIFA 以民间形式代表中国货代业参与国际经贸运输事务并开展国际商务往来。她与世界运输领域最大的非政府和非营利性的国际组织——国际货运代理协会联合会(FIATA)保持着极为密切的关系，CIFA 于 2001 年初被 FIATA 接纳为国家会员，罗开富会长为 FIATA 副主席。它不断扩大并加深着我国与世界各国同行业组织、企业的交流与合作，还取得了全球货代业界的盛会——2006 年 FIATA 年会的举办权。

CIFA 成立以来，在倾听、反映货代企业呼声，坚决维护其合法权益方面做了大量的工作，在沟通政府与企业之间的关系、协调企业间关系过程中扮演着重要的角色，得到了政府部门、货代企业及社会各界的肯定和认同，为促进货代行业发展做出了开创性的贡献。展望未来，任重而道远。CIFA 将以行业服务为中心，围绕"沟通政府、服务企业、协调利益、促进发展"的工作方针，在加强行业自律与协调管理、营造平等竞争的市场秩序、推动我国货代业同国际接轨、提高我国货代业的整体发展水平、促进我国货代行业的繁荣发展等方面不遗余力。

商务部赋予协会的相关职能，协会在商务部的直接领导下开展行业管理工作。

根据原外经贸部《关于赋予中国国际货运代理协会相关职能的批复》([2000]外经贸发展字第 1184 号)、《关于委托中国国际货运代理协会办理〈中华人民共和国国际货物运输代理企业批准证书〉发证及换证工作的通知》(外经贸部贸促函[2002]第 798 号)2 个文件的精神，协会负责对在京的各有关中央企业申请成立货代公司或申请扩大经营范围、增资扩股、股权变更等进行初审;对在京的各有关中央企业申请在异地设立子公司或分支机构进行审核并出具审核意见;负责在京的各有关中央企业的年审工作，并负责对全国范围内本行业的年审情况进行汇总、统计、分析和调查核实;负责《中华人民共和国国际货物运输代理企业批准证书》的发证及换证工作;负责组织货代从业人员资格培训与考试并代发上岗资格证书工作。

1.1.3 国际货代定义

国际货物运输代理人，是指接受进出口货物收货人、发货人的委托，以委托人的名义或者以自己的名义，为委托人办理国际货物运输以及相关业务并取得报酬的企业。

国际货运代理的英文为“The Freight Forwarder”，各国对之称谓各不相同，有通关代理行、清关代理人、报关代理人等。在我国名称也不统一，但通常称之为“货运代理人”，“国际货物运输代理企业”或简称“国际货代”。尽管国际货运代理业有深远的历史渊源，到目前为止，国际上没有公认的统一的定义，但一些权威机构的工具书以及一些标准交易条件中对其都有一定的解释。

1.1.3.1 国际货运代理协会联合会定义

国际货运代理协会联合会对国际货运代理的定义是：“根据客户的指示，并为客户的利益而揽取货物运输的人，其本人并不是承运人，货运代理也可以依这些条件，从事与运输合同有关的活动，如集货、报关、报验、收款。”

从历史上看，国际货运代理是从国际商业和国际运输这 2 个关系密切的行业里分离出来的而独立存在的。这也是商业和运输高度社会化和国际化的必然结果，如今，货运代理是一个世界性的行业，有它的国际组织，就是国际货运代理协会联合会。

据菲亚塔的有关材料介绍，货运代理从公元 10 世纪就开始存在，随着公共仓库在港口、城市的建立，海上贸易扩大，货运代理业逐步发展，现在，这个行业在国外发展很快，特别在国际贸易竞争激烈，社会分工越来越细的情况下，货运代理的作用越来越明显。

菲亚塔是这样介绍货运代理的作用的：

“货运代理具有许多专门知识，所以它可以采用最安全、最迅速、最经济的办法组织货物”；

“货运代理在世界各贸易中心建立了客户网和自己的分支机构，可以控制货物的全程运输”；

“货运代理是工贸企业的顾问，它能就运费、包装、单证、结关、领事要求、金融等方面提供咨询”；

“货运代理可以对国内市场和国外市场销售的可能性提出建议”；

“货运代理能把小批量的货物集中为成组货物，所有客户都可以从这个特殊服务中受益”；

“货运代理不仅组织和协调运输，而且影响到新运输方式的创造、新运输路线的开发以及新运价的制定”。

1.1.3.2 我国国际货物运输代理业管理规定的定义

我国 1995 年颁布的《中华人民共和国国际货物运输代理业管理规定》对其定义为：“接受进出口货物收货人、发货人的委托，以委托人的名义或以自己的名义，为委托人办理国际货物运输及相关业务并收取服务报酬的行业。”

可见，传统的国际货运代理业务是指国际货运代理企业为当事人办理国际货物运输及相关业务并收取服务报酬的行业。国际货运代理利用自身的有利条件，精通业务，熟悉国际货运市场的供求变化，航线运价的季节变化，熟悉各种运输手段及相关法律规定，与承运企业、贸易方以及保险、银行、海关、商检、港口等有着广泛的联系和密切的关系，从而在较大范围内为委托人办理国际货物运输业务提供较好的服务，并在国际贸易运输发展过程中起着非常重要的作用。

1.1.3.3 我国国际货运代理业管理规定实施细则的定义

国际货物运输代理企业可以作为进出口货物收货人、发货人的代理人,也可作为独立经营人从事国际货代业务。

国际货代企业作为代理人从事国际货运代理业务,是指国际货运代理企业接受进出货物收货人、发货人或其代理人的委托,以委托人或自己的名义办理有关业务,收取代理费或佣金的行为。

国际货运代理企业作为独立经营人从事国际货运代理业务,指国际货运代理企业接受进出货物收货人、发货人或其代理人的委托,签发运输单证,履行运输合同并收取运费和服务费的行为。

我国的国际货运代理行业管理和法规,就是依据上述定义确定我国国际货代的行业性质,并在法规的《实施细则》中申明“禁止具有行政垄断职能的单位申请投资经营货代业务”,规定“承运人以及其他可能对国际货运代理行业构成不平等竞争的企业,不得申请经营国际货运代理业务”。

以上说明,不论是国际货代联合会还是我国政府,都遵守了将货代行业与交通运输行业明确区别并分开管理的国际惯例。

1.1.3.4 其他解释

联合国亚太经社理事会的解释是:按照通常的理解,货运代理代表其客户取得运输,本身并不起承运人作用。货运代理在不同国家以不同名称为人们所了解,成为关税行代表人、清关代理人、关税经营人、海运与空运代理人。

国际货运代理协会的定义是:货运代理是根据客户指示,并为客户的利益而揽取货物的人,其本身并不是承运人,货运代理可依这些条件,从事与运输合同有关的活动,如储货、报关、验收、收款等。

美国《船务和货运代理业务词典》的解释是:货运代理是准备航运单证、安排舱位、投保并办理关税手续以取得费用的商业组织,有些航运代理人也是发货代理人,组织货物在港口与商人、制造商的营业地之间的集中、交付和运输。

美国《1984 年航运法》以及《1998 年远洋航运改革法》(第三节第 17 条 A 款)中对远洋货运代理人的定义是:在美国,代表托运人通过公共承运人订舱或其他舱位安排将货物从美国发运出去的人,以及为这些缮制单证或从事有关活动的人。

中国最早对货运代理给予明确定义的是外经贸部 1992 年 7 月 13 日颁布的《关于国际货物运输代理行业管理的若干规定》。此项行政法规所下的定义是:国际货物运输代理是介于货主与承运人之间的中间人,是接受货主或承运人的委托,在授权范围内办理国际货物运输业务的企业。

从上述定义和解释可以看到,货运代理的定义基本上可以分为两类,一类是广泛定义的形式(如中国),即货运代理人不仅以代理人身份出现,同时也以运输合同当事人身份出现。另一类是严格定义的形式(如美国),即货运代理仅作为代理人出现,美国将货运代理严格限制在代理人位置上,是与美国独树一帜的无船承运人制度相配套的。

在实践中,国际货运代理对其所从事的业务,正在越来越高的程度上承担承运人的责任,即已经更多地充当了合同的当事人,以货代自己的名义安排属于发货人或委托人的货物运输。多数国际货运代理企业拥有自己的运输工具用来从事货代业务,包括签发多式联运提单,甚至开展物流业务,这时的货运代理人已具有承运人的性质。尤其当货运代理履行多式联运合同时,作为货运代理的标准交易条件就不再适用了。他的契约义务受他所签发的多式联运提单条款的制约,此时货运代理已成为无船承运人,也将像承运人一样作为无船多式联运经营人承担所负责运输货物的全部责任。

1.1.4 国际货代性质

国际货物运输代理人本质上属于货物运输关系人的代理人,是联系发货人、收货人和承运人的货物运输中介人。

国际货物运输代理行业在社会产业结构中属于第三产业,性质上属于服务行业。从马克思政治经济学的角度来看,它隶属于除了农业、采矿业、加工制造业以外的第四个物质生产部门——交通运输业,属于运输辅助行业。

随着国际贸易、运输方式的发展,国际货运代理已渗透到国际贸易的每一领域,为国际贸易中不可缺少的重要组成部分。

市场经济的迅速发展,使社会分工越加趋于明确,单一的贸易经营者或者单一的运输经营者都没有足够的力量亲自经营处理每项具体业务,他们需要委托代理人为其办理一系列商务手续,从而实现各自的目的。

国际货运代理的基本特点是受委托人委托或授权,代办各种国际贸易、运输所需要服务的业务,并收取一定报酬,或作为独立的经营人完成并组织货物运输、保管等业务,因而被认为是国际运输的组织者,也被誉为国际贸易的桥梁和国际货物运输的设计师。

1.1.5 国际货代分类

国际货物运输委托代理关系至少涉及委托人、代理人两方当事人,委托代理关系的内容与委托人授予代理人的权限范围、委托代理人办理的事项、代理人服务的地域范围等密切相关,这些因素都可以用来区别国际货运代理类型的因素,作为划分国际货运代理类型的标准。按照不同的标准,可以对国际货运代理进行不同的分类。

1.1.5.1 按委托人性质划分

以委托人的性质为标准,可以将国际货运代理划分为:

1) 货主的代理

它是指接受进出口货物收、发货人的委托,为了托运人的利益办理国际货物运输及相关业务,并收取相应的报酬的国际货运代理。这种代理按照委托人的不同,还可以进一步划分为托运人的代理和收货人的代理 2 种类型。按照货物的流向,则可以进一步划分为进口代理、出口代理、转口代理 3 种类型。

2) 承运人的代理

它是指接受从事国际运输业务的承运人的委托,为了承运人的利益办理国际货物运输及相关业务,并收取相应的报酬的国际货运代理。这种代理按照承运人采取的运输方式的不同,也可以进一步划分为水运承运人的代理、空运承运人的代理、陆运承运人的代理、联运承运人的代理 4 种类型。

其中,水运承运人的代理又可以细分为海上运输承运人的代理、河流运输承运人的代理 2 种类型。陆运承运人的代理则可以细分为道路运输承运人的代理、铁路运输承运人的代理、管道运输承运人的代理等几种类型。承运人代理按照承运人委托事项的内容,还可以进一步划分为航线代理、转运代理和揽货代理3种基本类型。

1.1.5.2 按委托的代理人数量划分

以委托人委托的代理人数量为标准,可以将国际货运代理划分为:

1) 独家代理

它是指委托人授予一个代理人在特定的区域或者特定的运输方式或服务类型下,独家代理其从事国际货物运输业务和/或相关业务的国际货运代理。

2) 普通代理

又称多家代理,它是指委托人在特定的区域或者特定的运输方式或服务类型下,同时委托多个代理人代理其从事国际货物运输业务和/或相关业务的国际货运代理。

1.1.5.3 按授予代理人权限范围划分

以委托人授予代理人权限范围为标准,可以将国际货运代理划分为:

1) 全权代理

它是指委托代理人办理某项国际货物运输业务和/或相关业务,并授予其根据委托人自己意志灵活处理相关事宜权利的国际货运代理。

2) 一般代理

它是指委托人委托代理人办理某项具体国际货物运输业务和/或相关业务,要求其根据委托人的意志处理相关事宜的国际货运代理。

1.1.5.4 按委托办理的事项划分

以委托人委托办理的事项为标准,可以将国际货运代理划分为:

1) 综合代理

它是指委托人委托代理人办理某一票或某一批货物的全部国际运输事宜,提供配套的相关服务的国际货运代理。

2) 专项代理

它是指委托人委托代理人办理某一票或某一批货物的某一项或某几项国际运输事宜,提供规定项目的相关服务的国际货运代理。这种代理按照委托人委托事项的不同,可以进一步划分为订舱代理、仓储代理、交货代理、装卸代理、转运代理、提货代理、报关代理、报检代理、报验代理等类型。

1.1.5.5 按代理人的层次划分

以代理人的层次为标准,可以将国际货运代理划分为:

1) 总代理

它是指委托人授权代理人作为在某个特定地区的全权代表,委托其处理委托人在该地区的所有货物运输事宜及相关事宜的国际货运代理。在这种代理形式下,总代理人有权根据委托人的要求或自行在特定的地区选择、指定分代理人。

2) 分代理

它是指总代理人指定的在总代理区域内的具体区域代理委托人办理货物运输事宜及其他相关事宜的国际货运代理。

这里应当指出的是总代理与独家代理既有联系,又有区别。总代理肯定是独家代理,但因独家代理并不一定拥有指定分代理的权利,所以,独家代理不一定也是总代理。

1.1.5.6 按运输方式划分

以运输方式为标准,可以将国际货运代理划分为:

1) 水运代理

它是指提供水上货物运输服务及相关服务的国际货运代理。这种代理,还可以具体划分为海运代理和河运代理2种类型。

2) 空运代理

它是指提供航空货物运输服务及相关服务的国际货运代理。

3) 陆运代理

它是指提供公路、铁路、管道运输等货物运输服务及相关服务的国际货运代理。这种代理,还可以进一步划分为道路运输代理、铁路运输代理和管道运输代理等类型。

4) 联运代理

它是指提供联合运输货运服务及相关服务的国际货运代理。这种代理,又可以进一步划分为海空联运代理、海铁联运代理、空铁联运代理等类型。

1.1.5.7 按代理业务的内容划分

以代理业务的内容为标准,可以将国际货运代理划分为:

1) 国际货物运输综合代理

它是指接受进出口货物收货人、发货人的委托,以委托人的名义或以自己的名义,为委托人办理国际货物运输及相关业务,并收取服务报酬的代理。

2) 国际船舶代理

它是指接受船舶所有人、经营人或承租人的委托,在授权范围内代表委托人办理与在港国际运输船舶及船舶运输有关的业务,提供有关服务,并收取服务报酬的代理。

3) 国际民用航空运输销售代理

它是指接受民用航空运输企业委托,在约定的授权范围内,以委托人名义代为处理国际航空货物运输销售及其相关业务,并收取相应手续费的代理。

4) 报关代理

它是指接受进出口货物收货人、发货人或国际运输企业的委托,代为办理进出口货物报关、纳税、结关事宜,并收取服务报酬的代理。

5) 报检代理

它是指接受出口商品生产企业、进出口商品发货人、收货人及其代理人或其他对外贸易关系人的委托,代为办理进出口商品的卫生检验、动植物检疫事宜,并收取服务报酬的代理。

6) 报验代理

它是指接受出口商品生产企业、进出口商品发货人、收货人及其代理人或其他对外贸易关系人的委托,代为办理进出口商品质量、数量、包装、价值、运输器具、运输工具等的检验、鉴定事宜,并收取服务报酬的代理。

1.1.6 国际货代的服务范围

国际货运代理通常是接受客户的委托完成货物运输的某一个环节或与此有关的各个环节,可直接或通过货运代理及他雇佣的其他代理机构为客户服务,也可以利用他的海外代理人提供服务。

最初货运代理是代表进出口商联系装卸货物、储存货物，安排当地运输，为其顾客索取应付款项等业务活动的佣金代理，这也是传统意义上的货运代理。近些年来，随着国际贸易业务的扩大以及不同运输方式的发展，使得国际货运代理的服务范围也随之扩大，国际货运代理以自己的名义与第三方签订合同，开展无船承运人业务，将其服务范围延伸到整个货物运输和分拨过程，为货方提供包括传统货代服务在内的一揽子综合服务。

从国际货运代理人的基本性质看，货代主要是接受委托方的委托，就有关货物运输、转运、仓储、装卸等事宜，与货物托运人订立运输合同，同时他又与运输部门签订合同，对货物托运人来说，他又是货物的承运人。目前，相当部分的国际货物代理人掌握各种运输工具和储存货物的库场，在经营其业务时办理包括海陆空在内的货物运输。

1.1.6.1 国际货运代理的主要服务内容

联合国亚太经社理事会认为货运代理的服务范围，具体应包括以下方面：

(1) 代表发货人(出口商)

① 选择运输路线、运输方式和适当的承运人；

② 向选定的承运人提供揽货、订舱；

③ 提取货物并签发有关单证；

④ 研究信用证条款和所有政府的规定；

⑤ 包装；

⑥ 储存；

⑦ 称重和量尺码；

⑧ 安排保险；

⑨ 办理报关及单证手续，并将货物交给承运人；

⑩ 做外汇交易；

⑪ 支付运费及其他费用；

⑫ 收取已签发的正本提单，交给发货人；

⑬ 安排货物转运；

⑭ 通知收货人货物动态；

⑮ 记录货物灭失情况；

⑯ 协助收货人向有关责任方进行索赔。

(2) 代表收货人(进口商)

① 报告货物动态；

② 接收和审核所有与运输有关的单据；

③ 提货和付运费；

④ 安排报关和付税及其他费用；

⑤ 安排运输过程中的存仓；

⑥ 向收货人交付已结关的货物；

⑦ 协助收货人储存或分拨货物；

⑧ 如发生货物损坏和灭失，应协助收货人就损坏和灭失索取相应的记录，并向承运人提出索赔。

(3) 作为多式联运经营人，它收取货物并签发多式联运提单，承担承运人的风险责任，对货主提供一揽子的运输服务。即，作为合同当事人签发多式联运单据，将各段运输委托实际承运人执行。

在发达国家，由于货运代理发挥运输组织者的作用巨大，故有不少货运代理主要从事国际多式联运业务，而在发展中国家，由于交通基础设施较差，有关法规不健全以及货运代理的素质普遍不高，国际货运代理在作为多式联运经营人方面发挥的作用较小。

(4) 其他服务，如根据客户的特殊需要进行监装、监卸、货物混装和集装箱拼装拆箱运输咨询服务等。

(5) 特种货物装挂运输服务及海外展览运输服务等。

随着现代意义上的国际货运代理的出现，国际货运代理的业务范围拓展到了集运和拼箱服务、多式联运服务和物流服务。在这些业务活动中，国际货运代理担负起超出传统货运代理的责任。

在集运和拼箱服务中，国际货运代理人把若干发货人发往同一目的地的非整箱货物集中起来，作为一个整件集运的货物发送给目的地国际货运代理的代理人，并通过他们把单票货物交给各个收货人。国际货运代理将签发分提单给每票货的发货人，货运代理对发货人而言是承运人，对实际承运人而言，国际货运代理又是发货人。实际承运人给国际货运代理的提单是总提单，在这种情况下货运代理承担承运人的责任，从事的是无船承运人的业务。

在多式联运服务中，国际货运代理充当了总承运人，即多式联运经营人，承担组织在一个单一合同下，通过多种运输方式，进行门到门的货物运输。他可以当事人的身份与其他承运人或其他服务提供者分别谈判并签约，但这些分合同不会影响多式联运合同的执行。

在提供物流服务时，由于物流服务是一项从生产到消费的高层次、全方位、全过程的综合型服务，与多式联运相比，物流服务不仅提供一条龙的运输服务而且延伸到运输前、运输中、运输后的各项服务。因此，国际货运代理对其客户要承担更高水平的责任。

1.1.6.2 国际货代所从事的主要业务

从以上国际货运代理的主要服务内容总结出以下主要业务：

1) *为发货人服务*

货代代替发货人承担在不同货物运输中的任何一项手续：

(1) 以最快最省的运输方式，安排合适的货物包装，选择货物的运输路线。

(2) 向客户建议仓储与分拨。

(3) 选择可靠、效率高的承运人，并负责缔结运输合同。

(4) 安排货物的计重和计量。

(5) 办理货物保险。

(6) 货物的拼装。

(7) 装运前或在目的地分拨货物之前把货物存仓。

(8) 安排货物到港口的运输，办理海关和有关单证的手续，并把货物交给承运人。

(9) 代表托运人/进口商承付运费、关税税收。

(10) 办理有关货物运输的任何外汇交易。

(11) 从承运那里取得各种签署的提单，并把他们交给发货人。

(12) 通过与承运人和货运代理及在国外的代理联系，监督货物运输进程，并使托运人知道货物去向。

2）为海关服务

当货运代理作为海关代理办理有关进出口商品的海关手续时，它不仅代表他的客户，而且代表海关当局。事实上，在许多国家，他得到了这些当局的许可，办理海关手续，并对海关负责，负责签定的单证中，申报货物确切的金额、数量、品名，以使政府在这些方面不受损失。

3）为承运人服务

货运代理向承运人及时定舱，议定对发货人、承运人都公平合理的费用，安排适当时间交货，以及以发货人的名义解决和承运人的运费账目等问题。

4）为航空公司服务

货运代理在空运业上，充当航空公司的代理。在国际航空运输协会制定的规则上，它被指定为国际航空协会的代理。在这种关系上，它利用航空公司的货运手段为货主服务，并由航空公司付给佣金。同时，作为一个货运代理，它通过提供适于空运程度的服务方式，继续为发货人或收货人服务。

5）为班轮公司服务

货运代理与班轮公司的关系，随业务的不同而不同。近几年来，由货代提供的拼箱服务，即拼箱货的集运服务，已建立了他们与班轮公司之间的较为密切的联系。

6）提供拼箱服务

随着国际贸易集装运输的增长，引进集运和拼箱的服务，在提供这种服务中，货代担负起委托人的作用。

集运和拼箱的基本含义是：把一个出运地若干发货人发往另一个目的地的若干收货人的小件货物集中起来，作为一个整件运输的货物发往目的地的货代，并通过它把单票货物交给各个收货人。

货代签发提单，即分提单或其他类似收据交给每票货的发货人；货代目的港的代理凭初始的提单交给收货人。

拼箱的收、发货人不直接与承运人联系，对承运人来说，货代是发货人，而货代在目的港的代理是收货人。

因此，承运人给货代签发的是全程提单或货运单。如果发货人或收货人有特殊要求的话，货代也可以在出运地和目的地从事提货和交付的服务，提供门到门的服务。

7）提供多式联运服务

在货代作用上，集装箱化的一个更深远的影响是他介入了多式联运，这是他充当了主要承运人并承担了组织一个单一合同下，通过多种运输方式进行门到门的货物运输。他可以以当事人的身份，与其他承运人或其他服务提供者分别谈判并签约。

但是，这些分拨合同不会影响多式联运合同的执行，也就是说，不会影响发货人的义务和在多式联运过程中他对货损及灭失所承担的责任。

在货代作为多式联运经营人时，通常需要提供包括所有运输和分拨过程的一个全面的"一揽子"服务，并对它的客户承担一个更高水平的责任。

1.1.6.3 远洋国际货运代理人的服务

远洋国际货运代理人的服务包括，但又不限于下列内容：

(1) 安排货物抵达港口。

(2) 准备以及/或制作出口申报单。

(3) 订舱、安排或确认货物的舱位。

(4) 准备或制作交货单或场站收据。

(5) 准备以及/或制作海运提单。

(6) 准备或制作领事文件或安排这些文件的认证。

(7) 安排仓储。

(8) 安排货物的保险。

(9) 根据美国政府的出口管理规定,办理货物的出口清关。

(10) 根据需要,准备以及/或向银行、发货人或收货人寄送货物预先通知或其他单证文件。

(11) 处理运费或发货人预付的其他款项,或是汇付或预付运费或其他款项,或与发送货物有关的信用款项。

(12) 协调货物从始发地到船舶的运送。

(13) 就与信用证、其他单证或检验与发送货物有关的问题,向出口商提出专业性的意见。

1.1.6.4 中国国际货运代理的经营范围

1995 年 6 月 29 日,外经贸部发布实施了《国际货物运输代理业管理规定》,1998 年又发布实施的细则,对我国国际货运代理的概念、经营范围作了具体规定,但其中仍存在着不少问题,不少内容互相矛盾,而且与当今国际货代的业务实践不相符合,在理解与管理上容易引起混乱。

实施细则第三十二条规定:国际货运代理企业可以作为代理人或独立经营人从事经营活动,其经营范围包括:

(1) 揽货、订舱(含租船、包机、包舱)、托运、仓储、包装。

(2) 货物的监装、监卸、集装箱拆箱、分拨、中转及相关的短途运输服务。

(3) 报关、报验、报检、保险。

(4) 缮制签发有关单证、交付运费、结算及交付杂费。

(5) 国际展品、私人物品及过境货物运输代理。

(6) 国际多式联运、集运(含集装箱拼箱)。

(7) 国际快递(不含私人信函)。

(8) 咨询及其他国际货运代理业务。

我国国际货运代理采用了广泛定义的形式,即既可作为代理人也可作为当事人从事国际货运代理业务,而作为合同当事人就要承担承运人的责任。具体而言就是货运代理可以作为独立经营人,签发运输单证、履行运输合同收取运费,以及货运代理从事集运、集装箱拼箱业务和从事多式联运业务。此时的国际货运代理实际上是无船承运人,因为它符合无船承运人的特征,更为重要的是将从事此类业务的货代识别为无船承运人,就可以区别于作为代理人的货代而要求其承担承运人的责任,并从管理制度上事先要求它具有承担承运人责任的能力,从而避免业务兼营而带来的责任承担认定与追究上的混乱状况。

从定义上看,我国的国际货运代理的委托人仅限定为货方(进出口货物收、发货人)或其代理人,即将承运人或其代理人排除在外。实际上,目前几乎所有的货运代理人都接受各种运输方式承运人或其代理人的委托,提供他们所需的有关揽货、配载、缮制签发有关运输单证,代收运杂费,办理货物交付等服务。不过为了避免与船舶代理业务相冲突,应限定货代只能为承运人办理上述服务。

另外,定义表明货运代理只能作为货方的代理人或独立经营人,而将货运代理作为居间人排除在外。居间人向委托人报告订立合同的机会或提供订立合同的媒介服务,委托人向其支付报酬。

1.1.7 国际货代正确签发提单

1.1.7.1 国际货代提单

随着运输的发展,国际货运代理人开始以承运人身份签发自己的提单。国际货运代理签发提单,承担承运人责任时,他已演变为无船承运人,但是不能仅仅由于国际货运代理人签发了名为提单的单据,就认定国际货运代理是承运人。

如果货运代理协议对货运代理人能否作为承运人来完成货运规定的不明了,或规定货运代理人只负责签发全程提单,而货物在运输中的风险和责任都由实际承运人承担;托运人和货运代理人之间的合同清楚地规定货代仅作为代理人,或者货运代理从托运人处取得的是佣金或从承运人处取得经纪人佣金,而不是从不同的运费差价中获取利润,那么,在这种情况下,货代就不能认定为《海商法》规定的承运人。相反,如果货运代理协议明确规定货代是作为承运人完成运输并签发自己的提单,而且对全程运输负责,就可认定此时的货代具有承运人的身份。

对签发货代提单的国际货代来说,在法律上具有双重身份。对真正的托运人来说,由于他签发自己的提单而成为契约承运人。但由于自己没有运输工具,将货物交拥有运输工具的实际承运人运输,从而成为货物托运人。

1) 性质

此时已签发了 2 套提单即货代提单(HOUSE-B/L,FORWARDER-B/L,也可称为分提单、子提单)和承运人提单(SEA-B/L,OCEAN-B/L,MEMO-B/L,也可称为总提单、母提单),当一票货物出口时同时使用 2 套提单时,提单关系人对各自持有的提单的作用与性质为:

(1) 子提单仅供货物托运人去银行结汇,而母提单供收货人提货。

(2) 子提单收取全程运费,而母提单仅作为收取完成实际运输区段的运费。

(3) 子提单对全程运输负责,母提单仅对自己运输区段负责。

(4) 收货人提货时发现货损货差,只能凭子提单向提单签发人提出,如货损货差由实际承运人造成,货代再凭母提单向承运人追偿。

(5) 子提单采用统一网状责任制,而母提单采用单一责任制。

2) 原因

采用这种 2 套提单运行方式的原因在于:

(1) 货运代理揽货形式灵活,将不同货主的小批量货物作直拼或经中转拆拼或重拼成整箱后向船公司订舱,从而赚取拼箱货与整箱货的运费差额。但因目的港有多个不同的收货人,故货运代理须以自己名义签发多份子提单。

(2) 2 份提单操作也是货运代理生存发展的需要,因为货主的名字不出现于船公司提单可避免客户被挖走。

(3) 在航程较长且运费预付的情况下,签发 2 套提单可对付费时间加以变通。船公司要求先付费后签单,而货主却希望用货物结汇后的款项支付海运运费而要求先取得结汇提单,由于子提单为结汇单证故解决了这一问题。

国际货运代理以事主身份参加运输，他与货方的权利义务关系依据所签发的提单，对货物承担风险和责任。对实际承运人，国际货代作为货物托运人双方间权利义务关系依据实际承运人签发的提单对货物承担风险和责任。

国际货运代理对货物的包装标志、性质等事项有准确告知的义务并负相应的责任。

当货物发生灭失、损害或延误，货物实际托运人向货代提出索赔之时，货运代理在赔付之后可就此索赔以托运人身份向实际承运人追偿。货运代理制订自己的提单格式时应尽可能与实际承运人的提单一致。货物的损坏与灭失发生在货代掌管期间时，如拼箱货在中转港开箱重拼时发生丢失、缺少或延误，则货代须自行承担损失。

3）单证

国际货运代理人协会推荐使用4种颜色分明的运输单证，其中蓝色的 FIATA Combined Bill of Lading（简称 FBI）已获国际商会的承认。对于 FBI，《跟单信用证统一惯例》（UCP400）规定银行可接受 FBI，在 UCP500 中第三十条规定：除非信用证另有授权，银行仅接受运输行签发的在表面上具有下列注明的运输单证：

（1）注明作为承运人或多式联运经营人的运输行的名称，并由作为承运人或多式联运经营人的运输行签字或以其他方式证实。

（2）注明承运人或多式联运经营人的运输行的名称，并由作为承运人或多式联运经营人的具名代理人或代表的运输行签字或以其他方式证实。

当持有 FBI 时，向承运人要求占有货物的权利属于 FBI 发行人（和实际承运人提单的持有人），而非 FBI 的持有人。此时，FBI 持有人放弃了海上货物的控制和处置权，不能像传统提单持有人那样享有实体和程序上的权利，这与无船承运人提单的情形相似。FBI 是承运人借以交付货物的保证和货物占有权的证明，因为 FBI 的持有人虽不直接占有货物，但在目的港可借此请求该种提单发行人交付货物或用背书方式处分货物。FBI 转让可产生货物的所有权转移的法律效力。一旦出现不付运费或不付款的情况，该提单的发行人和银行都可通过扣留 FBI 来控制货物，行使留置权。

1.1.7.2 国际货代签发提单的权利

随着集装箱业务和国际多式联运业务的发展，我国国际货运代理的业务范围也随之扩大，他们不但从事传统业务，而且从事集装箱拼拆箱业务、国际多式联运业务、无船承运人业务及 TPL 业务，国际货运代理在某些情况下也享有签发提单的权利。

1）有权签发货运代理提单

货运代理曾试图通过签发货运代理提单（或称分运单），来满足客户对能够作为运输证明的单证需要。如果信用证要求使用货运代理提单，则客户可以通过提交该提单收回货款。为此，FIATA 制定并推荐出货运代理人运输凭证（FCT），现已被许多国家货运代理采用，并得到银行认可。

FIATA 货运代理运输凭证（FIATA FCT）是 FIATA 于1959年制定的标准运输单据。向发货人出具该运输凭证意味着国际货运代理负责按照该凭证的背面条款，通过其指定的分代理将货物运到目的地，并交付给该凭证的持有人。在货物交给国际货运代理待运时，国际货运代理应立即将运输凭证出具给发货人。该运输凭证表明国际货运代理有责任在发送及运输货物过程中，按照该凭证所列明的发货人的指示去做。

国际货运代理办理运输，将货物交给收货人时，该运输凭证具有重要作用。凭正本单据加以正确背书便可交接货物，如该运输凭证标明“凭指示”字样，便可转让。而卖方则可以凭运输凭证在其银行结汇。签发运输凭证的国际货运代理应保证：他或他的代理已接受了该凭证所列货物，并已取得处置货物的唯一授权；货物表面状况良好；单据内容与发货人的指示一致；运输单据上（如提单等）的条款与运输凭证所列责任条款已达成协议；说明正本单据的份数。

在签发 FIATA FCT 时，货运代理必须明确：

(1) 他或其代理（分支机构或中间货运代理）已掌管该票货物，同时他可以享有独立处置该货物的权利；

(2) 货物表面状况良好；

(3) 单据上的细节必须与他已收到的指示相一致；

(4) 运输单据（如提单）内容与他依据的收货凭证承担的义务不矛盾；

(5) 投保责任已明确；

(6) 明确是否有一份或更多的正本单据。

2) 有权签发多式联运提单

货运代理一旦签发了多式联运提单，他就作为承运人履行多式联运合同的多式联运经营人，并对全程运输负责，承担承运人的法律责任。尽管本提单的名称是多式联运提单，但是在一种运输方式的情况下，该提单条款也可适用。货运代理在签发该提单时，必须保证签发日期与其代理人或实际承运人接受货物的日期一致。如果多式联运提单，作为港至港或海运提单使用时，应在所有托运货物都装船后签发多式联运提单。

3) 有权签发无船承运人提单

货运代理服务业的发展创造了许多专业术语。作为海上货物运输合同缔约方的货运代理，现在通常被视为无船公共承运人(NVOCC)，有时省略为无船承运人(NVOC)。当货运代理作为无船承运人签发自己的无船承运人提单为客户提供服务时，必须承担承运人的法律责任，并对全程运输负责。但货运代理签发无船承运人提单，如果只有海运一种运输方式时也可以签发，但此时在提单上必须标明装船日期、装港、船名等海运提单需填写的部分，并且货物已经实际装船。

总之，当货运代理从事传统业务时无权签发提单；从事集装箱拼箱、国际多式联运与无船承运人业务时有权签发提单，可以承运人身份签发货运代理自己的提单即分提单，也可以签发多式联运提单或无船承运人提单。不过当其签发的是国际多式联运提单或无船承运人提单时，便成为国际多式联运经营人或无船承运人，须承担承运人的法律责任，并对全程运输负责。

1.1.8 国际货代中的间接代理

国际货代作为一种国际性的行业，涉及的法律关系很多，而且因为不同的法系及不同国家的法律或行业规定的不同，而会有很大的差异。国际货代行业在提供服务时，在某些情况下会体现为代理，显然，大陆法系的代理与英美法系中的代理是有很大不同的，我国法律中关于代理的规定又有自己的特色。

我国法律中关于代理的规定，早期仅体现在《民法通则》第六十三条：“代理人在代理权限内，以被代理人的名义实施民事法律行为。”因为强调“以被代理人的名义”，对相对人而言，这种代理关系自始至终是明确的，是一种显名代理（或称直接代理）。显名代理在我国的外贸代理中难以适用，因为相关的行政法规要求外贸代理人在很多情况下以自己的名义实施外贸行为。于是作为“量身定作”，《合同法》第四百零二条及第四百零三条作出了关于隐名代理（或称间接代理）的规定。

虽然是为外贸代理量身定做，但该法律规定颁布后国际货代界也是一片欢呼之声，因为国际货代在很多情况下也是以货代公司自己的名义实施的。司法实践中，间接代理在国际货代纠纷中也得到了广泛的适用。

隐名代理与显名代理在法律后果上是有很大的不同的。在显名代理中，“被代理人对代理人的代理行为，承担民事责任”（《民法通则》第六十三条），代理人对于所实施的民事行为，不用承担后果，而直接由被代理人承担，代理人的责任仅体现为对于被代理人的责任，这样的法律后果是确定的、唯一的。而在隐名代理中，首先隐名代理人不承担法律后果是有条件的，其次在条件不具备的情况下，隐名代理人承担法律后果的情况在不同的情形中又有所不同。

根据《合同法》第四百零二条，隐名代理人不承担法律后果必须同时具备 3 个条件：

(1) 在委托人的授权范围内行事；

(2) 第三人在订立合同时知道受托人与委托人之间的代理关系；

(3) 不存在例外情形，即：在有证据证明该合同只约束受托人和第三人的情况下，隐名代理人仍须承担法律后果。

仔细分析上面的法律规定，就会发现，在具备条件(1)和条件(2)的情况下，隐名代理和显名代理在实质上已无差别（指相对人已明知代理人的身份），仅是在形式上是以自己的名义行事，即便如此，在有证据证明合同关系只约束受托人和第三人的情况下，隐名代理人仍需承担责任。

1.2 国际货运概况

本节主要介绍国际货运方式及相关实务操作的内容。

根据使用的运输工具不同，国际货运方式可以分为如下所列几种运输方式。

我国国际货运的进出口货物，大部分是通过海运，少部分通过铁路或公路运输，也有些货物是管道运输或邮政运输。随着航空事业的发展，通过航空运输的货运量近年来有较大的增长，货物种类和范围也在不断扩大。

1.2.1 国际海上货物运输

国际海上货物运输，是指使用船舶通过海上航道，在不同的国家和地区的港口之间运送货物的一种运输方式。

1.2.1.1 国际海上货物运输的特点

1) 运输量大

国际货运是在全世界范围内进行的商品交换，地理位置和地理条件决定了海上货物运输是国际货运的主要手段。国际贸易总运量的 75%以上是利用海上运输来完成的，有的国家的对外贸易运输，海运占运量的 90%以上。主要原因是船舶向大型化发展，如 50～70 万 t 的巨型油船，16～17 万 t 的散装船，以及集装箱船的大型化，船舶的载运能力远远大于火车、汽车和飞机，是运输能力最大的运输工具。

2）通过能力大

海上运输利用天然航道四通八达，不像火车、汽车要受轨道和道路的限制，因而其通过能力要超过其他各种运输方式。如果因政治、经济、军事等条件的变化，还可随时改变航线驶往有利于装卸的目的港。

3）运费低廉

船舶的航道天然构成，船舶运量大，港口设备一般均为政府修建，船舶经久耐用且节省燃料，所以货物的单位运输成本相对低廉。据统计，海运运费一般约为铁路运费的1/5，公路汽车运费的1/10，航空运费的1/30，这就为低值大宗货物的运输提供了有利的竞争条件。

4）对货物的适应性强

由于上述特点使海上货物运输基本上适应各种货物的运输。如石油井台、火车、机车车辆等超重大货物，其他运输方式是无法装运的，船舶一般都可以装运。

5）运输的速度慢

由于商船的体积大，水流的阻力大，加之装卸时间长等其他各种因素的影响，所以货物的运输速度比其他运输方式慢。

6）风险较大

由于船舶海上航行受自然气候和季节性影响较大，海洋环境复杂，气象多变，随时都有遇上狂风、巨浪、暴风、雷电、海啸等人力难以抗衡的海洋自然灾害袭击的可能，遇险的可能性比陆地、沿海要大。同时，海上运输还存在着社会风险，如战争、罢工、贸易禁运等因素的影响。为转嫁损失，海上运输的货物、船舶保险尤其应引起重视。

1.2.1.2　国际海上货物运输的作用

1）海上货物运输是国际贸易运输的主要方式

国际海上货物运输虽然存在速度较低、风险较大的不足，但是由于它的通过能力大、运量大、运费低，以及对货物适应性强等长处，加上全球特有的地理条件，使它成为国际贸易中主要的运输方式。我国进出口货运总量的80%～90%是通过海上运输进行的，由于集装箱运输的兴起和发展，不仅使货物运输向集合化、合理化方向发展，而且节省了货物包装用料和运杂费，减少了货损货差，保证了运输质量，缩短了运输时间，从而降低了运输成本。

2）海上货物运输是国家节省外汇支付，增加外汇收入的重要渠道之一

在我国运费支出一般占外贸进出口总额10%左右，尤其大宗货物的运费占的比重更大，贸易中若充分利用国际贸易术语，争取我方多派船，不但节省了外汇的支付，而且还可以争取更多的外汇收入。特别把我国的运力投入到国际航运市场，积极开展第三国的运输，为国家创造外汇收入。目前，世界各国，特别是沿海的发展中国家都十分重视建立自己的远洋船队，注重发展海上货物运输。一些航运发达国家，外汇运费的收入成为这些国家国民经济的重要支柱。

3）发展海上运输业有利于改善国家的产业结构和国际贸易出口商品的结构

海上运输是依靠航海活动的实践来实现的，航海活动的基础是造船业、航海技术和掌握技术的海员。造船工业是一项综合性的产业，它的发展又可带动钢铁工业、船舶设备工业、电子仪器仪表工业的发展，促进整个国家产业结构的改善。我国由原来的船舶进口国，近几年逐渐变成了船舶出口国，而且正在迈向船舶出口大国的行列。由于我国航海技术的不断发展，船员外派劳务已引起了世界各国的重视。海上运输业的发展，我国的远洋运输船队已进入世界十

强之列，为今后大规模的拆船业提供了条件，不仅为我国的钢铁厂冶炼提供了廉价的原料、节约能源和进口矿石的消耗，而且可以出口外销废钢。由此可见，由于海上运输业的发展，不仅能改善国家产业结构，而且会改善国际贸易中的商品结构。

4）海上运输船队是国防的重要后备力量

海上远洋运输船队历来在战时都被用作后勤运输工具。美、英等国把商船队称为"除陆、海、空之外的第四军种"，原苏联的商船队也被西方国家称之为"影子舰队"，可见它对战争的胜负所起的作用。正因为海上运输占有如此重要的地位，世界各国都很重视海上航运事业，通过立法加以保护，从资金上加以扶植和补助，在货载方面给予优惠。

1.2.2 国际铁路货物运输

1.2.2.1 铁路货物运输的特点

铁路是国民经济的大动脉，铁路运输是现代化运输业的主要运输方式之一，它与其他运输方式相比较，具有以下主要特点：

1）铁路运输的准确性和连续性强

铁路运输几乎不受气候影响，一年四季可以不分昼夜地进行定期的、有规律的、准确的运转。

2）铁路运输速度比较快

铁路货运速度每昼夜可达几百公里，一般货车可达100km/h左右，远远高于海上运输。

3）运输量比较大

铁路一列货物列车一般能运送3 000～5 000t货物，远远高于航空运输和汽车运输。

4）铁路运输成本较低

铁路运输费用仅为汽车运输费用的几分之一到十几分之一，运输耗油约是汽车运输的1/20。

5）安全可靠风险小

铁路运输安全可靠，风险远比海上运输小。

6）初期投资大

铁路运输需要铺设轨道、建造桥梁和隧道，建路工程艰巨复杂；需要消耗大量钢材、木材；占用土地，其初期投资大大超过其他运输方式。

另外，铁路运输由运输、机务、车辆、工务、电务等业务部门组成，要具备较强的准确性和连贯性，各业务部门之间必须协调一致，这就要求在运输指挥方面实行统筹安排，统一领导。

1.2.2.2 国际铁路货物运输的作用

1）有利于发展同欧亚各国的贸易

通过铁路把欧亚大陆联成一片，为发展中、近东和欧洲各国的贸易提供了有利的条件。在建国初期，我国的国际贸易主要局限于东欧国家，铁路运输占我国进出口货物运输总量的50%左右，是当时我国进出口贸易的主要运输方式。进入20世纪60年代以后，我国海上货物运输的发展，铁路运输进出口货物所占的比例虽然有所下降，但其作用仍然十分重要。自20世纪50年代以来，我国与朝鲜、蒙古、越南、原苏联的进出口货物，绝大部分仍然是通过铁路运输来完成的；我国与西欧、北欧和中东地区一些国家也通过国际铁路联运来进行进出口货物的运输。

2）有利于开展同港澳地区的贸易，并通过香港进行转口贸易

铁路运输是我国联系港澳地区，开展贸易的一种重要的运输方式。港澳地区所需的食品和生活用品多由内地供应，随着内地对该地区出口的不断扩大，其运输量逐年增加。做好对港澳地区的运输工作，达到优质、适量、均衡、应时的要求，在政治上和经济上都非常重要。为了确保该地区的市场供应，从内地开设了直达地区的快运列车，对繁荣稳定港澳市场，以及该地区的经济发展起到了积极作用。

香港是世界著名的自由港，与世界各地有着非常密切的联系，海、空定期航班比较多，作为转口贸易基地，开展陆空、陆海联运，为我国发展与东南亚、欧美、非洲、大洋洲各国和地区的贸易，对保证我国出口创汇起着重要作用。

3）对进出口货物在港口的集散和各省、市之间的商品流通起着重要作用

我国幅员辽阔，海运进口货物大部分利用铁路从港口运往内地的收货人，海运出口货物大部分也是由内地通过铁路向港口集中，因此铁路运输是我国国际货运的重要集散方式。至于国内各省市和地区之间调运外贸商品、原材料、半成品和包装物料，主要也是通过铁路运输来完成的。我国国际贸易进出口货物运输大多都要通过铁路运输这一环节，铁路运输在我国国际货运中发挥着重要作用。

4）利用欧亚大陆桥运输是必经之道

大陆桥运输是指以大陆上铁路或公路运输系统为中间桥梁，把大陆两端的海洋连接起来的集装箱连贯运输方式。

大陆桥运输一般都是以集装箱为媒介，采用国际铁路系统来运送。我国目前开办的西伯利亚大陆桥和新欧亚大陆桥的铁路集装箱运输具有安全、迅速、节省的优点，这种运输方式对发展我国与中、近东及欧洲各国的贸易提供了便利的运输条件。为了适应我国经济贸易的发展需要，利用这2条大陆桥开展铁路集装箱运输也是必经之道，将会促进我国与这些国家和地区的国际贸易发展。

1.2.3 国际公路货物运输

公路运输（一般是指汽车运输）是陆上2种基本运输方式之一，在国际货运中，它是不可缺少的重要运输方式。

1.2.3.1 国际公路货物运输的特点

公路货物运输与其他运输方式相比较，具有以下特点：

（1）机动灵活、简捷方便、应急性强，能深入到其他运输工具到达不了的地方。

（2）适应点多、面广、零星、季节性强的货物运输。

（3）运距短、单程货多。

（4）汽车投资少、收效快。

（5）港口集散可争分夺秒，突击抢运任务多。

（6）是空运班机、船舶、铁路衔接运输不可缺少的运输形式。

（7）随着公路现代化、车辆大型化，公路运输是实现集装箱在一定距离内“门到门”运输最好的运输方式。

（8）汽车的载重量小，车辆运输时震动较大，易造成货损事故，费用和成本也比海上运输和铁路运输高。

1.2.3.2 国际公路货物运输的作用

(1) 公路运输的特点决定了它最适合于短途运输。它可以将2种或多种运输方式衔接起来，实现多种运输方式联合运输，做到进出口货物运输的“门到门”服务。

(2) 公路运输可以配合船舶、火车、飞机等运输工具完成运输的全过程，是港口、车站、机场集散货物的重要手段。尤其是鲜活商品、集港疏港抢运，往往能够起到其他运输方式难以起到的作用。可以说，其他运输方式往往要依赖汽车运输来最终完成两端的运输任务。

(3) 公路运输也是一种独立的运输体系，可以独立完成进出口货物运输的全过程。公路运输是欧洲大陆国家之间进出口货物运输的最重要的方式之一。我国的边境贸易运输、港澳货物运输，其中有相当一部分也是靠公路运输独立完成的。

(4) 集装箱货物通过公路运输实现国际多式联运。集装箱由交货点通过公路运到港口装船，或者相反。美国陆桥运输、我国内地通过香港的多式联运，都可以通过公路运输来实现。

1.2.4 国际航空货物运输

1.2.4.1 国际航空货物运输的特点

国际航空货物运输虽然起步较晚，但发展极为迅速，这是与它所具备的许多特点分不开的，这种运输方式与其他运输方式相比，具有以下特点：

1) 运送速度快

现代喷气运输机一般时速都在900mile(1mile＝1.609 3km)左右，协和式飞机时速可达1 350mile。航空线路不受地面条件限制，一般可在两点间直线飞行，航程比地面短得多，而且运程越远，快速的特点就越显著。

2) 安全准确

航空运输管理制度比较完善，货物的破损率低，可保证运输质量，如使用空运集装箱，则更为安全。飞机航行有一定的班期，可保证按时到达。

3) 手续简便

航空运输为了体现其快捷便利的特点，为托运人提供了简便的托运手续，也可以由货运代理人上门取货并为其办理一切运输手续。

4) 节省包装、保险、利息和储存等费用

由于航空运输速度快，商品在途时间短、周期快，存货可相对减少，资金可迅速收回。

5) 航空运输的运量小、运价较高

但是由于这种运输方式的优点突出，可弥补运费高的缺陷。加之保管制度完善、运量又小，货损货差较少。

1.2.4.2 国际航空货物运输的作用

1) 推动国际贸易的发展

当今国际贸易有相当数量的洲际市场，商品竞争激烈，市场行情瞬息万变，时间就是效益。航空货物运输具有比其他运输方式更快的特点，可以使进出口货物能够抢行市，卖出好价钱，增强商品的竞争能力，对国际贸易的发展起到了很大的推动作用。

2) 航空货物运输适合于鲜活易腐和季节性强的商品运输

这些商品对时间的要求极为敏感，如果运输时间过长，则可能使商品变为废品，无法供应市场。季节性强的商品和应急物品的运送必须抢行就市、争取时间，否则变为滞销商品，滞存仓库、积压资金，同时还要负担仓储费。采用了航空运输，可保鲜成活，又有利于开辟远距离的市场，这是其他运输方式无法相比的。

3）适应市场的变化快

利用航空来运输像电脑、精密仪器、电子产品、成套设备中的精密部分、贵稀金属、手表、照像器材、纺织品、服装、丝绸、皮革制品、中西药材、工艺品等价值高的商品，适应市场的变化快的特点。可以利用速度快、商品周转快、存货降低、资金迅速回收、节省储存和利息费用、安全、准确等优点弥补了运费高的缺陷。

4）航空运输是国际多式联运的重要组成部分

为了充分发挥航空运输的特长，在不能以航空运输直达的地方，也可以采用联合运输的方式，如常用的陆空联运、海空联运、陆空陆联运，甚至陆海空联运等，与其他运输方式配合，使各种运输方式各显其长，相得益彰。

1.2.5 集装箱与国际多式联运

1.2.5.1 定义

集装箱运输是以集装箱作为运输单位进行货物运输的现代化运输方式，目前已成为国际上普遍采用的一种重要的运输方式。

国际多式联运是在集装箱运输的基础上产生和发展起来的，一般以集装箱为媒介，把海上运输、铁路运输、公路运输和航空运输等传统单一运输方式，有机地联合起来，来完成国际间的货物运输。

1.2.5.2 集装箱运输的优越性

(1) 对货主而言，它的优越性体现在大大地减少了货物的损坏、偷窃和污染的发生；节省了包装费用；由于减少了转运时间，能够更好地对货物进行控制，从而降低了转运费用，也降低了内陆运输和装卸的费用，便于实现更迅速的“门到门”的运输。

(2) 对承运人来说，集装箱运输的优点在于减少了船舶在港的停泊时间，加速了船舶的周转，船舶加速的周转可以更有效地利用它的运输能力，减少对货物的索赔责任等。

(3) 对于货运代理来说，使用集装箱进行货物运输可以为他们提供更多的机会来发挥无船承运人的作用，提供集中运输服务、分流运输服务、拆装箱服务、门到门运输服务和提供联运服务的机会。

1.2.5.3 集装箱运输的缺点

(1) 受货载的限制，使航线上的货物流向不平衡，往往在一些支线运输中，出现空载回航或箱量大量减少的情况，从而影响了经济效益。

(2) 需要大量投资，产生资金困难。

(3) 转运不协调，造成运输时间延长，增加一定的费用。

(4) 受内陆运输条件的限制，无法充分发挥集装箱运输“门到门”的运输优势。

(5) 各国集装箱运输方面的法律、规章、手续及单证不统一，阻碍国际多式联运的开展。

1.2.5.4 国际集装箱货运特征

由于普通散件杂货运输长期以来存在着装卸及运输效率低、时间长，货损、货差严重，影响货运质量，货运手续繁杂，影响工作效率，因此对货主、船公司及港口的经济效益产生极为不利的负面影响。为解决采用普通货船运输散件杂货存在以上无法克服的缺点，实践证明，只有通过集装箱运输，才能彻底解决以上问题。

如何加速商品的流通过程，降低流通费用，节约物流的劳动消耗，实现快速、低耗、高效率及高效益地完成运输生产过程并将货物送达目的地交付给收货人，这就要求变革运输方式，使之成为一种高效率、高效益及高运输质量的运输方式，而集装箱运输，正是这样的一种运输方式。它具有以下特点。

1）高效益的运输方式

集装箱运输经济效益高主要体现在以下几方面：

（1）简化包装，大量节约包装费用。为避免货物在运输途中受到损坏，必须有坚固的包装，而集装箱具有坚固、密封的特点，其本身就是一种极好的包装。使用集装箱可以简化包装，有的甚至无须包装，实现件杂货无包装运输，可大大节约包装费用。

（2）减少货损货差，提高货运质量。由于集装箱是一个坚固密封的箱体，集装箱本身就是一个坚固的包装。货物装箱并铅封后，途中无须拆箱倒载，一票到底，即使经过长途运输或多次换装，也不易损坏箱内货物。集装箱运输可减少被盗、潮湿、污损等引起的货损和货差，深受货主和船公司的欢迎，并且由于货损货差率的降低，减少了社会财富的浪费，也具有很大的社会效益。

（3）减少营运费用，降低运输成本。由于集装箱的装卸基本上不受恶劣气候的影响，船舶非生产性停泊时间缩短，又由于装卸效率高，装卸时间缩短，对船公司而言，可提高航行率，降低船舶运输成本，对港口而言，可以提高泊位通过能力，从而提高吞吐量，增加收入。

2）高效率的运输方式

传统的运输方式具有装卸环节多、劳动强度大、装卸效率低、船舶周转慢等缺点。而集装箱运输完全改变了这种状况。

首先，普通货船装卸，一般 35t/h 左右，而集装箱装卸可达 400t/h 左右，装卸效率大幅度提高。同时，由于集装箱装卸机械化程度很高，因而每班组所需装卸工人数很少，平均每个工人的劳动生产率大大提高。

此外，由于集装箱装卸效率很高，受气候影响小，船舶在港停留时间大大缩短，因而船舶航次时间缩短，船舶周转加快，航行率大大提高，船舶生产效率随之提高，从而，提高了船舶运输能力。在不增加船舶艘数的情况，可完成更多的运量，增加船公司收入。这样，高效率导致高效益。

3）高投资的运输方式

集装箱运输虽然是一种高效率的运输方式，但是它同时又是一种资本高度密集的行业。

（1）船公司必须对船舶和集装箱进行巨额投资。根据有关资料表明，集装箱船每立方英尺（1 英尺＝30.48 厘米）的造价约为普通货船的 3.7～4 倍。集装箱的投资相当大，开展集装箱运输所需的高额投资，使得船公司的总成本中固定成本占有相当大的比例，高达 2/3 以上。

（2）集装箱运输中的港口的投资也相当大。专用集装箱泊位的码头设施包括码头岸线和前沿、货场、货运站、维修车间、控制塔、门房，以及集装箱装卸机械等，耗资巨大。

（3）为开展集装箱多式联运，还需有相应的内陆设施及内陆货运站等，为了配套建设，这就需要兴建、扩建、改造、更新现有的公路、铁路、桥梁、涵洞等，这方面的投资更是惊人。可见，没有足够的资金开展集装箱运输，实现集装箱化是困难的，必须根据国力量力而行，最后实现集装箱化。

4）高协作的运输方式

集装箱运输涉及面广、环节多、影响大，是一个复杂的运输系统工程。集装箱运输系统包括海运、陆运、空运、港口、货运站以及与集装箱运输有关的海关、商检、船舶代理公司、货运代理公司等单位和部门。

如果互相配合不当，就会影响整个运输系统功能的发挥，如果某一环节失误，必将影响全局，甚至导致运输生产停顿和中断。因此，要求搞好整个运输系统各环节、各部门之间的高度协作。

5）适于组织多式联运

由于集装箱运输在不同运输方式之间换装时，勿需搬运箱内货物而只需换装集装箱，这就提高了换装作业效率，适于不同运输方式之间的联合运输。在换装转运时，海关及有关监管单位只需加封或验封转关放行，从而提高了运输效率。

此外，由于国际集装箱运输与多式联运是一个资金密集、技术密集及管理要求很高的行业，是一个复杂的运输系统工程，这就要求管理人员、技术人员、业务人员等具有较高的素质，才能胜任工作，才能充分发挥国际集装箱运输的优越性。

1.2.5.5 国际多式联运的优点

1）手续简便，责任统一

在国际多式联运方式下，货物运程不论多远，不论由几种运输方式共同完成货物运输，也不论货物在途中经过多少次转运，所有运输事项均由多式联运承运人负责办理。而货主只需办理1次托运、订立1份运输合同，支付1次运费、办理1次保险，并取得1份联运提单。与各运输方式相关的单证和手续上的麻烦被减少到最低限度，发货人只须与多式联运经营人进行交涉。

由于责任统一，一旦在运输过程中发生货物灭失或损坏时，由多式联运经营人对全程运输负责，而每一运输区段的分承运人仅对自己运输区段的货物损失承担责任。

2）减少运输过程中的时间损失，使货物运输更快捷

多式联运作为一个单独的运输过程而被安排和协调运作，能减少在运转地的时间损失和货物灭失、损坏、被盗的风险。多式联运经营人通过他的通信联络和协调，在运转地各种运输方式的交接可连续进行，使货物更快速地运输，从而弥补了与市场距离远和资金积压的缺陷。

3）节省了运杂费用，降低了运输成本

国际多式联运由于使用了集装箱，集装箱运输的优点都体现在多式联运中，多式联运经营人一次性收取全程运输费用，一次性保险费用。货物装箱后装上一程运输工具后即可用联运提单结汇，有利于加快货物资金周转，减少利息损失。同时也节省了人、财、物资源，从而降低了运输成本。这有利于减少货物的出口费用，提高了商品在国际市场上的竞争能力。

4）提高了运输组织水平，实现了门到门运输，使合理运输成为现实

多式联运可以提高运输的组织水平，改善了不同运输方式间的衔接工作，实现了各种运输方式的连续运输，可以把货物从发货人的工厂或仓库运到收货人的内地仓库或工厂，做到了门到门的运输，使合理运输成为现实。

在当前国际贸易竞争激烈的形势下，货物运输要求速度快、损失少、费用低，而国际多式联运适应了这些要求。因此，在国际上越来越多地采用多式联运。可以说，国际多式联运是当前国际货运的发展方向。我国地域辽阔，更具有发展国际多式联运的潜力。可以预料，随着我国

内陆运输条件的改善，我国国际多式联运必将蓬勃地发展起来。

1.2.6 我国国际货运组织机构

1.2.6.1 我国国际货物运输组织体系

1) 货主

货主(Cargo Owner)是指专门经营进出口商品业务的国际贸易商，或有进出口权的工贸、地贸公司以及“三资”企业统称为货主。他们为了履行国际贸易合同必须组织办理进出口商品的运输，是国际货物运输中的托运人(Shipper)或收货人(Consignee)。

在我国主要有下列企业：

(1) 各专业进出口总公司和地方外贸专业公司。

(2) 各工农贸公司。

(3) 有进出口权的工厂、集体企业。

(4) 外商独资、中外合资、合作企业和合营企业。

2) 承运人

承运人(Carrier)是指专门经营海上、铁路、公路、航空等客货运输业务的运输企业，如轮船公司、铁路或公路运输公司、航空公司等。他们一般拥有大量的运输工具，为社会提供运输服务。

在海上运输中船舶经营人(Operator)作为承运人。我国《海商法》第四十二条指出：“承运人是指本人或者委托他人以本人的名义与托运人订立海上货物运输合同的人。”“实际承运人是指接受承运人委托，从事货物运输或部分运输的人，包括接受转委托从事此项运输的其他人。”

由此可见，承运人包括船舶所有人(Shipowner)和以期租(Time Charter)或光租(Bare Charter)的形式承租，进行船舶经营的经营人。

在我国主要有下列运输企业：

(1) 水上运输企业

① 中国远洋运输集团及下属各公司；

② 中国海运集团及下属各公司；

③ 各地方轮船公司；

④ 长江、珠江、黑龙江各航运公司；

⑤ 中外合资、合作及合营的轮船公司；

⑥ 外商独资的轮船公司；

⑦ 中国外运集团所属的船公司。

(2) 铁路运输

铁道部下属各铁路局和分局或公司。

(3) 公路运输

交通部公路局管辖的各运输公司，以及中外合资、合作和联营企业的运输公司。

(4) 航空运输

① 中国国际航空公司；

② 中国民航总局管辖的其他各航空公司；

③ 地方民用航空公司；

④ 中外合资、合营的航空公司；

⑤ 外国各航空公司。

3) 运输代理人

运输代理人(Forwarding Agent or Ship's Agent)有很多种类型，主要有以下 2 种：

(1) 货运代理人(Forwarding Agent，Freight Forwarder)

货运代理人是指根据委托人的要求，代办货物运输的业务机构。有的代表承运人向货主揽取货物，有的代表货主向承运人办理托运，有的兼营两方面的业务。它们属于运输中间人的性质，在承运人和托运人之间起着桥梁作用。

我国的货运代理人主要有以下企业：

① 中国外运集团及其在各地的公司；

② 中国外轮代理公司及其在各港的货代分公司；

③ 中远集团货运公司及在各地的分公司；

④ 中外合资、合作的代理公司；

⑤ 外国货运代理公司在中国各地的分支机构；

⑥ 经外经贸部正式审批的其他种类的货运代理公司：如仓储、公路运输、铁路运输、航空运输、各进出口公司，以及航运公司等成立的货代公司。

(2) 船舶代理人(Ship's Agent；Owner's Agent)

船舶代理是指接受船舶经营人或船舶所有人的委托，为他们在港船舶办理各项业务和手续的人。船舶代理人在港为委托人揽货，在装卸货港口办理装卸货物手续、保管货物和向收货人交付货物，为船舶补充燃料、淡水和食品，以及代办船舶修理、船舶检验、集装箱跟踪管理，等等。

海运经纪人(Broker)是以中间人的身份代办洽谈业务，促使交易成交的一种行业。在海上运输中，有关货物的订舱和揽载、托运和承运、船舶的租赁和买卖等项业务，虽然常由交易双方直接洽谈，但由海运经纪人作为媒介代办洽谈的作法已成为传统的习惯。我国海运经纪人的角色也属于船舶代理人的业务范围。

我国的船舶代理人主要有以下企业：

① 中国外轮代理公司及在各港的下属公司；

② 中国船务代理公司及在各港的下属公司；

③ 经交通部批准的其他船舶(务)代理公司。

4) 装卸公司和理货公司

装卸、理货业是一些接受货主或船舶营运人的委托，在港口为船舶进行货物的装卸、清点、交接、检验货损程度和原因并作出公证等项作业的行业。

(1) 装卸公司(Stevedore)

装卸业是办理将货物装船和从船上卸下的行业，经营这种行业的人被称为装卸人或装卸业者。装卸人对于所在港口经常装卸的货物的包装、性质以及装卸方法都富有经验，对各种类型的船舶也都深有了解，能参与制定装卸计划，委托人对他们的装卸技术也有所信任。但是，由于装卸和积载的质量，对于船舶和货物的安全有密切的关系，所以，这种作业都是在船方的监督和指挥下进行的。

我国的港口装卸业目前有以下公司：

① 各口岸港务局下属的港务(或装卸)公司;

② 各港口的地方装卸公司;

③ 中国外运集团系统的港务公司;

④ 各货主码头的装卸公司;

⑤ 中外合资、合营的港务公司。

(2) 理货人(Tally man,Checker)

理货人是在船舶装货或卸货时,对货物的件数进行清点,并对货物的交接作出证明的行业。理货通常是由船公司或货主各自委托他们的代理人,即分别由站在船公司立场(Ship side)的理货人和站在货主立场(Doct side)的理货人会同进行的。在代表双方的理货人的会同确认下,才能证明货物交接的正确性。

这种正确交接的证明有较强的公证性,所以理货人不但要有较全面的知识和熟练的方法,而且必须具有诚实、公正的品质。

我国的理货人主要是由中国外轮理货公司及其在各港的分支机构进行,而货主往往通过委托代理人的驻港人员进行。

世界上从事国际货物运输的机构不胜枚举,他们在工作性质上有区别,但在业务上又有密切的联系,但主要不外乎上述4种机构。

此外,国际货物运输与海关、商检、卫检、动植检、港口当局(海上安全监督局和港务局)、保险公司、银行和外汇管理局、包装、仓储等机构有着较为密切的联系,共同组成了国际货物运输组织系统。

1.2.6.2 我国国际货物运输行政管理机构

1) 国务院下属的综合性机构

(1) 国务院口岸领导小组

国务院口岸领导小组是直属国务院负责协调全国海陆空交通运输的机构,并与相关联的货主、海关、边防、商检、卫检、动植检等之间进行协调的综合性机构。

该小组下设口岸办公室,作为常设办事机构(简称国务院口岸办),负责协调各部门之间的关系,并负责制定和平衡全国的年度外贸运输计划。在全国各主要口岸,均设有相应的口岸委,行使相应的职能。

(2) 国务院经贸办公室

作为一个综合性的机构,负责对部分大宗货物运输工作的平衡和协调工作。

2) 交通运输部门的管理机构

(1) 交通部的机构

① 交通部水运司:主要负责对全国海上运输、船舶代理、集装箱运输和场站等企业的审批;负责有关运输法规的制定;全国各港口运输计划的平衡和协调工作;各港口安全监督宏观管理工作。

② 各港的港口安全监督局:主要负责各港口船舶的进出港的安全监督、联检、船员考核、危险货物进出口的监督等工作。

③ 各地方交通管理部门:各省、市的交通厅、局,主要负责公路运输和地方航运的管理和监督工作。

(2) 铁道部的机构

① 运输局：主要负责全国铁路的运输管理和国际货物联运工作，如货运计划的制定，审批月度要车计划、装卸车计划、客货运输和车辆调度等。

② 货运局：负责客、货运输规章；客、货运价及运价里程表的制定和修改；货物管理和装卸作业；货物安全运送以及货运事故的处理等。

③ 外事局：主要负责国际铁路联运工作，如主管国际铁路联运专门会议、国境铁路会议和运输工作会议；督促国际联运规章、双边铁路协定及议定书的执行，处理国境站日常涉外工作等。

④ 铁道部下属各路局：负责各路局的运输计划和规章的执行，以及对管内下属分局、车站的正常管理。

(3) 国家民航总局

对全国各地民航公司和经营民航货运代理企业经营权的审批，法规的制定以及航空管理工作。

3) 外经贸部门的机构

在外经贸系统，有一个比较庞大的外贸运输组织机构，主要包括以下几个组成部分：

(1) 外经贸部外贸货运协调机构

是外经贸系统外贸运输的归口和领导部门，负责全国货运代理企业的审批、管理和发证工作；负责外贸运输计划的编制和组织实施，拟定和参加对外运输协议的签订等。

(2) 各地方外经贸委的仓储运输机构

主要负责本地区外贸运输组织、管理和协调工作。如，货代企业的初审上报和所辖货代企业的日常管理，编制本地区的外贸运输计划上报、下达和组织实施等工作。

(3) 在香港或国外港口的外贸运输机构

主要办理我国进出口货物的转运、联运、船务代理以及其他有关运输业务。

1.2.7 国际货运的性质和特点

1.2.7.1 国际货物运输的概念

运输就其运送对象来说，分为货物运输和旅客运输，而从货物运输来说，又可按地域划分为国内货物运输和国际货物运输 2 大类。

国际货物运输，就是在国家与国家、国家与地区之间的运输。

国际货物运输又可分为国际贸易物资运输和非贸易物资(如展览品、个人行李、办公用品、援外物资等)运输 2 种。由于国际货物运输中的非贸易物资的运输往往只是贸易物资运输部门的附带业务，所以，国际货物运输通常被称为国际贸易运输，从一国来说，就是对外贸易运输，简称外贸运输。

1.2.7.2 国际货物运输的性质

在国际贸易中，商品的价格包含着商品的运价，商品的运价在商品的价格中占有较大的比重，一般来说，约占 10%；在有的商品中，要占到 30%～40%。商品的运价也和商品的生产价格一样，随着市场供求关系变化而围绕着价值上下波动。

商品的运价随着商品的物质形态一起进入国际市场中交换，商品运价的变化直接影响到国际贸易商品价格的变化。

国际货物运输的主要对象又是国际贸易商品，所以可以说，国际货物运输也就是一种国际贸易，只不过它用于交换的不是物质形态的商品，而是一种特殊的商品，即货物的位移。所谓商品运价，也就是它的交换价格。

由此，我们可以得出这样一个结论：从贸易的角度来说，国际货物运输就是一种无形的国际贸易。

1.2.7.3 国际货物运输的特点

国际货物运输是国家与国家、国家与地区之间的运输，与国内货物运输相比，它具有以下几个主要特点：

（1）国际货物运输涉及国际关系问题，是一项政策性很强的涉外活动

国际货物运输是国际贸易的一个组成部分，在组织货物运输的过程中，需要经常同国外发生直接或间接的广泛的业务联系，这种联系不仅是经济上的，也常常会涉及国际间的政治问题，是一项政策性很强的涉外活动。因此，国际货物运输既是一项经济活动，也是一项重要的外事活动，这就要求我们不仅要用经济观点去办理各项业务，而且要有政策观念，按照我国的对外政策的要求从事国际运输业务。

（2）国际货物运输是中间环节很多的长途运输

国际货物运输是国家与国家、国家与地区之间的运输，一般来说，运输的距离都比较长，往往需要使用多种运输工具，通过多次装卸搬运，要经过许多中间环节，如转船、变换运输方式等，经由不同的地区和国家，要适应各国不同的法规和规定。如果其中任何一个环节发生问题，就会影响整个的运输过程，这就要求我们做好组织工作、环环紧扣，避免在某环节上出现脱节现象，给运输带来损失。

（3）国际货物运输涉及面广，情况复杂多变

国际货物运输涉及到国内外许多部门，需要与不同国家和地区的货主、交通运输、商检机构、保险公司、银行或其他金融机构、海关、港口以及各种中间代理商等打交道。同时，由于各个国家和地区的法律、政策规定不一，贸易、运输习惯和经营做法不同，金融货币制度的差异，加之政治、经济和自然条件的变化，都会对国际货物运输产生较大的影响。

（4）国际货物运输的时间性强

按时装运进出口货物，及时将货物运至目的地，对履行进出口贸易合同，满足商品竞争市场的需求，提高市场竞争能力，及时结汇，都有着重大意义。特别是一些鲜活商品、季节性商品和敏感性强的商品，更要求迅速运输，不失时机地组织供应，才有利于提高出口商品的竞争能力，有利于巩固和扩大销售市场。因此，国际货物运输必须加强时间观念，争时间、抢速度，以快取胜。

（5）国际货物运输的风险较大

由于在国际货物运输中环节多，运输距离长，涉及面广，情况复杂多变，加之时间性又很强，在运输沿途国际形势的变化、社会的动乱、各种自然灾害和意外事故的发生，以及战乱、封锁禁运或海盗活动等，都可能直接或间接地影响到国际货物运输，以至于造成严重后果。因此，国际货物运输的风险较大。为了转嫁运输过程中的风险损失，各种进出口货物和运输工具，都需要办理运输保险。

1.2.8 国际货运的任务和要求

1.2.8.1 国际货物运输的任务

国际货物运输的基本任务就是根据国家有关的方针政策，合理地运用各种运输方式和运输工具，多快好省地完成进出口货物的运输任务，为我国发展对外经济贸易服务，为我国外交

活动服务，为我国的现代化建设服务。

具体包括以下几方面内容：

1）按时、按质、按量地完成进出口货物运输

国际贸易合同签订后，只有通过运输，及时将进口货物运进来，将出口货物运出去，交到约定地点，商品的流通才能实现，贸易合同才能履行。"按时"就是根据贸易合同的装运期和交货期的条款的规定履行合同；"按质"就是按照贸易合同质量条款的要求履行合同；"按量"就是尽可能地减少货损货差，保证贸易合同中货物数量条款的履行。如果违反了上述合同条款，就构成了违约，有可能导致赔偿、罚款等严重的法律后果。因此，国际货物运输部门必须重合同、守信用，保证按时、按质、按量完成国际货物运输任务，保证国际贸易合同的履行。

2）节省运杂费用，为国家积累建设资金

由于国际货物运输是国际贸易的重要组成部分，而且运输的距离长，环节较多，各项运杂费用开支较大，故节省运杂费用的潜力比较大，途径也多。因此，从事国际货物运输的企业和部门，应该不断地改善经营管理，节省运杂费用，提高企业的经济效益和社会效益，为国家积累更多的建设资金。

3）为国家节约外汇支出，增加外汇收入

国际货物运输，既然是一种无形的国际贸易，它是国家外汇收入的重要来源之一。国际贸易合同在海上运输一般采用CIF和FOB等贸易术语成交，按照CIF条件，货价内包括运费、保险费，由卖方派船将货物运至目的港；按照FOB条件，货价内则不包括运费和保险费，由买方派船到装货港装运货物。为了国家的利益，出口货物多争取CIF件，进口货多争取FOB交易，则可节省外汇支出，增加外汇收入。

国际货物运输企业为了国家利益，首先要依靠国内运输企业的运力和我国的方便旗船，再考虑我国的租船、中外合资船公司和侨资班轮的运力，再充分调动和利用各方面的运力，使货主企业同运输企业有机地衔接，争取为国家节约外汇支出，创更多的外汇收入。

4）认真贯彻国家对外政策

国际货物运输是国家涉外活动的一个重要组成部分，它的另一个任务就是在平等互利的基础上，密切配合外交活动，在实际工作中具体体现和切实贯彻国家各项对外政策。

1.2.8.2 对国际货物运输的要求

1）选择最佳的运输路线和最优的运输方案，组织合理运输

各种运输方式有着各自较合理的适用范围和不同的技术经济特征，选择时必须进行比较和综合分析，首先要考虑商品的性质、数量的大小、运输距离的远近、市场需求的缓急、风险的程度等因素。比如鲜活商品、季节性商品，要求运输速度快、交货及时，以免贻误销售时机；贵重货物因商品价值高，要求严格地保证运输质量等。另外，要考虑运输成本的高低和运行速度的快慢，比如，货价较低的大宗商品则要求低廉的运输费用，以降低商品成本，增加竞争能力。在同一运输方式，如铁路或公路运输，可根据不同商品选择不同类型的车辆，海运可选择班轮或不定期船，以及充分利用运输工具回空来运输货物等。

正确选择运输路线和装卸、中转港口。一般说来，应尽量安排直达运输，以减少运输装卸、转运环节，缩短运输时间，节省运输费用。必须中转的进出口货物，也应选择适当的中转港、中转站。进出口货物的装卸港，一般应尽量选择班轮航线经常停靠的自然条件和装卸设备较好、费用较低的港口。进口货物的卸港，还应根据货物流向和大宗货物用货地来考虑，出口货物的

装港，则还应考虑靠近出口货物产地或供货地点，以减少国内运输里程，节约运力。

所谓合理运输，就是按照货物的特点和合理流向以及运输条件，走最少的里程，经最少的环节，用最少的运力，花最少的费用，以最短的时间，把货物运到目的地。所以，国际货物运输就是要根据所运商品的特定要求，综合考虑速度、价格、质量等因素，求得其最佳效益。

2）树立系统观念，加强与有关部门配合协作，努力实现系统效益和社会效益

在国际货物运输的过程中，要切实加强货主、运输企业、商检、海关、银行金融、港口、船代和货代等部门与企业之间的联系，相互配合、密切协作，充分调动各方面的积极性，形成全局系统观念，共同完成国际货物运输任务。特别是作为货运代理企业，还要综合运用各方面的运力，要以综合运输系统和国际贸易整体的系统利益出发，除了努力争取本企业的经济利益以外，更重要的是考虑系统效益和社会效益，在完善企业自身的同时，要考虑企业的社会责任。

3）树立为货主服务的观点，实现“安全、迅速、准确、节省、方便”的要求

根据国际货物运输的性质和特点，针对国际货物运输的任务，经过多年的实践，中国外运集团提出的国际货物运输要“安全、迅速、准确、节省、方便”的“十字方针”，已被广大货运代理企业和有关部门所认可。所以，对国际货运企业特别是货运代理企业提出这“十字方针”的具体要求如下：

（1）安全

就是要求在运输过程中做到货物完好无损和各种运输工具的安全，如果运输过程中不能维护货物的质量，甚至造成大量货物的残次、破损和丢失，就不能保质保量地完成货物的运输；如果在运输中发生重大事故，车毁船沉，不仅不能完成任务，而且会造成生命和财产的重大损失，所以国际货物运输要把安全放在首位。

（2）迅速

就是要严格按照贸易合同的要求，把进出口货物及时地运进来或运出去，不仅国际市场有争时间抢速度的问题，国内市场也同样面临这一问题，时间就是效益。只有不失时机地把出口货物运到国外市场，才有利于巩固出口货物的市场地位。

（3）准确

就是要把进出口货物准确无误地运到交货地点，包括准确地办理各种货运单证手续，使单货相符；准确地计收、计付各项运杂费，避免错收、错付和漏收、漏付；只有准确才能说得上又好又省，发生任何差错事故，必然会造成损失，这是显而易见的。

（4）节省

就是要求通过加强经营管理，精打细算，降低运输成本，节省运杂费用和管理费用，减少外汇费用支出，用较少的钱办较多的事，为国家和社会创造更大效益。

（5）方便

就是要简化手续，减少层次，为货主着想，急客户所急，立足于为客户服务。竭尽全力为客户排忧解难，要使客户感到在办事手续、办事时间、办事地点、采用的运输方式，以及配套服务等方面十分便利。

总之，“安全、迅速、准确、节省、方便”是相互制约、相辅相成的，要想成为有竞争力的、一流的货运代理，必须按照这一方针的要求去做，这“十字方针”是一个有机联系的整体，可以根据市场供求的缓急、商品特性，以及运输路线与运力的不同情况，全面考虑，适当安排，必要时可以有所侧重。

1.2.8.3 国际货运业务中时间控制方法

许多负责进口采购或进出口业务的人员，都会抱怨进口原料和产品的周期很长。但问到他们为什么会这样长时，得到的答案又过于简单，往往是说，进口商、国外厂商或货代就是这样说的。而这种敷衍或推脱使得我们减少了对整个进口渠道进行改进的动力或机会。

许多情况下，都是信息或单证滞后于供应链中的实际工作步骤。如，很多公司在向国外厂商订货之后，往往是被动地等待，特别是等货到达港口后好几天才得到货代或承运人的到货通知。可能有的公司会把这归结于货代或承运人的服务质量差，但仅此而已。事实上，我们在这里应更多地采取积极主动的办法。

通过对整个流程的了解，要求相关的服务商提供及时准确的信息。所谓及时，不仅指等到每个步骤完成之后的信息通报，而是尽可能地要求渠道中的服务商或供应商提供事先的预报。如对报关的处理，较为传统的做法是等到货物抵达之后，从货代或承运人处获得了相关单证(装箱单和商业发票等)，才开始报关的动作。结果是，有时由于单证的传递或对错误单证的更正处理时间延迟了报关的时间，必然产生了额外的仓储费用(许多的承运人和货代一般都提供免费存储的时间)和滞报金。一个较好的解决办法应该是，在货物抵达之前就从发货人那里取得相关的单证，从而使报关的动作更为从容。

对各个步骤的衔接事先做严密的计划(甚至时间表)，同时，对各方在其中的责任事先确定清楚。

与供应渠道的各个参与者共同压缩周期时间，直到供应商的生产周期，这对整个国际货运(特别是进口业务)的周期时间的控制是非常重要的。由于它的周期一般比较长，不稳性也相应地增加了。根据在以前对产品以及原材料库存控制的多数文章中，这种较长的周期及过大的不稳定性，使得我们在对供应链库存水准设计时，不得不考虑设置较高的周期库存和安全库存。否则，将不得不降低供应渠道的期望服务水准，这势必造成经常性的货物短缺。在解决上述问题时，目前较多采用电子商务、保税仓库及供应中心(Supply Center)等新的手段和概念。

1.2.9 国际货运保险的办理选择

1.2.9.1 保险利益

保险人所承保的标的，是保险所要保障的对象。但被保险人(投保人)投保的并不是保险标的本身，而是被保险人对保险标的所具有的利益，这个利益，叫做保险利益。投保人对保险标的不具有保险利益的，保险合同无效。

国际货运保险同其他保险一样，被保险人必须对保险标的具有保险利益。这个保险利益，在国际货运中体现在对保险标的的所有权和所承担的风险责任上。以 FOB、FCA、CFR 和 CPT 方式达成的交易，货物在越过船舷后风险由买方承担。

一旦货物发生损失，买方的利益受到损害，所以买方具有保险利益。由买方作为被保险人向保险公司投保，保险合同只在货物越过船舷后才生效。货物越过船舷以前，买方不具有保险利益，因此，不属于保险人对买方所投保险的承保范围。以 CIF 和 CIP 方式达成的交易，投保是卖方的合同义务，卖方拥有货物所有权，当然具有保险利益。卖方向保险公司投保，保险合同在货物启运地启运后即生效。

1.2.9.2 办理国际货运保险

办理国际货物运输保险，需要综合考虑各方面的因素，投保时才能做到合理、有利、防风险于未然。

办理国际货物运输保险，是每一单出口业务都要做的事，但要办得既稳妥又经济却不简单。由于实际操作中情况千差万别，因此，如何灵活运用保险，回避出口货物运输中的风险，是技巧性很强的专业工作。

国际货物运输险就业务内容来讲是最复杂的。它的品种多，不仅有主险和附加险，而且附加险又分一般附加险、特别附加险和特殊附加险。主险的选择、主险和附加险的搭配运用都需要专业知识。

1.2.9.3　险别选择五要素

在投保时，你总是希望在保险范围和保险费之间寻找平衡点。要做到这一点，首先要对自己所面临的风险作出评估，甄别哪种风险最大、最可能发生，并结合不同险种的保险费率来加以权衡。

多投险种当然安全感会强很多，但保费的支出肯定也要增加。出口商投保时，通常要对以下几个因素进行综合考虑：

(1) 货物的种类、性质和特点；

(2) 货物的包装情况；

(3) 货物的运输情况(包括运输方式、运输工具、运输路线)；

(4) 发生在港口和装卸过程中的损耗情况等；

(5) 目的地的政治局势，如在1998年北约空袭南联盟和1999年巴基斯坦政变期间，如果投保战争险，出口商就不必为货物的安全问题而心惊肉跳了。

综合考虑所保货物的各种情况非常重要，这样既可节省保费，又能较全面地提高风险保障程度。现在出口业务普遍利润微薄，而风险发生的可能性却有增加的趋势，因此在投保时更应仔细权衡。

1.2.9.4　何时选用一切险

“一切险”是最常用的一个险种，买家开立的信用证也多是要求出口方投保一切险。投保一切险最方便，因为它的责任范围包括了平安险、水渍险和11种一般附加险，投保人不用费心思去考虑选择什么附加险。但是，往往最方便的服务需要付出的代价也最大。就保险费率而言，水渍险的费率约相当于一切险的1/2，平安险约相当于一切险的1/3。

是否选择一切险作为主险要视实际情况而定。例如，毛、棉、麻、丝、绸、服装类和化学纤维类商品，遭受损失的可能性较大，如粘污、钩损、偷窃、短少、雨淋等，有必要投保一切险。有的货品则确实没有必要投保一切险，像低值、裸装的大宗货物如矿砂、钢材、铸铁制品，主险投保平安险就可以了；另外，也可根据实际情况再投保舱面险作为附加险。对于不大可能发生碰损、破碎或容易生锈但不影响使用的货物，如铁钉、铁丝、螺丝等小五金类商品，以及旧汽车、旧机床等二手货，可以投保水渍险作为主险。

有的货物投保了一切险作为主险可能还不够，还需投保特别附加险。某些含有黄曲霉素的食物，如花生、油菜籽、大米等食品，往往含有这种毒素，会因超过进口国对该毒素的限制标准而被拒绝进口、没收或强制改变用途，从而造成损失，那么，在出口这类货物的时候，就应将黄曲霉素险作为特别附加险予以承保。

1.2.9.5　主险与附加险灵活使用

1998年某公司出口一批钢材(裸装)到中美洲国家，向保险公司投保了海洋货物运输“水渍险”。货物抵达目的地后，发现短卸5件。收货人即联系保险单所列检验理赔代理人进行检验清点，该检验人出具检验报告证实短卸事实，收货人于是向保险公司索赔。但是该段运输只投保了“水渍险”，“短卸”并不在承保范围内，保险公司爱莫能助。此类货品若投保水渍险附加偷窃提货不着险，就可以解决上述问题。加保的保费一般按一切险的80%收取。

保险公司在理赔的时候，首先要确认导致损失的原因，只有在投保险种的责任范围内导致的损失才会被赔偿，故此，附加险的选择要针对易出险因素来加以考虑。例如，玻璃制品、陶瓷类的日用品或工艺品等产品，会因破碎造成损失，投保时可在平安险或水渍险的基础上加保破碎险；麻类商品，受潮后会发热，引起霉变、自燃等带来损失，应在平安险或水渍险的基础上加保受热受潮险；石棉瓦(板)、水泥板、大理石等建筑材料类商品，主要损失因破碎导致，应该在平安险的基础上加保破碎险。

目标市场不同，费率亦不同，出口商在核算保险成本时，就不能“一刀切”。举例来讲，如果投保一切险，欧美发达国家的费率可能是0.5%，亚洲国家是1.5%，非洲国家则会高达3.5%。另外，货主在选择险种的时候，要根据市场情况选择附加险，如到菲律宾、印尼、印度的货物，因为当地码头情况混乱，风险比较大，应该选择偷窃提货不着险和短量险作为附加险，或者干脆投保一切险。

1.2.9.6 防险比保险更重要

保险是转移和分散风险的工具。虽然风险造成的损失保险公司会负责理赔，但货主在索赔的过程中费时费力，也是不小的代价，所以，预防风险的意识和在投保的基础上做一些预防措施非常必要。

因集装箱的破漏而导致货物受损的案例越来越多。要防止这种风险，必须注意：

(1) 尽量选择实力强、信誉好的船公司，他们的硬件设备相对会好一些；

(2) 在装货前要仔细检查空柜，看看有无破漏，柜门口的封条是否完好。还要查看是否有异味，推测前一段装了什么货物。

如果你现在要装的货是食品或药品，而以前装的是气味浓烈的货物甚至是危险性很高的化工产品的话，就可能导致串味，甚至使货物根本不能再使用。

为了以后办理索赔更方便，提单最好选择船东提单，而不是货代提单。因为船东提单是严格按照装运实际情况出具给发货人的，而货代提单则存在倒签装船日期、提单上船名与实际船名不符这样的情况，这会给将来的索赔取证工作带来麻烦。

1.3 国际货代与TPL

1.3.1 国际货代向TPL转型

1.3.1.1 TPL与国际货代

第三方物流(Third Party Logistics，简称TPL)中的“第三方”是相对“第一方”(发货人)和“第二方”(收货人)而言的。第三方不拥有商品，不参与商品的买卖，而是为货主提供以合同为约束的系列化、个性化、信息化的物流服务组织，它是国际运输市场一体化的结果。第三方物流是建立在现代信息技术与企业伙伴关系的基础上，在整合相关资源后，为客户提供运营和管理的服务。运营服务的主体功能是运输、仓储、加工、包装、装卸、分拨等作业，车、船、货、港的有机衔接;管理服务的主体功能是设计物流系统、供应链整合、EDI处理、信息管理、咨询等服务。

现代物流一般是指第三方物流,第三方国际物流是现代物流的重要组成部分。第三方物流的作用在于通过优化流通组织系统的资源配置,充分发挥系统中各企业的核心资源优势,实现强强集群,形成集约化、规模化经营,以提高效率和效益。从现象上看,第三方物流是运用现代的科学技术手段和工具实现货物物理性质的安全、可靠、准确、及时的转移。从本质上看,第三方物流是通过对生产、流通结构进行合理、高效的整合,使其协调、完善,从而减少社会必要劳动的消耗,降低物流成本,给企业带来巨大的经济效益,故有人把现代物流称为"第三利润源泉"或未开发的"黑色大陆"。

TPL是由物流的供方和需方之外的第三方去完成物流服务的物流运作方式,在某种意义上,它是物流的一种形式。TPL涉及的服务范围非常广,它不仅能够提供一般国际货运代理所提供的仓储、报价、报关、运输、分拨等初级服务,还能提供信息通讯、包装、人员培训、物品配送等更高层次的服务,并且TPL企业通常与货主建立长期的伙伴关系,为以后的工作开展打下稳固的基础。

国际货运代理企业经营第三方国际运输,是承运人与货主之间的第三方,而第三方物流则是生产者与消费者之间的第三方,基本上都是中间人的性质。国际货代企业开展的是国际货物运输组织与管理业务,而第三方国际物流企业开展的是物流系统或供应链的组织与管理活动,国际运输都是其核心业务。国际货代企业面向世界,一般运作比较规范,是我国物流业的先驱,有可能通过组织变革,转型成为国际物流企业。

我国的国际货运代理企业已经达到31 000多家,但是其运营规模和服务质量参差不齐。特别是入世后,我国货运代理市场进一步开放,因此,国际货运代理将面临新的竞争格局。

1.3.1.2 一大批外资船公司将纷纷建立自己的货代公司

外资船公司直接和全面地控制货流,参与市场竞争。与国内船公司设立货代机构相对应,海外船公司逐步获得货代经营权,设立独资公司,享有报关、揽货和使用货代专用发票资格,并被允许在全国设立多家分支机构。

因此,对公共货代公司的海运货代业进一步造成严重冲击。与此同时,他们还用多种竞争手段挤压中国货代的经营空间。如对出口货,以远低于给货代的运价向出口人直接报价,轻而易举地抢走我们多年的客户;通过其海外的国际网络,用在信用证上"指定货代"的方式架空我国货代;在与我国货代签定订舱协议中,增加苛刻的限制性条款,限制我国海运货代业务的正常开展。

因此,大量的外资船公司全面地参与到货代业务上来,无疑对我国的公共货代公司造成巨大的压力。

1.3.1.3 中外合资的货代企业将纷纷走向独立

入世后,海外船公司的经营更加自由,特别是其内地运输服务更加不受限制,我国货代公司处于更不利的地位。

外资公司对我国市场觊觎已久,他们进入我国市场的策略往往是先合资,建立进入市场的桥头堡,利用和我国企业合资的机会了解和熟悉我国市场,一旦时机成熟就抛开合作方,独立进行业务和网络运行,占据我国的国际货代市场。

1.3.1.4 大批船公司和航空公司纷纷开拓物流业务

这些公司进一步控制货源，直接控制大货主，使货源进一步从中国货代流失。入世以来，开展物流业务的船公司和航空公司越来越多，甚至港口、铁路、仓储、生产和商贸企业纷纷利用自身的特殊地位和便利条件参与到物流的洪流中来。随着新的竞争主体的出现，市场竞争更加激烈，货代企业的生存空间受到了越来越大的威胁。

我国外贸运输业的发展仍有很多不足之处，这主要表现在：

(1) 总体上缺乏统一的协调发展，尚未形成成熟的统一规划布局和有机高效的综合运输网络；缺乏一整套系统、科学、流畅的业务运作流程，重复投资、重复建设现象严重，从而很难体现整体经营效率。

(2) 科技含量不高，运输设备落后，计算机网络水平低，从而降低了信息传递的效率，给运输业的快速发展带来了一定困难。

(3) 在经营理念与方式上，仍属于粗放型经营，市场开拓力不够。

(4) 从员工素质上看，缺乏高素质的复合型人才，员工素质较低，专业人员缺乏。

从基础配套设施来看，各种设施的建设还十分不完善。例如，青岛港西移至前湾港的工程是青岛港实现5年之内成为中国北方国际航运中心的关键一步。由于大部分企业在青岛市内，要将货物运到黄岛需要2个多小时的时间，如果跨海大桥建成则可大大缩短这一时间，从而提高工作效率。这要求我们的指导思想转到建设建立综合运输体系上来，从单一的货物运输向提供多种服务功能的TPL转化。

1.3.1.5 国际货代向TPL转型的必然性

1) 目前国内物流业的发展趋势必然走向TPL

我国目前与物流相关的总支出有19000亿元人民币，物流所占GDP的比重为20%左右，TPL市场的潜力很大。但真正意义上的TPL处于发展初期，2001年的市场规模在400亿元人民币以上。70%的物流服务提供商在过去的3年中，年均业务增幅都在30%。2000—2005年整个TPL市场的年增长率将达25%。国外的TPL供应商主要关注进出口物流，约占业务收入的70%，所以他们的服务客户98%是外商独资或中外合资企业等外国客户。我国的TPL服务供应商更注重国内物流的商机，收入占总收入的88%。有消息表明，国际的物流供应商正在寻找我国的合作伙伴，以获得迅速进入市场的机会。

2) 客户对TPL需求千差万别，物流外包将是一个渐进过程

(1) 对客户而言，降低成本和周期，提高服务水平是面临的主要挑战，但不同行业重点不同。汽车制造业，随着其逐步从依赖进口零配件转向从本地的零配件生产企业进货，他们越发强调通过“及时配送”降低库存水平的重要性；对服装行业，更重要的是如何缩短周转时间，以便对快速变化的市场流行趋势做出及时反应。

(2) 客户认同国际物流供应商在IT系统、行业以及专业方面的经验。同时，他们认同我国物流供应商在成本、本地经验与国内网络方面的优势。这一结果同时证实了国内物流供应商同国际物流供应商建立战略联盟的协调效应。

(3) 目前我国企业尤其是传统的国有企业，使用TPL服务的比例较小，而在我国的跨国企业在外包物流方面的脚步最快，是目前我国TPL市场的重点。但这些跨国公司在外包时也十分谨慎。

1.3.2 国际货代开展 TPL 服务措施

1.3.2.1 TPL 等企业与国际货代业务

(1) 国际货代是货运代理人，不是船公司或实际承运人；TPL 是船公司或实际承运人。

(2) 国际货代与 TPL、货运公司本质上是一样的。

(3) 国际货代又不同于船代，船代可以代表船公司处理有关订舱、签单、改单、放箱等工作。

(4) 国际货代有一级与二级之分，一级国际货代有美元发票，二级没有而且必须要到国税局开票。

一级国际货代可直接向船公司订舱，但不一定有资格订舱，有许多船公司只指定了几个少数的国际货代做为订舱口。所以并不是说一级就是怎么着了，大部分的一级只能局限于几个船公司有订舱权。

(5) 选择 TPL 或是国际货代，主要都是看他的服务。服务是重点，价格当然也希望便宜，价廉物美。

(6) 有订舱权的一级国际货代，并不一定能争取到好的价格与服务，有许多情况，订舱的国际货代反而要向通过他订舱那家国际货代(其他一级或二级)拿价格与舱位。

(7) 国际货代挂靠很正常；TPL 是自行注册、自行开展业务活动。

(8) 口岸(上海，宁波)的国际货代不一定是一级国际货代，90%以上口岸国际货代也是没有订舱权的国际货代或者二级国际货代。

(9) 国际货代的主要工作是订舱、报关等工作；TPL 的主要工作是运输。

(10) 报关不一定是报关行(公司)报，国际货代也可以报，有的国际货代只做报关的事情，其他事情他不做。

(11) 货主订舱必须通过国际货代向船公司订舱，船公司接了货主的单，最终还是要通过国际货代做的。

拼箱订舱不是向船公司订的，而是通过国际货代公司订的，船公司一般不接受拼箱的，所以拼箱提单一般不是船公司提单。

(12) 无船承运人与一级国际货代本质也是一样的，前者是交通部核准的，后者是外经贸核准的，前者可开海运发票，后者只能用代理发票。TPL 可以解决国际货代能办和不能办理的物流业务。

1.3.2.2 国际货代开展 TPL 服务措施

(1) 要拓展服务范围，突出服务特色，向服务多元化发展。国际货运代理企业必须成为一个服务提供的多面手，同时结合这些企业的实际需要，为其提供有针对性的、个性化的特色服务，解决企业开展国际物流方面所遇到的种种难题，特别是面对中外合资企业、外商独资企业这样国际化企业对 TPL 的要求。国际货代企业应提供一个全套、完整的物流解决方案，通过合作、代理、联营等多种手段，为客户提供“一站式”物流服务，使货主企业真正感受到 TPL 服务商带来的方便、快捷、高效。

(2) 要认真研究所服务行业的特点，慎选服务对象。国际货运代理企业在开展 TPL 服务业务时，必须对服务对象有所取舍，在对人力、财力、物力、服务水平进行综合考虑的基础上，选择能发挥自己最大长处的行业介入。这样，既能充分发挥自己在国际货运方面的业务所长，又能为货主企业提供切实需要的个性化服务，从而赢得货主企业的信赖，保证今后业务的顺利开展。

(3) 保持合理的人力资源配置结构。目前，国际货代企业缺乏既懂国际货运又懂货主具体业务的复合型人才。因此一方面要加大对从业人员的培养力度，使从业人员深入了解某一具体行业的生产流程、组织结构、人员配备等，了解该行业目前的运输业务状况及未来的发展目标；另一方面还要加快人才引进步伐，吸纳社会上那些既懂行业又懂国际货运的复合型人才，高起点发展 TPL 业务，为货主企业提供切实有效的物流服务和解决方案。

(4) 完善的信息交流系统。国际货代企业要加强自身的信息化建设，如建设自身的 MS（信息管理）系统，改善公司内部的交流与沟通，建设 CRM（客户资源管理）系统，加强与客户的交流与沟通等。

(5) 要有良好的公司信誉。货主企业愿意将国际货运业务外包给专门的国际货运代理公司或通过 TPL 企业开展物流业务，其目的无非是要减少运输成本，提高运输效率，提升为客户的服务质量。因此，必须要有良好的市场信誉，能获得货主企业的信任。国际货代企业的信誉是通过其服务质量体现出来的，为了保证良好的企业信誉，必须从提高服务质量上下功夫，牢固树立"用户第一"的服务思想。

1.3.3 国际货代与 TPL 经营人的区别

1.3.3.1 TPL 经营人的认定

所谓 TPL 是相对第一方，即买卖合同中的卖方、运输中的发货人，或第二方即买卖合同中的买方、运输中的收货人而言，他是根据第一方、第二方的委托提供所需要的服务的。因而，在物流业中，除第一方、第二方以外的物流经营人均可称之为第三方。尽管整个物流过程中出现众多当事人，但其合同当事人之间的关系是非常清楚的，其合同关系：

(1) 第一方与第三方合同当事人；

(2) 第二方与第三方合同当事人；

(3) 第三方与运输、储存、加工、包装、装卸其他合同当事人；

(4) 第一方或第二方与运输、储存、加工、包装、装卸或其他人之间均不存在的合同关系。

1.3.3.2 TPL 经营分类与性质

1) 分类

现代物流业通常对 TPL 的分类有：

(1) 承运人型，主要是船公司、无船承运人、陆路承运人；

(2) 客户代理人型，相对第一方、第二方而言的第三方，即受第一方、第二方的委托为其提供服务的人；

(3) 仓储经营人型，对客户提供的原料、商品或其他进行储存、加工、装卸的经营人。

2) 性质

根据现行 TPL 经营人业务的活动看，其性质是：

(1) TPL 经营人不拥有自己的商品；

(2) TPL 经营人可拥有自己的运输工具、仓储设施、装卸机械或其他硬件设施；

(3) TPL 经营人可分别为第一方、第二方提供服务，也可同时为第一方、第二方提供服务；

(4) TPL 经营人在提供服务后有权收取费用(其中包括佣金、差价);

(5) 在与第一方、第二方订立合同后,或取得第一方、第二方代理权后,应在合同范围内从事活动,承担合同责任,并不得将代理权转让给其他人;

(6) 在法律上,TPL 经营人必须进行登记,并受制于相关法规的制约。从上述 TPL 经营人的基本性质看,TPL 经营人主要是接受委托,就有关商品运输、转运、仓储、加工、进出口报关、进出口报检、装拆箱等业务服务的一个经营人。因此,TPL 经营人对同一商品的物流活动同时受制于多个合同的制约。

1.3.3.3 TPL 经营人与国际货代、无船承运人的关系

现行的国际货运代理业主要从事货物运输、进出口单证制作、代客户进出口报关、报检等业务。但一旦成为 TPL 经营人后,其业务范围有进一步的扩展,如货物的零星加工、包装、货物装拆箱、货物标签、货物配送、货物分拨等。

此外,TPL 经营人大多在通过软件服务的同时提供硬件服务,即可对客户提供运输工具、装卸机械、仓储设施,并有效地利用自己所有的设备或设施,从中获取更大的"附加价值"或"附加效益"。

然而,国际货代即使从事 TPL,或成为 TPL 经营人,但其地位仍受到定义限制和更高层次下的 TPL 服务。可以说,国际货代和无船承运人在一定程度上是 TPL 经营人的基础。

从目前 TPL 经营人的"出身"看,大多是国际货代、仓储经营人、运输经营人。他们是在经营传统业务的同时进入物流业,并逐步为客户提供部分或全部的物流服务。从他们公司挂牌的转变便可清晰地看出这一"演变"过程,但这应与其所从事的业务相符合,不能为公司进入物流业在其名称上进行"炒作"。国际货代从事 TPL 业不仅有其业务基础,也是社会分工专业化和市场竞争发展的必然结果。

1.4 中国国际货代业

1.4.1 我国国际货代概况

1.4.1.1 历史

国际货运代理行业虽然已经有百年以上的历史,然而随着社会的发展,尤其是基于国际互联网的信息技术的飞速发展及当代物流行业的发展和逐步形成,传统的国际货运代理行业受到了巨大的挑战和冲击。

中国国际货运代理行业的发展历史,与世界各国的情况大同小异。早在通过丝绸之路与欧亚各地通商时,就有报关行业,在郑和下南洋、下西洋、东渡日本时,就发展了海运。

1949 年全国解放后,中国远洋、中外运两大公司组建了船队,并不断壮大,拥有近、远洋船只 1800 余艘,2200 万载重吨运力,使贸易扩展到世界各地。相应地在沿江、沿海港口城市,建立起上千家报关行,仅天津市就有 156 家,从业人员约 800 多人,约占贸易行数量和人数的 1/7,至 1955 年 12 月 31 日公私合营时,随贸易行归口到八大进出口公司,各公司的报运科,就是以此为基础建立起来的,并从中间抽调了部分人员充实到天津外运公司。从此,由社会报关变成为企业自行报关,各公司的报关科也就成了各公司的国际货运代理,他们与世界上 160 多个国家的同行建立了网络关系,为国家进出口贸易运输奠定了人力、物力、财力基础。

改革开放后的中国国际货运代理行业，由外运独家代理变为多家经营，经济成分由全民所有制，发展为中外合资、外商独资、股份制、有限责任公司等所有制形式。体制改革后，中外运系统和外贸专业公司的报运科受到了冲击和锻炼，市场经济竞争之特征日益明显。

1988年以前，全国只有2家货代公司，即中国对外贸易运输总公司和中国远洋运输公司。1988年3月国务院下文，“船舶代理、货运代理业务实行多家经营，他们分别由船公司和货主自主选择，任何部门都不得进行干预和限制”。在这之后的几年中，中国国际货运代理企业陆续成立，且随着时间的推进，中国国际货运代理企业纷纷上马，其发展态势不容忽视，中国国际货代业呈现出一片生机勃勃的景象。

1991—1994年，是中国境内国际货运市场发展的高峰时期，当时干线船与支线船在运价上差额颇大，承运人和货运代理效益颇丰。

1990—1994年，一批有作为的国际货代民营企业破土而出，他们是：锦程集团(1990年6月)，山东海丰集团(1991年5月)，大田集团(1992年6月)，利通公司(1993年1月)，北京东方百福集团(1993年12月8日)，宅急送(1994年1月)，山东泛亚公司(1994年2月)，江苏苏来公司(1994年3月)，九九星快递公司(1994年3月)，上海成彤公司(1994年9月)，上海天天公司(1994年10月)，上海宝霖公司(1994年12月)。

1993年底，经商务部批准的国际货代企业共510家。

中外运-敦豪国际航空快件有限公司，1993年的净利润比1992年增加了100%，创下了历史的最高记录。

从1994年下半年开始，二程船公司进入中国境内，在运费上缩小了差额，逐步与国际货运市场运价接轨，国际货运呈现出薄利多运之势，对货主大为有利，而承运人乃至货代企业，则感到竞争加剧，钱难赚。实力弱的承运人和无实力的货代退出了市场，其中有的自生自灭。运价并非承运人和货代主观意志所能左右，而是货源与运力供求关系的变化所致，作为国际货运代理企业，只能在激烈的竞争中，为货主提供信息，为船东承揽货源，以信誉、服务质量和实效获得相应服务效益。然而拖欠运费，已影响货代与承运人的资金时间价值效益，资金时间价值是以利息形式存在的，拖欠的原因是非正常竞争揽货所致，使货代企业垫付运费后，短期内难以收回账款，甚至成为呆账。为此，货代行业理应采用以“确认付费放单”和“见费放单”之举措，以防超时限，造成资金损失，并以此明确货运物权凭证和债权、债务之关系，使之能维护行业权益和信誉。

1999年底，全国共有经商务部批准的国际货运代理企业达到1 600家。如果没有这么多国际货代企业的积累，当然就不会有现在众多成绩显赫的国际知名货代企业，因为质的基础是量，量的积累终于达到了质的飞跃。

国际货运代理业的管理部门应依照国家的法律、法规进行宏观调控，使其适应外经贸发展之合理布局，加强行业规范化管理，管理的目的是维护行业合法权益。如，天津市国际货运代理协会依照国家法令，制定出天津市国际货运代理业的行为规范实施细则，并拟定出了TIFFA会员标准权益条款，协助市外经贸局和地税局，在贯彻执行国际货运代理行业实施专用票方面，起到了促进作用。而且，在实施中，使天津市的国际货运代理行业增强了实力，得以有序而健康地发展。

作为国际化的服务行业，中国国际货运代理行业一样不可避免地要面对这种挑战和冲击。中国的国际货代行业在2000年已经走向分化，2001年后分化带来了更明显的效果，传统的货运代理业感受到更加巨大的生存和发展压力。

2002 年 12 月 11 日起，货运代理行业允许外方控股，外资比例可以达到 50%。

2003 年 1 月 10 日起，新的《外商投资国际货运代理业管理办法》正式实行，外商可控股合资货运代理的 75%的股份。

根据中国加入世界贸易组织的承诺，2005 年 12 月 11 日后，中国货运代理行业全部对外开放。

由于国家重视，政策鼓励，规范发展，我国国际货运代理行业发展十分迅速。到 2007 年 12 月底为止，我国已有国际货运代理企业近万家(包括分公司)，从业人员近 200 万人。其中，国有国际货运代理企业占了近 70%，外商投资国际货运代理企业占了近 30%。沿海地区国际货运代理企业占了 70%，内陆地区国际货运代理企业占了 30%。从事国际航空货运代理业务的企业 361 家，约占 9.6%。这些企业遍布全国各省、自治区、直辖市，分布在 30 多个部门和领域，国有、集体、外商投资、股份制等多种经济成分并存，已经成为我国对外贸易运输事业的重要力量，对于我国对外贸易和国际运输事业的发展，乃至整个国民经济的发展作出了很大的贡献。

目前，我国 80%的进出口贸易货物运输和中转业务(其中，散杂货占 70%，集装箱货占 90%)，90%的国际航空货物运输业务都是通过国际货运代理企业完成的。

1.4.1.2　中国国际货运代理市场的对外开放

国际货运代理行业的对外开放是我国对外开放的组成部分，和其他行业的对外开放一样都是渐进式、分步骤的。但是由于该行业的特点，它的对外开放也有不同于其他行业的地方，这些共性与个性都集中体现在外经贸部 1995 年颁布的《外商投资国际货物运输代理企业审批规定》和 1996 年颁布的《关于台湾海峡两岸间货物运输代理管理办法》中。

所谓外商投资国际货物运输代理企业是指以中外合资、合作形式设立的接受进出口货物收发货人的委托，以委托人的名义或以自己的名义，为委托人办理国际货物运输及相关业务并收取报酬的外商投资企业。申请设立外商投资国际货运代理企业除必须具备《管理规定》所规定的条件外，还必须具备国家有关外商投资企业的法律法规所规定的条件和以下条件(其中一些条件是我国在 1997 年 11 月利用 GATS 对最惠国待遇义务的特殊规定列出的开价单中的一部分)。

(1) 中国合营者至少有一家是国际货运代理企业或年进出口贸易额在 5 000 万美元以上的外贸企业，符合上述条件的合营者在中方中占大股，外国合营者必须是国际货运代理企业。

(2) 中外合营者均须有 3 年以上国际货运代理或外贸业务经营历史，有与申办业务相适应的经营管理人员和专业人员，有较稳定的货源，有一定数量的货运代理网点。

(3) 中外合营者任何一方不得在申请之日前 3 年内有过违反行业规定的行为并受过处罚。

(4) 水运和航空承运人以及其他可能对货运代理行业带来不公平竞争的企业不能作为合营方。

(5) 外商投资国际货运代理企业注册资本最低限额为 100 万美元。

(6) 外国公司、企业可以合资、合作方式在中国境内设立外商投资国际货运代理企业，中国合营者的出资比例不应低于 50%，不允许外国公司、企业以独资方式在中国境内设立这类企业。

(7) 外商投资国际货运代理企业的经营期限不超过20年。

(8) 同一个外国合营者在中国境内投资设立国际货运代理企业经营不满5年,不得投资设立第二个国际货运代理企业。

(9) 外商投资国际货运代理企业正式开业满1年且合营各方出资已全部到位后,可申请在国内其他地方设立分公司,每设立一个分公司,应增加注册资本12万美元,分公司的经营范围不能超出总公司,并由总公司承担连带责任。

商务部是此类企业的审批与管理机构。申请设立此类企业时,由中方合营者将申请文件报送给当地的外经贸部门,该部门会同外资管理部门、储运管理部门进行初审,初审同意后再报送外经贸部。批准后,颁发《外商投资企业批准证书》和《国际货物运输代理企业批准证书》,中方申请者持以上2个证书到工商行政管理部门办理注册登记手续。

《关于台湾海峡两岸间货物运输代理业管理办法》是外经贸部1996年8月21日实施的,目的是为了促进海峡两岸间经济贸易交流和航海运输业的发展,维护正常的货物运输代理经营秩序,贯彻"一个中国、双向直航、互惠互利"的原则,加强对从事代理海峡两岸间直达航海货物运输业务的管理。办法规定,中国大陆港口与台湾地区港口之间的海上直达货物运输属于特殊管理的国内运输,外经贸部为主管机关。该办法未规定的有关事宜参照管理规定执行。

国际货运代理市场在我国是一种新兴市场,它的对外开放要从中国实际出发,从我国的市场与发达国家同类市场的具体差异出发,制定相应的政策措施。既然是成长中的新兴市场,就要有合理的保护措施。随着我国国际货运代理市场的发展壮大,货代企业逐步成熟,管理机制逐渐完善,我国将逐步扩大货运代理市场的对外开放,这种开放是渐进式的。根据我国对外贸易发展和入世的需要,我国的国际货运代理市场一定要坚持平等互惠,逐步有序地对外开放的原则,坚持国内市场成熟程度与对外开放程度大体协调同步的原则。

国际货运代理业历史悠久,作为国际贸易与国际运输间的纽带,货运代理以其托运人代理身份集中货源,赚取佣金,提高了运输效率。随着集装箱运输方式的出现和世界范围内货物运输的集装箱化,运输业的发展已从过去各种运输方式各自单独发展的时代,转变为各种运输方式相互衔接、协调发展的时代。多式联运过程的复杂性,为货运代理业提供了发展和繁荣的土壤,货运代理也只有在多式联运中才能够最充分地发挥节约成本、提高运输效率的作用,以满足社会经济生活对货物高效率空间位移的需要。

传统的国际货运代理存在与发展的最根本基础是社会信息的不完全、不充分,因为他们掌握了供需双方都需要却没有的信息,对之进行有效利用,降低了供需双方的交易成本,从而促成他们之间的买卖协议。然而随着社会进步,特别在步入新经济时代后知识经济、互联网的发展,使信息的获取变得极其便利,这使得传统航运中介生存的基础有所动摇。同时在多式联运蓬勃发展的情况下,以赚取佣金为主要利润来源的货运代理面临着信息透明化的巨大压力,并且由于运输船舶载货量的增加,海运竞争加剧迫使运费下降,货运代理的利润空间也随之缩小。而另一方面复杂的多式联运又需要专业化的运输人才为货主安排运输,货主需要承担更多风险但又比承运人更加快捷灵活的运输中介。因此,以无船承运人为特征又承担承运人责任的无船承运人出现了。

货运代理人和无船承运人就业务性质来看,前者接受货主的委托,代为处理仓储、拖车、商检、报关、代缴运杂费、寄单等业务,货运代理虽可签发自己的提单,但此时他已演变为无船承运人;后者除了接受上述业务外,还能以承运人的名义接受货主订舱,收取运费,并签发自己的提单(境外货代办事处必须委托一级货代进行业务操作)。目前,我国各地的当地中资货代公司大都属于前者,中外合资或外商办事处几乎都属于后者。

国外货代业的发展呈现规模化、专业化、网络化、物流化的趋势,从整体上讲,我国目前国际货运代理业的现状可用4个字来概括——“小”(经营规模小、资产规模小)、“少”(服务功能少、专业人才少)、“弱”(竞争力弱、融资能力弱)、“散”(服务质量参差不齐、缺乏网络或网络分散,经营秩序不规范)。随着经济全球化带来的挑战及入世后我国货运市场的进一步开放,我国的国际货运代理业必将分化重组。在这种大背景下,关注思考我国国际货代企业的发展方向就显得十分必要。

规模化,是货运企业应对经济全球化挑战的必然选择。经济全球化的实质就是优化配置全球资源,由其引发的主要特征是世界范围内产业结构的调整和转移,其中的一个突出表现就是货代企业合并、收购、重组高潮迭起。

专业化,是培育货代企业核心竞争力的必然要求。货代企业应当完成向独立经营人(无船承运人)的角色转换,为此就必须拓宽服务功能,提升服务档次。专业化是培育和增强企业核心竞争力的重要途经,一个货代企业只有立足于专业化经营,才能将它区别于其他企业的地方淋漓尽致地表现出来,通过核心竞争力来创造利润,从而使其在激烈的市场竞争中立于不败之地。

网络化,一是指货代企业有形的国内外营运网点的建设,二是指总部对货代企业营运网点的资源能统一调配,通过网络运作追求规模效益。货代企业这些星罗棋布的网点通过电子商务实现内部资源网络化运作,这是联结这些分割的有形网点的最快捷和最有效手段,唯有如此,才能达到提高效率、降低成本、共享资源的目的。

物流化,第三方物流作为现代物流的核心思想之一,对于货代企业优化产业结构、提高竞争实力、培育新的利润增长点无疑具有重要意义。货代传统意义上“发货人—货运代理—承运人—收货人”模式的国际货运代理将逐步消亡,取而代之能蓬勃发展的是“生产者—货运代理—消费者”模式的物流服务。

世界经济日趋一体化,跨国公司逐步将垂直型生产模式向全球平面型生产模式过渡,对传统外贸运输方式提出了新的要求,将现代物流技术引入外贸运输领域势在必行。也就是说,需要一些专业的物流公司为国际贸易提供第三方物流服务,这给传统的运输企业带来了发展的机遇及竞争的挑战。但最能得“近水楼台”之利的,就是那些原本具有物流基础设施及全球网络的货运代理公司和“NVOCC”(无船承运人)。

在国外,已经有一些此类的国际货代完成了向现代物流企业的转型,虽然不是很完善,但是仍然获得了比原先大得多的利润。中国加入了WTO与国际贸易有关的服务领域的开放已成定局,这些公司会依靠他们比较先进的物流管理经验及优势,同国内的货运代理公司争夺客户,国内的外贸运输企业将面临巨大的竞争压力。所以国内的货代业(包括无船承运人业)如果不想在以后的竞争中处于劣势,就应该未雨绸缪,努力寻找自己的物流发展空间。

1.4.1.3 我国国际货物运输代理业管理规定

1995年6月29日批准实施的《中华人民共和国国际货物运输代理业管理规定》(以下简称管理规定),是由对外贸易经济合作部发布实施的我国国际货运代理业的第一部行政法规。1998年1月外经贸部又出台了管理规定的实施细则。这些法规和细则的发布和实施建立了我国国际货运代理业管理的基本制度,有利于建立一个公平竞争的货运代理企业运营机制,是我国国际货运代理行业管理于经营活动走上法制化的标志。

管理规定及其实施细则将货运代理的身份界定为直接代理人、独立经营人，其中未把货运代理作为中间人列入。

货运代理的主管部门为对外贸易经济合作部，各省、自治区、直辖市和经济特区的人民政府对外贸易经济主管部门。依照规定在国务院对外贸易经济主管部门授权的范围内，负责对本行政区域内的国际货物运输代理业实施监督管理，国际货运代理行业目前划归外经贸发展司外贸货运处管理。

在设立条件方面，只有那些有与其从事的货代业务相适应的专业人员，有固定营业场所和必要营业设施，有稳定的进出口货源市场，注册资本满足最低限额的企业才准予设立。其中注册资本的最低要求为海运货代 500 万元人民币，空运货代 300 万元人民币，陆路货代或国际快递业务为 200 万元人民币。

在审批程序方面，申请人首先向拟设立货运代理企业所在地的地方对外贸易主管部门提出申请，由该主管部门提出意见后，转报外经贸主管部门审查批准，地方主管部门须在收到申请书和其他文件之日起 45 天内提出意见，外经贸主管部门应自收到申请书和其他文件之日起 45 天决定批准或不批准。

国际货运代理企业的经营职责主要包括安全、迅速、准确、节省、方便地为进出口货物收货人、发货人提供服务，确定并公布收费标准，每年 3 月底前向主管部门报送上一年度经营资料，使用经税务机关核准的发票。不得以不正当竞争手段从事经营活动，不得出借、出租或者转让批准证书和有关业务单证。

根据外经贸部的规定，任何行政机关和企业驻外地办事处，一切外商、港商驻华代表处、办事处，任何出口企业和政企合一、垄断经营、且能力不足的港口和铁路部门不能予以认可，无法获得货代企业认可证书，不能从事货代经营活动。

国际货运代理有权享受合同所规定的免责和其他权益，有权按合同或有关规定向承运人收取佣金、服务费和手续费等费用。

承运人与货主之间发生争议或法律纠纷时，货运代理有责任协助查清事实并提供有关证明，货运代理企业或其雇员本身的疏忽或过失，造成货物灭失或损害，应按有关契约承担责任，没有契约或未作规定的参照有关国际公约或惯例处理。

1.4.2 我国国际货代阶段

1.4.2.1 国家垄断阶段

1993 年以前，由中国外贸运输总公司（简称：中外运）在国家政策保护下高度垄断外贸运输业。

1.4.2.2 承运人控制阶段

1993—2000 年承运人控制的货运市场阶段。

1）前期

货代市场由垄断走向开放经营（但对外资企业依然严格限制），国内的大部分货代企业都是这一时期设立和发展的，总数已经在 2 000 家以上，市场空前繁荣。由于在这一时期航运市场并没有完全开放，但改革开放带来的经济增长带动进出口贸易猛增，中国航运市场的需求大于供给，按照经济学的规律，供给方占据了更有利的谈判地位，货运市场的控制权转移到承运人一方，有些基本的现象可以证明以上的分析。例如，目前中国至欧洲航线的运价水平还没有达到20世纪90年代中期的水平，那时因船舶舱位不足而甩货的现象也时有发生等。

在这一阶段，航运市场供给不足、运价信息不透明、由于政策的保护而很少有外资企业的竞争、承运人货运网络不完善而对货运代理的依赖等原因，使国内货代企业用简单的经营手段却赚取了超额利润，享受了短暂的"黄金时代"，完成了一定的资本积累，也形成了行业的初期规模。

2）后期

这一阶段是货运市场分化的前导，国内中国远洋运输公司、中国海运公司等大型承运人企业纷纷设立自己的货代机构，航运市场的开放使外资船公司——这些大型全球承运人开始直接向国内的货主企业揽取货载，在舱位与订舱回佣决定着传统货代业经营与利润空间的市场里，货代中间人的身份受到挑战，经营环境日趋恶化。

上海航运交易所的设立及运价指数的公布使运价市场信息公开化，可以标志着货代暴利时代的结束：2000年6月以来，上海9家班轮公司以市场变化为由，先是取消上海至东南亚各地区的到付运费佣金，接着到欧洲、澳、新航线的到付佣金由2.5%降到1.5%，虽然经各方交涉而有所抵制，但佣金制度已经动摇。船公司在其自身已经具备货代功能的前提下，对公共货运代理的依赖性显著降低。承运人一体化销售的成熟，并不仅仅威胁到眼前的代理佣金，而是作为中间环节的传统货代企业面临被淘汰的威胁，货代企业在这一时期比前期明显衰落，如果继续在市场中生存必须寻找新的利润空间，构筑新的核心竞争能力，这也是我国货代市场走向分化的动因。

1.4.2.3 分化时期

2000年开始的分化时期。国际航运、国际贸易市场的规范和完善使货代企业面对严峻的生存市场环境，开始反思与探索，靠出售提单、倒卖差价、套取佣金牟取暴利的时代已经过去，货代业在特定的社会经济背景条件下经历了畸形的不正常时期而开始自我调整，在服务创新、企业转型等方面开始战略思考，正在向提供增值服务，创造市场价值的新经营群体转化寻找突破。

货代行业的最初结构，很大程度上是由行业内的竞争者、供给者和需求者的运行方式决定的，这种结构极不稳定，在大规模的经济、技术变革和竞争变化的条件下，行业结构就会发生变化，上面的过程就很好的说明了这点。

1.4.3 我国国际货代存在的问题

综观我国国际货运代理行业的现实状况，总结出存在以下问题：

1）政府部门多头管理，政策法规不够统一，开放程度有待扩大

虽然国际货运代理专门法规已经明确国务院对外贸易经济合作主管部门为全国国际货运代理行业的主管部门，但是国务院公路、水路、铁路、航空、邮政运输主管部门和联合运输主管部门也在根据与本行业有关的法律、法规和规章对国际货运代理企业的设立及其业务活动进行着不同程度的管理。

开办国际货运代理企业，从事国际货物运输代理业务，不仅要遵守国际货运代理法规和规章，还要遵守有关公路运输、水路运输、铁路运输、航空运输、联合运输代理的法规、规章和邮政法规、规章。

2）国际货运代理企业分布的地域、领域较为广泛，多种经济成分并存，发展不够均衡

虽然全国所有省、自治区、直辖市均有国际货运代理企业存在，但沿海国际货运代理企业数量较多，业务发展较为迅速。

内陆国际货运代理企业数量较少，业务发展较为缓慢。虽然国际货运代理企业分布于30多个部门和领域，多种经济成分并存，但受国家政策、法规限制，绝大多数国际货运代理企业隶属于进出口贸易企业和交通运输企业，国有、外商投资国际货运代理企业在数量、规模上占绝对优势，其他企业为主要投资者的国际货运代理企业、其他经济成分的国际货运代理企业数量很少，而且规模多数较小。

3）国际货运代理企业服务网络不够健全，服务质量参差不齐，国际竞争能力较弱，经营秩序有待规范

几乎没有一家国际货运代理企业拥有完善的全球业务网络，绝大多数国际货运代理企业缺乏国际业务网络，多数国际货运代理企业没有国内业务网络。

由于缺乏专业人员，业务人员培训不足，没有统一的行业规范，国际货运代理企业之间服务质量参差不齐，差别很大。加之资金、市场、信息网络等方面的原因，我国国际货运代理企业总体国际竞争能力较弱。有关部门虽然多次清理国际货运代理企业，整顿国际货运代理市场秩序，打击非法经营活动，但是由于种种原因，整个国际货运代理行业的经营秩序仍然不够理想，有待进一步规范。

4）多数国际货运代理企业历史较为短暂，服务项目单调，资产规模、经营规模较小，专业人才匮乏

由于我国国际货运代理行业历史较短，长期以来独家经营，绝大多数国际货运代理企业成立不足10年，服务功能较少，不能提供有关法规和规章允许的所有服务。从资产规模、经营规模角度来看，大型、集团型国际货运代理企业数量较少，中小国际货运代理企业占70%以上。多数国际货运代理企业缺乏精通有关业务的专业人才，现有业务人员也有待进行普遍的规范化培训。

5）服务方式单一

我国多数货代企业服务范围局限于提供揽货、订舱、报关、报验等服务，只停留在代理概念上，不具备独立的增殖服务能力，对客户的吸引力有限，一旦这些业务被打破，非常容易被船公司和货主抛弃。

6）盈利方式不合理

差价和订舱佣金是我国货代企业的主要收入来源，随着运价的公开，赚取差价基本上已不可能；而在订舱佣金方面，由于各船公司主要依靠自己的货代机构揽货，独立的货代从承运人那里获得佣金也越来越难。

7）缺少核心能力

货运代理属于服务贸易的一种，基本上不存在行业壁垒，进入市场比较容易，我国很多货代企业以纯粹的皮包公司的形式存在，服务缺乏特色，一直未形成自己的核心优势，很难承受来自外部替代产品的竞争。

8）货运代理市场秩序不规范

目前，我国大多数货代企业为中型货代，市场还同时存在着众多非法货代，这些非法货代因为能迎合一些货主的需要而能长期存在下来，使得货代市场竞争更加激烈，合法货代企业生

存空间越来越小。

1.4.4 我国国际货代发展对策

加入 WTO 后，我国与其他国家间的国际贸易大幅度增长，我国外贸海运量增加 15%，这对我国国际货运代理业的发展无疑是一个巨大的机遇。因此，我国国际货运代理的发展，就必须采取以下对策：

1.4.4.1 提高自身竞争力

(1) 对于实力较弱，资金、人力都不足的货代企业，可以立足于本口岸，将全部资金和人力都投入到整个货运物流网的某一个环节中去，形成在某个环节中的优势，提高自身的竞争力。

(2) 对于实力较强的货代企业，可以考虑以各种形式合并各口岸的同级货代，或加强同行业间的横向联系。同时尽快加强国内、外服务网络的建设，为货代的壮大提供必备的技术保障。

(3) 中国有大量的中小型货代企业，其在物流方面的人才及操作经验十分欠缺，国内货代公司可以利用本身的人才，为中小型企业提供物流服务和业务咨询。

1.4.4.2 规范行业管理

加入 WTO 后，货代企业市场准入的放开将导致行业内企业的大量增长，包括中外合营的货代企业，在这样一个开放的市场中，如果没有一个规范的管理机制来统一管理市场，将会影响行业的正常发展。根据国际上通行的做法，在开放的市场中，行业主管部门和行业协会的作用是非常重要的。

但目前，我国行业协会的职能还未能得到充分发挥，应从以下几方面规范行业管理：

(1) 对于行业内企业的资格一定要有一个规范的标准。

(2) 对于行业内的竞争要进行协调管理，关键是要制定一个行业代理费收取的统一标准。

(3) 要负责对行业内企业的监督和管理，对于违反行业规范的企业予以清查，以保证行业的整体质量。

1.4.4.3 向 TPL 发展

我国目前与物流相关的总支出有 19 000 亿人民币，物流所占 GDP 的比重为 20%左右，可见 TPL 市场潜力巨大。国外的 TPL 供应商主要关注进出口物流，这部分业务约占总业务收入的 70%。国际的物流供应商正在寻找我国的合作伙伴，以获得迅速进入市场的机会，所以，国际货运代理的发展趋势必然走向 TPL，应从以下几方面努力：

1) 拓展服务范围，突出服务特色，向服务多元化发展

国际货运代理企业必须成为一个服务提供的多面手，同时结合这些企业的实际需要，为其提供有针对性、个性化的特色服务，解决企业开展国际物流方面所遇到的种种难题，尤其要面对中外合资企业、外商独资企业这样的国际化企业对 TPL 的要求。

2) 要认真研究所服务行业的特点，慎选服务对象

国际货代企业在开展 TPL 服务业务时，必须对服务对象有所取舍，在对人力、财力、物力、服务水平进行综合考虑的基础上，选择能发挥自己最大长处的行业介入。

3) 保持合理的人力资源配置结构

国际货代企业要想培养既懂国际货运又懂货主具体业务的复合型人才，一方面要加大对从业人员的培养力度，使从业人员精通某一具体行业的服务；另一方面，还要加快人才引进步

伐，吸引社会上那些既懂具体行业又懂国际货运的复合型人才，高起点发展 TPL 业务。

4）构造完善的信息交流系统

国际货代企业要加强自身的信息化建设，以改善公司内部的交流与沟通，同时加强与客户的交流和沟通。

5）创造良好的公司信誉

货主企业愿意将国际货运代理业务外包给专门的国际货运代理公司或通过 TPL 企业开展物流业务，其目的无非是要减少运输成本，提高运输效率，因此必须要有良好的市场信誉，才能获得货主企业的信任。为保证良好的企业信誉，关键从提高服务质量上下功夫。

1.5 世界国际货代业

1.5.1 世界国际货代业现状

国际货运代理人历史悠久，起初他们作为厂家、商人的佣金代理，依附于货方经营各种业务。13 世纪时，欧洲的“Frachter”（一种货运代理人的雏形）使用自己的船舶运送他人或自己的货物，并办理报关手续。

此后，随着部门分工的精细化，商事代理制度的日渐完善，货运代理人逐渐成为一个独立的行业。货运代理人只以纯粹的代理身份出现，这种仅以代理人身份行事的货代即传统的货代。货运代理人接受委托人的委托，就有关货物运输、转运、仓储、保险以及与货物运输有关的各种业务提供服务。

20 世纪 50 年代以来，随着世界各国经济贸易往来的日益频繁，跨国经济活动的增加，世界经济一体化进程的加快，国际货运代理行业在世界范围内迅速发展，国际货运代理人队伍不断壮大，并已成为促进国际经济贸易发展、繁荣运输经济、满足货物运输关系人服务需求的一支重要力量。经过几十年的发展，世界各国已有国际货运代理公司 40 000 多个，从业人员达 800～1 000 万人之众。在经济比较发达的西欧主要国家，平均每个国家都有 300～500 家的国际货运代理公司。其中，联邦德国有 4 500 多家，法国也有 2 000 多家。在美洲，仅 20 世纪 90 年代的美国，就有货运代理公司 6000 多家。在亚洲，日本拥有国际货运代理公司 400 多家，新加坡拥有国际货运代理公司 300 多家，韩国、印度分别拥有 200 多家。我国香港地区拥有国际货运代理公司 1000 多家，台湾地区拥有近 260 家。目前，世界上 80%左右的空运货物，70%以上的集装箱运输货物，75%的杂货运输业务，都控制在国际货运代理人手中。

但是，世界各国国际货运代理行业的发展并不平衡。总的来讲，发达国家的国际货运代理行业发展水平较高，制度比较完备。国际货运代理公司多数规模较大，网络比较健全，人员素质较高，业务比较发达，控制了世界国际货运代理服务市场。发展中国家的国际货运代理行业发展比较缓慢，制度不够完备，国际货运代理公司多数规模较小，服务网点较少，人员缺乏培训，以本国业务为主，市场竞争能力较差。

国际货运代理人作为纯粹代理人从事传统货代业务，能够以较少的投资、较小的风险提供服务。国际货运代理从事传统业务时，不作为承运人出现，不取得货物的控制权，不负责在目的地交付货物，他只是充当货方的代理人，不负责承运，只负责联系运输、落实承运工作。因此他只要在选择承运人上尽了合理谨慎之责，就是履行了合同。

货运代理人本身无过失时，他对于与货主之外的第三人造成的货损货差不承担责任，仅协助货方向有关责任人追偿而并非强制性义务。因此从货方的角度来看，托运人更倾向于货运代理承担更多的责任。货代也为了自己在市场竞争中的生存扩展，寻找新的利润增长点，同样倾向于扩展自己的业务范围。

客观上货代业的发展正面临着共同的问题，即货代成本的提高和利润率的下降。由于货主对运输服务的要求日趋多样化，货代仅凭代办制单、报关或提货手续赚取超额利润的可能性已越来越小。因此，不少资金雄厚的货代公司投入巨资在全球范围内建立网络，兴建库房或大型物流中心，并在各地开设众多的办事处，雇佣专业水准的业务人员以期使货代的服务功能进一步加强。另一方面，由于海运业竞争的日益加剧，海上承运人竞相使用巨型集装箱船以降低成本，使运价不断下降，这给传统意义上以赚取佣金为主要利润来源的货代带来了十分不利的影响。因此，从现实着眼，国际货代必须扩展自己的业务范围，在必要时充当起无船承运人或多式联运经营人，以求得生存与发展。

1.5.2 欧盟货代的生存危机

2006 年底之前，欧盟成员国各国内的货代业减少了 2 000 个就业岗位，这是欧盟东扩带来的直接后果之一。同时，在那些加入欧盟的国家中，货代行业的岗位将减少 3.44 万个。由于许多货代企业在这些国家实际加入欧盟前就开始裁员，这些国家的国际贸易体系因此崩溃。

欧洲货代及报关企业的协会组织 Clecat 致信欧委会、欧洲议会及相关国家政府就此提出警告，Clecat 希望这些机构或政府能够对此干预，以防止货代行业人员的流失，Clecat 同时希望相关机构能够支持这些企业的员工另寻工作出路。

Clecat 认为，应当保证这些受到影响的员工能一直坚守岗位直到 2003 年年底，从而使欧盟与这些候选国之间的贸易得以顺畅进行。Clecat 称，如果不能做到这些，这些国家所有的进出口贸易都会停滞，尤其是那些从事通关工作的员工，他们已清楚自己将会失业，如果他们因此提前离开现有岗位，通关活动将无法进行。

Clecat 指出，1993 年欧盟实施单一大市场时就曾出现了类似情况，但当时是在一个相当小的范围内，与现在的情况有天壤之别。1993 年，欧盟花费了相当于 3 300 万欧元的资金，用于评估单一大市场对该行业的影响、开展培训及就业项目并对原有货代人员进行再培训。此外，各成员国还分别采取了相应措施。

欧盟东扩的结果，有 75%～80%的货代人员失业。其中，波兰的情况最为糟糕，失业人数达 1.3 万人。大多数货代人员的失业来自各国的边境地区。

1.5.3 美国货代网络联合会

美国货运代理网络联合会(简称网络联合会)的问世已经有好几年，但其真正显露头角是在美国 1984 年航运法，尤其是在 1998 年美国的航运改革法获得正式批准以后。各家货运代理网络联合会的管理机制和组织结构基本相同，网络联合会成员各自在规模较大的航运市场签订合同和协议书，或者在某些港口为网络其他成员提供货运代理服务业务。

1.5.3.1 联邦航运法的执行

在美国，网络联合会必须提醒无船承运人严格遵守美国联邦海事委员会颁布的法规。为此，网络联合会办事处必须向联邦海事委员会申请营业许可证和购买 7.5 万美元的责任基金。

由此，网络联合会成员可以成为拥有各类提单使用权和向客户提供无船承运人服务的代理人。网络联合会管理部门按照其成员与远洋承运人商谈和签订的服务合同的规定，专门负责有关提单的管理工作，所有的提单内容按照规定必须在因特网上全文公布。网络成员则必须通过会员费和使用费的形式逐月向网络联合会缴纳费用，网络联合会成员在正式参加之前必须经过非常严格的资格审查，同时还必须购买网络差错风险保险和在网络联合会存储一笔保证基金，以便个别货运代理在业务中一旦发生责任事故和承担赔付义务的时候使用。

网络联合会对于提单的审核、签发和办理一律实施非常严格的管理。美国全国货运代理(TPF)网络联合会无船承运服务部门对于会员公司签发的提单拥有法律监护责任，因此在日常工作中该部门有权使用自己的网络并通过各种网络渠道，对于提供无船承运人服务的各家委员公司所签发的各类提单和单证予以严密监视。用 TPF 纽约总部总裁路易斯的话来讲，这种监视是非常认真和不讲情面的。但是货运代理无船承运人网络联合会为小规模的货运代理人带来的利益确实不小，据估计平均每家货运代理公司，每月的经营成本至少减少 2 000 美元。

美国货运代理专家最近指出，现在的国际货运市场的特点是规模大的货代将变得规模更大，正因为如此，将有更多的网络联合会组织问世。也就是说，规模小的无船承运人和货运代理将为了自己的生存而互相兼并，变成规模较大的无船承运人和货运代理。据估计，美国建立资格最新和发展速度最快的世界货运联盟网络联合会，目前在全世界各地的网络成员办事处所经手的集装箱货运量已经超过 25 万 TEU(英文 Twenty Equivaleut Unit 的缩写，是以长度 20ft 的集装箱为国际计算单位，也称国际标准箱单位)，全年每只箱子的运行成本平均降低 75 美元到 100 美元。

除了提供无船承运人服务之外，网络联合会还向各个成员扩大服务，例如，帮助成员推广电脑技术，增强成员之间的凝聚力。并且，因特网以较低的成本帮助网路不断改进会员之间的通讯和协调。例如网络联合会各成员除了做好自己的业务外，都要为自己的货运代理网路出力。没有合作和协调，货运代理网络就无法前进。

由于网络系统能帮助网络成员改进机构管理，对各个成员的货运量以及与承运人的合同谈判能予以更加严密的监督。美国全球物流协会准备推出“标准化运价”供各个货运代理成员参照执行，为承运人提供一些咨询服务，让承运人更好地在网络成员中选择满意的货运代理。

1.5.3.2　不同的意见

尽管网络联合会目前搞得很有起色，但是与欧洲和亚洲的货运代理业相比还有相当大的距离，特别是美国的货运代理网络工作和在货运代理与无船承运人的相互合作一直没有达到密切配合的程度。

美国货运专家认为，美国的货运代理人和无船承运人确实难以习惯于一起工作。他们就像足球队员那样观测相互之间的商贸关系，在足球场上互相争斗抢球，都想控制对方的球。特别是相当一部分美国中立无船承运人和拼箱经营人从承运人那里买来舱位，再转手卖给货运代理，目前他们中的许多人还没有觉察到来自无船承运人网络联合会的威胁。迈阿密一家中立无船承运人的总经理说：“尽管在市场上遇到来自网络联合会的激烈竞争，这种竞争主要表现在运价和航线运输服务上，竞争要靠实力，凭实力他们的竞争是完全可以制胜的。”

到目前为止，并不是所有的网络联合会组织的发展都是非常平稳的，有些货代网络联合会并没有非常积极地在发展和认真管理网络式货代经营。美国旧金山的一位高科技货代网络公司总经理说，他们的公司不会与网络联合会共鸣，不会组织什么网络联合会组织。在他看来，网络联合会提供的所谓服务其实不过是市场上的一块招牌，如果有人把这块网络联合会的招牌摘下来，后面就什么也没有了。

1.5.4 世界最大SGS货代业务

1.5.4.1 SGS

SGS是Societe Generale de Surveillance S. A.的简称，译为“通用公证行”。它创建于1887年，是目前世界上最大、资格最老的民间第三方从事产品质量控制和技术鉴定的跨国公司。其总部设在日内瓦，在世界各地设有251家分支机构，有256个专业实验室和27000名专业技术人员，在142个国家开展产品质检、监控和保证活动。

据该公司宣称，目前世界上有23个国家(主要是发展中国家)的政府实施SGS检验，包括：安哥拉、阿根廷、玻利维亚、布基那法索、布隆迪、柬埔寨、喀麦隆、中非、刚果共和国、象牙海岸、厄瓜多尔、几内亚、肯尼亚、马拉维、马里、毛里塔尼亚、墨西哥、巴拉圭、秘鲁、菲律宾、卢旺达、塞内加尔、刚果民主共和国、赞比亚。这些基于对SGS的公正性、科学性、权威性和技术能力的充分信任，委托SGS对进品货物实施“装船前全面监管计划”(英文是Comprehensive Import Super-vision Scheme，简称CISS)，即贸易发展，并抑制非法的进出口活动。

1.5.4.2 SGS关务作业

1) SGS关务作业

SGS关务作业是指货物进口国政府或政府授权海关当局与SGS签署协议，由SGS在货物出口国办理货物装船前的验货、核定完税价格(或结汇价格)、税则归类(在进口国实行HS制度的前提下)，执行进口管制规定(如是否已事先申领进口许可证件等)等原系由进口国海关在货物运抵进品国后所执行的进品验关作业由SGS确认真实、合理后，出具公证报告，即“清洁报告书”(Clean Report of Finding，简称CRF)作为货物进口后向海关申报时必须交验的单证，进口国海关凭此简化或免除多道通关手续，直接征税后放行，既加快了验放(一般不复检)，又严密了监管。反之，则签发“不可兑现报告书”(Non-Ne-gotiable Report of Findings)，这样，即使货物运抵目的港，进口国海关不予通关，出口商也不能结汇。

2) SGS关务作业内容

SGS关务作业一般包括以下内容：

(1) 检查(验)货物规格、数(重)量和包装。包括对商品进行物理测试、化学分析和外观检查，对数(重)量按照国际贸易中惯用方法进行鉴定，包装则要求货物能完好无损地运抵目的港收货人手中，对药品和化学品要查检有效期限等。

(2) 对大宗货物要求进行监视装载。一是保证所载货物是经过SGS检查(验)过的，二是保证合同项下货物完全、牢固地装在指定的运输船舶上，对集装箱货物要求进行监视装箱作业和施封。

(3) 核定价格。即对成交价格进行审核，这是实施CISS的最重要内容，也是吸引许多国家的原因之一，目的是防止进口商低价高报，避免资金外流，或防止高价低报，偷逃关税。SGS利用电脑网络收集储存各个渠道的商情，并要求出口商提供价格构成细目表，如出厂价、成品包装费、仓储费、运往码头运费、装船费、海运或空运费、佣金以及商业上可接受的附加费等，以便对货价同出口价或当地消费价格进行比较，查证卖方最后商业发票的总价及价格要素是否符合该商品在原产地供应国的正常出口价，保证完税价格和进口国外汇支出的合理性。

(4) 海关税则归类。审核进口商在进口许可证中所填报的税号与该国现行的海关税则规定是否相符，或依据验货时所见的实物提出合理的税号和税率，确保关税的足额征收和海关统计的准确性。

(5) 审核进口商品是否符合进口国外贸、海关法令，进口必需的许可手续是否齐备与合法，以有效杜绝无证到货和违禁品、管制商品的非法进口。

1.5.4.3 SGS 关务作业流程

SGS 关务作业流程大致如下：

1) 出口成交

出口商按正常的贸易程序与进口商达成出口交易，进口商再把有关这笔交易的情况通知本国的 SGS 联络办公室，同时，通知出口商需请 SGS-CSTC 验货。

SGS-CSTC 收到进口国 SGS 联络办公室的通知(检验编号)后，传真(邮寄)给出口商一份注明“SGS 检验编号”(I. O. NO.)和 SGS-CSTC“ICN”编号的空白验货申请表(RFI)，通知出口商提交单据，安排验货。

2) 申请验货

为安排检验，出口商或报关行须在出口货物备妥前 7 天填写带有 SGS 检验编号的验货申请表(RFI)，连同下列单据一起传真(寄)给离验货地点最近的 SGS-CSTC 分公司。

这些单据包括形式发票、形式装箱单及零备件清单、产品技术规格资料、样本、信用证、制造商测试报告(机器/设备)、制造商分析报告(化工/医药/石油/染料产品)、卫生证书(食品)、植物检疫证书(全部农产品)、厂检分析单(全部钢铁材料及其初级产品)。所有提交给 SGS-CSTC 的单据均要注明 SGS 检验编号(此编号见验货申请表)。

在验货申请表上应列明供货商的详细资料，如联系人及联系电话、验货时间、验货地点等，以便 SGS-CSTC 与之联系，安排检验。

3) 接受验货

由 CISS 国家法规要求的装船前检验，SGS-CSTC 不向出口商收取任何费用。出口商有义务把货物备妥并提供必要的(搬运)劳力和设备，以便检验顺利完成。出口商如果委托供货商或代理安排验货时，出口商有义务使供货商或代理清楚检验要求。

如果货物没有按要求准备好或不具备检验条件，SGS-CSTC 保留中止检验的权利。每一批在“全面进口监管计划(CISS)”下的货物都须由 SGS-CSTC 进行实物检验。SGS-CSTC 的检验员将对照出口商的形式文件，检验货物的规格、名称、数量、外观质量，必要时要抽取样品。

4) 申请核发公证报告

出口货物经向海关报关装船后，出口商须备妥正本提单、发票装箱单等，向 SGS 申请核发公证报告。

SGS-CSTC 完成检验后，出口商须按国别把最终文件分别传真(寄)给 SGS-CSTC 上海经济事务部(EAD)，所有提交给 SGS-CSTC 的文件都应注明 SGS 检验编号(此编号见验货申请表)。

如果 SGS-CSTC 的检验结果同出口商的最终文件有差异或文件不齐全，SGS 会同出口商联系，要求修改文件、补充文件或通知进口国 SGS 联络办公室，以取得进口商的确认。

5）向 SGS 领取公证报告

如果出口商收到的信用证上要求"在出口商的发票上贴 SGS 安全标签"(Security lable)，出口商可提交 1 份最终出口发票给最近的 SGS-CSTC 分公司，并去领取安全标签，或要求 SGS-CSTC 将安全标签邮寄给出口商。请注意，只有在完成以上 1～4 程序后，SGS-CSTC 才会签发安全标签。

此外，SGS 还要求厂商在结关日前，电话通知有关船名、码头、装运单(S/D)号码等，以便 SGS 认为有必要再派员复验。SGS 现已与我国政府官方机构——国家商检局合作，由国家商检局指定中国进出口商品检验总公司(CCLS)代理他们办理从中国出口输往实施 CISS 国家商品的装船前检验，核定价格及税则号列，并代理 SGS 签发清洁报告书。

目前，有权签发的有辽宁、北京、天津、河北、山东、湖北、上海、广东等 10 个进出口商品检验公司。

1.5.5 韩国复合运输货代制度

我国已加入世贸组织，在与货物分拨服务相关的领域可能实行意义重大的开放政策，这对那些外国公司来说，意味着可以发挥更大的作用。外国公司不但可以分拨进口产品，也可以分拨中国当地生产的产品。韩国复合运输货运代理就是抓住这个契机，正逐步进入中国市场。

1.5.5.1 韩国复合运输货代业

一个产品从生产出来之后到国内外消费者的手中为止，要利用铁路、公路等多种运输手段，在货物的运输过程中，利用 2 种以上的运输手段而负责货物的代理或运送的业种为复合运输货代业。此制度的目的在于通过规范化和标准化的集装箱等的连接或全程运输，把货物运送到目的地(door to door)。这样，可以在物流管理上带来运费节省的效果，在货物运送时可以确保迅速性和安全性。

1997 年 7 月以前，韩国的货运代理和航运企业由海运港湾厅管理，空运由交通部管理。各行业都有各自的行业协会，负责本行业的监督管理，规范运作。

1997 年 7 月之后，韩国政府进行了机构改革，其中，国际货代和空运货代合并为一体，统一由城市建设交通部管理，航运企业归属海洋渔业水产部管理(原来的海运港湾厅归属到海洋渔业水产部)。由于国际集装箱多式联运与国际货代没有区别，在韩国只要有货代营业执照，均可以从事国际集装箱多式联运，签发全程联运提单。

1.5.5.2 韩国复合运输货代业的登记

复合运输货代业根据货物流通规定，在建设交通部所在城市登记，审查其是否符合登记标准，如果认为符合，则发给登记证。

1）登记条件

(1) 资金要求：

① 个人：资产评价 6 亿韩元以上(45 万美元)；

② 法人：3 亿韩元以上(25 万美元)。

(2) 保险：要有 8 万美元以上的保证保险。

2）登记所需文件

(1) 申请书；

(2) 法人登记簿誊本；

(3) 有关人员的身份确认的人为事项；

(4) 可以证明根据外国人投资促进法的外国投资的文献；

(5) 保证保险的证明资料。

1.5.5.3 韩国复合运输的变化

韩国的复合运输业由于国外同行业者的进入，竞争更加深化。韩国的金融经济危机以后，进出口货量的减少及增大等变化特别大，所以，韩国的复合运输代理为了生存而探索着多种多样的方法。如海外进军，发展物流等。

1) 向海外进军

在货主和运输公司之间起连接作用的复合运输业者可以说是表现国内物流变化的尺度。国内的制造业者转移到第三国中国、东南亚等劳动力廉价的生产基地，而向美洲、日本等地出口。这样，处理三国间货物的代理业者也逐渐增多。

复合运输代理协会调查一部分代理企业分公司的情况，发现在中国设立的最多，共 79 个。其次是美国，共 60 多个分公司。而在印度尼西亚、西班牙、乌克兰、哈萨克斯坦、意大利、澳大利亚、荷兰、阿拉伯、巴西、俄罗斯、土耳其、蒙古、马来西亚、波兰、斯里兰卡等也有分部。

2) 谋求向综合物流企业的发展

随着市场化程度的提高，客户对运输服务的要求也越来越高，传统的航运需求已逐步转化为现代物流需求，韩国货代要提高竞争力，必须向综合物流企业转变。一些与大宗货主有长期联系的韩国货代，应积极提高企业的采购、销售和配送能力，争取能直接参与大宗货主的原材料采购或产成品销售工业。

比如：与大型钢铁企业合作，全权负责大宗矿石的采购、海运、中转、清关直至配送到各高炉的整个过程，与大型石化企业合作，负责其产品的储存、分拨、运输乃至零售和配送等相关业务，以达到以下目标：

(1) 提高产品差异性，扩大传统运输业务竞争能力。

(2) 开发个性化服务产品，培育新的客户群。

(3) 增加增值服务，创造新的利润空间。

(4) 提供物流管理服务，创造新的增长点。

3) 发展电子商务

现代综合物流服务是和发达信息技术相联系的，货代公司应该大力发展电子商务，电子商务是一种新型的基于英特网技术在英特网上所进行的企业与企业、企业与用户间的商业活动的形式。电子商务实现了在全世界范围内用英特网技术以电子方式进行物品与服务的交换。

电子商务所完成的功能不仅仅是订货和支付，实际上，电子商务囊括了从生产到消费的整个商务过程，电子商务包括企业内部网、企业内部网同英特网的联接、电子商务应用系统。在这里，企业内部网是生产部门部分通道对英特网开放，提供客户访问接口，但设计生产、管理等商业机密的部分则设置防火墙等一类的安全措施。电子商务应用系统则是客户访问的入口，用户通过英特网，可以在这个系统上查看产品目录，翻阅产品资料，还可以通过电子定单系统下单，通过电子支付系统结算。mis 和 edi 系统将成为代理业者的重要的信息管理手段。

4) 工资制度的变化

以前，韩国复合运输货代企业的工资按月发放，自从韩国经济危机之后，韩国企业的工资管理方式发生了变化，吸收西方发达国家的工资制度，按照职员的工作能力，工作业绩给其发放工资。业绩好则工资高，业绩不好则工资下调，以韩国或东方人的观念，不容易接受这样的方式，因为职员认为这样没有人情味，职员间会相互竞争，彼此之间不交流信息，所以实施还需要一段时间，但这是一个发展趋势。

1.6 国际货代与无船承运人

1.6.1 无船承运人概述

1.6.1.1 无船承运人的定义

无船承运人是国际货运代理人的一种。

目前，对承运人所下的定义，一般是“与发货人订立运输合同的人或者实际完成运输的人”。国际货运代理人进入运输领域，开展单一方式运输或多式联运业务时，由于与委托人订立运输合同，并签发运输单证(FCT、FBL 等)，对运输负有责任，因而已经成为承运人。但是，由于他们一般并不拥有或掌握运输工具，只能通过与拥有运输工具的承运人订立运输合同，由他人实际完成运输，这种承运人一般称为无船承运人。无船承运人在实际业务中只是契约承运人，而实际完成运输的承运人是实际承运人。

无船承运人一词最早由美国联邦海事委员会提出，1961 年 FMC 在其发布的第四号通令中，首先对无船承运人作出了正式定义：无船公共承运人(Non-Vessel Operating Common Carrier)是指建立并维持一定的运费表，以广告招揽或其他方式提供洲际或国际贸易海上运输服务的受雇人，负担海上运输责任或依法负责货物的安全运输，以自己的名义使海上承运人运输货物，而不论是否拥有或控制该运输工具的企业法人。

概言之，所谓无船公共承运人就是利用船舶经营者(或称海上承运人、有船承运人)的船舶，提供海上运输服务，负担运输法律责任，而自己却不拥有或不经营船舶的海上公共承运人。

美国 1984 年《航运法》第三条十七款规定：无船公共承运人(NVOCC)是指并不经营用于提供远洋运输服务的船舶的公共承运人，其与远洋公共承运人之间的关系属于托运人。1998 年美国《航运改革法》中第三节第十七条 B 款将“无船公共承运人”更名为“无船承运人”，并将无船承运人与远洋货运代理人一并纳入“远洋运输中介人”概念之下。无船承运人的定义为：并不经营所提供的远洋运输船舶的人，其与远洋公共承运人之间的关系属于托运人。

英国 Peter Brodie 所著的《租船及海运术语词典》中对“无船或不经营船舶的公共承运人”的解释是：不拥有或不经营货船，为承运第三者的货物而与航运公司签约的人或公司。

中国《海商法辞典》的解释是：不拥有船舶而从事海上货物运输的人。

《水运技术词典》(远洋运输分册)的解释是：无船承运人(NVOC、Non-Vessel-Operation Carrier)集装箱运输中，是经营集装箱货运的揽货、装箱、拆箱以及内陆运输、经营中转站货内际站业务，但不经营船舶的承运人。

《英汉航海技术缩写词典》的解释是：NVOC(Or NVOCC)承运人本身有时并不拥有船舶，但经营国际间货物多式联运业务，即所谓无船承运人。

《国际海运管理条例》第八条规定：无船承运人，是指在国际班轮运输中不拥有或不经营船舶，以自己名义签发运输单证，收取运输费，承担承运人责任并通过海上国际船舶运输公司完成货物运输的企业法人。

从以上定义可以看出，无船承运人通常是指在所在国有关主管部门登记后，准予以承运人身份从事国际海上运输而本身并不拥有或经营远洋运输船舶的各类货运代理人、内陆运输承运人、货运站或仓储经营人。无船承运人大都被允许以契约承运人身份从事内陆运输、航空运输及海洋运输在内的国际多式联运业务。无船承运人在法律地位上为承运人，在海洋运输中作为海运区段的契约承运人。

1.6.1.2 无船承运人的称谓

我国现有的法律法规中还没有"无船承运人"这一术语，对于无船承运人的称谓、涵义的解释都有不同的看法，笔者在这里简要地就无船承运人的称谓与涵义方面几个争论的议题作一粗略分析。

首先就无船承运人的称谓及其翻译，国内就有好几种，有的称"无船承运人"，有的称"无船公共承运人"，还有的称"无船经营公共承运人"。其英文缩写有好几种，有"NVOCC"、"NVOC"、"NVO"、"NVC"。实际上，无船承运人与无船公共承运人并无本质区别，英美法系国家把承运人分为私人承运人和公共承运人，大陆法系国家并未对承运人做出上述区分，因而有些国家引用该术语时常省去"公共"二字，称之为"无船承运人"。至于"无船经营公共承运人"(Non-Vessel Operating Common Carrier)其中"经营"二字由于是无船承运人的应有之义，故不将其生硬地译出，突出"无船"的特征也是可行的。至于无船承运人的缩写，可以写为"NVOC"，但鉴于传统上美国法律文件中都使用NVOCC(Non-Vessel Operating Common Carrier)，因此笔者认为将无船承运人与NVOCC作为统一使用的术语是可行的，这既反映了1998年美国《航运改革法》的称谓，也照顾到了大陆法系国家的习惯，同时NVOCC的使用也可以和美国法律文件中的称谓一致，便于交流，避免不必要的混乱。

有人认为，无船承运人并不是一个法律称谓，而是国际航运实践中的习惯性称谓，而且各国海运和司法实践对这一称谓没有统一的概念解释，对其法律地位更没有明确界限。他还认为无船承运人至少从字面能将承运人划分为"有船"承运人与"无船"承运人，而这种划分没有法律意义，无船承运人概念的引进，只能混淆中国《海商法》关于承运人的定义。另外还提出租船人是不是无船承运人，无船承运人制度的设立会阻碍货运代理这一完整而独立行业的管理和发展。

无船承运人在我国目前还未出现在任何一部法律法规中的确是一个事实，但这决不会妨碍将无船承运人作为一个法律术语进行研究探讨进而立法。无船承运人有其特殊的法律地位、法律性质、法律责任，如果以国内外对无船承运人尚未有统一的概念解释而拒绝探讨无船承运人问题，这无异于在学术问题上排斥新生事物，是很不负责的。正如对国际货运代理国内外也没有统一的认识一样，无船承运人正因为没有统一的认识就更需要深入研究，尽早将这一业务实践中承运人的特殊类型加以规范，列入法制管理的轨道。

无船承运人的名称最早来自美国，美国航运法中将货运代理规定为仅以纯粹代理人的身份出现，因此将以运输合同当事人身份出现并承担承运人责任，但又不拥有不经营船舶(无船)的运输服务提供者称之为无船承运人是十分清晰而自然的。有船承运人并不是无船承运人命名时直接相对的概念，更不是为了将承运人划分为有船承运人与无船承运人，尽管我们也可以列举出一些有船承运人的类型。无船承运人概念的引进不会混淆承运人的定义，只会有如实际承运人与契约承运人的划分一样，将承运人在特殊场合下的内涵表达得更为清晰明了。

至于租船人是不是无船承运人，这一点很明确。无船承运人不拥有或不经营船舶，而租船明显是属于经营船舶的一种形式，因此，租船人不是无船承运人，也正因为如此我国《国际海运管理条例》将无船承运人限制为从事国际班轮运输（当然不是实际运输）。另外关于无船承运人制度会不会有损现行货代业的管理和发展，这一问题将在本文以后的章节中详述。

此外租用舱位进行远洋运输的经营人是远洋公共承运人还是无船承运人，近年来出于增加班期、降低成本、提高服务质量等因素的考虑，远洋公共承运人更倾向于以联盟（即共用舱位）或互租舱位的形式经营一条航线。这种经营人签发自己的海运提单，与船舶经营人的关系是承运人与承运人的关系，从实务操作看应为远洋公共承运人，但他们自己不经营船舶，从这方面看又应是无船承运人。如何区分他们的身份，这还要从美国对远洋公共承运人的定义修改谈起，新定义将那些虽然经营集装箱班轮航线，但其船舶不挂靠美国港口的船公司排除在远洋公共承运人之外，这种船公司就不能在美国航线上与其他远洋公共承运人签订舱位互租协议，只能以无船承运人的身份从事美国航线的经营活动。因此，能租用舱位的经营人首先应至少在一条挂靠美国港口的远洋航线上经营船舶，故只有远洋公共承运人才能成为租用舱位进行远洋运输的经营人。

1.6.1.3 无船承运人从传统货代业中应运而生

无船承运人是指以承运人身份接受托运人提供的货载并以本人名义与托运人订立海上国际货物运输合同或多式联运合同，签发自己的提单，承担货物全程运输责任，但不经营用以提供海上运输的船舶，并以本人名义向海运承运人和内陆承运人托运货物的公共承运人。

货运代理面对货主对运输服务日趋多样化、一体化的要求，已力不从心，这里的“力”就是传统货代纯粹代理人所能履行的职责，这里的“心”是指货运代理作为一个市场竞争主体求生存求发展、追求利润最大化的本能。代理人所承担的义务与责任限制了传统货代的业务拓展，于是伴随着集装箱运输的兴起，国际货运代理在提供这种服务中所扮演的角色发生了变化，成为当事人。国际货运代理开始签发自己的提单，直接承担在运输途中的损坏或灭失责任，成为无船承运人。

从海运服务的角度考察，无船承运人实际上是从货运代理人逐步发展和演化而来的，是货运代理适应新形势的需要发展出的新生事物。传统货运代理人的法律地位仅是受货主委托处理相关船舶运输业务的代理人，一旦在海上运输中出现经济损失，货代对货主并不负有当然责任，只要货代选择第三人或者自身行为并无过失。这样一来，货代在海上运输服务中基本上处于协调处理的辅助地位，这不仅使货代为货主服务过程中出现了许多障碍，同时由于以佣金为经营收入也限制了货代经营收益的增长。为了改变这种经营上的被动局面，货代从业者一方面改善服务水平，另一方面就是扩展业务范围，逐步将业务从简单的受托订舱转向以承运人身份签发提单，全程负责运输，收取运费差价。一旦货代从事这些超越原有托运人范围的业务时，此时的货代便成为无船承运人。

由此可见，无船承运人的出现是运输业发展的必然产物。最初货运代理人适应社会分工的需要，以专门技能参与运输过程，通过其中介性的服务提高了国际贸易与国际运输的效率。但随着社会生产的进一步发展，仅作为代理人出现的货运代理人在风险承担与业务范围，经营收益扩展方面的矛盾冲突日益突出。权责平衡、收益与风险平衡是经济规律的合理体现，因此货运代理人势必转变自己在运输服务中的角色，更多地承担风险，但又不想丧失不经营船舶，不拥有船舶在经营投入、管理成本方面所具有的竞争优势，因此以无船为特征又承担承运人责任的无船承运人便自然而然地产生了。

另外，从货主方面来看，货主原本需要同货代与船东双方交涉，在只有货代的情况下，一旦发生货损货差，货代并不承担法律责任。而有了无船承运人后，只需找到一个合适的无船承运人即可，省去了很多麻烦，风险又有了承担保证。从船东方面来看，由于无船承运人是以托运人身份安排运输的，因此所有问题船东只须和无船承运人解决即可。

无船承运人的产生解决了货代因代理人身份与业务拓展之间的矛盾，促进了货代业的发展，同时也方便了货主与船东(实际承运人)，从整体上促进了国际贸易与国际运输的发展。无船承运人产生于货代行业，但又不同于货代行业，两者之间有联系，更有区别。

1.6.2 无船承运人的分类

根据经营业务范围及性质的不同，无船承运人可分为以下3类：

1.6.2.1 承运人型

这类无船承运人是在自己确定的运输路线上开展运输活动，接受托运人的货物并签发提单，对运输过程中货物的灭失、损害承担责任。在实际业务中，他是契约承运人，并非由自己完成运输，只能将货物交给实际承运人运输，并在目的地接受货物后，向收货人交付货物。

1.6.2.2 转运人型

这类无船承运人专门从事转运，他们在主要的货物中转地和目的地设有自己的分支机构(办事处)或代理，从托运人或陆上运输承运人手中接受货物，签发提单，然后办理接续运输、中转、发货，将货物交给海上承运人，由海上承运人完成海上运输。在目的港接受货物后，再向收货人交付。该类型与承运人型的主要区别，是它并不限定运输路线，不仅可选择合适的承运人，也可选择最合适的运输路线。

目前，许多船公司在揽货方面，对转运无船承运人有较大的依赖性，因此，转运人在为自己揽货，经营转运业务的同时，积极地作为承运人的代理人，代表承运人办理接受、交付货物，装、拆箱，托办、代收运费等业务，并从中获得收益及运费差额。

1.6.2.3 经纪人型

该类无船承运人在揽取不同货主货物后，原则上不直接对货主提供运输服务，而是采用“批发”的方法，按运输方式和流向，成批交给转运人型或承运人型的无船承运人，并由他们签发提单。由于这种做法具有明显的经纪人特点，所以称为经纪人型。

无船承运人充当经纪人是近些年来出现的一种运输服务形式，这种类型的无船承运人一般不从事具体经营活动以及实际服务业务，只从事运输的组织、货物的分拨、运输方式和运输路线的选择及服务的改善，而其收入主要是中介费和由于“批发”而产生的运费差额。

1.6.3 无船承运人的服务范围

1.6.3.1 无船承运人的主要业务

由于经济、技术、实务不同，无论在国内还是在国外，无船承运人经营业务的范围有较大区别，有的无船承运人兼办货物报关、货物交接、短程拖运、货物转运和分拨、订舱及各种不同运输方式代理业务，有的只办理其中的一项或几项业务。但一般来讲，无船承运人的主要业务是：

(1) 作为承运人与货物托运人订立运输合同，签发货运单据(提单、运单)，并对从接受货物地点到目的地交付货物的运输负责。

（2）作为总承运人组织货物全程运输，制定全程运输计划，并组织各项活动的实施。

（3）根据托运人要求及货物的具体情况，与实际承运人洽定运输工具（订舱）。

（4）从托运人手中接受货物，组织安排或代办到出口港的运输，订立运输合同（以本人的名义），并把货物交给已订舱的海运承运人。在上述交接过程中，代货主办理报关、检验、理货等手续。

（5）如有必要，办理货物储存和出库业务。

（6）在目的港从海运承运人手中接受货物后，向收货人交付货物。

对于货主来讲，将货物交给无船承运人运输，比交给传统意义上的承运人运输在手续上要简便得多，而且可省去委托国际货运代理人这一环节。

1.6.3.2　无船承运人的经营服务范围

无船承运人作为海上公共承运人，早就在国际航运界广泛存在并产生了重要作用，按照国际航运惯例，无船承运人的经营服务范围是相当广泛的。归纳起来，主要有以下几项：

（1）可以以承运人身份接受托运人提供的货载，或以本人名义与托运人订立海上国际货物运输合同或国际多式联运合同，全程安排运输事宜，但又不直接经营运输业务。

（2）无船承运人可以签发自己的提单或相应的运输单证，并承担运输合同约定的运输责任。

（3）无船承运人可以以托运人身份向海运承运人或内陆运输承运人订舱或托运货物。

（4）无船承运人可以与海上或陆上承运人签订运价协议或商定运价，制作和发布自己的运价本，直接向货主收取运费及完成其他服务合同所发生的费用。

（5）从事租赁集装箱和拆、拼箱业务。

（6）可以从事货物和集装箱的进出口、清关与单证制作。

（7）承办货物交接。无船承运人根据货主的委托在指定地点接收货物并转交给承运人或其他人，如从内陆运输出口的货物由无船承运人交给指定的海运承运人。

（8）代办仓储出库业务。

由此可以看出，无船承运人与货运代理人在业务上有所交叉，如清关、报验、承办货物交接、办理存储业务等，这是无船承运人源自货运代理人的客观事实决定的。但无船承运人毕竟又不同于货运代理，他在本质上是承运人。当国际货运代理扩展其业务范围，突破原先的"托运人"范围的业务而承担承运人责任时，此时的国际货运代理事实上已演变为无船承运人。另外当国际货运代理充当多式联运经营人时，其性质为契约承运人，这与无船承运人充当多式联运经营人是一样的，可以认为充当多式联运经营人的国际货运代理也就是无船承运人。

无船承运人经营活动的特征是"一身兼两职"，"一手托两家"。"一身"即无船承运人本身，"两职"即托运人与承运人身份。这里的"兼"并不是托运人身份与承运人身份的平分秋色（即不是现代意义上充当合同当事人的货代，一面是托运人，另一面是承运人，这种一身两任，往往会由于责任归属的易于逃避与承担责任能力的低下而引发混乱），而是本质上的承运人与形式上的托运人。形式上的托运人满足了船东揽货承运便利的要求，本质上的承运人又使得货主的运输风险承担可靠明晰。"一手托两家"这里的"托"并不是经纪人式的中介，而是以一个独立法人资格与货主和船东进行商业往来。

1.6.3.3　美国无船承运人的业务

美国《1998年远洋航运改革法》中对无船承运人服务范围的规定作了简述，无船承运人的

服务包括,但又不限于下列内容:

(1) 购买海运承运人的运输服务并以转卖的形式将这些服务提供给其他人。

(2) 支付港到港多式联运的运输费用。

(3) 与托运人签订包运协议。

(4) 签发自己的提单或与之相应的运输单据。

(5) 在直达运输的情况下,安排内陆运输并支付内陆运输费用。

(6) 向远洋货运代理人支付合法的佣金。

(7) 租赁集装箱。

(8) 与起始地或目的地代理建立业务关系。

1.6.4 无船承运人的性质特征

1.6.4.1 性质

无船承运人的法律地位相比起货运代理而言十分简单明确,就是契约承运人性质。无船承运人是随着运输集装箱化和多式联运的迅速发展而出现的联运经营人,一般由不参与实际运输的经营者担任。

1) 作为契约承运人

在实际航运业务中,无船承运人作为契约承运人,与货物托运人订有运输合同,而实际上并非由自己完成运输,只能将货物交由拥有运输工具的实际承运人完成货物运输;另一方面,无船承运人作为公共承运人,依据与托运人订立的合同,签发自己的提单,承担货物运输的全部责任,不仅仅是从装货港到卸货港,而是对从起运地到最终目的地的全程运输负责。

无船承运人的法律性质是契约承运人,而契约承运人概念的提出是与无船承运人业务实践的发展密切相关的。1924 年,海牙规则第一条承运人的定义为:"承运人是指包括与托运人订立运输合同的船舶所有人和承租人。"此外别无其他承运人定义,由于海牙规则中的承运人仅限于船舶所有人和承租人,据此很难确定无船承运人的责任及其所签发的提单的法律效力。

汉堡规则基于实践中存在的问题,仿效航空运输公约在第一条中分别设置了承运人和实际承运人的定义,并界定合同成立一方为承运人,即契约承运人,实际运输另有他人负责时,汉堡规则进一步将此人界定为实际承运人。在每个具体的海上货物运输合同中,契约承运人只能有一个,实际承运人不是海上货物运输合同的当事人,他与托运人之间不具有合同关系。

2) 作为多式联运经营人

无船承运人在很多情况下作为多式联运经营人出现,此时无船承运人签发联运提单,他是契约承运人,各区段承运人均为实际承运人。契约承运人对全程运输负责,实际承运人对自己的运输区段负责,但这并不影响契约承运人与实际承运人之间的任何追偿权利。

在航运实践中,货主可以向无船承运人订舱后,无船承运人向货主签发以货主为托运人的提单,然后以自己的名义向船公司订舱,船公司再向无船承运人签发以无船承运人为托运人的提单。这时对货主来说,由于无船承运人接受他的订舱,并向他签发了提单,根据承运人的定义,无船承运人应是契约承运人。而船公司接受无船承运人的委托进行货物运输,成为其实际承运人,当然无船承运人又是船公司的托运人。

有时,无船承运人接受货主订舱后仍以自己名义向船公司订舱,但并不向货主签发提单,而是要求船公司以货主作为托运人直接向货主签发提单。有人认为,此时的无船承运人仍是契约承运人，即海商法中规定的承运人。原因在于：无船承运人与货主间的运输合同在他接受货主订舱时就已经成立，不签发提单并不能改变这一点，因为提单只是合同的证明。无船承运人以自己的名义向船公司订舱的同时，也就改变了他单纯的国际货代的地位，使他成为契约承运人，船公司由于向货主签发了自己的提单亦成为承运人。

1.6.4.2 特征

无船承运人一般具有以下几方面的特征：

1）在法律地位上为承运人

无船承运人有权订立运输合同，签发自己的运输单证，收取运费，但同时也要对货物运输承担责任。

2）在海上运输中，作为海运区段的契约承运人

无船承运人本身并不拥有或经营远洋船舶，因而不可能作为实际承运人完成实际的海上运输业务，但在拥有内陆运输工具或货运站等情况下，它可以成为内陆运输实际承运人或场站经营人等。

3）无船承运人具有中间承运商身份

对货物托运人而言，他是承运人，享有与承运人同样的权利并承担义务；对实际承运人而言，他是货物的托运人，应承担托运人的义务并享有相应权利。因此无船承运人是双面人，具有双重身份。

1.6.5 无船承运人制度

无船承运人业务在国内外的国际航运实践中已很普遍，比如，我国有不少货运代理企业经常以自己的名义签发提单，或订立海上货物运输合同从事无船承运人业务。国外无船承运人公司通过其在华的办事处，可以方便地在我国开展经营活动。据不完全统计，1998 年国外无船承运人在我国承揽的箱量在 20 万 TEU 以上。但是由于国内管理体制不顺等原因，我国对无船承运人的管理立法与民事立法尚未建立，对国外无船承运人的市场准入和行为监管尚没有纳入管理，国外无船承运人在华的经营活动处于无人监管的状态，使我国的对外开放领域超出了我国对外承诺的实际开放水平。而国内的从事无船承运人业务的企业，由于相关立法不够明确、全面，监管不力，甚至没有监管，造成我国无船承运人市场的混乱状况。因此于内于外，都迫切要求将无船承运人的管理尽快纳入法制轨道，我国急需建立无船承运人制度。

无船承运人管理制度的特点取决于无船承运人本身的经营特征，即一身兼两职，一手托两家，形式上的托运人，本质上的承运人。因此，作为承运人，承担承运人责任的无船承运人首先应纳入海上运输业管理范围，这是由其法律地位决定的。无船承运人不拥有或不经营船舶，但对其管理规定同于其他有船的、实际经营船舶的远洋承运人。

从长远观点来看，无船承运人管理只是一个阶段性问题，随着市场机制的日趋成熟，法制环境的日渐完善，无船承运人最终还是趋向于受普遍商事法规的规范。但是鉴于目前中国货运代理市场仍处于发展阶段，加强对其管理是有必要的，也是有益的。

1.6.5.1 在企业设立上的管理制度

应注意与《公司法》等法律的配套，由于无船承运人本身的特殊性，即其所需的投资资金与资本风险往往由于其“无船”之特征而小于其他远洋承运人，故在企业设立条件上，如注册资金方面就自然不同于远洋承运人。当然，该注册资本应大于货代小于远洋承运人相应的最低注

册资金。

1.6.5.2 在财务担保上的管理制度

由于无船承运人没有船舶等财产保证其他能充分承担法律责任，对于货主而言就存在较大风险，因此为促进航运经济的稳定发展，需要给无船承运人施加财务担保义务。草拟的《国际海运管理条例》要求无船承运人提供100万元人民币的保证金。

保证金应当设立专门的账户，交由经主管部门认可或者法律法规授权的金融机构或其他财务管理机构管理。

在无船承运人对他人承担赔偿责任时，可以直接从保证金中偿付。如果企业无法提供保证金的，企业也可选择由有关单位提供财务保证，承担连带的或者一般的保证义务，当然该有关单位应经有关财政部门或主管部门认可。

另外，还应当规定，作为从事无船承运人业务的企业有义务保持保证金的足额或财务保证的有效性。只有这样，才能较好地保证货主与船东的利益。

1.6.5.3 在提单管理与责任保险上的管理制度

无船承运人签发的提单，所制定的运价本都应依法及时向交通部进行登记或报备，这一点对于政府迅速了解真实市场信息，从而规范市场行为，科学地进行市场调控是很必要的。至于无船承运人提单的强制责任保险应由中国人民银行与交通部联合管理。

1.6.5.4 在费用方面的管理制度

无船承运人可以与实际承运人签订运输协议，通过直接向货主收取运费而赚取差价，但不能向货主索取佣金。

无船承运人可以向为其提供货载的货运代理人支付佣金，但不得与实际拥有货载的托运人签订运价协议，并给予账外的暗中回扣。

1.6.5.5 在审批登记程序上的管理制度

为符合GATS对贸易管制措施高度透明化的要求，建议实行有关部门联合审批，统一发证。

无船承运人的登记审批权应授予交通部。规定货代企业应持有外经贸部颁发的货运代理业经营批准证书，交通部颁发的无船承运人经营批准证书，以及海关总署、国家出入境检验检疫局颁发的报关、报验注册登记证书。

1.6.6 无船承运人提单

无船承运人的出现导致了无船承运人提单的产生。无船承运人提单项下货物的交付通过向无船承运人在卸货港的代理人出示无船承运人提单进行，这个代理人转而向实际承运人出示海运提单取得交付。并且无船承运人提单所载明对货物享有的所有权是以船公司签发给无船承运人的提单为基础，或是建立在船公司与无船承运人订立的货运合同之上的。因此无船承运人提单是从属性提单。

由于无船承运人提单的这一特点，直到无船承运人的代理人提取货物之前，收货人或货物的债权人对货物的所有权都是不确定的。货物的债权人和买方只有到实际占有货物后才能确知货物是否真正装于船上或运费已付。

从银行的角度来看，较为安全的作法是信用证受益人在开证行、保兑行呈交单据时，应持有无船承运人给予的此种提单，该提单应包含向受益人和银行再次确认货物已装船和运费已付的陈述和申明，该陈述和申明可以出现在船公司提单的副本上。这样会阻止恶意的无船承运人以运费已付名义签发自己的提单，但实际上他们从实际承运人处得到的是运费预付提单。同时，这也将帮助船公司副本提单的持有人即使在无船承运人失踪或破产的情况下，尤其是无船承运人提单没有注明真正的船舶名称时，可以查寻到自己的货物。

澳大利亚银行曾经咨询无船承运人提单是否应作为海运提单接受。国际商会银行委员会决定先不考虑澳大利亚银行提出的议案，并指出无船承运人提单的法律性质由发行地或提交地法律决定。

美国 1984 年航运法授权无船承运人作为承运人可签发提单，因此从事美国航线上的无船承运人签发署名有“货运代理人作为承运人或承运人代理人”的提单就取得了 UCP 所规定的资格可以被银行所接受。此外，在美国法上货运代理人不能充当公共承运人或此种承运人的代理人，从而不能成为无船承运人。但有判例认为：货运代理人签发的提单是依据 COGSA 规定的承运人责任和提单条款规定货运代理人自己的责任而推定有效的。

尽管如此，美国 1984 年航运法及信用证申请方和开证行仍要求无船承运人提单上应有“已装船的声明或批注”。因为提交的单证是由无船承运人签发的，而且无船承运人是在货物载于第一种运输工具时就签发提单，并不是载于即将起运的船舶上，所以银行仍将拒收这类单据。对于无船承运人欺诈造成的损失，虽然可以从保险公司得到赔偿，但只有在订立无船承运人提单投保之前，已经由政府监督培植起具有偿付能力和诚实可信的无船承运人才是解决欺诈的根本方法。

目前无船承运人除了因为正常业务签发提单外，有时却可能是为了赚取签单费或为了争取货源而应货物的买方或卖方的要求签发提单，有的甚至出借已签妥的空白提单。至于卖方之所以愿意支付额外的签单费，其目的可能是在于与无船承运人联手或利用无船承运人的疏忽能在支付货款之前顺利从实际承运人处提取货物，进而携款潜逃或拖欠支付货款，当然此时并非采用信用证为结算方式。

因此无论是货主还是无船承运人均不可掉以轻心，无船承运人应加强对提单的管理，以防受骗上当。而作为 FOB 价货物的卖方，更应注意对无船承运人提单的识别，由于无船承运人提单中不乏非法提单，加之有些无船承运人的资信较差，为防止发生上述事件，在采取非信用证结汇方式时应严禁使用无船承运人运输。即使合同约定禁止使用无船承运人提单，但仍不排除由本身并不具备承运人资格的货代以无船承运人身份签发自己的提单，由于银行并无义务识别真伪，因此，货物的卖方应对无船承运人提单和实际承运人加以区别。

现将无船承运人的子提单和实际承运人的母提单的区别列表 1-1。

表 1-1

	母提单	子提单
提单托运人	无船承运人或其代理人	真正货主(通常为卖方)
提单收货人	无船承运人的代理人	提单不转让时，通常是买方
提单承运人	船公司	无船承运人
提单当事人	无船承运人、船公司、无船承运人的代理人	托运人、无船承运人、收货人
提单通知人	无船承运人在目的港的代理	信用证规定的通知人
提单流通途径	通过无船承运人(或随船)	通过银行

续表

	母提单	子提单
适用运价	实际海运承运人运价本	无船承运人的运价本
运费收取	收整箱货运费	收拼箱货运费
运输责任	对海上区段承担责任	对全程承担责任
运输条款	CY-CY	CFS-CFS
加注内容	海运承运人编号和货物分组编码	提货找无船承运人的代理人
货物名称、数量等	按无船承运人交付的情况记载	按各个发货人交付的情况记载
交接方式	按无船承运人与海运承运人间的约定方式	按与各发货人、收货人约定的方式
签发人	海运承运人或其代理或船长	无船承运人或其代理人
签发数量	仅签发一式三份	按发货人的数量(每位发货人一式三份)
转让买卖	不可转让买卖	可转让买卖
主要用途	提货	结汇
证据效力	对托运人、收货人无证据效力	对托运人是初步证据,对收货人是最终证据

1.6.7 无船承运人的权利义务

无船承运人作为承运人享有的权利和承担的责任,具体而言即当托运人或者收货人不支付运费、保管费以及其他运输费用的,承运人对相应的货物享有留置权,但当事人另有约定的除外。承运人在这里是指契约承运人,因此,无船承运人所承担的责任是契约承运人应承担的责任。

1.6.7.1 作为多式联运经营人的权利义务

无船承运人应当享有货物留置权,当无船承运人在将运费支付给实际承运人,合法取得了货物的控制权后,应享有与实际承运人一样的货物留置权。

无船承运人作为多式联运经营人时,负责履行或组织履行多式联运合同,对全程运输享有承运人的权利,承担承运人的义务。多式联运经营人可以与参加多式联运的各区段承运人就多式联运合同的各区段运输约定相互之间的责任,但该约定不影响多式联运经营人对全程运输承担的责任。

我国海商法没有规定无船承运人的责任限制,而《海商法》第六十三条有规定:“承运人与实际承运人都负有赔偿责任的,应当在此项责任范围内负连带责任。”他所导致的后果可能扩大了无船承运人的责任。例如当无船承运人仅作为拼箱人向实际承运人托运货物时,依据《海商法》第二百零四条第二款的规定:“前款所称的船舶所有人,包括船舶承租人和船舶经营人。”此时的无船承运人是不能享有船东责任限制的。

再比如,无船承运人作为多式联运经营人,根据《海商法》第一百零三条的“多式联运经营人对多式联运货物的责任期间,自接收货物时起至交付货物时止。”第一百零四条的“多式联运经营人负责履行或者组织履行多式联运合同,并对全程运输负责。”这样一来,无船承运人也可能承担全部的责任。

关于联运经营人的责任限制,《联合国国际货物多式联运公约》第十八条第一款规定:“如果多式联运经营人对货物的灭失或损坏造成的损失负赔偿责任,其赔偿责任按灭失或损坏货物的每包或其他货运单位计不得超过 920SDR(SDR 是指"特别提款权"。根据国际货币基金组织金融计划和运作处提供的资料说明,SDR 是国际货币资金组织于 1969 年创设的一种储备资产和论账单位,亦称"纸黄金"),以较高者为准。"同条第 4 款规定联运经营人对迟延交货造成的损失应付的赔偿责任限额,相当于对迟延交付货物应付运费的 2.5 倍,但不得超过多式联运合同规定的应付运费总额,这一点对于无船承运人责任限制规定的制定是有借鉴作用的。至于具体的赔偿限额,各国都呈不断上升趋势,应充分借鉴有关国公约和国内立法的相关规定,同时,合理考虑通货膨胀因素以及整个国家的经济发展水平,以便确定一个合理的赔偿责任限额。

1.6.7.2 无船承运人合理的免责范围

从整体上看,承运人的免责范围呈不断缩小趋势。无船承运人的免责范围一方面应顺应世界立法潮流,将其界定在合理范围内;另一方面,又要有利于无船承运人的发展,责任不能过重。

至于免责事由和范围,各国规定的事项都有不同。合理的免责范围应包括:

(1) 不可抗力。

(2) 货物本身的属性及瑕疵引起的损害或自然损耗。

(3) 托运人或收货人的原因引起的货物损害。

(4) 运输固有的危险。

(5) 第三人的原因。

1.6.8 无船承运人与国际货代的区别

随着集装箱多式联运业务的迅猛发展,越来越多的国际货运代理人开始扩大其经营范围,如以独立经营人的身份为货主提供包括传统货代服务在内的一揽子综合服务,甚至签发自己的提单,成为契约承运人。如此一来,国际货运代理的法律地位和应当承担的法律责任就发生了重大变化,不是代理人,而是承运人。

区分国际货运代理是代理人还是承运人,也即区分纯粹代理意义上的国际货运代理与无船承运人是十分必要的。例如在多式联运中,货代往往作为多式联运经营人签发联运提单而成为契约承运人。

在国际货代收取运费的情况下,对其究竟是以托运人的代理人身份安排运输抑或以承运人的身份负责运输容易产生混淆,这直接影响到货方索赔的诉讼时效以及诉讼主体的正确选定。若货代与托运人签订了代理合同,并据此接受委托办理运输的相关事宜,则国际货代只要在受其委托范围内履行了代理合同的义务,在选择承运人时没有过失,其对运输过程中发生的货损不承担责任。同时托运人在国际货代违反代理合同向他索赔时的诉讼时效依《民法通则》的规定为 2 年,而不同于依《海商法》规定向承运人索赔的 1 年时效。

有些国家为了维护货主的合法利益,在这方面的规定比较严格。例如美国将货运代理分为只能从事纯粹代理人业务的远洋货运代理和具有承运人身份但不拥有、不经营船舶的无船承运人。在欧洲,虽然只有"Frieght Forwarder"一种称谓,但申请执照中又分成无船承运人和货运代理执照,其权利、义务和保证金都不一样。

意大利热那亚法庭 1999 年 3 月 15 日对 SIAT 诉 Grandi Traghetti Di Navigazione 案的判决以及它 1993 年 3 月所做的判决中认为货运代理合同的基本目标是以货运代理人的名义

并为了委托人的利益而订立一个运输合同，以及附带完成有关运输合同的附随义务。主张货运代理人具有承运人的资格，必须对有关的情况给出严格的证据并要有事实证明货运代理人同意若自己没有完全完成任务，要负责赔偿一切款项和费用，仅仅指出货运代理人作为提单关系中的托运人是不够的。因而要证明货运代理具有承运人资格，还必须有其他因素给予适当证明，如关于就承运人提供的服务予以全部补偿的协议，原因是给付货运代理的一切补偿中包括运费，而运费是典型的付给承运人履行运输义务的酬劳。

从理论上看，货运代理人的身份认定首先应当视其同委托方所订立合同的内容及方式，若双方在合同中明确货代代理运输和承办报关等进出口手续，并以代理人身份安排中转运输，那么货运代理人是一种纯粹的货运代理。

1.6.8.1 承运人主要标志

依据海商法一般认为承运人有 3 个最主要的标志：

(1) 与托运人签订运输合同。

(2) 实际履行运输合同或组织履行运输合同，收取运费。

(3) 承担相关的运输责任。

1.6.8.2 国际货代判定标准

如果实践中双方的协议内容并不能使第三者一望便知货运代理的身份，或甚至没有书面协议时，国内外的海事司法仲裁案中，一般适用以下判定标准：

1) 因素

1993 年北京海事仲裁委员会审理的一桩货损索赔案件中涉及货代作为承运人或代理人的认定标准时，认为应考虑以下因素：

(1) 是以自己(货代)的名义还是以承运人的名义与托运人订立运输合同。

(2) 是否以自己的名义签发提单。

(3) 是代表自己还是代表承运人收取运费。

2) 理由

1996 年加拿大联邦法院审理的 BEREX FASHION INC. V. CARGONAUT CANADA INC. 案中法院认为，该案中判定货代为承运人基于以下理由：

(1) 原告(货方)不知道货代与转托承运人之间的合同。

(2) 提单上的措辞暗示着货代作为承运人行事。

(3) 货代以运费的标准收费。

(4) 双方以前没有类似的可以作为证据的交易。

1.6.8.3 国际货代和无船承运人的区别

在具体业务中，可以从以下几方面来识别国际货运代理和无船承运人的身份：

1) 与委托人之间的合同

委托人与国际货运代理和无船承运人之间的国际货运代理合同中若明确规定以代理人身份行事，国际货代也这样做了，则被认为是委托人的代理人。若合同中列明是“承运”而不是“安排运输”，此时将被认为是以自己的名义行事。

2) 与第三人之间的合同

若合同中表明以委托人的名义行事，国际货运代理和无船承运人被认为是委托人的代理人，若明确表明以自己的名义行事，他们被认为是合同的当事人。

3）对托运人的责任

国际货运代理人是货主的受托人，只要在履行义务时做到适当谨慎，对委托人忠诚、遵守合理指示，并能够解释所经手的业务，一般不对货物的及时和安全运输承担责任。而无船承运人则作为承运人，签发自己的提单给托运人，承担货物运输的责任。

4）对实际承运人的责任

国际货运代理只承担代理人或受托人的责任，如果承运人的运价本允许向货运代理支付佣金，则可以从承运人处得到佣金。而无船承运人自己就是托运人，按照实际承运人的运价本或其与之签订的服务合同支付运费，完全承担托运人的责任。

5）经营运作的方式

国际货运代理若以自己的名义签订运输合同，赚取运费差价，或提供拼箱服务，此时，它应为无船承运人，享有承运人包括责任限制在内的全部权利，并承担承运人的全部义务。

6）提单签发的方式

通常国际货运代理签发提单的行为，会被视为承运人行为。

7）经营收入来源的不同

货代经营收入来自发货人所支付的服务费用及当承运人运价本允许支付佣金时，从承运人处得到的佣金。无船承运人的经营收入来自向发货人所收取的运费与向承运人支付的运费之差额。

8）习惯做法与业务惯例

如在伦敦运输市场上，无论国际货代是否以自己的名义订舱，他都要承担货物未按时到达装货地点时，承运人提出的亏舱费索赔要求。

国际货运代理人与无船承运人的区别可见表 1-2。

表 1-2

	国际货运代理人	无船承运人
运输合同的订立	不可以	可以
收取全程运费	不可以	可以
收取佣金	可以	不可以
收取运费差价	不可以	可以
对全程运输负责	不承担	承担
提单签发	不能	签发全程提单
对委托人的身份	代理人	托运人
法律地位	单一身份	双重身份

1.6.9 国际货代与无船承运人的责任保险

在国际贸易和运输中将保险范围广义地分为 2 类，财产保险和责任保险。责任保险是为保护那些应对财产的灭失或损坏、人身伤亡负法律责任的人而提供的保险，这些财产的灭失或损害、人身伤亡是在他们履行自己的义务的过程中造成的。

国际货运代理提供运输服务要完成许多业务环节，这些诸如报检、订舱、交付货物等业务环节本身就存在着风险。国际货运代理所承担的责任风险主要产生于 3 种情况：一是本身的过失;二是分包人的过失;三是保险责任不合理。

货运代理责任保险的内容主要是错误与遗漏。如:虽有指示但未能投保或投保类别有误;另外为仓库保管中的疏忽、货损货差责任不清、迟延或未授权发货等。

无船承运人本质上是承运人,他在提供运输服务中的风险,主要来自于运输环节。因此无船承运人的责任风险首要的是承运人的责任风险,是在无船承运人履行承运人义务,安排运输过程中产生的责任风险。其次,由于无船承运人的疏忽和过失所导致的损失,也是责任风险产生的原因之一。无船承运人投保责任保险的内容也就取决于因其疏忽和过失所导致的风险损失,如:对共同海损或救助的分摊、集装箱码头和堆场对客户的责任等。

国际货运代理业务具有投资少、风险小、利润高、活动隐蔽性强的特点。因此从事于这一服务行业的企业众多,鱼目混珠,再加之货运代理行业在我国还属于发展尚不成熟的服务行业。无论是在企业的硬件、软件方面,还是政府管理制度以及行业规范方面都很不完善,货代市场存在无序竞争和发展失衡的问题。非法货代屡禁不止,扰乱了市场经营秩序,直接冲击了正规货代企业及货主的利益。而责任保险就是对货代履行义务过程中的风险给予保障,通过向投保责任险的货运代理给予赔偿,减轻了货代所承担的赔偿责任。这从间接上有利于货代继续履行运输服务,最终有利于贷方利益的实现和保障。因此,从分散风险的角度来看,责任保险对于货运代理的法律意义是十分重要而直接的。

同时,由于《保险法》第五十条规定:责任保险的被保险人因给第三人造成损害的保险事故而被提起仲裁或者诉讼的,除合同另有约定外,由被保险人支付的仲裁或者诉讼费用以及其他必要的合理的费用,由保险人承担。因此实行责任保险制度还可以缓解或消除货运代理人原本必须面对受害人的索赔而承受的各种压力。

就无船承运人而言,无船承运人投保责任保险,同样也能起到减少意外发生时损害赔偿责任的承担作用,而且还能够作为承运人要求合理的责任限制。无船承运人也同样可以根据《保险法》第五十条的规定,由保险人承担仲裁或者诉讼费用,同时保险人参与抗辩或和解也减轻了无船承运人的理赔压力。因此投保责任保险对无船承运人而言同样有着直接的法律意义。

由于国际货运代理与无船承运人投保的责任保险大部分是相同的,如疏忽与过失责任保险。不同的是无船承运人还应投保承运人责任保险,同时,当货运代理人以合同当事人从事无船承运人业务时,还可以投保承运人责任保险。因此,这里将两者合并,一并探讨责任保险的法律特征。

国际货运代理人的责任保险属于海上保险标的的哪一类,在我国海商法中并未有明确规定。责任保险通常分为公众、产品、雇主、职业、其他责任保险,货运代理责任保险应属于其他责任保险,而无船承运人投保的承运人责任保险属于公众责任保险。

货运代理与无船承运人责任保险的标的具有特殊性,主要涉及的是财产责任。如因货运代理人的过失行为而产生的对第三人(如善意提单持有人)承担的损害赔偿责任,包括因货物灭失、延迟交付、无单放货或者违反海关商检法规承担的罚款,甚至没收财产等所导致的直接或附带损失。其他费用也可列入保险责任范围,包括在事故调查和诉讼过程中所发生的费用。

一般货运代理责任保险实行限额和最高责任保险,保险单通常规定每次意外事故的最高赔偿限额或保险期内的累计赔偿限额。国际货运代理责任保险有 4 种,即限额责任保险、足额责任保险、超限责任保险、共同保险计划。无船承运人可以投保充足货源责任保险,疏忽与过失责任保险以及承运人责任保险。

此外，无船承运人签发的提单应强制进行责任保险，当然此责任保险应由中国人民银行和交通部联合管理。一方面这是我国《保险法》授予中国人民银行的权力，另一方面也是出于与《海商法》相衔接的需要。在有些国家投保货运代理责任保险已成为国家或某些国际货运代理协会和某些客户的强制性要求，如德国“国际货运代理标准交易条款”中，就强制要求国际货运代理为其客户提供最高保险，以使得客户能向国际货运代理进行责任追偿。

2 国际货代管理

2.1 我国国际货代管理

2.1.1 我国国际货代管理法制化

改革开放后,国务院就确定了对外贸运输实行船代分开,按行业归口管理的原则,1992年国务院下发了通知重申:"货代管理的方针、政策、法规、统计调查仍由经贸部归口负责;船公司和船代管理的方针、政策、法规、统计调查仍由交通部管理。"上述分工在水运这一项上至今未变。

同时,为了摆脱计划经济的束缚,避免统得过死,利于市场良性发育,国家决定"放开货代、船代,容许多家经济,鼓励竞争,以提高服务质量"。这一决策打破了条块分割与部门垄断,推动了货代、船代、货主和承运人平等竞争,加速了相关企业向市场经济的转变,提高了服务质量,有利地配合了全国外贸的快速发展。目前,商务部批准的各类货代企业已有1 200多家,货代行业已由过去的中外运一家经营,变为现在的国有、中外合资等各类货代企业几家竞争的局面。

近年来,我国外贸领域的立法工作明显加快,在国际货代行业的管理方面,结束了无法可依的历史。

1995年6月,经国务院批准,商务部同年以第五号令发布实施了《中华人民共和国国际货物运输代理业管理规定》,对于包括国际多式联运在内的国际货代业务管理作了明确规定。

1996年经过重新修订,商务部又发布了《外商投资国际货物运输业代理企业审批规定》,从1996年起,全国的国际货运代理企业实行了年度审核制度。

2004年1月1日,中华人民共和国商务部重新发布实施了修订后的《中华人民共和国国际货物运输代理业管理规定实施细则》。"实施细则"进一步改善了主管部门实行行业管理的法律环境,上述法律和法规的实施,标志着我国政府部门在本行业的管理上,已从过去的行政管理为主,转变到市场经济条件下的宏观调控和依法管理的轨道上来。

2.1.2 我国国际货代管理的依据

目前,我国尚无专门关于国际货运代理行业的管理、调整国际货运代理业务各方当事人之间关系的法律。但是,为了加强对国际货运代理行业的管理,规范国际货运代理企业的行为,不仅全国人民代表大会通过、批准的法律性文件中规定了一些与国际货运代理有关的内容,国务院颁布、批准了一些有关行政法规,国务院各有关主管部门也颁布了众多的有关规章。这些法律、法规和规章共同构成我国国际货运代理行业管理的法律依据。

2.1.2.1 全国人民代表大会通过或授权批准的法律性文件

(1) 1986年12月2日六届全国人大常委会第十八次会议通过《中华人民共和国邮政法》,该法第八条规定"信件和其他具有信件性质的物品的寄递业务由邮政企业专营,但是国务院另有规定的除外”。第四十一条将信件解释为“指信函和明信片”。

(2) 2001年11月1日中华人民共和国国家主席根据2000年8月25日九届全国人大常委会第十七次会议决定批准《中华人民共和国加入世界贸易组织议定书》,该议定书附件九所载“中华人民共和国服务贸易具体承诺减让表”规定了我国政府对国际货物运输代理服务、海运代理服务、速递服务的市场准入承诺。

2.1.2.2 国务院发布或批准的行政法规性文件

(1) 1980年国务院批转《港口口岸工作暂行条例》,明确了港口口岸各部门的职责,要求各部门加强团结协作,保证我国对外贸易运输任务的完成。

(2) 1980年10月30日,国务院发布《中华人民共和国国务院关于管理外国企业常驻代表机构的暂行规定》,明确规定外国企业在中国设立常驻代表机构,必须提出申请,经过批准,办理登记手续。贸易商、制造厂商、货运代理商,报请中华人民共和国对外贸易部批准。海运业、海运代理商,报请中华人民共和国交通部批准。

(3) 1984年11月2日,国务院发布《关于改革我国国际海洋运输管理工作的通知》,明确要求逐步实行政企职责分开,简政放权,扩大企业自主权,并对船货实行行业归口管理。中国远洋运输总公司和中国对外贸易运输总公司要办成独立经营的经济实体,不兼行政职能。交通部对中国远洋运输总公司(包括中国外轮代理总公司),对外经济贸易部对中国对外贸易运输总公司(包括中国租船公司)只实行行政管理和领导,不干预企业经营。规定中国远洋运输总公司、中国外轮代理总公司可以承揽部分货物和少量租船;中国对外贸易运输总公司可以经营部分船队和少量船舶代理业务。各船舶公司之间的矛盾由交通部负责协调,各货主(包括货运代理)之间的矛盾由对外经济贸易部负责协调。

(4) 1987年3月30日,国务院口岸领导小组制定了《地方口岸管理机构职责范围暂行规定》,明确地方口岸管理委员会、口岸办公室是口岸所在地的省(区)、市人民政府直接领导的口岸管理机构,负责管理和协调处理本地区的海、陆、空口岸工作,其重要职责之一是协调处理口岸各单位(包括外贸运输、船货代理、装卸理货、仓储转运、检查检验、公证鉴定、对外索赔、供应服务、接待宣传等有关单位)之间的矛盾,行使仲裁职能。

(5) 1987年8月2日,国务院口岸领导小组制定了《关于加强空运进口货物管理的暂行办法》,要求外贸、工贸公司对外签订空运进口货物合同,应当争取采用FOB价格条款,充分使用我国民航飞机,尽量利用外运公司或其他货运代理部门在国外的空运代理。民航货运部门在空运进口货物到港后,应及时与外运公司或其他货运代理部门办理货物的交接工作,逐票点清。外运公司和其他货运代理部门在收到委托代理报关的货物后,应当在海关规定的期限内,及时办理报关分拨。

(6) 1988年3月23日,国务院发布《关于沿海地区发展外向型经济的若干补充规定》,明确规定船舶运输、港口装卸和船运、货运代理网点的设置,要适应运输和方便用户的需要,在加强管理、统一对外的前提下,允许多家经营和互相兼营。

(7) 1988年7月26日,国务院口岸领导小组发出《关于改革我国国际海洋运输管理工作的补充通知》,进一步明确船舶代理、货运代理业务,实行多家经营和互相兼营,分别由船公司、货主自主选择使用,任何部门不得进行行政干预和限制。

(8) 1990年11月12日,国务院颁布《中华人民共和国邮政法实施细则》,规定“未经邮政企业委托,任何单位或个人不得经营信函、明信片或者其他具有信件性质的物品的寄递业务,但国务院另有规定的除外”，明确“信函是指以套封形式传递的缄封的信息的载体。其他具有信件性质的物品是指以符号、图像、音响等方式传递的信息的载体”。

(9) 1992 年 11 月 10 日，国务院发布《关于进一步改革国际海洋运输管理工作的通知》，明确放开货代、船代，允许多家经营，鼓励竞争，重申有关货代管理和船公司、船代管理的方针政策、法规、统计调查分别由对外经济贸易部和交通部归口负责，要求两部制定公正、合理的船公司、船代、货代经营资格标准和审批管理办法，为企业提供公平竞争的市场环境。

(10) 1993 年 8 月 3 日，经国务院批准，中国民用航空总局发布《民用航空运输销售代理业管理规定》，规定了民用航空运输销售代理业、民用航空运输销售代理企业的定义、分类，明确了民用航空运输销售代理企业的设立条件、审批程序和运营管理问题。

(11) 1995 年 6 月 6 日，国务院批准、6 月 29 日对外贸易经济合作部发布《中华人民共和国国际货物运输代理业管理规定》，明确了国际货物运输代理业的定义、监督管理部门、监督管理权限、监督管理原则，国际货物运输代理业的设立条件、审批程序、业务范围、经营方针。

(12) 2001 年 12 月 11 日，国务院颁布《中华人民共和国国际海运条例》，规定了无船承运业务的定义、申请人资格、申请条件、审批程序等问题。

(13) 2001 年 12 月 20 日，国务院办公厅转发国家发展计划委员会《“十五”期间加快发展服务业若干政策措施的意见》，明确要求改变服务业部分行业垄断经营严重、市场准入限制过严和透明度低的状况，按市场主体资质和服务标准，逐步形成公开透明、管理规范和全行业统一的市场准入制度。根据我国经济发展需要以及加入世界贸易组织的承诺，有步骤地进一步开放国际货运代理等领域。

(14) 2002 年 3 月 4 日，国务院批准了《外商投资产业指导目录》，将国际货运代理行业列为限制外商投资的产业。

2.1.2.3 国务院对外经济贸易主管部门发布的部门规章性文件

(1) 1987 年 8 月 15 日，对外经济贸易部发出《关于清理国际货运代理企业的通知》，要求所有从事进出口货物运输代理业务的企业按照企业名称、隶属关系、所有制性质、注册资本、批准机关、经营范围、成立时间等内容填写表格，由所在省、市外经贸委汇总后，报对外经济贸易部。

(2) 1988 年 2 月 22 日，对外经济贸易部发出《关于限制外商在我国内开办国际货运代理企业的通知》，要求各地方采取适当措施，停止和外商对此类项目的谈判、签约，停止审批利用外资开办国际货运代理企业项目合同。如确有特殊需要，按照《指导吸收外商投资方向暂行规定》的要求，属于投资限额以上的，先报国家计委立项；限额以下的，报对外经济贸易部立项，合同、章程一律由对外经济贸易部审批。

(3) 1988 年 6 月 25 日，对外经济贸易部发布《关于审批国际货运代理企业有关问题的规定》，明确对外经济贸易部是国际货运代理企业的主管部门，规定了国际货运代理企业的投资主体、设立条件、审批权限、审批程序(2001 年 12 月 19 日对外贸易经济合作部 30 号令废止了该通知)。

(4) 1988 年 9 月 9 日，对外经济贸易部发出《关于清理复查国际货物运输代理企业名单的函》，要求各地方、各部门将复查意见和该企业的批准文件、营业执照、企业章程(复印件)一并报对外经济贸易部。

(5) 1989 年 10 月 5 日，对外经济贸易部发出《关于加强外贸运输管理提高合同履约率的通知》，要求认真清理整顿和从严审批国际货运代理企业，坚决取缔不符合《关于审批国际货运代理企业有关问题的规定》要求的企业和经营中不维护外贸信誉、在国际上造成恶劣影响的公司。

(6) 1990 年 7 月 13 日，对外经济贸易部发布《关于国际货物运输代理行业管理的若干规定》，明确了国际货物运输代理企业的定义，重申了国际货物运输代理企业的审批和管理机关，创立了国际货物运输代理资格认可制度，规定了从事国际货物运输代理业务的企业应当具备的条件、报送的文件，国际货物运输代理企业的经营范围。

(7) 1991 年 2 月 1 日，对外经济贸易部发布《关于加强管理、做好供应香港货物铁路运输工作的通知》，要求跨省发货及外贸专业进出口公司以外的各外贸单位的货，尽量委托货源所在地的外运公司代运。规定溢装货物到港 3 个月之内发货人或国内货运代理不能及时答复处理意见的，香港货运代理人有权处理货物，以其收入抵仓租费用，向货主追讨不足部分金额。严禁向香港货运代理人或收货人提供空白的"承运收据"。

(8) 1993 年 4 月 5 日，对外经济贸易部发出《关于加强外贸运输工作若干问题的通知》，规定对国际货运代理企业的审批，要采取积极慎重的方针，逐个审核。对货运代理企业进行重点检查，坚决取缔无照经营和非法经营者。

(9) 1995 年 2 月 13 日，对外贸易经济合作部颁布《关于审批和管理外国企业在华常驻代表机构的实施细则》，就包括货运代理商在内的外国企业在中华人民共和国境内设立常驻代表机构的条件，设立、延期、变更和终止程序，应当提交的文件、资料，首席代表和代表资格，外国企业常驻代表机构的审批、管理等问题作出了具体规定。

(10) 1995 年 3 月 3 日，对外贸易经济合作部发出《关于整顿国际货运代理经营秩序的通知》，重申对外贸易经济合作部负责管理全国国际货运代理行业，其他部门无权审批国际货运代理业务。要求各省市外经贸委厅，对本地区从事国际货运代理业务的企业进行一次清理，对不符合审批规定或经营条件的企业坚决予以取缔。

(11) 1995 年 8 月 28 日，对外贸易经济合作部发出《关于进一步明确航空快递业务是国际货运代理业务的组成部分的通知》，申明对商务部是国务院授权管理货运代理业务(包括快递业务)的主管部门，邮电部门成立的速递公司也是经商务部批准成立的。凡经商务部批准经营国际快递业务并在国家工商行政管理局登记注册的企业，均有合法经营权。

(12) 1995 年 9 月 19 日，对外贸易经济合作部发出《关于做好国际货运代理企业年审、换证工作的通知》，明确各地方对外贸易主管部门负责统一办理本行政区内货运代理企业(包括中央直属企业及外省市在该区域内设立的子、分公司)的年审及换证初审工作，国务院各部门在北京的直属企业统一到商务部办理年审及换证事宜。要求国际货运代理企业于每年 3 月底以前报送上一年度企业经营情况报告，如实填写《国际货运代理企业年审报告表》。国际货运代理企业在批准证书有效期届满时，需要继续从事国际货运代理业务的，应当在批准证书有效期届满的 30 天前向对外贸易经济合作部申请换领批准证书。

(13) 1996 年 8 月 21 日，对外贸易经济合作部发布《关于台湾海峡两岸间货物运输代理业管理办法》，明确了台湾海峡两岸间货物运输代理业务的主管机关、行业管理部门，从事台湾海峡两岸间货物运输代理业务的企业类型、申请从事台湾海峡两岸间货物运输代理业务应当提交的文件、审批机关、审批程序及审批期限。

(14) 1996 年 9 月 9 日，对外贸易经济合作部发布《外商投资国际货物运输代理企业审批规定》，明确了外商投资国际货物运输代理企业的定义、中外合营者的资格、投资比例，外商投资国际货物运输代理企业的审批机关、审批程序、经营范围、经营期限及其分支机构的设立程序、应当提交的文件(该审批规定已为 2001 年 12 月 19 日对外贸易经济合作部发布的《外商投资国际货运代理企业管理规定》所废止)。

(15) 1996 年 11 月 5 日，对外贸易经济合作部发布《部分行业外商投资企业审批原则和审批程序》，明确规定了外商投资国际货运代理企业的审批原则、审批程序、经营范围，强调设立外商投资民用航空运输销售代理公司必须先向商务部申请设立合资、合作国际货运代理企业，然后再向民航总局申请经营此项业务。

(16) 1997 年 2 月 4 日，对外贸易经济合作部发出《关于进一步做好国际货运代理企业年审工作的通知》，明确年审的重点是检查企业是否遵守执行有关法律、法规；是否超越批准的经营范围和经营地域经营；是否接受非法代理挂靠；是否出租、出借或者转让批准证书和有关业务单证等。不参加年审或年审未通过的，商务部将不予批准设立分支机构，情节严重的，将不予换发批准证书，并撤销国际货运代理经营权。

(17) 1997 年 3 月 4 日，对外贸易经济合作部发出《关于实施〈关于台湾海峡两岸间货物运输代理业管理办法〉有关问题的通知》，明确了申请经营台湾海峡两岸间货物运输代理业务的企业应当具备的条件，该管理办法规定的其他文件的名称，并要求有关货运代理企业每月 3 日前向省、自治区、直辖市和经济特区人民政府外经贸主管部门报送业务统计表。

(18) 1998 年 1 月 22 日，对外贸易经济合作部发出《关于做好国际货运代理企业年审工作的通知》，重申国际货运代理企业必须于每年 3 月底前向其所在地地方对外贸易主管部门(国务院部门直属企业直接向商务部)报送年审登记表、业务人员情况表、验资报告及营业执照影印件，办理年审。对不按时进行年审或在经营活动中违反有关规定的企业，地方对外贸易主管部门可以作出年审不合格的决定，并可视情节处以警告，责令限期改正。情节严重的，建议商务部处以停业整顿或撤销其批准证书的处罚。

(19) 1998 年 1 月 26 日，对外贸易经济合作部发布《中华人民共和国国际货物运输代理业管理规定实施细则(试行)》，明确了国际货运代理企业的 2 种身份，细化了有关主管部门的监督管理权限、国际货物运输代理企业的设立条件、审批程序、审核重点，规定了国际货物运输代理企业分支机构的设立条件、审批程序和国际货物运输代理企业的年审换证、业务管理问题。

(20) 1998 年 6 月 16 日，对外贸易经济合作部与国家税务总局联合发布《关于使用〈国际货物运输代理业专用发票〉有关问题的通知》，要求国际货物运输代理企业必须使用货代专用发票，明确了货代专用发票的申领程序、使用方法。

(21) 1998 年 12 月 1 日，对外贸易经济合作部与海关总署联合发布《对违规、走私企业给予警告、暂停或撤销对外贸易、国际货运代理经营许可行政处罚的暂行规定》，专门界定了违规、走私企业的含义，对其处罚的前提、处罚程序、处罚种类及行政复议问题(该暂行规定已为 2002 年 3 月 15 日对外贸易经济合作部、海关总署联合发布的《关于对走私、违规企业给予警告或暂停撤销对外贸易、国际货运代理经营许可行政处罚的规定》所废止)。

(22) 1999 年 2 月 2 日，对外贸易经济合作部发出《关于加强国际货运代理企业年审工作的通知》，规定了该年年审的重点、年审时间及应当报送的材料。

(23) 2000 年 6 月 7 日，对外贸易经济合作部办公厅作出《关于赋予中国国际货运代理协会相关职能的批复》，委托中国国际货运代理协会对在京有关中央企业申请在北京设立国际货运代理企业或申请扩大经营范围、变更股权进行初审，对在京有关中央企业申请异地设立子公司或分支机构时该企业在京经营状况进行审核，对在京有关中央企业进行年审，对本行业全国年审情况进行汇总、统计和分析，对年审中发现的问题进行调查核实，并提出处理意见。

(24) 2000 年 9 月 1 日，对外贸易经济合作部《关于国际货运代理从业人员资格培训的通知》，明确将国际货运代理从业人员资格考试纳入全国外销员资格考试范畴，委托中国国际货运代理协会统一协调、组织考试教材编写和行业内部培训工作，责成贸易发展司制订国际货运代理从业人员岗位规范。

(25) 2000 年 9 月 1 日，对外贸易经济合作部发出《关于取消国际货运代理企业名称变更审批规定的通知》，取消了不涉及股权变更的国际货运代理企业名称变更审批程序，规定发生名称变更的企业可以在工商部门核准名称变更后直接凭有关文件到对外贸易经济合作部办理更换《中华人民共和国国际货物运输代理企业批准证书》。

(26) 2000 年 12 月 5 日，对外贸易经济合作部《关于规避无单放货风险的通知》，要求外贸企业在签订出口合同时，应尽量签订 CIF 或 C&F 条款，避免外商指定境外货代安排运输。如外商坚持 FOB 条款并指定船公司和货代安排运输，可接受指定的船公司，但不能接受未经商务部批准在华经营国际货运代理业务的货代企业或境外货代代表处安排运输。如外商仍坚持指定境外货代，指定境外货代的提单必须委托经我部批准的货运代理企业签发并掌握货物的控制权，同时由代理签发提单的货代企业出具保函，承诺货到目的港后须凭信用证项下银行流转的正本提单放货，否则要承担无单放货的赔偿责任。

(27) 2000 年 12 月 21 日，对外贸易经济合作部《关于取消国际货运代理企业在已核准经营地域内设立分公司审批规定的通知》，决定将国际货运代理企业在已核准经营地域内设立分公司由审批改制为登记制。

(28) 2001 年 8 月 17 日，对外贸易经济合作部《关于规范海运拼箱市场经营秩序的通知》，要求坚决制止海运拼箱市场的不正当竞争，各地行业主管部门组织力量，制订方案，开展专项整治工作，依靠各地货代协会，进行行业自律、自查。

(29) 2001 年 12 月 19 日，对外贸易经济合作部发布《外商投资国际货运代理企业管理规定》，重新规定了外商投资国际货运代理企业的定义、审批管理机关、设立条件、审批程序、经营年限等问题，废止了 1996 年 9 月 9 日对外贸易经济合作部发布《外商投资国际货物运输代理企业审批规定》。

(30) 2002 年 3 月 15 日，对外贸易经济合作部、海关总署联合发布《关于对走私、违规企业给予警告或暂停撤销对外贸易、国际货运代理经营许可行政处罚的规定》，分别规定了给予国际货运代理企业暂停、撤销国际货运代理经营许可行政处罚的基本前提、具体条件和程序，废止了 1998 年 12 月 1 日二者联合发布的《对违规走私企业给予警告、暂停或撤销对外贸易、国际货运代理经营许可行政处罚的暂行规定》。

(31) 2002 年 12 月 21 日，对外贸易经济合作部发布《中华人民共和国外商投资国际货运代理业管理办法》，修改了 2001 年 12 月 19 日发布的同名规章，将外国投资者投资设立中外合资、中外合作的国际货运代理企业中国合营者的最低出资比例降低到 25%。

(32) 2003 年 1 月 8 日，对外贸易经济合作部《关于做好 2002 年度国际货运代理企业年审工作的通知》，要求各地外经贸主管部门要高度重视国际货运代理企业年审工作，指定专人检查国际货运代理企业注册资金到位情况，是否存在未经报批、报备发生变更事项的情况；是否存在超越批准的经营范围和经营地域经营情况；是否存在接受非法代理挂靠的情况；货代专用发票的使用情况。要求各货代企业在2003年3月底以前向各地外经贸主管部门、在京的各中央管理的企业直接向中国货代协会申请办理年审，并报送年审登记表、2002年度的审计报告或资产负债表、损益表、企业工商营业执照有效影印件、取得国际货物运输代理资格证书的职工名单等材料。确定年审工作的重点是审查企业的经营及遵守执行《中华人民共和国国际货物运输代理业管理规定》和其他有关法律、法规、规章情况。

2.1.2.4　国务院经济贸易综合管理部门发布的部门规章性文件

(1) 1992年5月23日，国务院生产办、交通部、铁道部、商务部、海关总署联合发出《关于加快发展国际集装箱联运的通知》，要求进口集装箱运抵港口后，多式联运经营人、货运代理人(或货主)必须及时备齐各种报关、报验单证，在规定时限内办完提箱、转运手续。各办理环节要互相配合，给多式联运经营人、货运代理人或货主提供方便。

(2) 1993年9月3日，国家经济贸易委员会发出《关于继续做好外贸运输工作的通知》，要求对外经济贸易部、交通部遵照《国务院关于进一步改革国际海洋运输管理工作的通知》的精神，制定公正、合理的船公司、船代、货代经营资格标准和审批管理办法，以进一步放开货代、船代业务，允许多家经营，鼓励公平竞争和提高服务质量。

2.1.2.5　国务院交通运输主管部门发布的部门规章性文件

(1) 1990年3月2日，交通部颁布了《国际船舶代理管理规定》，明确了船舶代理业务的主管机关，规定了设立船舶代理公司的条件、应当提交的文件、船舶代理公司的审批程序、经营范围等内容。

(2) 1990年3月21日，交通部、铁道部联合发出《关于发布"工试"国际集装箱多式联运有关办法、规定的通知》，发布了《国际集装箱多式联运管理办法(试行)》等规章，明确了国际多式联运、多式联运经营人的定义，规定了国际集装箱多式联运的运输条件、运输单证、运输费用、箱务管理、信息传递及集装箱的交接责任和赔偿处理等问题。

(3) 1990年6月1日，交通部发布《国际船舶代理费费收项目与费率》，具体规定了国际船舶代理费和手续费收取标准。

(4) 1994年4月23日，交通部发布《航行国际航线船舶代理费收项目和标准》，规定了航行国际航线船舶代理费的基本费率和手续费标准。

(5) 1995年9月12日，交通部发布了《中华人民共和国出入境汽车运输管理规定》，规定了出入境汽车运输的主管机关、从事出入境汽车运输必须遵守的原则、行为规范、应当具备的条件。该规定适用于在我国境内注册从事出入境汽车旅客运输、货物运输，以及与之相关的车辆维修、搬运装卸和运输代理、货物仓储、转运包(换)装的企业、车辆和人员。

(6) 1997年3月14日，交通部、铁道部联合发布了《国际集装箱多式联运管理规则》，规定了国际集装箱多式联运经营人的定义、经营集装箱多式联运业务的条件、应当提交的文件、审批程序。

(7) 1997年9月25日，交通部、铁道部联合发布了《关于贯彻实施〈国际集装箱多式联运管理规则〉的通知》，进一步明确了该《规则》的适用范围，规定了外资准入我国多式联运市场的原则、条件、申报、审批手续等问题。

(8) 1999年3月12日，交通部发出《关于加强国际船舶代理业和国际集装箱班轮运输市场管理的通知》，要求国际船舶代理公司严格遵守《国际船舶代理管理规定》，严禁超越核定经营范围、未经批准跨地区经营；严禁利用优势地位强制代理；严禁给予委托人账外暗中回扣、漏征国家运费税等不正当竞争行为；严禁为违反国家法律、法规和行政规章的船舶提供代理服务。

(9) 2002 年 1 月 20 日，交通部颁布了《中华人民共和国国际海运条例实施细则》，明确了无船承运业务、国际船舶代理经营者的定义，界定了无船承运业务经营者的范围，规定了设立国际船舶代理企业及其分支机构，申请经营国际船舶代理业务，办理无船承运业务经营者提单登记，登记无船承运业务经营者分支机构等应当提交的文件和办理的审批手续，废止了 1985 年 4 月 11 日发布的《交通部对从事国际海运船舶公司的暂行管理办法》、1990 年 3 月 2 日发布的《国际船舶代理管理规定》、1990 年 6 月 20 日发布的《国际班轮运输管理规定》、1992 年 6 月 9 日发布的《中华人民共和国海上国际集装箱运输管理规定实施细则》和 1997 年 10 月 17 日发布的《外国水路运输企业常驻代表机构管理办法》。

2.1.2.6 国务院铁路运输主管部门发布的部门规章性文件

(1) 2000 年 11 月 13 日，铁道部发布了《关于规范铁路多元经营运输代理企业经营管理若干问题的规定》，规定了铁路客货运输代理企业的定义、开办原则、开办条件、审批程序、经营范围、行为准则、收费标准等问题。

(2) 2002 年 11 月 19 日，铁道部发出《关于对铁路进出口危险货物运输代理人实行资质认证的通知》，决定对铁路进出口危险货物运输代理人实行资质认证制度，规定了申领《铁路进出口危险货物代理人资质证书》的条件、程序及证书的编码、年审等问题。

2.1.2.7 国务院民用航空运输主管部门发布的部门规章性文件

(1) 1990 年 7 月 29 日，民用航空总局颁布、1997 年 1 月 6 日修改的《关于航空运输服务方面罚款的暂行规定》，规定了对航空运输销售代理人等罚款的项目、罚款的办法、罚款的出处、用途、上缴等问题。

(2) 1996 年 2 月 27 日，民用航空总局颁布《制止民用航空运输市场不正当竞争行为规定》，规定了民用航空销售代理人不正当竞争行为的表现形式、监督检查机关、处罚方式和处罚幅度。

(3) 1998 年 1 月 13 日，民用航空总局颁布《中国民用航空快递业管理规定》，明确了航空快递的定义、行业管理部门，规定了经营航空快递业务的条件、审批程序，航空快件接收站点的设立，航空快件运单的内容，航空快件的交运、承运和交付，航空快件的运价和赔偿责任等内容。

2.1.2.8 国务院邮政、信息产业主管部门发布的部门规章性文件

(1) 1989 年 4 月 20 日，邮电部、国家工商行政管理局联合发出《关于加强对邮电通信企业的审批、登记和管理的通知》，规定信件和其他具有信件性质的物品的寄递邮电业务由邮电部所属的邮电通信企业统一经营。

(2) 1989 年 8 月 15 日，邮电部发出《关于非邮电部门的单位或个人经营邮电业务的审查登记问题的通知》，规定经营速递业务的非邮电部门的单位或公司，要填报审查登记表，接受邮电部门的监督。

(3) 1995 年 8 月 23 日，邮电部、国家工商行政管理局联合《关于进一步加强特快专递业务市场管理的通知》，规定未经邮政企业委托的企业，只准依法经营除信函、明信片和其他具有信件性质的物品以外的寄递业务。

(4) 1995 年 11 月 21 日，邮电部发出《关于认真贯彻〈中华人民共和国邮政法〉有关邮政企业专营业务规定进一步整顿邮政通信市场秩序通知》，要求坚决制止违法经营信件和其他具有信件性质物品寄递业务的行为。

(5) 1996 年 1 月 5 日，邮电部发布《关于"信件和其他具有信件性质的物品"具体内容的规定》，列举了信函的具体内容，扩张解释了《邮政法》及其实施细则关于信件和具有信件性质的物品的含义。

(6) 1997 年 11 月 12 日，邮电部对《邮政法实施细则》第十一条作出解释，将未受邮政企业委托，经营邮政专营业务的行为归类为妨害邮政企业及分支机构或者邮政人员正常工作的行为。

(7) 2001 年 12 月 20 日，信息产业部、对外贸易经济合作部、国家邮政局联合发出《关于进出境信件和具有信件性质的物品的寄递业务委托管理的通知》，要求对外贸易经济合作部批准设立，办理进出境信件和具有信件性质的物品寄递业务的国际货运代理企业，到所在地省级邮政部门办理委托手续。

(8) 2002 年 2 月 4 日，国家邮政局单独发出《关于贯彻信息产业部等部门有关进出境信件寄递委托管理文件的通知》，大大缩小了可以委托国际货运代理企业经营的信件和具有信件性质的物品寄递业务范围。

(9) 2002 年 9 月 5 日，信息产业部、对外贸易经济合作部、国家邮政局联合发出《关于办理进出境信件和具有信件性质物品寄递业务的补充通知》，重新界定了需要邮政部门委托的进出境信件和具有信件性质的物品寄递业务范围，简化了申领《邮政委托书》的手续。

(10) 2002 年 10 月 21 日，国家邮政局发出《关于简化国际货代企业办理邮政委托手续通知》，明确对外贸易经济合作部批准设立的国际货运代理企业，需要经营信件和信件性质物品国际快递业务的，凭对外贸易经济合作部批准文件和《国际货物运输代理企业批准证书》到邮政部门办理委托手续，领取委托证书。外商投资的国际货运代理企业，直接到国家邮政局办理委托手续，领取委托证书。经营信件和信件性质物品国际快递业务的国际货运代理企业设立分支机构，不需另行办理邮政委托手续，凭对外贸易经济合作部批复在委托证书上列明即可。

2.1.2.9 国务院海关主管部门发布的部门规章性文件

(1) 1995 年 7 月 6 日，海关总署发布《中华人民共和国海关对代理报关企业的管理规定》，明确了代理报关企业的定义、登记主管机关、登记条件、登记程序，规定了代理报关企业的年度审核、报关行为规范和法律责任。

(2) 1998 年 1 月 25 日，海关总署颁布《中华人民共和国海关对进出境快件监管办法》，就进出境快件的分类、进出境快件报关业务的备案审批程序、进出境快件的报关要求等问题作出了具体规定。

2.1.2.10 国务院出入境检验检疫主管部门发布的部门规章性文件

(1) 1998 年 3 月 4 日，国家进出口商品检验局颁布《代理进出口商品报验机构管理办法(试行)》，明确了代理进出口商品报验机构的定义、代理进出口商品报验工作的主管机关，规定了代理报验机构的资格、注册登记程序、代理报验机构的权利义务和责任。

(2) 1999 年 12 月 17 日，国家出入境检验检疫局颁布《出入境检验检疫报检规定》，规定了出入境检验检疫报检的范围、报检单位的资格、出境报检、入境报检、报检的时间和地点等问题，废止了原国家商检局发布的《进出口商品报验规定》和原国家卫生检疫局发布的《关于对入、出境集装箱、货物实行报检制度的通知》。

(3) 2001 年 9 月 17 日，国家质量监督检验检疫总局颁布《出入境快件检验检疫管理办法》，就经营出入境快件寄递业务企业的备案登记、出入境快件的检验、检疫及处理作出了具体规定。

(4) 2001 年 11 月 6 日，国家质量监督检验检疫总局颁布《出入境检验检疫代理报检管理规定》，就代理报检单位的注册登记、代理报检行为规范和代理报检单位的监督管理等问题作出了具体规定。

2.1.2.11 国务院银行、外汇管理部门发布的部门规章性文件

(1) 1997 年 10 月 7 日，中国人民银行颁布《境内外汇账户管理规定》，规定了包括国际货运代理公司在内的单位和个人经常项目、资本项目外汇账户的开立审批程序、使用范围和外汇账户的监管问题，废止了中国人民银行 1994 年 4 月 1 日发布的《外汇账户管理暂行办法》、国家外汇管理局 1994 年 5 月 30 日发布的《关于〈外汇账户管理暂行办法〉有关问题的通知》、1996 年 6 月 28 日发布的《外商投资企业境内外汇账户管理暂行办法》等规章。

(2) 2001 年 4 月 28 日，国家外汇管理局发出《关于国际海运业外汇收支管理有关问题的通知》，就国际货运代理公司和船舶代理公司国际海运专用外汇账户的开立、外汇限额的核定、收入、支出范围等问题作出了具体规定。

(3) 2002 年 7 月 25 日，国家外汇管理局发出《关于无船承运业务外汇账户管理有关问题的通知》，规定了无船承运企业开立经常项目外汇账户的条件、该账户的收入、支出范围、账户限额的核定等问题。

2.1.2.12 国务院财政、税务主管部门发布的部门规章性文件

(1) 1998 年 6 月 16 日，国家税务总局、对外贸易经济合作部联合发出《关于使用〈国际货物运输代理业专用发票〉有关问题的通知》，明确要求国际货物运输代理企业必须使用货代专用发票，规定了国际货物运输代理业专用发票的领购手续、填开方法、样式。

(2) 2000 年 1 月 21 日，国家税务总局、交通部联合发出《关于启用国际海运业运输专用发票和国际海运业船舶代理专用发票有关问题的通知》，规定了这 2 种发票的领购、使用和管理问题，强调已经领购上述专用发票的企业，不得再领购"国际货物运输代理业专用发票"。

(3) 2001 年 2 月 27 日，国家税务总局、对外贸易经济合作部联合发出《关于国际货物运输代理业专用发票增加购付汇联的通知》，决定对"国际货物运输代理业专用发票"增加第四联购付汇联，并于 2001 年 5 月 1 日启用。

(4) 2001 年 12 月 4 日，国家税务总局、国家外汇管理局联合发出《关于加强外国公司船舶运输收入税收管理及国际海运业对外支付管理的通知》，明确了外国公司船舶运输收入应纳税款的扣缴义务人、扣缴依据和扣缴义务人的对外付汇程序。

(5) 2002 年 5 月 10 日，国家税务总局发出《关于从事国际海运无船承运业务使用发票有关问题的通知》，规定在中国境内注册，依法取得交通部"无船承运业务经营资格登记证"的企业，可以领购、使用"国际海运业运输专用发票"。

2.1.3 我国国际货代企业税收管理

2.1.3.1 税收管理

(1) 根据《中华人民共和国营业税暂行条例》，国际货代企业从事的是代理业，属服务业，适用营业收入5%的营业税率；

(2) 营业税的缴纳方法，"条例"第12、13条已有明确规定；

(3) 如"陆运、空运或国际快件"属运输业，则适用3%的营业税率；如为"陆运、空运或国际快件"提供代理服务，则依旧适用5%的营业税率；

(4) 关于收取"差价"的做法，可能导致被解释为不是"代理服务"。

2.1.3.2 有关条款

(1) 纳税人提供应税劳务，应当向应税劳务发生地主管税务机关申报纳税。纳税人从事运输业务，应当向其机构所在地主管税务机关申报纳税。

(2) 纳税人转让土地使用权，应当向土地所在地主管税务机关申报纳税。纳税人转让其他无形资产，应当向其机构所在地主管税务机关申报纳税。

(3) 纳税人销售不动产，应当向不动产所在地主管税务机关申报纳税。

(4) 营业税的纳税期限，分别为5日、10日、15日或者1个月。纳税人的具体纳税期限，由主管税务机关根据纳税人应纳税额的大小分别核定；不能按照固定期限纳税的，可以按次纳税。

纳税人以1个月为一期纳税的，自期满之日起10日内申报纳税；以5日、10日或者15日为一期纳税的，自期满之日起5日内预缴税款，于次月1日起10日内申报纳税并结清上月应纳税款。

扣缴义务人的解缴税款期限，比照前两款的规定执行。交通运输业(陆路运输、水路运输、航空运输、管道运输、装卸搬运)税率：3%；服务业(代理业、旅店业、饮食业、旅游业、仓储业、租赁业、广告业及其他服务业)税率：5%。

2.1.4 我国无船承运人税收管理

根据《国际海运条例》及有关规定，中国企业法人和境外国际船舶运输公司在中国境内从事无船承运业务，应向交通部提出申请并提交有关申请材料，取得《无船承运业务经营资格登记证》。《国家税务总局关于从事国际海运无船承运业务使用发票有关问题的通知》(国税函[2002]404号)规定，在中国境内注册，并依法取得交通部无船承运业务经营资格登记证的企业，可以向税务机关申请办理领购、使用国际海运业运输专用发票事宜，领购、使用国际海运业运输专用发票。

对于从事无船承运业务取得的收入是按营业税交通运输业税目(税率为3%)交税还是按营业税服务业税目(税率为5%)交税的问题，一时成为人们争论的焦点。

认为应按交通运输业税目交税的人认为，从事无船承运业务的企业是以承运人身份接受托运人的货载，签发自己的提单或运输证，向托运人收取运费，承担承运人责任，从事的是运输经营活动。

2.1.5 我国的外国船公司货代税收管理

根据《外国公司船舶运输收入征税办法》(财税字[1996]087)(以下简称《征税办法》)的规定，外国公司以船舶从中国港运输货物或者邮件出境的，所取得的运输收入、所得应在中国进行纳税。取得运输收入的承运人为纳税人，包括期租船，以外国公司为纳税人；承租船，以外国船东为纳税人；中国租用外国籍船舶再以期租方式转租给外国公司的，以外国公司为纳税人；

外国公司期租的中国籍船舶，以外国公司为纳税人；其他外国籍船舶，以其船公司为纳税人。缴纳的营业税为收入总额的 3%，企业所得税为收入总额的 1.65%。

为了进一步加强和完善外国公司船舶运输收入的税收管理以及国际海运业对外支付管理，2001 年 12 月 4 日，国家税务总局、国家外汇管理局发布了《关于加强外国公司船舶运输收入税收管理及国际海运业对外支付管理的通知》(国税发[2001]139 号)(以下简称《通知》)。该通知自 2002 年 5 月 1 日起执行。

《通知》规定，负责向取得船舶运输收入的外国公司直接或间接支付运费的单位或个人为外国公司应纳税款的扣缴义务人，包括外商独资船务公司、国家船舶代理公司、国际货运代理公司，以及其他对外支付国际海运运费的单位或个人。扣缴义务人在每次对外支付运费前，以对外支付运费总额为应纳税入总额，按照规定的税收直接从纳税人的运费总额中代扣应纳税款。同时，扣缴义务人应分别向当地主管国家税务局报送代扣代缴外国公司船舶运输收入所得税报告表，向地方税务局报送代扣代缴外国公司船舶运输收入营业税报告表。

按照我国同其他国家缔结的避免双重征税协定、互免海运企业国际运输收入协定、海运协议以及其他有关协议或换文，外国公司可以享受减税或免税待遇的，须自行或委托其扣缴义务人分别向当地主管国家税务局填报外国公司船舶运输收入免征企业所得税证明表，向当地主管地方税务局填报外国公司船舶运输收入免征营业税证明表，并提供其他有关证明文件。外国公司不能及时提交免税证明的，应先按规定交税，待取得免税证明后再办理退税。

扣缴义务人在国际贸易出口项下向外国公司支付运费时，应向外汇指定银行提交完税凭证或免税证明。不能按要求提供完税凭证或免税证明的，不得对外付汇。根据《税收征收管理法》的规定，扣缴义务人应扣未扣、应收而不收税款的，由税务机关向纳税人追缴税款，对扣缴义务人处应扣未扣、应收未收税款 50%以上 3 倍以下的罚款。

2.2 他国国际货代管理

2.2.1 世界各国货代管理

国际货运代理业虽然已有 600 多年的发展历史，但目前国际上尚无一个统一的定义。不同国家有不同的名称，有的称之为“通关代理行”、“清关代理人”，有的称之为“船货代理”，我国则称之为货运代理。同时，由于各国货运代理业在部门设置、分工、职责上有很大不同，因此，在对货代业的管理也千差万别，没有一个统一模式。

各国对国际货运代理行业的管理概念，因其国情和历史背景不同而不尽相同。有些国家为了控制国际货运代理行业中没有成效的、财政收支不稳定的以及被认为做法不公正的情况，认为有必要对他们的活动加以管理。如美国就把同为运输中介的货运代理与无船承运人严格区别开来加以管理。但是在欧盟却未区分货运代理与无船承运人，尽管在实际申请执照时又分成权利、义务、保证金都不一样的无船承运人和货运代理人两类。国家对国际货运代理行业管理到什么程度，在一定程度上取决于该国对运输领域中相关政策的态度。欧盟没有像美国一样设立无船承运人制度，一方面，是以欧盟及其成员国比较完善成熟的市场经济制度及其相应法律制度为背景的。另一方面，欧盟在航运政策上向来就强调不干预经济主体的活动，侧重对倾销、垄断豁免的管理，这与美国强调提单管理、运价报备是不同的。

2.2.1.1 新加坡

新加坡的航运管理被置于贸易工业部和交通部的管理之下。

交通部下设海运和港口局(MPA),负责处理港口和海运方面的管理和技术问题。

贸易工业部发展委员会(TDB)负责处理航运的商贸问题,其中货代方面的管理也被包括在内。

2.2.1.2 韩国

1997 年 7 月以前,韩国的货运代理和航运企业由海运港湾厅管理,空运由交通部管理。

各行业都有各自的行业协会,负责本行业的监督管理,规范运作。

1997 年 7 月之后,韩国政府进行了机构改革,其中,国际货代和空运货代合并为一体,统一由城市建设交通部管理,航运企业归属海洋渔业水产部管理(原来的海运港湾厅归属到海洋渔业水产部)。

由于国际集装箱多式联运与国际货代没有区别,在韩国只要有货代营业执照,均可以从事国际集装箱多式联运,签发全程联运提单。

2.2.1.3 日本

日本的货代业与航运业均由运输省管辖。

日本的运输省是一个综合性部门,内设有铁道局、航空局、海上交通局、运输政策局等,各局之间是相互独立的单位。其中,航运业由海上交通局管理,货代业由运输政策局管理。

在日本设有货代协会(JIFFA),有 240 多家会员,负责信息收集、市场调查方面的工作。1990 年日本实施了专门的货代法,成为日本货代业管理的法律依据。

2.2.1.4 德国

经营货代业务或船公司要在市商会和驻地管辖派出所登记,没有具体的部门进行行业管理,主要由行业协会负责。如汉堡有汉堡货代联合会(VHS),其颁布的货代章程和有关规定对所有货代企业具有约束力。在船代方面则有 VHSS,这 2 个组织均是法律注册的组织。

2.2.1.5 加拿大

加拿大的贸易运输是全面放开的,在海运业务方面,政府只负责制定基本规则,不进行具体管理。其中,货代、船代业务都由私人经营,依据普通的商业和税收政策管理。

运输部门只负责海、陆、空及干线国道运输的安全和全国交通运输设施的宏观管理,不干预商业操作。

2.2.1.6 比利时

比利时是个小国,货运代理、海运、空运、铁路运输、公路运输、集装箱运输等事务都由运输部管理。行业协会纯属于自律性质,没有实际管理权限。

值得说明的是,上述国家对货代业的管理是在充分的市场机制上进行的,且货代企业绝大多数是私营企业,行业管理手段也只是制定必要的法律法规,实行宏观管理,值得我国货代业参考。

2.2.2 美国口岸通关管理

报关手续通常指海关放行进口货物的手续。美国海关法中“进口”一词,是指装载进口货物的船只到达美国港口后,将该货物卸下船的过程。

报关单证通常由货物放行地海关归档。为办理正式报关手续,进口商必须取得一个进口商身份证明号码,且必须标在有关进口报关单证上。

根据美国海关条例,要求进口商在首次正式办理进口申报的同时,申请填写在海关表格5106上的进口商身份证明号码。在要求进口商提交即时放行进口申报单,以代替进口申报证和即时放行进口申报的情况下,进口商应在货物运达之前向海关提交这些单证以备初审。在此程序下,要求进口商在货物到达并提交正式即时放行进口申报单证后,再交纳应付的税款。

2.2.2.1 进口报关所需单证及要求

1) 海关表格3461(立即交货的申请与特准)

该表格原用于美国联邦法典第十九卷中规定的立即交货程序。在某些条件下,海关也接受海关表格7533(进口货物清单)作为申报单证。

2) 商业发票

如货物申报时尚无法取得商业发票,则估价单发票亦可。

3) 包装清单(装箱单)

商业发票上附一份包装清单,以便美国海关当局能够对装载的货物进行详细审查。

4) 单证

任何其他可能用以确定商品进口资格的单证。

5) 办理报关手续授权证明

通常进口商或报关行在提交货物所有权证明后即有权办理报关手续。进口报关手续也可以由提单中所列明的收货人,或由已收货人及正式背书提单的持有人办理。如果这种提单与定单在一起,则是由已经发货人正式背书的提单的持有人来办理。由承运人签发的证明办理进口报关手续的个人或公司,即货物所有人的证明文件是取得正式进口报关权的通常途径。

2.2.2.2 商业发票及特殊海关发票

1) 商业发票

根据有关规定,出具的商业发票必须符合美国相同商品商业性交易的惯例,必须包括以下内容:

(1) 售货人姓名地址;

(2) 货物启运地、收货人和发货人;

(3) 货物在美国的进口目的港或机场;

(4) 进口货物确认订货的时间、地点;

(5) 货物购买人或同意购买人的姓名、地址;

(6) 货物的唛头、号码、数量和种类;

(7) 详细的品名、质量等级、大小、规格以及商标等;

(8) 货物的启运地或启运国的度量衡数量,或美国度量衡数量;

(9) 单位售价和货物总价及总发票价;

(10) 货物承担的所有费用;

(11) 各种FOB费用,如已包括在发票价格内则无须逐一列出相应的金额;

(12) 商品出口时出口国的回扣、退税或其他优惠;

(13) 不包括在发票价格中,但参加了生产过程诸如染料、模具、模型、工程机件及经济援助等项目的成本;

(14) 海关条例中可能要求的适当地对货物的估价、查验及归类所需要的任何其他情况。

商业发票均需使用英语4份，每张发票只能包括由一个发货人通过一条船或交通工具发给另一个收货人的一批货物，说明应尽可能详细，出具发票应用打字机书写。为使货物在美国顺利通关，应将发票附在运货发货单据上或在商品装运时发给美国收货人。

2）特殊海关发票

下列商品为需用英语填写的特殊海关发票：

（1）鞋类，要求"国际鞋业联合会"制作的"临时性鞋业发票"；

（2）钢铁制品，报关表格5520"专用钢铁发票"。

2.2.2.3 进口货物查验与放行

1）货物查验放行

海关一般查验具有代表性的进口商品，以确定进口货物的原产国标记或其他特别标记，并查验其是否符合要求；装运的货物中是否夹有违禁物品；货物在发票中是否已正确清楚列明；货物是否超过或少于发票上所列数量；货物的应税情况。作为查验的一部分，海关还须对某些种类的货物复称重量，丈量尺寸。

2）即时放行进口规定

货物放行后10个工作日内，进口商必须向海关提交即时放行进口申报单证。需提交的即时放行进口申报单证如下：已交还进口商的进口申报单证（在发票上注有海关查验记录）；海关表格7501（用于供消费货物的进口）；海关表格5010（进口记录）；海关表格5515（特殊海关发票）；征税、统计报告所需的其他单证。

3）美国海关对卸货和运输的规定

承运人进入美国的申报本身不具有卸下货物的权利，海关不签发卸下的允许或者特殊许可证，货物就不能落地海关单证3171。另外，多数情况下，在一个港口范围内的货物或者商品的运输，应由该海关许可的车队或者船队来进行。

2.2.3 美国对国际货代行业的管理

下面主要介绍美国对国际货代行业的管理制度。

2.2.3.1 美国有关远洋运输中介人的规定

1999年5月1日生效的美国《1998年远洋航运改革法》（以下简称改革法或OSRA）对1984年航运法作了修改，将远洋货运代理人与无船承运人归并为远洋运输中介人（Ocean Transportation Intermediary，简称OTI），但1984年航运法中远洋货运代理人与无船承运人的定义未变。

在改革法第十九条中，对远洋货运代理人和无船承运人提出了下列要求和约束（以下内容不仅限于十九条的规定）。

1）许可证

未持有联邦海事委员会核发的许可证，任何人不得以远洋运输中介人身份从事活动，委员会应对其认为具有远洋运输中介人的工作经验和资格的人核发中介许可证。

申请许可证必须具备下列条件：

（1）该企业的负责人具有至少3年从事与货运代理有关的工作经验。

（2）缴纳起码50 000美元的保证金，每增加一个分支机构，增交10 000美元。

（3）交纳申请费350美元。

2）财务责任

(1) 任何人不得作为远洋运输中介人，除非按海事委员会规定的格式和数额提供了经财政部认可的担保公司出具的，用以担保其财务责任的担保金、保险证明或其他担保。

(2) 根据本条取得的担保金、保险或其他担保。

① 应当用以支付根据本法第十一条或第十四条做出的赔偿命令或者根据本法第十三条处以的罚款。

② 可以用以支付按照本法第三条第十七款由于远洋运输中介人在其有关运输活动中引起的对他的索赔，该索赔经被担保的远洋运输中介人同意并经其担保公司审核，或者该远洋运输中介人未能对该索赔的有效性做出答复后经该担保公司认为有效。

③ 应当支付按照本法第三条第十七款，对远洋运输中介人做出的由于其有关运输活动引起的损失的判决，但是索赔人应当首先根据B项规定解决此项索赔，而又未能在合理时间内得到解决。

(3) 对于通过法院判决追索对远洋运输中介人担保金、保险或担保的索赔程序，联邦海事委员会应当就保护索赔人、远洋运输中介人和担保公司的利益制定规则。规则应规定，对货币损失的判决不得执行，除非该索赔损失是由于按以联邦海事委员会规定的远洋运输中介人的与运输有关的活动引起的。

(4) 居所不在美国的远洋运输中介人应当指定一位居住在美国的居民代理人接受司法和行政程序的传票和文件。

在改革法实施细则中还规定，美国境内的远洋货运代理人的财务责任数额为50 000美元，美国境内无船承运人的财务责任数额为75 000美元，在美国境外从事进出美国货物运输的外国无船承运人（根据FMC的定义，美国境外的货运代理人不属其管辖范围）的财务责任数额为150 000美元。美国境外的无船承运人必须委托由FMC颁发证书的远洋运输中介人作为其在美国的代理人。

3）许可证的中止或吊销

如果FMC发现远洋运输中介人不具备提供中介服务的资格，或有意不执行本法规定的FMC的合法命令、规则或规定，可以在发出通知和举行听证之后，中止或吊销许可证。FMC也可以未能持有(1)款(1)项所规定的契约、保险证明或其他担保为由，吊销中介人的许可证。

4）承运人支付给中介人的报酬

(1) 只有当中介人书面证明其持有有效许可证并已履行下列服务时，公共承运人方可为其代理人发运货物而向远洋运输中介人支付酬金。

① 直接同该承运人或其代理人约定、洽定、安排、预订或签约适宜船舶舱位，或确认此种舱位可供使用。

② 缮制和签发有关货载的海运提单、港口收据或其他类似单据。

(2) 任何公共承运人只能就同一货载支付一次(1)款规定的服务报酬。

(3) 对于中介人具有直接或间接利益的货载，远洋运输中介人不得收受报酬，公共承运人也不得有意支付该项货载的报酬。

(4) 经授权对远洋货运代理人协议报酬水平的班轮公会或2个以上的公共承运人组织均不得：

① 对上述公会或承运人组织的任何成员，拒绝承认其对上述远洋运输中介人支付的报

酬,可采取经不超过5天通知的独立行动。

② 协议限制对上述远洋运输中介人的报酬为不低于接受中介服务货物所征收的所有费率和费用总数的1.25%。

2.2.3.2 无船承运人与服务合同

《1984年航运法》允许远洋公共承运人及班轮公会与托运人或者托运人组织签订服务合同。《1998年远洋航运改革法》允许班轮公会成员以外的远洋公共承运人之间的协议组织作为服务合同的签约方,还允许相互之间没有联系的多个托运人,在不必成为托运人协会成员的情况下签订服务合同。并且扩大了托运人的范围,在货主、接受海运服务的人、托运人协会和接受货物交付的人以外,增加了按服务合同支付所有费用和承担责任的无船承运人。

1) 服务合同

所谓服务合同,是指托运人与远洋公共承运人或班轮公会之间订立的海上货物运输合同。托运人对后者承诺在某一期限提供某一最低数量的货物,而后者许诺提供某一费率和某一水准的服务。签订此种合同的目的,是允许发货人支付比运价本低的运费,作为交换条件,发货人必须向承运人提供规定数量的货物。

在《1998年远洋航运改革法》第10节"违禁行为"中规定:"任何公共承运人都不得单独或与任何其他人共同、直接或间接地,明知和有意地与没有运价本和没有所需的保证金、责任保险和其他担保金的远洋运输中介人,或与这一中介人的附属公司签订服务合同。"在远洋运输中介人中,远洋货运代理人不属于托运人之列,因此,只有无船承运人可以与船公司签订服务合同。无船承运人可与班轮公司签订服务合同,却不能将其服务合同提供给发货人或其他无船承运人使用。

2) 严格规定

联邦海事委员会对无船承运人与远洋承运人签订服务合同有严格的规定:

(1) 无船承运人必须向在华盛顿的FMC登记运价本,支付保证金,境外的无船承运人还须指定在美国的常驻代理人。

(2) 无船承运人必须按照其运价本而不是服务合同的运价,向其客户收取运费。

(3) 无船承运人必须按照船公司与其签订的服务合同运价向船公司支付运费。

(4) 海运提单上必须将无船承运人作为发货人或收货人。

近几年来,没有运价本和保证金而经营无船承运人业务的公司以及为这些无船承运人提供运输服务的班轮公司,一直是FMC在几条主要航线上对违规行为查处的重点。如1999年8月FMC对台湾庆扬捷运公司和美国庆扬公司(KIN Bridge Express)分别处以2 117 500美元和1 105 000美元的罚款,并发出了制止令。理由在于台湾庆扬在签订服务合同时,向船公司出具已按照OSRA中的规定和要求,报备了运价本和放置了保证金的假证明,并从事无船承运人达4年之久,同时,还有大量的在业务中虚报货名。

3) 核查方式

有鉴于此,班轮公司在和无船承运人签订服务合同之前,必须认真核查他的身份,班轮公司可以如下方式证实无船承运人是否在运价本和财务责任方面符合要求:

(1) 审阅无船承运人公布的、有效的运价本规则,其中应声明该无船承运人已根据FMC要求的方式和数量,向FMC提交了财务责任证明,并注明财务责任的方式,以及签发保证金证明,保险单或担保金证明的担保公司、保险公司或保证人的名称和地址。

(2) 通过向 FMC 咨询，证实这一无船承运人已经向 FMC 提供了财务责任证明。

(3) 如果班轮公司的运价本中规定了适当的程序，可根据这些程序办理，只要班轮公司采取了上述 1、2 项中任何一项措施，即可被认为尽到了自己的责任，除非船公司另外知晓该无船承运人的运价本和保证金证明是假的。

2.3 国际货代创新管理

2.3.1 国际货代管理模块创新

2.3.1.1 创新管理背景

在新形势下，如何用最低的成本、最快的方式来实现扩张战略与转型，是摆在众多国际货代企业面前的严峻问题。

我国国际货运代理企业已有不少拥有一定网络或正在组建自己的网络，但绝大多数内部信息化建设非常落后，缺乏对网络有效的管理，缺乏对内部操作规范控制，也不能为客户提供基本的信息化服务，这就根本制约了企业的发展和转型。

国际货代企业采用比较多的是以联合办法实现扩张，具体的联合办法有以品牌或市场资源优势为主导的加盟连锁的方式、以资本为纽带的相互持股的方式、以共同商业利益为目的的协作或合作方式，通过这些合作方式，实现实体网络的扩张或纵向服务多元化。就目前的实际情况来看，这几种办法在很多国际货代企业中取得了一定的成效，但这种方式也存在很多难以解决的问题。

横向联合实现的网络扩张，形成的联合体是松散型的，如何对这种联合体进行有效的管理和协调，从而实现服务的标准化和业务数据的共享，最终达到由松散联合体走向坚固联合体的目标，对于国际货代企业是一个重大问题。而纵向服务的扩张运作环节多，如何让各环节高效运作，同时又必须保障操作和服务标准化，从而有效减少各环节运做成本，实现商业利益最大化，对于国际货代企业也是一个重大问题。

要解决上述问题，除了利益一致之外，主要取决于组织成员对实现组织目标和自身利益的认同程度。最基本的办法，就是提高信息共享程度，加大组织成员之间的信息交流，通过畅通的信息来实现目标一致、行动一致，也就是说，加快组织融合的关键因素是建立速度最快、成本最低的信息共享系统。

建立这样的共享系统靠传统的电话、传真、会议信息沟通手段肯定是不行的，不但效率很低，而且成本很高。最好的办法就是借助于现代信息交换技术——互联网技术。通过加快建设一个有效的管理信息系统，来实现内部资源网络化运作、信息共享、标准化管理、降低运作成本，是国际货代企业提高组织认同度和组织凝聚力的一个最佳途径和办法，这样企业转型的时间最快，投资也最少。

一旦一个信息系统在企业中进行了良好的运作，不仅会让企业的管理和服务上一个大的台阶，而且更能加速企业的发展壮大，只有这样货代企业才能在激烈竞争的市场中立于不败之地。

因此，加快企业信息系统建设，应该是国际货代企业发展的一个重要战略决策。而一个完整的信息交换系统包括很多部分，但其中的核心是业务管理信息系统，那么，什么样的业务管理信息系统最适合我国国际货代企业发展需要？

经过长期的研究和实践，总结出一个合适的国际货代管理系统必须具备下面这样几个条件的模块。

2.3.1.2 清晰的管理流程

管理流程是企业为了规范管理业务作业而制定一个标准的操作流程。目前大部分中小型货运代理企业大部分采用的是一人一票负责到底的业务管理机制。这种操作流程的主要特点是，一个业务人员从市场开拓，到完成业务操作全程负责到底。其最大的好处是业务关系简单，业务人员各自独立，可以根据完整的业务流程完成情况和实际利润情况，对业务人员进行管理和考核。但采用这种方式由于业务人员需要完成从揽货到订舱、报关等全部环节，造成工作不专业，各环节没有科学合理的分工，操作不标准，对内工作效率比较低，对外形象、标准、服务都不统一，而且由于业务人员掌握业务各个环节，容易造成流动性大等问题。这种业务流程模式也被称为个体户联合的管理模式，适应于中小型的货运公司。

比较规范的大中型的国际货运公司的管理流程一般采用流程化垂直分工的办法。这种管理流程是将国际货运业务按照各个环节性质的不同采取不同的岗位，专人负责的办法来进行管理和监控的，比如市场营销人员只管市场，操作人员只管订舱、单证处理，报关人员只管报关，费用处理人员只管费用，商务人员只管代理、合约等，这样公司部门划分明确，分工清晰，操作专业化、标准化，在规模比较大的公司是必须采取的工作流程。

好的国际货运管理软件系统，必须能够支持企业按照规范流程进行管理和业务处理，而且企业能够通过该系统的应用加强这种科学管理，促进管理水平和效率的提高，而目前国内绝大部分国际货运管理软件仅仅停留在单据打印和简单的费用录入、收付统计。这些软件系统不可能对公司管理流程进行清晰的定义，根本谈不上按照科学的流程协助企业加强管理，这样的软件系统当然也不可能使国际货运代理企业高速发展。

2.3.1.3 跨地域的管理能力

国际货运企业在跨地域扩张的过程中面临的最大问题就是信息的共享和管理过程的监督控制，如果这两点做不好，一方面会使企业的运营成本上升，而且快速扩张失控会导致灾难性的后果。所以，好的信息系统能够解决以下两方面的问题：

1）跨地域的集团化管理

好的信息系统，必须支持总公司作为信息中心来进行数据集中和数据分析，以支持总公司成为商务处理中心、决策分析中心，实现监控管理中心的职能，以保证企业的高速扩张在可以控制的范围之内，同时实现企业规模经营和集团化采购。

2）跨地域的数据交换

好的信息系统，必须支持全网络内部的数据交换和信息共享，以便确保在系统内部的数据共享，以达到降低业务处理成本和提高效率的目的，如果达不到这一点，高速扩张就同样无法实现。

要实现以上2点，需要解决2个方面的问题，一是数据的集中与分发技术；二是系统内部必须按照货运企业的运行特点建立数据管理、共享规则和机制。

集中与分发技术问题应该是比较容易解决的，互联网的出现为数据传输提供了很多的传输方式，如EDI技术、数据库同步技术、邮件打包传输、WEB数据集中等。国际货运代理企业要根据自身的行业特点选择合适的数据传送技术方式，就目前的国内网络环境来说，选择数据库同步传输是比较合适的，因为这种技术成本低，完全自动完成数据的分发和收集，而且数据传输也非常及时。当前出现了以 Web 方式 B/S 结构来构建跨地域的管理信息，但这种 B/S 结构的系统对一些业务量大，操作处理频率高的公司来说，这种方式很难实现高效运作、方便处理的目的，而且复杂的统计分析的功能也很难实现。

2.3.1.4 电子商务服务能力

高速的跨地域扩张要求企业具有为客户提供远程服务的能力，应该有一套良好的电子商务平台，通过平台，客户可以查询它的所有货运信息，实现客户货物跟踪、费用跟踪、单据跟踪。

同时，商务平台实现对客户零距离的业务咨询、寻价、网上业务委托等。公司内部人员可以通过商务平台，实现远程公司管理、远程业务查询和业务交接等。另外，国外代理或收货人也通过平台来完成业务处理，通过现代 Internet 技术实现总公司、分支机构、客户、代理等的无缝连接。

2.3.1.5 未来的延伸能力

综上所述，国际货运代理企业的转型必然导致网络越来越大，服务能力和业务范围越来越宽。这样，企业在选择信息系统时就必须考虑公司未来的发展问题。

一个好的国际货运代理企业管理信息系统，应该能够从简单的进出口货运代理管理，延伸到其他各种物流环节的操作。这就要求信息系统具有延展能力，或者说这个软件服务商未来能够提供这种扩展，如果自身的软件系统或提供信息系统的软件供应商不能做到这一点，这个系统迟早会滞后于企业发展而淘汰出局，最终的结果是所有的前期信息建设投资宣告失败。

当务之急是建立一个适合自己公司业务操作和快速发展模式的信息系统。当然，任何一个企业需要引进一个适合的信息系统不是易事，因为这个信息系统对内必须涵盖企业的运作模式，企业的业务处理流程，企业的标准操作模式，企业的管理理念以及深层的企业文化，而且信息系统的组建是一个长期的过程，投资也不低。所以，企业在引进信息系统时一定要选择专业的，有拓展性的信息系统软件，而且要有逐步融合、逐步改进和逐步完善的过程准备。

2.3.2 国际货代信息管理系统

这里介绍的国际货代信息管理系统，是用于处理国际货运代理业务的软件系统，它适用于以海运为主的国际货代。该系统通用性强、操作方便，具有对国际货代业务中可能发生的各种业务情况进行处理的功能。

另外，系统还提供了“无限制”提单格式报表，用户可定义、修改、删除提单格式，无需再购买另外的提单格式报表；系统还提供了强大的查询和统计报表功能，用户可按各种组合条件对所需数据进行处理；系统基于大型数据库，运行速度快、数据安全性好。

主要功能包括单证管理、费用管理、报表/查询等。

2.3.2.1 单证管理

(1) 船期信息：对船舶表各项内容进行录入/修改/删除/查询和打印等操作。

(2) 委托单输入：录入委托单各项内容，包括收、发货人/装货港/卸货港以及货物明细等数据。

(3) 订舱数据输入：为网上电子订舱服务。当接受订舱数据后，电子数据自动封入本系统。

(4) 装箱单输入：输入装箱数据，并可增加、删除、保存、自动配箱等操作。

(5) 运费输入:按委托单录入海运费/包干费数据。

(6) 撤载重配处理:将某一航次装船的货进行撤载或重配。

(7) 转船处理:将委托单进行2个船名航次的转换等。

2.3.2.2 费用管理

(1) 费用录入:按委托单录入海运费和包干费的数据。

(2) 运费审核:按委托单审核应收、应付费用,审核通过后可打印相应账单。

(3) 制作结算单:可根据选定的付费人,统计出该付费人在一定时间范围内所有提单及相应的海运费和包干费数据制作结算单。

(4) 发票生成:可利用系统提供的发票生成向导自动生成发票。

(5) 发票管理和控制:对发票进行关门、作废、冲销等有关操作。

(6) 费用核收:按已入账的发票信息核收费用,当核收费用等于发票金额后,此发票核收完毕。

(7) 费用核付:对应付费用的发票进行核付,当核付费用等于发票金额后,此委托单的状态为核收完毕。

(8) 手工发票制作:通过用户手工录入的发票内容来生成发票等。

2.3.2.3 报表/查询

该系统支持 House Bill of Lading,严格而完善的费用和发票管理,使费用计算与处理轻而易举,系统还提供了"无限制"提单格式报表。该系统通用性强、操作方便,具有对货代业务中可能发生的各种业务情况进行处理的功能:

(1) 场站收据;

(2) 预配清单;

(3) 载货清单;

(4) 打印提单;

(5) 入货通知单;

(6) 电放通知书;

(7) 运费明细表;

(8) 应收应付账单;

(9) 费用明细清单;

(10) 佣金统计表;

(11) 自定义组合条件查询;等等。

2.3.3 国际货代服务接触管理

顾客与国际货运代理企业员工产生交互作用,是国际货运代理服务的特征之一。顾客通过对这些短暂接触的评价,形成对服务质量的评价。但由于服务的无形性以及服务的生产与消费同时发生的特性,使顾客无法对某一个国际货运代理企业提供的服务进行观察、评价,从而给顾客的选择带来困难,而且使国际货运代理企业无法在事前对服务质量进行监测,不能保持服务质量的稳定性。因此,服务接触管理是国际货运代理业服务运营管理的重要内容之一。

2.3.3.1 国际货运代理业服务接触的组成

国际货运代理业的产品是服务。在服务过程中,存在着哪些服务接触呢?现以国际海运集装箱代理为例，对整个服务过程进行分析，将所产生的服务接触进行分类。

在国际货运代理向顾客提供服务的过程中，按照发生的先后顺序，共有 9 类主要接触点。具体到某个业务中，接触点可能有相应的增加或减少。例如，如果顾客自己办理报关、报检、陆运等业务，则 3、4 项接触点就可能不存在；如果要求增加服务项目时，接触点就可能增多。顾客通过对这些接触的评价，进而影响其对服务质量的评价和满意度的高低。每类接触点中，顾客与员工接触的次数是不固定的，有时只有几次，有时则可达数十次。按此推算，每完成一次服务，顾客与员工的接触次数可达上百次，甚至更多。如此繁多的接触，使国际货运代理企业实现对服务接触的有效管理变得十分困难。那么，如何对服务接触实现有效管理呢？服务接触三元组合为人们提供了理论指导。

2.3.3.2　服务接触三元组合在国际货运代理业中的应用

在国际货运代理业中，服务接触主要发生在基层员工与顾客之间，基层员工的能力、品质对服务接触的影响是相当大的。但是，所有的服务接触，都是发生在国际货运代理企业的组织环境中的，是受组织环境所制约的。因此，如何协调国际货运代理企业、员工、顾客三者之间的关系，是做好服务接触管理的核心。

1）国际货运代理业服务接触三元组合

服务接触体现的是服务组织、顾客、与顾客接触的员工之间的关系，理想的情况是三者之间协同配合、积极协作，从而创造出更大的利益。但实际中往往是三者均强调自身利益最大化，为自身利益而试图控制整个服务接触过程，由此引发三者之间的冲突。

(1) 作为服务组织的国际货运代理企业，其目标是利润最大化。为此，国际货运代理企业为提高自己的服务传递效率，往往会采取标准化的服务程序来要求员工严格执行。但这些程序并不一定能够适合所有的顾客，总有一些顾客需要一些比较特殊的服务。作为与顾客直接接触的员工，并不拥有更改这些服务程序的权利，即使这些员工及时向上级反映，一般情况下也很难得到上级及时的回复。这就带来两方面的危害：对员工来说，由于其提出的建议没有得到积极有效的回应，久而久之，其主动积极性就会受到压抑和打击；对顾客来说，由于其自认为合理的需求没有得到满足，顾客对企业的评价随之降低，满意度下降，最终可能会抬腿走人。

(2) 作为与顾客直接接触的员工也试图控制接触过程，同时也希望获得更大的授权，以便使整个服务过程符合员工本人的需要，使工作容易进行。假如员工因获得过多的授权而在接触过程中处于支配地位，肯定会引起顾客的强烈不满；同时，整个国际货运代理企业组织的利益也会受到损害。

(3) 顾客也试图控制服务接触，以便获得更多的利益，因此，顾客总是提出各种各样的要求，以使自身利益最大化。国际货运代理企业则以成本收益理论为指导，力图以最小成本获得最大利益。只有当满足顾客需求所得到的利益大于因此而付出的成本时，国际货运代理企业才会满足顾客需求；否则，企业组织的利益就会受到损害。

由此可见，单纯强调 3 个主体中任何一方的利益，都会损害整体利益。理想的状态是三者之间相互协调，达到一个理想状态，顾客的利益得到适度尊重，员工得到适当授权和培训，企业组织的服务效率才会得到有效传递，企业的经济目标才能得到很好的实现。

2）服务接触三要素的作用

(1) 国际货运代理企业组织的作用。任何一个服务接触，都是发生在国际货运代理企业这个具体的组织环境中的。国际货运代理企业会通过种种方法来控制服务接触，比如制定一系列规章制度、操作规定等。但真正能从根本上持久调动员工积极性的,只有 2 种方法:一种是培育组织文化;另一种是有效授权。

组织文化是组织成员共同遵循的信仰或共同的理想,它成为有力地约束组织中个体或群体行为的准则;组织文化是一个组织区别于其他组织的传统和信仰,它赋予组织活力;组织文化是能够产生凝聚力,并赋予组织鲜明个性的共有的导向系统。当管理层持续一致地沟通时,组织的价值理念可赋予与顾客接触的员工很大的自主权,因为他们的判断根植于共有的价值观。组织得益于共有的价值观念,因为与顾客接触的员工有权自己决策而不需要传统的监督层次,从而使服务更能满足顾客需要。

国际货运代理业是一个知识密集性行业,员工的素质相对较高,都具有强烈的实现自我的心愿。对员工授权,尤其是对与顾客接触的员工进行有效授权,是企业组织对员工的一种极大的信任,员工会因此而受到鼓舞,增强员工的工作动力。当与顾客接触的员工拥有了自主决定权和对行动后果负责的权利后,再加上组织进行有效、及时的培训和技术上的支持,这些员工会更出色地完成任务。

(2) 与顾客接触的员工。国际货运代理业提供的服务产品是一种极为专业的服务,要求与顾客接触的员工不仅要具有扎实的业务知识,还要具有良好的人际沟通能力。业务知识可以经过学习、培训而获得,人际沟通能力却与人的先天个性有着更为密切的关系。与顾客直接接触的员工应该具有灵活性、对顾客言辞含糊的宽容以及根据情景监督并改变行为的能力。他们还应具备设身处地为顾客着想等个人品质,这种品质比年龄、教育、知识、培训和才智更重要。因此,如何选择合适的员工,是国际货运代理企业无法回避的问题。

常用的挑选员工的方法是面试和笔试相结合的方法。在挑选与顾客高度接触的员工时,面试更为重要。虽然目前还没有一种可靠的测试人的服务导向的方法,但许多面试技术被证明是有用的。如抽象提问,可以用来评价申请人将当前的服务情形与来自以往经验的信息相联系的能力以及解释一个人的适应意愿。一个优秀的员工会注意到他个人生活和工作中的细节。同样,能对周围事件进行考虑并能解释它们意义的人,一般会较快地学到更多东西。再如,情景小品式的面试,要求求职者回答有关特定情景的问题。设定一个特殊的情景,可以揭示出有关求职者的本能、人际关系能力、常识及判断力方面的信息。

(3) 顾客。国际货运代理业面对的顾客是复杂多样的,每一位顾客都在试图控制服务接触,以达到自己的期望。比如,当国际货运代理业员工在主动与一位顾客进行提单核对时,这位顾客可能盼望着尽量推迟此项工作,因为此项贸易的信用证还没有收到,无法进行提单核对。当顾客期望不能达到满足时,就说明顾客未能控制服务接触,顾客满意度就会相应降低。不同类型的顾客对服务过程的控制要素是不一样的,但一般来说主要包括:花费的时间、效率、风险、对他人的依赖程度等。如何识别顾客对服务过程的控制要素,并进行相应的管理,是国际货运代理业必须重视的问题。

2.3.3.3 创建顾客服务导向

国际货运代理业的管理者应该按照更好地满足顾客需要对员工和服务接触进行管理。但在国际货运代理业中,最了解顾客需要的是直接与顾客接触的员工,因此管理者应更多地听取与顾客直接接触的员工的意见,确定员工中的服务导向,从而使顾客能够观察、体验到一流的服务,同时也符合员工对待顾客的处理方式。创建服务导向须借助于一系列的相关因素的利润服务链,最终实现组织的目标。

服务利润链理论认为，在利润、成长性、顾客忠诚、顾客满意、提供给顾客的产品和服务的价值、员工能力、满意、忠诚及效率之间存在着直接相关关系。服务利润链建立了一种关系，这种关系把服务企业的利润率、顾客的忠诚度和企业内部员工的满意度、忠诚度和生产力联系在一起，它们之间互相联系的机理是：企业的利润和回报的增长来自于忠诚的顾客，顾客的忠诚是顾客满意的一种直接结果，而顾客的满意度很大程度也受企业所能提供给顾客价值的影响，服务所提供的价值是由满意忠诚和有高度生产力的企业员工所创造的，而员工的忠诚满意和能力则主要来源于企业内部高质量的服务支持体系和使员工能向顾客提供有价值服务的公司政策。

由此可见，创建顾客服务导向，对国际货运代理企业具有十分重要的作用。

3 国际货代企业

3.1 国际货代企业办理

3.1.1 国际货代企业业务

国际货代企业可以作为进出口货物收货人、发货人的代理人，也可以作为独立经营人从事国际货运代理业务。

国际货代企业作为代理人从事国际货运代理业务，是指国际货运代理企业接受进出口货物收货人、发货人或其代理人的委托，以委托人名义或者以自己的名义办理有关业务，收取代理费或佣金的行为。

国际货代企业作为独立经营人从事国际货代业务，是指国际货代企业接受进出口货物收货人、发货人或其代理人的委托，签发运输单证、履行运输合同并收取运费以及服务费的行为。

国际货代企业可以作为代理人或独立经营人从事经营活动，经营范围包括：

（1）揽货、订舱（含租船、包机、包舱）、托运、仓储、包装；

（2）货物的监装、监卸、集装箱装拆箱、分拨、中转及相关的短途运输服务；

（3）报关、报检、报验、保险；

（4）缮制签发有关单证、交付运费、结算及交付杂费；

（5）国际展品、私人物品及过境货物运输代理；

（6）国际多式联运、集运（含集装箱拼箱）；

（7）国际快递（不含私人信函）；

（8）咨询及其他国际货运代理业务。

国际货代企业作为代理人接受委托办理上述业务，应当与进出口收货人、发货人签订书面委托协议。双方发生业务纠纷，应当以所签书面协议作为解决争议的依据。

3.1.2 国际货代企业备案

2005 年颁布的《国际货物运输代理企业备案（暂行）办法》（商务部 2005 年第 9 号令），对备案机关、程序、变更、注销等作了明确规定，要求企业备案运用电子政务，实行全国联网管理。国际货代企业备案不设门槛，不收取企业任何费用。

3.1.2.1 备案办法

《国际货物运输代理企业备案（暂行）办法》规定如下：

第一条　为加强对国际货物运输代理业的管理，根据《中华人民共和国对外贸易法》（以下简称《外贸法》）和《中华人民共和国国际货物运输代理业管理规定》的有关规定，制订本办法。

第二条　凡经国家工商行政管理部门依法注册登记的国际货物运输代理企业及其分支机构（以下简称国际货代企业），应当向商务部或商务部委托的机构办理备案。

第三条　商务部是全国国际货代企业备案工作的主管部门。

第四条　国际货代企业备案工作实行全国联网和属地化管理。

商务部委托符合条件的地方商务主管部门(以下简称备案机关)负责办理本地区国际货代企业备案手续;受委托的备案机关不得自行委托其他机构进行备案。

备案机关必须具备办理备案所必需的固定的办公场所,管理、录入、技术支持、维护的专职人员以及连接商务部国际货运代理企业信息管理系统(以下简称信息管理系统)的相关设备等条件。

对于符合上述条件的备案机关,商务部可出具书面委托函,发放由商务部统一监制的备案印章,并对外公布。备案机关凭商务部的书面委托函和备案印章,通过信息管理系统办理备案手续。对于情况发生变化、不符合上述条件的以及未按本办法第六、七条规定办理备案的备案机关,商务部可收回对其委托。

第五条　国际货代企业在本地区备案机关办理备案(有计划单列市的省份仍按省和计划单列市的管理范围进行管理)。

国际货代企业备案程序如下:

(一) 领取《国际货运代理企业备案表》(以下简称《备案表》)。国际货代企业可以通过商务部政府网站(http://www.mofcom.gov.cn)下载,或到所在地备案机关领取《备案表》(样式附后)。

(二) 填写《备案表》。国际货代企业应按《备案表》要求认真填写所有事项的信息,并确保所填写内容完整、准确和真实;同时认真阅读《备案表》背面的条款,并由法定代表人签字、盖章。

(三) 向备案机关提交如下备案材料:

1. 按本条第二款要求填写的《备案表》;

2. 营业执照复印件;

3. 组织机构代码证书复印件。

第六条　备案机关应自收到国际货代企业提交的上述材料之日起5日内办理备案手续,在《备案表》上加盖备案印章。

第七条　备案机关在完成备案手续的同时,应当完整准确地记录和保存国际货代企业的备案信息材料,依法建立备案档案。

第八条　国际货代企业应凭加盖备案印章的《备案表》在30日内到有关部门办理开展国际货代业务所需的有关手续。从事有关业务,依照有关法律、行政法规的规定,需经有关主管机关注册的,还应当向有关主管机关注册。

第九条　《备案表》上的任何信息发生变更时,国际货代企业应比照本办法第五条的有关规定,在30日内办理《备案表》的变更手续,逾期未办理变更手续的,其《备案表》自动失效。

备案机关收到国际货代企业提交的书面材料后,应当即时予以办理变更手续。

第十条　国际货代企业应当按照《中华人民共和国国际货物运输代理业管理规定》的有关规定,按要求向商务部或其委托机关(机构)提交与其经营活动有关的文件和资料。商务部和其委托机关(机构)应当为提供者保守商业秘密。

第十一条　国际货代企业已在工商部门办理注销手续或被吊销营业执照的,自营业执照注销或被吊销之日起,《备案表》自动失效。

第十二条　备案机关应当在国际货代企业撤销备案后将有关情况及时通报海关、检验检疫、外汇、税务等部门。

第十三条　国际货代企业不得伪造、变造、涂改、出租、出借、转让和出卖《备案表》。

第十四条　备案机关在办理备案或变更备案时,不得变相收取费用。

第十五条　原经审批从事货代行业的企业应当依照本办法备案。

第十六条　外商投资国际货代企业按照《外商投资国际货物运输代理企业管理办法》有关规定办理。

第十七条　国际货代行业协会应协助政府主管部门做好企业备案工作，充分发挥行业协会的协调作用，加强行业自律。

第十八条　本办法由商务部负责解释。

第十九条　本办法自2005年4月1日起实行。凡与本办法不一致的规定，自本办法实行之日起废止。

3.1.2.2　《备案表》

1）国际货运代理企业备案表(一)

备案表编号：

企业中文名称　　　　　　　　　　　　　　　　企业经营代码：

企业英文名称

住　　所

经营场所(中文)

经营场所(英文)

工商登记注册日期　　　　　　　　工商登记注册号

企业类型　　　　　　　　　　　　组织机构代码

注册资金　　　　　　　　　　　　联系电话

联系传真　　　　　　　　　　　　邮政编码

企业网址　　　　　　　　　　　　企业电子邮箱

法定代表人姓名　　　　　　　　　有效证件号

业务类型范围

运输方式　　海运□　　空运□　　陆运□

货物类型　　一般货物□　国际展品□　过境运输□　私人物品□

服务项目　　揽货□　托运□　定舱□　仓储中转□　集装箱拼装拆箱□结算运杂费□ 报关□ 报验□ 保险□ 相关短途运输□ 运输咨询□

特殊项目　　是否为多式联运 是□ 否□　是否办理国际快递 是□ 否□信件和具有信件性质的物品除外□ 私人信函及县级以上党政军公文除外□

备注：

备案机关

签　章

年　月　日

本人代表本企业作如下保证：

一、遵守《中华人民共和国对外贸易法》、《中华人民共和国国际货物运输代理业管理规定》及其配套法律、法规、规章。

二、遵守与国际货物运输代理业相关的运输、海关、外汇、税务、检验检疫、环保、知识产权等其他法律、法规、规章。

三、服从主管部门对国际货物运输代理业的行业管理，自觉维护国际货物运输代理业的经营秩序。

四、不伪造、变造、涂改、出租、出借、转让、出卖《国际货运代理企业备案表》。

五、在备案表中所填写的信息是完整的、准确的、真实的。

六、按要求认真填写、及时提交与经营活动有关的文件和资料。

七、《国际货运代理企业备案表》上填写的任何事项发生变化之日起，30 日内到原备案登记机关办理《国际货运代理企业备案表》的变更手续。

以上如有违反，将承担一切法律责任。

企业法定代表人

（签字、盖章）

年　　月　　日

2）国际货运代理企业备案表（二）

（分支机构适用）

备案表编号：

企业中文名称

企业英文名称　　　　企业经营代码：

住　　所

经营场所（中文）

经营场所（英文）

工商登记注册日期　　　　工商登记注册号

母公司名称

母公司组织机构代码　　　　母公司经营代码

注册资金　　　　联系电话

联系传真　　　　邮政编码

企业网址　　　　企业电子邮箱

负责人姓名　　　　有效证件号

业务类型范围

运输方式　　海运□　　空运□　　陆运□

货物类型　　一般货物□　　国际展品□　　过境运输□　　私人物品□

服务项目　　揽货□　托运□　定舱□　仓储中转□　集装箱拼装拆箱□结算运杂费□　报关□　报验□　保险□　相关短途运输□　运输咨询□

特殊项目　　是否为多式联运　是□　否□　　是否办理国际快递　是□　否□信件和具有信件性质的物品除外□　私人信函及县级以上党政军公文除外□

备注：

备案机关

（签字、盖章）

年　月　日

本人代表本企业作如下保证：

一、遵守《中华人民共和国对外贸易法》、《中华人民共和国国际货物运输代理业管理规定》及其配套法律、法规、规章。

二、遵守与国际货物运输代理业相关的运输、海关、外汇、税务、检验检疫、环保、知识产权等其他法律、法规、规章。

三、服从主管部门对国际货物运输代理业的行业管理，自觉维护国际货物运输代理业的经营秩序。

四、不伪造、变造、涂改、出租、出借、转让、出卖《国际货运代理企业备案表》。

五、在备案表中所填写的信息是完整的、准确的、真实的。

六、按要求认真填写、及时提交与经营活动有关的文件和资料。

七、《国际货运代理企业备案表》上填写的任何事项发生变化之日起，30 日内到原备案登记机关办理《国际货运代理企业备案表》的变更手续。

以上如有违反，将承担一切法律责任。

企业法定代表人

（签字、盖章）

年　　月　　日

3）国际货运代理企业业务备案表（三）

企业名称　　经营代码

年末职工人数　　取得国际货代资格证书人数

货运车辆（辆/t）　　集装箱卡车（标准箱）

自有仓库（m^2）　　保税、监管库（m^2）

铁路专用线（条）　　物流计算机信息管理系统（套）

海关注册登记证书号　　商检报检单位登记号

年度经营情况

运输方式	全年出口		
	散货（t）	集装箱货物（标准箱）	营业额（万元人民币）
海运			
陆运			
空运			
快件	件		

运输方式	全年进口		
	散货（t）	集装箱货物（标准箱）	营业额（万元人民币）
海运			
陆运			
空运			
快件	件		

仓储营业额　　（万元人民币）　　其他营业额　　（万元人民币）

年营业总额　　其中，美元（万元）：　　人民币（万元）：

年净利润总额（万元人民币）　　缴纳税金（万元人民币）

（企业公章）年　　月　　日　　（法定代表人签名）

注：表中年营业总额是指企业向委托方收取的全部费用总和（不扣除向承运人等最终支付的费用），不是缴纳营业税的依据。

本人代表本企业作如下保证：

一、遵守《中华人民共和国对外贸易法》、《中华人民共和国国际货物运输代理业管理规定》及其配套法律、法规、规章。

二、遵守与国际货物运输代理业相关的运输、海关、外汇、税务、检验检疫、环保、知识产权等其他法律、法规、规章。

三、服从主管部门对国际货物运输代理业的行业管理，自觉维护国际货物运输代理业的经营秩序。

四、不伪造、变造、涂改、出租、出借、转让、出卖《国际货运代理企业备案表》。

五、在备案表中所填写的信息是完整的、准确的、真实的。

六、按要求认真填写、及时提交与经营活动有关的文件和资料。

七、《国际货运代理企业备案表》上填写的任何事项发生变化之日起，30 日内到原备案登记机关办理《国际货运代理企业备案表》的变更手续。

以上如有违反，将承担一切法律责任。

3.1.3 国际货代企业设立条件

(1) 国际货运代理业务的申请人应当是与进出口贸易或国际货物运输有关、并有稳定货源的单位。符合以上条件的投资者应当在申请项目中占大股。

(2) 国际货运代理企业应当依法取得中华人民共和国企业法人资格，企业组织形式为有限责任公司或股份有限公司。禁止具有行政垄断职能的单位申请投资经营国际货运代理业务，承运人以及其他可能对国际货运代理行业构成不公平竞争的企业不得申请经营国际货运代理业务。

(3) 国际货物运输代理企业的注册资本最低限额应当符合下列要求：

① 经营海上国际货物运输代理业务的，注册资本最低限额为 500 万元人民币；

② 经营航空国际货物运输代理业务的，注册资本最低限额为 300 万元人民币；

③ 经营陆路国际货物运输代理业务或者国际快递业务的，注册资本最低限额为 200 万元人民币。

(4) 国际货物运输代理企业营业条件包括：

① 具有至少 5 名从事国际货运代理业务 3 年以上的业务人员，取得通过商务部资格考试颁发的资格证书；

② 有固定的营业场所，自有房屋、场地须提供产权证明；租赁房屋、场地，须提供租赁契约；

③ 有必要的营业设施，包括一定数量的电话、传真、计算机、短途运输工具、装卸设备、包装设备等；

④ 有稳定的进出口货源市场，是指在本地区进出口货物运量较大，货运代理行业具备进一步发展的条件和潜力，并且申报企业可以揽收到足够的货源。

3.1.4 国际货代企业审批登记

3.1.4.1 申请

经营国际货运代理业务，必须取得商务部颁发的《中华人民共和国国际货物运输代理企业批准证书》以下简称批准证书。

申请经营国际货运代理业务的单位应当报送下列文件：

(1) 申请书,包括投资者名称、申请资格说明、申请的业务项目；

(2) 可行性研究报告,包括基本情况、资格说明、现有条件、市场分析、业务预测、组建方案、经济预算及发展预算等；

(3) 投资者的企业法人营业执照影印件；

(4) 董事会、股东会或股东大会决议；

(5) 企业章程或草案；

(6) 主要业务人员情况包括学历、所学专业、业务简历、资格证书；

(7) 资信证明——会计师事务所出具的各投资者的验资报告；

(8) 投资者出资协议；

(9) 法定代表人简历；

(10) 国际货运代理提单运单样式；

(11) 工商行政管理部门出具的企业名称预先核准函影印件；

(12) 国际货运代理企业申请表；

(13) 交易条款。

以上文件除(3)、(11)项外,均须提交正本,并加盖公章。

3.1.4.2　审核

行业主管部门应当对申请项目进行审核,该审核包括：

(1) 项目设立的必要性；

(2) 申请文件的真实性和完整性；

(3) 申请人资格；

(4) 申请人信誉；

(5) 业务人员资格。

3.1.4.3　报商务部审批

地方商务部门对申请项目进行审核后,应将初审意见包括建议批准的经营范围、经营地域、投资者出资比例等,及全部申请文件按照《中华人民共和国国际货物运输业管理规定》第十一条第一款的时间要求,报商务部审批。

3.1.4.4　驳回申请的理由

有下列情形之一的,商务部驳回申请,并说明理由：

(1) 文件不齐；

(2) 申报程序不符合要求；

(3) 商务部已经通知暂停受理经营国际货运代理业务的申请。

3.1.4.5　不批准批复

有下列情形之一的,商务部经过调查核实后,给予不批准批复。

(1) 申请人不具备从事国际货运代理业务的资格；

(2) 申请人自申报之日前 5 年内,非法从事代理经营活动,受到国家行政管理部门的处罚；

(3) 申请人故意隐瞒、谎报申报情况；

（4）其他不符合《规定》第五条有关原则的情况。

3.1.4.6　领取批准证书

申请人收到商务部同意的批复的，应当自批复之日起60天内，持修改后的企业章程正本，凭地方对外贸易主管部门介绍信到商务部领取批准证书。

3.1.4.7　企业成立并经营

企业成立并经营国际货运代理业务1年后，可申请扩大经营范围或经营地域。地方对外贸易主管部门经过审查后，按《规定》第十一条规定的程序向商务部报批。

企业成立并经营国际货运代理业务1年后，在形成一定经营规模的条件下，可申请设立子公司或分支机构，并由该企业持其所在地地方对外贸易主管部门的意见，国务院部门在京直属企业持商务部的征求意见函，向拟设立子公司或分支机构的地方对外贸易主管部门（不含计划单列市）进行申报，后者按照本细则第十四条的规定向商务部报批。子公司或分支机构的经营范围不得超出其母公司或总公司。

国际货运代理企业设立非营业性的办事机构，必须报该办事机构所在地行业主管部门备案并接受管理。

3.1.4.8　报送文件

企业根据《中华人民共和国国际货物运输代理业管理规定实施细则》第十八条第一款、第二款提出的申请，除报送本细则第十二条中有关文件外，还应当报送下列文件：

（1）原国际货运代理业务批复影印件；

（2）批准证书影印件；

（3）营业执照影印件；

（4）国际货运代理企业申请表；

（5）经营情况报告含网络建设情况；

（6）子公司法定代表人或分支机构负责人简历；

（7）上一年度年审登记表。

3.1.4.9　分支机构

企业申请设立分支机构，申请人收到同意的批复后，应当于批复之日起90天内持总公司根据本细则第十条规定增资后具有法律效力的验资报告及修改后的企业章程正本，凭分支机构所在地地方对外贸易主管部门介绍信到商务部领取批准证书。

3.1.4.10　资格自动丧失

申请人逾期不办理领证手续或者自领取批准证书之日起超过180天无正当理由未开始营业的，除申请延期获准外，其国际货运代理业务经营资格自动丧失。

3.1.4.11　停止或限制

商务部可以根据国际货运代理业行业发展、布局等情况，决定在一定期限内停止受理经营国际货物运输代理业务的申请或者采取限制性措施。

商务部依照前款规定作出的决定，应当予以公告。

3.1.4.12　注册登记

国际货运代理企业应当持批准证书向工商、海关部门办理注册登记手续。

任何未取得批准证书的单位，不得在工商营业执照上使用“国际货运代理业务”或与其意思相同或相近的字样。

3.1.5 国际货代企业年审换证

3.1.5.1 换证报送文件

企业申请换领批准证书应当报送下列文件：

(1) 申请换证登记表；

(2) 批准证书正本；

(3) 营业执照影印件。

企业连续3年年审合格，地方对外贸易主管部门应当于批准证书有效期届满的30天前报送商务部，申请换领批准证书。

3.1.5.2 不予换发

行业主管部门在国际货运代理企业申请换证时应当对其经营资格及经营情况进行审核，有下列情形之一的，不予换发批准证书：

(1) 不符合规定；

(2) 不按时办理换证手续；

(3) 私自进行股权转让；

(4) 擅自变更企业名称、营业场所、注册资本等主要事项而不按有关规定办理报备手续。

3.1.5.3 其他规定

(1) 商务部对国际货运代理企业实行年审、换证制度。

(2) 商务部负责国务院部门在京直属企业的年审及全国国际货运代理企业的换证工作。地方对外贸易主管部门负责本行政区域内国际货运代理企业含国务院部门直属企业及异地企业设立的子公司、分支机构的年审工作。

(3) 国际货运代理企业于每年3月底前向其所在地地方对外贸易主管部门，国务院部门在京直属企业直接向商务部报送年审登记表、验资报告及营业执照影印件，申请办理年审。年审工作的重点是审查企业的经营及遵守执行《规定》和其他有关法律、法规、规章情况。

(4) 企业年审合格后，由行业主管部门在其批准证书上加盖年审合格章。

(5) 批准证书的有效期为3年。

(6) 企业必须在批准证书有效期届满的60天前，向地方对外贸易主管部门申请换证。

(7) 企业因自身原因逾期未申请换领批准证书，其从事国际货运代理业务的资格自批准证书有效期届满时自动丧失。商务部将对上述情况予以公布。工商行政管理部门对上述企业予以注销或责令其办理经营范围变更手续。

丧失国际货运代理业务经营资格的企业如欲继续从事该项业务，应当依照有关规定程序重新申报。

3.1.6 国际货代企业变更

3.1.6.1 报批领证

国际货运代理企业发生以下变更，必须报商务部审批，并换领批准证书：

(1) 企业名称；

(2) 企业类型；

(3) 股权关系；

(4) 注册资本减少;

(5) 经营范围;

(6) 经营地域。

3.1.6.2 备案领证

发生以下变更,在报商务部备案后,直接换领批准证书:

(1) 通讯地址或营业场所;

(2) 法定代表人;

(3) 注册资本增加;

(4) 隶属部门。

3.1.6.3 国际货代企业名称变更

1) 变更名称的条件

变更后的名称应当符合国家有关规定,与其业务相符合,并能表明行业特征,其名称应当含有"货运代理"、"运输服务"、"集运"或"物流"等相关字样。

2) 需要提交的材料

(1) 公司董事会决议;

(2) 工商部门出具的《企业名称变更核准通知书》;

(3) 公司修改后的章程;

(4) 原批准证书;

(5) 申请报告。

3) 申请程序

与在经营地域内设立分公司相同。

3.1.6.4 企业股权变更、扩大经营范围或经营地域

1) 需要提交的材料

(1) 申请报告;

(2) 董事会决议;

(3) 原企业章程及章程修改协议;

(4) 股权转让协议;

(5) 新董事会成员及委派书;

(6) 货代企业批准证书影印件;

(7) 投资人同意股权转让的文件;

(8) 受让人营业执照影印件;

(9) 受让人验资报告或资产负债表及损益表;

(10) 国际货运代理企业申请表。

2) 申请程序

与在经营地域外设立分公司程序相同。

3.1.7 国际货代企业设立分公司程序

3.1.7.1 需要提交的书面材料

国际货代企业在已核准经营地域内设立分公司实行登记制。

1) 如不涉及增资，所需材料

(1) 已核准经营地域内设立分公司登记表(盖公章)；

(2) 原批准证书(正、副本)；

(3) 营业执照(影印本)；

(4) 董事会或股东会决议；

(5) 分公司负责人与主要业务人员简历；

(6) 分公司固定营业场所证明。

2) 如涉及注册资本增加，且投资各方按原比例增资，需另提供的文件

(1) 验资报告；

(2) 企业章程修改协议。

3.1.7.2　申请程序

企业在网上填写申请表，提交并打印盖章后，报国际货代协会办理登记手续，并领取批准证书。领取批准证书后，到省(市)商务厅备案。

3.1.8　某市设立货代分公司审批管理

3.1.8.1　办理机构

市商务厅服务贸易处。

3.1.8.2　办理地址

××市×××路××号×××大厦××室。

3.1.8.3　办理时间

周一至周五全天。

3.1.8.4　办理时限

在材料齐全、准确的前提下，市商务厅服务贸易处15个工作日内予以答复或办结。

3.1.8.5　申办手续

1) 外省市货代企业在本市设立货代分公司初审

(1) 企业所在地商务厅出具的征求意见函；

(2) 企业向所在地商务厅提出的申请；

(3) 董事会或股东大会决议(明确成立分公司、增资、主要负责人、修改公司章程等)；

(4) 设立分公司可行性研究报告(包括基本情况、资格说明、现有条件、市场分析、业务预测、经济预算及发展预算等)；

(5) 修改后的公司章程(或分公司章程[草案])；

(6) 分公司主要负责人简历及身份证复印件；

(7) 分公司主要业务人员简历及有关培训证明；

(8) 分公司办公设施和住房情况(房屋产权证或租赁协议复印件)；

(9) 国际货运代理企业申请表(2)；

(10) 母公司企业法人营业执照、法人代表证(或法人身份证)复印件；

(11) 母公司的货代批准证书(复印件)；

(12) 母公司经营情况(含网络建设情况)；

(13) 母公司财务报表或年度审计报告；

(14) 母公司上一年度年审登记表；

(15) 母公司章程(复印件)。

注：上述材料(1)～(5)项均须提交正本，并加盖公章；所有材料一式二份。

2) 本市货代企业到外省市设立货代分公司初审申报材料

同外省市货代企业在本市设立货代分公司所需材料。

3) 企业扩大经营范围

(1) 企业提出申请；

(2) 企业董事会或股东大会决议；

(3) 企业修改后的章程；

(4) 企业扩大经营范围的可行性报告；

(5) 主要业务人员简历及有关培训证明；

(6) 国际货运代理企业申请表(2)；

(7) 企业法人营业执照、货代批准证书(复印件)；

(8) 上一年度企业财务报表或审计报告。

3.1.8.6 办理程序

1) 外省市货代企业在本市设立货代分公司初审事项

(1) 申办企业向所在地商务厅提出申请；

(2) 所在地商务厅出具征求意见函给×××外经贸委；

(3) 市商务厅进行初审后转报外经贸部审批；

(4) 接商务部批复后市商务厅办理转发通知；

(5) 企业接通知后办理领证等有关注册登记手续；

(6) 有关登记注册手续毕，企业持商务部批复及颁发的批准证书、工商营业执照、税务登记证等有关文件复印件到市商务厅办理"国际货物运输代理批准通知单"，企业凭该通知单到本地区税务局印制发票。

另：分公司变更

凡国际货物运输代理企业分公司需要变更名称、增加经营范围等，均由母公司办理有关手续。

2) 本市货代企业到外省市设立货代分公司初审事项

申办企业向市商务厅提出申请，市商务厅出具征求意见函。

3) 企业扩大经营范围

(1) 企业向市商务厅提出申请；

(2) 市商务厅进行初审后转报外经贸部审批；

(3) 接商务部批复后，市商务厅办理转发通知；

(4) 企业接通知后到有关部门办理手续。

3.1.8.7 办理依据

企业成立并经营国际货运代理业务1年后，在形成一定经营规模、经营情况良好的条件下，可申请设立分公司。

3.2 国际货代企业事项

3.2.1 国际货代企业申请表

表 3-1　　中华人民共和国国际货运代理企业申请表 1

拟设企业名称	中文					
	英文					
地　址						
企业法定代表人情况	姓名	性别	年龄	学历		职务
注册资本		企业类型		经营地域		
隶属部门				投资总额		
投资方情况	名　称	法定代表人	净资产	投资总额	投资比例	
申请经营范围						
地方对外贸易主管部门意见						
项目申请联系人	姓　名	所在单位		联系电话		

注：此表用于申请成立国际货运代理企业及设立子公司填写，一式两份。表中投资方情况必须如实填写，如填写不下可另附纸。

表 3-2　　中华人民共和国国际货运代理企业申请表 2

申请企业（分公司）名称	中　文				
	外　文				
地　址					
注册时间		营业执照注册号		国际货运代理企业编号	
法定代表人（或分公司负责人）情况	姓名	性别	年龄	学历	所在单位	职务
注册资本		企业类型		经营地域	
隶属部门			投资总额		

续表

<table>
<tr><td rowspan="5">已设立分公司情况</td><td>名　称</td><td>成立时间</td><td>企业编号</td><td>营业执照注册号</td><td>分公司负责人</td></tr>
<tr><td></td><td></td><td></td><td></td><td></td></tr>
<tr><td></td><td></td><td></td><td></td><td></td></tr>
<tr><td></td><td></td><td></td><td></td><td></td></tr>
<tr><td></td><td></td><td></td><td></td><td></td></tr>
<tr><td>申请经营范围或经营地域</td><td colspan="5"></td></tr>
<tr><td>地方对外贸易主管部门意见</td><td colspan="5"></td></tr>
<tr><td rowspan="2">项目申请联系人</td><td>姓　名</td><td colspan="2">所在单位</td><td colspan="2">联系电话</td></tr>
<tr><td></td><td colspan="2"></td><td colspan="2"></td></tr>
</table>

注：此表用于国际货运代理企业申请扩大经营范围、经营地域及设立分支机构填写，一式两份。表中已设立分公司情况必须如实填写，如填写不下可另附纸。

3.2.2 中国国际货运代理行业诚信公约

第一章　总则

第一条　为建立中国国际货运代理行业诚信体制，规范行业从业者行为，促进国际货运代理市场合法经营，公平竞争，有序发展，由中国国际货运代理协会发起，经各缔约方同意，特制定本公约并共同遵守。

第二条　本公约所指国际货运代理行业是依据《中华人民共和国国际货物运输代理业管理规定》中所定义的："接受进出口货物收货人、发货人的委托，以委托人的名义或者以自己的名义，为委托人办理国际货物运输及相关业务并收取服务报酬的行业。"

第三条　国际货运代理企业自愿加入诚信公约，自觉遵守公约的规定，接受社会和公众的监督和考评。

第四条　中国国际货运代理协会是诚信公约的执行机构，负责组织实施本公约。

第二章　诚信条款

第五条　自觉遵守国家有关货代行业发展和管理的法律、法规和政策，自觉遵守社会公共商业道德，依法从业。

第六条　鼓励、支持企业开展合法、公平、有序的行业竞争，坚决抵制采用不正当手段损害本行业共同利益及其他企业利益的行为。

第七条　自觉维护客户的合法权益，诚实守信，合法经营，不断提高服务质量，为货主提供安全、迅速、准确、节省、方便、守信的服务。

第八条　提倡公平竞争，反对垄断经营，对侵害国际货运代理行业权益的垄断行为，可由中国国际货运代理协会进行协调或联合行动，采取包括联合抵制在内的各种措施。

第九条　加强学习和沟通，研究、探讨中国货代行业发展方向，对中国货代行业的建设、发展和管理提出看法，并对政府法规和政策的制定的修改提出建议。

第十条　积极参与国际合作和交流，参与同行业国际规则的制定，自觉遵守中国签署的国际规则。

第十一条　自觉接受社会各界对本行业的监督和批评，共同抵制和纠正行业不正之风。

第三章　公约的执行

第十二条　中国国际货运代理协会负责组织实施本公约，负责向公约成员单位传递货代行业管理的法规、政策及行业诚信内容，及时向政府主管部门反映成员单位的意愿和要求，维护成员单位的正当合法权益，组织实施货代行业的诚信公约。

第十三条　公约成员之间发生争议时，争议各方应本着互谅互让的原则，以协商的方式解决，也可以请公约执行机构进行调解，自觉维护行业团结，维护行业整体利益。

第十四条　本公约成员单位违反本公约，任何其他成员单位均有权及时向公约执行机构进行检举，要求公约执行机构进行调查；公约执行机构对重大违背诚信公约的事件可以直接进行调查，并将调查结果向全体成员单位公布。

第十五条　公约成员单位违反本公约，造成不良影响，经查证属实的，由公约执行机构视不同情况给予在公约成员单位内部通报或取消公约成员资格的处理。

第十六条　本公约所有成员单位均有权对公约执行机构执行本公约的合法性和公正性进行监督，有权向执行机构的主管部门检举公约执行机构或其工作人员违反本公约的行为。

第十七条　本公约执行机构及成员单位在实施和履行本公约过程中必须遵守国家有关法律、法规。服从国家主管部门领导，接受主管部门检查、监督。

第四章　公约的加入和退出

第十八条　凡从事国际货运代理行业的企业均可自愿随时加入诚信公约。

第十九条　凡拟加入本公约的国际货运代理企业，经中国国际货运代理协会审定，由其法定代表人或其委托人正式签署本公约的，自签署之日起即成为本公约的成员。国际货运代理企业以书面方式表达加入本公约意愿的，经中国国际货运代理协会同意，视为签署本公约，自中国国际货运代理协会同意之日起，该企业正式成为本公约的成员。

第二十条　中国国际货运代理协会会员自动成为公约成员。

第二十一条　本公约成员单位可以自行退出本公约，自其向中国国际货运代理协会提交书面退出申请后，其公约成员资格自动取消。

第二十二条　凡自行退出本公约或因违反本公约被取消成员资格的，两年内不得申请加入本公约。

第五章　公约的生效和修改

第二十三条　本公约自中国国际货运代理协会二分之一以上常务理事签字后即行生效。

第二十四条　本公约生效期间，经中国国际货运代理协会五家以上常务理事或本公约十家成员单位联名书面提议，并经三分之二以上成员单位同意，可以对本公约进行修改。

第二十五条　公约执行机构定期公布加入及退出本公约的单位名单。

第六章　附则

第二十六条　本公约成员单位可以以公约成员名义对外宣传。

第二十七条　本公约由中国国际货运代理协会负责解释。

中国国际货运代理协会

2005年02月21日

3.2.3　国际货代企业跨国合作注意事项

3.2.3.1　国际货代是国际贸易的需求

国际货运代理业是为国际贸易服务的，与国际运输也息息相关，是一个世界性的服务行业。在国际贸易中，买卖双方既要考虑到利益，更要考虑到交易的风险。尤其是卖方，在货款没有回收之前，往往需要掌握货物的实际控制权。因此他在选择货运代理时，更倾向于在国外有代理的国际货代。这是因为如果该货运代理没有国外代理，卖方就常会雇佣国外买方推荐的货运代理。一旦卖方与买方之间出现了争议，卖方首先会意识到与这个对国外买方有同情心的国外代理继续合作的风险，但是如果临时更换该货代又有一定的困难。因此，没有海外网络支持的国际货代，在市场竞争中的优势就必然略逊一筹。

为了满足货主和承运人的这种需求，货运代理就通过各种方式去构建自己的海外网络。如果业务量很大的话，该国际货运代理会设立海外分支机构；如果业务量不是很大或者对方国家对外资、外企进入有所限制，国际货代则往往会通过合作协议同国外的货运代理建立业务关系。

很多国际货运代理都认为他们之间是单纯的互为代理关系，从而认为他们对其代理对方不需负有较大的责任。然而事实并非如此，因为根据合作协议的内容不同，他们之间会成为合伙或者互为代理关系。因此，国际货运代理在进行跨国业务合作时首先应当了解合伙与代理之间的法律差异，才能签订正确的合作协议，准确履行义务，避免承担不必要的责任。

3.2.3.2　合作伙伴的标准

合伙在不同的国家有不同的划分标准，一般有3种类型：一般合伙，又称为普通合伙，合伙人以共同的名义对外行事；隐名合伙，是指存在隐名合伙人的合伙，该合伙人对外无权代表合伙者与第三人发生法律关系，仅以自己的出资额对合伙债务承担责任；有限合伙，最先是英美法上的概念，是指由普通合伙人和有限合伙人组成的合伙组织，它的最大特征之一就是有限合伙人无权参与合伙事物的管理。

我国《民法通则》有关条款所规定的合伙指的就是一般合伙。再根据合伙的主体不同，一般合伙又可分为个人合伙和法人合伙2种。国际货代之间的合伙通常属于法人合伙，是指法人间联营，组成新的经济实体但联营体不具有法人条件。

一般合伙具有三项法律特征，即：

(1) 合伙以合伙协议为成立的法律基础；

(2) 合伙由全体合伙人共同出资、共同经营；

(3) 合伙人共负盈亏，共担风险，全体合伙人对合伙债务承担无限连带清偿责任。

3.2.3.3　合作伙伴的选择

在实践中，国际货运代理和他的国外代理之间的关系在以下几方面往往会被法院判定为合伙关系：

(1) 双方根据约定好的利润分配比例，而不是按照货运代理交易的佣金公式计算来分割累积起来的净收入。

(2) 即使在联合协议中有约定表明是相互代理关系，但这种联合的其他特征可清晰表明是合伙关系，法院就会忽略该协议中的约定条款。这一点在普通法系中尤为明显，因为普通法法院更多地关注当事人的公共活动，而不局限在他们的主观意图，即使是用书面形式明确表达出来的后果。

(3) 在协议中有共同分摊损失或支出的约定。

(4) 双方当时认为他们的服务使用了共同的名字或者是使用了一个表明联合的词语。在实际中，许多联合是根据特许经营权成立的，因此授权给特许权受让人使用本企业名称的特许权人，必须在协议中和广告中谨慎处理它的真正意图，否则如果所用措辞使客户有理由相信合伙关系的存在，国际货代就要以合伙人的身份来承担责任。

3.2.3.4　经常发生的2种纠纷

现以国际货运代理合作中经常发生的2种纠纷来说明合伙给当事人带来的后果：

(1) 合伙关系中货运代理之间的赔偿请求。比如，某货运代理根据客户(出口方)的指示，要求他国外的代理去办理货物的进口清关手续，该国外代理因海关要求而垫付了关税。如果进口方没有支付关税，而且出口方也拒绝支付，则该国外货代就可能从“共同资产”中得到补偿，可以从其支付给合伙人的款项中扣除那部分关税。但是，如果该国外代理未能按规定对进口方进行信用审查，则属于没有达到货运代理行为的最低合理标准，则其垫付关税的损失应属于其自身的不当行为产生的，而无权转嫁给其他合伙人，因此无权向其合伙人请求补偿。

(2) 第三人对合伙的货运代理中任何人的赔偿请求。当国际货代的国外代理因为没有按指令行事给货代的客户带来损失时，如果是合伙关系，全体的合伙人应对其共同债务负无限连带责任。所以，第三人可以向其中的任何一个货运代理提出赔偿要求。合伙者们首先用合伙资产来偿还损失，当这些资产不足以弥补损失时，合伙人必须用他们自己的资产来偿还损失。而后，偿还合伙债务超过自己应当承担数额的合伙人，可再向其他合伙人追偿。

3.2.3.5　互为代理的业务合作形式

互为代理是指双方当事人根据分工或地域不同，在不同的场合下分别是对方代理人的情况。互为代理是国际货运代理实践中最常见的一种业务合作形式，货运代理可以藉此寻找新的业务合作伙伴，扩大自己的服务空间、扩展自己的服务领域。

1) 互为代理时货运代理之间的赔偿请求

可以通过一个案例来说明。

1984年5月2日，香港华润运输仓储有限公司(以下简称华润仓储)与中国外运重庆公司(以下简称重庆外运)双方签订了《办理陆海联运业务协议书》，协议约定：重庆外运代表重庆经贸系统各出口公司及工贸公司同意，将经香港中转货物的陆海联运业务全部委托华润仓储办理；双方同意正式建立互为代理关系，重庆外运作为华润仓储在重庆的代理应积极发展陆海联运业务，组织安排运输，统一联系订舱并负责签发华润仓储的陆海联运提单，缮制运费清单及其他单证。

1985年10月18日，双方又签订了《陆海联运补充协议》，协议主要内容约定了经香港(包括深圳集装箱)等运往欧美等5条航线的货物的装箱费、速遣费及优惠等。之后，华润仓储将若干份空白多式联运提单或“港到港”提单，交给重庆外运代理签发。

1994年至1995年底期间，重庆轻工集团先后向重庆外运提交出口货物代运委托单若干份。委托单载明：经营人、托运人重庆轻工，装货港重庆，卸货港国外各港口，以及货物的名称、重量、件数、运费等。在特约事项栏内均盖有重庆轻工公章，并写有“华润”字样。重庆外运根据这些外运委托单制作了提单副本，并向华润仓储提出订舱。华润仓储接受订舱后，重庆外运根据授权，代表华润仓储向重庆轻工签发提单。

提单载明：托运人重庆轻工，收货人凭指示，装货港重庆，卸货港国外各港口，重庆外运作为华润仓储的代理签发华润仓储提单。华润仓储承运货物后产生运费123 781.77美元。1994年6月2日至1995年12月28日，华润仓储与重庆外运按双方之间的运费结算惯例，先由华润仓储向重庆外运开出收取香港至国外各港口运费发票，发票上印有“LESS……2.5% HKD”字样。重庆外运在收到该发票后，以自己的名义按华润仓储的运费原价并附上该发票，向重庆轻工开出香港至国外各港口运费发票。待重庆轻工支付运费后，重庆外运按约定扣减费用，余下运费给付华润仓储。但是重庆轻工一直未向重庆外运支付该批运费123 781.77美元。

1997年2月25日，华润仓储向重庆轻工发出催收运费函。1998年4月7日，重庆轻工向华润仓储发出函件承认拖欠运费，但一直拖欠未付。1999年10月12日，华润仓储在要求重庆外运联手起诉重庆轻工未成的情况下，以重庆外运拖欠海上货物运输合同运费为由诉至重庆市第一中级人民法院，要求重庆外运支付所拖欠的运费。该案于2001年7月17日移送至武汉海事法院。

经审理，武汉海事法院认为：原告华润仓储与被告重庆外运签订的《办理陆海联运业务协议书》和《陆海联运补充协议》依法成立，合法有效。根据上述协议，原告华润仓储与被告重庆外运之间建立的是海上货物运输委托代理关系。另外根据重庆轻工的委托单和原告提单，均证明被告重庆外运为原告华润仓储的运输业务代理，原告华润仓储是承运人，重庆轻工是托运人。原告华润仓储以海上货物运输合同关系起诉被告重庆外运给付运费，没有事实和法律依据，且被告并未承诺承担该笔所欠运费的责任。因此原告华润仓储只能依据海上货物运输合同关系向货主及托运人重庆轻工索取。

现在来分析一下本案中原告和被告的实际关系：

(1) 从证明国际海上货物运输合同关系的提单来看，上面记载的承运人是华润仓储，托运人是重庆轻工，重庆外运在这里仅仅是根据承运人之间的协议并经承运人授权代承运人向托运人签发提单。

(2) 重庆外运是在华润仓储向其开出运费发票以后，以该发票的原价向重庆轻工开出发票并附上该发票，这实际上是按协议代表承运人向托运人收取运费的行为。至于有关2.5%费用的记载应当认定为向承运人收取的固定的佣金。事实上，本案双方当事人长期的支付惯例，都是重庆外运在托运人向华润仓储支付了运费后才可以提取佣金的，这更说明了重庆外运运费代收的性质。

(3) 在长达十几年的合作过程中，华润仓储、重庆外运和重庆轻工之间都非常清楚各自的法律地位。特别是当重庆轻工未付运费时，华润仓储是自己直接向重庆轻工主张运费，只是在未果的情况下，才转向重庆外运。

通过对该案例的认真分析，可以得出以下结论：

首先，双方的合作关系是互为代理关系，而并非合伙关系或海上货物运输合同关系。其次，虽然双方当初建立的是互为代理关系，但就此项具体业务而言，原告华润仓储应为委托人，被告重庆外运为代理人。根据我国《民法通则》第六十三条规定："代理人在代理权限内，以被代理人的名义实施法律行为。被代理人对代理人的代理行为，承担民事责任。"因此，法院的判决是正确的。

由此可以看出，"互为代理"，只是从总体上看待两者之间关系的习惯称谓。具体到某一项实际业务时，应根据实际业务的委托情况来确定，即双方当事人都同时为委托人和代理人，还是仅仅一方为委托人而另一方为代理人。因为具体关系不同，双方承担的责任就不同。

2) 互为代理中第三人对货运代理的赔偿请求

如果货物在交付之前发生毁损、灭失、玷污等损失时，客户应向谁提出索赔呢？我们再以上述案例为例，如果是华润仓储的过失造成货物在运输途中的毁损、灭失等损失及延迟交付，则客户就应当根据提单向华润仓储提出索赔。如果是重庆外运的过失给客户造成损失(如指示错误、保管不当)，则重庆外运就应当承担相应的责任。

通常国际货代找国外的代理主要是完成货物交付和清关的事务，如果因为货代的国外代理交付出错给客户带来损失时(比如"付款交货"方式下的货物放货却未能及时收取货款)，该如何承担责任，又分为以下几种情况：

(1) 国际货运代理的法律地位是承运人身份

在对客户签发提单时，如果国际货代签发的是该货代自己的运输凭证，如无船承运人提单或多式联运提单，这时货运代理的法律地位就是承运人的身份，就应保证在目的地交货，在其国外代理错误交付货物时，该货代就要承担责任。

(2) 复代理

国际货运代理和客户之间签订的是委托代理合同，此时货运代理是纯粹的代理人身份。如果该货运代理因其无法亲自履行国外必要的服务，为了客户的利益而必须将部分义务转托给国外代理时，这就属于复代理。复代理又称再代理、转代理。复代理人不是由被代理人(如客户)直接授予，而是由原代理人转托的。但是复代理人仍然是被代理人的代理人，他的代理行为产生的法律后果直接归属被代理人。对于复代理的选择，我国的《民法通则》中是这样规定的："委托代理人为被代理人的利益需要转托他人代理的，应当事先取得被代理人的同意。事先没有取得被代理人同意的，应当在事后及时告诉被代理人，如果被代理人不同意，由代理人对自己所转托的人的行为负民事责任，但在紧急情况下，为了保护被代理人的利益而转托他人代理的除外。"因此，接受客户委托的货运代理虽然原则上对复代理没有复任权，但是在下列情况下其可享有复任权：

① 客户提前授权的，如有些国外的货运代理是客户自己指定的；

② 转委托后客户追认的；

③ 在紧急情况下，货代不能办理代理事项，又无法与客户取得联系，如不及时转托他人办理就会给客户带来利益损失的。并且货运代理在挑选其国外代理时也尽到了"合理谨慎"，同时也没有发出错误的指令，就可以不用为其代理的过失承担责任了，这个损失就应当由复代理来承担。

3.2.3.6 国际货代企业跨国合作时注意事项

综上所述，国际货运代理企业在进行跨国业务合作时，应注意以下几点：

(1) 首先应和国外的代理签订合作协议,在协议中清楚地列明 2 个货运代理之间的合作条件。这样既可以明确彼此间的合作关系,而且分工具体便于各自履行职责。一旦发生争议,还可以成为解决纠纷的依据。

(2) 如果是相互代理关系,在接受客户委托办理业务时使用何种单据尤为重要。在替国外货代办理其营业地所在国的进口货物的运输业务代理时,就应该根据国外货代的委托与授权,使用该货代的单证,而非自己的单证或共同的单证。而且在合作关系终止时,应返还所有的单证。

(3) 在签订有关费用的条款时,如果是合伙关系,在分享利润的条款中,不仅要列明分享的比例,还应当把相应的财会程序以及用于完成调查和汇款的时间限制列明。如果是相互代理关系,就不应按分享利润的方式来约定,也不能按加收差价的方式收费,而是应当在协议中约定按佣金方式收取代理费,佣金率及支付方式、支付时间、支付地点都要列明。

(4) 不论是合伙还是代理,因为其商业交易性质所决定,对终止合作关系的原因和通知方式,应在合同中作相应约定。在通知期间,合作关系应当继续存在,避免给客户和其他合作者造成损失。另外,发生争议时的解决条款也要列明,如果选用仲裁方式时,仲裁的内容、地点、机构都要列明。

(5) 合作者除了对协议中的合伙义务和代理义务承担相应的责任外,每个国际货代还

要对其他合作伙伴承担诚信义务,不能处于为自己考虑而擅自转让潜在的合伙业务;不能利用某种没有向其他合伙人公开的服务赚取利润;更不能在发票上加价,对支出费用作不实陈述;不能隐瞒有关其他合伙人服务的有用信息。

3.3 外商投资国际货代企业

3.3.1 外商投资国际货代企业审批程序

外商在我国投资国际货物运输代理企业的设立审批程序如下:

(1) 外经贸部及其授权机构是外商投资国际货运代理企业的审批和管理机关。

(2) 设立外商投资国际货运代理企业,应按国家现行的有关外商投资企业的法律、法规所规定的程序,向外经贸部提出申请,由外经贸部及其授权部门审核和批准企业的设立,并颁发“外商投资企业批准证书”和“国际货运代理企业批准证书”。

(3) 设立外商投资国际货运代理企业需提供如下文件:

① 申请书;

② 可行性研究报告;

③ 合同、章程;

④ 董事会成员及主要管理人员名单及简历;

⑤ 工商部门出具的企业名称预核准通知书;

⑥ 投资者所在国或地区的法律证明文件及资信证明文件;

⑦ 主要投资方的资质证明;

⑧ 企业营业场所证明;

⑨ 审批机关要求提供的其他文件。

(4) 中国合营者持外经贸部颁发的两项证书,向工商行政管理部门办理登记注册手续。

3.3.2 外商投资国际货代企业设立分支机构

外商投资国际货运代理企业正式开业满1年,且合营各方出资已全部到位后,可申请在国内其他地方设立分公司。

分公司的经营范围应在其总公司的经营范围之内,由总公司承担连带责任。外商投资国际货运代理企业每设立1个从事国际货物运输代理业务的分公司,应增加注册资本12万美元。对以虚假出资、抽逃注册资本等违规行为骗取审批机关批准设立分公司的,除按相关法规予以处罚外,审批机关将撤销其分公司的“国际货运代理企业批准证书”。

申请设立分公司的,应向外经贸部提出申请,由外经贸部或其授权部门在征得拟设立分公司所在地外经贸部门同意意见后批准。

外商投资国际货运代理企业设立分公司需提供以下文件:

① 拟设立分公司所在地外经贸部门的同意意见函;

② 董事会关于设立分公司和增资的决议;

③ 有关增资事项对合营合同、章程的修改协议;

④ 企业经营情况报告及设立分公司的理由和可行性分析;

⑤ 企业验资报告;

⑥ 分公司的从业人员及营业场所证明材料;

⑦ 审批机关要求提供的其他文件。

3.3.3 外商投资国际货物运输代理企业审批规定

第一条　为了规范外商投资国际货物运输代理企业的审批工作,根据国家有关外商投资企业的法律、法规和《中华人民共和国国际货物运输代理业管理规定》,特制定本规定。

第二条　本规定所称的外商投资国际货物运输代理业务是指以中外合资、合作形式设立的接受进出口货物收货人、发货人的委托,以委托人的名义或者以自己的名义,为委托人办理国际货物运输及相关业务并收取服务报酬的外商投资企业(以下简称:外商投资国际货运代理企业)。

第三条　中华人民共和国对外贸易经济合作部(以下简称商务部)是外商投资国际货运代理企业的审批和管理机构。

第四条　外国公司、企业可以合资、合作方式在中国境内设立外商投资国际货运代理企业。中国合营者的出资比例不应低于50%。

第五条　申请设立外商投资国际货运代理企业除必须具备《中华人民共和国国际货物运输代理业管理规定》所规定的条件外,还必须具备国家有关外商投资企业的法律、法规所规定的条件和以下条件:

(一) 中国合营者至少有一家是国际货运代理企业或年进出口贸易额为5000万美元以上的外贸企业,符合上述条件的合营者在中方中占大股;外国合营者必须是国际货运代理企业;

(二) 中外合营者均须有3年以上国际货运代理或外贸业务经营历史,有与申办业务相适应的经营管理人员及专业人员,有较稳定的货源,有一定数量的货运代理网点;

(三) 中外合营者任何一方不得在申请之日前3年内,有过违反行业规定的行为并受过处罚。

第六条　水运和航空承运人以及其他可能对货运代理行业带来不公平竞争行为的企业不能作为合营方。

第七条　同一个外国合营者在中国境内投资设立国际货运代理企业经营不满5年，不得投资设立第二家国际货运代理企业。

第八条　外商投资国际货运代理企业的注册资本最低限额为100万美元。

第九条　经批准，外商投资国际货运代理企业可经营下列部分或全部业务：

（一）订舱、仓储；

（二）货物的监装、监卸、集装箱拼装拆箱；

（三）国际快递，私人信函除外；

（四）报关、报验、报检、保险；

（五）缮制有关单证，交付运费，结算、交付杂费；

（六）其他国际货物运输代理业务。

第十条　申请设立外商投资国际货运代理企业按国家现行的有关外商投资企业的法律、法规所规定的程序，由中国合营者将申请文件报拟设外商投资国际货运代理企业所在地的省、自治区、直辖市。计划单列市商务部门（由外资管理部门商储运管部门共同审查），由其初审同意后报商务部审批。商务部依照国家有关外商投资的法律、法规、在规定的期限内决定批准或不批准，对批准者，由商务部颁发“外商投资企业批准证书”和“国际货物运输代理企业批准证书”。中国合营者持商务部颁发的两项证书向工商管理部门办理登记注册手续。

第十一条　外商投资国际货运代理企业的经营期限不超过20年。

第十二条　外商投资国际货运代理企业正式开业满1年且合营各方出资已全部到位后，可申请在国内其他地方设立分公司。外商投资国际货运代理企业每设立1个从事国际货物运输代理业务的分公司，应增加注册资本12万美元，分公司的经营范围应在外商投资国际货运代理企业的经营范围之内，由总公司承担连带责任。设立分公司，首先应由外商投资国际货运代理企业所在地商务部门初审，然后向拟设分公司所在地商务部门征求意见，获得同意后再转报商务部，商务部根据发展需要进行审批。外商投资国际货运代理企业设立分公司需上报以下文件：

（一）企业所在地商务部门的转报报告和拟设立分公司所在地商务部门的意见函；

（二）董事会关于设立分公司和增资的决议；

（三）有关增资事项对合营合同、章程的修改协议；

（四）企业经营情况报告及设立分公司的理由和可行性分析；

（五）企业验资报告；

（六）其他文件。

第十三条　香港、澳门、台湾地区的公司、企业在祖国大陆投资设立国际货运代理企业，参照本办法办理。

第十四条　在本办法颁布之日前已设立的外商投资国际货运代理企业拟申请扩大经营范围、设立分公司、延长合营期限时，其注册资本应按本规定办理。

第十五条　本规定自颁布之日起施行。商务部于1995年2月22日颁布的《外商投资国际货运代理企业审批办法》同时作废。

3.4 国际货代企业经营

3.4.1 国际货代企业的影响因素

在政治法律、经济、科技、文化等众多宏观因素中,2个因素对我国的货运代理企业产生着重大影响,一个是中国加入了世界贸易组织(WTO),一个是以Internet为代表的信息技术的广泛应用。

3.4.1.1 WTO的影响

1)威胁

威胁主要来自于对竞争的担心。由于WTO的加入,中国逐步彻底开放货运代理市场,逐步取消目前对外资企业在华设立独资企业的限制,国外的货运代理公司在中国市场同中国企业直接竞争,他们多年的经营管理经验、雄厚的资本、国际化的网络经营不可避免地要冲击国内企业。但这也给了国内企业更多的学习借鉴的机会。

同时,必须看到在竞争的国际市场上狭隘的民族主义是不足取的,只有市场的规范、规模、繁荣,才能带来企业的成长,"窝里斗"的市场不会造就强者。

《孙子兵法·势篇》有"故善战者,求之于势,不求于人"。即只能借助于自己强大不可战胜之势,而不要指望别人不来攻击。

2)机会

机会主要来自于货运代理市场的规模,其容量随着WTO的加入而得以扩大。商品运输和商品交换是互为条件的,货物运输市场是经济贸易对货运劳务需求基础上产生的。

与世界经济、国际贸易息息相关,当经济处于高速增长时期,国际贸易将出现相应的增长,货运市场也伴随着出现活跃繁荣的景象。

中国加入WTO后,其对外贸易规模大幅度提高,根据海关统计,国际贸易额中80%是通过海运完成的。无疑,国际贸易规模的提高扩大了对货运市场的需求,给行业内的每一个企业带来了更多的机会。

3.4.1.2 Internet的影响

基于国际互联网的信息技术普及应用,对每一个行业的影响都将是深远的,我们虽然称未来是信息的时代,还是不可能窥其全貌。但对于国际货运代理企业,至少信息技术极大地提高了效率,包括服务、管理等多方面,同时,为国际货运代理企业向物流企业发展提供了极大可能。

3.4.2 国际货代企业的客户需求

货运市场是需求和供给的矛盾统一体,需求方为广大的货运服务消费者(即客户),供给方就是众多的货运公司,业内的众多企业都是竞争者。企业要想在经营中取胜,除了分析大的宏观环境和自己企业控制的资源外,还必须对所处的行业环境进行认真的分析,制定出自己的经营策略和战略,方能"知己知彼,百战不殆"。

3.4.2.1 国际货代企业客户需求的特点

国际货运代理市场客户需求的特点如下:

1) 客户需求的无限扩展性

如过去未曾有的对货物流向跟踪并提供信息的需求,现在已成为货主选择货运服务的主要条件之一。

客户的一种需求满足了,又会产生新的需求,循环往复,作为货运企业要不断开发新服务项目,以适应客户不断提高的需要。

2) 客户需求的多层次性

客户的需求是在一定支付能力等条件下形成的,因此其多种需求不可能同时得到满足,需要根据支付能力、客观条件的可能,有轻重缓急地逐步实现,这便是客户需求的多层次性。例如,出口商强调运价的低廉及舱位的保证,而进口商可能更重视到货的服务,如通关能力、安排内陆运输的费用等。客户需求的多层次性,为企业选择目标市场提供了可能。

3) 客户需求的可诱导性

客户需求的产生有些是基本的,有些是与外界诱导有关的,货运企业营销的影响、社会交际的启示等会使客户的需求发生变化或转移,在这一点上,说明客户的需求是有弹性的,企业通过适当的营销途径,正确地影响和引导客户需求,可能将潜在客户变为现实客户。

4) 货运市场客户的分散性

随着国营外贸企业一统天下的局面被逐步打破,大量中小型生产企业、民营企业、外商在国内的投资或独资企业都可以独立地经营外贸进出口业务,客户群数量激增,在地域上分布得更加分散。同时,在每一单的托运量也比较少,但频率高。这要求货运企业应采取灵活的揽货方式和服务方式,适应货运市场结构的变化。

3.4.2.2 影响客户需求的因素

1) 价格

货运服务价格影响了商品市场中的商品的成本,进而影响商品的需求,商品需求的变动直接影响了货运市场的需求。因此,客户都比较注重对货运价格的选择。

然而,随着货运市场价格信息的透明及深加工高货值产品对货运价格变动承受力的增强,经济因素已并非决定性因素。

美国总统轮船 APL 公司向托运人所做的一次问卷调查表明:托运人最关心的需要中,及时交货占第一位,货运企业全面负责占第二位。说明货运市场上客户更关心稳定、可靠、全面的服务。

2) 货运服务质量

货运服务质量是客户选择企业的最重要因素,具体的货运服务质量可表现为:

(1) 全程服务时间。这需要货运企业合理选择航运公司、安排接货或提货、安排联运或转运等,还包括可提供班期的频率、密度。

(2) 设施。包括可能提供的货箱的多样化,具体操作的场站设施的作业情况,交通便利情况,甚至包括公司业务是否电脑化,是否能 EDI 报关等具体细节。

(3) 文件制作。包括能否代理制作通关单据、提单取得的时效性和准确性,对后期的报关单、退税单等返回的时间长短等。这些工作直接影响客户的时间、利润甚至经营风险。文件制作反映了公司员工的业务素质及敬业精神,影响着客户对提供货运服务企业的选择。

(4) 客户服务。这项工作贯穿货运的全过程,好的客户服务可以影响其对货运企业的选择。包括了舱位能否得到保证?货物是否得到妥善的照顾?业务员是否有较强的处理突发问题的能力？提供的服务环节是否够广泛？付款条件是否优惠？是否能及时准确地提供货物动态？电话询问是否得到热情亲切接待？企业间的竞争实际就是为客户提供服务的竞争。

(5) 后期服务。定期回访、及时提供新的价格行情或航线动态等，也是客户服务的一部分，并且非常重要，是培养企业忠实客户的重要手段。

3) 社会文化

有些客户只信任本国的货运企业，而有些客户坚信国外货运企业能提供优质服务。但在非货运质量因素中，企业本身的商誉和形象会成为影响需求的主要因素，而公司的内在企业文化常常决定了企业的信誉和形象。

企业文化体现了集体荣誉感和集体责任感，它能帮助公司树立良好的形象，从而影响客户选择提供货运服务的企业。

3.4.2.3 国际货代要当好客户的顾问应具备较宽的知识

例如，某木材出口商平均每年销售 500 000t 木材，其买主(大约有 100 个)主要位于 A，B，C，D 这 4 个国家，出口商的工厂位于内陆，大约 200km 到达港口，且他的木材可以通过铁路很方便地运到港口。出口商有自己的船队，也适合从事这 4 国的运输，但他们急需外汇，而且本国保险公司也可以保货物险，该国政治稳定，吨位也很容易满足要求。

买方的工厂亦位于内陆，大约与各国卸货港相距 200～300km。

下面是 4 国的简况：

A 国：卸港很好，内陆运输(铁路或公路)也很方便，但时有工人罢工。

B 国：卸港拥挤，通常要等 10～90 天才可卸货，但内陆运输极佳。

C 国：无 A、B 两国的麻烦，但该地的买主由于经济原因不可靠。

D 国：各方面都极佳，无任何前述不足。

问：对于 4 个不同国家的买方，卖方应在买卖合同中签订何种交易条款？

答：出口商比买方在安排运输和保险上有更强的谈判地位，因此采用 CFR，CIF，Ex-Ship，Ex-Quay 等交易价格更为有利，而不用 Ex-Works，FAS 或 FOB 等交货条款，同时他还可以扶持本国的船队和保险业。

除在 D 国他才可以摆脱额外义务的风险外，对于在 A，B，C 这 3 国的风险应予以正确估计，在与卖方因承担额外义务所得的收益相比较之后，作出决定。对于 A 国的罢工，出口商可使用 FOB，也可使用 CFR 或 CIF(尤其在开航即付款时——如使用信用证)来避免此风险。因为在 CFR 或 CIF 交易条款下，出口商成为运输合同的一方当事人，他可能不得不向承运人支付卸货港的滞期费。当然，这笔费用可以用上述价格条款转嫁给买方。实践中，承运人很少要求卖方支付卸货港的滞期费，因为承运人可以据此作为交货的前提，而且也可以行使留置权来保全其索赔。

理论上，对于卸货港的拥挤也基本相同，但卖方应极其谨慎，因为滞期风险可能十分严重且无法预计，任何情况下，他都应该要求买方船开航即付款。如果使用 CFR，CIF 或 Ex-Works，FAS 或 FOB，首先应估计滞期的索赔是否会超过在卸货港或依据提单中自由条款或“转运条款”高于到达地点的货物价值，如果这样，即使买方已预付货款，也有可能不提货而不履行其义务，也不会向卖方支付垫款。卖方可以通过缔结运输合同将港口拥挤的风险转嫁给承运人，但在一般情况下，这将可能导致运费升高。

C 国的买方当然应在装船后最短期限期内付款，不应使用“到达条款”(诸如：Ex-Ship，或

Ex-Quay 等),Ex-Works,FAS 或 FOB 是最安全的。但 CFR 或 CIF 也可使用,只要买方支付了应付给承运人的滞期费或依据 CFR,CIF 而必需的证书(如原产地证书,领事发票等)费用后,卖方就没有额外向买方索赔的风险。这个例子说明货运代理需具备多方面的知识才能更好地为客户服务。

3.4.3 国际货代企业的经营战略

分析和了解国际货运代理企业的竞争情况,是企业制定经营战略即主要是竞争战略和市场定位策略的基础。企业必须明确:谁是自己的竞争者?竞争者的经营目标是什么?他们的优势和弱点何在?

3.4.3.1 竞争者分析

1) 识别企业的竞争者

广义的竞争者包含了提供同类产品或服务的企业,但具体分析时应结合产品细分和市场细分,分析的范围过大、草木皆兵,既无必要,也会浪费大量人力物力。

2) 确定竞争者目标

在明确了本企业的竞争者之后,应尽可能地收集其资料,包括货运成本、运输质量、技术水平、揽货渠道、促销手段、投资规模、财务状况等,借此了解竞争者的重点目标。例如是市场占有率,获利能力还是技术领先、服务领先,从而正确估计其竞争反应,一个以“市场占有率”为主要目标的竞争者,对其他企业在降低运价方面的反应,比在降低成本的技术突破的反应要强烈得多。

3) 评估竞争者的优势及弱点

这项工作有时必须通过二手资料,借助行业协会、调查公司、客户联谊会等形式获得,发现竞争者的弱点也为本企业找到了争夺某一市场份额的突破口。

4) 建立竞争情报系统

明确本企业所需要的主要情报是什么?最佳来源是什么?将整理分析的情报通报给企业管理者,作为制定和调整企业发展战略及具体策略的重要依据。

3.4.3.2 企业市场策略

1) “直接竞争”战略

即同竞争者争夺同一个细分市场。企业实行该种战略,必须能比竞争者提供更好的服务产品;必须在容量足够大的细分市场;必须比竞争者更有资金和实力。

2) “市场利基”战略

即填补市场上的空位,这些空位为大企业所忽略的但为许多客户重视的细分部分,在这些小市场上通过专业化经营获取最大限度的收益。例如,专业从事冷冻集装箱运输货运服务的企业。

3) “特色”式战略

当企业与同行业内强大的竞争者全面对抗时,为获得绝对优势地位,可根据自己本色条件先取得相对优势,突出与众不同的特色。例如,国有大型企业集团,拥有雄厚的资金或提供一流的服务等。

3.4.4 国际货代企业的风险防范

随着世界经济一体化,国际多式联运业务的蓬勃兴起,为货运代理开拓业务、发挥所长、增加利润提供了机会。此时,作为多式联运组织者的国际货代企业责无旁贷地成为国际多式联运业务经营人,成为整个运输责任的当事人。结合货运代理行业的源起和发展,国际货代企业的身份已经由单一的代理人、兼负代理人和经营人的双重身份正式发展为独立承担运输责任的当事人(或称承运人)。但是机遇与挑战并存,利润与风险同在,国际货代企业不可避免地会遇到一系列风险,如何积极地采取有效的对策避免和降低风险?物流专家分析了国际货运代理业务经营的风险,并提出了防范的对策。

3.4.4.1 身份错置的风险防范

1) 经营的风险

对于国际货代企业而言,不同的身份决定不同的法律地位,同时也决定不同的权利和义务,很多货运代理企业由于不清楚或不明确自己的身份,尤其是在国际货代企业具有双重身份的时候,混淆托运人、代理人、独立经营人的概念,摆错自己的位置,从而行事不当,造成该行使的权利没有行使,不该承担的责任却要承担的被动局面。

2) 防范的对策

根据具体业务情况,分析自己的身份和法律地位,知道自己该干什么,不该干什么。

3.4.4.2 未尽代理职责的风险防范

1) 经营的风险

国际货代企业在作为代理身份时,一定要谨慎履行合理的职责,这是对国际货代企业最基本的要求。然而在实践中,货运代理企业往往疏于管理,马虎大意未能尽到合理的义务,因自身的过错而给托运人造成损失,实际上也是给自己造成了损失。主要有以下几种情况:选择承运人不当;选择集装箱不当;未能及时搜集、掌握相关信息并采取有效措施;对特殊货物未尽特殊义务;遗失单据;单据缮制错误。

2) 防范的对策

建立健全内部规章,制定标准业务流程,对可能出现因疏忽造成风险的业务环节进行科学、全面的分析,使业务环节程序化、制度化,并不断完善,同时加强检查力度,使疏忽大意产生的概率降到最低。

3.4.4.3 超越代理权限的风险防范

1) 经营的风险

国际货代企业作为代理人时,其代理行为应当在托运人的委托范围内,如果超越了委托范围,擅自行事,则由国际货代企业自行承担责任。在业务实践中,国际货代企业处处为托运人着想,为了货物及时出运不惜超越代理权限代行托运人的权利,比如签发各类保函、承诺支付运费、同意货装甲板、更改装运日期、将提单直接转给收货人等,这些行为有的可能托运人一无所知,有的可能事先得到托运人的默许或口头同意,但一旦出现问题,托运人便会矢口否认,由于没有证据证明托运人的认可,则国际货代企业往往要为自己超越代理范围的行为承担责任。

2) 防范的对策

明确托运人的权利和责任,分清国际货代企业与托运人权利和责任的界限,不要越俎代庖,替人受过。

3.4.4.4 货主欺诈的风险防范

1) 经营的风险

目前,很多国际货代企业为了承揽生意,吸引货主,往往采取垫付运费及其他相关费用的方式，而这一点恰恰被个别货主钻了空子。个别货主往往在前几票业务中积极付费，表现出具有良好信誉的假象，在获取国际货代企业的信任后，在随后的某一大票业务中由国际货代企业垫付巨额费用后，人去楼空，而他们自身往往可能就是收货人，在贸易方式中无形减少了运输的成本。

货主为了逃避海关监管，可能会虚报、假报进出口货物的品名以及数量，当国际货代企业（包括报关行）代其报关后，经海关查验申报品名、数量与实际不符时，国际货代企业可能首当其冲遭受海关的调查和处罚。

在集装箱运输方式下，由于货物不便查验，货主可能会实际出运低价值的货物而去申报高价值的货物，并与收货人串通（或者收货人就是该货主或其关联企业）伪造出具假发票、假信用证、假合同，当货物到达目的地，通过各种手段骗取无单放货后，发货人凭正本提单向国际货代企业索要高于出运货物实际价值的赔偿。

2）防范的对策

对货主实行资信等级考察制度，对不同等级的货主实行不同的对待策略，同时，提高警惕性，时刻注意保护自身的权益。

3.4.4.5　随意出具保函的风险防范

1）经营的风险

目前，倒签、预借提单现象屡禁不止，凭保函签发清洁提单或无单放货的情况更是普遍，船公司为了规避自己的风险，一般在货主提出上述要求时要求货主出具保函，但经常由于货主远在异地或者货主的资信不能得到船公司的信任和认可，往往会要求国际货代企业出具保函以保证承担由此引起的一切责任，或要求国际货代企业在货主出具的保函上加盖公章，承担连带担保责任。

国际货代企业为向货主体现自己“优质”的服务质量，一般随意地按照船公司的要求出具了保函。国际货代企业此时仅是货主的代理人，出具保函的行为是超越代理范围的自身行为，因此国际货代企业所承担的风险责任也远远超越了其应当所承担责任的范围。

2）防范的对策

加强制度管理，对外出具保函应当进行严格的审核，慎重出具，对于不应当或不必要以及可能损害国际货代企业利益的保函坚决不出。

3.4.4.6　法律适用问题的风险防范

1）经营的风险

国际货代企业在作为国际多式联运经营人时，由于货物运输可能同时采取几种运输方式，货物运输的路段也会涉及几个国家，每一种运输方式所适用的法律不同，其规定的责任区间、责任限额、责任大小都不尽相同，而不同国家的具体法律规定又是不同的，这样就有可能导致法律适用问题给国际货代企业造成的风险损失。

由于各地的海关监管、免疫查验、出入境管理以及其他相关监管的法律法规的规定不同，而且货运代理企业又不能完全熟悉掌握，尤其是一些最新出台的法规，货运代理企业缺少信息追踪以及相关信息调研的部门，极有可能会触犯这些规定，从而招致处罚，轻则罚款，重则有可能被吊销当地的经营资格。

2）防范的对策

加强对相关国家法律的研究和了解，明确自己的权利和责任。

3.4.4.7 垫付运费的风险防范

1）经营的风险

垫付运费是当前国际货代企业承揽业务的主要手段之一，对一些资金相对紧张的出口单位颇有吸引力，但是在吸引客户的背后却蕴藏着极大的风险。

首先是垫付运费的合法性问题，关键是作为代理人，在被代理人没有对支付运费做出明确授权时，自行代其垫付运费的行为是否应当受到法律保护？

其次是托运人的资信问题，凡是被垫付运费所吸引的托运人，大部分都存在资金紧张的问题，如果一旦托运人的经济状况恶化，国际货代企业垫付的费用可能无从追回。

2）防范的对策

不与垫付运费，或者在与托运人的代理合同中明确垫付运费的授权。

3.4.4.8 职员个人行为的风险防范

1）经营的风险

企业的经营活动是通过其职员完成的，但并不是所有的职员都忠实可靠，他们的个人行为往往以公司职务行为为掩护，让货运代理企业无法辨别，误认其个人行为为公司行为，当个人攫取利益逃之夭夭后，又无从向其原单位索赔，从而导致经济损失。

个别职员长期负责某单位某项具体工作，比如领提单、拿支票等，货运代理企业往往会放松对其警惕性，有些人在其公司解除劳动关系后，仍然冒名领取提单，或骗取支票，事后由于该职员没有原单位的书面明确授权，货运代理企业往往自食苦果。还有个别职员在某单位从事订舱工作，其在做公司正常业务的同时又承揽私人的业务，“公务”和“私务”交杂在一起，货运代理企业很难区分，往往会造成不必要的麻烦。

2）防范的对策

要求往来文件尽量加盖公司印章，对于个人的业务行为，要求其公司提供委托授权书，明确其行为为公司授权的职务行为。

3.4.4.9 风险转移

国际货代企业可以通过加强内部管理，规范操作流程，对客户实行信用管理，对合同方实行有效考核等一系列手段来规避经营风险。但是，企业的经营风险应该说是层出不穷，防不胜防，必要的防范手段只能在一定程度上减少风险发生的概率，但不能完全避免它的发生，如何化解和转移风险是货运代理企业应当面对和思考的问题，也是急需解决的问题。

实践中，投保货运代理责任险是转移经营风险较为行之有效的途径，通过这种方式可以转化一些无法预料和无法规避的经营风险，减少重大或突发风险事件给企业带来的冲击和影响。

我国的《货运代理规定实施细则》规定要求货运代理企业在从事国际多式联运业务时要参加保险，虽然这项制度没有得到贯彻执行，但却说明国家对货运代理企业投保责任险的重视。

投保责任险可能会增加货运代理企业的营运成本，但为企业长期稳定的经营提供了保障，维护了货运代理企业和广大货主的利益。货运代理企业做大做强，如果不投保货运代理责任险，后果是难以想象的。投保责任险不仅是货运代理企业自我保护的手段，也是对自己信誉的承诺。

但不得不指出的是，并不是投保了货运代理责任险后对货运代理企业来说就是万事无忧了。保险公司也是以盈利为目的的，为了降低和减少其承担的赔付责任，会制定出相应条款。因此，如果将防范和规避风险的全部希望都寄托在保险公司上，最终受害的将是货运代理企业自身。

事实上，货运代理责任险只是企业在完善自身风险防范机制基础上的补充，是一种将无法预见的风险转移的权宜策略。

货运代理企业既不能盲目地相信自己的能力，同时，也不能完全寄希望于保险公司。货运代理企业的风险防范之路，只能是以加强自身风险防范能力为主，投保货运代理责任险为辅，双管齐下，才能走得平安长久。

3.4.4.10　国际货代的责任风险防止或减少

国际货代企业之投保责任险，将风险事先进行转移，是防止或减少国际货运代理的责任风险的最好办法之一。除此之外，货运代理尚须采取其他的必要措施，以尽量避免损失的发生、降低其责任风险。

1）预防性措施

采取一些预防性措施，可以有效降低风险。比如加强对人员的培训，使他们熟悉有关国际货运代理的标准交易条件、接单条款及相关行业术语等，并能处理索赔和进行迅速有效的追偿；在使用单证时，确保使用正确、规范，字迹清楚；保证在国际货运代理协会标准交易条件下，其经营能够被客户及其分包人所理解和接受；雇佣的分包人、船舶所有人、仓库保管人、公路运输经营人等应为胜任职务的和可靠的，国际货运代理应通知他们投保足够的和全部的责任保险；如果经营仓储业、汽车运输业，还应做好防止偷窃、失火等安全工作。

2）挽救性措施

挽救性措施分为：

拒绝索赔并通知客户向货物保险人索赔。

在协定期限内通知分包人或对他们采取行动。

在征得保险人同意后，只要可能，与货主谈判，友好地进行和解。

及时向保险人通知对国际货运代理的索赔或可能产生索赔的任何事故。如有可能造成损失时，应及时将每一事故/事件以书面形式通知保险公司，即使当时尚未发生索赔。如国际货运代理发现做了不该做之事，或该做而未做之事时，必须告诉保险公司或向其提供下述资料：事故/事件发生的时间与地点；有关被保险人的姓名；发生或未发生的事情，今后可能提出何种索赔；事故/事件可能造成的损失金额；日后可能会成为索赔人的姓名与地址；有关交易的文件副本，包括：事故/事件发生前所收到的指示内容，服务条款与条件，及/或此笔交易中所使用的提单。

适当地通知有关的空运、海运、驳运、陆运承运人，包括其他的货运代理、货物拼装人、报关人及与事故/事件有关的保险公司，并及时提供法律上所要求的事故通知书。立即将双方有关要求与答复的书面材料的副本抄送保险公司，尚须将索赔人提出的口头要求的记录，或双方口头联系（包括口头要求与答复，或与此有关的交谈内容）的记录，提供给保险公司，并将在下述情况下发生的全部内部通讯记录（或内部口头联系记录）提供给保险公司：从事导致发生此项索赔的交易时；收到索赔进行处理时，或知道该事故/事件已发生进行处理时。

在索赔或诉讼的协商、调查，或诉讼中，必须与保险公司和保险公司的法律代表进行合作与协助；遇到货物灭失或损坏时，与保险公司（责任保险人和货物保险人）联系检验事宜；向保险人提供单证和资料：收集支持案件的证据。保险公司的费用将限于应适用的保险单内所约定的免赔额外的费用，还包括但不限于：提供证据、取得证据、出庭聆听、出庭听审、设法使证人出庭的费用。在指定关于索赔的律师以前，要与保险公司协商，获得授权的代表，包括律师也应有义务与保险公司和保险公司的法律代表进行合作与协助。所以,须通知这些人或这些人的单位,有关进行此项合作的职责。对于被他人认为的疏忽行为必须严守秘密,除非法律要求披露,当然对律师可以披露此疏忽行为与错误。

没有保险公司的允许,既不承认责任也不处理索赔。被保险人不得在没有获得保险公司书面授权的情况下,承担任何经济义务,承诺支付任何款项或任何金额。不得对某项索赔做出任何负有责任的陈述或行为。如果做出此种陈述或行为,可能导致保险公司的拒赔,即使此项赔偿或许是在保险单承保范围之内。

不得在没有得到保险公司特别的书面同意的情况下,予以诉讼时效的延期。

采取上述挽救措施时,尚须注意在以下情况无权对保险公司采取法律行为:未遵照保险单所规定的全部条款与条件行事或损失金额尚未通过法院的判决或仲裁员的裁决而获得解决,或损失金额尚未得到被保险人、保险人和索赔人的同意该事故/事件发生超过诉讼或仲裁时效后采取的法律行为。在请求法院裁定被保险人在这一事故/事件中对损失是否负有责任的案件中,被保险人与索赔人均不得将保险公司列为被告或共同被告。

被保险人与保险人之间发生有关承保争议时(包括保险公司是否有责任为被保险人抗辩某索赔案),还应注意适用下述规定:首先应尽快向保险公司提供下述情况,即任何有关的文件、通讯、抗辩书、向对方提供的文书副本、合同等;按时间顺序排列的、导致发生有关索赔的有关事实与有关情况,以及最了解该项索赔的人员的姓名、住址及电话号码;一份详细说明,解释该项索赔应属于承保范围的所有理由。如果将上述资料提交给保险公司仍不能解决与其之间的争议时,可采取法律手段解决。

3)补偿性措施

关于补偿性措施,可以结合国际货运代理投保责任险的几个实例,来分析一下国际货运代理如何向保险人进行索赔,其中哪些损失会得到赔偿,哪些损失则无法从保险人处获得赔偿。

(1)承保范围内的责任,从保险公司得到赔偿。

1998年,香港某货运代理受委托人的委托,将35包中国丝绸分别装入集装箱运往日本的YOKOHMA和意大利的GENOA。由于装箱人员的疏忽,错将发往日本YOKOHAM的B/L NO. CSC/98017货装入发往意大利GENOA的B/L NO. CSC/98018货中,造成YOKOHAM日本客户急需的货物不能按时收到,要求以空运形式速将货物运至YOKOHAM,否则整批货无法出售,其影响非常严重。为了减少客户的损失,委托人通知有关代理将货物空运到YOKOHAM,另外,将误运到YOKOHAM的货运到意大利GENOA去。这样使产生2票货物的重复运输费用,共计14 724.04港元。上述损失是货运代理的装箱员失职,导致货物错运造成的,因此,其责任全部应由货运代理承担。

鉴于该货运代理投保了责任险,且保单附加条款A明确规定:本保单承保范围延伸至由于错运货物所产生的重复运输的费用及开支,只要不是被保险人及其雇员的故意或明知造成的。根据保单条款的上述规定,在货运代理赔付了委托人后,保险公司赔偿货运代理所承担的全部损失。同时,又因该保单规定了免赔额为3 500港元,故保险公司从应赔付的14 724.04港元中扣除3 500港元的免赔额,货运代理实际获得赔偿金额为11 224.71港元。

从本案的索赔过程,我们可以总结出3点:一是承保范围内的责任保险公司予以赔偿。由于造成本案错运的责任完全在承保范围之内,因此,保险公司给予了全额赔偿。二是保险公司扣除了免赔额。投保时,保单中一般都会有免赔额条款,如果索赔金额未达到免赔额,则保险公司免赔，即损失会全部由投保人自己承担；如果索赔金额超过免赔额，则保险公司赔偿超过免赔额部分的损失。所以，本案超过免赔额部分的损失为11 224.71港元。三是货物错运后，被保险人采取的补救措施一定要及时、合理，既不可不采取任何措施，使损失继续扩大，也不可采取不合理措施，使费用增大。被保险人在采取措施之前，最好征得保险公司的意见，尤其是在改变运输方式、加大费用支出的情况下以免事后向保险公司索赔时产生纠纷或得不到全部赔偿。

(2) 货运代理过失，责任保险人给予赔偿。

某货运代理作为无船承运人承运一批货物，从新加坡运抵伦敦，并签发了提单，该提单符合信用证的要求。货运代理将实际承运人签发的海运提单交给伦敦代理人，并指示其一定要凭无船承运人的提单换海运提单。但由于该代理人的过失，在未收到无船承运人提单的情况下，就将海运提单交给了收货人。结果收货人提货后，拒付运费和货款。于是发货人为索赔货物价值向无船承运人起诉，作为无船承运人的货运代理则通知其责任保险人赔偿。

本案无船承运人的伦敦代理人未按其指示行事，如果这一行为确属偶然，即是由于"疏忽或过失"所致，则在查清责任之后责任保险人应予受理。即使代理人的行为带有欺诈性质且为故意，只要无船承运人能证明他自己并非为欺诈的一方，责任保险人就应接受该赔偿。

(3) 货运代理错交货，责任保险人予以赔偿。

1998年10月，某货运代理在码头误将一个编号为CRXU2074783的20ft集装箱交给某拖车公司运往大陆，并于次日通过海关到达收货人厂房，拆箱后发现不符。经向口岸海关解释并提供有关证据，办理了出关手续，将货拖回香港。然后，把真正属于大陆收货人的编号为YTLU2974783的20ft集装箱发运给收货人。2个集装箱对调所产生的额外费用为5万元人民币。货运代理与拖车公司协商解决，各自承担一半，即2.5万元人民币的损失。货运代理赔付后，依据责任险保单条款向保险公司提出索赔。

分析此案，造成这一损失的原因有2个方面：一方面，货运代理有过失，将集装箱错交给拖车公司；另一方面，拖车公司的司机也有责任，即当收到集装箱时，未仔细核对发现问题。因此，双方各承担一半损失。而国际货运代理根据其投保的责任险条款，该错交货物所引起的损失属责任险承保范围，因此，在扣除免赔额(如有)后可以从保险公司获得应有的赔偿。

(4) 集装箱货物短少，属责任保险赔偿范围。

发货人将500包书委托伦敦一经营联运业务的货运代理，货物自伦敦运抵曼谷。该批货物被装入一集装箱，且为货运代理自行装箱，然后委托某船公司承运。承运人接管货物后签发了清洁提单。货物运抵目的港曼谷时，铅封完好，但箱内100包书却不见了。发货人向货运代理起诉，诉其短交货物。

从本案的索赔性质分析，应该说属于责任险范围。作为多式联运经营人的货运代理应对货物运输的全程负责，也就是说自接受委托、从发货人手中接收货物起，直至如数交给收货人的全程负责，更何况货物是由其自行装箱。

(5) 承保范围外的责任，得不到保险人的赔偿。

1998年1月，某货运代理受铁道部某队委托，为西康铁路一线桥吊装钢筋混凝土预制梁。梁长20m、高0.9m、宽1m，中梁设计重量为21.7t，边梁设计重量为2533t，吊装高度为2.7m。一天傍晚，当施工人员将一根中梁和一根边梁吊放上桥墩时，天色已昏暗、视线不清，于是决定收工，次日继续作业。次日上午开始重新作业。由于前日吊装上去的边梁尚垫有垫木，纵向间隙也需调整,所以首先要对已吊上去的边梁稍稍提起,以便取出垫木,调整间隙。预制梁刚吊离桥墩约0.3m高时,即发生吊车臂撞击中梁,吊臂折弯,吊钩中心偏离,吊起边梁的钢丝绳被闪断,边梁坠落地面,明显断裂,经检验已毫无价值,属全损。事故造成的直接损失是:货运代理的吊车修理费约20多万元人民币,委托人的2根预制梁约6万元人民币。此前,该货运代理投保了责任险,但货运代理所从事的吊装预制梁任务是否属于其业务范围?上述事故中,货运代理自身的财产损失即吊车的修理费和委托人的2根预制梁的重新购置费是否属于责任保险范围?货运代理责任险包括的范围是什么?

保险公司承保的货运代理责任险,是指货运代理在其正常业务范围内发生的事故所应承担的责任,而不承保货运代理从事非正常业务范围的工作所产生的责任。本案中,货运代理承担一项工程桥梁的钢筋混凝土预制梁的安装任务,已超出货运代理经营的范围,纯属货运代理在其正常业务之外承揽的项目,因此,所产生的损失责任不属于作为货运代理应承担的责任范围,属业务之外承揽的项目,因此,所产生的损失责任不属于作为货运代理应承担的责任范围,故保险公司是不会给予赔偿的。

至于吊车本身的损失更不在货运代理责任险范围内,而属财产险范围。如果是因托运人所报预制梁重量有误,而使吊杆折弯,造成吊车损坏和预制梁的坠落断裂,则应由委托人承担该财产损失并负责赔偿。

假如国际货运代理在自己的码头或仓库场地进行正常的吊装货物,因吊车本身发生故障或其操作人员的过失导致货物受损,一般来说属货运代理责任险范围,因为他所从事的是货运代理业务范围内的活动,除非是货主本身原因造成吊车发生故障,使吊车受损与货物损坏。

3.4.4.11　国际货代公司要避免的最大风险

海事法院和高级法院判了不少同样类型的案子,判决国际货代公司承担赔偿责任。有一家原来经营不错的国际货代公司因此而倒闭,另外一家经营得已经相当大的国际货代公司也因这类案件遭受了惨重的损失。为了帮助大家避免这种风险,现将本案介绍如下供大家参考。

一个国外相当有实力的公司(以下简称A)作为中间商,从国内购买了货物。合同约定为FOB价格,然后A再与国外客户签订买卖合同,将货物卖给国外客户。然后,A给天津一家国际货代公司(以下简称B)去函,要求其帮助将一批FOB货自天津港运至国外港口。因是集装箱货,需尽快提货而要求其出具B自己的提单;在货物运到目的港口后,交给A在国外港口的代理,然后A在付款赎单后,再将提单交给B。运费也由A公司支付给B公司。

鉴于货量很大,B公司就答应了A的要求,并且在开始时,A公司一直比较守信。而B公司在接受货物并出具了自己的提单后,由于B并没有船,因此,将货物交给有船的实际承运人(以下简称C)承运。同时,出具保函放弃要求C出具提单的权利,对货物进行电放。

因此,运输的流程即为国内货主(以下简称D)将货物交给B,B出具提单给D,然后B将货物交给C,但是不要求C出具提单,而是指定C将货物交给A在目的港的代理,由A的代理将货物交给A在国外的买方。然后A从D处收回B的提单后,再将提单交还给B,整个运输过程就完成了。

但是,由于东南亚金融危机,A的经营发生了困难。因此A就将所有的货物,以低价卖给了其国外客户,收回资金后,并不去履行其与D所签订的买卖合同(即不付款赎单)。因而造成D既没有收到钱,货物又被国外实际买家拿走,损失非常惨重。

在这种情况下，D从银行取得提单后，不得不在国内海事法院对B提起诉讼(也有一些国内货主是将B和C两家作为共同被告提起诉讼的)。最后，天津海事法院和天津市高院均以B无单放货为由判决其承担赔偿货物价值的损失。同时，由于C没有签发提单，对货物的被无单放货没有过错，不承担赔偿责任。

但是，虽然国内货主得到了胜诉判决，损失却并未完全挽回。据悉因一家国际货代公司已经倒闭，D虽然拿到胜诉判决，但已无法得到执行。虽然另一家国际货代实力相对较强，但由于这种案件的货值发生的数额相当大，国内货主因害怕这家国际货代也同样倒闭，不得不与其签订了调解协议书，和解的金额相当低，货主的损失也相当大。

1) 经验参考

这种类型的案件，不论是给国内货主、国际货代，还是实际承运人均留下了深刻的教训，为了避免遭受类似的损失，根据代理数十起这类案件的经验，提出下列意见供各方参考。

(1) 对国内货主而言，不要轻易地接受FOB的价格，这就是FOB与CIF或C&F之间的区别。因为作为FOB价格，是由外方指定承运人。而外方一旦与某家国际货代达成由国际货代出提单而电放货物给外方的约定，则国内货主就无法控制货物，而只能向国际货代公司索赔了，因而风险是相当的大的。而如果国际货代公司实力不强，则货主的损失是非常惨重的。

如果不得不接受FOB的价格，也应该力争在买卖合同中指定比较大的航运公司作为承运人来避免风险。因为作为船公司，例如中远、中海、天海等船公司，均具有很强的实力和比较严格的管理制度，一般不容易出现问题。即使出现了问题，也比较容易解决。

(2) 作为国际货代公司，在出具自己的提单而又要将货物委托实际承运人承运并进行电放时，一定要多加小心。如果委托的客户不是实力强、信誉好的话，一定不能接受这种操作方式。因为在签发自己的提单的情况下，就要自己来承担风险。而一旦将货物放给了委托方在国外目的港的代理，则国际货代对货物就完全失去了控制，而区区几百美元的运费，与价值数万美元甚至十几万美元的货值相比，简直就是不成比例。

如果不得不这样操作的话，作为国际货代来说，一定要由自己来指定国外目的港的代理而不是委托方在国外目的港的代理。因为如果国外目的港的代理是国际货代指定的话，他当然要听国际货代的指示。一旦发生什么问题，如发现国外客户有问题，可以指示代理不放货，或要求国外客户提供担保。如果使用委托方的代理，则对货物就完全失去了控制。另外，现在国际货代公司经过几年来的筛选，有些国际货代公司已经具有相当规模了，如果因为几个案件使得公司破产是非常可惜的。因此，作为国际货代公司应该有风险转移的概念。据笔者了解，天津人保就承保无船承运人的责任风险。尽管可能这样做会增加成本，但是当公司达到一定规模时，风险转移是必须考虑的。同时，承保了责任险虽然增加了成本，但对公司的形象，无疑也是大有帮助的。

(3) 尽管在目前的案件中，据了解实际承运人(即承担货物运输任务的船公司)均被判不承担赔偿责任，但笔者仍然认为实际承运人仍应提高警惕。因为在实践中，国际货代在向实际承运人订仓时，一般是将国内货主的委托书原封不动地传给实际承运人，要求实际承运人照样制作提单样本。然后国际货代再传一封修改了发货人和收货人的提单样本，要求实际承运人照样制单，再盖上shipped on board的签发章，但只要副本提单不要正本提单，将副本提单传给国外代理去实际承运人的代理处提货。

2）承运人应该注意

由上，实际承运人应该注意的是：

（1）要求国际货代不能用国内货主的委托书作为定仓单，而应该要求国际货代将订仓单的托运人改为国际货代。因为按照中国法律规定，被委托人应该按照委托人的委托行事，因此订仓单应该显示是国际货代订的仓，并要求国际货代在订仓单上盖章。否则，如果在订仓单上显示的是国内货主的名称，则实际承运人就应该接受实际货主的指示才能进行电放，这实际上是做不到的。

（2）一定要求国际货代提供电放通知。在这通知中，应由国际货代表明其放弃签发正本提单的权利，并且应该指明货物究竟放给谁的详细名称。因为如果电放通知中如果没有详细的名称，而且订仓单上的托运人又没有写明是国际货代的话，则有可能造成实际承运人的放货不当。因为在此时，实际承运人接受是谁的指示就成了问题。

（3）一定注意货物的提取人与副本提单上指定的应该是一致的，并且注意保存提货记录。因为作为实际承运人的船东，是有义务向法院证明将货物交给了国际货代指定的收货人。而在法庭上，如果国际货代认为副本提单上的收货人没有收到货物，实际承运人就必须证明其已经收到了货物，否则就有可能被判承担责任。

3.4.5 国际货代企业做大做强的因素

国际货运代理企业要提升自己的竞争优势，关键因素主要有以下 8 个方面：

1）增加直接客户

增加直接客户，尤其要同关键客户建立直接关系。确定并建立自己的客户群体是货运代理企业开展业务的前提，而直接客户的多与少是关键。只有直接客户多了，才能够确保获取更高的利润率，保持对客户的控制和业务的持续性。同时要进一步发展与客户的关系，有效地在市场中培养忠诚客户，尤其是能够带来利润的客户，必须争取留住他们。

2）揽取海外客户

走出去揽取海外买方客户的货物。目前采取 FOB 出口的货物已占中国整个出口货物的 80%，并已形成海外客户在国内指定货运代理为其提供服务的格局。国内由谁代理，选择权和控制权完全取决于国外买方。这样国内的货运代理要想寻找生意，必须与海外买方建立联系，采取充当海外买方在国内的指定货运代理。

3）掌握住承运人

对承运人要有掌握力。只有这样才能使货运代理的客户从承运人处获得更加优惠的费率，确保运力紧张时货运代理客户的货物能够获得充足的舱位，而不被拒装或甩货。

4）利用手中资源

充分利用自己手中已经控制的资源。依托自己手中所控制的关键资产向客户提供全面的货运代理服务，如提供内陆水运码头、内河班轮、保税仓库、集装箱堆场、集运站、集装箱等，以此达到“锁定”客户的目的。

5）维系与政府部门的良好关系

应同相关政府部门及单位，如海关、商检、港务局等建立与保持密切而良好的关系，以帮助货运代理的客户加快港口货物清关和及时办理其他手续，体现货运代理企业的能力与办事效率。

6) 海外管理能力

加强海外营运管理能力。管理好海外承运商与代理的运作,确保始发地和目的地门到门的服务质量。

7) 提供增值服务

为客户提供最佳增值服务的解决方案。货运代理企业替客户提供一揽子服务,尤其是针对国内 CIF 出口的客户,要想方设法争取多一些服务环节,这样做一方面方便客户,另一方面货运代理可获取更高的服务费用,增加收入来源,稳定客户。

8) 采用项目管理方式提升市场竞争

货运代理采用项目管理方式提升市场的竞争能力。通过实施项目管理把部分相关人员临时抽调到同一个组织中,形成矩阵式作业团队,目标一致,直接面向客户开展工作,有效克服传统作业模式的不足,同时既可达到培训、锻炼与提高货运代理企业一般人员素质,又可提升管理人员的科学管理水平。实践证明,采用项目管理是提升传统货运代理业务与增强传统货运代理竞争力的一种很好的方法和途径。

3.4.6 国际货代企业向现代物流企业转型

3.4.6.1 国际货代企业存在着转型的可能

近年,我国广义的现代物流业有了很快的发展。以海尔、宝钢、青岛啤酒为代表的第一方物流已经在进行探索性的运作;以沃尔玛、国美电器为代表的第二方物流已在进行实际运作。巨大的第三方国际物流市场已引起国外供应方极大的重视,一些中外合资、合作的物流公司已经在为船公司和我国企业提供国际物流服务,UPS(联合包裹)、DHL(敦豪)等国际大型物流企业已进入我国快递市场。我国是世界第四大贸易国,巨大的进出口贸易流量为国际物流的发展奠定了坚实的物质基础,近年我国一些国际货代、运输、仓储、邮政、电子商务企业都在朝着第三方国际物流企业方向发展。大到有数百万吨海运能力的运输企业,小到只有几台货运汽车的小企业都在争相包装成为“现代物流”企业。

第三方国际物流企业不是与生俱来的,它应该是在现有企业的基础上升华产生的。在我国,第三方国际物流企业将有可能在我国现有的以各种方式存在的 3 万多户国际货运代理企业中产生,这是因为:

(1) 国际货运代理一般的运作模式是:“发货人—货运代理—承运人—收货人”,而第三方国际物流的运作模式是:“生产者—货运代理—消费者”。在近年的实际经营中,国际货代企业都在朝两头延伸服务。特别是我国三资企业进出口的大量增加及外贸进出口经营权的一再放开,国际货代的服务对象主体已经不是由传统意义的进出口商充当的“发货人”,而是由生产厂商出面的“生产者”。在中间环节,国际货代企业也不只是单纯作为海运代理,而是普遍增加了陆运拖车、代理报关、报检、代办保险、装卸、保管等服务。

服务的终点过去是“收货人”,现在正根据客户的需求朝内陆,朝最终的用户延伸。国际货代企业具有集装箱运输“门到门”服务的经验,为延伸服务打下了比较好的基础。一般的运输、仓储、包装、加工、报关、报检企业提供的是单一品种的物流服务,而国际货代企业能够提供复合物流服务,而复合物流服务更接近现代物流服务的要求,这也是国际货代企业与众不同的特色。

(2)“外包”、“虚拟经营”是现代物流的本质特征,国际货代企业一般具有这种特征的基础。现在的国际货运代理企业在运作中充分运用掌握的信息资源，为适应世界各地对贸易的不同管制和客户的特殊要求，基本上都是把运输（包括海、陆、空运）、仓储、加工、包装、报关、报检等运作“外包”给境内外其他企业，具有“虚拟经营”的性质。国际货代企业通过“外包”产生效率，是因为他对其合作的相关企业的服务水平、经营能力、经营理念有比较深的了解，能够为形成“一条龙”的服务在很多方面达成默契。

国际货代企业最富经验的就是“虚拟经营”的能力，善于发现和挑选优势企业资源，整合成最优化的组合，由国际货代企业一家出面服务，使客户复杂的物流过程简单为“一票化”。需要现代物流企业具备的本领，国际货代企业在业务的实践中已经进行了“热身”。

(3) 国际货代企业已经储备了一定的专业技术人才。国际货代企业在运作中涉及货物运行路线长，参与的合作企业多，运作中可能发生的不确定因素繁杂等问题。经过多年的磨练，企业员工一般都具备了国际贸易、国际运输、外语、WTO 相关知识，在业务上具有一专多能的操作技能，在处理复杂问题时一般都有比较好的把握，这些实践和经验是物流运行中别的单一企业无法掌握和积累的财富。

少数国际货代企业已经开始专注培养知识型、技能型的高素质人才，这使国际货代企业转型为现代物流企业具备了比较优势的人力资源基础。

(4) 国际货代企业具有较好的经营体制和运行机制。国际货代企业是我国近十年经济体制改革深化和经济迅速发展的产物，少部分企业是从原有的国有企业中新生或分化出的业务单元，大部分是中、小型的民营企业。

这些企业从一出生就面对着国际、国内的激烈市场竞争，企业没有那么多传统的经营思想、经营做法的束缚，也没有那么多历史包袱。独立经营、自负盈亏，自我完善、自我发展的体制锻炼和提高了国际货代企业的生存、应变、发展能力。一些中、小型国际货代企业的创新精神、创业冲动、运筹能力、管理理念、用人机制、业务的发展速度和企业领导的统领才干都是很突出的，这些企业比纯粹的国有企业转型为现代物流企业要容易得多。

由于有以上这些特点，有人把我国国际货代企业称为“准物流企业”或“类物流企业”，把我国第三方物流事业的发展寄厚望于国际货代企业。

3.4.6.2 向现代物流企业转型的重要条件

国际货运代理企业具备了向现代物流企业转型的可能性，不等于每个都必然会转变为现代物流企业。国际货代企业向现代物流企业转型，应具备以下几个重要条件：

1) 国际货代企业要实现服务理念的领先

国际货代企业要从过去以企业“硬件”建设为主，逐步过渡到以“软件”建设为主，由职能型企业向知识型、学习型企业的转变。国际物流企业以专业化、细致化、科学化为客户提供准时制(Just in time)服务，知识化是提供第一流服务的主要特征。

现代物流专业知识与整合、创新能力是发展现代物流业的第一生产力。目前的国际货代企业，其知识、技能水平离现代物流企业的高标准普遍偏低。国际货代企业要上这个大台阶，一项重要的任务就是要学习和掌握现代物流的最新知识，创造性地运用现代物流知识，创新服务理念，在学习和实践中实现企业脱胎换骨的改变。

现代物流和供应链都还在实践中不断地丰富和发展，只有把企业建成学习型组织，不间断地学习和实践，又善于总结交流，无终极地提高客户服务水平和快速反应能力，提升运作效率与效益，得到客户认可的企业，才可能进入现代物流企业的行列。

2）要努力培育大型现代物流需求主体

现代物流讲究的是规模经营，以集约化经营降低物流成本。国际物流企业的客户不在多，而在起点高、规模大、运量多，自身有很高的现代物流意识，有物流外包的战略安排，有了这样的客户才有物流运作的市场交易基础。现有中、小型国际货代企业的客户一般是小、散、多，相当一部分是多头对外委托，只要求货运代理提供海运的订柜服务，这种运作模式很难进入现代物流的轨道。

发展现代物流就要走出原有的思维和运作模式，要到大型生产企业中去营销现代物流理念，帮助生产企业整合供应链，设计科学的物流系统，让生产企业看到实实在在的降低物流成本，节省时间的利益，志愿与物流企业建立长期契约型的业务伙伴关系。一旦国际货运代理企业有了每月几千个集装箱运输需求的现代物流需求主体，一个国际物流企业就具备了雏形。

3）信息平台是现代物流企业的基础

国际货运代理企业的信息基本上是一对一、封闭式的。国际物流要求参与各方的信息全方位开放，一对多。利用现代信息手段提高运作效率是实现物流运作的7个恰当(7Rs)目标，即恰当的产品(Right Product)、恰当的数量(Right Quantity)、恰当的条件(Right Condition)、恰当的地点(Right Place)、恰当的时间(Right Time)、恰当的顾客(Right Customer)、恰当的成本(Right Cost)，这是现代物流与货运代理的本质区别。目前我国还没有形成这样的公用信息平台。

国际货代企业向国际物流企业转型要充分利用现有的互联网、EDI、GPS、ERP等网络系统，提高自身的技术装备水平，开发适用自身业务需要的应用软件，建成企业的集成系统，提高信息的获得能力和加工能力，与货主、拖车行、船公司、码头作业、报关行、海关、商检等相关方面对接，随时向各方提供货物的最新动态。企业运作的信息化是提高效率，强化服务，增强竞争力的重要手段，也是减少手工操作，降低成本，为客户创造价值的重要方面。如果说国际货代企业现有基础都不相上下的话，就看谁能率先建成适用信息网络平台，谁就占有未来发展的先机。

4）关键是物流整合能力

整合既包括选择大而强的现代物流需求主体伙伴，也包括选择能提供第一流服务的运输(包括海、陆、空运)企业、仓储企业、报关企业、包装和加工企业，分拨企业伙伴，既包括国内的伙伴，也包括国外的伙伴。这些伙伴企业要具有共同的现代物流理念和文化意识，以利益为纽带，以契约为基础，共同紧密地组织到一个物流系统中。在我们这样一个市场经济刚起步不久，中、小企业众多，各企业都习惯于“以我为主”的环境里，要达到统一理念、统一运作，一个面孔对外是非常困难的。

现代物流企业就是要在整合中发挥主导龙头作用，关键是要有优秀的企业家用经济的、管理的、情感的、文化的多种办法整合多方面的企业资源，最终达到共同的目标。现代物流企业的优秀企业家应具备很强的学习和运用新知识的能力；高瞻远瞩的战略思维能力；顾全整体利益，求得共同发展的亲和力、凝聚力；丰富的物流实际工作经验，高超的组织、协调、管理能力。他们应该是懂业务、会经营、善管理的高级复合型人才。现代物流业能否实现跨越式的发展，关键在于能否产生大的物流企业家和大的物流企业。

3.4.6.3 向现代物流企业转型的发展阶段

物流业最早从美国萌芽是20世纪初，至今已有百年的历史，第二次世界大战的军事“后勤”向现代物流深化至今已有50多年的历史。美国现代物流概念的成熟是20世纪70年代后期，至今也不过20多年。日本从引进物流概念到现在也就30年左右。如果不计萌芽阶段，现代物流发展的初级阶段和比较成熟的阶段各需20年左右。就是在成熟阶段，现代物流的发展也没有停止，供应链管理把现代物流提高到一个新的水平，未来的发展还要靠人类去开拓、去探索。

我国引进现代物流概念也就10年左右，现代物流进入实验性的操作也就是近几年的事。根据国外发展现代物流业的历程和我国的实际情况，笔者认为，我国现代物流业的发展将要经历以下4个阶段：

1）原始物流阶段

这个阶段从20世纪90年代初期开始，具有第三方物流资源的运输、仓储、货运代理、包装、加工、报关等企业开始具有物流的粗浅认识，但相互分离、各自为政的传统难以突破；企业间相互封锁信息，开展背靠背的客户竞争，经营分散、零碎，以自身的利益为运作的中心，没有相互合作的愿望，不可能形成规模经营。

2）现代物流初级阶段

20世纪90年代中、后期，现代物流理念开始深入到相关企业，货主越来越综合的货运和降低成本的要求推动了具有第三方物流理念的企业逐步扩大经营范围，一业为主，也代为货主办理其他相关的服务。具有第三方物流资源的运输、仓储、货运代理企业及包装、加工企业开始建立定期与不定期的相互合作关系。在这个阶段，企业主要用自身力量在市场致胜，其他的服务只是附带的、次要的。这一阶段的特征是相关企业间松散的合作关系。目前，很多具有第三方物流资源的企业正处在这个阶段。

3）现代物流阶段

从整体上讲，我国目前还没有进入以第三方物流为主体的现代物流发展阶段。中国外运、中国远洋运输公司和中国物资储运总公司已经开始现代物流业的经营尝试，但从全程物流和为企业提供精确的物流管理解决方案看，也还有不小的差距。

作为纯粹的国际货运代理企业转变为有影响力的第三方国际物流企业还没有见诸报道，倒是有几户界于运输与货运代理的民营企业在发展现代物流方面起势比较好，这一阶段的特征应该是物流相关企业建立了契约型的合作伙伴关系。目前，我国现代物流资源整合还不到位，合作伙伴关系还没有完全建立起来，物流系统的一体化网络还没有形成，这个阶段估计还要经过10～15年的努力才会到来。

4）供应链管理阶段

现代物流发展的高级阶段是实现供应链管理。现代物流企业能够为客户设计出精确的供应链管理方案并组织实施，供应链管理是现代物流管理范畴的扩展与延伸，供应链管理是从最终用户到最初供应商的所有为客户及其他投资人提供价值增值的产品、服务和信息的相关业务流程的一体化。

物流相关企业的战略联盟关系是供应链运作的原动力，发挥各参与供应链企业的优势不是个别企业优势的简单相加，而是一种特殊的整合、组织能力，展现的是集团运作优势。所以，有学者预见，未来的竞争是供应链与供应链之间的竞争。我国的第三方物流要达到供应链管理的水平，估计至少是15～20年以后的事了，因为在发达国家供应链管理也仅仅才开始。

国际货运代理企业存在着向第三方国际物流企业转型的可能，但实践将证明，能够走过以上4个发展阶段转变成现代物流企业的只是极少数，就是能进入第三阶段的企业也不会多。

因为国际物流企业是知识、技术、资本密集型的企业，它的高度是一般中、小企业难以达到的。

为需求客户提供量身定做的服务是现代物流的服务宗旨。现代物流在总的框架下的运作模式和服务单元会因用户的不同需求有多种组合，自办业务与外包业务的结构也会各不相同，也不要什么事情都往一个模子里套。在现代物流发展的初级阶段，国际货代企业有各自不同的成熟度，有不同层次的客户群，要把握好企业的经营定位，采用恰当的经营方式，根据客户的物流需求，为客户提供多种模式的服务。只要发展战略得当，目前专门为中小生产企业服务的中小型国际货代企业也有很好的发展天地，经过若干年的努力，他们中的优秀企业也可能发展成为具有规模的现代物流企业。

3.4.6.4　走出发展现代物流业的几个误区

最近几年，现代物流迅速升温，全国至少有20多个省市和30多个中心城市政府制定了区域性物流发展规划和政策，提出要把现代物流业作为发展经济的支柱产业。政府规划、投资的“物流园区”、“物流开发区”、“物流中心”如雨后春笋，有些地方想把国际货代企业很快发展成国际物流企业也急不可待。从目前的情况看，现代物流业的发展并不十分理想，要清除现代物流业的“虚热”，必须走出以下几个认识上的误区：

1) 走出背离生产力发展水平的误区

现代物流业是社会生产力发展到一定水平，社会分工不断深化的产物，是生产力对生产关系的一种要求。我国虽在改革开放后国民经济有了快速的发展，但我国人口多，底子薄，现在仍处在社会主义的初级阶段，商流、物流、信息流、资金流都还处于比较低的水平。绝大多数企业目前还没有十分强烈的现代物流意识和要求，物流经营企业的配套供给能力也还比较低，我们不能拔苗助长，随意超越发展阶段，不要以为划出一片地，建一些物流园区，盖一些大仓库招商引资，搞一些国有企业“拉郎配”式的资产重组，就能“做大做强”，就能把现代物流搞起来。思想可以超前，但行动一定要谨慎，因为这方面的教训太多了。

当前工作的重点，还需要踏踏实实地发展商品生产，着力培育现代物流企业的供给，创造对现代物流的需求主体。我们要尊重经济发展的客观规律，从实际出发，充分利用现有的物流渠道，疏通梗塞的环节，填补不完善的部分，使货畅其流。我们要因势利导，循序渐进，在发展中引导，在运作中提高，打好现代物流业发展的基础。在生产力水平有了更高发展时，现代物流业就会有很强的承接能力，自身也能获得相应的发展。

2) 走出用行政行为发展现代物流业的误区

发展现代物流业是市场经济行为而不是行政行为，要坚持市场经济的改革方向，充分发挥市场在资源配置中的基础性作用。目前，在我国一些地方沿袭计划经济的条条框框，有关政府和部门自成体系，各自进行现代物流的规划设计、建设投资。这种地方分割、行业垄断、部门封锁，相互之间的关联度差，不仅难以节约物流成本，还会造成资源的极大浪费。在这些地方，不是企业在经营物流业，倒像是政府越俎代庖在经营物流业。目前，我国发展现代物流业，应该鼓励民营经济投资。因为民营经济从诞生开始就与市场接轨，每天都面对优胜劣汰的市场竞争，只有在激烈的竞争中发展起来的现代物流企业才有生命力。

当前政府应该找准定位，做好3件事：

(1) 开放市场，拆除封闭市场的“篱笆”和“围墙”，走出地方保护主义的怪圈，让各种经济组织都能进入现代物流市场，在竞争中求生存、求发展，在竞争中产生优势龙头的现代物流企业。

(2) 制定市场竞争的游戏规则和相应的技术标准。国家应抓紧制定和完善发展现代物流业的法律法规,清理和修订已有的不合时宜的法律法规,为发展现代物流业创造一个清洁、宽松的市场环境。目前,由于物流标准建设滞后,运输装备规格不一,商品条码和托盘标准未强制推行,使物流运作效率大打折扣,这才是政府应着力办好的事。

(3) 加强现代物流人才的培训。高级现代物流人才的缺乏,已成为制约我国现代物流业发展的"瓶颈"。现代物流竞争、供应链竞争,归根结底是人才的竞争。

政府应该以世界的眼光统筹我国物流人才的培训计划,保质、保量地在高等院校和利用多种教育培训方式培养出能适应市场竞争,又有高超技能的现代物流管理人才。

3) 走出现代物流业赚大钱的误区

最近几年发展现代物流业,在宣传、导向上有些偏差,有些人追随发展现代物流业的动机全在获得"第三利润源泉",或开发"经济的黑色大陆",总之,是为了赚大钱。其实,发展现代物流业的本质是为商品流通提供安全、可靠、准确、及时的服务,为客户节省时间、节省金钱,降低全社会物流成本,创造客户价值。物流需求企业选择物流供给企业主要考虑的是服务水平和物流费用水平。

现代物流企业不是要算计自己要赚多少钱,而是要策划出能为客户节省多少钱的物流方案。只有能为客户省钱的物流企业,自身才能得到适当的利益。事实上,现代物流企业的利润水平要低于原有经营水平,这是因为现代物流是规模经营、集约经营,必然要降低交易的成本。

现代物流企业靠的是与客户长期固定的合作伙伴关系,大批量的货物运作,优良的服务获取总额比原来多的利润。至于政府,不能把获取利润作为发展现代物流业的目标,更不能把经营现代物流业作为 GDP 增长的政绩工程。政府对企业要做的,永远都是服务。

3.5 我国国际货代企业操作

以我国某知名的国际货运代理企业的操作为例,说明在我国从事国际货代的企业,一般的流程如下文,国际货代企业可以参照制定自己的运作模式或方案。

3.5.1 国际铁路联运

3.5.1.1 运输范围

从中国内陆运往中国周边国家包括蒙古、俄罗斯、越南、朝鲜和中亚五国(哈萨克、乌兹别克、土库曼、塔吉克、吉尔吉斯),以及以上国家运往中国内地相反方向的运输。

3.5.1.2 运输方式

整车;集装箱。

说明:

(1) 其中集装箱运输可以租用中国铁路集装箱,租用手续由公司国际部统一办理。

(2) 朝鲜的货物必须使用自备箱。

(3) 在国际联运运输中,必须是双箱方可办理国际联运。

3.5.1.3 国际联运计划

根据货物运输的具体要求提前在发站提报国际联运计划,并通知国际部以便协调国际联运计划的批复工作。

3.5.1.4 运输程序

1）接受客户询价

如有客户询问运往上述国家的业务时，应向客户了解如下问题。

（1）运输方式：①整车，②集装箱；

（2）发送站和运往的国家及到站；

（3）货物的品名和数量；

（4）预计运输的时间；

（5）客户单位名称、电话、联系人等；

（6）其他。

2）接受委托

客户一旦确认报价，同意各公司代理运输后，需要客户以书面形式委托货运公司。委托书主要内容包括以上1)中的(1)～(6)。

3）运输单证

要求客户提供以下单证：

（1）运输委托书；

（2）报关委托书；

（3）报检委托书；

（4）报关单、报检单(加盖委托单位的专用章)；

（5）合同；

（6）箱单；

（7）发票；

（8）商检放行单；

（9）核销单。

4）填写铁路国际联运大票

在当地购买铁路国际联运大票，由国际部填写好样单后传真给当地公司由相关人员填写正式国际联运大票，或由国际部制单后快递给当地公司。

5）报关

客户可以自理报关，也可以委托某些货运公司报关，如果在发货地报关不方便，可以将上述单证备齐在口岸报关，即在满洲里、二连浩特、阿拉山口、凭祥等地报关。

在国际联运报关中海关要求一车一份核销单，同时客户需要在相应的出口口岸的海关、商检办理注册备案手续。

6）发车

根据运输计划安排通知，客户送货发运时，在发货当地报关的货物需将报关单、合同、箱单、发票、关封等单据与国际联运单一同随车带到口岸。

在口岸报关的需将合同、箱单、发票、报关单、商检证等单据快递给货运公司的口岸代理公司。

货物发运后将运单第三联交给发货人。

7）口岸交接

货物到达口岸后需要办理转关换装手续，待货物换到外方车发运后，货运公司将口岸该货的换装时间,外方换装的车号等信息通知发货人。

8) 退客户单据

货物换装交接后,海关将核销单、报关核销联退给国际货代公司,有货运公司根据运费的支付情况再退给客户。

9) 收费

国际联运其运费是以美元报价,客户需向货运公司支付美元运费,如客户要以人民币支付需经国际部同意。

运费支付的时间应在发车后的 10 天内支付完毕。

注意:在运费没有收到前,不能将报关单核销联、核销单退给客户。

3.5.1.5 其他

对于没有进出口经营权的单位,有些货运公司可以代办进出口手续,详情可向各货运公司咨询。

3.5.2 国际货物过境运输

3.5.2.1 运输范围

从世界各主要港口海运到中国港口(如:上海、大连、青岛、天津新港、连云港等)换铁路运输,经中国铁路口岸站(二连浩特、满洲里、丹东、凭祥、阿拉山口等口岸)到蒙古、俄罗斯、朝鲜、越南、中亚五国(哈萨克、乌兹别克、土库曼、吉尔吉斯、塔吉克)的运输,以及从香港经中国内地各铁路口岸站到中国周边国家的运输(包括相反方向的运输)。

3.5.2.2 运输方式

(1) 散杂货;

(2) 集装箱。

3.5.2.3 国际联运计划

根据过境货物在国外港口起运的时间,提前在中国港口提报到相应国家的国联运输计划,并通知国际物流部,以便协调。

3.5.2.4 运输程序

1) 接受客户询价

如有客户询问从国外运往上述国家或地区过境运输业务时,应了解如下信息。

(1) 货物品名和数量;

(2) 运输的方式:即是散杂货运输还是集装箱运输;

(3) 起运港及所到国家和目的地车站;

(4) 预计运输时间;

(5) 单位名称、电话、传真、联系人;

(6) 国际货代接货地点:即是从起运港接货还是从中国的港口接货。

2) 报价

将上述情况尽快告知国际物流部,待测算好运价后,即可向货主报价。

注意:

(1) 如果是运往蒙古的集装箱需告知货主最好在国外港口装运由国际货代指定船公司的集装箱,这样货物到达中国港口后不用换箱,原箱可以运到蒙古。如果货主不同意用国际货代指定船公司的集装箱,要告知货主货物到达中国港口后船公司的集装箱租用问题由货主自行解决或同意拆箱改用中铁集装箱。

(2) 运往俄罗斯和中亚五国的集装箱到达中国港口后,除非船公司特许,否则,其集装箱需换成货主自备箱或中国铁路集装箱发运,船公司箱不能继续使用。

3) 承运货物

货主接受国际货运代理企业的价格后,要求货主给国际货代以书面形式正式委托。

按接货地点可分境外接货和中国港口接货。

(1) 境外接货:按货主委托国际货代会在起运港为货主订舱,按船期通知货主将货送到港口指定堆场,装船到中国港口后,由国际货代负责安排在港口的转关、装火车工作。货物到中国铁路口岸站后,安排报关、报检、换装等工作,直到将货物运到目的地通知收货人提货。

(2) 中国港口接货:货主在国外港口装船后将提单、箱单、发票等文件,先传给国际货代,并将正本快递给国际货代,如果是近洋的起运港,要货主通知船东采取"电放"形式在中国港口提货。

4) 单证

海运提单:在收货人一栏需填写"中铁联合物流有限公司"字样,不能写实际的收货人,否则需要收货人在提单背面签章背书方可在港口提货。

5) 信息反馈

货运公司应在各运输环节向货主提供如下信息:货物到港时间、港口发车时间、车号、集装箱号(换中铁箱)、运单号、在口岸的换装及安排时间、外方换装车号及预计到目的地时间等。如货主有进一步要求请向国际部询问。

3.5.2.5 收取运费

国际货物过境运输是以美元计价收费,要求货主在货物到达中国港口 10 日内,向国际货代支付全程运输包干费,除非有特殊约定一般不接受运费到付的方式。

3.5.2.6 返箱

如果是货主自行与船公司商定的集装箱使用协议,货运公司负责将空集装箱返回其指定的还箱站(目前只限蒙古)。

3.5.3 国际集装箱海运运输

3.5.3.1 运输范围

从世界各主要港口海运到中国港口(天津、上海、大连、广东、青岛等)的进口货物;经中国港口到世界各地港口出口的货物。

(1) 集装箱运输:集装箱运输主要是班轮运输。其特点是:

① 具有固定航线、船期、港口、费率。

② 运费内包括装卸费用,货物由承运人负责配载装卸。

③ 承运人和托运人不计算滞期和速遣。

④ 可以从一种运输工具直接方便地换装到另一种运输工具,无须接触或移动箱内所装货物。

(2) 货物从内陆收货人的工厂或仓库装箱后,经由海陆空不同运输方式,可以一直运至收货人的工厂或仓库,达到"门到门"运输,中途不用换装,也不用拆箱。

(3) 在货运质量上有保证。

(4) 一般由一个承运人负责全程运输。

3.5.3.2 集装箱的规格

主要以20ft和40ft这2种标准化集装箱为主。

(1) 20ft TEU容积为32.88m^3(标准箱),尺寸为5.904m×2.34m×2.38m,自重为2.5t,载重吨为17.5t。

(2) 40ft TEU容积为67.2m^3,尺寸:12.192m×2.434m×2.591m,自重为4t,载重吨为25t。

3.5.3.3 运输的方式

整箱;拼箱。

(1) 集装箱货物的装箱方式:目前,国际上对集装箱运输尚没有一个行之有效并为普遍接受的统一做法。但在处理集装箱具体业务中,各国大体上做法近似。

(2) 根据货物数量分为:整箱FCL(Full Container Load)和拼箱LCL(Less Container Load),拼箱货按每立方装箱计费。

3.5.4 国际货代企业的销售经验

3.5.4.1 励志

这是最重要的,现在很多人都知道,思维决定行动力,首先,要给自己定下目标并且有决心去实现自己的目标,为实现自己的最终目的而努力奋斗。

3.5.4.2 自信

作为销售,首先要自己对自己有信心,如果你自己对自己都无信心,那么你的客户怎么会对你有信心,怎么能放心地把货交给你来操作呢?

3.5.4.3 自立

现在很多新人都很懒惰,有点小问题就立刻求助,自己不肯琢磨,一点小事就不知所措。实际完全没有必要,查个英文或者其他东西,你完全可以自己动手,如到网站搜索一下等,自己动手才能丰衣足食,况且这样学来的知识印象深刻。

3.5.4.4 自强

有很多人都说现在货代难做了,天天在论坛里抱怨发牢骚,有这么多的时间为何不去多打几个电话,多联系几个潜在客户呢?多一份努力、多一份耕耘就多一份收获,做业务天道酬勤,没有必要为了拉客户放低自己的身份,一味地谦让客户的无理要求,记住要凭专业知识吃饭,凭劳动赚钱,不必在客户面前低头,恰当地保留自己的一份尊严比较好。

3.5.4.5 人脉

很多人说得很对,做业务做到最后追求本源其实就是在做人,不要为了一票货去欺骗自己的客户,现在已经不是以前一个TEU几百美金的时候了,现在的行业越来越规范,越来越透明,把精力多放在跟船公司压运价上面,现在只能向船公司手里要利润,而不能从客户手里再扩大利润了。

3.5.5 国际货代与货主关系的秘方

货代为进出口企业服务的公司和个人,如何更好地为货主服务,如何才能在货主心里占有一席之地并取得其友谊，需要货代切实可行地为货主着想。你想着他，他会记在心里，你关心货主，货主也会感谢你的努力。这样就加深了货主和货代的关系。关系融洽了，还缺业务吗？

3.5.5.1 多方联系船公司，降低运费

经常和运输公司保持良好的联系，建立融洽的个人友情，获得良好稳定的价格。要了解运价变化，对于美金报价的运费一般比较关注，但是有些头程船是人民币报价也是可以谈来降低运费的，避免由于疏忽大意而放跑可以降低费用的机会。比如到欧洲港口，许多船公司有基本港和非基本港的区别，但这些船公司的基本港运费差别也有不少，有的有上百美元之差。只有通过充分了解不同公司的情况，才可以通过选择运输公司争取到最合适的运价。

3.5.5.2 通过产品了解降低运输成本

侯小姐一位是从事俄罗斯旅行鞋产品出口的经理，她就从运输环节精打细算上节省了不少费用。一个集装箱装货有时会有空，仔细拼凑就可以 4 箱拼成 3 箱，利润就这样产生出来了。所以，货代要经常了解货主的产品和产品的尺寸、规格。比如，一个纸箱一般装 20 件，如果按照这样装箱，一只货柜装不下的话，如果你建议他改成一个纸箱装 30 件或 35 件。再根据集装箱内箱尺码设计纸箱的尺码，研究出一种最佳装箱方案，达到装满一个 20ft 或 40ft 货柜的最理想状态，你就可以帮助货主充分利用空间。你提出你的建议来，降低货主的成本，节约成本，提高效率。那么，你一定能够使货主感到你的责任心和专业精神。

3.5.5.3 了解价格条款，争取最佳组合

货代要了解 FOB 条款下的费用组成，也要了解船公司、运输公司的费用组成。尽可能在货主报价前将费用明细做一个梗概通知货主，使货主对报价心中有数。不要小看装箱费、码头费、拖车费，有的虽然不多，但对于某些产品的货主来说 2 000 元人民币的利润就没有了。

再比如，美国东岸港口的运输方式有全水路和大陆桥。铁路便宜，但发、提货繁杂。卡车时间快(美国的卡车运输业发达)，价格比铁路略贵但最简单便捷。而时间要求不高，则可以走水路，成本会降低不少。

3.5.5.4 经常向货主介绍货代和船公司的业务流程

货主经常是快到发货期了才来定船，有时没有船而耽误发货时间。因此，作为货代，要经常向货主了解他的出口国家、港口、航线，建立一个客户档案，针对性地介绍船。比如，去汉堡，你就要告诉他一周内哪天有，哪天没有。

让货主心中有数，这样可以提前定舱，提前安排货物及港口，不会太早或太晚造成被动。

3.5.5.5 国际货代报关要及时

及时报关可以帮助货主节约费用。像天津、上海晚 1 天还可以，如果像深圳路运，如果晚 1 天，拖车费就会有几千港币。如果是赶船的话，香港码头还会加超期费。所以，一旦单据齐备要提前准备好，准时报关，赶早不干晚。

3.5.5.6 货物变更要及时修改单据

经常遇到货主报关和发货实际不一致，一定要及时更正，虽然现在改单收 1 000 元，但可避免不必要的麻烦。现在开箱率只有 20%多，但机检如果发现异常人工开箱出了问题，现在就是按走私计算，会造成巨大的麻烦。所以货代遇到类似事情一定升级为紧急事件特别认真处理。否则，就是延误交货事件也是非常麻烦的事情。

为货主所想，通过自己的努力展示自己的工作作风，建立自己的工作形象，那么你一定会脱颖而出。

3.5.6 中小国际货代企业的发展战略

3.5.6.1 中小国际货代企业的发展困境

目前,整个国际货运市场的竞争已经到白热化阶段,这对中小型货运企业是非常严峻的考验,小型货运代理企业将被淘汰,市场竞争将是中大型企业的竞争。自2005年末,国内货代正式对外"开禁"以来,大多数中小货代企业就已遭受到外资巨头的直接冲击,无法做大的中小型货代企业与大型国际货代企业并购已是一个非常现实的问题,而作为大型国际货代企业也正在寻求并购与合作的机会。

很多中小货代企业在发展中都面临困难,尤其在网络化、信息化建设过程中,存在管理体制不规范、货代定位不清、供应链网络狭窄等发展"瓶颈",但又没办法突破,生存问题虽不大,但企业要发展就要求规模,信息畅通,所以最好是寻求和大型国际企业合作或合并来取得发展。

在中小货代企业纷纷被并购的现象之后,折射出的是我国货代业生存发展之忧。

由于我国货运代理的法律法规不完善,后续管理政策和管理力度滞后于行业的发展,不仅不能保持与国际接轨,也无法有效地解决货代物流行业生存和发展的瓶颈问题。而与运输相关的现行有关法律法规,分别是按照运输、仓储、包装、流通加工、信息服务等服务类型以及公路、铁路、航空、水上等运输方式而制定的,原则上规定的这些服务类型和运输方式下的多方当事人责任没有充分考虑。

国际货运代理和现代物流企业向客户提供运输、仓储、装卸、包装、流通加工、配送、信息处理、综合服务的时候,不仅相互衔接与协调不够,而且难以调整物流综合服务各方当事人的权利、义务和责任关系,也导致了国际领域发展不起来。

国际领域是现代物流业的核心业务和命脉,也就是我们常说的提供门到门服务。但现在大多数的物流企业缺乏政策扶持,无法建立有效的全球网络,并长期处于低层次的经营状态,没有自己的订单,没有责任保险,走不出国门为客户提供全球供应链管理服务。

货代公司的困境,主要体现在2个方面:一是直接客户比例少,二是服务环节少,导致利润率不高。

目前,国际货代市场三分天下:第一类是大型的国际货代企业。他们的服务环节相对比较多,如中外运号称全国第一,目前占的市场份额也只是10%左右。第二类是中小型国际货代企业。第三类是外资国际货代企业,特别是在中国加入WTO以后,外资国际货代企业技术上的先进和管理理念的创新,实实在在给中国的国际货代企业造成很大的压力。

对国际货代企业来说,服务功能的多元化对其提升竞争能力具有重要的意义。通常一些中小企业只有二三个代理报检员,造成挂靠行为。而一些新规定的出台,市场上有代理报检资格的企业仅有不足1/3,很难适应市场需求,也造成了垄断经营,应该实行企业质验、市场调节的职能。只有加快信息化建设,进一步优化全国各口岸的通关合作,提高口岸整体竞争能力的前提下,加强监督管理,降低制约门槛,才能促进国际货代物流业的发展。

3.5.6.2 向规模要效益的发展战略

长期以来,国际货代企业的经营模式是两头受益:一个是船公司,一个是货主。利润一般从这2个环节获得。但是近10年来,国际货代企业发现这两头越来越难吃。

船公司。原来是靠佣金,而现在船公司纷纷取消佣金,国外的大船公司基本上全在中国的口岸设立了站点，自己直接面向大客户，可以直接跟大货主签订运输合同，不需要中介。这种形势对目前的货代市场是比较严重的打击。

货主。虽然现在外包的比例逐渐在增加，特别是国际运输这一领域外包比例可能比国内还要高，因为国际贸易涉及到海运条款等相当复杂，所以外包的比例会更大。但是他们要么自己建立货代部门，要么直接跟船公司谈判，因为货主觉得运力是最关键的。而且目前中国的货主最擅长的一招是压价，所有的服务一样不能少，但价格一定要低。这样就导致到目前为止全国很难胜出一家大货代公司，以至于有投资意向，要在中国建立大的合资公司的美国公司，一旦了解中国市场的实际情况都望而却步。

怎么样才能达到最高的运输效率，而不是像现在进出口贸易不平衡，也是困扰货代企业的一大问题。为什么从美国、欧洲回来的船装不满？这既有贸易结构的问题，也是网络能力的问题。

国际货代物流专家认为："我们运到美国的货，都是他们需要的轻工产品。可能从美国回来的东西是技术含量比较高的，像药品、通讯设备不需要那么多的箱量，企业在海外的揽货能力也是很重要的。中国目前的物流企业和货代企业与外国大企业有很大的差距，这个差距不是短时间内可以赶上的，人才的储备、规则的了解、文化的因素等，都需要付出比较高的学习成本。"

高达70%比例的资源有限的中小企业应对全球化的现实选择：

1)"趋利"

将自己的某项优势和服务做精做强，参与到跨国公司全球化过程的某个链条中去，从中分享全球化带来的利益和机会。依目前的市场现状看，这些链条可能发生在配送、报关报验、分拨、单证操作等环节。

2)"避害"

即避开跨国公司的优势业务，寻找市场缝隙，采用聚集一点的竞争战略，细分市场、服务(产品)、航线，集约经营，专业服务，像天津松昌公司专注拼箱服务一样，做一个市场利基者(market nicher)。这方面中小企业的市场空间非常大。

综观国际货代企业，基本上是采取大客户跟进的策略，然后，利用集中起来的箱量跟船公司谈判，拿到优惠的运价再放到市场上跟货主谈运输的合同。这种建立在规模效益基础上的模式让船公司和货主都能得到好处。也不难看出，可控货的数量是货代企业能否在下一轮的竞争中战胜其他企业的致胜法宝。以中外运为代表的国内企业也纷纷效仿这种经营模式，似乎也只有这样，才能在中国市场和国际市场上立稳脚跟。

4 国际货代合同

4.1 国际货代合同实务

4.1.1 国际货代合同概述

4.1.1.1 国际货代合同的概念

国际货代合同,即委托人授权代表人(授托人)处理国际货代事务或完成工作,代理人接受委托并以委托人的名义和费用,在授权范围内办理委托国际货代事务所产生的法律后果由委托人承担的合同。

国际货代合同是委托代理之代理权授予的基础关系,或者说是代理权产生的根据。

4.1.1.2 国际货代合同的法律特征

(1) 国际货代合同的缔结以委托人和代理人的相互信赖为基础,以自愿为前提,并与特定主体的主体资格密切联系。当委托人将自己的国际货代事务托付给代理人,代理人作出允诺才达成合意,自代理人作允诺之时,国际货代合同即告成立。

除特殊情况外,受托人必须亲自完成委托国际货代事务,未经委托人同意,不得将受托国际货代事务转托他人。否则,转委托人将承担由此而产生的不利于委托人的法律后果。

(2) 国际货代合同的代理人必须以委托人的名义和费用,在委托权限内处理委托国际货代事务,其行为与委托人本人所实施的行为具有同等的法律效力。即与第三人发生的国际货代民事法律关系的后果直接由委托人承担,或者说由委托人直接享受相应的权利和承担相应的义务,而代理人对第三人不享有任何权利,不承担任何费用。

(3) 国际货代合同的标的是处理国际货代事务的行为,国际货代合同只强调以处理国际货代事务为目的,而不以完成国际货代事务且有成果为要求。通常在经济活动中代理人为委托人办理的委托国际货代事务属于法律行为,而不是一般的行为(一般行为如委托某人通知开会、转达意见等)。但与公民人身密切联系的法律行为,如立遗嘱、演出、创作、结婚登记、享受荣誉、福利待遇和其他与人身有关的某些权利、义务不得委托他人代理。

(4) 国际货代合同具有有偿性。法人之间,根据法律规定和合同的约定,委托人应向代理人支付报酬,属于有偿劳务合同。例如,代购、代销、代理运输等国际货代合同。

国际货代合同是适应国际货代经济活动需要的一种法律工具。法人之间代理经济活动,可以节约当事人的人力、物力、财力和时间,尤其在专业知识较强的代理关系中更为明显。

4.1.1.3 国际货代合同的主要条款

为便于代理人在委托权限内处理委托国际货代事务,有利于国际货代合同的正确履行,国际货代合同应包括以下主要条款:

1) 国际货代合同的主体

委托人和代理人必须具体、明确。即合同当事人条款必须明确。

2）委托事务条款

国际货代合同的主要目的是委托别人办理国际货代事务，所以，关于委托国际货代事务的具体事项、委托权限、范围及委托代理的有效期限，都要具体、明确地列入国际货代合同。

3）权利义务条款

对于双方有偿的国际货代合同来讲，权利义务条款是必不可少的，这样有利于当事人履行义务，发生了纠纷也比较容易解决。

4）代理报酬条款

委托国际货代事务的费用、报酬和收益，双方应在合同中予以明确，应将双方协商一致的报酬计算方法，所需费用金额、支付时间、结算方式一一列入委托代理中。对可能带来收益的委托国际货代事务，双方还应在合同中明确收益的归属及交付办法。

在一般情况下，代理人除收取约定的代理费外，对受托办理的国际货代事务所取得的收益，不再享有权利，应全部归委托人所有。

5）赔偿责任条款

在国际货代合同中，应针对可预见的损失情形，订立过错责任与无过错责任条款及相应的损失估价、赔偿方法。

6）连带责任条款

如果国际货代合同的一方当事人在 2 个以上，则这一方的当事人为连带责任人，共同对另一方当事人在委托权限内的行为所产生的法律后果负连带责任。对此，应在国际货代合同中载明。

4.1.1.4 国际货代合同中当事人的义务

1）国际货代合同中委托人的义务

(1) 应对代理方依约在委托权限范围内所办理的委托国际货代事务所产生的法律后果接受并承担完全责任。如代理人在办理委托国际货代事务时，超出委托权限范围进行活动，委托人不负责任，但经委托人以明示或默示的方法予以追认的除外。

(2) 应向代理人偿付因完成委托任务所支出的费用。如代理人因按照委托人的指示处理委托国际货代而遭受损失时，委托人应承担赔偿责任。

(3) 在代理人完成其委托国际货代事项后，应按照法律规定或合同约定的数额和偿付办法，向代理人给付报酬。在委托国际货代事项全部完成之前，因委托人的原因或因委托国际货代事项无法继续执行而终止委托关系时，委托人应当向代理人支付委托国际货代事项已进行部分的报酬和费用。

(4) 应赔偿因委托人对代理人指示不当或委托人的其他过错而使代理人在履行委托国际货代事项中所造成的损失。

(5) 2 个或 2 个以上的代理人需对完成同一国际货代的委托负连带责任。反之亦然，2 个或 2 个以上的委托人对代理人完成委托国际货代事务的行为后果负连带责任，但在约定中已事先商定是按份责任的除外。

2）国际货代合同中代理人的义务

(1) 代理人必须严格按照委托人的指示办理委托国际货代事务。在国际货代合同中，代理人是为了委托人的利益处理委托国际货代事务，所以应当按照委托人的要求办理。如果客观情况发生变化，需要变更委托人的某些要求时，应当事先征得委托人的同意。代理人为了委托人的利益在事前不可能取得委托人同意的情况下,可以变更委托人的要求,但变更后应将变更情况及时通知委托人。

(2) 代理人接受委托后,委托人还可以提出履行方法和要求。但是,以后提出的要求使代理人的工作范围、工作性质发生了较大的变化,代理人可以拒绝完成新提出的委托国际货代事务,或重新考虑合同条件,另行议定报酬数额、费用等。

代理人由于不遵守委托人的指示而使委托人遭受损失时,须承担赔偿损失的责任。

(3) 代理人应亲自处理委托国际货代事务。国际货代合同是建立在相互信任的基础上的,因此代理人有亲自处理受托国际货代事务的义务。未经委托人同意,不得将委托国际货代事务转由第三人办理。只有在委托人授权或为了保护委托人的利益而不得已时,代理人才有权将所接受的委托国际货代事务转托他人办理。但代理人必须将转委托的情况及时报告委托人,并应对自己转委托的行为向委托人承担责任。

(4) 代理人应向委托人报告委托国际货代事务进行情况,办理完毕报告其结果,并应提交必要的文件、账目、收支计算等情况。

(5) 代理人应将处理委托国际货代事务所取得的各种利益、权利及时转移给委托人。委托人给代理人预付的余额也应及时返还给委托人。

(6) 代理人在办理委托事务中,因为自己的过错而使委托人遭受损失时,应负赔偿责任。履行委托国际货代事务中的意外危险应由委托人承担。

4.1.1.5 委托代理关系中的连带责任问题

1) 委托人授权不明应承担的责任

根据《民法通则》第六十五条规定:"委托书授权不明的,被代理人应当向第三人承担民事责任,代理人负连带责任。"

委托书授权不明,意味着根据被代理人的授权意见表示,无从判断代理人的行为,究竟是有权代理行为,还是无权代理行为,法律为了维护代理制度的信用和第三人的利益,规定委托书授权不明的行为是有权代理,并使之对第三人发生有权代理的法律效果。

委托书授权不明的代理行为与无权代理行为是有区别的,后者是肯定地缺乏代理权,而前者是不确定地具有代理权,委托书授权不明的代理行为可能包含代理人与委托人双方的过错,委托人没有按法律规定在授权书中一一明确规定代理人姓名或名称,委托事项的权限和时间,签名或盖章;而代理人知道委托书授权不明,却没有表示异议,欣然接受授权,因此,代理人应与委托人一起向第三人承担连带责任。

2) 委托人与代理人所负连带责任

根据《民法通则》第六十六条规定:"代理人知道被委托代理的事项违法仍然进行代理活动的,或者被代理人知道代理人的代理行为违法不表示反对的,由被代理人和代理人负连带责任。"

在委托代理关系中,委托人的授权内容和目的,应当具有合法的性质。如果委托人授权代理人进行的行为是违法的,这种行为即为无效民事行为;委托人是无效民事行为的授意人,代理人是无效民事行为的执行人,双方应作为共同侵权人向第三人连带承担损害赔偿责任。在实践中需要进行具体分析。

一般而言,代理人对授权内容是否违法应具有识别能力,也就是说,他应当知道自己将要以被代理人名义进行的活动是否包含违法内容,因此,证明不知道行为内容具有违法性质的举证责任，应由代理人承担。

代理人未必知道授权目的是否具有违法性质，因为委托人可能对代理人隐瞒了行为目的，如代理人可能被授权去购买工业用酒精，但他却不知道工业用酒精是用来做假酒的，所以主张代理人不知道行为是有违法目的的人，应承担举证责任。

若不是委托人授权的内容和目的具有违法性质，而是代理人在代理行为实施过程中无视代理权限的制约，以委托人的名义进行违法行为，从而使代理行为转化为无效民事行为。那么，不知道违法活动已经发生或者虽然知道但表示反对的被代理人，对此不承担任何责任。被代理人知道代理人以本人名义实施违法行为之后，被代理人可以通过以下 3 种形式进行反对：一是否认代理人的违法行为与自己有关；二是撤回对代理人的授权；三是在行为发生后，行为后果未形成之前，制止行为后果的形成。

如果委托人明知代理人以自己的名义实施违法行为而不表示反对，他就没有履行委托人应尽的法定义务，从而必须与代理人一起对违法行为承担连带责任。

3）代理人与第三人所负连带责任

根据《民法通则》第六十六条规定："代理人和第三人串通，损害被代理人的利益的，由代理人和第三人负连带责任。"

代理人和第三人串通，是指代理人与第三人通谋进行有着不正当的意思表示，因此，串通就意味着双方都意识到表示有着不正当目的。如第三人向代理人表示，如果他以委托人的名义办托每项货物的运输，而多付给代理人正常酬金以外的回扣若干元，代理人同意，即为串通。

串通是为了获取不合法的利益或达到不正当的目的，因此，串通的违法性质主要在于行为的目的不合法，串通行为本身不能是以合法形式来掩盖非法目的，但目的的违法性质决定了串通行为的目的无效。代理人以被代理人名义来进行民事活动的特殊地位，决定了代理人与第三人之间的串通可能性，容易使被代理人遭受损害。

代理人与第三人串通，其目的往往是以损害被代理人的利益为代价来为自己谋取不正当利益，这完全违背了设定代理权的宗旨，因此代理人与第三人串通是不具有代理行为性质的共同侵权行为。所以，其共同侵权人理应向被代理人承担连带损害赔偿责任。

4.1.1.6 代理人超越代理权或不履行职责的法律责任

1）代理人超越代理权应承担的责任

代理人超越代理权，并未经被代理人事后追认的无权代理行为，应由代理人自己承担民事责任，一般代理人承担民事责任应同时具备下列条件：

（1）必须是超越代理权行为已经发生；

（2）必须是代理人超越代理权的行为发生后，委托人拒绝承受其行为后果；

（3）必须是与代理人发生民事关系的第三人不明真相，即不知代理人自称有代理权而超越代理权的真相，才与代理人进行民事活动的；

（4）必须是与代理人发生民事权利义务关系的第三人没有行使其撤回权；

（5）必须给委托人造成财产损害的，如代理人超越代理权行为没有给委托人造成损害，也就无从产生代理人的责任。

2）代理人不履行职责的法律责任

代理人的职责是以被代理人的名义向第三人表示意思或受领来自第三人的意思表示。若代理人既不主动向相对人表示任何意思，对于来自第三人的意思表示也不置可否，那就是以消极的不作为来代替积极的行为，从而根本无法实现设定代理关系所要达到的目的。因此，代理人不履行职责的直接后果是使应该发生的代理行为没有发生，间接后果是使委托人可以通过代理关系得到的利益没有得到，委托人可以通过代理关系避免的损失没有避免。根据《民法通则》第六十六条规定："代理人不履行职责而给被代理人造成损害的，应当承担民事责任。"

代理人不履行职责的民事责任是一种损害赔偿责任，因此，损害存在的事实是责任要件之一，如果仅有职责的不履行，却没有造成被代理人的损害，是无从追究代理人损害赔偿责任的，但被代理人却可以要求代理人承担履行责任。

4.1.1.7 国际货代合同的终止

国际货代合同具备下列条件之一时，皆可终止：

(1) 委托事务办理完毕或委托期限届满而终止。

(2) 委托人撤销委托或代理人辞去委托。

(3) 因涉及人的因素的事实而终止合同。代理人死亡或者丧失民事行为能力，其中包括作为代理人的法人资格终止。同样作为委托人死亡或者被宣告为无民事行为能力或法人被撤销，国际货代合同即告终止。

(4) 具备其他解除合同的条件。

代理人不知道委托人死亡或者委托关系的消灭将会对委托人的继承人不利等情况下，代理人继续处理事务的行为是有效的。

因撤销或辞去委托，使国际货代合同终止，必须提前通知对方，避免造成不应有的损失，如因撤销或辞去委托，造成对方损失要承担赔偿责任。这种损失赔偿、责任分担、后果处理等问题，应在国际货代合同中列有具体条款或原则性的规定，以保证合同的切实履行，维护双方的正当权益。

4.1.2 国际货代合同实务

4.1.2.1 国际货运代理合同的具体操作模式

作为为国际货运代理企业提供法律服务的律师，应当针对目前大部分企业由于工作繁忙等原因，并不十分重视订单、往来传真等法律文书的现状，建议顾问单位建立国际货运代理合同的具体操作模式为"基本代理合同＋补充协议、数据电文"模式。即首先应当由国际货运代理企业与委托人签订基本委托合同，在该合同中约定国际货运代理企业的法律地位及其代理事务，委托人以及国际货运代理企业的权利义务，补充协议、数据电文的定义及其法律效力，准据法，争议解决等条款，作为日后业务操作中国际货运代理企业主张权利的基本依据；然后再由缔约各方之间日后达成合意的补充协议、数据电文等作为上述基本委托合同的补充法律文件，共同组成"基本委托合同＋补充协议、数据电文"的合同模式。

4.1.2.2 国际货运代理企业的法律地位及其代理事务或独立经营事务条款

针对在发生纠纷后，如何确定国际货运代理企业的法律地位是解决当事人纠纷的关键难点的实务情况。国际货运代理企业应当正视"收取1%～3%的手续费，却要承担100%的风险"这个目前货代企业普遍存在的难题，在制作国际货运代理合同时，根据国际货运代理企业获得批准的业务经营范围，在国际货运代理合同中明确约定其作为"进出口货物收货人、发货人的代理人"，"或者作为独立经营人"的法律地位以及其法律责任的具体范围，从而为在纠纷出现后的争取合法权利奠定基础。

另外，为了使缔约各方明确国际货运代理企业承担法律责任的范围，应当根据《中华人民共和国国际货物运输代理业管理规定》第十七条，以及《中华人民共和国国际货物运输代理业管理规定实施细则(试行)》第三十二条的规定，结合在国际货运代理合同中，明确约定国际货运代理企业的代理事务内容或独立经营事务内容。同时，分别对国际货运代理企业承担法律责任的范围进行明确的约定。如：

(1) 揽货、订舱(个体户含租船、包机、包舱)、托运、仓储、包装；

(2) 货物的监装、监卸、集装箱装拆箱、分拨、中转及相关的短途运输服务；

(3) 报关、报检、报验、保险；

(4) 缮制签发有关单证、交付运费、结算及交付杂费；

(5) 国际展品、私人物品及过境货物运输代理；

(6) 国际多式联运、集运(含集装箱拼箱)；

(7) 国际快递(不含私人信函)；

(8) 咨询及其他国际货运代理业务。

4.1.2.3 转委托条款

根据《合同法》第四百条的规定："受托人应当亲自处理委托事务。经委托人同意，受托人可以转委托。转委托经同意的，委托人可以就委托事务直接指示转委托的第三人，受托人仅就第三人的选任及其对第三人的指示承担责任。"

在国际货运代理业务中，为了提供令货主满意的服务，国际货运代理企业应当根据其依法获得的经营范围，进行代理等活动。但出于经营成本等因素的考虑，往往需要国际货运代理企业将其受托事务进行转委托，由此，为了避免货主在出现纠纷后，不予承认对国际货运代理企业进行转委托的口头许可，在制作国际货运代理合同时，应当书面明确约定，货主同意国际货运代理企业对一定范围内的具体业务进行转委托，并授权国际货运代理企业有权选任转委托人。

4.1.2.4 关于货运代理的收费条款

与货运代理有关的主要费用包括运费、包干费、佣金、货物索赔费、关税手续费、超期堆存费、银行手续费、代办费、速遣费等。由于货代市场混乱局面尚待进一步规范，在实际的业务操作中，难免存在一些不合法、不合理的收费形式。国际货运代理企业为了发展、壮大其自身的业务，应当恪守国家法律的规定，在合同以及实务操作中应用合法的收费方式，对于法律规定并不明确的，应当在基本委托合同中说明收费的原因以及计费方法，并在实际业务操作中，切实贯彻合同的约定，尽量减少被错误解释为违法收费的可能性。

根据货运代理目前大多的收费做法，在以佣金、手续费等代理业务收费形式外，还主要以运费、包干费等费用形式，依靠与实际费用之间存在的"剪刀差"，从船主以及货主两方获得利润。对于运费、包干费等费用形式，在案件审理中，难以摆脱被法院认定不包含代理费用的可能性，对于该问题，货代企业应当予以注意。即如果货代企业仅被认定作为"代理人"，在合同被认定无效或者合同被认定解除后，根据《合同法》第五十八条或者第九十七条的规定，履行返还义务时，则由于佣金、包干费等的合同约定并非佣金或者业务代理费用，同时往往认定佣金、包干费中包含佣金或者代理费用也难以找到依据，因此，经常出现只有货代企业为货主垫付的，应当由货主单独承担的费用被判决支持，其余运费、包干费不得不返还货主的情况。

4.1.2.5 关于合同法四百零二、四百零三条

1999年新《合同法》的出台，突破了《民法通则》关于委托代理的规定，并导入了英美法系的隐名代理制度，赋予了受托人以自己名义办理委托事务而由委托人承担相应法律责任做法的合法性，为作为"独立经营人"的国际货运代理企业避免过度承担法律责任提供了法律依据。

合同法的具体规定包括如下：

《合同法》第四百零二条的规定："受托人以自己的名义，在委托人的授权范围内与第三人订立的合同，第三人在订立合同时知道受托人与委托人之间的代理关系的，该合同直接约束委托人和第三人，但有确切证据证明该合同只约束受托人和第三人的除外。"

《合同法》第四百零三条规定："受托人以自己的名义与第三人订立合同时，第三人不知道受托人与委托人之间的代理关系的，受托人因第三人的原因对委托人不履行义务，受托人应当向委托人披露第三人，委托人因此可以行使受托人对第三人的权利，但第三人与受托人订立合同时如果知道该委托人就不会订立合同的除外。"

由于种种原因，合同法的上述条款在海事审判实践中并未得到广泛的共识，而法院根据审慎原则，并不倾向于根据合同法的上述条款的规定，完全排除货代企业的法律责任，而主要是结合货主或者船主提供的提单或者其他证据认定货代企业的法律责任。由此，货代企业在制作国际货运代理合同时，还是应当从稳妥的角度出发，确定其具体的法律地位以及其法律责任的具体范围。

4.1.2.6 关于电子文件

《合同法》第十一条，对数据电文的形式进行了明确的规定，包括电报、电传、传真、电子数据交换和电子邮件等可以有形地表现所载内容的形式。

由于电子商务的发展，使用电子数据交换和电子邮件作为订立合同的书面形式的情况已经很普遍，但由于国内法律对电子证据并未作出特别规定，电子形式容易遭受篡改的特性，往往在诉讼中被抗辩电子文件不具有真实性、有效性以及已被提供方篡改等。因此，在制作国际货运代理合同时，建议增加确认电子文件的第三方认证效力的约定，或者确认经加密程序后的电子文件的有效性、真实性、未被篡改性等的约定。

4.1.3 国际货代合同适用法规

结合我国相关主管部门对国际货运代理企业实施行政管理时出台的相关法律规定，以及国际货运代理企业在从事具体业务时所遵循的相关法律规定，在起草、修改国际货运代理合同时，应当注意参考以下主要法律、行政法规、部门规章以及国际公约的规定。

1）法律

《中华人民共和国民法通则》、《中华人民共和国合同法》、《中华人民共和国海商法》。

2）行政法规

《中华人民共和国国际海运条例》。

3）部门规章

《中华人民共和国国际运输代理业管理规定》、《中华人民共和国国际货物运输代理业管理规定实施细则(试行)》。

4）国际公约

对于代理人的权利与义务的条款，在中国国内法没有规定时，则可以参考《代理统一公

约》、《代理合同统一法公约》等国际公约的相关规定进行制作。

附件:法规

法规1:《中华人民共和国海商法》

第一章　总则

第一条　为了调整海上运输关系、船舶关系,维护当事人各方的合法权益,促进海上运输和经济贸易的发展,制定本法。

第二条　本法所称海上运输,是指海上货物运输和海上旅客运输,包括海江之间、江海之间的直达运输。本法第四章海上货物运输合同的规定,不适用于中华人民共和国港口之间的海上货物运输。

第三条　本法所称船舶,是指海船和其他海上移动式装置,但是用于军事的、政府公务的船舶和20总t以下的小型船艇除外。前款所称船舶,包括船舶属具。

第四条　中华人民共和国港口之间的海上运输和拖航,由悬挂中华人民共和国国旗的船舶经营。但是,法律、行政法规另有规定的除外。非经国务院交通主管部门批准,外国籍船舶不得经营中华人民共和国港口之间的海上运输和拖航。

第五条　船舶经依法登记取得中华人民共和国国籍,有权悬挂中华人民共和国国旗航行。船舶非法悬挂中华人民共和国国旗航行的,由有关机关予以制止,处以罚款。

第六条　海上运输由国务院交通主管部门统一管理,具体办法由国务院交通主管部门制定,报国务院批准后施行。

第二章　船舶

第一节　船舶所有权

第七条　船舶所有权,是指船舶所有人依法对其船舶享有占有、使用、收益和处分的权利。

第八条　国家所有的船舶由国家授予具有法人资格的全民所有制企业经营管理的,本法有关船舶所有人的规定适用于该法人。

第九条　船舶所有权的取得、转让和消灭,应当向船舶登记机关登记;未经登记的,不得对抗第三人。船舶所有权的转让,应当签订书面合同。

第十条　船舶由两个以上的法人或者个人共有的,应当向船舶登记机关登记;未经登记的,不得对抗第三人。

第二节　船舶抵押权

第十一条　船舶抵押权,是指抵押权人对于抵押人提供的作为债务担保的船舶,在抵押人不履行债务时,可以依法拍卖,从卖得的价款中优先受偿的权利。

第十二条　船舶所有人或者船舶所有人授权的人可以设定船舶抵押权。

船舶抵押权的设定,应当签订书面合同。

第十三条　设定船舶抵押权,由抵押权人和抵押人共同向船舶登记机关办理抵押权登记;未经登记的,不得对抗第三人。

船舶抵押权登记,包括下列主要项目:

(一) 船舶抵押权人和抵押人的姓名或者名称、地址;

(二) 被抵押船舶的名称、国籍、船舶所有权证书的颁发机关和证书号码;

(三) 所担保的债权数额、利息率、受偿期限。船舶抵押权的登记状况,允许公众查询。

第十四条 建造中的船舶可以设定船舶抵押权。建造中的船舶办理抵押权登记,还应当向船舶登记机关提交船舶建造合同。

第十五条 除合同另有约定外,抵押人应当对被抵押船舶进行保险;未保险的,抵押权人有权对该船舶进行保险,保险费由抵押人负担。

第十六条 船舶共有人就共有船舶设定抵押权,应当取得持有三分之二以上份额的共有人的同意,共有人之间另有约定的除外。船舶共有人设定的抵押权,不因船舶的共有权的分割而受影响。

第十七条 船舶抵押权设定后,未经抵押权人同意,抵押人不得将被抵押船舶转让给他人。

第十八条 抵押权人将被抵押船舶所担保的债权全部或者部分转让他人的,抵押权随之转移。

第十九条 同一船舶可以设定两个以上抵押权,其顺序以登记的先后为准。

同一船舶设定两个以上抵押权的,抵押权人按照抵押权登记的先后顺序,从船舶拍卖所得价款中依次受偿。同日登记的抵押权,按照同一顺序受偿。

第二十条 被抵押船舶灭失,抵押权随之消灭。由于船舶灭失得到的保险赔偿,抵押权人有权优先于其他债权人受偿。

第三节 船舶优先权

第二十一条 船舶优先权,是指海事请求人依照本法第二十二条的规定,向船舶所有人、光船承租人、船舶经营人提出海事请求,对产生该海事请求的船舶具有优先受偿的权利。

第二十二条 下列各项海事情求具有船舶优先权:

(一) 船长、船员和在船上工作的其他在编人员根据劳动法律、行政法规或者劳动合同所产生的工资、其他劳动报酬、船员遣返费用和社会保险费用的给付请求;

(二) 在船舶营运中发生的人身伤亡的赔偿请求;

(三) 船舶吨税、引航费、港务费和其他港口规费的缴付请求;

(四) 海难救助的救助款项的给付请求;

(五) 船舶在营运中因侵权行为产生的财产赔偿请求。

载运2000t以上的散装货油的船舶,持有有效的证书,证明已经进行油污损害民事责任保险或者具有相应的财务保证的,对其造成的油污损害的赔偿请求,不属于前款第(五)项规定的范围。

第二十三条 本法第二十二条第一款所列各项海事请求,依照顺序受偿。但是,第(四)项海事请求,后于第(一)项至第(三)项发生的,应当先于第(一)项至第(三)项受偿。本法第二十二条第一款第(一)、(二)、(三)、(五)项中有两个以上海事请求的,不分先后,同时受偿;不足受偿的,按照比例受偿。第(四)项中有两个以上海事请求的,后发生的先受偿。

第二十四条 因行使船舶优先权产生的诉讼费用,保存、拍卖船舶和分配船舶价款产生的费用,以及为海事请求人的共同利益而支付的其他费用,应当从船舶拍卖所得价款中先行拨付。

第二十五条 船舶优先权先于船舶留置权受偿,船舶抵押权后于船舶留置权受偿。前款所称船舶留置权，是指造船人、修船人在合同另一方未履行合同时，可以留置所占有的船舶，以保证造船费用或者修船费用得以偿还的权利。船舶留置权在造船人、修船人不再占有所造或者所修的船舶时消灭。

第二十六条　船舶优先权不因船舶所有权的转让而消灭。但是，船舶转让时，船舶优先权自法院应受让人申请予以公告之日起满六十日不行使的除外。

第二十七条　本法第二十二条规定的海事请求权转移的，其船舶优先权随之转移。

第二十八条　船舶优先权应当通过法院扣押产生优先权的船舶行使。

第二十九条　船舶优先权，除本法第二十六条规定的外，因下列原因之一而消灭：

（一）具有船舶优先权的海事请求，自优先权产生之日起满一年不行使；

（二）船舶经法院强制出售；

（三）船舶灭失。

前款第（一）项的一年期限，不得中止或者中断。

第三十条　本节规定不影响本法第十一章关于海事赔偿责任限制规定的实施。

第三章　船员

第一节　一般规定

第三十一条　船员，是指包括船长在内的船上一切任职人员。

第三十二条　船长、驾驶员、轮机长、轮机员、电机员、报务员，必须由持有相应适任证书的人担任。

第三十三条　从事国际航行的船舶的中国籍船员，必须持有中华人民共和国港务监督机构颁发的海员证和有关证书。

第三十四条　船员的任用和劳动方面的权利、义务，本法没有规定的，适用有关法律、行政法规的规定。

第二节　船长

第三十五条　船长负责船舶的管理和驾驶。

船长在其职权范围内发布的命令，船员、旅客和其他在船人员都必须执行。

船长应当采取必要的措施，保护船舶和在船人员、文件、邮件、货物以及其他财产。

第三十六条　为保障在船人员和船舶的安全，船长有权对在船上进行违法、犯罪活动的人采取禁闭或者其他必要措施，并防止其隐匿、毁灭、伪造证据。

船长采取前款措施，应当制作案情报告书，由船长和两名以上在船人员签字，连同人犯送交有关当局处理。

第三十七条　船长应当将船上发生的出生或者死亡事件记入航海日志，并在两名证人的参加下制作证明书。死亡证明书应当附有死者遗物清单。死者有遗嘱的，船长应当予以证明。死亡证明书和遗嘱由船长负责保管，并送交家属或者有关方面。

第三十八条　船舶发生海上事故，危及在船人员和财产的安全时，船长应当组织船员和其他在船人员尽力施救。在船舶的沉没、毁灭不可避免的情况下，船长可以作出弃船决定；但是，除紧急情况外，应当报经船舶所有人同意。弃船时，船长必须采取一切措施，首先组织旅客安全离船，然后安排船员离船，船长应当最后离船。在离船前，船长应当指挥船员尽力抢救航海日志、机舱日志、油类记录簿、无线电台日志、本航次使用过的海图和文件，以及贵重物品、邮件和现金。

第三十九条　船长管理船舶和驾驶船舶的责任，不因引航员引领船舶而解除。

第四十条　船长在航行中死亡或者因故不能执行职务时，应当由驾驶员中职务最高的人代理船长职务；在下一个港口开航前，船舶所有人应当指派新船长接任。

第四章　海上货物运输合同

第一节　一般规定

第四十一条　海上货物运输合同，是指承运人收取运费，负责将托运人托运的货物经海路由一港运至另一港的合同。

第四十二条　本章下列用语的含义：

（一）“承运人”，是指本人或者委托他人以本人名义与托运人订立海上货物运输合同的人。

（二）“实际承运人”，是指接受承运人委托，从事货物运输或者部分运输的人，包括接受转委托从事此项运输的其他人。

（三）“托运人”，是指：

1. 本人或者委托他人以本人名义或者委托他人为本人与承运人订立海上货物运输合同的人；

2. 本人或者委托他人以本人名义或者委托他人为本人将货物交给与海上货物运输合同有关的承运人的人。

（四）“收货人”，是指有权提取货物的人。

（五）“货物”，包括活动物和由托运人提供的用于集装货物的集装箱、货盘或者类似的装运器具。

第四十三条　承运人或者托运人可以要求书面确认海上货物运输合同的成立。但是，航次租船合同应当书面订立。电报、电传和传真具有书面效力。

第四十四条　海上货物运输合同和作为合同凭证的提单或者其他运输单证中的条款，违反本章规定的，无效。此类条款的无效，不影响该合同和提单或者其他运输单证中其他条款的效力。将货物的保险利益转让给承运人的条款或者类似条款，无效。

第四十五条　本法第四十四条的规定不影响承运人在本章规定的承运人责任和义务之外，增加其责任和义务。

第二节　承运人的责任

第四十六条　承运人对集装箱装运的货物的责任期间，是指从装货港接收货物时起至卸货港交付货物时止，货物处于承运人掌管之下的全部期间。承运人对非集装箱装运的货物的责任期间，是指从货物装上船时起至卸下船时止，货物处于承运人掌管之下的全部期间。在承运人的责任期间，货物发生灭失或者损坏，除本节另有规定外，承运人应当负赔偿责任。前款规定，不影响承运人就非集装箱装运的货物，在装船前和卸船后所承担的责任，达成任何协议。

第四十七条　承运人在船舶开航前和开航当时，应当谨慎处理，使船舶处于适航状态，妥善配备船员、装备船舶和配备供应品，并使货舱、冷藏舱、冷气舱和其他载货处所适于并能安全收受、载运和保管货物。

第四十八条　承运人应当妥善地、谨慎地装载、搬移、积载、运输、保管、照料和卸载所运货物。

第四十九条　承运人应当按照约定的或者习惯的或者地理上的航线将货物运往卸货港。船舶在海上为救助或者企图救助人命或者财产而发生的绕航或者其他合理绕航，不属于违反前款规定的行为。

第五十条　货物未能在明确约定的时间内，在约定的卸货港交付的，为迟延交付。除依照本章规定承运人不负赔偿责任的情形外，由于承运人的过失，致使货物因迟延交付而灭失或者损坏的，承运人应当负赔偿责任。除依照本章规定承运人不负赔偿责任的情形外，由于承运人的过失，致使货物因迟延交付而遭受经济损失的，即使货物没有灭失或者损坏，承运人仍然应当负赔偿责任。承运人未能在本条第一款规定的时间届满六十日内交付货物，有权对货物灭失提出赔偿请求的人可以认为货物已经灭失。

第五十一条　在责任期间货物发生的灭失或者损坏是由于下列原因之一造成的，承运人不负赔偿责任：

（一）船长、船员、引航员或者承运人的其他受雇人在驾驶船舶或者管理船舶中的过失；

（二）火灾，但是由于承运人本人的过失所造成的除外；

（三）天灾，海上或者其他可航水域的危险或者意外事故；

（四）战争或者武装冲突；

（五）政府或者主管部门的行为、检疫限制或者司法扣押；

（六）罢工、停工或者劳动受到限制；

（七）在海上救助或者企图救助人命或者财产；

（八）托运人、货物所有人或者他们的代理人的行为；

（九）货物的自然特性或者固有缺陷；

（十）货物包装不良或者标志欠缺、不清；

（十一）经谨慎处理仍未发现的船舶潜在缺陷；

（十二）非由于承运人或者承运人的受雇人、代理人的过失造成的其他原因。

承运人依照前款规定免除赔偿责任的，除第（二）项规定的原因外，应当负举证责任。

第五十二条　因运输活动物的固有的特殊风险造成活动物灭失或者损害的，承运人不负赔偿责任。但是，承运人应当证明业已履行托运人关于运输活动物的特别要求，并证明根据实际情况，灭失或者损害是由于此种固有的特殊风险造成的。

第五十三条　承运人在舱面上装载货物，应当同托运人达成协议，或者符合航运惯例，或者符合有关法律、行政法规的规定。承运人依照前款规定将货物装载在舱面上，对由于此种装载的特殊风险造成的货物灭失或者损坏，不负赔偿责任。承运人违反本条第一款规定将货物装载在舱面上，致使货物遭受灭失或者损坏的，应当负赔偿责任。

第五十四条　货物的灭失、损坏或者迟延交付是由于承运人或者承运人的受雇人、代理人的不能免除赔偿责任的原因和其他原因共同造成的，承运人仅在其不能免除赔偿责任的范围内负赔偿责任；但是，承运人对其他原因造成的灭失、损坏或者迟延交付应当负举证责任。

第五十五条　货物灭失的赔偿额，按照货物的实际价值计算；货物损坏的赔偿额，按照货物受损前后实际价值的差额或者货物的修复费用计算。货物的实际价值，按照货物装船时的价值加保险费加运费计算。前款规定的货物实际价值，赔偿时应当减去因货物灭失或者损坏而少付或者免付的有关费用。

第五十六条　承运人对货物的灭失或者损坏的赔偿限额，按照货物件数或者其他货运单位数计算，每件或者每个其他货运单位为666.67计算单位，或者按照货物毛重计算，每公斤为2计算单位，以二者中赔偿限额较高的为准。但是，托运人在货物装运前已经申报其性质和价值，并在提单中载明的，或者承运人与托运人已经另行约定高于本条规定的赔偿限额的除外。货物用集装箱、货盘或者类似装运器具集装的，提单中载明装在此类装运器具中的货物件数或者其他货运单位数，视为前款所指的货物件数或者其他货运单位数；未载明的，每一装运器具视为一件或者一个单位。装运器具不属于承运人所有或者非由承运人提供的，装运器具本身应当视为一件或者一个单位。

第五十七条　承运人对货物因迟延交付造成经济损失的赔偿限额，为所迟延交付的货物的运费数额。货物的灭失或者损坏和迟延交付同时发生的，承运人的赔偿责任限额适用本法第五十六条第一款规定的限额。

第五十八条　就海上货物运输合同所涉及的货物灭失、损坏或者迟延交付对承运人提起的任何诉讼，不论海事请求人是否合同的一方，也不论是根据合同或者是根据侵权行为提起的，均适用本章关于承运人的抗辩理由和限制赔偿责任的规定。前款诉讼是对承运人的受雇人或者代理人提起的，经承运人的受雇人或者代理人证明，其行为是在受雇或者受委托的范围之内的，适用前款规定。

第五十九条　经证明，货物的灭失、损坏或者迟延交付是由于承运人的故意或者明知可能造成损失而轻率地作为或者不作为造成的，承运人不得援用本法第五十六条或者第五十七条限制赔偿责任的规定。经证明，货物的灭失、损坏或者迟延交付是由于承运人的受雇人、代理人的故意或者明知可能造成损失而轻率地作为或者不作为造成的，承运人的受雇人或者代理人不得援用本法第五十六条或者第五十七条限制赔偿责任的规定。

第六十条　承运人将货物运输或者部分运输委托给实际承运人履行的，承运人仍然应当依照本章规定对全部运输负责。对实际承运人承担的运输，承运人应当对实际承运人的行为或者实际承运人的受雇人、代理人在受雇或者受委托的范围内的行为负责。虽有前款规定，在海上运输合同中明确约定合同所包括的特定的部分运输由承运人以外的指定的实际承运人履行的，合同可以同时约定，货物在指定的实际承运人掌管期间发生的灭失、损坏或者迟延交付，承运人不负赔偿责任。

第六十一条　本章对承运人责任的规定，适用于实际承运人。对实际承运人的受雇人、代理人提起诉讼的，适用本法第五十八条第二款和第五十九条第二款的规定。

第六十二条　承运人承担本章未规定的义务或者放弃本章赋予的权利的任何特别协议。

经实际承运人书面明确同意的，对实际承运人发生效力；实际承运人是否同意，不影响此项特别协议对承运人的效力。

第六十三条　承运人与实际承运人都负有赔偿责任的，应当在此项责任范围内负连带责任。

第六十四条　就货物的灭失或者损坏分别向承运人、实际承运人以及他们的受雇人、代理人提出赔偿请求的，赔偿总额不超过本法第五十六条规定的限额。

第六十五条　本法第六十条至第六十四条的规定，不影响承运人和实际承运人之间相互追偿。

第三节　托运人的责任

第六十六条　托运人托运货物,应当妥善包装,并向承运人保证,货物装船时所提供的货物的品名、标志、包数或者件数、重量或者体积的正确性;由于包装不良或者上述资料不正确,对承运人造成损失的,托运人应当负赔偿责任。

承运人依照前款规定享有的受偿权利,不影响其根据货物运输合同对托运人以外的人所承担的责任。

第六十七条　托运人应当及时向港口、海关、检疫、检验和其他主管机关办理货物运输所需要的各项手续,并将已办理各项手续的单证送交承运人;因办理各项手续的有关单证送交不及时、不完备或者不正确,使承运人的利益受到损害的,托运人应当负赔偿责任。

第六十八条　托运人托运危险货物,应当依照有关海上危险货物运输的规定,妥善包装,作出危险品标志和标签,并将其正式名称和性质以及应当采取的预防危害措施书面通知承运人;托运人未通知或者通知有误的,承运人可以在任何时间、任何地点根据情况需要将货物卸下、销毁或者使之不能为害,而不负赔偿责任。托运人对承运人因运输此类货物所受到的损害,应当负赔偿责任。承运人知道危险货物的性质并已同意装运的,仍然可以在该项货物对于船舶、人员或者其他货物构成实际危险时,将货物卸下、销毁或者使之不能为害,而不负赔偿责任。但是,本款规定不影响共同海损的分摊。

第六十九条　托运人应当按照约定向承运人支付运费。托运人与承运人可以约定运费由收货人支付;但是,此项约定应当在运输单证中载明。

第七十条　托运人对承运人、实际承运人所遭受的损失或者船舶所遭受的损坏,不负赔偿责任;但是,此种损失或者损坏是由于托运人或者托运人的受雇人、代理人的过失造成的除外。托运人的受雇人、代理人对承运人、实际承运人所遭受的损失或者船舶所遭受的损坏,不负赔偿责任;但是,这种损失或者损坏是由于托运人的受雇人、代理人的过失造成的除外。

第四节　运输单证

第七十一条　提单,是指用以证明海上货物运输合同和货物已经由承运人接收或者装船,以及承运人保证据以交付货物的单证。提单中载明的向记名人交付货物,或者按照指示人的指示交付货物,或者向提单持有人交付货物的条款,构成承运人据以交付货物的保证。

第七十二条　货物由承运人接收或者装船后,应托运人的要求,承运人应当签发提单。提单可以由承运人授权的人签发。提单由载货船舶的船长签发的,视为代表承运人签发。

第七十三条　提单内容,包括下列各项:

(一)货物的品名、标志、包数或者件数、重量或者体积,以及运输危险货物时对危险性质的说明;

(二)承运人的名称和主营业所;

(三)船舶名称;

(四)托运人的名称;

(五)收货人的名称;

(六)装货港和在装货港接收货物的日期;

(七)卸货港;

(八)多式联运提单增列接收货物地点和交付货物地点;

(九)提单的签发日期、地点和份数;

(十)运费的支付;

（十一）承运人或者其代表的签字。

提单缺少前款规定的一项或者几项的，不影响提单的性质；但是，提单应当符合本法第七十一条的规定。

第七十四条　货物装船前，承运人已经应托运人的要求签发收货待运提单或者其他单证的，货物装船完毕，托运人可以将收货待运提单或者其他单证退还承运人，以换取已装船提单；承运人也可以在收货待运提单上加注承运船舶的船名和装船日期，加注后的收货待运提单视为已装船提单。

第七十五条　承运人或者代其签发提单的人，知道或者有合理的根据怀疑提单记载的货物的品名、标志、包数或者件数、重量或者体积与实际接收的货物不符，在签发已装船提单的情况下怀疑与已装船的货物不符，或者没有适当的方法核对提单记载的，可以在提单上批注，说明不符之处、怀疑的根据或者说明无法核对。

第七十六条　承运人或者代其签发提单的人未在提单上批注货物表面状况的，视为货物的表面状况良好。

第七十七条　除依照本法第七十五条的规定作出保留外，承运人或者代其签发提单的人签发的提单，是承运人已经按照提单所载状况收到货物或者货物已经装船的初步证据；承运人向善意受让提单的包括收货人在内的第三人提出的与提单所载状况不同的证据，不予承认。

第七十八条　承运人同收货人、提单持有人之间的权利、义务关系，依据提单的规定确定。收货人、提单持有人不承担在装货港发生的滞期费、亏舱费和其他与装货有关的费用，但是提单中明确载明上述费用由收货人、提单持有人承担的除外。

第七十九条　提单的转让，依照下列规定执行：

（一）记名提单：不得转让；

（二）指示提单：经过记名背书或者空白背书转让；

（三）不记名提单：无需背书，即可转让。

第八十条　承运人签发提单以外的单证用以证明收到待运货物的，此项单证即为订立海上货物运输合同和承运人接收该单证中所列货物的初步证据。承运人签发的此类单证不得转让。

第五节　货物交付

第八十一条　承运人向收货人交付货物时，收货人未将货物灭失或者损坏的情况书面通知承运人的，此项交付视为承运人已经按照运输单证的记载交付以及货物状况良好的初步证据。货物灭失或者损坏的情况非显而易见的，在货物交付的次日起连续七日内，集装箱货物交付的次日起连续十五日内，收货人未提交书面通知的，适用前款规定。货物交付时，收货人已经会同承运人对货物进行联合检查或者检验的，无需就所查明的灭失或者损坏的情况提交书面通知。

第八十二条　承运人自向收货人交付货物的次日起连续六十日内，未收到收货人就货物因迟延交付造成经济损失而提交的书面通知的，不负赔偿责任。

第八十三条　收货人在目的港提取货物前或者承运人在目的港交付货物前，可以要求检验机构对货物状况进行检验；要求检验的一方应当支付检验费用，但是有权向造成货物损失的责任方追偿。

第八十四条　承运人和收货人对本法第八十一条和第八十三条规定的检验，应当相互提供合理的便利条件。

第八十五条　货物由实际承运人交付的，收货人依照本法第八十一条的规定向实际承运人提交的书面通知，与向承运人提交书面通知具有同等效力；向承运人提交的书面通知，与向实际承运人提交书面通知具有同等效力。

第八十六条　在卸货港无人提取货物或者收货人迟延、拒绝提取货物的，船长可以将货物卸在仓库或者其他适当场所，由此产生的费用和风险由收货人承担。

第八十七条　应当向承运人支付的运费、共同海损分摊、滞期费和承运人为货物垫付的必要费用以及应当向承运人支付的其他费用没有付清，又没有提供适当担保的，承运人可以在合理的限度内留置其货物。

第八十八条　承运人根据本法第八十七条规定留置的货物，自船舶抵达卸货港的次日起满六十日无人提取的，承运人可以申请法院裁定拍卖；货物易腐烂变质或者货物的保管费用可能超过其价值的，可以申请提前拍卖。拍卖所得价款，用于清偿保管、拍卖货物的费用和运费以及应当向承运人支付的其他有关费用；不足的金额，承运人有权向托运人追偿；剩余的金额，退还托运人；无法退还、自拍卖之日起满一年又无人领取的，上缴国库。

第六节　合同的解除

第八十九条　船舶在装货港开航前，托运人可以要求解除合同。但是，除合同另有约定外，托运人应当向承运人支付约定运费的一半；货物已经装船的，并应当负担装货、卸货和其他与此有关的费用。

第九十条　船舶在装货港开航前，因不可抗力或者其他不能归责于承运人和托运人的原因致使合同不能履行的，双方均可以解除合同，并互相不负赔偿责任。除合同另有约定外，运费已经支付的，承运人应当将运费退还给托运人；货物已经装船的，托运人应当承担装卸费用；已经签发提单的，托运人应当将提单退还承运人。

第九十一条　因不可抗力或者其他不能归责于承运人和托运人的原因致使船舶不能在合同约定的目的港卸货的，除合同另有约定外，船长有权将货物在目的港邻近的安全港口或者地点卸载，视为已经履行合同。船长决定将货物卸载的，应当及时通知托运人或者收货人，并考虑托运人或者收货人的利益。

第七节　航次租船合同的特别规定

第九十二条　航次租船合同，是指船舶出租人向承租人提供船舶或者船舶的部分舱位，装运约定的货物，从一港运至另一港，由承租人支付约定运费的合同。

第九十三条　航次租船合同的内容，主要包括出租人和承租人的名称、船名、船籍、载货重量、容积、货名、装货港和目的港、受载期限、装卸期限、运费、滞期费、速遣费以及其他有关事项。

第九十四条　本法第四十七条和第四十九条的规定，适用于航次租船合同的出租人。本章其他有关合同当事人之间的权利、义务的规定，仅在航次租船合同没有约定或者没有不同约定时，适用于航次租船合同的出租人和承租人。

第九十五条　对按照航次租船合同运输的货物签发的提单，提单持有人不是承租人的，承运人与该提单持有人之间的权利、义务关系适用提单的约定。但是，提单中载明适用航次租船合同条款的，适用该航次租船合同的条款。

第九十六条　出租人应当提供约定的船舶；经承租人同意，可以更换船舶。但是，提供的船舶或者更换的船舶不符合合同约定的，承租人有权拒绝或者解除合同。因出租人过失未提供约定的船舶致使承租人遭受损失的，出租人应当负赔偿责任。

第九十七条　出租人在约定的受载期限内未能提供船舶的，承租人有权解除合同。但是，出租人将船舶延误情况和船舶预期抵达装货港的日期通知承租人的，承租人应当自收到通知时起四十八小时内，将是否解除合同的决定通知出租人。

因出租人过失延误提供船舶致使承租人遭受损失的，出租人应当负赔偿责任。

第九十八条　航次租船合同的装货、卸货期限及其计算办法，超过装货、卸货期限后的滞期费和提前完成装货、卸货的速遣费，由双方约定。

第九十九条　承租人可以将其租用的船舶转租；转租后，原合同约定的权利和义务不受影响。

第一百条　承租人应当提供约定的货物；经出租人同意，可以更换货物。但是，更换的货物对出租人不利的，出租人有权拒绝或者解除合同。因未提供约定的货物致使出租人遭受损失的，承租人应当负赔偿责任。

第一百零一条　出租人应当在合同约定的卸货港卸货。合同订有承租人选择卸货港条款的，在承租人未按照合同约定及时通知确定的卸货港时，船长可以从约定的选卸港中自行选定一港卸货。承租人未按照合同约定及时通知确定的卸货港，致使出租人遭受损失的，应当负赔偿责任。出租人未按照合同约定，擅自选定港口卸货致使承租人遭受损失的，应当负赔偿责任。

第八节　多式联运合同的特别规定

第一百零二条　本法所称多式联运合同，是指多式联运经营人以两种以上的不同运输方式，其中一种是海上运输方式，负责将货物从接收地运至目的地交付收货人，并收取全程运费的合同。前款所称多式联运经营人，是指本人或者委托他人以本人名义与托运人订立多式联运合同的人。

第一百零三条　多式联运经营人对多式联运货物的责任期间，自接收货物时起至交付货物时止。

第一百零四条　多式联运经营人负责履行或者组织履行多式联运合同，并对全程运输负责。多式联运经营人与参加多式联运的各区段承运人，可以就多式联运合同的各区段运输，另以合同约定相互之间的责任。但是，此项合同不得影响多式联运经营人对全程运输所承担的责任。

第一百零五条　货物的灭失或者损坏发生于多式联运的某一运输区段的，多式联运经营人的赔偿责任和责任限额，适用调整该区段运输方式的有关法律规定。

第一百零六条　货物的灭失或者损坏发生的运输区段不能确定的，多式联运经营人应当依照本章关于承运人赔偿责任和责任限额的规定负赔偿责任。

第五章　海上旅客运输合同

第一百零七条　海上旅客运输合同，是指承运人以适合运送旅客的船舶经海路将旅客及其行李从一港运送至另一港，由旅客支付票款的合同。

第一百零八条　本章下列用语的含义：

(一)“承运人”，是指本人或者委托他人以本人名义与旅客订立海上旅客运输合同的人。

（二）“实际承运人”，是指接受承运人委托，从事旅客运送或者部分运送的人，包括接受转委托从事此项运送的其他人。

（三）“旅客”，是指根据海上旅客运输合同运送的人；经承运人同意，根据海上货物运输合同，随船护送货物的人，视为旅客。

（四）“行李”，是指根据海上旅客运输合同由承运人载运的任何物品和车辆，但是活动物除外。

（五）“自带行李”，是指旅客自行携带、保管或者放置在客舱中的行李。

第一百零九条　本章关于承运人责任的规定，适用于实际承运人。本章关于承运人的受雇人、代理人责任的规定，适用于实际承运人的受雇人、代理人。

第一百一十条　旅客客票是海上旅客运输合同成立的凭证。

第一百一十一条　海上旅客运输的运送期间，自旅客登船时起至旅客离船时止。客票票价含接送费用的，运送期间并包括承运人经水路将旅客从岸上接到船上和从船上送到岸上的时间，但是不包括旅客在港站内、码头上或者在港口其他设施内的时间。旅客的自带行李，运送期间同前款规定。旅客自带行李以外的其他行李，运送期间自旅客将行李交付承运人或者承运人的受雇人、代理人时起至承运人或者承运人的受雇人、代理人交还旅客时止。

第一百一十二条　旅客无票乘船、越级乘船或者超程乘船，应当按照规定补足票款，承运人可以按照规定加收票款；拒不交付的，船长有权在适当地点令其离船，承运人有权向其追偿。

第一百一十三条　旅客不得随身携带或者在行李中夹带违禁品或者易燃、易爆、有毒、有腐蚀性、有放射性以及有可能危及船上人身和财产安全的其他危险品。

承运人可以在任何时间、任何地点将旅客违反前款规定随身携带或者在行李中夹带的违禁品、危险品卸下、销毁或者使之不能为害，或者送交有关部门，而不负赔偿责任。旅客违反本条第一款规定，造成损害的，应当负赔偿责任。

第一百一十四条　在本法第一百一十一条规定的旅客及其行李的运送期间，因承运人或者承运人的受雇人、代理人在受雇或者受委托的范围内的过失引起事故，造成旅客人身伤亡或者行李灭失、损坏的，承运人应当负赔偿责任。请求人对承运人或者承运人的受雇人、代理人的过失，应当负举证责任；但是，本条第三款和第四款规定的情形除外。旅客的人身伤亡或者自带行李的灭失、损坏，是由于船舶的沉没、碰撞、搁浅、爆炸、火灾所引起或者是由于船舶的缺陷所引起的，承运人或者承运人的受雇人、代理人除非提出反证，应当视为其有过失。

旅客自带行李以外的其他行李的灭失或者损坏，不论由于何种事故所引起，承运人或者承运人的受雇人、代理人除非提出反证，应当视为其有过失。

第一百一十五条　经承运人证明，旅客的人身伤亡或者行李的灭失、损坏，是由于旅客本人的过失或者旅客和承运人的共同过失造成的，可以免除或者相应减轻承运人的赔偿责任。经承运人证明，旅客的人身伤亡或者行李的灭失、损坏，是由于旅客本人的故意造成的，或者旅客的人身伤亡是由于旅客本人健康状况造成的，承运人不负赔偿责任。

第一百一十六条　承运人对旅客的货币、金银、珠宝、有价证券或者其他贵重物品所发生的灭失、损坏，不负赔偿责任。旅客与承运人约定将前款规定的物品交由承运人保管的，承运人应当依照本法第一百一十七条的规定负赔偿责任；双方以书面约定的赔偿限额高于本法第一百一十七条的规定的，承运人应当按照约定的数额负赔偿责任。

第一百一十七条　除本条第四款规定的情形外，承运人在每次海上旅客运输中的赔偿责

任限额,依照下列规定执行:

(一) 旅客人身伤亡的,每名旅客不超过 46 666 计算单位;

(二) 旅客自带行李灭失或者损坏的,每名旅客不超过 833 计算单位;

(三) 旅客车辆包括该车辆所载行李灭失或者损坏的,每一车辆不超过 3 333 计算单位;

(四) 本款第(二)、(三)项以外的旅客其他行李灭失或者损坏的,每名旅客不超过 1 200 计算单位。承运人和旅客可以约定,承运人对旅客车辆和旅客车辆以外的其他行李损失的免赔额。但是,对每一车辆损失的免赔额不得超过 117 计算单位,对每名旅客的车辆以外的其他行李损失的免赔额不得超过 13 计算单位。在计算每一车辆或者每名旅客的车辆以外的其他行李的损失赔偿数额时,应当扣除约定的承运人免赔额。承运人和旅客可以书面约定高于本条第一款规定的赔偿责任限额。中华人民共和国港口之间的海上旅客运输,承运人的赔偿责任限额,由国务院交通主管部门制定,报国务院批准后施行。

第一百一十八条　经证明,旅客的人身伤亡或者行李的灭失、损坏,是由于承运人的故意或者明知可能造成损害而轻率地作为或者不作为造成的,承运人不得援用本法第一百一十六条和第一百一十七条限制赔偿责任的规定。经证明,旅客的人身伤亡或者行李的灭失、损坏,是由于承运人的受雇人、代理人的故意或者明知可能造成损害而轻率地作为或者不作为造成的,承运人的受雇人、代理人不得援用本法第一百一十六条和第一百一十七条限制赔偿责任的规定。

第一百一十九条　行李发生明显损坏的,旅客应当依照下列规定向承运人或者承运人的受雇人、代理人提交书面通知:

(一) 自带行李,应当在旅客离船前或者离船时提交;

(二) 其他行李,应当在行李交还前或者交还时提交。

行李的损坏不明显,旅客在离船时或者行李交还时难以发现的,以及行李发生灭失的,旅客应当在离船或者行李交还或者应当交还之日起十五日内,向承运人或者承运人的受雇人、代理人提交书面通知。旅客未依照本条第一、二款规定及时提交书面通知的,除非提出反证,视为已经完整无损地收到行李。行李交还时,旅客已经会同承运人对行李进行联合检查或者检验的,无需提交书面通知。

第一百二十条　向承运人的受雇人、代理人提出的赔偿请求,受雇人或者代理人证明其行为是在受雇或者受委托的范围内的,有权援用本法第一百一十五条、第一百一十六条和第一百一十七条的抗辩理由和赔偿责任限制的规定。

第一百二十一条　承运人将旅客运送或者部分运送委托给实际承运人履行的,仍然应当依照本章规定,对全程运送负责。实际承运人履行运送的,承运人应当对实际承运人的行为或者实际承运人的受雇人、代理人在受雇或者受委托的范围内的行为负责。

第一百二十二条　承运人承担本章未规定的义务或者放弃本章赋予的权利的任何特别协议,经实际承运人书面明确同意的,对实际承运人发生效力;实际承运人是否同意,不影响此项特别协议对承运人的效力。

第一百二十三条　承运人与实际承运人均负有赔偿责任的,应当在此项责任限度内负连带责任。

第一百二十四条　就旅客的人身伤亡或者行李的灭失、损坏,分别向承运人、实际承运人以及他们的受雇人、代理人提出赔偿请求的,赔偿总额不得超过本法第一百一十七条规定的限额。

第一百二十五条　本法第一百二十一条至第一百二十四条的规定，不影响承运人和实际承运人之间相互追偿。

第一百二十六条　海上旅客运输合同中含有下列内容之一的条款无效：

（一）免除承运人对旅客应当承担的法定责任；

（二）降低本章规定的承运人责任限额；

（三）对本章规定的举证责任作出相反的约定；

（四）限制旅客提出赔偿请求的权利。

前款规定的合同条款的无效，不影响合同其他条款的效力。

第六章　船舶租用合同

第一节　一般规定

第一百二十七条　本章关于出租人和承租人之间权利、义务的规定，仅在船舶租用合同没有约定或者没有不同约定时适用。

第一百二十八条　船舶租用合同，包括定期租船合同和光船租赁合同，均应当书面订立。

第二节　定期租船合同

第一百二十九条　定期租船合同，是指船舶出租人向承租人提供约定的由出租人配备船员的船舶，由承租人在约定的期间内按照约定的用途使用，并支付租金的合同。

第一百三十条　定期租船合同的内容，主要包括出租人和承租人的名称、船名、船籍、船级、吨位、容积、船速、燃料消耗、航区、用途、租船期间、交船和还船的时间和地点以及条件、租金及其支付，以及其他有关事项。

第一百三十一条　出租人应当按照合同约定的时间交付船舶。

出租人违反前款规定的，承租人有权解除合同。出租人将船舶延误情况和船舶预期抵达交船港的日期通知承租人的，承租人应当自接到通知时起四十八小时内，将解除合同或者继续租用船舶的决定通知出租人。因出租人过失延误提供船舶致使承租人遭受损失的，出租人应当负赔偿责任。

第一百三十二条　出租人交付船舶时，应当做到谨慎处理，使船舶适航。交付的船舶应当适于约定的用途。出租人违反前款规定的，承租人有权解除合同，并有权要求赔偿因此遭受的损失。

第一百三十三条　船舶在租期内不符合约定的适航状态或者其他状态，出租人应当采取可能采取的合理措施，使之尽快恢复。

船舶不符合约定的适航状态或者其他状态而不能正常营运连续满二十四小时的，对因此而损失的营运时间，承租人不付租金，但是上述状态是由承租人造成的除外。

第一百三十四条　承租人应当保证船舶在约定航区内的安全港口或者地点之间从事约定的海上运输。承租人违反前款规定的，出租人有权解除合同，并有权要求赔偿因此遭受的损失。

第一百三十五条　承租人应当保证船舶用于运输约定的合法的货物。承租人将船舶用于运输活动物或者危险货物的，应当事先征得出租人的同意。承租人违反本条第一款或者第二款的规定致使出租人遭受损失的，应当负赔偿责任。

第一百三十六条　承租人有权就船舶的营运向船长发出指示，但是不得违反定期租船合同的约定。

第一百三十七条　承租人可以将租用的船舶转租，但是应当将转租的情况及时通知出租人。租用的船舶转租后，原租船合同约定的权利和义务不受影响。

第一百三十八条　船舶所有人转让已经租出的船舶的所有权，定期租船合同约定的当事人的权利和义务不受影响，但是应当及时通知承租人。船舶所有权转让后，原租船合同由受让人和承租人继续履行。

第一百三十九条　在合同期间，船舶进行海难救助的，承租人有权获得扣除救助费用、损失赔偿、船员应得部分以及其他费用后的救助款项的一半。

第一百四十条　承租人应当按照合同约定支付租金。承租人未按照合同约定支付租金的，出租人有权解除合同，并有权要求赔偿因此遭受的损失。

第一百四十一条　承租人未向出租人支付租金或者合同约定的其他款项的，出租人对船上属于承租人的货物和财产以及转租船舶的收入有留置权。

第一百四十二条　承租人向出租人交还船舶时，该船舶应当具有与出租人交船时相同的良好状态，但是船舶本身的自然磨损除外。船舶未能保持与交船时相同的良好状态的，承租人应当负责修复或者给予赔偿。

第一百四十三条　经合理计算，完成最后航次的日期约为合同约定的还船日期，但可能超过合同约定的还船日期的，承租人有权超期用船以完成该航次。超期期间，承租人应当按照合同约定的租金率支付租金；市场的租金率高于合同约定的租金率的，承租人应当按照市场租金率支付租金。

第三节　光船租赁合同

第一百四十四条　光船租赁合同，是指船舶出租人向承租人提供不配备船员的船舶，在约定的期间内由承租人占有、使用和营运，并向出租人支付租金的合同。

第一百四十五条　光船租赁合同的内容，主要包括出租人和承租人的名称、船名、船籍、船级、吨位、容积、航区、用途、租船期间、交船和还船的时间和地点以及条件、船舶检验、船舶的保养维修、租金及其支付、船舶保险、合同解除的时间和条件，以及其他有关事项。

第一百四十六条　出租人应当在合同约定的港口或者地点，按照合同约定的时间，向承租人交付船舶以及船舶证书。交船时，出租人应当做到谨慎处理，使船舶适航。交付的船舶应当适于合同约定的用途。出租人违反前款规定的，承租人有权解除合同，并有权要求赔偿因此遭受的损失。

第一百四十七条　在光船租赁期间，承租人负责船舶的保养、维修。

第一百四十八条　在光船租赁期间，承租人应当按照合同约定的船舶价值，以出租人同意的保险方式为船舶进行保险，并负担保险费用。

第一百四十九条　在光船租赁期间，因承租人对船舶占有、使用和营运的原因使出租人的利益受到影响或者遭受损失的，承租人应当负责消除影响或者赔偿损失。因船舶所有权争议或者出租人所负的债务致使船舶被扣押的，出租人应当保证承租人的利益不受影响；致使承租人遭受损失的，出租人应当负赔偿责任。

第一百五十条　在光船租赁期间，未经出租人书面同意，承租人不得转让合同的权利和义务或者以光船租赁的方式将船舶进行转租。

第一百五十一条　未经承租人事先书面同意，出租人不得在光船租赁期间对船舶设定抵押权。出租人违反前款规定，致使承租人遭受损失的，应当负赔偿责任。

第一百五十二条　承租人应当按照合同约定支付租金。承租人未按照合同约定的时间支付租金连续超过七日的，出租人有权解除合同，并有权要求赔偿因此遭受的损失。船舶发生灭失或者失踪的，租金应当自船舶灭失或者得知其最后消息之日起停止支付，预付租金应当按照比例退还。

第一百五十三条　本法第一百三十四条、第一百三十五条第一款、第一百四十二条和第一百四十三条的规定，适用于光船租赁合同。

第一百五十四条　订有租购条款的光船租赁合同，承租人按照合同约定向出租人付清租购费时，船舶所有权即归于承租人。

第七章　海上拖航合同

第一百五十五条　海上拖航合同，是指承拖方用拖轮将被拖物经海路从一地拖至另一地，而由被拖方支付拖航费的合同。本章规定不适用于在港区内对船舶提供的拖轮服务。

第一百五十六条　海上拖航合同应当书面订立。海上拖航合同的内容，主要包括承拖方和被拖方的名称和住所、拖轮和被拖物的名称和主要尺度、拖轮马力、起拖地和目的地、起拖日期、拖航费及其支付方式，以及其他有关事项。

第一百五十七条　承拖方在起拖前和起拖当时，应当谨慎处理，使拖轮处于适航、适拖状态，妥善配备船员，配置拖航索具和配备供应品以及该航次必备的其他装置、设备。被拖方在起拖前和起拖当时，应当做好被拖物的拖航准备，谨慎处理，使被拖物处于适拖状态，并向承拖方如实说明被拖物的情况，提供有关检验机构签发的被拖物适合拖航的证书和有关文件。

第一百五十八条　起拖前，因不可抗力或者其他不能归责于双方的原因致使合同不能履行的，双方均可以解除合同，并互相不负赔偿责任。除合同另有约定外，拖航费已经支付的，承拖方应当退还给被拖方。

第一百五十九条　起拖后，因不可抗力或者其他不能归责于双方的原因致使合同不能继续履行的，双方均可以解除合同，并互相不负赔偿责任。

第一百六十条　因不可抗力或者其他不能归责于双方的原因致使被拖物不能拖至目的地的，除合同另有约定外，承拖方可以在目的地的邻近地点或者拖轮船长选定的安全的港口或者锚泊地，将被拖物移交给被拖方或者其代理人，视为已经履行合同。

第一百六十一条　被拖方未按照约定支付拖航费和其他合理费用的，承拖方对被拖物有留置权。

第一百六十二条　在海上拖航过程中，承拖方或者被拖方遭受的损失，由一方的过失造成的，有过失的一方应当负赔偿责任；由双方过失造成的，各方按照过失程度的比例负赔偿责任。虽有前款规定，经承拖方证明，被拖方的损失是由于下列原因之一造成的，承拖方不负赔偿责任：

（一）拖轮船长、船员、引航员或者承拖方的其他受雇人、代理人在驾驶拖轮或者管理拖轮中的过失；

（二）拖轮在海上救助或者企图救助人命或者财产时的过失。本条规定仅在海上拖航合同没有约定或者没有不同约定时适用。

第一百六十三条　在海上拖航过程中，由于承拖方或者被拖方的过失，造成第三人人身伤亡或者财产损失的，承拖方和被拖方对第三人负连带赔偿责任。除合同另有约定外，一方连带支付的赔偿超过其应当承担的比例的，对另一方有追偿权。

第一百六十四条　拖轮所有人拖带其所有的或者经营的驳船载运货物，经海路由一港运至另一港的，视为海上货物运输。

第八章　船舶碰撞

第一百六十五条　船舶碰撞，是指船舶在海上或者与海相通的可航水域发生接触造成损害的事故。前款所称船舶，包括与本法第三条所指船舶碰撞的任何其他非用于军事的或者政府公务的船艇。

第一百六十六条　船舶发生碰撞，当事船舶的船长在不严重危及本船和船上人员安全的情况下，对于相碰的船舶和船上人员必须尽力施救。碰撞船舶的船长应当尽可能将其船舶名称、船籍港、出发港和目的港通知对方。

第一百六十七条　船舶发生碰撞，是由于不可抗力或者其他不能归责于任何一方的原因或者无法查明的原因造成的，碰撞各方互相不负赔偿责任。

第一百六十八条　船舶发生碰撞，是由于一船的过失造成的，由有过失的船舶负赔偿责任。

第一百六十九条　船舶发生碰撞，碰撞的船舶互有过失的，各船按照过失程度的比例负赔偿责任；过失程度相当或者过失程度的比例无法判定的，平均负赔偿责任。互有过失的船舶，对碰撞造成的船舶以及船上货物和其他财产的损失，依照前款规定的比例负赔偿责任。碰撞造成第三人财产损失的，各船的赔偿责任均不超过其应当承担的比例。互有过失的船舶，对造成的第三人的人身伤亡，负连带赔偿责任。一船连带支付的赔偿超过本条第一款规定的比例的，有权向其他有过失的船舶追偿。

第一百七十条　船舶因操纵不当或者不遵守航行规章，虽然实际上没有同其他船舶发生碰撞，但是使其他船舶以及船上的人员、货物或者其他财产遭受损失的，适用本章的规定。

第九章　海难救助

第一百七十一条　本章规定适用于在海上或者与海相通的可航水域，对遇险的船舶和其他财产进行的救助。

第一百七十二条　本章下列用语的含义：

（一）“船舶”，是指本法第三条所称的船舶和与其发生救助关系的任何其他非用于军事的或者政府公务的船艇。

（二）“财产”，是指非永久地和非有意地依附于岸线的任何财产，包括有风险的运费。

（三）“救助款项”，是指依照本章规定，被救助方应当向救助方支付的任何救助报酬、酬金或者补偿。

第一百七十三条　本章规定，不适用于海上已经就位的从事海底矿物资源的勘探、开发或者生产的固定式、浮动式平台和移动式近海钻井装置。

第一百七十四条　船长在不严重危及本船和船上人员安全的情况下，有义务尽力救助海上人命。

第一百七十五条　救助方与被救助方就海难救助达成协议，救助合同成立。

遇险船舶的船长有权代表船舶所有人订立救助合同。遇险船舶的船长或者船舶所有人有权代表船上财产所有人订立救助合同。

第一百七十六条　有下列情形之一，经一方当事人起诉或者双方当事人协议仲裁的，受理争议的法院或者仲裁机构可以判决或者裁决变更救助合同：

（一）合同在不正当的或者危险情况的影响下订立，合同条款显失公平的；

（二）根据合同支付的救助款项明显过高或者过低于实际提供的救助服务的。

第一百七十七条　在救助作业过程中，救助方对被救助方负有下列义务：

（一）以应有的谨慎进行救助；

（二）以应有的谨慎防止或者减少环境污染损害；

（三）在合理需要的情况下，寻求其他救助方援助；

（四）当被救助方合理地要求其他救助方参与救助作业时，接受此种要求，但是要求不合理的，原救助方的救助报酬金额不受影响。

第一百七十八条　在救助作业过程中，被救助方对救助方负有下列义务：

（一）与救助方通力合作；

（二）以应有的谨慎防止或者减少环境污染损害；

（三）当获救的船舶或者其他财产已经被送至安全地点时，及时接受救助方提出的合理的移交要求。

第一百七十九条　救助方对遇险的船舶和其他财产的救助，取得效果的，有权获得救助报酬；救助未取得效果的，除本法第一百八十二条或者其他法律另有规定或者合同另有约定外，无权获得救助款项。

第一百八十条　确定救助报酬，应当体现对救助作业的鼓励，并综合考虑下列各项因素：

（一）船舶和其他财产的获救的价值；

（二）救助方在防止或者减少环境污染损害方面的技能和努力；

（三）救助方的救助成效；

（四）危险的性质和程度；

（五）救助方在救助船舶、其他财产和人命方面的技能和努力；

（六）救助方所用的时间、支出的费用和遭受的损失；

（七）救助方或者救助设备所冒的责任风险和其他风险；

（八）救助方提供救助服务的及时性；

（九）用于救助作业的船舶和其他设备的可用性和使用情况；

（十）救助设备的备用状况、效能和设备的价值。

救助报酬不得超过船舶和其他财产的获救价值。

第一百八十一条　船舶和其他财产的获救价值，是指船舶和其他财产获救后的估计价值或者实际出卖的收入，扣除有关税款和海关、检疫、检验费用以及进行卸载、保管、估价、出卖而产生的费用后的价值。前款规定的价值不包括船员的获救的私人物品和旅客的获救的自带行李的价值。

第一百八十二条　对构成环境污染损害危险的船舶或者船上货物进行的救助，救助方依照本法第一百八十条规定获得的救助报酬，少于依照本条规定可以得到的特别补偿的，救助方有权依照本条规定，从船舶所有人处获得相当于救助费用的特别补偿。救助人进行前款规定的救助作业，取得防止或者减少环境污染损害效果的，船舶所有人依照前款规定应当向救助方支付的特别补偿可以另行增加，增加的数额可以达到救助费用的百分之三十。受理争议的法院或者仲裁机构认为适当，并且考虑到本法第一百八十条第一款的规定，可以判决或者裁决进一步增加特别补偿数额；但是，在任何情况下，增加部分不得超过救助费用的百分之一百。本条所称救助费用，是指救助方在救助作业中直接支付的合理费用以及实际使用救助设备、投入救助人员的合理费用。确定救助费用应当考虑本法第一百八十条第一款第（八）、（九）、（十）项的规定。在任何情况下，本条规定的全部特别补偿，只有在超过救助方依照本法第一百八十条规定能够获得的救助报酬时，方可支付，支付金额为特别补偿超过救助报酬的差额部分。由于救助方的过失未能防止或者减少环境污染损害的，可以全部或者部分地剥夺救助方获得特别补偿的权利。本条规定不影响船舶所有人对其他被救助方的追偿权。

第一百八十三条　救助报酬的金额，应当由获救的船舶和其他财产的各所有人，按照船舶和其他各项财产各自的获救价值占全部获救价值的比例承担。

第一百八十四条　参加同一救助作业的各救助方的救助报酬，应当根据本法第一百八十条规定的标准，由各方协商确定；协商不成的，可以提请受理争议的法院判决或者经各方协议提请仲裁机构裁决。

第一百八十五条　在救助作业中救助人命的救助方，对获救人员不得请求酬金，但是有权从救助船舶或者其他财产、防止或者减少环境污染损害的救助方获得的救助款项中，获得合理的份额。

第一百八十六条　下列救助行为无权获得救助款项：

（一）正常履行拖航合同或者其他服务合同的义务进行救助的，但是提供不属于履行上述义务的特殊劳务除外；

（二）不顾遇险的船舶的船长、船舶所有人或者其他财产所有人明确的和合理的拒绝，仍然进行救助的。

第一百八十七条　由于救助方的过失致使救助作业成为必需或者更加困难的，或者救助方有欺诈或者其他不诚实行为的，应当取消或者减少向救助方支付的救助款项。

第一百八十八条　被救助方在救助作业结束后，应当根据救助方的要求，对救助款项提供满意的担保。在不影响前款规定的情况下，获救船舶的船舶所有人应当在获救的货物交还前，尽力使货物的所有人对其应当承担的救助款项提供满意的担保。在未根据救助人的要求对获救的船舶或者其他财产提供满意的担保以前，未经救助方同意，不得将获救的船舶和其他财产从救助作业完成后最初到达的港口或者地点移走。

第一百八十九条　受理救助款项请求的法院或者仲裁机构，根据具体情况，在合理的条件下，可以裁定或者裁决被救助方向救助方先行支付适当的金额。

被救助方根据前款规定先行支付金额后，其根据本法第一百八十八条规定提供的担保金额应当相应扣减。

第一百九十条　对于获救满九十日的船舶和其他财产，如果被救助方不支付救助款项也不提供满意的担保，救助方可以申请法院裁定强制拍卖；对于无法保管、不易保管或者保管费用可能超过其价值的获救的船舶和其他财产，可以申请提前拍卖。拍卖所得价款，在扣除保管和拍卖过程中的一切费用后，依照本法规定支付救助款项；剩余的金额，退还被救助方；无法退还、自拍卖之日起满一年又无人认领的，上缴国库；不足的金额，救助方有权向被救助方追偿。

第一百九十一条　同一船舶所有人的船舶之间进行的救助，救助方获得救助款项的权利适用本章规定。

第一百九十二条　国家有关主管机关从事或者控制的救助作业，救助方有权享受本章规定的关于救助作业的权利和补偿。

第十章　共同海损

第一百九十三条　共同海损，是指在同一海上航程中，船舶、货物和其他财产遭遇共同危险，为了共同安全，有意地合理地采取措施所直接造成的特殊牺牲、支付的特殊费用。无论在航程中或者在航程结束后发生的船舶或者货物因迟延所造成的损失，包括船期损失和行市损失以及其他间接损失，均不得列入共同海损。

第一百九十四条　船舶因发生意外、牺牲或者其他特殊情况而损坏时，为了安全完成本航程，驶入避难港口、避难地点或者驶回装货港口、装货地点进行必要的修理，在该港口或者地点额外停留期间所支付的港口费，船员工资、给养，船舶所消耗的燃料、物料，为修理而卸载、储存、重装或者搬移船上货物、燃料、物料以及其他财产所造成的损失、支付的费用，应当列入共同海损。

第一百九十五条　为代替可以列为共同海损的特殊费用而支付的额外费用，可以作为代替费用列入共同海损；但是，列入共同海损的代替费用的金额，不得超过被代替的共同海损的特殊费用。

第一百九十六条　提出共同海损分摊请求的一方应当负举证责任，证明其损失应当列入共同海损。

第一百九十七条　引起共同海损特殊牺牲、特殊费用的事故，可能是由航程中一方的过失造成的，不影响该方要求分摊共同海损的权利；但是，非过失方或者过失方可以就此项过失提出赔偿请求或者进行抗辩。

第一百九十八条　船舶、货物和运费的共同海损牺牲的金额，依照下列规定确定：

（一）船舶共同海损牺牲的金额，按照实际支付的修理费，减除合理的以新换旧的扣减额计算。船舶尚未修理的，按照牺牲造成的合理贬值计算，但是不得超过估计的修理费。船舶发生实际全损或者修理费用超过修复后的船舶价值的，共同海损牺牲金额按照该船舶在完好状态下的估计价值，减除不属于共同海损损坏的估计的修理费和该船舶受损后的价值的余额计算。

（二）货物共同海损牺牲的金额，货物灭失的，按照货物在装船时的价值加保险费加运费，减除由于牺牲无需支付的运费计算。货物损坏，在就损坏程度达成协议前售出的，按照货物在装船时的价值加保险费加运费，与出售货物净得的差额计算。

（三）运费共同海损牺牲的金额，按照货物遭受牺牲造成的运费的损失金额，减除为取得这笔运费本应支付，但是由于牺牲无需支付的营运费用计算。

第一百九十九条　共同海损应当由受益方按照各自的分摊价值的比例分摊。船舶、货物和运费的共同海损分摊价值，分别依照下列规定确定：

（一）船舶共同海损分摊价值，按照船舶在航程终止时的完好价值，减除不属于共同海损的损失金额计算，或者按照船舶在航程终止时的实际价值，加上共同海损牺牲的金额计算。

（二）货物共同海损分摊价值，按照货物在装船时的价值加保险费加运费，减除不属于共同海损的损失金额和承运人承担风险的运费计算。货物在抵达目的港以前售出的，按照出售净得金额，加上共同海损牺牲的金额计算。旅客的行李和私人物品，不分摊共同海损。

（三）运费分摊价值，按照承运人承担风险并于航程终止时有权收取的运费，减除为取得该项运费而在共同海损事故发生后，为完成本航程所支付的营运费用，加上共同海损牺牲的金额计算。

第二百条　未申报的货物或者谎报的货物，应当参加共同海损分摊；其遭受的特殊牺牲，不得列入共同海损。不正当地以低于货物实际价值作为申报价值的，按照实际价值分摊共同海损；在发生共同海损牺牲时，按照申报价值计算牺牲金额。

第二百零一条　对共同海损特殊牺牲和垫付的共同海损特殊费用，应当计算利息。对垫付的共同海损特殊费用，除船员工资、给养和船舶消耗的燃料、物料外，应当计算手续费。

第二百零二条　经利益关系人要求，各分摊方应当提供共同海损担保。以提供保证金方式进行共同海损担保的，保证金应当交由海损理算师以保管人名义存入银行。保证金的提供、使用或者退还，不影响各方最终的分摊责任。

第二百零三条　共同海损理算，适用合同约定的理算规则；合同未约定的，适用本章的规定。

第十一章　海事赔偿责任限制

第二百零四条　船舶所有人、救助人，对本法第二百零七条所列海事赔偿请求，可以依照本章规定限制赔偿责任。前款所称的船舶所有人，包括船舶承租人和船舶经营人。

第二百零五条　本法第二百零七条所列海事赔偿请求，不是向船舶所有人、救助人本人提出，而是向他们对其行为、过失负有责任的人员提出的，这些人员可以依照本章规定限制赔偿责任。

第二百零六条　被保险人依照本章规定可以限制赔偿责任的，对该海事赔偿请求承担责任的保险人，有权依照本章规定享受相同的赔偿责任限制。

第二百零七条　下列海事赔偿请求，除本法第二百零八条和第二百零九条另有规定外，无论赔偿责任的基础有何不同，责任人均可以依照本章规定限制赔偿责任：

（一）在船上发生的或者与船舶营运、救助作业直接相关的人身伤亡或者财产的灭失、损坏，包括对港口工程、港池、航道和助航设施造成的损坏，以及由此引起的相应损失的赔偿请求；

（二）海上货物运输因迟延交付或者旅客及其行李运输因迟延到达造成损失的赔偿请求；

（三）与船舶营运或者救助作业直接相关的，侵犯非合同权利的行为造成其他损失的赔偿请求；

（四）责任人以外的其他人，为避免或者减少责任人依照本章规定可以限制赔偿责任的损失而采取措施的赔偿请求，以及因此项措施造成进一步损失的赔偿请求。前款所列赔偿请求，无论提出的方式有何不同，均可以限制赔偿责任。但是，第（四）项涉及责任人以合同约定支付的报酬，责任人的支付责任不得援用本条赔偿责任限制的规定。

第二百零八条　本章规定不适用于下列各项：

（一）对救助款项或者共同海损分摊的请求；

（二）中华人民共和国参加的国际油污损害民事责任公约规定的油污损害的赔偿请求；

（三）中华人民共和国参加的国际核能损害责任限制公约规定的核能损害的赔偿请求；

（四）核动力船舶造成的核能损害的赔偿请求；

（五）船舶所有人或者救助人的受雇人提出的赔偿请求，根据调整劳务合同的法律，船舶所有人或者救助人对该类赔偿请求无权限制赔偿责任，或者该项法律作了高于本章规定的赔偿限额的规定。

第二百零九条　经证明，引起赔偿请求的损失是由于责任人的故意或者明知可能造成损失而轻率地作为或者不作为造成的，责任人无权依照本章规定限制赔偿责任。

第二百一十条　除本法第二百一十一条另有规定外，海事赔偿责任限制，依照下列规定计算赔偿限额：

（一）关于人身伤亡的赔偿请求

1. 总吨位300t至500t的船舶，赔偿限额为333 000计算单位；

2. 总吨位超过500t的船舶，500t以下部分适用本项第1目的规定，500t以上的部分，应当增加下列数额：

501t至3 000t的部分，每吨增加500计算单位；

3 001t至30 000t的部分，每吨增加333计算单位；

30 001t至70 000t的部分，每吨增加250计算单位；

超过70 000t的部分，每吨增加167计算单位。

（二）关于非人身伤亡的赔偿请求

1. 总吨位300t至500t的船舶，赔偿限额为167 000计算单位；

2. 总吨位超过500t的船舶，500t以下部分适用本项第1目的规定，500t以上的部分，应当增加下列数额：

501t至30 000t的部分，每吨增加167计算单位；

30 001t至70 000t的部分，每吨增加125计算单位；

超过70 000t的部分，每吨增加83计算单位。

（三）依照第(一)项规定的限额，不足以支付全部人身伤亡的赔偿请求的，其差额应当与非人身伤亡的赔偿请求并列，从第(二)项数额中按照比例受偿。

（四）在不影响第(三)项关于人身伤亡赔偿请求的情况下，就港口工程、港池、航道和助航设施的损害提出的赔偿请求，应当较第(二)项中的其他赔偿请求优先受偿。

（五）不以船舶进行救助作业或者在被救船舶上进行救助作业的救助人，其责任限额按照总吨位为1 500t的船舶计算。总吨位不满300t的船舶，从事中华人民共和国港口之间的运输的船舶，以及从事沿海作业的船舶，其赔偿限额由国务院交通主管部门制定，报国务院批准后施行。

第二百一十一条　海上旅客运输的旅客人身伤亡赔偿责任限制，按照46 666计算单位乘以船舶证书规定的载客定额计算赔偿限额，但是最高不超过25 000 000计算单位。中华人民共和国港口之间海上旅客运输的旅客人身伤亡，赔偿限额由国务院交通主管部门制定，报国务院批准后施行。

第二百一十二条　本法第二百一十条和第二百一十一条规定的赔偿限额，适用于特定场合发生的事故引起的，向船舶所有人、救助人本人和他们对其行为、过失负有责任的人员提出的请求的总额。

第二百一十三条　责任人要求依照本法规定限制赔偿责任的，可以在有管辖权的法院设立责任限制基金。基金数额分别为本法第二百一十条、第二百一十一条规定的限额，加上自责任产生之日起至基金设立之日止的相应利息。

第二百一十四条　责任人设立责任限制基金后，向责任人提出请求的任何人，不得对责任人的任何财产行使任何权利；已设立责任限制基金的责任人的船舶或者其他财产已经被扣押，或者基金设立人已经提交抵押物的，法院应当及时下令释放或者责令退还。

第二百一十五条　享受本章规定的责任限制的人，就同一事故向请求人提出反请求的，双方的请求金额应当相互抵消，本章规定的赔偿限额仅适用于两个请求金额之间的差额。

第十二章　海上保险合同

第一节　一般规定

第二百一十六条　海上保险合同，是指保险人按照约定，对被保险人遭受保险事故造成保险标的的损失和产生的责任负责赔偿，而由被保险人支付保险费的合同。前款所称保险事故，是指保险人与被保险人约定的任何海上事故，包括与海上航行有关的发生于内河或者陆上的事故。

第二百一十七条　海上保险合同的内容，主要包括下列各项：

（一）保险人名称；

（二）被保险人名称；

（三）保险标的；

（四）保险价值；

（五）保险金额；

（六）保险责任和除外责任；

（七）保险期间；

（八）保险费。

第二百一十八条　下列各项可以作为保险标的：

（一）船舶；

（二）货物；

（三）船舶营运收入，包括运费、租金、旅客票款；

（四）货物预期利润；

（五）船员工资和其他报酬；

（六）对第三人的责任；

（七）由于发生保险事故可能受到损失的其他财产和产生的责任、费用。

保险人可以将对前款保险标的的保险进行再保险。除合同另有约定外，原被保险人不得享有再保险的利益。

第二百一十九条　保险标的的保险价值由保险人与被保险人约定。保险人与被保险人未约定保险价值的，保险价值依照下列规定计算：

（一）船舶的保险价值，是保险责任开始时船舶的价值，包括船壳、机器、设备的价值，以及船上燃料、物料、索具、给养、淡水的价值和保险费的总和；

（二）货物的保险价值，是保险责任开始时货物在起运地的发票价格或者非贸易商品在起运地的实际价值以及运费和保险费的总和；

（三）运费的保险价值，是保险责任开始时承运人应收运费总额和保险费的总和；

（四）其他保险标的的保险价值，是保险责任开始时保险标的的实际价值和保险费的总和。

第二百二十条　保险金额由保险人与被保险人约定。保险金额不得超过保险价值；超过保险价值的，超过部分无效。

第二节　合同的订立、解除和转让

第二百二十一条　被保险人提出保险要求，经保险人同意承保，并就海上保险合同的条款达成协议后，合同成立。保险人应当及时向被保险人签发保险单或者其他保险单证，并在保险单或者其他保险单证中载明当事人双方约定的合同内容。

第二百二十二条　合同订立前，被保险人应当将其知道的或者在通常业务中应当知道的有关影响保险人据以确定保险费率或者确定是否同意承保的重要情况，如实告知保险人。保险人知道或者在通常业务中应当知道的情况，保险人没有询问的，被保险人无需告知。

第二百二十三条　由于被保险人的故意，未将本法第二百二十二条第一款规定的重要情况如实告知保险人的，保险人有权解除合同，并不退还保险费。合同解除前发生保险事故造成损失的，保险人不负赔偿责任。不是由于被保险人的故意，未将本法第二百二十二条第一款规定的重要情况如实告知保险人的，保险人有权解除合同或者要求相应增加保险费。保险人解除合同的，对于合同解除前发生保险事故造成的损失，保险人应当负赔偿责任；但是，未告知或者错误告知的重要情况对保险事故的发生有影响的除外。

第二百二十四条　订立合同时，被保险人已经知道或者应当知道保险标的已经因发生保险事故而遭受损失的，保险人不负赔偿责任，但是有权收取保险费；保险人已经知道或者应当知道保险标的已经不可能因发生保险事故而遭受损失的，被保险人有权收回已经支付的保险费。

第二百二十五条　被保险人对同一保险标的就同一保险事故向几个保险人重复订立合同，而使该保险标的的保险金额总和超过保险标的的价值的，除合同另有约定外，被保险人可以向任何保险人提出赔偿请求。被保险人获得的赔偿金额总和不得超过保险标的的受损价值。各保险人按照其承保的保险金额同保险金额总和的比例承担赔偿责任。任何一个保险人支付的赔偿金额超过其应当承担的赔偿责任的，有权向未按照其应当承担的赔偿责任支付赔偿金额的保险人追偿。

第二百二十六条　保险责任开始前，被保险人可以要求解除合同，但是应当向保险人支付手续费，保险人应当退还保险费。

第二百二十七条　除合同另有约定外，保险责任开始后，被保险人和保险人均不得解除合同。根据合同约定在保险责任开始后可以解除合同的，被保险人要求解除合同，保险人有权收取自保险责任开始之日起至合同解除之日止的保险费，剩余部分予以退还；保险人要求解除合同，应当将自合同解除之日起至保险期间届满之日止的保险费退还被保险人。

第二百二十八条　虽有本法第二百二十七条规定，货物运输和船舶的航次保险，保险责任开始后，被保险人不得要求解除合同。

第二百二十九条　海上货物运输保险合同可以由被保险人背书或者以其他方式转让，合同的权利、义务随之转移。合同转让时尚未支付保险费的,被保险人和合同受让人负连带支付责任。

第二百三十条　因船舶转让而转让船舶保险合同的,应当取得保险人同意。未经保险人同意,船舶保险合同从船舶转让时起解除;船舶转让发生在航次之中的,船舶保险合同至航次终了时解除。合同解除后,保险人应当将自合同解除之日起至保险期间届满之日止的保险费退还被保险人。

第二百三十一条　被保险人在一定期间分批装运或者接受货物的,可以与保险人订立预约保险合同。预约保险合同应当由保险人签发预约保险单证加以确认。

第二百三十二条　应被保险人要求,保险人应当对依据预约保险合同分批装运的货物分别签发保险单证。保险人分别签发的保险单证的内容与预约保险单证的内容不一致的,以分别签发的保险单证为准。

第二百三十三条　被保险人知道经预约保险合同保险的货物已经装运或者到达的情况时,应当立即通知保险人。通知的内容包括装运货物的船名、航线、货物价值和保险金额。

第三节　被保险人的义务

第二百三十四条　除合同另有约定外,被保险人应当在合同订立后立即支付保险费;被保险人支付保险费前,保险人可以拒绝签发保险单证。

第二百三十五条　被保险人违反合同约定的保证条款时,应当立即书面通知保险人。保险人收到通知后,可以解除合同,也可以要求修改承保条件、增加保险费。

第二百三十六条　一旦保险事故发生,被保险人应当立即通知保险人,并采取必要的合理措施,防止或者减少损失。被保险人收到保险人发出的有关采取防止或者减少损失的合理措施的特别通知的,应当按照保险人通知的要求处理。对于被保险人违反前款规定所造成的扩大的损失,保险人不负赔偿责任。

第四节　保险人的责任

第二百三十七条　发生保险事故造成损失后,保险人应当及时向被保险人支付保险赔偿。

第二百三十八条　保险人赔偿保险事故造成的损失,以保险金额为限。保险金额低于保险价值的,在保险标的发生部分损失时,保险人按照保险金额与保险价值的比例负赔偿责任。

第二百三十九条　保险标的在保险期间发生几次保险事故所造成的损失,即使损失金额的总和超过保险金额,保险人也应当赔偿。但是,对发生部分损失后未经修复又发生全部损失的,保险人按照全部损失赔偿。

第二百四十条　被保险人为防止或者减少根据合同可以得到赔偿的损失而支出的必要的合理费用,为确定保险事故的性质、程度而支出的检验、估价的合理费用,以及为执行保险人的特别通知而支出的费用,应当由保险人在保险标的损失赔偿之外另行支付。保险人对前款规定的费用的支付,以相当于保险金额的数额为限。保险金额低于保险价值的,除合同另有约定外,保险人应当按照保险金额与保险价值的比例,支付本条规定的费用。

第二百四十一条　保险金额低于共同海损分摊价值的,保险人按照保险金额同分摊价值的比例赔偿共同海损分摊。

第二百四十二条　对于被保险人故意造成的损失,保险人不负赔偿责任。

第二百四十三条　除合同另有约定外,因下列原因之一造成货物损失的,保险人不负赔偿责任:

(一) 航行迟延、交货迟延或者行市变化;

(二) 货物的自然损耗、本身的缺陷和自然特性;

(三) 包装不当。

第二百四十四条　除合同另有约定外,因下列原因之一造成保险船舶损失的,保险人不负赔偿责任:

(一) 船舶开航时不适航,但是在船舶定期保险中被保险人不知道的除外;

(二) 船舶自然磨损或者锈蚀。运费保险比照适用本条的规定。

第五节　保险标的的损失和委付

第二百四十五条　保险标的发生保险事故后灭失,或者受到严重损坏完全失去原有形体、效用,或者不能再归被保险人所拥有的,为实际全损。

第二百四十六条　船舶发生保险事故后,认为实际全损已经不可避免,或者为避免发生实际全损所需支付的费用超过保险价值的,为推定全损。货物发生保险事故后,认为实际全损已经不可避免,或者为避免发生实际全损所需支付的费用与继续将货物运抵目的地的费用之和超过保险价值的,为推定全损。

第二百四十七条　不属于实际全损和推定全损的损失,为部分损失。

第二百四十八条　船舶在合理时间内未从被获知最后消息的地点抵达目的地,除合同另有约定外,满两个月后仍没有获知其消息的,为船舶失踪。船舶失踪视为实际全损。

第二百四十九条　保险标的发生推定全损,被保险人要求保险人按照全部损失赔偿的,应当向保险人委付保险标的。保险人可以接受委付,也可以不接受委付,但是应当在合理的时间内将接受委付或者不接受委付的决定通知被保险人。委付不得附带任何条件。委付一经保险人接受,不得撤回。

第二百五十条　保险人接受委付的,被保险人对委付财产的全部权利和义务转移给保险人。

第六节　保险赔偿的支付

第二百五十一条　保险事故发生后,保险人向被保险人支付保险赔偿前,可以要求被保险人提供与确认保险事故性质和损失程度有关的证明和资料。

第二百五十二条　保险标的发生保险责任范围内的损失是由第三人造成的,被保险人向第三人要求赔偿的权利,自保险人支付赔偿之日起,相应转移给保险人。

被保险人应当向保险人提供必要的文件和其所需要知道的情况,并尽力协助保险人向第三人追偿。

第二百五十三条　被保险人未经保险人同意放弃向第三人要求赔偿的权利,或者由于过失致使保险人不能行使追偿权利的,保险人可以相应扣减保险赔偿。

第二百五十四条　保险人支付保险赔偿时,可以从应支付的赔偿额中相应扣减被保险人已经从第三人取得的赔偿。保险人从第三人取得的赔偿,超过其支付的保险赔偿的,超过部分应当退还给被保险人。

第二百五十五条　发生保险事故后,保险人有权放弃对保险标的的权利,全额支付合同约定的保险赔偿,以解除对保险标的的义务。

保险人行使前款规定的权利,应当自收到被保险人有关赔偿损失的通知之日起的七日内通知被保险人;被保险人在收到通知前,为避免或者减少损失而支付的必要的合理费用,仍然应当由保险人偿还。

第二百五十六条　除本法第二百五十五条的规定外，保险标的发生全损，保险人支付全部保险金额的，取得对保险标的的全部权利；但是，在不足额保险的情况下，保险人按照保险金额与保险价值的比例取得对保险标的的部分权利。

第十三章　时效

第二百五十七条　就海上货物运输向承运人要求赔偿的请求权，时效期间为一年，自承运人交付或者应当交付货物之日起计算；在时效期间内或者时效期间届满后，被认定为负有责任的人向第三人提起追偿请求的，时效期间为九十日，自追偿请求人解决原赔偿请求之日起或者收到受理对其本人提起诉讼的法院的起诉状副本之日起计算。有关航次租船合同的请求权，时效期间为二年，自知道或者应当知道权利被侵害之日起计算。

第二百五十八条　就海上旅客运输向承运人要求赔偿的请求权，时效期间为二年，分别依照下列规定计算：

（一）有关旅客人身伤害的请求权，自旅客离船或者应当离船之日起计算；

（二）有关旅客死亡的请求权，发生在运送期间的，自旅客应当离船之日起计算；因运送期间内的伤害而导致旅客离船后死亡的，自旅客死亡之日起计算，但是此期限自离船之日起不得超过三年；

（三）有关行李灭失或者损坏的请求权，自旅客离船或者应当离船之日起计算。

第二百五十九条　有关船舶租用合同的请求权，时效期间为二年，自知道或者应当知道权利被侵害之日起计算。

第二百六十条　有关海上拖航合同的请求权，时效期间为一年，自知道或者应当知道权利被侵害之日起计算。

第二百六十一条　有关船舶碰撞的请求权，时效期间为二年，自碰撞事故发生之日起计算；本法第一百六十九条第三款规定的追偿请求权，时效期间为一年，自当事人连带支付损害赔偿之日起计算。

第二百六十二条　有关海难救助的请求权，时效期间为二年，自救助作业终止之日起计算。

第二百六十三条　有关共同海损分摊的请求权，时效期间为一年，自理算结束之日起计算。

第二百六十四条　根据海上保险合同向保险人要求保险赔偿的请求权，时效期间为二年，自保险事故发生之日起计算。

第二百六十五条　有关船舶发生油污损害的请求权，时效期间为三年，自损害发生之日起计算；但是，在任何情况下时效期间不得超过从造成损害的事故发生之日起六年。

第二百六十六条　在时效期间的最后六个月内，因不可抗力或者其他障碍不能行使请求权的，时效中止。自中止时效的原因消除之日起，时效期间继续计算。

第二百六十七条　时效因请求人提起诉讼、提交仲裁或者被请求人同意履行义务而中断。但是，请求人撤回起诉、撤回仲裁或者起诉被裁定驳回的，时效不中断。请求人申请扣船的，时效自申请扣船之日起中断。自中断时起，时效期间重新计算。

第十四章　涉外关系的法律运用

第二百六十八条　中华人民共和国缔结或者参加的国际条约同本法有不同规定的，适用国际条约的规定；但是，中华人民共和国声明保留的条款除外。

中华人民共和国法律和中华人民共和国缔结或者参加的国际条约没有规定的，可以适用国际惯例。

第二百六十九条　合同当事人可以选择合同适用的法律，法律另有规定的除外。合同当事人没有选择的，适用与合同有最密切联系的国家的法律。

第二百七十条　船舶所有权的取得、转让和消灭，适用船旗国法律。

第二百七十一条　船舶抵押权适用船旗国法律。船舶在光船租赁以前或者光船租赁期间，设立船舶抵押权的，适用原船舶登记国的法律。

第二百七十二条　船舶优先权，适用受理案件的法院所在地法律。

第二百七十三条　船舶碰撞的损害赔偿，适用侵权行为地法律。

船舶在公海上发生碰撞的损害赔偿，适用受理案件的法院所在地法律。同一国籍的船舶，不论碰撞发生于何地，碰撞船舶之间的损害赔偿适用船旗国法律。

第二百七十四条　共同海损理算，适用理算地法律。

第二百七十五条　海事赔偿责任限制，适用受理案件的法院所在地法律。

第二百七十六条　依照本章规定适用外国法律或者国际惯例，不得违背中华人民共和国的社会公共利益。

第十五章　附则

第二百七十七条　本法所称计算单位，是指国际货币基金组织规定的特别提款权；其人民币数额为法院判决之日、仲裁机构裁决之日或者当事人协议之日，按照国家外汇主管机关规定的国际货币基金组织的特别提款权对人民币的换算办法计算得出的人民币数额。

第二百七十八条　本法自1993年7月1日起施行。

法规2:《中华人民共和国国际海运条例》

第一章　总则

第一条　为了规范国际海上运输活动，保护公平竞争，维护国际海上运输市场秩序，保障国际海上运输各方当事人的合法权益，制定本条例。

第二条　本条例适用于进出中华人民共和国港口的国际海上运输经营活动以及与国际海上运输相关的辅助性经营活动。

前款所称与国际海上运输相关的辅助性经营活动，包括本条例分别规定的国际船舶代理、国际船舶管理、国际海运货物装卸、国际海运货物仓储、国际海运集装箱站和堆场等业务。

第三条　从事国际海上运输经营活动以及与国际海上运输相关的辅助性经营活动，应当遵循诚实信用的原则，依法经营，公平竞争。

第四条　国务院交通主管部门和有关的地方人民政府交通主管部门依照本条例规定，对国际海上运输经营活动实施监督管理，并对与国际海上运输相关的辅助性经营活动实施有关的监督管理。

第二章　国际海上运输及其辅助性业务的经营者

第五条　经营国际船舶运输业务，应当具备下列条件：

(一) 有与经营国际海上运输业务相适应的船舶，其中必须有中国籍船舶；

(二) 投入运营的船舶符合国家规定的海上交通安全技术标准；

(三) 有提单、客票或者多式联运单证；

(四) 有具备国务院交通主管部门规定的从业资格的高级业务管理人员。

第六条　经营国际船舶运输业务，应当向国务院交通主管部门提出申请，并附送符合本条例第五条规定条件的相关材料。国务院交通主管部门应当自受理申请之日起 30 日内审核完毕，作出许可或者不予许可的决定。予以许可的，向申请人颁发《国际船舶运输经营许可证》；不予许可的，应当书面通知申请人并告知理由。

国务院交通主管部门审核国际船舶运输业务申请时，应当考虑国家关于国际海上运输业发展的政策和国际海上运输市场竞争状况。

申请经营国际船舶运输业务，并同时申请经营国际班轮运输业务的，还应当附送本条例第十七条规定的相关材料，由国务院交通主管部门一并审核、登记。

第七条　经营无船承运业务，应当向国务院交通主管部门办理提单登记，并交纳保证金。

前款所称无船承运业务，是指无船承运业务经营者以承运人身份接受托运人的货载，签发自己的提单或者其他运输单证，向托运人收取运费，通过国际船舶运输经营者完成国际海上货物运输，承担承运人责任的国际海上运输经营活动。

在中国境内经营无船承运业务，应当在中国境内依法设立企业法人。

第八条　无船承运业务经营者应当在向国务院交通主管部门提出办理提单登记申请的同时，附送证明已经按照本条例的规定交纳保证金的相关材料。

前款保证金金额为 80 万元人民币；每设立一个分支机构，增加保证金 20 万元人民币。保证金应当向中国境内的银行开立专门账户交存。

保证金用于无船承运业务经营者清偿因其不履行承运人义务或者履行义务不当所产生的债务以及支付罚款。保证金及其利息，归无船承运业务经营者所有。专门账户由国务院交通主管部门实施监督。

国务院交通主管部门应当自收到无船承运业务经营者提单登记申请并交纳保证金的相关材料之日起 15 日内审核完毕。申请材料真实、齐备的，予以登记，并通知申请人；申请材料不真实或者不齐备的，不予登记，书面通知申请人并告知理由。已经办理提单登记的无船承运业务经营者，由国务院交通主管部门予以公布。

第九条　经营国际船舶代理业务，应当具备下列条件：

(一) 高级业务管理人员中至少 2 人具有 3 年以上从事国际海上运输经营活动的经历；

(二) 有固定的营业场所和必要的营业设施。

第十条　经营国际船舶代理业务，应当向国务院交通主管部门提出申请，并附送符合本条例第九条规定条件的相关材料。国务院交通主管部门应当自收到申请之日起 15 日内审核完毕。申请材料真实、齐备的，予以登记，并通知申请人；申请材料不真实或者不齐备的，不予登记，书面通知申请人并告知理由。

第十一条　经营国际船舶管理业务，应当具备下列条件：

（一）高级业务管理人员中至少2人具有3年以上从事国际海上运输经营活动的经历；

（二）有持有与所管理船舶种类和航区相适应的船长、轮机长适任证书的人员；

（三）有与国际船舶管理业务相适应的设备、设施。

第十二条　经营国际船舶管理业务，应当向拟经营业务所在地的省、自治区、直辖市人民政府交通主管部门提出申请，并附送符合本条例第十一条规定条件的相关材料。省、自治区、直辖市人民政府交通主管部门应当自收到申请之日起15日内审核完毕。申请材料真实、齐备的，予以登记，并通知申请人；申请材料不真实或者不齐备的，不予登记，书面通知申请人并告知理由。

第十三条　国际船舶运输经营者、无船承运业务经营者、国际船舶代理经营者和国际船舶管理经营者经依照本条例许可、登记后，应当持有关证明文件，依法向企业登记机关办理企业登记手续。

第十四条　国际船舶运输经营者、无船承运业务经营者、国际船舶代理经营者和国际船舶管理经营者，不得将依法取得的经营资格提供给他人使用。

第十五条　国际船舶运输经营者、无船承运业务经营者、国际船舶代理经营者和国际船舶管理经营者依照本条例的规定取得相应的经营资格后，不再具备本条例规定的条件的，国务院交通主管部门或者省、自治区、直辖市人民政府交通主管部门应当立即取消其经营资格。

第三章　国际海上运输及其辅助性业务经营活动

第十六条　国际船舶运输经营者经营进出中国港口的国际班轮运输业务，应当依照本条例的规定取得国际班轮运输经营资格。

未取得国际班轮运输经营资格的，不得从事国际班轮运输经营活动，不得对外公布班期、接受订舱。

以共同派船、舱位互换、联合经营等方式经营国际班轮运输的，适用本条第一款的规定。

第十七条　经营国际班轮运输业务，应当向国务院交通主管部门提出申请，并附送下列材料：

（一）国际船舶运输经营者的名称、注册地、营业执照副本、主要出资人；

（二）经营者的主要管理人员的姓名及其身份证明；

（三）运营船舶资料；

（四）拟开航的航线、班期及沿途停泊港口；

（五）运价本；

（六）提单、客票或者多式联运单证。

国务院交通主管部门应当自收到经营国际班轮运输业务申请之日起30日内审核完毕。申请材料真实、齐备的，予以登记，并通知申请人；申请材料不真实或者不齐备的，不予登记，书面通知申请人并告知理由。

第十八条　取得国际班轮运输经营资格的国际船舶运输经营者，应当自取得资格之日起180日内开航；因不可抗力并经国务院交通主管部门同意，可以延期90日。逾期未开航的，国际班轮运输经营资格自期满之日起丧失。

第十九条　新开、停开国际班轮运输航线，或者变更国际班轮运输船舶、班期的，应当提前15日予以公告，并应当自行为发生之日起15日内向国务院交通主管部门备案。

第二十条　经营国际班轮运输业务的国际船舶运输经营者的运价和无船承运业务经营者的运价，应当按照规定格式向国务院交通主管部门备案。国务院交通主管部门应当指定专门机构受理运价备案。

备案的运价包括公布运价和协议运价。公布运价，是指国际船舶运输经营者和无船承运业务经营者运价本上载明的运价；协议运价，是指国际船舶运输经营者与货主、无船承运业务经营者约定的运价。

公布运价自国务院交通主管部门受理备案之日起满30日生效；协议运价自国务院交通主管部门受理备案之时起满24小时生效。

国际船舶运输经营者和无船承运业务经营者应当执行生效的备案运价。

第二十一条　国际船舶运输经营者在与无船承运业务经营者订立协议运价时，应当确认无船承运业务经营者已依照本条例规定办理提单登记并交纳保证金。

第二十二条　从事国际班轮运输的国际船舶运输经营者之间订立涉及中国港口的班轮公会协议、运营协议、运价协议等，应当自协议订立之日起15日内将协议副本向国务院交通主管部门备案。

第二十三条　国际船舶运输经营者有下列情形之一的，应当在情形发生之日起15日内，向国务院交通主管部门备案：

（一）终止经营；

（二）减少运营船舶；

（三）变更提单、客票或者多式联运单证；

（四）在境外设立分支机构或者子公司经营国际船舶运输业务；

（五）拥有的船舶在境外注册，悬挂外国旗。

国际船舶运输经营者增加运营船舶的，增加的运营船舶必须符合国家规定的安全技术标准，并应当于投入运营前15日内向国务院交通主管部门备案。国务院交通主管部门应当自收到备案材料之日起3日内出具备案证明文件。

其他中国企业有本条第一款第（四）项、第（五）项所列情形之一的，应当依照本条第一款规定办理备案手续。

第二十四条　国际船舶运输经营者之间的兼并、收购，其兼并、收购协议应当报国务院交通主管部门审核同意。

国务院交通主管部门应当自收到国际船舶运输经营者报送的兼并、收购协议之日起60日内，根据国家关于国际海上运输业发展的政策和国际海上运输市场竞争状况进行审核，作出同意或者不同意的决定，并书面通知有关国际船舶运输经营者。

第二十五条　经营国际船舶运输业务、无船承运业务和国际船舶代理业务，在中国境内收取、代为收取运费以及其他相关费用，应当向付款人出具中国税务机关统一印制的发票。

第二十六条　未依照本条例的规定办理提单登记并交纳保证金的，不得经营无船承运业务。

第二十七条　经营国际船舶运输业务和无船承运业务，不得有下列行为：

（一）以低于正常、合理水平的运价提供服务，妨碍公平竞争；

（二）在会计账簿之外暗中给予托运人回扣，承揽货物；

（三）滥用优势地位，以歧视性价格或者其他限制性条件给交易对方造成损害；

（四）其他损害交易对方或者国际海上运输市场秩序的行为。

第二十八条　外国国际船舶运输经营者从事本章规定的有关国际船舶运输活动，应当遵守本条例有关规定。

外国国际船舶运输经营者不得经营中国港口之间的船舶运输业务，也不得利用租用的中国籍船舶或者舱位，或者以互换舱位等方式变相经营中国港口之间的船舶运输业务。

第二十九条　国际船舶代理经营者接受船舶所有人或者船舶承租人、船舶经营人的委托，可以经营下列业务：

（一）办理船舶进出港口手续，联系安排引航、靠泊和装卸；

（二）代签提单、运输合同，代办接受订舱业务；

（三）办理船舶、集装箱以及货物的报关手续；

（四）承揽货物、组织货载，办理货物、集装箱的托运和中转；

（五）代收运费，代办结算；

（六）组织客源，办理有关海上旅客运输业务；

（七）其他相关业务。

国际船舶代理经营者应当按照国家有关规定代扣代缴其所代理的外国国际船舶运输经营者的税款。

第三十条　国际船舶管理经营者接受船舶所有人或者船舶承租人、船舶经营人的委托，可以经营下列业务：

（一）船舶买卖、租赁以及其他船舶资产管理；

（二）机务、海务和安排维修；

（三）船员招聘、训练和配备；

（四）保证船舶技术状况和正常航行的其他服务。

第四章　外商投资经营国际海上运输及其辅助性业务的特别规定

第三十一条　外商在中国境内投资经营国际海上运输业务以及与国际海上运输相关的辅助性业务，适用本章规定；本章没有规定的，适用本条例其他有关规定。

第三十二条　经国务院交通主管部门批准，外商可以依照有关法律、行政法规以及国家其他有关规定，投资设立中外合资经营企业或者中外合作经营企业，经营国际船舶运输、国际船舶代理、国际船舶管理、国际海运货物装卸、国际海运货物仓储、国际海运集装箱站和堆场业务；并可以投资设立外资企业经营国际海运货物仓储业务。

经营国际船舶运输、国际船舶代理业务的中外合资经营企业，企业中外商的出资比例不得超过49%。

经营国际船舶运输、国际船舶代理业务的中外合作经营企业，企业中外商的投资比例比照适用前款规定。

中外合资国际船舶运输企业和中外合作国际船舶运输企业的董事会主席和总经理，由中外合资、合作双方协商后由中方指定。

第三十三条　经国务院交通主管部门批准，外商可以依照有关法律、行政法规以及国家其他有关规定投资设立中外合资经营企业、中外合作经营企业、外资企业，为其拥有或者经营的船舶提供承揽货物、代签提单、代结运费、代签服务合同等日常业务服务；未在中国境内投资设立中外合资经营企业、中外合作经营企业、外资企业的，上述业务必须委托中国的国际船舶代理经营者办理。

第三十四条　外国国际船舶运输经营者以及外国国际海运辅助企业，经国务院交通主管部门批准，可以依法在中国境内设立常驻代表机构。

外国国际船舶运输经营者以及外国国际海运辅助企业在中国境内设立的常驻代表机构，不得从事经营活动。

第五章　调查与处理

第三十五条　国务院交通主管部门应利害关系人的请求或者自行决定，可以对下列情形实施调查：

（一）经营国际班轮运输业务的国际船舶运输经营者之间订立的涉及中国港口的班轮公会协议、运营协议、运价协议等，可能对公平竞争造成损害的；

（二）经营国际班轮运输业务的国际船舶运输经营者通过协议产生的各类联营体，其服务涉及中国港口某一航线的承运份额，持续1年超过该航线总运量的30%，并可能对公平竞争造成损害的；

（三）有本条例第二十七条规定的行为之一的；

（四）可能损害国际海运市场公平竞争的其他行为。

第三十六条　国务院交通主管部门实施调查，应当会同国务院工商行政管理部门和价格部门（以下统称调查机关）共同进行。

第三十七条　调查机关实施调查，应当成立调查组。调查组成员不少于3人。调查组可以根据需要，聘请有关专家参加工作。

调查组进行调查前，应当将调查目的、调查原因、调查期限等事项通知被调查人。调查期限不得超过1年；必要时，经调查机关批准，可以延长半年。

第三十八条　调查人员进行调查，可以向被调查人以及与其有业务往来的单位和个人了解有关情况，并可查阅、复制有关单证、协议、合同文本、会计账簿、业务函电、电子数据等有关资料。

调查人员进行调查，应当保守被调查人以及与其有业务往来的单位和个人的商业秘密。

第三十九条　被调查人应当接受调查，如实提供有关情况和资料，不得拒绝调查或者隐匿真实情况、谎报情况。

第四十条　调查结束，调查机关应当作出调查结论，书面通知被调查人、利害关系人。

对公平竞争造成损害的，调查机关可以采取责令修改有关协议、限制班轮航班数量、中止运价本或者暂停受理运价备案、责令定期报送有关资料等禁止性、限制性措施。

第四十一条　调查机关在作出采取禁止性、限制性措施的决定前，应当告知当事人有要求举行听证的权利；当事人要求听证的，应当举行听证。

第六章　法律责任

第四十二条　未取得《国际船舶运输经营许可证》，擅自经营国际船舶运输业务的，由国务院交通主管部门或者其授权的地方人民政府交通主管部门责令停止经营；有违法所得的，没收违法所得；违法所得50万元以上的，处违法所得2倍以上5倍以下的罚款；没有违法所得或者违法所得不足50万元的，处20万元以上100万元以下的罚款。

第四十三条　未办理提单登记、交纳保证金，擅自经营无船承运业务的，由国务院交通主管部门或者其授权的地方人民政府交通主管部门责令停止经营；有违法所得的，没收违法所得；违法所得10万元以上的，处违法所得2倍以上5倍以下的罚款；没有违法所得或者违法所得不足10万元的，处5万元以上20万元以下的罚款。

第四十四条　未办理登记手续，擅自经营国际船舶代理业务或者国际船舶管理业务的，由国务院交通主管部门或者其授权的地方人民政府交通主管部门责令停止经营；有违法所得的，没收违法所得；违法所得5万元以上的，处违法所得2倍以上5倍以下的罚款；没有违法所得或者违法所得不足5万元的，处2万元以上10万元以下的罚款。

第四十五条　外国国际船舶运输经营者经营中国港口之间的船舶运输业务，或者利用租用的中国籍船舶和舱位以及用互换舱位等方式经营中国港口之间的船舶运输业务的，由国务院交通主管部门或者其授权的地方人民政府交通主管部门责令停止经营；有违法所得的，没收违法所得；违法所得50万元以上的，处违法所得2倍以上5倍以下的罚款；没有违法所得或者违法所得不足50万元的，处20万元以上100万元以下的罚款。拒不停止经营的，拒绝进港；情节严重的，撤销其国际班轮运输经营资格。

第四十六条　未取得国际班轮运输经营资格，擅自经营国际班轮运输的，由国务院交通主管部门或者其授权的地方人民政府交通主管部门责令停止经营；有违法所得的，没收违法所得；违法所得50万元以上的，处违法所得2倍以上5倍以下的罚款；没有违法所得或者违法所得不足50万元的，处20万元以上100万元以下的罚款。拒不停止经营的，拒绝进港。

第四十七条　国际船舶运输经营者、无船承运业务经营者、国际船舶代理经营者和国际船舶管理经营者将其依法取得的经营资格提供给他人使用的，由国务院交通主管部门或者其授权的地方人民政府交通主管部门责令限期改正；逾期不改正的，撤销其经营资格。

第四十八条　未履行本条例规定的备案手续的，由国务院交通主管部门或者其授权的地方人民政府交通主管部门责令限期补办备案手续；逾期不补办的，处1万元以上5万元以下的罚款，并可以撤销其相应资格。

第四十九条　未履行本条例规定的运价备案手续或者未执行备案运价的，由国务院交通主管部门或者其授权的地方人民政府交通主管部门责令限期改正，并处2万元以上10万元以下的罚款。

第五十条　依据调查结论应当给予行政处罚或者有本条例第二十七条所列违法情形的，由交通主管部门、价格主管部门或者工商行政管理部门依照有关法律、行政法规的规定给予处罚。

第五十一条　国际船舶运输经营者与未办理提单登记并交纳保证金的无船承运业务经营者订立协议运价的，由国务院交通主管部门或者其授权的地方人民政府交通主管部门给予警告，并处2万元以上10万元以下的罚款。

第五十二条　未经国务院交通主管部门批准，外国国际船舶运输经营者以及外国国际海运辅助企业擅自设立常驻代表机构的，由国务院交通主管部门或者其授权的地方人民政府交通主管部门责令限期改正，并处2万元以上10万元以下的罚款。

外国国际船舶运输经营者以及外国国际海运辅助企业常驻代表机构从事经营活动的，由工商行政管理部门责令停止经营活动，并依法给予处罚。

第五十三条　拒绝调查机关及其工作人员依法实施调查，或者隐匿、谎报有关情况和资料的，由国务院交通主管部门或者其授权的地方人民政府交通主管部门责令改正，并处2万元以上10万元以下的罚款。

第五十四条　非法从事进出中国港口的国际海上运输经营活动以及与国际海上运输相关的辅助性经营活动，扰乱国际海上运输市场秩序的，依照刑法关于非法经营罪的规定，依法追究刑事责任。

第五十五条　国务院交通主管部门和有关地方人民政府交通主管部门的工作人员有下列情形之一，造成严重后果，触犯刑律的，依照刑法关于滥用职权罪、玩忽职守罪或者其他罪的规定，依法追究刑事责任；尚不够刑事处罚的，依法给予行政处分：

（一）对符合本条例规定条件的申请者不予审批、许可、登记、备案，或者对不符合本条例规定条件的申请者予以审批、许可、登记、备案的；

（二）对经过审批、许可、登记、备案的国际船舶运输经营者、无船承运业务经营者、国际船舶代理经营者和国际船舶管理经营者不依照本条例的规定实施监督管理，或者发现其不再具备本条例规定的条件而不撤销其相应的经营资格，或者发现其违法行为后不予以查处的；

（三）对监督检查中发现的未依法履行审批、许可、登记、备案的单位和个人擅自从事国际海上运输经营活动以及与国际海上运输相关的辅助性经营活动，不立即予以取缔，或者接到举报后不依法予以处理的。

第七章　附则

第五十六条　香港特别行政区、澳门特别行政区和台湾地区的投资者在内地投资经营国际海上运输业务以及与国际海上运输相关的辅助性业务，比照适用本条例。

第五十七条　外国国际船舶运输经营者未经国务院交通主管部门批准，不得经营中国内地与香港特别行政区、澳门特别行政区之间的船舶运输业务，不得经营中国内地与台湾地区之间的双向直航和经第三地的船舶运输业务。

第五十八条　内地与香港特别行政区、澳门特别行政区之间的海上运输，由国务院交通主管部门依照本条例制定管理办法。

内地与台湾地区之间的海上运输，依照国家有关规定执行。

第五十九条　任何国家或者地区对中华人民共和国国际海上运输经营者、船舶或者船员采取歧视性的禁止、限制或者其他类似措施的，中华人民共和国政府根据对等原则采取相应措施。

第六十条　本条例施行前已从事国际海上运输经营活动以及与国际海上运输相关的辅助性经营活动的，应当在本条例施行之日起60日内按照本条例的规定补办有关手续。

第六十一条　本条例自2002年1月1日起施行。

法规3:《中华人民共和国国际运输代理业管理规定》

第一章　总则

第一条　为维护国际货运代理市场秩序，加强对国际货运代理业的监督管理，促进我国国际货运代理业的健康发展，经国务院批准、根据原外经贸部1995年6月29日发布的《中华人民共和国国际货物运输代理业管理规定》(以下简称《规定》)制订本细则。

第二条　国际货物运输代理企业(以下简称国际货运代理企业)可以作为进出口货物收货人、发货人的代理人,也可以作为独立经营人,从事国际货运代理业务。

国际货运代理企业作为代理人从事国际货运代理业务,是指国际货运代理企业接受进出口货物收货人、发货人或其代理人的委托,以委托人名义或者以自己的名义办理有关业务,收取代理费或佣金的行为。

国际货运代理企业作为独立经营人从事国际货运代理业务,是指国际货运代理企业接受进出口货物收货人、发货人或其代理人的委托,签发运输单证、履行运输合同并收取运费以及服务费的行为。

第三条　国际货运代理企业的名称、标志应当符合国家有关规定,与其业务相符合,并能表明行业特点,其名称应当含有“货运代理”、“运输服务”、“集运”或“物流”等相关字样。

第四条　《规定》第四条第二款中“授权的范围”是指省、自治区、直辖市、经济特区、计划单列市人民政府商务主管部门在商务部的授权下,负责对本行政区域内国际货运代理业实施监督管理(商务部和地方商务主管部门以下统称行业主管部门),该授权范围包括:对企业经营国际货运代理业务项目申请的初审、国际货运代理企业的年审和换证审查、业务统计、业务人员培训、指导地方行业协会开展工作以及会同地方有关行政管理部门规范货运代理企业经营行为、治理货运代理市场经营秩序等工作。

国务院部门直属企业和异地企业在计划单列市(不含经济特区)设立的国际货运代理子公司、分支机构及非营业性办事机构,根据前款的授权范围,接受省商务主管部门的监督管理。

任何其他单位,未经商务部授权,不得从事国际货运代理业的审批或管理工作。

第五条　商务部负责对国际货运代理企业人员的业务培训并对培训机构的资格进行审查。未经批准的单位不得从事国际货运代理企业人员的资格培训。培训机构的设立条件及培训内容、培训教材等由商务部另行规定。

从事国际货运代理业务的人员接受前款规定的培训,经考试合格后,取得国际货物运输代理资格证书。

第二章　设立条件

第六条　申请设立国际货代企业可由企业法人、自然人或其他经济组织组成。与进出口贸易或国际货物运输有关、并拥有稳定货源的企业法人应当为大股东,且应在国际货代企业中控股。企业法人以外的股东不得在国际货代企业中控股。

第七条　国际货运代理企业应当依据取得中华人民共和国企业法人资格。企业组织形式为有限责任公司或股份有限公司。禁止具有行政垄断职能的单位申请投资经营国际货运代理业务。承运人以及其他可能对国际货运代理行业构成不公平竞争的企业不得申请经营国际货运代理业务。

第八条　《规定》第七条规定的营业条件包括:

(一) 具有至少5名从事国际货运代理业务3年以上的业务人员,其资格由业务人员原所在企业证明;或者,取得外经贸部根据本细则第五条颁发的资格证书;

(二) 有固定的营业场所,自有房屋、场地须提供产权证明;租赁房屋、场地,须提供租赁契约;

(三) 有必要的营业设施,包括一定数量的电话、传真、计算机、短途运输工具、装卸设备、包装设备等；

（四）有稳定的进出口货源市场，是指在本地区进出口货物运量较大，货运代理行业具备进一步发展的条件和潜力，并且申报企业可以揽收到足够的货源。

第九条　企业申请的国际货运代理业务经营范围中如包括国际多式联运业务，除应当具备《规定》第七条及本细则第六条、第七条、第八条中的条件外，还应当具备下列条件：

（一）从事本细则第三十二条中有关业务 3 年以上；

（二）具有相应的国内、外代理网络；

（三）拥有在商务部登记备案的国际货运代理提单。

第十条　国际货运代理企业每申请设立一个分支机构，应当相应增加注册资本 50 万元人民币。如果企业注册资本已超过《规定》中的最低限额（海运 500 万元，空运300 万元，陆运、快递 200 万元），则超过部分，可作为设立分支机构的增加资本。

第十一条　《规定》及本细则中所称分支机构是指分公司。

第三章　审批登记程序

第十二条　经营国际货运代理业务，必须取得商务部颁发的《中华人民共和国国际货物运输代理企业批准证书》（以下简称批准证书）。

申请经营国际货运代理业务的单位应当报送下列文件：

（一）申请书，包括投资者名称、申请资格说明、申请的业务项目；

（二）可行性研究报告，包括基本情况、资格说明、现有条件、市场分析、业务预测、组建方案、经济预算及发展预算等；

（三）投资者的企业法人营业执照（影印件）；

（四）董事会、股东会或股东大会决议；

（五）企业章程（或草案）；

（六）主要业务人员情况（包括学历、所学专业、业务简历、资格证书）；

（七）资信证明（会计师事务所出具的各投资者的验资报告）；

（八）投资者出资协议；

（九）法定代表人简历；

（十）国际货运代理提单（运单）样式；

（十一）企业名称预先核准函（影印件，工商行政管理部门出具）；

（十二）国际货运代理企业申请表 1（附表 1）；

（十三）交易条款。

以上文件除（三）、（十一）项外，均须提交正本，并加盖公章。

第十三条　行业主管部门应当对申请项目进行审核，该审核包括：

（一）项目设立的必要性；

（二）申请文件的真实性和完整性；

（三）申请人资格；

（四）申请人信誉；

（五）业务人员资格。

第十四条　地方商务主管部门对申请项目进行审核后，应将初审意见（包括建议批准的经营范围、经营地域、投资者出资比例等)及全部申请文件按照《规定》第十一条第一款的时间要求,报商务部审批。

第十五条　有下列情形之一的,商务部驳回申请,并说明理由:

(一) 文件不齐;

(二) 申报程序不符合要求;

(三) 商务部已经通知暂停受理经营国际货运代理业务的申请。

第十六条　有下列情形之一的,商务部经过调查核实后,给予不批准批复:

(一) 申请人不具备从事国际货运代理业务的资格;

(二) 申请人自申报之日前5年内非法从事代理经营活动,受到国家行政管理部门的处罚;

(三) 申请人故意隐瞒、谎报申报情况;

(四) 其他不符合《规定》第五条有关原则的情况。

第十七条　申请人收到商务部同意的批复的,应当于批复之日起60天内持修改后的企业章程(正本),凭地方商务主管部门介绍信到外经贸部领取批准证书。

第十八条　企业成立并经营国际货运代理业务1年后,可申请扩大经营范围或经营地域。地方商务主管部门经过审查后,按《规定》第十一条规定的程序向商务部报批。

企业成立并经营国际货运代理业务1年后,在形成一定经营规模的条件下,可申请设立子公司或分支机构,并由该企业持其所在地地方商务主管部门的意见(国务院部门在京直属企业持商务部的征求意见函),向拟设立子公司或分支机构的地方商务主管部门(不含计划单列市)进行申报,后者按照本细则第十四条的规定向商务部报批。子公司或分支机构的经营范围不得超出其母公司或总公司。

国际货运代理企业设立非营业性的办事机构,必须报该办机构所在地行业主管部门备案并接受管理。

第十九条　企业根据本细则第十八条第一款、第二款提出的申请,除报送本细则第十二条中有关文件外,还应当报送下列文件:

(一) 原国际货运代理业务批复(影印件);

(二) 批准证书(影印件);

(三) 营业执照(影印件);

(四) 国际货运代理企业申请表2(附表2,设立子公司的为附表1);

(五) 经营情况报告(含网络建设情况);

(六) 子公司法定代表人或分支机构负责人简历;

(七) 上一年度年审登记表。

第二十条　企业申请设立分支机构,申请人收到同意的批复后,应当于批复之日起90天内持总公司根据本细则第十条规定增资后具有法律效力的验资报告及修改后的企业章程(正本),凭分支机构所在地地方对外贸易主管部门介绍信到商务部领取批准证书。

第二十一条　申请人逾期不办理领证手续或者自领取批准证书之日起超过180天无正当理由未开始营业的,除申请延期获准外,其国际货运代理业务经营资格自动丧失。

第二十二条　商务部可以根据国际货运代理业行业发展、布局等情况,决定在一定期限内停止受理经营国际货物运输代理业务的申请或者采取限制性措施。商务部依照前款规定作出的决定，应当予以公告。

第二十三条　国际货运代理企业发生以下变更，必须报商务部审批，并换领批准证书：

（一）企业名称；

（二）企业类型；

（三）股权关系；

（四）注册资本减少；

（五）经营范围；

（六）经营地域。

发生以下变更，在报商务部备案后，直接换领批准证书：

（一）通讯地址或营业场所；

（二）法定代表人；

（三）注册资本增加；

（四）隶属部门。

第二十四条　国际货运代理企业应当持批准证书向工商、海关部门办理注册登记手续。

任何未取得批准证书的单位，不得在工商营业执照上使用“国际货运代理业务”或与其意思相同或相近的字样。

第四章　年审和换证

第二十五条　商务部对国际货运代理企业实行年审、换证制度。

第二十六条　商务部负责国务院部门在京直属企业的年审及全国国际货运代理企业的换证工作。地方商务主管部门负责本行政区域内国际货运代理企业（含国务院部门直属企业及异地企业设立的子公司、分支机构）的年审工作。

第二十七条　国际货运代理企业于每年3月底前向其所在地地方商务主管部门（国务院部门在京直属企业直接向商务部）报送年审登记表（附表3）、验资报告及营业执照（影印件），申请办理年审。

年审工作的重点是审查企业的经营及遵守执行《规定》和其他有关法律、法规、规章情况。企业年审合格后，由行业主管部门在其批准证书上加盖年审合格章。

第二十八条　批准证书的有效期为3年。

企业必须在批准证书有效期届满的60天前，向地方商务主管部门申请换证。企业申请换领批准证书应当报送下列文件：

（一）申请换证登记表（附表4）；

（二）批准证书（正本）；

（三）营业执照（影印件）。

第二十九条　企业连续三年年审合格，地方商务主管部门应当于批准证书有效期届满的30天前报送商务部，申请换领批准证书。

第三十条　行业主管部门在国际货运代理企业申请换证时应当对其经营资格及经营情况进行审核，有下列情形之一的，不予换发批准证书：

（一）不符合本细则第二十七条规定；

（二）不按时办理换证手续；

（三）私自进行股权转让；

（四）擅自变更企业名称、营业场所、注册资本等主要事项而不按有关规定办理报备手续。

第三十一条　企业因自身原因逾期未申请换领批准证书，其从事国际货运代理业务的资格自批准证书有效期届满时自动丧失。商务部将对上述情况予以公布。工商行政管理部门对上述企业予以注销或责令其办理经营范围变更手续。

丧失国际货运代理业务经营资格的企业如欲继续从事该项业务，应当依照有关规定程序重新申报。

第五章　业务管理

第三十二条　国际货运代理企业可以作为代理人或者独立经营人从事经营活动。其经营范围包括：

（一）揽货、订舱（含租船、包机、包舱）、托运、仓储、包装；

（二）货物的监装、监卸、集装箱装拆箱、分拨、中转及相关的短途运输服务；

（三）报关、报检、报验、保险；

（四）缮制签发有关单证、交付运费、结算及交付杂费；

（五）国际展品、私人物品及过境货物运输代理；

（六）国际多式联运、集运（含集装箱拼箱）；

（七）国际快递（不含私人信函）；

（八）咨询及其他国际货运代理业务。

第三十三条　国际货运代理企业应当按照批准证书和营业执照所列明的经营范围和经营地域从事经营活动。

第三十四条　商务部根据行业发展情况，可委托行业协会参照国际惯例制订国际货运代理标准交易条款，国际货运代理企业无需商务部同意即可引用。国际货运代理企业也可自己制订交易条款，但必须在商务部备案后方可使用。

第三十五条　国际货运代理企业应当向行业主管部门报送业务统计，并对统计数字的真实性负责。业务统计的编报办法由商务部另行规定。

第三十六条　国际货运代理企业作为代理人接受委托办理有关业务，应当与进出口收货人、发货人签订书面委托协议。双方发生业务纠纷，应当以所签书面协议作为解决争议的依据。

国际货运代理企业作为独立经营人，从事本细则第三十二条中有关业务，应当向货主签发运输单证。与货主发生业务纠纷，应当以所签运输单证作为解决争议的依据；与实际承运人发生业务纠纷，应当以其与实际承运人所签运输合同作为解决争议的依据。

第三十七条　国际货运代理企业使用的国际货运代理提单实行登记编号制度。凡在我国境内签发的国际货运代理提单必须由国际货运代理企业报商务部登记，并在单据上注明批准编号。

国际货运代理企业应当加强对国际货运代理提单的管理工作，禁止出借。如遇遗失、版本修改等情况应当及时向商务部报备。

国际货运代理提单的转让依照下列规定执行：

（一）记名提单：不得转让；

(二) 指示提单:经过记名背书或者空白背书转让;

(三) 不记名提单:无需背书,即可转让。

国际货运代理提单实行责任保险制度,须到经中国人民银行批准开业的保险公司投保责任保险。

第三十八条　国际货运代理企业作为独立经营人,负责履行或组织履行国际多式联运合同时,其责任期间自接收货物时起至交付货物时止。其承担责任的基础、责任限额、免责条件以及丧失责任限制的前提依照有关法律规定确定。

第三十九条　国际货运代理企业应当使用批准证书上的企业名称和企业编号从事国际货运代理业务,并在主要办公文具及单证上印制企业名称及企业编号。

第四十条　国际货运代理企业不得将规定范围内的注册资本挪作他用。

第四十一条　国际货运代理企业不得将国际货运代理经营权转让或变相转让;不得允许其他单位、个人以该国际货运代理企业或其营业部名义从事国际货运代理业务;不得与不具有国际货运代理业务经营权的单位订立任何协议而使之可以单独或与之共同经营国际货运代理业务,收取代理费、佣金或者获得其他利益。

第四十二条　国际货运代理企业作为代理人,可向货主收取代理费,并可从承运人处取得佣金。国际货运代理企业不得以任何形式与货主分享佣金。

国际货运代理企业作为独立经营人,从事本细则第三十二条中有关业务,应当依照有关运价本向货主收取费用。此种情况下,不得从实际承运人处接受佣金。

第四十三条　外国企业(包括香港、澳门、台湾地区企业,以下同)驻华代表机构只能从事非直接经营性活动,代表该企业进行其经营范围内的业务联络、产品介绍、市场调研、技术交流等业务活动。

第四十四条　国际货运代理企业应当凭批准证书向税务机关领购发票,并按照税务机关的规定使用发票。

第四十五条　国际货运代理企业不得以发布虚假广告、分享佣金、退返回扣或其他不正当竞争手段从事经营活动。

第六章　罚则

第四十六条　国际货运代理企业违反《规定》第十九条、第二十一条、以及本细则第二十三条第二款、第三十四条、第三十五条规定的,商务部授权地方商务主管部门予以警告并责令限期改正;未在限期内改正的,地方商务主管部门可以建议商务部撤销其批准证书。

第四十七条　国际货运代理企业违反《规定》第十七条第二款、第二十条、第二十二条及本细则第十八条第三款、第二十三条第一款、第二十四条、第二十七条、第三十三条、第三十六条、第三十七条、第三十九条、第四十条、第四十一条、第四十二条、第四十三条、第四十四条、第四十五条规定的,地方商务主管部门经外经贸部授权,可视情节予以警告、责令停业整顿等处罚,情节严重者,可以建议商务部撤销其批准证书。

受到撤销经营批准证书处罚的企业应当到工商行政管理部门进行相应的变更或注销登记。该企业5年内不得再次提出经营国际货运代理业务的申请。

受到停业整顿处罚的企业恢复开展业务应当具备下列条件:

(一) 进行整顿;

（二）主要责任人受到处理或处分；

（三）符合行业主管部门要求的其他条件。

行业主管部门在收到企业恢复开展业务的申请及相关书面材料后应当进行审查，决定是否同意其恢复开展业务。

第四十八条　对违反《规定》和本细则的规定擅自从事国际货运代理业务的单位，由行业主管部门取缔其非法经营活动，并由工商行政管理机关依照有关法律、行政法规的规定予以处罚，行业主管部门对此应予以公告。地方商务主管部门公告后应当报商务部备案。该单位5年之内不得独立或者参与申请经营国际货运代理业务。

第七章　附则

第四十九条　国际货运代理企业可根据自愿原则，依法成立国际货运代理协会（以下简称行业协会）。

第五十条　行业协会是以服务会员为目的的非盈利性民间社团组织，在行业主管部门的监督和指导下根据协会章程开展活动。其宗旨是推动会员企业间加强横向联系、交流信息、增进相互间协作，鼓励和监督会员企业依法经营、规范竞争，依法代表本行业利益，维护会员的合法权益，协助政府有关部门加强行业管理，促进行业的健康有序发展。

第五十一条　行业协会根据本细则第三十四条的规定制定国际货运代理标准交易条款，报商务部批准后，供本行业企业使用。

第五十二条　外商投资国际货运代理企业适用《规定》及本细则，但外商投资企业有关法律、法规、规章另有规定的，从其规定。

第五十三条　本细则由商务部负责解释。

第五十四条　本细则自发布之日起施行。

（附表，略）

法规4:《国际货物销售代理公约》

第一章　适用范围和总则

第一条

（1）当某人代理人，有权或表示有权代理另一个本人，与第三人订立货物销售合同时，适用本公约。

（2）本公约不仅适用代理人订立此种合同，也适用代理人以订立该合同为目的或有关履行该合同所从事的任何行为。

（3）本公约只涉及以本人或代理人为一方与以第三人为另一方之间的关系。

（4）无论代理人以他自己的名义或以本人的名义实施行为，均适用本公约。

第二条

（1）本公约仅适用下列情形，本人与第三人在不同国家设有营业所，而且，

（a）代理人在某一缔约国内设有营业所，或者

（b）国际公约的规则规定要适用某一缔约国的法律。

（2）第三人于订立合同时不知道、也不能知道代理人是以代理人身份订约时，只有在代理人和第三人在不同国家设有营业所并符合本条第一款的要求时，才适用本公约。

(3) 决定适用本公约时,不应考虑当事人的国籍,也不考虑当事人或销售合同的民事或商事性质。

第三条

本公约不适用于:

(a) 证券交易所、商品交易所或其他交易所之交易商的代理;

(b) 拍卖商的代理;

(c) 家庭法、夫妻财产法或继承法中的法定代理;

(d) 根据法律上的或司法上的授权发生的、代理无行为能力人的代理;

(e) 按照司法或准司法机关的裁决或在上述某一机关直接控制下发生的代理。

(2) 本公约不影响于保护消费者法的规定。

第四条

就本公约而言:

(1) 公司、社团、合伙或其他实体无论其是否具有法人资格的机关、职员或合伙人只要是根据法律或该实体的设立文件的授权,在其本身的职权范围内活动,就不视为该实体的代理人。

(2) 受托人不视为信托人、创立信托关系的人或受益人的代理人。

第五条

本人、或遵照本人明示或默示的指示而为一定行为的代理人,可与第三人约定排队适用本公约,或者按照本公约第十一条的规定,部分不适用其任何条款或改变其效力。

第六条

(1) 解释本公约时,必须考虑到本公约的国际性质,考虑到适用本公约时应力求统一的必要以及在国际贸易中遵守诚信原则的必要。

(2) 对于那些与本公约规定的事项有关、而在本公约中又未明确解决的问题,应遵守本公约所依据的一般原则加以解决;若无这种一般原则,则应遵照依据国际私法规则所适用的法律加以解决。

第七条

(1) 以本人或代理人为一方、以第三人为另一方的双方当事人要受到双方同意的惯例和在他们之间确立的任何实际作法的约束。

(2) 除非另有约定,当事人被认为已默示同意在其关系中适用其已知道的或理应知道的惯例,此种惯例在国际贸易中已被该种贸易形式中的代理关系的当事人所广泛知悉并在一般情况下被其遵守。

第八条

就本公约而言:

(1) 若一方当事人设有一个以上的营业所,应当与销售合同有最密切关系的营业所为营业所,但应兼顾到双方当事人订约时所知悉的或所意图的各种情况。

(2) 若当事人无营业所,则以其惯常居住地为营业所。

第二章　代理权的设定和范围

第九条

(1) 本人对代理人的授权可以是明示的或是默示的。

(2) 代理人为实现授权之目的,有权从事一切必要行为。

第十条

授权无需用书面形式,也无需用书面证明,亦不受其他任何形式要求的限制。授权可以任何方式证明,包括人证。

第十一条

若本人或代理人在已按第二十七条发表声明的某个缔约国内设有营业所,本公约第十条、第十五条或第十四章允许以除书面以外的任何形式授予、追认或终止代理权的有关规定即不适用。当事人各方不得改变本条或改变本条的效力。

第三章　代理人实施的行为的法律效力

第十二条

代理人于其权限范围内代理本人实施行为,而且第三人知道或理应知道代理人是以代理身份实施行为时,代理人的行为直接约束本人与第三人,但代理人实施该行为只对自己发生拘束力时(例如所涉及的是行纪合同),不在此限。

第十三条

(1) 代理人于其权限范围内代理本人实施行为,在下列情形,其行为只拘束代理人和第三人:

(a) 第三人不知道、亦无从知道代理人是以代理人身份实施行为;

(b) 代理人实施该行为只对自己发生拘束力(例如所涉及的是行纪合同)。

(2) 但是:

(a) 当代理人无论是因第三人不履行义务或是因其他理由而未履行或无法履行其对本人的义务时,本人可以对第三人行使代理人代理本人所取得的权利,但应受到第三人可能对代理人提出的任何抗辩的限制。

(b) 当代理人未履行或无法履行其对第三人的义务时,第三人可对本人行使该第三人对代理人所有的权利,但应受到代理人可能对第三人提出的任何抗辩以及本人可能对代理人提出的任何抗辩的限制。

(3) 本条第 2 款所述各项权利只有在意欲行使这些权利的通知视情况送达代理人与第三人或本人时才可行使。一旦第三人或本人收到是项通知,即不得再与代理人进行交涉而解除自己的义务。

(4) 当代理人因本人未履行义务而未履行或无法履行其对第三人的义务时,代理人应将本人的名称通知第三人。

(5) 当第三人未履行其对代理人的合同义务时,代理人应将第三人的名称通知本人。

(6) 如果按照当时情况,第三人若知道本人的身份就不会订立合同时,本人不得对第三人行使代理人代理本人所取得的权利。

(7) 代理人可按本人明示或默示的指示与第三人约定,改变本条第二款或改变其效力。

第十四条

(1) 当代理人未经授权或超越授权范围而为某种行为时,其行为对本人和第三人无拘束力。

(2) 但是,若本人的行为使第三人合理地并善意地相信代理人有权代理本人为某种行为并且相信代理人是在该项授权范围内为某种行为时,本人不得以代理人无代理权而对抗第三人。

第十五条

(1) 代理人未经授权或超越授权范围而为的行为,可由本人追认。追认后,该行为即发生如同自始即经授权的同一效力。

(2) 第三人若在代理人行为时,不知道、也不能知道该代理人未经授权,并且在追认发出通知,拒绝受追认的拘束时,即对本人不负责任。本人虽已追认,而未在合理期间内追认时,第三人如立即通知本人,即可拒绝受追认的拘束。

(3) 但是,如第三人知道或能知道代理人未经授权,则在约定的追认届满前,若无此约定,在第三人确定的合理期间届满前,第三人不得拒绝受追认的拘束。

(4)第三人可拒绝接受部分追认。

(5) 追认于追认通知到达第三人或追认经其他方法为第三人获悉时生效。追认发生效力后不能撤回。

(6) 即使追认时行为本身尚未能有效地完成,追认仍然有效。

(7) 行为是代理一个尚未成立的公司或其他法人而实施的,只在准许公司设立的国家的法律允许时,追认才有效。

(8) 追认的形式不受任何要求的限制。既可明示追认也可依本人之行为推断之。

第十六条

(1) 未经授权或超越授权范围而行为的代理人,若其行为未得到追认,应承担对第三人的赔偿责任,以使第三人处于如同代理人有权并且在其权限范围内行为时的状况一样。

(2) 但是,若第三人知道或能知道代理人未经授权或超越授权范围而行为时,代理人不承担责任。

第四章　代理权的终止

第十七条

代理权在下列情况下终止:

(1) 依本人与代理人间的协议终止;

(2) 为之授权的一笔或数笔交易已经完成;

(3) 无论是否符合本人与代理人的协议条款,本人撤回代理权或代理人辞任。

第十八条

代理权亦可依其所适用的法律的规定而终止。

第十九条

代理权的终止不影响第三人,除非第三人知道或能知道代理权的终止或造成终止的事实。

第二十条

代理权虽已终止,为不使本人或其他继承人的利益受到损失,代理人仍有权代理本人或其继承人实施必要的行为。

第五章　最后条款

第二十一条

指定瑞士政府为本公约的保管者。

第二十二条

(1) 本公约在关于国际货物销售中的代理的外交会议的闭幕会上开放签字,并将于 1984 年 12 月 31 日前在伯尔尼对所有国家继续开放签字。

(2) 本公约须经签字国批准、接受或核准。

(3) 本公约自开放签字之日起,开放给所有未签字的国家加入。

(4) 批准书、接受书、核准书和加入书存放于瑞士政府。

第二十三条

本公约不优先于业已缔结的或可能缔结的载有适用本公约事项的实体法条款的任何国际协定,但以本人与第三人,或如第二条第 2 款所述之情况,代理人和第三人的营业所均设在该协定的缔约国内为限。

第二十四条

(1) 如果一个缔约国拥有两个或两个以上的领土单位,而且各领土单位对本公约规定的事项适用不同的法制时,该缔约国可在其签字、批准、接受、核准或加入时声明,本公约适用该国的全部领土单位或仅适用于其中之一个或数个领土单位,并可随时提出另一声明来修改其原先的声明。

(2) 上述声明必须通知公约保管者,并须明确说明本公约所适用的领土单位。

(3) 若根据本条所作的声明本公约仅适用于缔约国的一个或数个领土单位而不是所有的领土单位,而一方当事人的营业所又设于该缔约国领土之内,只在该营业所位于适用本公约的领土单位内时,该营业所依本公约才视为位于缔约国内。

(4) 若缔约国未按本条第一款作出声明,则本公约适用于该国的所有领土单位。

第二十五条

在缔约国拥有一个在其中央和其他地方当局施行行政、司法和立法权分立的政府制度的情况下,该国对本公约的签字、批准、接受、核准、加入,或依第二十四条所作的声明,均不应影响于其内部的权力分配。

第二十六条

(1) 两个或两个以上的缔约国如果对本公约规定的事项制定有相同或非常近似的法律规则,而且本人和第三人,或如第二条第二款所述之情况,代理人和第三人在这些国家设有营业所,可随时声明不适用本公约。此种声明既可联合作出,亦可以相互单方面声明的方式作出。

(2) 一缔约国如果对本公约规定的事项与一个或数个非缔约国制定有相同或非常近似的法律规则,而且本人和第三人,或如果第二条第 2 款所述的情况,代理人和第三人在这些国家设有营业所,可随时声明不适用本公约。

(3) 若属于前一款声明之对象的国家后来成为本公约的缔约国,则所作的声明自本公约对新缔约国生效之日起即具有根据本条第一款所作声明的效力,但以新缔约国加入该项声明或作出相互单方面声明为条件。

第二十七条

缔约国若根据其法律要求对本公约规定的一切情况中的代理权的授予、追认或终止均须以书面形式作成或证明时,可依照本公约第十一条随时声明,本公约第十条、第十五条或第四章允许代理权的授予、追认或终止得以书面以外任何形式作成的有关规定,概不适用,但以本人或代理人在该国内设有营业所时为限。

第二十八条

缔约国在签字、批准、接受、核准或加入本公约时,可声明不受第二条第一款(b)的拘束。

第二十九条

若缔约国的全部或某一特定部分的对外贸易是由经过特别授权的组织独家经营,该国可随时声明,无论这些组织在对外贸易中作为买方还是作为卖方,在第十三条第 2 款(2)和第四款规定的范围内,所有这些组织或声明中指定的组织均不得视为在该同一国内设有营业所的其他组织的代理人。

第三十条

(1) 缔约国可随时声明,将本公约的规定适用于本公约适用范围以外的特定情况。

(2) 例如,该声明可规定本公约适用于

(a) 除货物销售合同以外的合同;

(b) 第二条第一款规定的营业所不设在缔约国内的情况。

第三十一条

(1) 签字时依据公约规定所作的声明,须在批准、接受或核准时加以确认。

(2) 声明和对声明的确认须以书面为之并须正式通知公约的保管者。

(3) 在本公约对有关国家生效时,声明也同时生效。但是,若保管者收到声明的正式通知是在公约生效以后,则声明应于保管者收到通知之日起六个月后的第一个月的第一天生效。按照第二十六条规定所作的相互单方面的声明,于保管者收到最后一份声明之日起,六个月后的第一个月的第一天生效。

(4) 按照公约规定做出声明的国家在任何时候均可以书面形式通知保管者撤回其声明。撤回于保管人收到通知之日起六个月后的第一个月的第一天生效。

(5) 按照第二十六条撤回作出的声明时,自撤回生效之日起,另一个国家按该条做出的相互声明亦即失效。

第三十二条

除本公约明示准许的保留外,不得作任何其他保留。

第三十三条

(1) 本公约自第十件批准书、接受书或加入书交存之日起十二个月后的第一个月的第一天生效。

(2) 对于在第十件批准书、核准书或加入书交存后才批准、接受、核准或加入本公约的国家,本公约自该国交存其批准书、接受书、核准书或加入书之日起十二个月后的第一个月的第一天开始对该国生效。

第三十四条

在第二条第一款所指的缔约国生效之日或以后,代理人提出出售或购买的要约、或者对出售或购买的要约作出承诺时,即应适用本公约。

第三十五条

(1) 缔约国可以书面形式正式通知保管者退出本公约。

(2) 自保管者收到是项通知之日起十二个月后的第一个月的第一天起,退出即为生效。如在通知中规定更长的退出生效时间时,退出于保管者收到该通知后并于此更长时间期满时生效。

下列全权代表,经各自政府正式授权,业已在公约上签字,以昭信守。

1983 年 2 月 17 日订于日内瓦,正本一份,其英文本和法文本具有同等效力。

法规 5:《国际货物买卖合同成立统一法公约》

第 1 条

(1) 各缔约国根据宪法程序将本公约合并到本国的立法之中,并不得晚于该公约生效的日期。国际货物买卖合同成立统一法,简称《合同成立统一法》为本公约的附件。

(2) 各缔约国得把合同成立统一法正本之一翻译成本国一种或几种文字,纳入本国的立法。

(3) 凡同时是 1964 年 7 月 1 日,国际货物买卖统一法公约的缔约国应该把本公约附件对附件第 1 条和第 4 条的说明合并到本国的立法之中。

(4) 各缔约国应把已经并入本国立法中的文本通知荷兰政府。

第 2 条

(1) 就统一法第 1 条第(1)、(2)款要求的地点或习惯居所而言,两个或两个以上的国家可以声明,他们同意不把他们作不同国家论,因为在无此项声明他们所适用的买卖合同的成立将受与统一法相同或相近法律的约束。

(2) 为了适应本条第(1)款规定的为统一法自身要求的目的,任何一个缔约国都可以声明,它不把一个或一个以上的非缔约国看作与其相异的国家,因为他们知道同这些国家进行买卖时,如无此项声明,由统一法制约的合同成立所适用的法律,是受与本国相同或相近法律的约束。

(3) 如某个国家系本条第(2)款所作声明的对象,而后来批准或加入了本公约,该项声明仍然有效,但该批准国或加入国宣布它不能接受者除外。

(4) 根据本条第(1)、(2)或(3)款所涉及的声明,须由有关国家交存本公约的批准书或加入书时提出,亦可以后任何时间内提出,并应当交荷兰政府。此种声明应在荷兰政府收到之日起 3 个月后生效,如果这一期限终了时,该公约尚未在该国生效,则在本公约对该国生效之日起生效。

第 3 条

为了减损合同成立统一法第 1 条的效力,任何国家都可以在交存对本公约的批准书或加入书时声明:如有买卖合同的当事人在不同的国家领土设有营业所,或无营业所,则设有惯常的居所,才适用本统一法,从而可以在本统一法第 1 条(1)款首次出现的"国家"一词前面冠以"缔约"的字样。

第 4 条

(1) 以前批准或接受一个或几个有关国际货物买卖合同成立的冲突法公约的国家,可在向荷兰政府送交对本公约的批准、接受书时声明:在受先前公约之一约束的情况下,只有先前那个公约本身要求适用合同成立统一法时,它才适用。

(2) 根据本条第 1 款提出声明的国家,应该把声明中涉及的一个或几个公约通知荷兰政府。

第 5 条

凡根据第 1 条第(1)、(2)款,第 2、3、4、5 条提出声明的国家,可以用通知荷兰政府的方式,在任何时候撤回它的声明。这个撤回的声明,在荷兰政府接到通知 3 个月后生效。根据第 2 条第(1)款声明的场合下,从撤回生效之日起,另一个国家所提出的任何对等的声明不生效力。

第 6 条

(1) 本公约将继续为 1964 年国际货物买卖统一法公约海牙会议参加国开放签字,直到 1965 年 12 月 31 日止。

(2) 本公约须经批准。

(3) 批准书应交存荷兰政府。

第 7 条

(1) 本公约向联合国所有成员国和它的任何专门机构开放,这些国家或机构可以加入本公约。

(2) 加入书应交存荷兰政府。

第 8 条

(1) 本公约将于收到第五份批准书或加入书 6 个月后生效。

(2) 对于已经交存了第五份批准书或加入书后,才批准加入本公约的国家,本公约将在该国交存其批准书或加入书之日起第 6 个月后生效。

第 9 条

在公约实施中,适用统一法和依统一法所发出的发盘,答复和接受,或公约在该国生效后的发盘,答复和接受,该国将适用于并入本国立法中的条款。

第 10 条

(1) 缔约国可以通知荷兰政府退出本公约。

(2) 退出公约的通知将在荷兰政府接到该通知 12 个月后生效。

第 11 条

(1) 任何国家可以在交存批准书或加入书时或其后任何时候声明,本公约适用于在国际关系方面由它负责的所有的或任何的领土单位。此项声明应在荷兰政府收到通知书之日起 6 个月后生效,如果在这一期限本公约尚未生效,则从本公约生效之日起生效。

(2) 凡按本条第(1)款提出声明的缔约国,在依据第 10 条退出本公约时,应使其所有的领土单位均退出本公约。

第 12 条

(1) 在本公约生效三年以后,任何缔约国可以向荷兰政府提出召开会议修改本公约或它的附件的要求。荷兰政府应将这一要求通知所有缔约国,如果在此项通知之日起 6 个月内,有四分之一的缔约国同意这一要求,则应召开会议,对公约进行修改。

(2) 缔约国外被邀请参加会议国家的代表,享有观察员的资格,除在会议上经多数缔约国表决另有规定者除外。观察员享有除表决权外的一切权利。

(3) 荷兰政府应要求所有被邀到会的国家提出他们愿意提交会议审查的提案。荷兰政府应把会议的临时议程以及向会议提出的所有提案的文本通知所有受邀请的国家。

(4) 荷兰政府将根据本条第(3)款提出的有关修改公约的提案,通知统一国际私法协会。

第13条 荷兰政府应将下列事项通知各签字国、加入国和统一国际私法协会:

a. 根据第1条第(4)款所收到的通知书。

b. 根据第2、3、4、5条所提出的声明书和通知书。

c. 根据第6、7条交存的批准书和加入书。

d. 根据第8条规定的本公约生效的日期。

e. 根据第10条所收到的退出公约的声明书。

f. 根据第11条所收到的通知书。经过正式授权的签署人在本公约上签字,以兹证明信守。1964年7月1日订于海牙。本公约所用法文和英文具有同等效力。

本公约正本存放于荷兰政府,荷兰政府应把经核对无误的副本发给每一个签字国、加入国和统一国际私法协会。

附件:国际货物买卖合同成立统一法

第1条

(1) 本法适用于营业地在不同国家的当事人之间所订立的货物买卖合同,下列情况之一者适用本法:

a. 凡涉及根据发盘或接受正在从一个国家运往另一个国家的货物,或将要从一个国家运往另一个国家的货物;

b. 如果发盘和接受的行为是在不同国家领土内完成的;

c. 凡在一国领土内交货,而发盘和接受是在不同的国家完成。

(2) 如果当事人没有营业所,上述规定适用于惯常居所。

(3) 在适用本法时,当事人的国籍不予考虑。

(4) 如以信件、电报或其他通讯方式发出的发盘或接受是在同一国家领土内发出的或收到的,才能认为该项发盘和接受是在那个国家完成的。

(5) 在确定当事人是否在不同的国家设有营业所或惯常居所时,如果已经声明,申明1964年7月1日国际货物买卖合同成立统一法公约第2条对他们有效时,则任何两个或两个以上的国家均不得视为“不同的国家”。

(6) 本法不适用于下列买卖合同的成立:

a. 公债、股票、流通票据、货币;

b. 已经被登记或将要登记的船舶和飞机;

c. 电力;

d. 根据法律执行令状或法律授权的买卖或被扣押物的买卖。

(7) 供应尚待制造或生产的货物买卖合同属于本法范围的买卖合同,除非订货当事人保证供应这种制造生产所需的大部分重要材料。

(8) 在适用本法时,当事人的商业或民事性质不予考虑。

(9) 为了适用本法,国际私法的规范应予排除,但以与本法有抵触为限。

第2条

(1) 除从最初的磋商、发盘、接受或当事人之间所确立的习惯或惯例中表明当事人适用其他的规则外,以下各条均予适用。

(2) 沉默视为接受的条款是无效的。

第 3 条

发盘或接受无须以书面证明,也不受其他的形式方面的约束,特别是,可以由人证证明。

第 4 条

(1) 凡以订立买卖合同为目的,向一个或一个以上特定的人发出订立合同的建议,除非他充分肯定地表示在接受的情况下,受发盘的约束,否则均不能视为一项发盘。

(2) 以通讯方式的建议,可以参照最初的磋商,双方当事人所确立的习惯作法、惯例,适用买卖合同的法律规则来进行解决。

第 5 条

(1) 未送达到受盘人的发盘,对发盘人没有约束力。如果撤回发盘的通知先于发盘或同时到达受盘人,发盘可以撤回。

(2) 送达到受盘人后的发盘,可以撤回,但撤回发盘不是出于善意或者不符合公平交易原则者不能撤回,或在发盘中规定了接受的日期,或注明有实盘或不得撤回等字样者不能撤回。

(3) 根据客观情况,最初的磋商,或当事人间建立起来的习惯作法或惯例等,实盘或不可撤回的表示可以是明示的或默示的。

(4) 如果撤回发盘的通知,在受盘人发出接受通知以前或根据第 6 条第(2)款受盘人作出视为接受的行为以前,撤回的发盘方能生效。

第 6 条

(1) 对发盘的接受是把一项接受的声明不论以何种方式传达到发盘人。

(2) 接受可根据发盘,或者当事人之间已确立的习惯作法或惯例或根据本条第(1)款规定的,受盘人可以作出某种行为,如发运货物,或支付货款的行为表示接受。

第 7 条

(1) 凡是对发盘包含有附加条件或修改的接受,均视为是对发盘的拒绝,并构成还盘。

(2) 但是,对发盘表示接受,但载有添加或不同条件的接受,如所载的添加或不同条件,在实质上并不变更该项发盘的条件,仍构成接受,除非发盘人迅速表示反对外。如果发盘人不表示反对,合同的条件就以该项发盘的条件以及接受通知内所载更改为准。

第 8 条

(1) 接受的通知应在规定的时间内送到发盘人,方为有效。如果没有规定时间,应在一段合理的时间内送到,但须适当考虑到交易的情况,包括发盘人所用的通讯方法的迅速程度。对口头发盘应立即接受,如情况不允许,受盘人可以有考虑的时间。

(2) 如果接受的时间是在发盘、信件、电报内规定的,接受的时间从信件规定的时间起算或从电报交发时刻起算。

(3) 如果在本条第(1)款规定的期限内涉及到了第 6 条第(2)款的规定,这个行为是有效的。

第 9 条

(1) 如果接受迟误,发盘人可以认为该接受是在适当的时间内到达的,如果他这样迅速地用口头或书面将此种意见通知了受盘人,该项迟延接受仍为有效。

(2) 如果载有逾期接受的信件或其他书面文件表明它是在传递正常,能及时送达发盘人的情况下发出的,则该项逾期接受具有接受的效力,除非发盘人毫不迟延地用口头或书面通知了受盘人，认为他的发盘已经失效。

第10条

接受不能撤回，除非撤回的通知在接受的通知之前或同时送达到发盘人。

第11条

除非根据惯例或交易的特点表明当事人的意图者，合同的成立不受当事人一方死亡或在接受之前他不具有订立合同行为能力的影响。

第12条

(1) 就本法而言，通讯是指把通知直接送达到被送达人的地址的方式。

(2) 本法规定的通讯是指在通常情况下的通知方式。

第13条

(1) "惯例"是指任何的实际作法或交易方式，这种实际作法或交易方式是一般处于当事人地位时经常应用于他们的合同当中的。

(2) 凡有关合同的术语、规定或形式经常应用于商业实践中，可按有关贸易的通常含义给予解释。

附件

第1条　本法适用于受国际货物买卖统一法制约的货物买卖合同。

第2条

(1) 以订立合同为目的，向一个或一个以上特定的人提出建议的书信不构成一项发盘，只有充分肯定在接受情况下订立合同并充分证明发盘人有受其约束的意思表示，才能成为一项有效的发盘。

(2) 这样的书信可以被当作参考和准备磋商理解，也可用当事人之间已建立起来的实际作法、惯例和国际货物买卖统一法的规定加以解释。

4.2　国际货代合同纠纷

4.2.1　国际货代企业合同问题

4.2.1.1　货代企业的主体资格

目前我国非法货代(包括大量的外国或境外企业在华办理机构)的数量远远超过合法的货代企业，这些非法货代利用成本低、信息网络优势、经营方式灵活，至少占领了我国货代市场三分之一以上的份额，然而，一旦出了问题却难以解决，不是拖延推诿就是一走了之，严重地扰乱了货代市场的秩序，侵害货主或承运人的合法权益。

根据《中华人民共和国国际货物运输代理业管理规定》，国际货代企业除了应当符合一定的条件外，还必须持有商务部颁发的核准从事国际货代业务的国际货物运输代理企业批准证书，否则，该企业不具备经营国际货代的资格，不能从事国际货代业务。

4.2.1.2　国际货代企业双方代理的问题

由于历史原因，部门利益的驱动和立法的滞后，目前我国国际货代企业中，还有相当数量具有承运人和货运代理人双重身份的企业。这不仅不利于创造公平竞争的市场秩序，还违反了法律的规定。经济合同法规定，以被代理人的名义同自己所代理的其他人签订的合同为无效的经济合同,国际货代企业同时代理船、货双方是无效的行为。

应当坚持国际货代行业独立发展原则,实行船舶代理和货运代理各自独立经营,对船舶运输和货运代理人实行分业管理。

4.2.1.3 国际货代与各方合同关系

国际货运代理受货主的委托,在其授权范围内,以委托人的名义从事代理行为,其产生的法律后果由委托人承担。

在内部关系上,委托人和货运代理之间是代理合同关系,货运代理享有代理人的权利,承担代理人的义务。

在外部关系上,货运代理不是货主与他人所签合同的主体,不享有该合同的权利,也不承担该合同的义务。

4.2.2 海上货代合同的纠纷

4.2.2.1 国际货代企业与托运人、承运人的关系

海上货代合同是一种委托代理关系,最为常见的是涉及托运人、货代企业和承运人这三方之间的关系,通常用委托运输协议或合同来确定,货代企业与承运人之间的关系,通常以租船、订舱合同或协议确定。

我国是大陆法系国家,以代理人是否以本人的名义与第三人进行商事活动为依据,大陆法系把代理划分为直接代理和间接代理。

直接代理,是指货代企业以托运人的名义与承运人签订海上货运合同。通常在集装箱整箱和散件运输业务中,货代与托运人之间表现为直接代理关系,承运人直接签发货主为托运人的提单,如在运输中发生纠纷,承、托各相互之间可以直接进行诉讼。

间接代理,是指货代企业为了托运人的利益,以自己的名义与承运人签订海上货运合同,通常在集装箱拼箱运输和国际多式联运业务中,货代企业与托运人之间表现为间接代理关系,货代企业以无船承运人的名义给托运人签发货代提单,或以多式联运经营人的名义签发多式联运合作提单,实际承运人或二程承运人再以货代企业托运人签发海运提单或二程提单,如在运输中发生纠纷,只能在托运人与货代企业之间和货代企业与实际承运人或二程承运人之间相互行使诉权,托运人与实际承运人或二程承运人之间不能直接进行诉讼。

4.2.2.2 海上货代合同的法律责任

海上货代合同纠纷中的法律责任,包括赔偿责任和责任限额 2 个方面,这是海上货代企业最常遇到的问题。

在直接代理的海上货代合同纠纷中,货代企业一般根据经济合同法或民法通则对托运人承担法律责任。而在间接代理的海上货运合同纠纷中,货代企业作为无船承运人或多式联运经营人,有权对违约或侵权提出赔偿责任和责任限额的抗辩。

在直接代理的海上货代合同纠纷中,货代企业作为代理人与被代理人托运人之间解决纠纷的诉讼时效为 2 年;在间接代理的海上贷代合同纠纷中,货代企业作为无船承运人或多式联运经营人与托运人、实际承运人或二程承运人之间解决纠纷的诉讼时效,依据海商法的规定和 1997 年 8 月 5 日最高人民法院的批复为 1 年,且撤回起诉,撤回仲裁或者起诉被裁定驳回的,时效不中断。

以上列举的几个问题,在海上货代合同纠纷中经常单独或混合地出现,货代企业在海上货

代实务中应当对此有较为清晰的认识,这对维护其合法权益大有裨益。

4.2.3 境外货代存在的问题

(1) 境外货代太多影响了我国货代业的发展,造成 FOB 贸易方式大幅度增长,也使专业公司运输工作难以管理。

(2) 境外货代在国内是办事处,没有法人地位,资金不足,人员场所变动大,出了问题。货主难以追索或司法诉讼,即使追索到国外总部,也会因费用大,手续烦而自动放弃。如江苏服装委托南京 A 货代运一票货,从南京到槟城,而南京 A 货代委托了一家境外货代 B 货代作为香港转运代理,出了 B 货代的提单。货物出运后很长时间客户没有收到货,反复查核,货无下落,最后确定是货物遗失。当时江苏服装向南京的 A 货代提出索赔,而 A 货代认为应向 B 货代索赔,据查 B 货代在南京人员去向不明,再状告 B 货代香港公司,因费用精力等方面原因,江苏服装不得不放弃这场官司。

(3) 指定货代出货代提单,从法律上讲,货代提单不是物权凭证,真正的物权凭证是船公司提单,由货代掌握。这样相对来讲,卖方实际已失去货物控制权。如果货代与客户勾结进行诈骗或为了揽货,无单放货给客户,会造成货款两空,增加卖方的风险。

(4) 境外货代自认为是 L/C 指定,认为自己代表了国外客户,重视为国外买方服务,不注重与国内卖方的配合,尤其是两单回退,不主动积极地去追查催退。如江苏服装从上海通过客人指定的境外货代 D 货运公司出运了 360 箱衬衫价值 53 640 美元,货物出运后 3 个月,还未收到两单,于是就督促 D 货运公司速将两单退回。D 货运公司一开始称单据已退江苏服装,江苏服装让其出示证据,他们拿不出,又称退单之事让他们忽略了,过几天一定退,但是等了十几天还是不见退单。于是江苏服装再找 D 货运公司交涉,他们还是说再等几天,如是反复多次,总不得结果,只好投诉 D 货运公司的瑞典总部才解决。D 货运公司竟耍赖说:“单据看样子是退不到了,你们可以投诉,可以和我们打官司嘛。”境外货代不仅态度不好,而且业务素质不高,许多提单已经核对确认过,但正本提单回来时仍然重复错误点。

(5) 境外货代管理混乱,责任心不强,如上海一家境外货代 C 货运公司,第一次与江苏服装业务合作,在收到江苏服装的全套托单及登记手册后,没有引起足够重视,未妥善保管好,当作废纸处理了。现江苏服装这笔业务不能进行,受到影响。双方正在交涉之中,据说这种事已不是第一次。

(6) 境外货代收费不规范,巧立名目收费或转嫁收费,他们多数租用仓库。向专业公司收的包干费率偏高,高于上海正常收费标准,这还不包括仓库的卸车费及查验费。如 ACS 收取迟订舱费、迟送文件费,等等,专业公司不付还不行。上海境外货代收费不统一,没有标准,随意性大,有些货代甚至寄提单也用到付,这样增加了专业公司的出口成本。

4.3 国际货代合同样本

4.3.1 国际货代合同样本

甲方:(委托人)

法定代表人:

法定地址 ：　　　　　　　　　　　　邮　　编：
经办人：　　　　　　　　　　　　　联系电话：　　　　　传真：
银行账户
乙方：(代理人)
法定代表人：
法定地址 ：　　　　　　　　　　　　邮　　编：
经 办 人：　　　　　　　　　　　　联系电话：　　　　　传真：
银行账户 ：

甲乙双方经过友好协商，就乙方代理甲方办理国际货物运输的有关事宜达成以下合同：

1. 甲方委托乙方代为办理订舱、报关、报验、装箱，转运、代垫代付海运运费等相关运输事宜。

2. 甲方委托乙方代为订舱时，甲方应及时送交或者传真给乙方正确、齐备的托运单据。托运单应明确标明甲方订舱单位名称、电话、传真及联系人并加盖公章。托运单内容应注明货物的件数、重量、体积、目的港、装船日期、货物品名、运费条款及特别要求。

3. 甲方委托乙方代理报关、报验时，应提供合法、合格、正确、齐全的报关报验单证。依贸易性质不同可包括：合同、发票，商检证书、许可证、核销文件、报关单、手册、装箱单及有关批文等。

4. 甲方委托乙方代为办理货物的装箱、中转运输时，应在托运单或者相关函电中予以明示。包括代为联系仓储、装卸、转运、短驳、装拆箱等事宜。

5. 为了维护甲方利益，乙方可以为甲方代垫代付海运运费，港口费用及其他代理代办费用。上述款项及运输代理费可采用包干费或者本合同规定的其他方式由甲方支付给乙方，遇有关费率调整，应相应调整包干费。

6. 甲方在其委托乙方办理的出口代运货物中，不得夹带易燃、易爆物品及国家规定的禁止出口的物品。

7. 乙方在接到甲方的订舱单后，应立即前往船公司办理配载等手续。除甲方能证明乙方在配载上有过错外，乙方不承担任何责任。如果货物未能如期配载，乙方应及时将有关情况通知甲方。

8. 乙方接到甲方的订舱单后，甲方要求变更订舱单所列事项的，应在货物装船________天前向乙方出具书面更改单，注明日期并加盖甲方印章。因变更订舱事项所引起的各项费用，由甲方全部承担。

9. 除甲方能证明由于乙方的原因造成退税单、核销单等单据不能按期退交外，乙方不承担任何责任但乙方应及时以口头或者书面形式告知甲方，并协助甲方尽快收回。

10. 甲方要求货物紧急出运时，应事先在托运单“特别要求声明”中注明或者以其他书面形式通知乙方，并由乙方最后确认航期，否则乙方不承担延误运输责任。

11. 甲方同意于船开后________天内，将乙方代垫代付的海运运费、港口费用、其他代理代办费用及运输代理费以________方式付给乙方。

12. 甲方如未按照合同的规定准时付费，每逾期 1 天，应向乙方支付未付部分万分之五的违约金。在甲方未按照合同约定支付乙方费用时，乙方有权滞留相应的运输单据，由此产生的所有损失和责任由甲方承担。

13. 甲方未及时付费造成承运人依法留置货物的,由甲方自行承担责任。

14. 如货物的灭失或损坏是由于我国《海商法》第五十一条所列明的原因造成的,乙方不承担任何责任。

15. 乙方在代理货物运输的过程中应尽心尽责,对于因乙方的过失而导致甲方遭受的直接损失和发生的费用承担责任,以上损失不包括货物因延迟等原因造成的经济损失。在任何情况下,乙方的赔偿责任都不应超出每件________元人民币或每公斤________元人民币的责任限额,两者以较低的限额为准。

16. 本合同项下发生的任何纠纷或者争议,应提交中国海事仲裁委员会,根据该会的仲裁规则进行仲裁。仲裁裁决是终局的,对双方都有约束力。

本合同的订立、效力,解释、履行、争议的解决均适用中华人民共和国法律。

17. 本合同经甲乙双方签字盖章之日起生效,合同有效期为1年。本合同期满之日前,甲乙双方如无异议,则自动延长1年;任何一方均可在期满前提出终止合同,但应以书面方式通知另一方。

18. 经甲乙双方协商一致,可对本合同进行修改和补充、修改及补充的内容经双方签字盖章后作为本合同的组成部分。本合同一式________份。

甲　　方:　　　　　　　　　　乙　　方:

签字盖章:　　　　　　　　　　签字盖章:

年　　月　　日

4.3.2 国际货代协议样本

协议编号:

签约地点:

协议双方:

甲方:

法定地址:

工商执照号:

乙方:

法定地址:

工商执照号:

为更好地开展海运货物进出口业务,经友好协商,根据《中华人民共和国合同法》、《中华人民共和国海商法》以及《中华人民共和国国际货物运输代理业管理规定》(及其实施细则)的有关规定,甲、乙双方现就海运进出口货物委托运输事宜,达成如下协议:

第一条:适用范围

1. 乙方持有有效营业执照及中华人民共和国商务部颁发的国际货物运输代理企业批准证书,并被获准在其营业地经营国际货物运输代理业务;

2. 乙方同意将其揽取的货物委托甲方安排配装××集装箱运输股份有限公司的船舶

运输；

3. 甲方将按双方协议规定的各项条款，完成货物出口的配舱、进栈、装船等一系列工作。

4. 在乙方提出书面申请的情况下，甲方接受在其属下网点进行异地订舱、异地签发提单，但本协议各项条款甲乙双方均遵照履行。

第二条：双方的职责和义务

1. 乙方应向甲方提供内容详实的订舱委托书，注明有关运输要求，包括该票货物的经办人姓名、电话、提箱要求等并在托运单证上加盖订舱专用章或业务专用章。

2. 乙方提供的每份海运委托书须填明该票货的发货人、收货人、通知人、预配的船名、航次、目的港（内陆点须注明中转港）、品名和数量等，重量不得超过有关规定。危险品出运须提前5个工作日作出书面声明，并详细说明其危险性，经甲方同意后才能接受订舱。

3. 如遇到受载船舶舱位紧张，甲方有义务及时通知乙方。

4. 如需加载，乙方应尽早与甲方取得联系，甲方将根据受载船舶的实际订舱情况和受载能力恪尽职责办理。

5. 如出运货物有特殊要求，乙方必须以书面形式向甲方提出，并需征得甲方同意。

6. 乙方如需对委托进行更改，应在货物装入集装箱或件杂货进栈（库）的当天书面通知甲方，书面更正单最迟不得超过2个工作日交给甲方。凡由于乙方书面更正单不到或不及时，则仍按原托运明细单内容为准。如由乙方原因造成的单证错误而产生的一切风险、责任和费用由乙方承担。

7. 乙方可以委托甲方代理报关，但如因乙方提供的报关单证与实际不符而引起的一切风险、责任和费用由乙方承担。

8. 乙方作为用箱人在甲方指定地点提箱时应检查箱体的完好程度，以无问题记录的设备交接单提取的箱体视为完好适货。

9. 如由乙方自行安排车队提箱，则乙方对从甲方指定的提箱地点提箱出场至进入港区卸下，或将空箱返回甲方指定堆场为止期间内发生的集装箱箱体破损、灭失负有赔偿责任。

10. 乙方应根据甲方"客户订舱须知"要求进行订舱并办理相关手续。

第三条：提单签发

1. 提单使用："××集装箱运输股份有限公司"或"××集装箱运输（香港）有限公司"联运提单。

2. 提单签发：本协议所承运的货物，由甲方或甲方委托的船舶代理签发。

3. 提单申领：乙方凭加盖公章的或已备案的"申领提单章"的"提单申领单"领取已委托甲方出运货物的提单，并在申领提单时认真审核，确保提单上记载的事项与海关申报的事项及理货公司出具的理货报告是一致的，如有不符，甲方不承担由此产生的一切风险、责任和费用。

第四条：风险责任

1. 乙方应在甲方规定的截单日前提供正确无误的提单补料，超过截单日乙方未能提供正确无误的提单补料或提出修改，一切风险、责任和费用由乙方承担，甲方需积极协助乙方，但不承担由此产生的风险、责任和费用。

2. 甲方签发承运区段内运输的船公司的提单，并承担该区段内运输的风险及责任，该区段外的任何风险、责任和费用由乙方承担；

3. 因乙方提供不正确的货物资料而产生的任何风险、责任和费用由乙方承担。

第五条：海洋运费和陆上运费及港杂费（以下统称“运杂费”）的计收与结算

1. 海运费和中转费：按甲方签署的协议运价确认书和公布中转费计收。

2. 陆上运费和港杂费：按甲、乙双方签订的费率计收。

3. 在执行本协议期间，如承运船公司宣布增加附加费或任何的运价调整，甲方可在协议运价确认书基础上加收临时颁布的增收附加费或按调整后的运价，并按新费率与乙方进行结算，但甲方必须提前书面通知乙方。

4. 经甲、乙双方协商，甲方同意乙方以下列第__________种方式结算运杂费，签发提单：

a. 只有在乙方付清运杂费后，甲方才签发正本提单；

b. 甲方先签发提单，并按照“集装箱货运付款协议”中约定的方式与乙方结算运杂费。如乙方不能按时支付运杂费，甲方将按本款第 a 种结算。

5. 无论甲方以何种方式结算运费，乙方必须及时审核甲方开出的 DEBIT NOTE 或运费清单，如有异议应在甲方开出 DEBIT NOTE 之日或运费清单发出之日起 48 小时内提出，否则乙方将按开出的 DEBIT NOTE 金额或按发出的运费清单进行开票和结算运费。如乙方不能按本条规定的费用方式按时结算运杂费或乙方用担保方式申请放单后未按时履行付款的，乙方同意甲方采用以下任何一种或多种方式进行强制催收直到乙方付清在此之前应付的运杂费，而由此产生的任何风险、责任和费用由乙方承担：

a. 延缓签发提单；或

b. 延缓提交外汇核销单；或

c. 通知目的港代理延缓货物的交付；或

d. 按中国人民银行公布的同期银行流动贷款利率征收利息。

第六条：协议的履行

1. 协议当事人应各自指定专人负责运价申请、协议管理，并做好相应的保密工作。

2. 任何当事人均不得将本协议书下的利益转让给与本协议无关的其他方。

3. 任何当事人在履行本协议书规定的义务时，因不可抗力的作用，无法履行或无法按时履行协议相关事项的，应立即书面通知对方，以减轻可能给对方造成的损失，并应当在 7 个工作日内提供当地公证机关出具的证明；因未及时通知对方而给对方造成的损失，当事人一方应负赔偿责任。

本款所称不可抗力，包括但不限于战争、政府行为、地震、台风、水灾等无法预计、不能避免并不能克服的客观情况。

4. 当事人一方对另一方的违约追究表示弃权，应以签署书面声明方为有效。

第七条：协议的变更和终止

1. 协议签订后，任何一方不得擅自变更或解除，如确有特殊原因不能继续履行或需变更时，须经各方当事人同意。

2. 变更或解除协议，应当提前 30 天时间以书面形式通知对方；双方当事人同意变更或解除的，应在 15 天内办理变更或终止手续；如在协议规定的期限外提出，必须负担对方已造成的实际损失。

3. 变更或终止生效日期前发生的义务和权利不因此而受影响。

第八条：违约责任

1. 当事人违反协议的有关规定而造成对方经济损失的，应依法承担赔偿责任；

2. 违反协议的行为应承担协议规定的违约责任。

第九条:其他

1. 承运船公司提单及运价本(表)条款,以及双方签署的有关协议或协议附件均视为本协议不可分割的部分;

2. 本协议未尽事宜,双方应在互惠互利的原则下协商解决;协商不成双方可向××海事法院提起诉讼;

3. 本协议一经签署,双方原有的货运代理协议自行终止;

4. 本协议自以下授权代表签字后生效,有效期至　　年　　月　　日。有效期满,双方对本协议内容无异议,则自动延期1年。

5. 本协议一式二份,双方各执一份以昭信守。

本协议经双方授权的如下代理签署:

甲　　方:	乙　　方:
授权代表:	授权代表:
(签字/盖章)	(签字/盖章)
日期:	日期:

5 国际货代责任

5.1 国际货代权利责任

5.1.1 国际货代的法律地位

5.1.1.1 中国国际货代的法律地位

1) 我国国际货代的多重身份

1995年6月29日,经国务院批准,外经贸部颁布了《中华人民共和国国际货物运输代理业管理规定》(以下简称规定)。其定义参照了联合国亚太经社理事会和国际货运代理联合会的规定,在一定程度上明确了货运代理的法律地位。其中第二条规定:"本规定所称国际货物运输代理企业是指接受进出口货物收货人、发货人的委托,以委托人的名义或者以自己的名义,为委托人办理国际货物运输及其相关业务并收取服务报酬的行业。"

1998年3月9日,外经贸部又颁布了《实施细则》,其中第二条规定:"国际货物运输代理企业可以作为进出口货物收货人、发货人的代理人,也可以作为独立经营人,从事国际货运代理业务。"

结合有关货运代理的规定和业务实践,我国国际货运代理有以下几种不同的法律地位。

(1) 作为直接代理

货运代理人根据委托人的委托或授权,以委托人的名义同第三方发生关系,以及货运代理人声称自己的代理身份并让第三人了解,但并不说明委托人是谁,并同第三方发生关系。此时前者货运代理人作为我国《民法通则》规定的直接代理,后者货运代理人作为英美法上的隐名代理人。按照本文的观点,英美法中的显名代理即为大陆法上的直接代理,故货运代理为狭义的直接代理与隐名代理时都作为直接代理。

货运代理以委托人的名义与第三方发生关系时,根据《民法通则》第六十三条的规定,被代理人对代理人的代理行为承担民事责任,在产生纠纷时,由委托人承担责任,第三方只能向委托人起诉,货运代理仅有谨慎处理之责。货运代理人绝不能谋私利或与第三人通谋侵犯委托人的利益,否则货运代理人与第三人负连带责任。

货运代理同第三方发生关系时,声明自己是代理但又不披露委托人的身份。货运代理人通过与第三方明确的协议,把自己承担的义务转移给委托人或告诉委托人协议内容,委托人不作否认表示,即视为同意,委托人受此协议约束。货代仍是委托人的代理人,仅有谨慎处理的义务。第三方只能向委托人起诉,但若货代不公开委托人是谁时,第三人可向货代起诉。

(2) 作为间接代理

货运代理人以自己的名义但为了委托人的利益与第三方订立合同,此时货代的法律地位是间接代理,也就是《合同法》第四百一十四条至四百二十三条规定的行纪制度。无论委托人是否授权货运代理人以自己的名义同第三方发生关系,此时的货代已不是实质上委托人的代理人,他已成为合同的当事人,同第三方直接发生民事法律关系。也即行纪人以自己的名义实施行为，并且自己取得行为的法律效果，在产生纠纷时，第三方只能向货代起诉。货主与货代发生纠纷时，由于货代是运输合同的当事人，依照《海商法》其诉讼时效为 1 年。

合同法第四百零二条、四百零三条对受托人以自己的名义与第三方发生关系时，分第三方订立合同时知道或不知道受托人与委托人间的代理关系 2 种情况做了规定，这与货代根据合同法行纪合同的规定所承担的法律责任与所处的法律地位不同。《合同法》四百零二条、四百零三条对货代作为间接代理时的法律地位有何影响，是否适当，本文另有详述。

（3）作为独立经营人

《实施细则》第二条规定，货代企业作为独立经营人，接受进出口货物收货人、发货人或其代理人的委托，签发运输单证、履行运输合同并收取运费以及服务费的行为。此时的货代接受委托人的委托，直接完成所委托事宜，根据货代所从事的业务不同，成为相应的保管人或承运人。当货代利用自己的运输工具直接从事货物运输时，他是实际承运人；当他利用第三方的运输工具承运货物签发自己的提单时，他是契约承运人。

就我国《实施细则》独立经营人的定义来看，它参照了美国无船承运人的定义，认为货代作为独立经营人时已成为无船承运人。货运代理负责多式联运，收取全程运费，签发全程提单，成为无船承运人——即多式联运经营人。货代此时不是发货人的代表或参加多式联运的承运人的代理人或代表，他是事主，是法律上的承运人。多式联运经营人收取货物后，对在运输过程中任何区段发生的灭失，损害及延误负直接赔偿责任，除非他能证明其本人、受雇人或代理人或其他人，为避免事故的发生和后果已采取了一切符合要求的措施。

（4）作为居间人

货运代理人在租船运输中经常充当经纪人的角色。《合同法》第四百二十四条规定，居间合同是指居间人向委托人报告订立合同的机会或提供订立合同的媒介服务，委托人支付报酬的合同。这里将货运代理称为居间人而不称为经纪人，是因为经纪人是指任何以从事中介活动为营业的法人或自然人。依其具体行为的法律性质而定，经纪人包括委托代理、行纪和居间。我国《实施细则》中并无货代作为居间时的规定。

2）《合同法》对国际货代法律地位的影响

《合同法》第四百零二条规定：受托人以自己的名义，在为委托人的授权范围内与第三人订立的合同，第三人在订立合同时知道受托人与委托人之间的代理关系的，该合同直接约束委托人和第三人，但有确切证据证明该合同只约束受托人和第三人的除外。

第四百零三条规定：受托人以自己的名义与第三人订立合同时，第三人不知道受托人与委托人之间的代理关系的，受托人因第三人的原因对委托人不履行义务，受托人应当向委托人披露第三人，委托人因此可以行使受托人对第三人的权利，但第三人与受托人订立合同时如果知道该委托人就不会订立合同的除外。

受托人因委托人的原因对第三人不履行义务，受托人应当向第三人披露委托人，第三人因此可以选择受托人或者委托人作为相对人主张其权利，但第三人不得变更选定的相对人。

委托人行使受托人对第三人的权利的，第三人可以向委托人主张其对受托人的抗辩。第三人选定委托人作为其相对人的，委托人可以向第三人主张其对受托人的抗辩以及受托人对第三人的抗辩。

合同法第四百零二条、四百零三条的规定借鉴吸收了英美法系不公开本人的代理中有关介入权与选择权的规定，这 2 条规定会对我国货代、船东、货主产生很大的影响。

首先我们来看四百零二条带来的影响。在集装箱运输中，由于在实际操作上，货代如果将货主的委托书直接传给船东以便让船东制作提单，这样一来，船东在制作提单时完全可以知道货主是谁，那么根据四百零二条规定，船东（第三人）订立合同时知道受托人（货代）与委托人（货主）之间的代理关系，该合同直接约束委托人与第三人。也可以认为是在货主与船东之间建立了运输关系。但是这样就完全改变了三者之间先前的地位。比如提单签发后，货主完全可以依据四百零二条向船东直接索要提单，而船东无法拒绝。而如果船东将提单交给了货代，货主完全可以依据四百零二条声称船东没有得到货主的书面同意就将提单交给货代是完全错误的。

在无单放货的情况下，四百零二条带来的影响更严重。比如货主将货物交给货代，而货代签发了自己的提单给货主去结汇，货代同时又将货主的委托书直接传给船东要求其承运货物，但不要求船东签发提单而是要求船东凭货代的指示将货物交给货代在目的港的代理，当货物的买方在目的港取得了提单后，去目的港货代的代理人处提取货物。按四百零二条的规定，货主与船东之间已建立了货物运输关系，尽管没有签发正本提单，船东仍然应根据货主的指示放货而不应根据货代的指示放货，这样一来，当船东按货代的指示将货物交给货代在目的港的代理就成了错误的了。

其次我们再来看四百零三条带来的影响。比如货代与船东签订了租船合同，货物已装船但货主并未交付运费，按四百零三条的规定，船东（第三人）就有了选择权，可以起诉货代也可以起诉货主。而当船东违约未按期送达货物时，货代可以向货主披露船东，货主可直接起诉船东。鉴于货代的规模一般都不大，船东一般会选择货主起诉，而货主又会倾向于起诉船东，货代风险减轻了。

由此可见合同法第四百零二条、四百零三条在法律上减轻了货代的责任，在货主与货代、船东物力、人力、财力投入悬殊的情况下，给货代以很大的选择余地，较容易逃脱应负的责任，这有失公平，对提高货代的服务质量也是不利的。

3）中国其他法规规定的国际货代法律地位

根据《中华人民共和国国际运输代理业管理规定》第二条的规定："本规定所称国际货物运输代理业，是指接受进出口货物收货人、发货人的委托，以委托人的名义或者以自己的名义，为委托人办理国际货物运输及相关业务并收取服务报酬的行业。"

根据《中华人民共和国国际货物运输代理业管理规定实施细则（试行）》（以下称"实施细则"）的第二条的规定：

"国际货物运输代理企业（以下简称国际货运代理企业）可以作为进出口货物收货人、发货人的代理人，也可以作为独立经营人，从事国际货运代理业务。

国际货运代理企业作为代理人从事国际货运代理业务，是指国际货运代理企业接受进出口货物收货人、发货人或其代理人的委托，以委托人名义或者以自己的名义办理有关业务，收取代理费或佣金的行为。国际货运代理企业作为独立经营人从事国际货运代理业务，是指国际货运代理企业接受进出口货物收货人、发货人或其代理人的委托，签发运输单证、履行运输合同并收取运费以及服务费的行为。"

根据《中华人民共和国外商投资国际货运代理业管理规定》第二条的规定："本规定所称的外商投资国际货物运输代理企业是指境外的投资者以中外合资、中外合作以及外商独资形式设立的接受进出口货物收货人、发货人的委托，以委托人的名义或者以自己的名义，为委托人办理国际货物运输及相关业务并收取服务报酬的外商投资企业。"

根据上述法律规定，可以明确地知道到国际货运代理企业的法律地位：即国际货运代理企业是作为"进出口货物收货人、发货人的代理人，或者作为独立经营人"进行相应的法律活动的。

由此，根据其所处的法律地位，国际货运代理企业如仅作为代理人时，则其接受货主的授权委托而依法代理事项所对应的法律责任应当由货主承担，国际货运代理企业所需承担的法律责任，只限于发生无权代理或者其他违反代理法律规定时需要由代理人承担的法律责任。而当国际货运代理企业如作为独立经营人时，则其所需承担的法律责任，不仅限于代理人的法律责任，还需要对其自身作为独立的法律主体（即作为运输单证的签发人，以及运输合同的履行人）时进行的相关法律活动承担相应的法律责任。

为了防止国际货运代理企业需承担法律责任的不合理扩大，在国际货运代理合同法律实务中，需要在国际货运代理企业与进出口货物收货人、发货人或其代理人签订的合同中，通过具体的约定，确定国际货运代理企业的法律地位，明晰国际货运代理企业在合同中实际的法律关系。

5.1.1.2 普通法系与大陆法系代理制度

代理，无论是在大陆法系国家还是在普通法系国家都是为人们所普遍承认的一个法理概念。但是，由于历史和法律传统的差异以及人们考虑问题着眼点的不同，不同法系甚至相同法系内的不同国家对代理概念的理解和认识向来是见仁见智的。本章所要讨论的国际货运代理和无船承运人的法律地位与代理制度密切相关，为了不造成基本认识上的混乱，因此在本章开始部分有必要对代理制度做一简要分析。

大陆法上的代理制度是建立在将委任与代理权严格区别开来的区别论基础上，其中委任(Mandate)指本人(Principal)与代理人(Agent)之间的合同，调整本人和代理人之间的关系，而代理权(Authority)则指代理人代表本人与第三人签订合同的权利，它调整的是本人和代理人同第三人之间的外部关系。与此相适应，大陆法上代理概念的一个重要特征是十分强调代理人在实施代理行为时须以本人的名义，即强调代理人在对外进行民事活动时须表明自己的身份。通常情况下代理人表明自己的身份有 3 种方式：

(1) 明确以本人的姓名与名称进行民事活动。

(2) 仅表明代理他人进行民事活动，但不指明本人的名称或姓名。

(3) 既不披露本人姓名也不表明自己是代理人，而以自己的名义从事活动。

大陆法将前 2 种方式的代理关系称为直接代理。至于第三种方式，由于它并不符合代理人在实施代理行为时须以本人名义行事这一法律特征，因此第三种方式即间接代理不属于严格意义上的代理，而是一种行纪关系。

普通法上的代理制度建立在本人与代理人等同的等同论的基础上。即"通过他人所作的行为即为本人的行为"。在这个等同论的基础上，代理不再如区别论中那样是一个抽象的因素，而是其自身成为委任的结果。因此普通法上将代理看作是一个包括了所有为他人利益而行为的情况的非常广泛的一个概念。普通法在分析代理行为的后果时将代理分为代表公开的本人(A Disclosed Principal)和代表不公开的本人(An Undisclosed Pricipal)2 种情况。

代表公开的本人的情况包括显名代理(Named Principal)和隐名代理(Unnamed Principal)2 种，而显名代理与隐名代理也即上段(1)、(2)那 2 种方式，就是说英美法上的代表公开的本人的代理相当于大陆法上的直接代理(其中包括显名代理与隐名代理 2 种情况)。代表不公开的本人与大陆法的间接代理相似,但也有不同。

在大陆法的间接代理中,需要代理人将该行为的后果转让给本人之后,本人才能向第三人主张权利或承担义务。在普通法中,不公开本人代理中的本人原则上与第三人没有直接的法律关系,他们之间的权利义务也是建立在 2 个连续性的合同基础上。在这种情况下,代理人把自己置于当事人的地位,应就其行为向第三人负责。因为他既不披露本人的姓名也不表明自己的代理人身份。但问题是,在这种情况下,尽管代理人是以自己的名义签约,却是为了本人的利益,不公开的本人是否能根据他与代理人之间的内部关系直接取得代理人行为所产生的权利并承担义务呢? 普通法肯定了这一点,但赋有一定的限制条件,即本人的介入权与第三人的选择权。

比较普通法与大陆法在间接代理或不公开本人身份代理的做法上,就国际商事代理而言,普通法的做法更为现实和可取。三方当事人都想通过代理行为获取各自的利益,这就使得他们之间的直接沟通成为必要。而赋予不公开的本人以一定条件下的介入权,承认第三人的选择权。既可以使该本人选择适当的时机介入交易以维护自身的利益,也可以使第三人有选择履约对象的自由从而使交易更有保障。我国《合同法》第四百零三条就吸取了这一点。

5.1.1.3 普通法系国家货代的法律地位

普通法系国家,国际货运代理的法律地位以代理的概念为基础,这是由判例产生的,即货运代理处于代理人的地位来安排货物运输。此时他与委托人之间的关系是代理的内部关系,代理人在代理期间,负责履行其代理业务,对因其未履行代理义务而产生的损害负责,并对他处理事务中的过失负责。代理人要恪尽职守、忠于当事人、遵照当事人合理指示行事并将所处理的事项向当事人报告。代理人、委托人与当事人之间的关系是代理的外部关系,货运代理仅对由于他自身或雇员所造成的过失负责,如能证明货代未尽职守,则他的责任也将不超过他所签约的任何第三方的责任。

然而实践中,国际货运代理的法律地位经常因其提供的服务不同而发生变化,比如当国际货运代理提供拼箱服务并签发自己的提单时,其地位为合同当事人,应负承运人责任。人们将不得不在一个又一个的案例中寻求货运代理是以代理人的身份还是以承运人的身份行事。

传统的观点是货运代理人不是当事人,他并不取得货物的控制权。他的任务是充当货主的代理人,与承运人联络并对运输之间的必要步骤作出安排。实际上,直到 1995 年货运代理作为海上运输合同的当事人仍被认为是例外的情况,但也有一些判例认定货运代理为缔约当事人承担承运人责任。如加拿大法院的案例就反映了无论货运代理是否拥有船舶而被认定为承运人的情况。在 Claridge. Held & CO. V. KING and Ramsay 案中,被告声称其拥有船舶,虽然实际上是租用的,但法院判决他已具有承运人的法律地位,而不能以自己仅作为货运代理为由,逃避对损失的赔偿责任。法院依合同当事人缔约之意图认定其法律地位,合同当事人的法律地位取决于有关合同当事人对其缔约目的的解释。

在大部分普通法的司法判例中,趋向于一定程度的契约自由,但法庭对这一自由限制在国际货运代理不能对其严重疏忽逃避责任的范围内。然而有的国家如澳大利亚,其标准格式合同却反映了对国际货运代理活动中的疏忽行为实际上可以完全不负责任。

在美国《海上货物运输法》1999 年修改草案中,货运代理人的法律地位受到承运人概念修订的影响。COGSA1999 草案定义了三种承运人,"契约承运人"是指与提供货物的托运人订立合同的人;“履约承运人”是指履行或承诺履行或组织屡行运输合同项下义务的人;“远洋承运人”是指拥有、经营、租用船舶进行海上货物运输的履约承运人。

以上 3 种承运人都按 COGSA1999 的规定承担义务和责任,享有权利豁免及赔偿责任限制等权利。把承运人扩展到货物运输及与货物运输相关服务环节的提供者,定义涵盖了货物运输服务的各关系方。

如果说 COGSA1999 草案是要将具有运输合同承运人身份的货运代理人纳入到海上货物运输法的调整范围之内,这种从货主利益出发的考虑是无可非议的,可以说是对现有航运实践的一种承认,并用法律的手段加以调整限制,特别是当货运代理签发自己的提单,如分提单、全程提单时,就意味着货运代理人自愿作为承运人受海上货物运输法的调整。对于这一点,通过“契约承运人”的概念将作为承运人而与货方订立运输合同的货运代理纳入 COGSA 的范围之内,已应达到目的了。

但是“履约承运人”却将履行货运代理合同下义务的货运代理人(美国法下的货运代理,也即纯粹代理人身份的货代)视为运输合同承运人,要按照海上货物运输法的规定承担责任,这一变革显然与实践相违背,因此遭到了货运代理人利益集团的反对。FIATA 声明,如果“履约承运人”的定义不将货运代理作为代理人身份行事的情况排除在外的话,FIATA 将不会支持新的 COGSA 的通过。经过妥协 COGSA 在其第十六稿中作了限制:“限于直接或间接的应承运人的要求或受其监督、控制”而行为这一范围,将货代作为货方代理人的情况排除在 COGSA 适用之外。然而对于美国之外采用广泛货代定义国家的货运代理人的活动究竟属于代理人的行为还是履约承运人的行为,仍将通过综合考虑多种因素才能决定。

5.1.1.4 大陆法系国家货代的法律地位

在大陆法系国家,国际货运代理的法律地位及其相应的权利和义务一般由商法典来规定。就总体而言,国际货运代理以直接代理和间接代理身份行事,在间接代理中,对委托人而言,他是代理人,属代理关系;对承运人而言,他是委托人,属当事人关系。

德国《商法典》第五章《运输代理营业》对运输代理人作了规定。国际货运代理除非本人亲自执行运输,即为实际承运人,承担运输范围内的责任,否则不承担合理履行运输合同的责任。国际货运代理只能代表托运人和承运人签订合同,他只对选择承运人的疏忽及其在履行职责中的疏忽行为负责,托运人对因未合理履行运输引起的损失只能向承运人追偿。德国商法典第 457 条规定,货主只有在让与后,才可以主张由运输代理人以货主的计算,用自己的名义所订立的合同产生的债权。同时第 458 条“介入”规定:“运输代理人有权以介入方式执行货物运输,此时具有承运人或海运承运人的权利和义务。”第 460 条规定了集合装运时的运输代理都具有承运人或海运承运人的权利和义务。

法国对国际货运代理所履行的不同职能赋予了不同的名称,对于以其自己名义作为合同当事人的货运代理称之为“运输代理”,在法国商法典中作了具体规定,这种代理对运输的结果负责,承担将货物运抵目的地的责任。对于公开以某委托人的名义行事的国际货运代理,称之为“货物转运代理”,其责任在法国商法典中由委托合同的条款加以规定,托运人可以控告国际货运代理也可以控告承运人,允许作出选择。

意大利《民法典》第 1737 条及其下的条款,将货运代理合同置于委托代理合同的范围内进行规范调整,货运代理合同是货运代理以自己的名义,为了委托人的利益,而承担订立运输合同和履行附随义务的一种代理合同。

台湾“民法”第660条规定了“承揽运送人”,“称承揽运送人者,谓以自己之名义,为他人之计算,使运送人运送物品而受报酬为营业之人”。并规定“承揽运送,准用关于行纪之规定”。承揽运送人有报酬请求权及各项费用偿还请求权,同时,台湾民法还特别规定了承揽运送人的留置权和介入权。

5.1.2 国际货代的权利行为

国际货运代理接受客户支付的因货物的运送、保管、投保、报关、签证、办理汇票的承兑和其他服务所发生的一切费用,同时,还接受客户支付的因国际货运代理不能控制的原因致使合同无法履行而产生的其他费用,如果客户拒付,国际货运代理人对货物享有留置权,有权以某种适当的方式将货物出售,以此来补偿所应收取的费用。国际货运代理人接受承运人支付的订舱佣金。

5.1.2.1 国际货运代理人的2种身份

国际货运代理人可能以2种身份出现:一是作为客户(收货人或发货人)的代理人;一是作为契约当事人。而这2种法律地位的不同,导致其权利义务、法律责任有着巨大的差异。

作为代理人,货运代理只收取佣金,实际上只是提供代理服务,其法律行为的后果由客户承担,其业务活动产生的风险相对较小。

作为契约的当事人,货运代理收取差价,却是“背对背”2个合同的当事人,其义务的完全履行往往要靠另一方当事人(或者是货主或者是实际承运人),所以,在这种情况下,货运代理要面临巨大的风险。因此,国际货运代理人在业务活动中应明确自己处于什么样的法律地位,应当承担什么样的责任,并应根据法律的规定力争规避风险,或采取措施减少这些风险。

由于“代理”一词在大陆法中具有特殊的含义,使人很容易误认为货运代理仅是货主的代理人。而且由于国际货运代理业务涉及到国际货物贸易、国际货物运输、国际支付、保险等诸多领域,极具复杂性,很难形成一个确定的标准来判定货运代理在一笔实际交易中是处于代理人还是当事人的法律地位,而准确地区分这2种法律地位又与货运代理公司应承担的法律责任密切相关。

实践中,有些货运代理公司由于未能正确地理解自己的法律地位而导致巨大损失的案例很常见。

5.1.2.2 判断货运代理是代理人还是当事人的方法

实践中,判断货运代理是代理人还是当事人可以根据以下几个方面来综合考虑:

(1) 货运代理是否签发了自己的全程运输单证:如多式联运提单,如果签发了自己的提单,会被认为是当事人。

(2) 在收取报酬方面,是收佣金还是赚取运费差价:如果货运代理报自己的运价而不向客户说明其费用的使用情况,那么货运代理通常应当承担契约承运人的责任,即将被认定为当事人。

(3) 货运代理与客户以前的交易情况:这往往成为法院在具体案件中判断货运代理是代理人还是当事人的重要考虑因素。实践中,有些客户与货运代理有着长时间的合作关系,如果货运代理一直是当事人的身份,那么当某一次交易中处于代理人的法律地位时,出于保护第三人的信赖利益,法院往往会倾向于认定其是当事人。这时,货运代理就应当举证证明自己的代理人身份,反之亦然。由于作为当事人身份的风险较大,因此,当货运代理是代理人时,一定要注意向相对人表明自己的代理身份。

(4) 业务方式上,是集装箱拼装还是以托运人的名义代办进出口业务。

另外,货运代理以自己的运输工具运送货物,与客户商定一揽子运价,都将是被视为当事人的初步证据。实践中,认定货运代理的法律地位,更多地是由仲裁机构或法院对个案进行具体的、综合地判断和分析。

我国已经加入 WTO,国内的货运代理企业面临严峻的挑战。在业务活动中,货运代理企业首先应当明确自己的法律地位。

当货运代理是代理人时,其责任主要是履行代理的职责,其义务主要是“合理谨慎”,仅对因代理的过失给客户造成的损失承担责任,以及对第三人的选任和对第三人的指示承担责任。当货运代理是当事人时,要承担合同项下的责任,承担相应的风险。由于货运代理业务的复杂性和法律地位的多变性,正确地认识自己的身份,是正确地享有权利、承担义务的前提和基础。

5.1.2.3 国际货运代理人以委托人的名义为法律行为

在作为代理人的情形下,货运代理为委托人代为办理订舱、报关、报验,代办保险、租用仓库、代理签发提单等服务。因此,他应当严格遵循代理的有关法律规则。目前,我国有关代理的法律主要是《民法通则》、《合同法》。

另外,与国际货代有关的还有《海商法》。根据《民法通则》关于代理的规定,当国际货运代理人以委托人(客户)的名义开展业务时,处于代理人的法律地位,其只能在委托人的授权范围内实施法律行为,其后果直接归属于委托人,代理人只对未履行代理职责并给委托人造成的损失承担责任。

《民法通则》规定的代理,实际上是大陆法系的直接代理。在这种情况下,货运代理人应严格依照委托人的指示从事交易活动,特别是当委托人的指示与货运代理实践不一致时,一定要得到委托人的明确的、书面的指示,特别要注意既不能越权代理,不能在未取得客户同意的情况下想当然地安排与货运代理业务有关的服务,例如在无客户授权的情况下进行运输服务或代垫运费,否则很可能招致客户或其他人的索赔;也不能进行双方代理,例如在作为货主的代理时又代表船东签发提单,或在从货主取得佣金的同时又从船公司处获得揽货佣金,只能代理一个当事人。

在代理运输危险货物时,由于各国法律对危险货物有很多管制且可能对人身、财产、环境造成巨大的损害,因此必须保证发货人披露了关于危险货物的足够信息,并且应当在合同中订明,如委托人未对危险货物作说明或说明不清所造成的损失,应当由委托人承担。而且,货运代理也应当把货物的危险性及防范措施书面告知实际承运人,必须确保单证的完善,以及货物的妥善包装、标识、装运、牢固、公告和正确的运输路线。

另外,不能既赚取代理佣金又想吃掉运费差价,否则可能会被认为是当事人而承担 2 个合同项下的责任。

5.1.2.4 国际货运代理人以自己的名义为法律行为

当货运代理人以自己的名义为法律行为时,有可能处于 2 种不同的法律地位。在这种情况下,货运代理可能是代理人,也可能是契约当事人。此时,我们不能用大陆法关于间接代理(即行纪)的理论来理解。

1) 作为委托人的代理人

1999 年《合同法》颁布以后,对货运代理的业务活动将产生很大的影响。该法的很多规定对《民法通则》进行了完善。尤其是四百零二条和四百零三条，实际上是英美法关于隐名代理和不公开本人的代理的规定，为货运代理明确自己的法律地位提供了法律上的依据。

第四百零二条规定：受托人以自己的名义，在委托人的授权范围内与第三人订立的合同，第三人在订立合同时知道受托人委托人的代理关系的，该合同直接约束委托人和第三人，但有确切证据证明该合同只约束受托人和第三人的除外。根据此规定，如第三人在订立合同时知道货主和货运代理之间的代理关系的，货运代理将不承担合同项下的责任。此处的“知道”，应理解为“知道或应当知道”为妥。在此种情形下，货运代理要不承担合同项下的责任，应当提出证据证明第三人知情，或者由法院认定第三人知情。

《合同法》第四百零三条规定：受托人以自己的名义与第三人订立合同时，第三人不知道受托人与委托人之间的代理关系的，受托人因第三人的原因对委托人不履行义务，受托人应当向委托人披露第三人，委托人因此可以行使受托人对第三人的权利，但第三人与受托人订立合同时如果知道该委托人就不会订立合同的除外。受托人因委托人的原因对第三人不履行义务，受托人应当向第三人披露委托人，第三人因此可以选择受托人或者委托人作为相对人主张其权利，但第三人不得变更选定的相对人。委托人行使受托人对第三人的权利的，第三人可以向委托人主张其对受托人的抗辩。第三人选定委托人作为其相对人的，委托人可以向第三人主张其对受托人的抗辩以及受托人对第三人的抗辩。本条规定了委托人的介入权和第三人的选择权。但是，我们应当注意，委托人的介入权的行使应以第三人的承认为条件。例如，在货运代理实践中，当实际承运人不能按时派船装货，货主可以取代货运代理直接要求实际承运人履行原由货运代理与实际承运人之间签定的合同，但应当取得实际承运人的承认。对于第三人的选择权，实际上对于委托人和受托人二者只能选其一。例如，当货主不能如约支付运费，则实际承运人可以选择货主或者货运代理要求支付运费。当第三人选择货主时，则货运代理处于代理人的法律地位。

2）作为契约当事人

从上述第四百零二条、第四百零三条我们可以看出，当国际货运代理人以自己的名义为法律行为时，在以下几种情况下，货运代理是当事人：一是在第四百零二条“但书”的情形下；二是当委托人（如货主）行使介入权未获第三人的承认时；三是第三人（如实际承运人）选择货运代理主张权利时。在以上几种情形下，国际货运代理的责任和风险更大，特别是在签发多式联运提单的情况下，在业务活动中应当更加谨慎，应保证对运输全程的控制，对各个业务环节严格把关，保证各个实际承运人和代理尽职尽责。随着货运代理企业向现代物流企业的转变以及多式联运的发展，企业不仅要提供“门到门”的运输服务，而且还要提供个性化的信息服务和增值服务。在这种情况下，货代企业（或物流企业）处于当事人的法律地位。特别要指出的是，由于风险很大，货运代理应当投保责任险。

由于海上运输是国际货物贸易的主要运输方式，因此无论是作为代理人还是契约当事人，货运代理都应特别注意遵守《海商法》。根据我国《海商法》第四十二条关于承运人和托运人的含义的规定，不难看出，国际货运代理既可以是海上货物运输合同的承运人，也可以是托运人。因此，《海商法》中第四章的关于承运人和托运人的责任规定对国际货运代理就非常重要。

另外，货运代理还应当注意《合同法》和《海商法》之间的关系，二者在合同的订立、履行、责任期间、责任归责原则、赔偿责任、时效等诸多方面有很多不同。总的适用原则是，二者是普通法与特别法的关系，《海商法》已有规定的，应适用《海商法》的规定；没有规定的，可以补充适用

《合同法》的规定。

5.1.2.5 货运代理人作为委托人的权利、义务和责任

作为委托人,货运代理人作为独立合同人对客户要求提供的服务以自己的名义承担责任,他要对与他共同履行合同的有关的承运人、二次货运代理人等的行为和不为负责。

一般来说,货运代理人要为其提供的服务与客户进行讨价还价,而不仅仅是收取佣金。例如,货运代理人充当委托人的角色,当其提供拼相服务和多式联运服务以及当他提供陆路运输并自己运输货物时。

作为委托人,他对第三方的责任、责任限制以及对货物的留置权和他作为代理人时相同。

当货运代理人充当委托人提供多式联运服务时,标准交易条款一般不适用。在无国际公约适用时,多式联运合同主要受国际商会制定的"国际商会统一联运单据规则"制约。

在制定标准交易条款时,货运代理人享有相当大的契约自由以免除责任。否则,他们将不得不承担这些责任。在普通法系国家,作为承运人的货运代理人(如当他自己承担陆路运输时)是"公共承运人",并承担"严格责任",即除非货物的灭失或损坏是由货物固有的缺陷、不可抗力或其他根据普通法可免除责任的因素造成,否则他要对货物的灭失或损坏负责。

在实践中,货运代理人通过在标准交易条款中规定非"公共承运人"来避免这种严格责任。此外,货运代理人总是保留接受或拒绝货运的权利而不是一概接受提供的货物,这一事实也证实了他们通常通常是作为私人承运人而非公共承运人。

5.1.3 国际货代的基本责任

5.1.3.1 国际货运代理的错误和疏忽

国际货运代理应为客户提供"安全、迅速、准确、节省、方便"的服务,并对其本人及其雇佣人员的过错承担责任。

其错误和疏忽包括:

(1) 未按照指示交付货物;

(2) 尽管得到指示,办理保险仍然出现疏忽;

(3) 报关有误;

(4) 运往错误目的地;

(5) 未能按照必要的程序取得再出口货物退税;

(6) 未取得收货人的货款就交付货物。

货运代理还应对其经营过程中造成第三方的财产灭失或损坏或人身伤亡承担责任。如果货运代理人能够证明他对第三者的选择做到了合理谨慎,那么他一般不承担因第三方的行为或不行为引起的责任。

当货运代理作为缔约当事人时,应对其履行货运代理合同而雇佣的承运人,分货运代理的行为和不行为负责。此种情况,货运代理人与客户接洽的是服务的价格,而不是收取代理费。

5.1.3.2 国际货运代理人的一般责任

国际货运代理人的责任期限一般是指由其掌管货物的时间。在作为传统意义的代理人时,货运代理人应按委托合同条款的规定,采取合适的方式照料和管理货物,并执行委托人的指示。

在作为承运人并运输保管货物时,其责任期限应从发货人手中接收货物开始,至运到目的

地向收货人交付货物或在指定地点交收货人掌握为止，如果货物运抵目的地并已向收货人发出交货通知一定时间后，收货人仍未前来提取货物，也可以认为货运代理人已履行合同规定的交货义务。

5.1.3.3 国际货运代理人对合同的责任

无论在什么情况下，国际货运代理人应对自己没有执行合同所造成的货物的损失负赔偿责任。如果货物的灭失和损害能被证实由第三方的行为和疏忽造成时，货运代理人有义务将此种情况及有关证据告之委托人，并采取合适的措施保护委托方的利益，协助委托方向责任方提出赔偿要求。因此，仅作为代理人时，他对以委托人名义委托在第三者的运输、装卸、交付、结算、仓储、单据签发等方面的行为或疏忽造成的货物的损害，不承担任何责任，除非能证明他在选择代理人、承运人或其他第三者方面有失职行为。

当货运代理人作为承运人时，在不同的国家或地区对其责任的规定有较大区别，有些国家规定货运代理人除对代理行为负责外，不论他是否自己履行合同，还应对运输合同承担责任，并对为完成运输而委托、雇承运人、代理人等第三者造成的损害负责。但在有些国家(如法国)则规定，除非他自己履行合同(指完成运输)，否则货运代理人并不对运输合同的履行承担责任。

5.1.3.4 国际货运代理人对仓储的责任

货运代理人接受货物并准备仓储时，应在收货后给委托人签发货物收据或仓库证明，并在仓储期间根据货物的特性和包装情况，选择适当的仓储方式，尽其职责管理货物。如委托人对货物仓储有特殊要求和指示时，也一并给予执行。在已做到尽其责后仍发生的货物灭失或损害，货运代理人不负责任，除非能证明该货物的灭失和损害是由于货运代理人在选择货物储存库、场方面有不当和缺陷，或由于他在存储过程中有过失或疏忽。

当自己作为仓储人，并自己执行货物仓储时，除上述责任外，还应承担对仓储人规定的责任。

5.1.3.5 国际货运代理人的除外责任

尽管到目前为止还没有关于国际货运代理人的国际公约，但一般认为，如果货物在其掌握期间发生的损害或灭失由于下列原因所致时，国际货运代理人对该损害或灭失不负责任。

(1) 由于委托方的疏忽或过失所致；

(2) 由于委托方或其他代理人在装卸、仓储或其他作业过程中的过失所致；

(3) 由于货物本身自然特性或潜在的缺陷所致；

(4) 由于货物包装不牢固(不是由货运代理人完成)，标志不清所致；

(5) 由于货物送达地址不清、不完整、不准确所致；

(6) 由于对货物内容申请不清楚、不完整、遗漏所致；

(7) 由于不可抗力、自然灾害、意外原因所致。

但如果在上述各情况下，能证明货物的损害或灭失是由于货运代理人的过失和疏忽所致，货运代理人仍应承担责任。

近年来，货运代理人承担的责任已发生了较大的变化，而且有越来越大的趋势。传统的货运代理人仅作为承担最小风险的代理人的时代已经过去了，当前的货运代理人一般要承担更大的责任作为成功的代价。

5.1.3.6 代理报检主体的法律责任

由于代理报检人是法律规定的报检主体,因此,应该适用货主与检验检疫机构的报检权利义务关系的规定。在此种情形下,代理人享有同货主同样的权利,包括,依法提出报检申请,办理报检手续,接受检验检疫机构管理。但是,由于代理人并不是货主,存在主体属性的差异,因而具有不同的权利义务因素,如:必须提供证明代理关系存在的授权委托书;必须依法经出入境检验检疫机构注册登记等。

同时,代理报检主体是根据货主的委托而从事报检活动,因此,一般而言二者关系应该适用民事代理关系,但属于受限制的代理关系。这是因为,委托代理的事项,并非一般民事活动,而是将因为行政管理产生的行政法上的义务,委托代理人代行。检验检疫法律将代理人作为报检主体,其实是对该种民事委托关系的确认。当然,由于行政法上的义务是禁止通过民事合同任意转移,货主即使将报检义务委托代理人行使,并不意味着货主自身免除了行政法上的义务,而是由于法律的明确规定增加了行政法上的义务主体。由于检验检疫法律对此类代理的条件、实施程序未作具体规定,因此,界定货主、代理人的关系可以适用民法、合同法的有关代理人与被代理人委托代理关系的规定。

关于检验检疫违法行为应承担的法律责任,《商检法》及其实施条例规定,必须经商检机构检验的进口商品未报经检验而擅自销售或者使用的,或者将必须经商检机构检验的出口商品未报经检验合格而擅自出口的,由商检机构没收违法所得,并处货值金额5%以上20%以下的罚款。可见,从法律规定看,故意不报检或疏于报检,都是违法行为,应当追究法律责任。

在代理报检的情况下,如何划分被代理人与代理人的法律责任是值得我们探讨的问题。按照我国行政法"谁违法,谁承担责任"的法律归责原则,被代理人与代理人都是检验检疫法律法规明确规定的报检义务主体,即检验检疫行政法律关系中的管理相对人,他们中哪一方违反了检验检疫法律法规规定的义务,哪一方就应该依法承担相应的法律责任。虽然新《商检法实施条例》对代理报检企业与进出口商品收发货人之间的法律责任划分内容有涉及,即"代理报检企业以委托人的名义办理报检手续的,应当遵守本条例对委托人的各项规定;以自己的名义办理报检手续的,应当承担与收货人或者发货人相同的法律责任"。但在实践中,绝大多数情况下,都是代理报检企业以委托人的名义办理报检手续的。

货主即被代理人是实际货物的所有人,进出货物的利益享有人,有责任控制货物,包括货物的安全无害的责任。由于代理人是受收发货人委托的代理报检人,根据我国民法的有关规定,代理人是在代理权限范围内以被代理人名义实施民事法律行为,其行为产生的法律责任也由被代理人承担。因此一般来说,对检验检疫违法行为承担法律责任的主体主要是被代理人即进出口商品的收发货人。但是,由于代理人已经被授权和委托,获得了特定的权利和责任,也应当确保自己的行为无瑕疵。

因此,对于代理报检行为中的任何疏忽和过失,除非证明是委托人故意的,均应当由代理人负责。这种观点的主要是基于代理人及被代理人(收发货人)作为法定的义务主体,在义务履行上不应该有差别。违反法定义务的事实发生,二者都应该承担法律责任。

根据我国检验检疫法律法规的规定,在法律责任条款都将货主与代理人并列,没有区分他们的责任大小。如《商检法》第33条、《动植物检疫法》第39条并未规定特定的责任主体;而《国境卫生检疫法》第20条规定责任主体为"单位或个人",也包含货主、代理人均有责任。因此可见,现行检验检疫法律法规事实上采用的是均衡责任。

这种观点是有其积极意义的：

(1) 确认了货主和代理人作为管理相对人的平等地位，增强了二者的守法意识。既然都是报检主体，都应该承担对等的责任。

(2) 符合行政法归责的基本理论。义务主体应该承担确保正确履行法定义务的责任，否则就要受制裁。义务主体因未履行法定义务而造成的法律后果，只要行为人无合理证据证明其无过错，即推定其有过错，应当依法承担相应的法律责任。

5.1.4 国际货代的赔偿责任

国际货代协会一般条款规定的赔偿原则有 2 个方面：一是赔偿责任原则，二是赔偿责任限制。

5.1.4.1 赔偿责任原则

收货人在收到货物发现货物灭失或损害，并能证明该灭失或损害是由货运代理人过失造成，即向国际货代提出索赔，一般情况下，索赔通知的提出不超过货到后多少天，否则，就作为国际货代已完成交货义务。

国际货代基本赔偿原则：

(1) 如果货物交接地点的市价或时价与发票金额有差别，但又无法确定其差额，则按发票金额赔偿。

(2) 对古玩、无实际价值货物其他特殊价值的，不予赔偿(除非作特殊声明并支付了相应费用)。

(3) 对货物运费、海关税收，以及其他费用负责赔偿。但不赔偿进一步的损失。

(4) 货物的部分灭失或损害则按比例赔偿。

(5) 如货物在应交付日多少天内仍未交付，则构成延误交货，国际货代应赔偿因延误而可能引起的直接后果和合理费用。

5.1.4.2 赔偿责任限制

从现有的国际公约看，有的采用单一标准的赔偿方法，有的采用双重标准的赔偿方法，对国际货运代理人的赔偿方法也应同样如此，但实际做法不一，差异较大。

5.1.5 作为代理人时的权利与义务

国际货运代理作为纯粹的代理人，他有以下的权利，首先是根据代理合同取得报酬的权利，其次是要求被代理人偿还其因履行代理义务而支出的费用的权利，最后即是货代所享有的留置权，有权以某种适当的方式将货物出售，以此来补偿其所应收取的费用。

货运代理同时还应承担以下责任。作为代理人通常对自己或自己的雇员的过失承担责任，此类过失或疏忽包括：违反指示交付货物，尽管有指示，仍疏漏办理货物保险、在有关业务中过失、将货物运至错误的目的地、未能按必要的程序取得再出口(进口)货物退税、未从收货人手中收取费用而交付货物。货运代理人也要受到来自第三方就货代在经营过程中由货代所引起的灭失或损害及人身伤害的索赔。如果货运代理在选择第三方时已谨慎从事，一般说来他不对第三方(如承运人，二次货运代理人等)的行为或不行为负责。

FIATA 推荐的国际货运代理标准交易条件范本中规定，国际货运代理仅对属于其本身或雇员的过失负责，如其在选择第三人时已做到恪尽职守，则对于该第三人的行为或疏忽不负责任。如能证明其未做到恪尽职守，则应承担不超过与其订立合同的任何第三人的责任。其中还规定国际货运代理依照客户的指示并以适合于客户的方式，负责为托付的货物办理和安排运输，但不负责担保确定的抵达日期。关于货运代理的留置权和扣押权，示范本规定货运代理对于货物或其他担保物享有留置权，并在其对于一切现时和以前的未清偿债款的处置权内实现，国际货运代理有权就提供给客户的服务收取该债款。

英国国际货运代理协会标准交易条件中规定，货运代理在执行任务时应做到合理谨慎、尽职尽责、在合理时间内履行其义务，但合同另有约定的除外。同时货运代理应采取所有合理步骤来履行其接受的客户的任何指示。货运代理有权自己或由其母公司、子公司、合伙公司或通过其他人、其他公司、商行来履行其所承担的义务。在承运人、仓库主或其他人承担的责任被免除或限制的范围内，货运代理对代表客户签订的合同不承担责任，除非该合同是在与客户发出，且货运代理已接受的特别指示相违背的情况下订立的。

德国国际货运代理协会标准交易条件中规定，货运代理在提供服务中仅对可归咎于自己的疏忽或不当行为承担责任。货运代理负有反举证责任，但如果货物的损失在外表并不明显，或根据当时的情况不能合理的指望货运代理解释损失的原因，则由客户举证货运代理对损失负有责任。在无充分的可执行的指示的情况下，货运代理可在保障客户利益的前提下，行使自决权，特别是可自主选择运输工具、路线或方式。货运代理有权就其向客户提供的服务收取款项，不论其支付到期与否，货运代理对处于其掌管的货物或其他抵押品和动产享有留置权和滞留权。

5.1.6 作为当事人时的权利与义务

国际货运代理以自己的名义与第三人签订合同，或者在安排储运时使用自己的仓库或运输工具，或者在安排运输、拼箱、集运时收取差价，这样往往被认定为当事人并承担当事人的责任。另外当货运代理负责多式联运并签发提单时，便成了多式联运经营人并承担承运人责任。

此时国际货运代理从事的是无船承运人业务，承担的是承运人责任，并享有承运人的权利。货运代理应作为独立合同人对客户要求提供的服务以自己的名义承担责任，他要对与他共同履行合同的有关的承运人、二次货运代理人等的行为和不行为负责。作为委托人他对第三方的责任、责任限制以及对货物的留置权和他作为代理人时相同。当货运代理充当委托人提供多式联运服务时，标准交易条款一般不适用。作为多式联运经营人的货运代理负有对发货人、收货人承担货损货差的责任，除非能证明他为避免货损货差或延期交货已采取了所有适当的措施。多式联运过程中发生的货物灭失或损坏，如能知道是在哪一阶段发生的，货运代理的责任将适用于这一阶段的国际公约或有关国家法律的有关规定；如无法得知，则根据货物灭失或损坏的价值，承担赔偿责任，当然有责任限制。

英国国际货运代理协会标准交易条件中规定，货运代理应始终依据全部条件，对从接收货物直至被授权通知客户、收货人或货主接收货物期间发生的与货物有关的灭失或损害负责。德国国际货运代理协会标准交易条件中规定，除非另有约定，否则允许国际货运代理自行运输，如果利用这一运输，国际货运代理就享有承运人的权利并履行承运人的义务。同时收货人接受交货就有义务立刻支付被书面形式详细列明的与货物有关的一切费用。若不支付，国际货运代理则有权重新取得货物的所有权。

FIATA 国际货运代理业示范法中规定，货运代理作为承运人所承担的责任，不仅仅在于他直接使用自己的运输工具进行运输时(从事承运人的业务),而且在于他如果签发了自己的运输单证,则已明示或默示其做出了承担承运人责任的承诺(契约承运人)。货运代理作为提供其他服务的当事人时,也即货运代理从事与货物运输相关的其他服务时,诸如但不仅限于货物的积载、处置、包装、分检及相关的辅助服务,将承担当事人的责任。货运代理作为当事人,将对其所雇佣的第三人在完成运输合同或其他服务时的行为和疏忽承担责任,如同该行为和疏忽是他自己造成的一样。他的权利及义务应依据适用于该运输或服务的有关法律,以及无论是否明示,但适用于该运输方式的惯用附加条款。

5.2 国际货代海运责任

5.2.1 作为海上运输缔约承运人的权利

国际货运代理企业作为海上运输缔约承运人主要是指国际货运代理企业以承运人身份接受托运人的货载,签发自己的提单或其他运输单证,向托运人收取运费。通过国际船舶运输经营者完成国际海上货物运输,承担承运人责任,以无船承运人身份开展业务活动的情况。国际货运代理企业以无船承运人身份开展业务活动,除了应当遵循《合同法》有关运输合同的规定以外,还应遵循《海商法》、《海运条例》和《海运条例实施细则》的有关规定。

关于国际货运代理企业作为海上运输缔约承运人享有的权利,除了《合同法》的原则规定以外,还应注意《海商法》的一些特殊规定。

5.2.1.1 合同解除权

根据《海商法》第九十条,船舶在装货港开航前,因不可抗力或者其他不能归责于承运人和托运人的原因致使运输合同不能履行的,双方均可解除合同,并且互相不负赔偿责任。除了合同另有约定以外,运费已经支付的,承运人应当将运费退还给托运人;货物已经装船的,托运人应当承担装卸费用;已经签发提单的,托运人应当将提单退还承运人。

虽然无船承运人自己不拥有或经营船舶,而是将托运人的货载转交拥有或经营船舶的国际船舶运输经营人实际完成国际海上货物运输,相对于完成海上货物运输的实际承运人来讲,属于缔约承运人,但是同样享有实际承运人拥有的权利。

因此,当实际承运人拥有或经营的船舶在装货港开航前,发生不可预见、不能控制、不可避免的自然灾害或战争、罢工等社会事件,或者船舶、货物全损,导致无船承运人与实际承运人签订的海上货物运输合同不能履行或没有履行的意义,实际承运人要求解除该合同时,无船承运人也可以以此为由,要求解除与托运人签订的海上货物运输合同,依法处理运费和提单等问题。

5.2.1.2 提单批注权

按照《海商法》第七十五条、第七十六条,承运人或者代其签发提单的人,知道或者有合理的根据怀疑提单记载的货物的品名、标志、包数或者件数、重量或者体积与实际接收的货物不符,在签发已装船提单的情况下怀疑与已装船的货物不符,或者没有适当的方法核对提单记载的,可以在提单上批注,说明不符之处、怀疑的根据或者说明无法核对。

承运人或者代其签发提单的人未在提单上批注货物表面状况的,视为货物的表面状况良好。

国际货运代理企业在签发无船承运人提单时，如果发现货物存在上述情况，有权在提单上加以批注，作出相应说明，以维护自身权益。

5.2.1.3 邻近安全港口卸货权

《海商法》第九十一条规定："因不可抗力或者其他不能归责于承运人和托运人的原因致使船舶不能在合同约定的目的港卸货的，除合同另有约定外，船长有权将货物在目的港邻近的安全港口或者地点卸载，视为已经履行合同。船长决定将货物卸载的，应当及时通知托运人或者收货人，并考虑托运人或者收货人的利益。"

相对于作为无船承运人的国际货运代理企业签发的提单而言，出口货物的发货人是托运人，国际货运代理企业是承运人。

相对于作为实际承运人的国际船舶运输经营人签发的提单而言，国际货运代理企业为托运人，国际船舶运输经营人为承运人。

无论因为不可抗力事件，还是其他不可归责于出口货物的发货人和国际货运代理企业的原因，致使承运货物的船舶不能在海上货物运输合同约定的目的港卸货，国际货运代理企业都有权要求承运货物的船舶船长在邻近约定的目的港的其他安全港口或地点卸货，并通知托运人或收货人接收货物。

5.2.1.4 货物处置权

《海商法》第八十六条还规定："在卸货港无人提取货物或者收货人迟延、拒绝提取货物的，船长可以将货物卸在仓库或者其他适当场所，由此产生的费用和风险由收货人承担。"

作为无船承运人的国际货运代理企业，在收货人不明，无人提取货物；有人要求提货，却不能证明其合法收货人身份；有明确的收货人，但无法通知其提货；收货人未在合理的期限提货或明确拒绝提货等情况下，同样可以通知实际承运人，将货物卸在目的港仓库或其他适当的场所。

5.2.1.5 货物留置权

根据《海商法》第八十七条、第八十八条，应当向承运人支付的运费、共同海损分摊、滞期费和承运人为货物垫付的必要费用以及应当向承运人支付的其他费用没有付清，又没有提供适当担保的，承运人可以在合理的限度内留置其货物。

承运人根据前述规定留置的货物，自船舶抵达卸货港的次日起满60日无人提取的，承运人可以申请法院裁定拍卖。

对于货物易腐烂变质或者货物的保管费用可能超过其价值的，还可以申请提前拍卖。拍卖所得价款，用于清偿保管、拍卖货物的费用和运费以及应当向承运人支付的其他有关费用；不足的金额，承运人有权向托运人追偿；剩余的金额，退还托运人；无法退还，自拍卖之日起满1年又无人领取的，上缴国库。

作为无船承运人的国际货运代理企业同样享有上述权利。

5.2.2 作为海上运输缔约承运人的义务

国际货运代理企业履行作为海上运输缔约承运人的义务时，除了应当遵循《合同法》有关承运人义务的规定以外，还应遵循《海商法》有关承运人义务的规定，特别需要注意履行以下义务：

5.2.2.1 船舶适航义务

《海商法》第四十七条规定:"承运人在船舶开航前和开航当时,应当谨慎处理,使船舶处于适航状态,妥善配备船员、装备船舶和配备供应品,并使货舱、冷藏舱、冷气和其他载货处所适于并能安全收受、载运和保管货物。"

它要求承运人用于海上货物运输的在动车开航以前或当时,对船舶及货物采取合理的措施,使船舶处于适合航行的正常状态,能够安全收受、载运和保管货物,保证船舶、货物能够安全完成预定的航次。

具体来讲,船体应该坚固、水密,各种航行设备、资料齐全,取得合法有效的检验证书,处于良好状态,能够正常运行、使用。完成预定航次所需的油料、燃料、物料、生活用品等应当供应充足。船长、船员应当数量足够,经过良好训练,取得相应岗位资格证书,具备本岗位工作必需的知识和技能。船舱及其他载货处所清洁安全,适合并能够安全收受、载运和保管货物。

作为无船承运人的国际货运代理企业,虽然通常并不拥有或经营船舶,但是应当谨慎选择实际完成货物运输的国际船舶运输经营人,保证其选择的实际承运人拥有或经营的船舶适航、适货,在将货物运输或者部分运输委托给实际承运人履行情况下,根据法律规定对全部运输负责,间接承担载货船舶的适航、适货义务。

5.2.2.2 照管货物义务

根据《海商法》第四十八条,承运人应当妥善地、谨慎地装载、搬移、积载、运输、保管、照料和卸载所运货物。

签订海上货物运输合同以后,承运人应当及时通知托运人,给予其必要的备货、短运时间而将货物交到装货地点,使船舶在约定的时间驶往约定的装货地点,将货物安全装上船舶。谨慎地搬移货物,并在船舱内妥善安置,加以堆积。根据货物的性质、特点,采取一切可能的手段,妥善保管,谨慎照料货物,保证其从起运地安全地运到目的地。

最后,采用安全、适当的方法从船上卸下货物,存放在适当的安全地点,以便收货人检查、领取货物。

实践中,作为无船承运人的国际货运代理企业虽然并不从事上述活动,而是由国际船舶运输经营人具体来完成,但是应当保证作为实际承运人的国际船舶运输经营人达到上述要求,根据法律规定对全部运输负责,从而间接承担管货义务。

5.2.2.3 不得绕航义务

《海商法》第四十九条规定:"承运人应当按照约定的,或者习惯的,或者地理上的航线将货物运往卸货港。船舶在海上为救助、或者企图救助人命、或者财产而发生的绕航,或者其他合理绕航,不属于违反前款规定的行为。"

绕航,是指承运货物的船舶脱离约定的航线、习惯航线或者地理上的航线航行。所谓"约定的航线",是指承运人和托运人在海上货物运输合同中约定的航行路线。

"习惯的航线",是指经过长期航海实践形成的国际航运界公认和惯常航行的路线。

"地理上的航线",是指航海地理上距离最近的航行路线。

由于绕航必然延长航行距离,延误运输时间,往往给收货人造成损失,有关国际公约和航运惯例对其均有所限制,中国法律也不例外。但是,也允许承运人在某些情况下进行合理绕航。

只要承运人证明其偏离正常航线的动机是为了救助或者企图救助人命或财产,或者出现了海上货物运输合同中列明的绕航事由、收货人要求绕航、船舶遭遇了必须绕航的不可抗力事件，就可以被认定为合理绕航。

由于作为无船承运人的国际货运代理企业需要保证其选定的实际承运人按照约定的或者习惯的或者地理上的航线将货物运往卸货港，否则将要承担相应的法律后果。

由于法律规定在承运人将货物运输或者部分运输委托给实际承运人履行情况下，仍要对全部运输负责，从这种意义上来讲，不得绕航也是作为无船承运人的国际货运代理企业应当承担的一项重要义务。

5.2.2.4 签发提单义务

提单是用以证明海上货物运输合同和货物已经由承运人接收或者装船，以及承运人保证据以交付货物的单证。

根据《海商法》第七十二条规定，货物由承运人接收或者装船后，只要托运人有此要求，承运人就应当签发提单。提单可以由承运人自己签发，也可以由承运人授权的人签发。提单由载货船舶的船长签发的，视为代表承运人签发。国际货运代理企业从事无船承运业务时，只要托运人要求签发提单，就必须签发以自己为承运人的提单。

5.2.3 作为海上运输缔约承运人的责任

国际货运代理企业作为海上运输缔约承运人开展业务活动，除了需要按照《合同法》的原则规定承担承运人的责任以外，还应遵守《海商法》有关承运人责任的特殊规定：

5.2.3.1 迟延交付责任

在《海商法》所称中的“迟延交付”有其特定的含义，是指承运人未能在与托运人签订的运输合同，向托运人签发的提单中规定的时间，或者以其他方式明确记载或表明的时间，在约定的卸货港交付货物。

根据该法第五十条、第五十七条规定，由于承运人的过失，致使货物因迟延交付而灭失或者损坏的，承运人应当负赔偿责任。

由于承运人的过失，致使货物因迟延交付而遭受经济损失的，即使货物没有灭失或者损坏，承运人仍然应当负赔偿责任。

承运人未能在明确约定的时间届满 60 日内交付货物，有权对货物灭失提出赔偿请求的人可以认为货物已经灭失，要求承运人按照货物灭失的规定进行赔偿。

承运人自向收货人交付货物的次日起连续 60 日内，未收到收货人就货物因迟延交付造成经济损失而提交的书面通知的，不再承担赔偿责任。

承运人对货物因迟延交付造成经济损失的赔偿限额，为所迟延交付的货物的运费数额。货物的灭失或者损坏和迟延交付同时发生的，承运人赔偿责任限额适用货物灭失或者损坏的赔偿限额。但是，如果索赔人能够证明货物的迟延交付是由于承运人、承运人的受雇人、代理人的故意行为，或者明知可能造成损失而轻率地作为或不作为造成的，承运人、承运人的受雇人、代理人不能享受上述责任限制。

5.2.3.2 货物赔偿责任

根据《海商法》第四十六条、第五十一条至第五十六条，除非承运人与托运人就非集装箱装运的货物，在装船前和卸船后所承担的责任达成任何协议，承运人对集装箱装运的货物的责任期间，是指从装货港接收货物时起至卸货港交付货物时止，货物处于承运人掌管之下的全部期间。

承运人对非集装箱装运的货物的责任期间，是指从货物装上船时起至卸下船时止，货物处于承运人掌管之下的全部期间。承运人应当对承运人责任期间内货物发生的灭失或者损坏，承担赔偿责任。

但是，承运人对其责任期间由于下列原因之一造成的货物灭失或者损坏，不负赔偿责任：

(1) 船长、船员、引航员或者承运人的其他受雇人在驾驶船舶或者管理船舶中的过失；

(2) 火灾，但是由于承运人本人的过失所造成的除外；

(3) 天灾，海上或者其他可航水域的危险或者意外事故；

(4) 战争或者武装冲突；

(5) 政府或者主管部门的行为、检疫限制或者司法扣押；

(6) 罢工、停工或者劳动受到限制；

(7) 在海上救助或者企图救助人命或者财产；

(8) 托运人、货物所有人或者他们的代理人的行为；

(9) 货物的自然特性或者固有缺陷；

(10) 货物包装不良或者标志欠缺、不清；

(11) 经谨慎处理仍未发现的船舶潜在缺陷；

(12) 非由于承运人或者承运人的受雇人、代理人的过失造成的其他原因。

除了第(2)项规定的原因外，承运人主张依照上述规定免除赔偿责任的，应负举证责任。

5.3 国际货代多式联运责任

国际货运代理往往还经营国际多式联运业务，在此情况下，只要其签发了多式联运提单，不管是否实际参与了运输，均不影响其作为多式联运经营人的地位。

根据有关国际多式联运的法律规定，多式联运经营人对全程运输负责。如在运输过程中发生货物的灭失、损坏或延误，多式联运经营人均应承担赔偿责任，除非能证明为避免货物的灭失、损坏或延误已采取一切适当的措施。

因此，在多式联运过程中，一旦发生货物灭失或损坏，作为多式联运经营人的国际货运代理，理应向委托人承担货损货差的赔偿责任，然后，再向发生货损货差区段的实际承运人(责任人)追偿。

5.3.1 对全程运输负责

5.3.1.1 案例

香港某出口商委托一多式联运经营人作为货运代理，将一批半成品的服装经孟买转运至印度的新德里。货物由多式联运经营人在其货运站装入 2 个集装箱，且签发了清洁提单，表明货物处于良好状态下接收的。集装箱经海路从香港运至孟买，再由铁路运至新德里。在孟买卸船时发现其中 1 个集装箱外表损坏，多式联运经营人在该地的代理将此情况于铁路运输前通知了铁路承运人。当集装箱在新德里开启后发现，外表损坏的集装箱所装货物严重受损；另一集装箱虽然外表完好，铅封也无损，但内装货物已受损。香港出口商要求多式联运经营人赔偿其损失。

5.3.1.2 专家评析

多式联运经营人对 2 箱货损是否负责？如负责，其赔偿责任如何？可否享受责任限制？

多式联运经营人应对全程运输负责。作为当事人，国际多式联运经营人收到货物后，如货物是处于多式联运过程中产生的损失，则首先应由多式联运经营人承担责任，然后再向实际责任人追偿。况且在本案中，集装箱是多式联运经营人自己装箱，并已承认收货时货物外表状况良好，因而对于 2 箱货物的损失多式联运经营人都要负责。

其中，第 1 个集装箱是在香港至孟买的海运途中损坏的，很明显，货物也是此时受损的。多式联运经营人在赔付出口商时，可根据《海牙规则》或《海牙—维斯比规则》享受责任限制，且有权向海上承运人索赔。对于第 2 箱货损，应看作隐藏损害，因为货损发生在哪一阶段无从查明。此时，多式联运经营人的责任可以按照国际商会对于"统一联运单证"的规定限制在 2SDR/kg。

5.3.2 集装箱货物短少要负责

5.3.2.1 案例

发货人将 500 包书委托给伦敦一经营多式联运业务的货运代理，货物自伦敦运抵曼谷。该批货物装入一集装箱，且由货运代理自行装箱，然后委托某船公司承运。承运人接管货物后签发了清洁提单。货物运抵目的港曼谷，铅封完好，但箱内 100 包书不见了。发货人向货运代理起诉，诉其短交货物。

5.3.2.2 专家评析

作为国际多式联运经营人对从发货人手中接收的货物应全程负责，即应如数交给收货人，何况货物是由其自行装箱，更应对箱内所装货物负责。本案的索赔性质应该说属于责任保险范围，如果货运代理投保了责任险，可向保险人索赔。至于可否向承运人索赔，取决于货运代理能否举证货物短少是在海上运输中发生的，否则承运人不负赔偿责任。因为通常承运人对箱内所装货物不进行核查，尽管他签发了清洁提单，但他并无义务检查货物，也不应对提单注明的箱内货物数量负责。

5.3.3 对其国外代理失误承担责任

5.3.3.1 案例

2007 年 1 月，陕西某多式联运经营人从南斯拉夫通过大陆桥运输进口家具，家具装载于 8 个 20ft 的集装箱内，第一批货为 4 个集装箱，于 2 月 21 日抵达集装箱站，而另外 4 个集装箱却迟迟不见。后经多次查找方知，由于国外代理制单错填到站名，将货错发至上海。当时上海正遭遇洪水灾害，7 月 25 日收到货后，打开集装箱后发现大部分家具已被水浸泡、破损，不能使用。

5.3.3.2 评析

造成货损货差甚至灭失的原因在于国外代理（多式联运被委托人）工作失误，人为造成的损失，如家具错发。若代理未将运单到站名写错，就不会造成货物破损。而多式联运经营人在事件发生的始终，一直尽力查找，尽职尽责。但是，根据《多式联运公约》条款，多式联运经营人应对货物运输的全过程负责，理应赔偿由此给收货人带来的损失。同时，由于发生货损及灭失的原因在国外代理一方，多式联运经营人也应向国外代理进行追偿。

5.3.4 集装箱内包装不良导致损失不承担责任

5.3.4.1 案例

2006年下半年，四川某锯条厂(下称A厂)委托四川某机械公司(下称B公司)进口注塑机。2006年底B公司代理A厂与奥地利ENGE公司签订了购买5台注塑机的合同。合同中的运输条款规定:采用国际多式联运方式;包装条款规定:对货物要进行妥善包装，以适合长途运输。随后，B公司委托四川某货运代理(下称多式联运经营人)为其运输代理。2007年初，作为多式联运经营人的总承运人，通过其总公司的大陆桥运输网络，委托辛克尔公司为国外段的分承运人，采用大陆桥国际集装箱方式进行运输。5台注塑机共分两批装运，其中首批4台于2007年2月28日从奥地利启运，5月16日运抵成都。经商捡，因包装不良造成部分零件损坏。B公司据此向ENGE公司提出索赔。第二批1台，分装在一个40ft开顶集装箱和一个20ft标准集装箱内，于4月25日从奥地利启运，6月25日铁路运抵成都东站。多式联运经营人接到报关后，用集装箱拖车转运至自贡A厂。6月26日在运往自贡A厂的途中，车行至距成都99.6km的成渝公路一处弯道时翻车，造成40ft集装箱倾覆，所装载的注塑机被抛出箱外，导致设备主机(总价值约15万美元)严重受损。A厂拒绝验收货物，提出金额高达9万多美元的索赔。

事故发生后，多式联运经营人迅速派人赶赴现场认真勘察，并作了详细的商务纪录，拍摄了大量的现场照片。经过充分准备，6月30日多式联运经营人召集货主A厂、代理进口商B公司、四川保险公司、中行成都分行、四川商检局等有关人员，对事故发生的原因进行了全面的分析说明，在出示了现场记录，照片以及其他证据后，指出造成此次翻车事故的直接的和根本的原因是:ENGE公司没有履行贸易合同中第6章规定的条款，即应对设备进行妥善包装，以适应长途运输。事实上现场勘察结果表明，该公司将设备裸装于集装箱内，而对设备装载没有进行有效加固。翻车后发现箱内仅用木方作了简单支撑，而且在运输途中早已移位，致使该设备在经过长途运输后发生位移，重心偏离集装箱纵向中轴线，在集装箱拖车以正常速度行驶转弯时，突然重心偏离，导致翻车倾覆。

多式联运经营人向国内各有关部门出示了ENGE公司货物没有包装，违约裸装，装载加固不符合长途运输要求的证据。当时，除省保险公司有部分保留意见外，涉及国内各家均同意多式联运经营人对事故原因的分析认定，后经商检出证后，一致同意向造成此次事故的主要责任者ENGE公司提出索赔。

2007年7月，B公司以违反货物包装合同条款，造成货物在运输途中受损为由，正式向ENGE公司提出索赔。在其后1年零2个月中，多式联运经营人与B公司密切配合，据理力争，与ENGE公司进行了多次激烈的函电交涉。终于迫使ENGE公司于1987年9月派出驻香港办事处经理保丁保尔为全权代表，来成都对受损设备进行检验，并就赔偿问题进行谈判。ENGE代表提出2个拒赔理由:

(1) ENGE代表认为，凡有违反货物装载包装条款，因该货物是装载于坚固可靠的集装箱内，集装箱本身既是包装体又是运输工具，因而没有违约，倾覆是运输不当造成的。针对这一问题，我方引用了联合国《国际销售公约》的有关规定，有力地阐明了集装箱只是运输工具，它虽然具有节约包装的优点，但决不等于是包装载体，也就是说，对具体销售包装运输而言，它完全不具有包装功能(包括外包装)，因此，ENGE公司把集装箱当作货物唯一包装的看法和作法是错误的，严重违反了买卖双方合同中明文规定的包装条款，等于将货物裸装在运输工具中

(只罩了个塑料薄膜袋)。加之货物在箱内固定不牢,致使货物移位,重心偏离,是造成货物运输途中倾覆的根本原因。同时,卖方在第二批货物中也存在类似的违约情况,可作为旁证。

(2) ENGE公司代表提出,合同中规定的交货地点是成都,而货物倾覆的地点是在成都以外的地点,因此,不能算作有效运输保险范围内。超出运输全程保险以外发生的货物损失,不应在赔偿范围之内。对此,我方出示了双方的贸易合同及信用证等文件,文件中均规定运输方式为国际多式联运。按照联合国《国际多式联运公约》的规定,国际多式联运是"门到门"的运输,而成都车站仅是铁路运输的终点站,而不是全程运输的终止点,自贡A厂才是国际多式联运"门到门"运输的最终交货地点。作为总承运人,必须按照国际多式联运的条款,将该货运至用户所在地。因此,成都至自贡A厂的公路运输是多式联运不可分割的一部分,是"门到门"运输所必须履行的义务,只有这样才符合合同规定的运输条款。

经过3天4轮紧张激烈的谈判,ENGE公司代表终于同意承担倾覆的主要责任。在其对受损设备检验后,确认倾覆后的注塑机经ENGE公司修复后,可以保证正常使用,如出现问题,ENGE公司愿承担一切后果。同时,同意为此赔偿修复所需的价值3.3万美元的零配件,并免费派员到自贡A厂检修受损设备。在此基础上,省保险公司也同意按投保金额的22%赔偿A厂3.7万美元。A厂对该赔偿结果表示满意。

随后,省保险公司以多式联运经营人提供的现场照片为主要证据,向该经营人追赔9 000元人民币。理由是:因多式联运经营人集装箱拖车的固定联接箱体的锁销在翻车时最终未能锁住箱体,是造成该集装箱倾覆的原因之一。

至此,承运A厂国际多式联运集装箱倾覆索赔案,以外商和保险公司各赔偿约50%,合计24.9万元人民币,保险公司向多式联运经营人追赔9 000元人民币而获最终解决。

5.3.4.2 评析

本案最终是以集装箱内包装不符合合同规定而取胜的,从而免除了多式联运经营人的责任。由此可以分清一个责任界限,即在发货人装箱的情况下,多式联运经营人对集装箱内的货物包装不负责任,中途如因内包装不良造成的货损由发货人负责。

当然,还应看到本案的处理有其特殊性,也有其失误之处。其特殊性是在很大程度上取胜于国内各单位的协调一致。否则,多式联运经营人事后单枪匹马去追回损失难度是非常之大,取胜也前途未卜。

失误之处在于:

(1) 保险和商检等方面均存在着漏洞和失误之处。

(2) 当事人在引用和出示证据时,应注意不要出现不利于自己的记录或材料,否则,岂不是在帮对方的忙,变成为对方追究自己责任而主动提供证据材料。

5.4 作为代理人承担责任的现象

国际货运代理作为代理人有过失,就必须承担责任。下面有几种现象值得国际货运代理人注意。

5.4.1 选择承运人有误承担责任

5.4.1.1 案例

某货运代理作为进口商的代理人，负责从A港接受一批艺术作品，在120海里外的B港交货。该批作品用于国际展览，要求货运代理在规定的日期之前于B港交付全部货物。货运代理在A港接受货物后，通过定期货运卡车将大部分货物陆运到B港。由于货运卡车出现季节性短缺，一小部分货物无法及时运抵。于是货运代理在卡车市场雇佣了一辆货运车，要求于指定日期前抵达B港。而后，该承载货物的货车连同货物一起下落不明。

5.4.1.2 专家评析

货运车造成的损失，货运代理是否也要负责呢？对此，有人提出货运代理仅为代理人，对处于承运人掌管期间的货物灭失不必负责，这一主张似乎有道理。然而根据FIATA关于货运代理谨慎责任之规定，货运代理应克尽职责采取合理措施，否则需承担相应责任。本案中造成货物灭失的原因与货运代理所选择的承运人有直接的关系。由于其未尽合理而谨慎职责，在把货物交给承运人掌管之前，甚至没有尽到最低限度的谨慎，检验承运人的证书，考查承运人的背景，致使货物灭失。因而他应对选择承运人的过失负责，承担由此给货主造成的货物灭失的责任。

5.4.2 仓单品名出错国际货代赔偿

5.4.2.1 案例

2007年2月A货运代理公司接受B进出口公司的委托出运一票货物，即100桶扑热息痛、40桶葡萄糖酸钙至哥伦比亚。当货物运抵目的港后，哥伦比亚海关发现实际货物为140桶扑热息痛，海关当即作出将多发的40桶扑热息痛（价值3 800美元）没收并处罚款1 900美元（合计5 700美元）的决定。

B进出口公司得知这一错装时间后，于2007年4月通知A货运代理。A货运代理立即进行调查，查明果然是多装了40桶扑热息痛，同时误将40桶葡萄糖酸钙留在A货运代理仓库内。究其原因，是因为业务人员工作疏忽，在开出仓单时，仅写了一种货名即扑热息痛而造成的。

事故发生后，客户要求中方为其洗刷走私罪名和取消没收货物及罚款的决定。为此，A货运代理与哥伦比亚驻中国大使馆签证处联系，请他们出具签证以免除哥伦比亚海关的处罚。哥伦比亚驻中国大使馆商务参赞处要求提供公证处公证及外交部领事司的证明，方可办理签证。为搞清具体解决途径，A货运代理的上级主管部门与买方所在国的有关部门直接联系。然而，最终还是无法免除被哥伦比亚海关没收和罚款的处罚。结果A货运代理需承担由于代理过失，即打单错误所引起的全部经济损失。

5.4.2.2 专家评析

这起情节极简单、责任极分明的案件向人们揭示了一个极易被忽视的道理，即货运代理看起来是一种无本生意、极易操作的业务，其实并非如此。它学问很多也很深，任何一个环节出现错误操作，如：选择运输工具有误、选择承运人有误、发往目的地有误、报关内容有误、投保有误、保单内容被忽视以及仓库保管不当等，都可能造成无法挽回的损失。因此，在发达国家，货运代理为转移其风险，一般都投保货运代理责任险。

5.4.3 空运快件丢失国际货代赔偿

5.4.3.1 案例

2004年9月，湖南某路桥公司委托某货运代理公司空运部将一台损坏的红外线测距仪空运到香港进行修理。货运代理按照正常的业务程序，向路桥公司签发了航空分运单，并按普通货物的空运费率收取了运费。货运代理将此票货物交由香港宏光公司驻广州办事处办理中转（因当时长沙尚无直达香港的航班，所有空运货物必须在广州办理中转）。然而由于民航工作疏忽，致使该件货物在广州至香港的运输途中遗失。经货运代理和香港宏光公司协助多方查询，终无下落。于是，货运代理主动向路桥公司汇报了这一情况，并表示将按有关规定予以赔偿损失，路桥公司不予接受。

案发后，路桥公司于2006年3月向某基层人民法院提起诉讼，要求货运代理赔偿其货物价值6万余元人民币。法院受理了此案，要求货运代理应诉。货运代理应诉后，法院一直拖延审理，中止审理近1年时间。2007年4月，法院再次开庭审理。

路桥公司要求索赔的理由是：在委托货运代理代办货运时，货运代理没有要求其按贵重货物办理保险手续。

对此，货运代理经办人员反驳道，当时曾提请货主办理保险手续，货主不同意办理。并且指出空运单背面条款明确规定，凡是贵重货物须办理保险，否则，遇到丢失则依据规定按普通货物赔偿。

路桥公司则强调，背面条款是英文，他们不懂得英文，不明确条款的意思，并辩解说货运代理令其保险但没有文字依据。因此，货物损失须由货运代理赔偿。

货运代理表示不予按贵重货物赔偿，只接受按普通货物赔偿，其理由是：①当时路桥公司委托时，是按普通货物办理的，并未办理声明价值手续，货运代理也是按普通货物收取的运费。因此，只同意按普通货物予以赔偿。②此票业务中，路桥公司接受了货运代理签发的空运单，说明承认了双方的运输合同，双方均应受此合同条款的约束。空运单背面条款中规定，普通货物的最高赔偿限额不超过每公斤20美元。根据此规定，货运代理只赔偿240美元（该票货12kg）。③当时路桥公司到货运代理公司办理委托时，货运代理的经办人曾提请对方办理保险，对方不但不予办理，反而在货物一旦发生丢失时，要求货运代理承担全部责任，并按贵重货物赔偿，显然是没有道理的。

法院最后判决货运代理败诉，不能享受空运单背面条款所规定的赔偿责任限制，要承担原告的全部损失。

5.4.3.2 专家评析

空运单即为双方签订的运输合同，其背面条款是对双方权利、责任及义务的规定，任何一方均应受其约束。货运代理违约应承担责任，同样，作为货主违约也应承担相应的责任。该背面条款规定，凡是贵重货物需办理保险，否则，遇到丢失则依据规定按普通货物赔偿，应该说这是再清楚不过了。然而，货主却以其不懂得英文为由，要求对方赔偿，实属无理荒唐。既然从事对外业务，需要对外联系沟通，就应提高自己的业务水平和外语水平。于自己所签订的条款就应该搞清楚，至于语言的翻译问题也有多种途径可解决，绝不是不履行义务的理由。因此应强调合同的严肃性，履约是双方的义务，违约就应承担责任。

这起空运货物丢失案的主要责任的确不在货运代理，但其教训仍是深刻的。这宗案件发生2年多，最终未能得到妥善处理，不仅干扰货运代理空运业务的正常进行，而且给货运代理的对外形象和信誉带来不良影响。

上述案件说明：货运代理对其所承办的快件是要承担一定的风险和责任的。同时，也应注意根据有关航空快件运输条款的规定，快递公司可享受责任限制和对快件的留置权，例如：通过DHL全球快件服务网络发运快件的敦豪国际航空快件公司的快件运输条款第5条“责任限制”中，就明确规定：每件赔偿最高限额为100美元；该运输条款第4条“对快件的留置权”中规定：DHL公司有权就运费、关税、附加费或运输中产生的任何其他费用而对快件实施留置权，并可在上述费用得到承付前拒绝交出快件。作为货运代理的快件公司为最大程度地维护自身利益，在接受货主委托时，应明确所接货物是否为贵重物品，如属贵重物品需要求货主按规定办理保险；如货主不同意办理保险，则必须在空运单上注明属普通货物，以防发生事故后赔偿无依据。同时应明确告诉货主每件赔偿的最高限额。总之，增加工作的透明度，以使自己在发生纠纷时处于主动地位。

5.4.4 代理身份不明分担承运人责任

5.4.4.1 案例

2005年下半年，某货运代理公司受某省进出口公司委托，为其办理从荷兰进口的400t已内酰胺在上海港报关代运。合同约定，收货人为某贸易联营公司。同年9月27日船舶抵达上海港，货运代理办妥报关手续，并通知贸易公司到上海港提货。贸易公司来人办妥提货手续，将其中的100t卖给某省水产供销公司(另300t卖给某厂家)，并委托货运代理代运至某港，收货人为水产供销公司某中转站。货运代理公司接受委托后，向上海港务局有关部门申请计划，该部门委托某航运营业部派船装运。10月28日装船完毕，因遇大风待航，于10月30日启航。不幸船在驶离上海港20n mile处的横沙口发生火灾，虽经多方抢救，损失仍十分严重。100t已内酰胺几乎全毁，损失近108万元人民币。该批进口货成交条款为C&F，由某省人民保险公司承保。事故发生后，保险公司进行了赔付，并取得代位求偿权，随后向货运代理提出索赔。货运代理认为，在该批货转运过程中，作为“代理人”，仅负责办理报关代运工作，且无任何过失，不应承担经济赔偿责任。保险公司在其索赔被拒绝后，遂将货运代理作为被告向某海事法院起诉。

2007年1月，海事法院受理了此案，在长达1年多的诉讼过程中，进行了多次庭审调查。货运代理始终认为，在货物转运过程中，其一直实施货运代理行为，即接受贸易公司的委托，为其办理水路运输至某港的代运事宜，在整个代理活动中并无任何过错。本案的货损与其代理活动无直接的因果关系，而是由于承运人的过失造成的，理应由承运人承担赔偿责任。因此，运代理不应成为本案的被告。最终原被告双方于庭外协商，达成和解。

5.4.4.2 专家评析

本案是由于货运代理的身份不明确，而分担了承运人的过失责任。案件虽然了结了，但从此案中引发出的一系列法律问题，值得进一步探讨，其中最主要的是“货运代理的法律地位”问题。由于目前我国尚无货运代理的法律规定，对于其代理行为通常按照我国民法中有关代理的原则及其法律责任的规定进行判定和处理，即代理人必须在被代理人的授权范围内以被代理人的名义行事，此时货运代理只需承担代理人的责任；反之，货运代理如以自己的名义行事，则被视为当事人，需承担当事人的责任(因为我国不承认隐名代理行为)。因此，作为货运代理应对自己所处的地位有一个清醒的认识，在从事代理活动中，尽量规范其与委托人之间的委托代理合同，突出强调其代理人的身份，以明确双方之间的关系，即明确货运代理以委托人的名义并在其授权范围内行事。如钱塘外运公司在其货运代理合同中明确写上"因办理进口货运业务手续的需要，我司以自己名义办理时，须在有关单证上加盖'钱塘公司代×××'的戳记"。该合同条款已被有关司法部门接受，以此表明其代理人的身份，确认其货运代理的法律地位，从而避免被误解为承运人而承担承运人的责任。然而，我们也知道，仅仅在合同中表明"货运代理的身份"，尚不足以完全解决此类问题，终须有赖于法律的制定与完善。

5.4.5 国际货代要清楚自己的角色和业务

5.4.5.1 案例

某外运公司与香港某运输仓储有限公司(下称储运公司)于 1984 年 12 月签订办理陆海联运业务合同。该合同明确约定，双方同意正式建立进出口货物运输的互为代理的关系，双方还约定了所采用的运费结算方式。此后，依据该合同，外运公司向各专业子公司(货主)揽货，并代为出具储运公司的提单。储运公司开出运费清单，交由外运公司向各专业子公司结算运费。储运公司出具的运费清单上清楚表明发货人是各专业子公司。

由于各专业子公司长期拖欠运费，储运公司多次致函外运索赔运费，外运也曾多次承诺其拖欠储运公司的运费。最后双方诉至法院，法院经审理判决外运应给付储运公司运费近千万元。

5.4.5.2 专家评析

本案涉及的"互为代理"合作合同，在货运代理业务中是很常见的一种业务方式。"互为代理"，顾名思义，合同双方互为对方的代理人，而就本案客观事实来看，外运的确仅为储运公司的代理人，应向承运人储运公司支付运费的则为货主，该货主与储运公司的关系是以储运公司出具的提单为证明的运输合同关系。储运公司应据此向未付其运费的货主主张权利，而不能向其代理人外运提出索赔运费的主张。这其中只有一种例外，即当外运代签多式联运提单时另当别论。然而，法院为何判储运公司未能从货主处收到的运费由外运来承担呢？这里的问题是法院对货运代理角色的认定有误。外运为货运代理是确定无疑的，但法院却认定其与储运公司之间的互为代理关系为合同当事人关系，令外运承担当事人的责任，这就造成了该判决的错误。

借此案的教训再次提醒货运代理：

第一，在从事具体业务时，首先要清楚自己扮演的角色，并事先向委托人讲明，最好明确订入合同中。

第二，尚须清楚自己所从事的业务不同，扮演的角色不同，承担的法律责任亦完全不同。所以，货运代理无论以口头或书面表示，或代签提单，或代办各种业务时，应特别注意，其以何种身份运作，所做之一切与其身份是否相符。否则，将会引起许多不必要的麻烦，甚至承担不应承担的经济损失。

5.4.6 未取得货主书面授权应承担的责任

5.4.7.1 案例

某货运代理公司接受某货主委托办理出口货物运输事宜。货物抵达目的地前，货运代理得到货主电话要求(后来否认)后,指示外代公司凭提单传真件和银行保函放货,外代在通知船公司时忽略了要求银行保函这一重要条件,造成国外收货人提货后不付款,货主损失惨重诉至法院。一审法院认为,见正本提单放货是船公司及其代理的行业惯例和法定义务,无单放货与货运代理的指示没有因果关系。但二审法院认为,货运代理作为原告的代理,擅自指示外代公司、船公司无单放货,而货主的损失与此指示有直接因果关系,应赔偿货主的全部损失。

5.4.6.2 专家评析

在此案中,货主的指示实际上是不符合船公司见正本提单方可放货的货运实践的,作为代理人,货运代理应当取得货主的书面授权,使其行为后果归属于货主,以避免本不应该承担的责任。

5.4.7 双重代理违法赔偿货主的全部损失

5.4.7.1 案例

某货主委托某货运代理公司进行上海到香港的出口运输,货运代理公司未经授权签发了某提单抬头人的提单。同时,又以提单抬头人的名义委托某船公司实际承运。该船公司向该货运代理签发了自上海到南美某港口的提单,这样该货主虽手持提单却已经丧失了货物的控制权,法院判决货运代理公司双重代理违法,赔偿货主的全部损失。

5.4.7.2 专家评析

本案中,货运代理首先接受了货主的委托,成为货主的代理人;接着签发了某提单抬头人的提单同时又以提单抬头人的名义委托某船公司实际承运,如果提单抬头人追认该货运代理的行为,则提单抬头人在本案中为无船承运人,货运代理为提单抬头人的代理。

由此可见,本案中,货运代理同时代表了一个运输合同的双方,即货主和承运人某提单抬头人,这违反了《民法通则》关于禁止双方代理的规定。因此,在具体的业务中,货运代理要么代理货主,要么代理承运人,绝不能同时代理,否则很可能承担不利的法律后果。

5.5 作为代理人不承担责任的现象

国际货运代理作为代理人无过失,就不应当承担责任。举例如下。

5.5.1 作为通知人无过失不承担损失

5.5.1.1 案例

“YY003”轮分别于2006年9月28日、30日和10月7日在曼谷签发了提单为1—8的上海A轮船有限公司的提单,货物为天然橡胶,共2 445t。收货人为4家不同企业。船公司在10月18日《人民日报》上刊登了“YY003”轮的预抵港期。10月22日,“YY003”轮抵大连港锚地;10月23日,联检;11月30日,靠泊卸货;12月6日,卸货完毕。12月2日,船公司向某海事法院申请扣货。海事法院接受其申请,发出扣押货物命令。12月21日,被申请人按法院要求分别提供了银行担保,法院宣布解除扣押令。同日,船公司又以收货人未及时办妥进口报关手续,致使“YY003”轮待泊31天为由,向该海事法院提起诉讼,要求4被告承担31天的待泊损失。辽宁某货运代理因系B/L8的通知人,故被列为被告。

原告在起诉状及法庭辩论中主张:“YY003”轮为班轮运输,原告签发的提单是合同的证明，具有约束承运人、托运人和收货人的效力，原告船舶的延滞完全是因4被告的共同过错所造成的，根据《中华人民共和国交通部外贸船舶港口管理规则(试行)》的规定，被告应赔偿该轮的船期损失。

5.5.1.2 货运代理的主张

被告货运代理提出如下主张：

货运代理在本案中无任何责任。货运代理虽是B/IS的通知人，但只负责办理委托人辽宁轻工委托的事项，即只负责向港方提供流向、缮制报关单、转交海关税单，而具体报关、接运等由辽宁轻工另行委托大连化工接运站负责。10月25日，货运代理向港方提供了流向；10月26日，货运代理填制报关单时发现无进料加工手册和正本发票，立即向大连化工接运站索取；10月29日，货运代理得到上述单证后，填好报关单，交大连化工接运站；11月4日，货运代理收到海关税单，当天交给大连化工接运站；11月8日，辽宁轻工交纳关税。货运代理在上述业务活动中，没有任何差错和延误，因此，不承担任何赔偿责任。

收货人报关与否不是船舶靠泊的必要条件或先决条件。就海关手续而言，船舶只要办妥其自身及所载货物的海关手续，就可靠泊作业（海关总署在答复“SY02”轮待泊损害赔偿纠纷案的被告——中国海外贸易公司的咨询时明确地说明了这一点)。《海关法》规定：货主在承运进口货物船舶抵港后14天内向海关申报。如果办妥海关手续是承运船舶靠泊卸货的必要条件的话，那么就等于剥夺了《海关法》赋予货主的办理报关手续所必需的合理时限；抵大连港卸货的外贸船舶绝大部分不能及时靠卸；海关征收“滞纳金”以及海关没收未报关货物的现象就会绝迹。而实际情况恰恰相反，几乎所有的杂货船都是在至少部分货主未报关的情况下靠泊卸货的；被海关征收“滞纳金”的事例屡见不鲜；海关没收卸船后3个月未报关货物的情形也时有发生。将货主是否办妥报关手续作为承运船舶能否靠泊的先决条件不但与《海关法》相抵触，也不符合大连港的实际。事实上，本案“YY003”轮在4家被告均办妥报关手续的11月23日，并没有立即靠泊，而是又等了8天才靠泊，这也足以说明办妥报关手续与船舶靠泊早晚无直接关系。

大连港拥挤是“YY003”轮不能“及时”靠泊的真正原因。2007年全年卸进口橡胶的船舶共27艘/次，平均待泊时间为16.2天，使用泊位的情况是：2号泊位15艘/次；3号泊位3艘/次；1号泊位2艘/次；其他泊位7艘/次。可见承运橡胶的船舶待泊时间长是普遍现象。使用泊位过于集中，主要用于卸橡胶的泊位的忙闲，理所当然地制约着承运橡胶船舶的靠泊。大连港的置泊原则是：核心班轮，班轮必保；同港方签订速遣协议的船舶优先；其他船舶先到先靠，先易后难，先小后大。橡胶的卸货作业困难，不仅占用场地面积大，而且又怕雨湿，保管困难，因此，在安排泊位方面显然不在优先之列。货运代理认为，港口拥挤、作业场地的限制及原告未与港方签订滞期速遣协议是该轮未能及早靠泊的最直接、最根本的原因。

“YY003”轮不是班轮，船期当然得不到保障。班轮的一般定义是：按照班期航返于特定航线上的船舶。其主要特征是：定航线，走挂港，定班期。“YY003”轮2006年仅挂大连港1次，也就是发生诉讼的这次，显然不具备班轮的起码特征。此外，大连港对班轮的认定还有附加条件：班轮需经交通部核准、大连港确认(即与大连港签订协议的)。“YY003”轮既未经交通部核准，又未得到大连港的确认，自然不是班轮。既然不是班轮，也未与大连港签订速遣协议，船期当然得不到保障。特别是又在大连港十分拥挤的时期抵港，待泊时间长应在预料之中。不是班轮，却称班轮，用所谓班轮提单的条款来约束收货人，是无理行为。

在"YY003"轮不是班轮的情况下，签发班轮提单，意味原告按班轮运价收取运费。那么，货方在支付运费后，对该轮在任何港口的延误或速离不负经济责任，也不享受经济利益，即不计滞期费和速遣费。所以"YY003"轮的待泊损害与收货人或其货运代理无关。

5.5.1.3　法庭辩论中谈及的问题

(1)"YY003"轮的航行时间问题。被告指出："YY003"轮在曼谷签发最后一份提单的日期是10月7日，可以认为是该轮的离港日，该轮抵大连港是10月22日，航行时间长达15天，比一般的航行时间多7至8天，是什么原因？

原告称：如怀疑提单是倒签的，可举证。被告未能举证。

(2) 原告于2006年11月4日发给国外一家公司的一份传真称："我公司'YY003'轮于2006年10月22日抵大连，至今由于收货人不办理手续而无法卸货。请急通知租方'我公司决定在必要时将船舶开往上海卸货'。由此产生的一切后果由租方承担，包括转船费用、仓储费用等。"

被告指出："YY003"轮应是航次租船，原告应出示租船合同。原告称：只签订了唯一的运输合同，提单是合同的证明。

(3) 法律适用问题。双方就交通部的《外贸船舶管理规则》是否适用于本案，进行了辩论。2007年2月18日，海事法院当庭宣读判决书，指出：提单是合同的证明，不违背国家法律和社会利益，承、托、收货人的海上运输合同有效，对上述三方均有约束力，根据我国《海关法》的规定，收货人应自运输工具申报进境之日起开始报关，根据2005年7月1日试行的《中华人民共和国交通部港口外贸船舶管理规则(试行)》(简称《规则》)规定，有关单位(港务公司、外代、收货人)应办妥卸货必须具备的包括货物流向和海关的一切手续，被告在运输工具申报后，即应提供流向单并去海关报关，为船舶靠泊创造条件。但被告货运代理委托人辽宁轻工于11月8日才办妥海关手续(另外3家被告分别于11月23日前办妥海关手续)，致使原告失去了船舶靠泊的必须具备的条件而延误了卸货时间，扣除合理的办理报关时间3天，上述被告应对不及时提供货物流向和向海关报关造成的原告船舶待时成本损失及向本院申请扣货费用承担经济责任，被告以未办妥海关手续与靠泊卸货无关而不承担赔偿损失的理由不能成立。根据我国《民法通则》第106条第1款、第111条、第112条第1款，《规则》第42条第2款第5项(货物熏蒸、检验及海关等手续未及时办妥，造成停装停卸的时间)和第7项(由于收、发货人未能提供合格单证或所提供资料(包括流向)不合理或错误，使船舶不能及时装卸造成的延误时间)的规定，判决各被告承担船东损失。因货运代理是代表收货人辽宁轻工行事的人，按我国的代理法律关系，货运代理的行为所产生的后果由辽宁轻工承担。

判决下达后，货运代理认为一审法院在本案审理过程中存在问题，指出由于有"SY02"轮待泊损害赔偿纠纷的判例在先，所以，判决结果均在意料之中，一审法院当庭判决，说明法庭已"成竹在胸"，根本无意听取被告各方的申述，一审法院的作法严重违反法律程序，一审判决事实不清，适用法律不当，故货运代理当即表示不服判决，准备上诉。

5.5.1.4　货运代理上诉又申诉终获胜

货运代理还认为，此案的赔偿金额尽管不大，但就其性质来说具有典型意义，已引起航运界和经贸界的广泛关注。一些船公司从中受到启迪，准备效仿"SY02"轮、"YY003"轮的作法，将待泊损失转嫁给收货人。对收货人来讲，"SY02"轮的判决可以说是"破天荒"地开了一个危险的先例，收货人今后就会不断遭受诸如此类的侵害。因此，一审判决尽管未责令货运代理承担任何经济责任,但为了维护收货人及货运代理的长远利益,货运代理毅然于2007年3月2日向某高级人民法院提起上诉。理由如:

(1) 一审判决认定货运代理负有责任是毫无根据的。

(2) 一审法院严重违反法律程序:①传票、应诉通知书未直接送达货运代理,而由第三人转交货运代理,且将货运代理的名称多次错写;②在货运代理提交答辩状的法定期限未满的情况下提前开庭,影响了货运代理的应诉准备工作。

(3) 一审判决事实不清,在"YY003"轮性质的认定上,采取了回避态度,并进一步指出"YY003"轮系航次租船。

(4) 适用法律不当,货运代理认为规范报关行为的法律只能是我国《海关法》。对报关的合理期限3天的认定缺乏法律依据。

二审法院维持了原判,即作为货运代理的被告应承担船舶待泊的船期损失。然而败诉后的货运代理仍坚持向最高人民法院进行申诉,终于推翻了一、二审的判决。

最高人民法院判定:货运代理作为提单中被通知人时,只要履行了被通知人的义务、没有任何过失,则不应承担船舶待泊的船期损失。

5.5.1.5 专家评析

(1) 提单中的通知人与收货人是2个概念。通知人不一定是收货人,本案中的通知人既不是收货人,也不是法定的收货人的代理人。因此,通知人不得被认定为提单的当事人。只有当通知人与收货人为同一人或收货人委托通知人为其代理人时,才使通知人同时具有收货人的身份或为收货人的代理人而被视为收货人和提单的当事人。

(2) 提单中通知人的义务很简单,即及时通知收货人提货。只要通知人做到了这一点,就被视为履行了其义务,除非工作中出现失误。

(3) 当事人要在日常工作中注意收集掌握证据,学会运用法律手段保护自己。本案中"YY003"轮航行时间明显过长,倒签提单的可能性极大,但收货人却坐失了船舶在港取证容易的良机,未能在法庭辩论中出示有力证据,而使自己陷于被动地位。

5.5.2 认真履行通知义务免于承担损失责任

5.5.2.1 案例

2007年2月9日,江苏某对外贸易公司(下称原告)根据《文汇报》刊出的班轮船期表,委托上海某国际集装箱储运有限公司(下称被告)办理一批鲜活文蛤的运输业务,要求被告代为订舱。被告预订船期为2月15日装船起航,2月18日到达日本,船名为"LB01"轮。原告按被告指示于2月14日将货物送到被告的货栈。至此,原告认为已完成了托运人的义务,并以为货物已顺利运出。然而原告突然接到被告传真,称2月15日班轮因故延误,改装2月22日起航的同一班轮。该轮抵达大阪已是2月24日,鲜活文蛤全部死亡腐烂,货物全损。为此原告损失货款27 240美元,并支付客户处理废物的环保费316 000日元。原告向被告交涉未果,遂诉至某海事法院,要求被告赔偿货损及其相关费用。

被告在答辩书中称,实际情况与原告所称严重不符。被告是作为原告的货运代理向船公司订舱的,开航日期为2月15日。被告在2月14日获得船公司代理(上海外轮代理公司)的通知,告知因故将"LB01"轮航次推迟到2月22日开航。被告获悉后立即先以电话联系方式取得了原告对货物迟延运出的认可,后又于同日再次以传真书面通知原告,请其回复。原告对此无任何异议，亦无书面回复表示要求赔偿。被告在代理货物期间无任何过错，运货、管货以及集装箱温度都按正常规定办理。文蛤的死亡只能是因为其自然特性或固有缺陷所致，货运代理当然不承担因此造成货损的赔偿义务。据此，被告要求法院驳回原告的诉请。

海事法院经审理查明，原告2007年2月9日通过出口货物明细单委托被告代理出运鲜活文蛤，要求装2月15日“LB01”轮从上海运至大阪。被告受托后办理了订舱手续。2月14日，货物被运抵被告仓库。由于被告接到中远总公司集装箱运输总部的传真通知“大阪港压港严重，导致班轮脱班，遂决定调整“LB01”轮航次为2月22日开航”，便将此情况以传真形式告知原告，原告并未表示异议。2月22日，被告代承运人签发了中远集团总公司的格式提单。另查明，从2月14日货物进被告仓库至2月18日装船，集装箱温度始终控制在原告要求鲜活文蛤保存的温度内。

海事法院认为，被告作为原告的货运代理，接受原告委托，代办鲜活文蛤的出口运输，代订舱位，将货物装上船，代理签发了提单，完成了代理义务。由于大阪港港口拥挤，承运人通知船舶改期，被告亦已通知原告。目前没有证据表明原告对延期出运表示过异议，也无证据表明被告在代理过程中有过失，应该承担责任。故判决对原告的诉请不予支持。原被告双方均未提起上诉。

5.5.2.2 专家评析

1）国际货运代理的通知义务

本案被告作为货运代理代原告委托人订舱，从事的是代理业务，身为代理人在履约过程中没有过失，不承担货物损失的责任。

从案情的介绍中可以看到，原定装船开航日期为2月15日，当货运代理得知拟装载货物的船只因故推迟开航日期后，先以电话方式及时将此情况通知了原告，后于同日以传真的方式再次作出书面通知，原告均未作出任何回复，然而已足以说明作为货运代理的被告恪尽勤勉谨慎之通知义务。

本案承运的是鲜活商品，对于鲜活商品来说，开航时间的变更极有可能会影响到交货时间，以至货物的品质状况，因此，开航时间的变更无疑构成了对原合同的实质性修改。对此，如果货运代理不将变更情况及时通知委托人，征求委托人的意见，其接受开航时间的变更与否，均会被认为未经授权而擅自作出的决定，这一越权行为导致的后果，则完全由行为人自己承担。然而，被告的一份措辞严谨的传真却扭转了局面。被告在这份传真中明确指出：“如对此变更无异议，即照此办理。”所以法院认定被告已经恪尽职责，无任何过失，不承担赔偿责任。

2）委托人的义务

本案中原告之所以败诉，是因为他未尽委托人之责。原告收到货运代理关于开航时间推迟的传真后，便负有如对此变更异议须在合理时间内及时向被告提出的义务，然而原告未履行这一义务。另一方面，原告明知其货物为鲜活商品，且有能力预见到运送期若延长1周左右，货物的特性可能会发生变化进而引起损失，对此亦未采取任何相应的合理措施，任凭事态发展，货损不断增加，最终导致货物全损，故原告有着不可推卸的责任。

当然，若造成该批鲜活商品变质的真正责任者为船方或其他责任人，则原告在赔付收货人后，仍有权向责任人进行追偿。

3）证据的效力

本案涉及的另2个关键问题是原告提出的索赔证据的效力。原告提供的货损证明是收货人出具的检验报告。显然,原告是依据买卖合同中约定的:收货人在目的港收货时,若发现货物有损失,由收货人对货物进行检验并出示报告,收货人凭此报告向发货人索赔。但这样的条款只能约束买卖双方,不能约束买卖合同以外的任何有关方,也就是说,如果货物残损属第二人引起,凭收货人自己出具的检验报告向其索赔是没有法律效力的。从证据的角度来讲,只有申请国家商检部门或各国独立的第三人商检公司对货物残损出具的检验报告,才有可能被法院认定为有效证据。作为利害关系一方的收货人单方制作的货损报告,是不具有证据效力的。因此买卖合同中最好不要订立这样的条款。

4) 特殊商品的责任

承接特殊商品的运输责任重大,如本案中的鲜活商品,在其运输过程中所涉及的各有关方都要特别注意商品的特性,严格按照合同或规定处理,小心谨慎地操作。只要有一个环节稍有疏忽或未尽职责,就可能造成很大的经济损失。而运送鲜活商品发生问题、引起损失的案件实在太多了。

要求国际货运代理这样做的原因有2点:

(1) 从某种角度上讲,国际货运代理应是货运及与此相关业务的"专家",为了客户的利益,他应该事先替客户想到各方面的问题,并且尽最大努力将可能遇到的情况和应注意的问题,尤其是承办某些特殊货物如危险品,及对温度、湿度和运送过程中有特殊要求的物品和运往有特殊情况或特别规定的地区时,事先通告客户,这样做对客户是大有好处的。当然还应善于处理好在代理货物运输及相关业务过程中的所有问题。如果货运代理能主动提供如此优质的服务,肯定具有很强的竞争力,同时对发展货运代理业务也大有好处。

(2) 国际货运代理可以保护自己的合法权益,避免日后因条款不明确而产生各种纠纷,使自己处于被动地位。

5.6 国际货代作为当事人的责任

国际货运代理与货主直接订立委托代理合同处于代理人地位。国际货运代理以自己拥有的运输工具进行运输,或以自己的名义与承运人签订运输合同,或租用他人的运输工具进行运输,在此情况下,均为运输合同的一方,处于承运人的地位,无论是实际承运人,还是契约承运人,都承担承运人的责任和义务。

国际货运代理作为当事人有过失,应承担责任;国际货运代理作为当事人无过失,就不应该承担责任。

5.6.1 收取全程运费时须对全程负责

5.6.1.1 案例

印度孟买某电视机进口商与日本东京一厂家签订了货物买卖合同,合同规定采用集装箱进行"门至门"的运输。负责运输的货运代理向卖方计收了全程运费,并签发了FIATA的联运提单,承担合同承运人的义务。

货物是拼箱货,货运代理在其东京货运站装箱后,用卡车运至神户装船发运孟买。买方不愿意承担交货前的风险,卖方不愿意承担海运和在孟买的风险。此时,买卖双方选择何种价格条款为好?货运代理的风险应如何转移?

5.6.1.2 专家评析

1) 对全程运输负责

国际货运代理从事的是“门至门”的多式联运，向卖方收取了全程运费，当然要对全程运输负责。

至于国际货运代理对运费的划分，除非其能正确划分出海运部分的运费，否则在买卖双方之间只能无根据地划分各自的运费。

2) 待运单证不能作为已装船证明

由于货物是在货运代理的东京货运站接管，因而货运代理签发的运输单证(包括 FIATA 联运提单)属收货待运单证，并非货物已装船的证明。当货物装船后，此类待运单证换为承运人所签发的海运提单方为已装船证明。不过，货运代理签发了 FIATA 的联运提单即表明签单者对全程负责，因为它符合国际商会关于多式联运单证的要求。

3) 买卖双方适合使用的价格条款

本案中，使用 FCA 并注明“集装箱货运站——东京”作为交货地是合适的。因为 FCA 条款即货交承运人，是指卖方在清关后，于指定地点将货物置于买方指定的承运人的控制之下即履行义务。如果买方未指定具体地点，卖方有权在规定地点或范围内选择承运人接管货物的地点。如果按商业习惯，卖方被要求协助买方与承运人订立合同，则卖方可以买方的费用和风险来行事。由于在卖方申请托运和交付运输期间运费上涨的可能性很小，因而当把货物交给货运代理运输时，风险即已由卖方转移给买方。

另外，也可使用 CPT 或 CIP 条款，因为货运代理在 FCA，CPT，CIP 条款下均满足承运人的条件。

CPT 条款即运费付至(……指定目的地)，是指卖方负责将货物运至指定目的地的运费，在货物已交承运人掌管时，货物灭失或损坏的风险及货物交给承运人后发生的额外费用从卖方转移到买方。

CTP 条款即运费，保险费付至(……指定目的地)，是指卖方承担与在 CPT 术语下一样的义务，除此之外，卖方还要为买方货物在运输中的灭失或损坏的风险取得保险。卖方负责订立保险合同并支付保险费，但使用 FOB、CFR 或 CIF 条款则不合适。

4) 货运代理投保责任险

货运代理作为第一承运人(又称总承运人)与客户订立了运输合同，收取了全程运费，就要对全程负责。上述 FCA，CPT，CIP 这 3 种条款对买卖双方来说都可以采用，简便全程运输手续，责任人清楚，一旦货物发生损坏向总承运人——货运代理索赔即可；对货运代理来说，一方面通过延伸服务可创增值效益，一方面责任风险增加了。不过，就其责任而言，作为承运人承担承运人的责任，但同时可享有承运人的责任限制。此外，货运代理还可以通过投保承运人责任险事先转移其风险，发达国家的一些货运代理通常都采用这样做法。

5.6.2 委托人过失承运人不承担责任

5.6.2.1 案例

武汉某外运公司操作了一票由武汉发往乌兰巴托的运输业务。这是一票信用证结汇的贸易运输，发货人是湖北某县外贸局，收货人是台湾某贸易公司在蒙古的代理商。

此票货物于正常的时间，完整的数量及良好的外包装交给了发货人书面所指示的收货人。

交货后，发货人一直未能结汇，收回货款，其原因是发货人所提供的单证与收货人的信用证有多处不符。

自货物启运后的第3天起，开证人接连7次传真发货人予以书面解释，但均被其具体经办人私自扣押，既不上报单位领导，也不通知武汉外运公司及时将货留置。致使台商在蒙古的代理钻了该国经贸制度不完善的空子，将货物全部提走而拒付货款。造成发货人钱货两空，由此蒙受近60万元人民币的损失。

发货人在无法从收货人处收回货款的情况下，向某市中级人民法院起诉武汉外运公司，要求其赔偿此票货物的全部损失。

市中级人民法院和省高级人民法院两审判决均裁定：驳回原告请求，并认定被告已完整正常地履行了全部运输合同的责任和义务，不应承担赔偿责任。

5.6.2.2 专家评析

(1) 虽然信用证的结汇方式是最为安全的结汇手段，但是对我国周边的原社会主义国家的贸易和运输来说，却并非完全如此。而陆桥运输的方向又基本上是这些国家，因此，我们在进行陆桥运输或铁路国际联运时，就必须在运输操作中多层防备，多道警戒线，更加严格按正常程序办事，甚至要事先考虑采取一些保护自己合法权益的条款与措施及应急办法。尤其是边境易货贸易与运输更要倍加小心谨慎。

(2) 平时要严格执行正规的货运操作制度和程序，注意积累和整理有关的来往函电，并且般都要求文字记录，书面确认，以便日后产生纠纷时可作为有力的证据。

(3) 纠纷发生后，要认真熟悉案情，周密调查事实，明确自己的法律地位，分析自己有无责任及其责任的大小，然后作出正确的判断和合理的决定，绝不能凭主观想象或长官意志去决定有无责任。依据法律，该赔的就赔，不该赔的坚决不赔，即使打官司也要维护自己的合法权益。本案问题出在委托人公司内部，其经办人未及时处理问题，造成很难挽回的损失，与承运人无关，所以作为承运人不承担责任。

5.7 国际货代责任与否的案例及分析

5.7.1 未签运单货损承运人无权享受责任限制

5.7.1.1 案例

发货人空运20包不同种类的电器从东京运至伦敦，航空公司要求每包填写一张航空运单。由于该批货物必须在固定航班之前安排装运，其中1包装机后未签运单，而承运人也表示同意。当该批货物在目的地交付时，发现4包电器(包括未填运单的那包)严重损坏，这是由于航空公司的雇员在装机时未尽到正确合理的谨慎而致。由于1包货物未签运单，承运人仅对其余3包享有责任限制。

5.7.1.2 专家评析

本案未涉及国际货运代理，然而国际货运代理应注意的是，在其代委托人追偿时，应清楚承运人在何种情况下不得享受责任限制，这样就可为委托人的利益获得最大限度的赔偿。本案中，空运承运人须对其雇员过失所造成的货损负责，但他只有权对其中签发了运单的3包货物以17SDR/公斤享受责任限制(除非该货物的价值已由托运人事先声明且承运人已接受)。

而对于未签运单的货物，承运人则无权享受责任限制，必须以货主的实际损失给予赔偿。

5.7.2 国际货代有责任保证货物发运与保单一致

5.7.2.1 案例

某出口商指示其货运代理为其价值 25 000 美元的半成品服装在发货前投保。货运代理安排了投保，但保单上注明货物应由几条船装运且每条船的货价不得超过 5 000 美元。其中一批超过 5 000 美元的货物装运于某船上，此情况出口商亦知晓。运输途中货物出现灭失，保险人对于超过 5 000 美元的部分拒绝赔付，因为实际装船与保单上的规定不符。国际货运代理为此承担出口商的损失。

5.7.2.2 专家评析

国际货运代理有责任保证货物的发运与保单上的规定相一致，尽管出口商明知这一事实情况，也不能减轻他作为代理人应尽合理谨慎之义务的责任。所以，国际货运代理要对出口商所受的损失负赔偿责任。

5.7.3 国际货代越级追索运费被驳回

5.7.3.1 案例

2007 年 6 月，宁波某进出口公司(下称进出口公司)委托日本某株式会社宁波办事处(下称办事处)出运 4 票货物至日本，该办事处接受委托后以自己的名义委托宁波某货运代理公司(下称货运代理)代办运输。货运代理依约完成代理业务，并向承运人垫付了海运费 9 325 美元，另在代理活动中产生包干费 4 000 元人民币。货物出运后，进出口公司即按办事处开具的运费账单向其支付了全部运费及其他费用。货运代理因向办事处催讨运费未果，遂向某海事法院起诉进出口公司偿还垫付运费。

海事法院认为：进出口公司与货运代理之间不存在货运代理合同关系，进出口公司无向货运代理支付运费的合同义务或法律义务。依照《中华人民共和国民事诉讼法》第 64 条第 1 款的规定，判决驳回代理公司的诉讼请求。

5.7.3.2 专家评析

1) *要加强法律观念*

本案中，海事法院以原、被告之间无货运代理合同关系驳回了原告的诉讼请求，致使货运代理无权从进出口公司追回其所垫付的运费及其他费用。而本书收集的部分案例，法院则是依据多式联运提单，首先认定提单上的托运人与提单签发人即货运代理之间存在着合同法律关系，因此与本案判决结果不同，托运人应支付货运代理所垫付的各种费用。在此，提请货运代理应将 2 种判例认真加以对比分析，从中吸取经验教训。

2) *要搞清业务中的法律关系*

货运代理在接受委托人的委托从事代办货运业务中，应事先搞清楚：委托人是谁？其资信情况如何？自己究竟与谁为委托和被委托关系？在代办业务的过程中自己是否有义务垫付有关费用？垫付的有关费用向谁收取？是否能够收回垫付运费？等等。

如上述问题未考虑或从未考虑过，那么是否应从本案中吸取教训。另外，要警惕那些境外公司在国内开办的办事处与国内某些非法公司揽货的业务，以免上当受骗。

5.7.4 国际货代因有除外条款被免责

5.7.4.1 案例

某发货人委托一多式联运经营人托运一批箱装茶叶从A地运往B地，双方签订的货运代理合同中约定：货运代理对于铁路运输的货损免责。此后，多式联运经营人签发了清洁提单，表明货物是在良好状态下接收的，提单中订有并入条款，发货人疏忽，未仔细阅读提单及合同条款，货物运抵目的地交货时，发现货物受损，发货人提出索赔。多式联运经营人拒赔，理由是他对于铁路区段的货损免责。本案到此留给大家思考的问题是：多式联运经营人是否应负责任以及发货人如何挽回损失？

5.7.4.2 专家评析

1）多式联运经营人是否应负责任

多式联运经营人须对全程负责，这是一个基本责任原则，但具体的个案尚须针对许多具体情况裁定。一种情况裁定多式联运经营人不负责任，因为含有对铁路区段货损免责的合同条款已并入提单中，发货人本应阅读、核查该条款。尽管货运代理并入上述条款，原则上是错误的，但只要其作为合同一方签发提单，这样的条款即有效。因为货运代理享有订约自由的权利，发货人无权向货运代理索赔。

另一种情况是裁定多式联运经营人须承担责任。根据一些国家的法律规定或提单条款所适用的法律，如果该国家法律规定承运人的责任不能低于本国法律规定的责任，即上述当事人双方的约定与该国法律之规定相抵触时，则被视为无效；同样，如果提单条款规定适用《海牙规则》，《海牙规则》亦有类似规定，则当事人之约定将被视为无效。

有时，法院会采取另一种观点，即货运代理有责任通知发货人其所应遵循的条款，并使发货人接受。

如果国际货运代理未做到这一点，则需对货损货差负责，所以，不能一概而论。而具体到本案，多式联运经营人理应对货物的全程运输负责，但由于其事先订有明确除外条款而被判免于承担责任。

2）发货人如何挽回损失

作为发货人向铁路索赔亦是可行的，鉴于其未与铁路签订合同，所以，可以侵权为由向法院起诉。

5.7.5 委托人未明确险别国际货代可采用习惯作法

5.7.5.1 案例

某出口商指示其雇佣的货运代理为其办理一批棉织品的投保，但并未指明应采用何种险种。该货运代理按照此种货物的习惯做法，为其投保了水渍险。

货物在运输途中灭失，保险公司拒赔，理由是货损事故并未在承保范围内。出口商指责货运代理有过失，未采用伦敦协会货物保险条款A条款即“一切险”，要求国际货运代理赔偿其损失，亦未获成功。

5.7.5.2 专家评析

国际货运代理合同中通常要求以书面形式指示投保险别，如果出口商未明确指示投保何种险别，国际货运代理则有权采取习惯做法。

本案中国际货运代理已证明其遵循了保险业的习惯做法，这就很难认定国际货运代理有过失，而要求其还要对此负责。

5.7.6 国际货代必须注意的其他责任

5.7.6.1 委托人未使用国际标志导致货损国际货代拒赔

1）案例

一批易碎的塑料玩具由出口商从汉堡发运至曼谷，玩具被妥善地包装，且在包装的外表印上德语“易碎—谨慎操作”字样。然而，易碎货物的国际通用标志没有出现在包装的外表。该批货物到达曼谷后，由货运代理雇佣的操作员操作。由于操作员不懂德语而没有注意到货物是易碎的，结果塑料玩具严重受损，对此货运代理拒绝承担责任。

2）专家评析

出口商应当在包装外表印上易碎货物的国际通用标志。其次，为保证操作指示，出口商有责任使用目的地国家的语言书写，因此，出口商应对货损负责，这一点应引起出口商足够的重视。

5.7.6.2 委托人未尽声明货物性质义务，国际货代不承担货损责任

1）案例

一批空运货物，其中有一包是易碎货，即陶器和瓷器（如盘子、茶杯等）。发货人在托运单上正确地描述了包裹中货物的性质，但在其负责填写的航空运单中，却未写明该包裹中易碎货物的性质。

在目的地，卸货操作人员不知晓该包裹中货物的性质，至交货时发现该批货物已严重受损，收货人向承运人提出索赔。承运人拒绝赔付。

2）专家评析

托运人应对货物的正确性负责，不仅指托运单要正确填写，而且包括航空运单的正确性。无论运单是由其本人，或其代理人，或其承运人以及承运人的代理人签发。

本案中，托运人要对航空运单中货物描述的不正确负责，因为正是这种不正确性导致了货损。因而，承运人不负责赔偿。至于空运代理人是否负责，则要视托运人是否将货物易碎的性质通知了他以及航空运单是谁填写的，如已通知空运代理人并由其填写，那么空运代理人有过失，应承担责任。反之无过失不应承担责任。

5.7.6.3 货物被盗与国际货代的责任

1）案例

一个以发货人名义、实为代理人的货运代理为发货人安排箱装尼龙袜的陆路运输，但未与陆运承运人签订运输合同。同时由于运输距离短，发货人不愿投保（事实上也未投保）。货运途中，司机离开汽车购买一些个人物品，此间，货物丢失。

国际货运代理是否对货物灭失负责？

2）专家评析

作为代理人，在发货人没有明确指示时，货运代理没有义务与陆运承运人签订运输合同。只要他已尽合理、谨慎和技能，并代表发货人为货物安排了运输，则对货损货差不负责任。但在实践中，有时货运代理可能会因其本人或其雇员所雇佣的承运人的过失，而对货物的灭失负责，这就要具体情况具体分析。

本案中，主要取决于货运代理与汽车司机之间的关系。如果司机处于（或实际处于）货运代理的直接控制之下，从而形成雇佣关系，则无论货运代理本人是否有过失，他都要对货物的灭失或损害间接负责。

5.7.6.4 未签运输合同，国际货代责任难以确定

1）案例

某棉织厂定期通过公路运输经营人向其批发商发运棉织品，该公路经营人受公共承运人的法律制约，该法律为过失责任制。由于公路经营人雇员的罢工，该厂不得不通过另一公路运输货运代理发运一批棉织品。棉织厂与该货运代理协商了运费率，但未与之订立详细的运输合同（该货运代理属私人承运人），结果运输中部分货物被损坏。棉织厂向货运代理要求赔偿，遭国际货运代理拒赔，理由是该货损并非由于其过失或疏忽造成。

2）专家评析

对棉织厂的损失，国际货运代理是否应承担责任？诸如本案例，如果没有货物运输合同，承运人的责任就无法确定。如果货运代理能证明棉织厂已知其是受货运代理标准交易条件约束（如采用），且提供陆运服务为非公共承运人，则棉织厂将无权向货运代理索赔。

但法院有时可能采取不同观点，即国际货运代理有责任将其标准交易条件（如采用）通知给货方，以使他们接受该条件，如果他没有这样做，就要对货损负责。然而，作为国际货运代理，有时的确很难确定有无过失。因此，在这种情况下，就取决于法院的最后判决了，如法院判定有过失，则国际货运代理就要承担责任，反之则无须承担责任。

5.7.6.5 国际货代应维护委托人利益，但不得损害第三人利益

1）案例

某国际货运代理为满足客户的需要，推出方便客户的“绝招”，先是仿制承运人的更正章，后来干脆私刻提单签发章，遇有客户着急赶往银行结汇或寄提单时就制单（空白提单极易得到）签发给客户，然后再向承运人请求倒签、预借。一旦遇到货物实际未装船或目的港发现单证不一致便露出马脚，并引发矛盾，导致不良后果，使承运人非常被动。

2）专家评析

国际货运代理并非是承运人的代理（特殊授权除外），未经承运人的授权，任何单位都不能代其签发或更改提单，否则为无权代理。一旦造成后果，便构成对承运人的侵权，属违法行为。至于打印好一张空白提单，盖上私刻图章，让委托人到银行去结汇，这与海事欺诈中伪造提单的做法并无两样。如货主要求货运代理这样做，货运代理也应拒绝，若货运代理明知违法仍进行该活动，则须负连带责任。

国际货运代理业务的性质，决定了货运代理首先应维护委托人——货主的正当利益，无论遇到何种情况，都应尽量做到与其采取同一立场，只有这样，国际货运代理才算忠实地履行了代理职责。同时，国际货运代理也须加强法制观念，依法从事代理活动，绝不能为了私利或眼前利益去迎合委托人的无理要求，甚至是非法要求，干一些损害第三人利益的事，或从事非法活动，否则其后果是严重的，国际货运代理须承担法律责任，甚至刑事责任。

5.7.6.6 国际货代合同应注意与买卖合同相一致

1）案例

加尔各达一出口商与巴黎的买主签订一桩茶叶买卖合同，合同约定在巴黎交付货物。出口商与本地的一个货运代理签订了“门至门”的运输合同，并同意支付“门至门”的运费，但将这

笔运费划到货价中。结果“门至门”运输与国际货物买卖条款不相符。留给大家思考的问题是:在与货运代理签订运输合同时,托运人应注意的问题。

2) 专家评析

国际货运代理的确没有义务审查托运人的贸易合同,这就需要托运人自己注意,在不同的运输合同方式下,其贸易合同应选用哪种交易条款最合适?

本案中托运人应选用“完税后交付”条款最为合适。当然双方亦可通过协议,修改其条款,诸如进口国关税、运输保险的责任和义务,等等。

5.7.6.7 国际货代倒签提单违法

1) 案例

A出口公司先后与B公司和S公司签订两个出售农产品合同,共计3 500长吨,价值8.275万英镑,装运期为当年12月至次年1月。但由于原定的装货船舶出故障,只能改装另一艘外轮,至使货物到2月11日才装船完毕。在A出口公司的请求下,B公司将提单的日期改为1月31日,货物到达鹿特丹后,买方对装货日期提出异议,要求A出口公司提供1月份装船证明。A出口公司坚持提单是正常的,无需提供证明。结果买方聘请律师上货船查阅船长的船行日志,证明提单日期是伪造的,立即凭律师拍摄的证据,向当地法法院控告并由法院发出通知扣留该船。经过4个月的协商,最后,我方赔款2.09万英镑买方方肯撤回上诉而结案。

2) 专家评析

倒签提单是一种违法行为,一旦被识破,产生的后果是严重的。但是在国际贸易中,倒签提单的情况还是相当普遍。

尤其是当延期时间不多的情况下,还是有许多出口商会铤而走险。当倒签的日子较长的情况出现,就容易引起买方怀疑,最终可以通过查阅船长的航行日志或者班轮时刻表等途径加以识破。

5.8 国际货代责任保险

5.8.1 国际货代责任保险概论

5.8.1.1 国际货代责任保险内涵外延

国际货运代理的责任保险,通常是为了弥补国际货物运输方面所带来的风险。这种风险不仅来源于运输本身,而且来源于完成运输的许多环节当中,如,运输合同、仓储合同、保险合同的签订、操作、报关、管货、向承运人索赔和保留索赔权的合理程序、签发单证、付款手续等。

上述这些经营项目,一般都是由国际货运代理来履行的。一个错误的指示、一个错误的地址,往往都会给国际货运代理带来非常严重的后果和巨大的经济损失,因此,国际货运代理有必要投保自己的责任险。

另外,当国际货运代理以承运人身份出现时,不仅有权要求合理的责任限制,而且其经营风险还可通过投保责任险而获得赔偿。

5.8.1.2 国际货运代理责任险的产生

国际货运代理所承担的责任风险主要产生于以下3种情况:

一种是国际货运代理本身的过失。国际货运代理未能履行代理义务,或在使用自有运输工具进行运输出现事故的情况下，无权向任何人追索。

另一种是分包人的过失。在“背对背”签约的情况下，责任的产生往往是由于分包人的行为或遗漏，而国际货运代理没有任何过错。此时，从理论上讲国际货运代理有充分的追索权，但复杂的实际情况却使其无法全部甚至部分地从责任人处得到补偿，如：海运（或陆运）承运人破产。

还有一种是保险责任不合理。在“不同情况的保险”责任下，单证不是“背对背”的，而是规定了不同的责任限制，从而使分包人或责任小于国际货运代理或免责。

上述3种情况所涉及的风险，国际货运代理都可以通过投保责任险，从不同的渠道得到保险的赔偿。

5.8.1.3 国际货运代理责任险的内容

国际货运代理投保责任险的内容，取决于因其过失或疏忽所导致的风险损失。如：错误与遗漏，虽有指示但未能投保或投保类别有误；迟延报关或报关单内容缮制有误；发运到错误的目的地；选择运输工具有误；选择承运人有误；再次出口未办理退还关税和其他税务的必要手续保留向船方、港方、国内储运部门、承运单位及有关部门追偿权的遗漏；不顾保单有关说明而产生的遗漏；所交货物违反保单说明。

仓库保管中的疏忽。在港口或外地中转库（包括货运代理自己拥有的仓库或租用、委托暂存其他单位的仓库、场地）监卸、监装和储存保管工作中代运的疏忽过失。

货损货差责任不清。在与港口储运部门或内地收货单位各方接交货物时，数量短少、残损责任不清，最后由国际货运代理承担的责任。

迟延或未授权发货，如：部分货物未发运；港口提货不及时；未及时通知收货人提货；违反指示交货或未经授权发货；交货但未收取货款（以交货付款条件成交时）。

5.8.1.4 投保渠道

国际货运代理主要通过4种渠道投保其责任险：

（1）所有西方国家和某些东方国家的商业保险公司，可以办理国际货运代理责任险。

（2）伦敦的劳埃德保险公司，通过辛迪加体制，每个公司均承担一个分保险，虽然该公司相当专业，但市场仍分为海事与非海事，并且只能通过其保险经纪人获得保险。

（3）互保协会也可以投保责任险。这是一个具有共同利益的运输经纪人，为满足其特殊需要而组成的集体性机构。

（4）通过保险经纪人（其自身并不能提供保险），可为国际货运代理选择可承保责任险的保险公司，并能代表国际货运代理与保险人进行谈判，还可提供损失预防、风险管理、索赔程度等方面的咨询，并根据国际货运代理协会标准交易条件来解决国际货运代理的经济、货运、保险及法律等问题。

5.8.2 国际货代责任保险的方式

国际货运代理投保责任险时，主要有以下几种方式供选择，即有限责任保险、完全法律责任保险、最高责任保险、集体保险制度。国际货运代理根据自己的情况，选择适合自己的方式进行投保。

5.8.2.1 国际货代的有限责任保险

国际货运代理仅按其本身规定的责任范围对其有限责任投保，国际货运代理的有限责任保险主要分3种类型：

（1）根据国际货运代理协会标准交易条件确定的国际货运代理责任范围，国际货运代理可选择只对其有限责任投保。

（2）国际货运代理也可接受保险公司的免赔额，这将意味着，免赔额部分的损失须由国际货运代理承担。

保单中订立免赔额条款的目的是：

① 使投保人在增强责任心、减少事故发生的同时，从中享受到缴纳较低保险费的好处；

② 保险人可避免处理大量的小额赔款案件，节省双方的保险理赔费用，这对双方均有益。

免赔部分越大，保险险费越低，但对投保人来说却存在下述风险，即对低于免赔额的索赔，均由国际货运代理支付，这样当它面对多起小额索赔时，就会承担总额非常大的损失，而且有可能根本无法从保险人处得到赔偿。

（3）国际货运代理还可通过缩小保险范围来降低其保险费，只要过去的理赔处理经验证明这是合理的。但意料之外的超出范围的大额索赔可能会使其蒙受巨大损失。

5.8.2.2 国际货代的完全法律责任保险

国际货运代理按其所从事的业务范围、应承担的法津责任进行投保。根据国际货运代理协会标准交易条件确定的国际货运代理责任范围，国际货运代理可以选择有限责任投保，也可以选择完全责任投保。

但有的国家的法院，对国际货运代理协会标准交易条件中有关责任的规定不予认定，所以，国际货运代理进行完全法律责任保险是十分必要的。

5.8.2.3 国际货代的最高责任保险

在某些欧洲国家，一种被称为SVS和AREX的特种国际货运代理责任保险体制被广泛采用。

在这种体制下，对于超过确定范围以外的责任，国际货运代理必须为客户提供“最高”保险，即向货物保险人支付一笔额外的保险费用。这种体制尽管对国际货运代理及客户都有利，但目前仅在欧洲流行。

5.8.2.4 国际货代的集体保险制度

在某些国家，国际货运代理协会设立了集体保险制度，向其会员组织提供责任保险，这种集体保险制度既有利也有弊。其优点是使该协会能够代表其成员协商而得到一个有利的保险费率；并使该协会避免要求其成员进行一个标准的、最小限度的保险，并依此标准进行规范的文档记录。缺点是，一旦推行一个标准的保险费率，就等于高效率的国际货运代理对其低效率的同行进行补贴，从而影响其改进风险管理、索赔控制的积极性；同时使其成员失去协会的内部信息，而该信息可能为竞争者所利用。

5.8.3 国际货代责任保险的除外责任

虽然国际货运代理的责任可以通过投保责任险将风险事先转移，但作为国际货运代理必须清楚地懂得，投保了责任险并不意味着保险公司将承保所有的风险，因此绝不可误认为在任何情况下，发生任何事故，即使自己有责任担也不必承担任何风险与责任而统统由保险公司承担，这种想法是错误的。

事实上，保单中往往都有除外条款，即保险公司不予承保，所以要特别注意阅读保单中的除外条款，并加以认真地研究和考虑。另外，保单中同时订有要求投保人履行的义务条款，如投保人未尽其义务，也会导致保险公司不予赔偿的后果。

适用于各种保险，包括责任保险的保单中，除外条款和限制通常有：

(1) 在承保期间以外发生的危险或事故不予承保；

(2) 索赔时间超过承保条例或法律规定的时效；

(3) 保险合同或保险公司条例中所规定的除外条款及不在承保范围内的国际货运代理的损失；

(4) 违法行为造成的后果如运输毒品、枪支、弹药、走私物品或一些国家禁止的物品；

(5) 蓄意或故意行为，如倒签提单、预借提单引起的损失；

(6) 战争、入侵、外敌、敌对行为(不论是否宣战)、内战、反叛、革命、起义、军事或武装侵占、罢工、停业、暴动、骚乱、戒严和没收、充公、征购等的任何后果，以及为执行任何政府、公众或地方权威的指令而造成的任何损失或损害；

(7) 任何由核燃料或核燃料爆炸所致核废料产生之离子辐射或放射性污染所导致、引起或可归咎于此的任何财产灭失、摧毁、毁坏或损失及费用，不论直接或间接，还是作为其后果损失；

(8) 超出保险合同关于赔偿限额规定的部分；

(9) 事先未征求保险公司的意见，擅自赔付对方，亦可能从保险公司得不到赔偿或得不到全部赔偿，例如：当货物发生残损后，国际货运代理自认为是自己的责任，未征求保险公司的意见，自做主张赔付给对方。如事后证明不属或不完全属国际货运代理的责任，保险公司将不承担或仅承担其应负责的部分损失。

6 国际货代案例

案例 1 国际货代合同费用的纠纷

1. 案由

原告 A 货运公司诉被告 B 食品公司货运代理合同费用纠纷一案，法院于 2007 年 5 月 13 日受理后，依法由审判员审判，于 6 月 25 日召集双方当事人进行庭前证据交换，并于同日公开开庭进行了审理。

2. 诉讼证据

原告诉称：2006 年 7 月 10 日，被告委托原告托运 4 个 40ft 集装箱，货物为云南辣椒干，自深圳 F 港装船运至美国的 G 港。被告须支付海运费 6 600 美元和拖车费 4 070 元人民币。同年 8 月 27 日，被告委托原告托运 1 个 40ft 集装箱，货物为云南辣椒干，自深圳 F 港装船运至美国的 G 港。被告须支付海运费 1985 美元和拖车费 1 070 元人民币。上述 2 票货物，由原告安排装船运输，货物已经安全运抵目的港并交付了收货人。原告代被告向有关公司垫付了上述海运费和拖车费，经原告多次催讨，被告一直拒绝支付。请求法院判令被告偿付原告垫付的海运费 8 585 美元和拖车费 5 140 元人民币及其利息（从原告向被告开具发票之日起算至法院判决确定支付之日止，按中国人民银行同期同币种流动资金贷款利率计算），并承担本案诉讼费用。

原告在举证期限内提供了以下证据：

(1) 托运单复印件 2 份；

(2) 提单复印件 2 份；

(3) 海运费及拖车费发票复印件各 2 份。

3. 答辩

被告辩称：被告将货物交给了原告，但原告是作为承运人 E 公司的代理签发提单，原告不是承运人，没有权利向被告主张运费，有权利主张运费的是 E 公司。由于原告在另案中因无单放货给被告造成损失，故原告在签发本案提单后曾经和被告就运费的支付条件作过口头约定，原告同意在无单放货纠纷解决之前，不要求被告支付本案提单项下的运输费用。原告的诉讼请求无理，请求予以驳回。

被告在举证期限内提供了提单复印件 2 份。

4. 法院审理

原、被告双方对以下事实和证据没有争议，审判员认定如下：

2006 年 7 月 20 日，原告作为 E 公司的代理，向被告签发了编号为×××2006071455 的指示提单,该提单记载:被告为托运人,装运港为深圳F港,目的港为美国G港,货物为装于4个40ft的云南辣椒干,运费预付。同年9月8日,原告作为E公司的代理,向被告签发了编号为×××2006091791的指示提单,货物为装于1个40ft的云南辣椒干,提单记载的其他内容与×××2006071455号提单记载的一致。2006年7月23日和9月10日,原告向被告开具发票。被告确认发票上记载的海运费8585美元和拖车费5140元人民币为2份提单项下货物的运输费用,其没有向承运人支付过该费用。货物已安全运抵目的港交付给收货人。

对原、被告争议的事实和证据,经庭审举证和质证,审判员认定如下:

原告提供托运单、提单和海运费及拖车费发票,拟证明被告委托原告办理货物运输、原告为其垫付了海运费和拖车费。2份托运单记载:被告为托运人,委托原告分别办理1个40ft和4个40ft的集装箱的运输,货物为云南辣椒干,装运港为深圳F港,目的港为美国的G港,运输费用分别为海运费1985美元、拖车费1070元人民币和海运费6600美元、拖车费4070元人民币。被告在托运单上加盖了公章,2份托运单和涉案提单上记载的内容相符,发票上记载的海运费和拖车费数额与托运单上记载的金额一致。

被告对提单的真实性、海运费和拖车费发票上记载的运输费用数额没有异议。但对托运单复印件不予确认,同时主张其从未委托原告支付本案的海运费和拖车费。

审判员认为,原、被告均确认了提单的真实性,而被告向原告出具了托运单并将货物交给了原告,托运单上记载的运输费用与发票上记载的海运费和拖车费数额也一致。原告提供的证据能够相互印证,可以作为认定本案事实的依据。证明被告将出口的货物委托原告办理运输并约定运输费用,原告接受被告的委托后,将货物交给了E公司承运。2票货物的海运费为8585美元、拖车费5140元人民币。

审判员认为,本案是一宗货运代理合同费用纠纷。被告为履行外贸合同,委托了原告为其办理货物运输。原告接受委托后,以被告作为托运人,将货物交给E公司承运。收货人提取了货物,原告已完成了受委托的事务。《中华人民共和国合同法》第三百九十八条规定,委托人应当预付处理委托事务的费用。受托人为处理委托事务垫付的必要费用,委托人应当偿还该费用及其利息。原告在办理货物运输的过程中,为被告垫付托运单上约定的费用后,有权向作为委托方的被告收取。原告请求的海运费、拖车费及其利息依法有据,应予支持。被告关于原告无权向其收取运输费用的抗辩,依法不能成立。关于原告因另案无单放货给其造成损失,原告同意在解决无单放货纠纷前,不要求被告支付本案运输费用的主张,没有提供证据证明,不予采信。

5. 法院判决

依照《中华人民共和国合同法》第三百九十八条的规定,依法判决如下:

被告B食品公司向原告A货运公司偿付海运费8585美元和拖车费5140元人民币及其利息(其中6600美元和4070元人民币从2006年7月23日起算、1985美元和1070元人民币从2006年9月10起算,均计算至本判决确定支付之日止,按中国人民银行同期同币种流动资金贷款利率计算)。

本案受理费2796元及其他诉讼费用100元,由被告负担。该费用已由原告预交,法院不另清退,由被告径付原告。

以上给付金钱义务,应于本判决生效之日起10日内履行完毕。

案例 2 国际货代物流事项欠款的纠纷

1. 案由

原告A国际货运公司为与被告B国际贸易公司货运代理(物流)合同欠款纠纷一案,于2005年3月5日提起诉讼,并同时申请财产保全。法院于同年3月9日立案受理后,依法组成合议庭,裁定准许原告的财产保全申请,冻结了B国际贸易公司的银行存款人民币1500000元。同年6月2日,原告又向法院申请追加被告C公司为本案的共同被告。经审查,法院准许原告的申请,并于同年7月1日通知C公司作为本案的共同被告参加诉讼。原告为从德国取证及办理公证认证,曾提出延期举证申请。2007年5月17日,本案公开开庭审理。

2. 诉讼与答辩

原告诉称:2004年5月至2005年1月间,B国际贸易公司委托原告办理进口货物从德国至中国E市港的全程物流事项。原告接受委托后,完成了海运、陆运、报关、换单、三检、海关查验、仓储、港口装卸、危险品保险等全程物流事项。根据双方计费标准的约定,B国际贸易公司拖欠原告的全程物流费用共计人民币1739230.69元。为此,原告诉请法院判令B国际贸易公司支付该费用及利息损失,并承担本案诉讼费及财产保全费用。

诉讼过程中,B国际贸易公司举证证明C公司系涉案货物的全程物流委托人,为此,原告申请追加C公司为本案共同被告,并将诉讼请求标的中的全程物流费款项变更为人民币1616334.96元,其中包括:2004年12月份的物流费用人民币883284.61元;2005年1月份的物流费用人民币267856.40元;原告垫付的码头装卸费、熏蒸费和车运费人民币156.63元;2004年5月份被告B国际贸易公司的欠款人民币100000元;在德国的放空车费18531.15欧元,折合人民币208430.95元。

B国际贸易公司辩称:其不是涉案物流业务的委托人,该委托人是C公司;诉前原告曾多次向C公司主张涉案费用,从未向B国际贸易公司主张过权利,故涉案费用与B国际贸易公司无关。

C公司辩称:虽然C公司委托原告从事了涉案物流业务,但与原告之间就相关物流费用的计算依据没有约定,应当根据实际发生的数额向原告支付;原告主张的业务往来中,仅有部分货物系拼箱货,还有一部分系整箱货,原告全部按照拼箱货计算费用没有依据。

3. 提供证据

原告为支持其诉讼请求和主张,提供了以下证据材料:

(1) 原告与B国际贸易公司之间为约定物流费用而相互发送的4份电子邮件;

(2) 涉案25票货物的提单和提货单及相应的商业发票、装箱单、贸易合同、费用计算清单;

(3) F货代公司的证明函及发票;

(4) E市国佳储运有限公司出具的公路货运代理发票及业务对账单;

(5) B国际贸易公司向原告支付2004年6月至11月间物流费用的发票及付款凭证;

(6) B国际贸易公司为与原告结算2004年5月份物流费用而发送的电子邮件等。

上述证据以证明双方存在委托关系、涉案的业务量和欠费金额等事实,两被告对以上证据的真实性均无异议。

B国际贸易公司为支持其抗辩主张，向法院提供了原告为催要物流费用向C公司发送的“催款通告”和数份协商物流费用的电子邮件，以证明与原告无委托关系。原告对B国际贸易公司提供证据的真实性亦无异议。

C公司未提供任何证据材料。

4. 确认事实

经庭前证据交换，原告与两被告对以下基本事实予以确认：

1）关于涉案物流业务的发生过程及计费标准。

2004年3月至2005年1月，两被告之一（原告认为是B国际贸易公司，两被告认为是C公司）委托原告作为进口货物的全程国际物流代理，委托事务的范围为：将货物从被告指定的境外生产工厂运送到被告在中国的终端用户，包括进出口两端的陆路运输、海上运输、装箱、配送、保管、包装、装卸、报关、报检等全程服务。

2004年6月1日，原告以电子邮件的形式向B国际贸易公司发送一份编号为×××03050011的“报价单”，记载如下：

(1) 海运费：德国汉堡港到中国E市港的拼箱货海运费为每立方米或每1000kg65欧元；20ft的整箱货每箱550欧元，40ft的整箱货每箱700欧元；燃油附加费和旺季附加费为每立方米或每1000kg30欧元。

(2) 装货港工厂交付费用：

① 装箱费，拼箱货为：少于500kg的最低收费150欧元，少于1000kg的收费250欧元，少于2000kg的收费350欧元，少于3000kg的收费450欧元，超过3000kg每增加1000kg加收100欧元；整箱货为：20ft的集装箱为每箱570欧元，40ft集装箱为每箱760欧元，港口作业附加费为每标准箱138欧元；

② 填箱费为：每1000千克30欧元，只对拼箱货收取；

③ 换单附加费为每单50欧元。

(3) 批注：拼箱货运输的收费以$1m^3$或1000kg为基准，以高者为准；上述最低收费适用于正常工作，如额外工作、加班或发生额外费用，将收取额外费用；上述是最新报价，且可在无通知的情况下随变化而变化，除非另有书面协议。

(4) 交付方式为：工厂交付；生效日期为2004年6月1日，有效期至2004年6月30日。

2004年8月1日，原告又以电子邮件的形式向B国际贸易公司发送一份编号为×××03080015的“报价单”，该报价单在上述编号为×××03050011的“报价单”的基础上，增加了危险品货物的附加费等内容，即：海运费部分的危险品货物附加费为：拼箱货每立方米或每1000kg增加20欧元，整箱货每标准箱增加90欧元；填箱费每1000kg增加危险品附加费15欧元；生效日期为2004年8月1日，有效期至2004年8月30日。

2004年8月22日，原告向B国际贸易公司发出1份电子邮件，约定了货物到达E市以后的地区收费标准，即境内物流费用标准为：报关费，每单人民币350元；换单、港口作业附加费、货运站收费，每吨人民币280元加450元（仅对拼箱货收取）；三检费，按照货物价值的0.25%加人民币250元；仓储费，每吨人民币240元；车运费，每吨人民币100元，最低每批人民币350元或每个20ft集装箱包干费人民币1500元；动植物检验费，人民币250元或每个20ft集装箱的包干费人民币450元;服务费,每个20ft集装箱包干费人民币2650元;海关检验费、集装箱装运费、滞期费、集装箱污垢损坏费和其他特殊费用将背靠背收取。

2004年3月至5月,B国际贸易公司就发生的物流费用根据实际情况进行了协商结算;同年6月至11月,其依据上述报价单的约定与原告进行了实际结算,双方对此没有异议。

2)关于2004年12月的业务。

2004年12月,两被告之一委托原告办理了17票货物的全程物流业务,其中,原告和两被告均确认为拼箱货业务的有9票货物,提单编号分别为:×××0680309、×××0680×××、×××0680324、×××0680320、×××0680344、×××0680336、×××0680338、×××0680339、×××0680340。

原告和2被告均确认出库编号为×××5003003096的1票到港货物在保税区提货,产生的费用为人民币2071元。

原告和两被告就另7票货物是拼箱货还是整箱货存在争议,提单编号分别为:×××0680308、×××0680318、×××0680319、×××0680321、×××0680322、×××0680323、3110680331。其中,提单编号为×××0680318下的货物(体积25.35m^3)与提单编号为×××0680319下的部分货物(体积13.5m^3)装在编号为×××U1316706的集装箱内;提单编号为×××0680319下的另一部分货物(体积8.97m^3)与提单编号为×××0680321下的货物(体积26.73m^3)装在编号为×××U1299430的集装箱内;提单编号为×××0680322下的货物(体积18.92m^3)与提单编号为×××0680323下的货物(体积19.38m^3)装在编号为×××U1316706的集装箱内;提单编号为×××0680331下的货物(体积29.97m^3)装在编号为×××U7341043的集装箱内。

3)关于2005年1月的业务。

2005年1月,两被告之一委托原告办理了8票货物的全程物流业务,其中,原告和两被告均确认为拼箱货的有4票,提单编号分别为:×××0680337、×××0680350、×××0680359、×××0680354。

原告和两被告均确认出库编号为×××5003003189的1票到港货物在保税区提货,产生的费用为人民币5426元。

提单编号为××S030329的一个集装箱货物系整箱货。从美国的孟非斯(MENPHISS)陆运至洛杉矶(LOSANGELES)再经海运运到E市,海运费及燃油附加费合计为2425美元。

原告和两被告就另2票货物是拼箱货还是整箱货有争议,提单编号分别为:×××0680353、×××0680360。

提单编号为×××0680353下的货物(体积21.37m^3)装在编号为×××U8008612的集装箱内。

提单编号为×××0680360下的货物(体积21.945m^3)装在编号为×××U2256544的集装箱内。

4)费用计算及其他相关事实。

上述2004年12月至2005年1月共计25票物流业务中,原告与两被告对其中的13票货物应按拼箱货收取物流费用没有争议,按照2004年8月份报价单和货物到达E市港后的地区报价约定,该部分业务产生的物流费用为人民币169322.98元。该13票货物的提单记载的托运人、收货人均为B国际贸易公司;货物交接方式均为LCL/LCL(拼箱接收,拼箱交付)。

原告与两被告对是否为拼箱货存有争议的 9 票货物，如果按整箱货的收费标准，其全程物流费用应为人民币 431 280. 79 元；如果按拼箱货的收费标准，其全程物流费用应为人民币 802891. 34元。该 9 票货物的提单记载的托运人、收货人均为 B 国际贸易公司；货物交接方式均为 LCL/FCL（拼箱接收，整箱交付）。

上述 25 票货物中，有 9 票系危险品货物，按照 2004 年 8 月份报价单的约定进行结算，危险品货物保险费、操作费和附加费等，共计人民币 104 370. 21 元。

2004 年 12 月 20 日，原告为涉案物流业务向 F 货代公司垫付了放空车费 18 531 欧元，折合人民币 205 203. 58 元。

2004 年 12 月 31 日和 2005 年 2 月 2 日，涉案货物在 E 市发生了码头装卸费和熏蒸费等费用，原告与两被告最终确认该部分费用的实际金额应为人民币 70 395 元。

2004 年 8 月 27 日，B 国际贸易公司向原告发出 1 份电子邮件，记载的主要内容为：根据双方电话协商，B 国际贸易公司将 5 月份的收费计算方案给原告参考，即，最初的总金额为人民币 1805058. 49 元，最后的金额为人民币 1692492. 88 元，其中，扣除的人民币 12157. 61 元为 B 国际贸易公司在杜塞多夫预付的空运费，人民币 408 元为货物损失。并提出如果原告认为没有问题，可以签发作为最后金额的发票给被告 B 国际贸易公司。事后，原告与 B 国际贸易公司就该电子邮件所涉费用已经结算完毕，结算金额为人民币 1 692 492. 88 元，原告也据此金额向 B 国际贸易公司开具了发票。

原告在提起本案诉讼之前，曾多次与两被告以电子邮件的形式联系付款事宜，但均未达成一致意见。2005 年 2 月 11 日，原告向 C 公司发出过“催款通告”，要求其于 2005 年 2 月 20 之前支付 2004 年 11 月至 2005 年 1 月间的物流费用，否则将用以后到港的货物进行折价冲抵所欠费用。

B 国际贸易公司和 C 公司均为 C 公司注册成立的 D 子公司，两公司在同一办公楼办公。

5. 法院审理

法院认为，本案系货运代理（物流）合同欠款纠纷。根据本案基本事实和双方当事人的诉辩主张，本案的主要争议焦点为：

(1) 原告究竟与 B 国际贸易公司还是 C 公司建立了全程物流合同法律关系。

原告认为，2004 年 6 月和 8 月的报价及其确认均是 B 国际贸易公司所为，所有费用也均是 B 国际贸易公司支付的，因此，涉案合同关系的当事人应为原告和 B 国际贸易公司。B 国际贸易公司认为，从原告主张涉案费用的电子邮件来看，原告是向 C 公司而非 B 国际贸易公司催要涉案费用，虽然 B 国际贸易公司向原告支付了已经发生的全程物流费用，但均是按照 C 公司的指示所为。C 公司认为，B 国际贸易公司的业务均由 C 公司进行实际操作，C 公司也承认其系涉案全程物流业务的委托人。

法院认为，2004 年 6 月和 8 月的报价单和确认函等，均系 B 国际贸易公司与原告进行联系并最终确认，事实上 B 国际贸易公司也按照该约定向原告支付了已发生的全程物流费用，结合本案中的收货人为 B 国际贸易公司等基本事实，可以认定涉案的全程物流合同系原告与 B 国际贸易公司订立，B 国际贸易公司系委托人。C 公司虽然自认其为涉案货物的委托人，并辩称 B 国际贸易公司向原告支付款项的行为系按照其指令所为，但未能提交有效的证据证明 C 公司参与了涉案合同的订立或实际履行。虽然原告曾向 C 公司发出“催款通告”，要求其支付涉案费用，并就相关具体事宜与其进行了磋商，但C公司未与原告达成任何协议或实际履行付款义务，该行为仅是原告单方主张权利的行为，不能据此就认定C公司与原告之间存在基础合同关系。因此，两被告的辩解，法院不予采纳。

(2) 对整箱货与拼箱货的界定。

原告认为，区分整箱货还是拼箱货，应按以下几个标准：

一是从整箱货和拼箱货的定义上区分。整箱货(FCL)系指由发货人自行装箱、计数、积载、负责填写装箱单、场站收据，并由海关加铅封的货。拼箱货(LCL)系指装不满一整箱的小票货物，这种货物，通常是由承运人分别揽货并在集装箱货运站或内陆站点集中，然后将2票或2票以上的货物拼装在一个集装箱内，即由集装箱货运站负责装箱，并负责填写装箱单，并由海关加铅封的货。

二是从货物的交接方式以及费用构成来区分。在集装箱整箱货和拼箱货流转过程中，其货物的交接方式有多种，即拼箱货—拼箱货(LCL—LCL)，整箱货—整箱货(FCL—FCL)，拼箱货—整箱货(LCL—FCL)等，这样每一种交接方式下的费用结构也有所不同。而整箱货和拼箱货的区别就在于有没有拼箱服务费的存在，因为整箱货是以一个集装箱为单位的，不存在拼箱服务费，因此LCL—FCL，FCL—LCL均不属于整箱货，而是拼箱货的一种。

三是从运输合同来区分。集装箱货物运输中，每个具体的运输合同应该对应每票提单或相关运输单据。衡量被告所托运的是整箱货还是拼箱货的标准是看被告所托运的货物即每票提单下的货物是否能够装载在一个整的集装箱内运输，也就是说一个集装箱是对应一个运输合同的话，那么，就是整箱货运输，反之，则是拼箱运输。因此，涉案的25票货物中，除双方确认的1票为整箱货外，其余的均应认定为拼箱货。

两被告认为，在全程物流业务中，原告接受散货后，应当尽量为被告节省费用，如果原告接受的散货均装在一个集装箱内，且只有一个收货人，就应当认定为整箱货运输。提单记载的运输方式仅仅约束提单签发人和原告，而不能据此识别整箱货或拼箱货。因此，对是整箱货还是拼箱货存在争议的9份票货物应当按照整箱货收取费用。

法院认为，界定整箱货和拼箱货，不仅要看整箱货和拼箱货的定义、运输方式、交接方式和费用构成，还要看提单记载的收货人和发货人的数量，更为重要的是要看全程物流经营人实际提供的服务项目，然后根据案件的实际情况进行综合判断。一般情况下，拼箱货是整箱货的对称，由集装箱货运站(CFS)将特性相容、目的地相同的数票货物或商品混装在一个集装箱内运输，箱内货物涉及多个发货人、多个收货人。拼箱货到达目的港后，再由经营人在集装箱货运站内拆箱取出，分别交给各收货人。

据已查明的事实，本案中，原告为B国际贸易公司提供的是全程物流服务，在起运港按照B国际贸易公司的指令从生产厂家分批将货物运至货运站并负责装箱，然后交由实际承运人运输。根据约定，拼箱货须依照不同标准收取海运费和装港工厂交付时的装箱费、填箱费等，实际金额远高于整箱货。双方对是整箱货还是拼箱货存有争议的9票货物，提单记载的托运人为一人，收货人是一人，即B国际贸易公司，货物交接方式均为LCL/FCL(拼箱接收，整箱交付)。因此可以认定原告在起运港将货物交付实际承运人之前，为B国际贸易公司提供了内陆运输、装箱、填箱和报关、报检等多项服务，而在目的港是整箱交付货物，并未提供拆箱、分送等拼箱服务。由于原告仅是作为契约承运人而非实际承运人向B国际贸易公司出具了提单，在货物交付实际承运人时，是整箱货交付运输，对原告向实际承运人支付海运费并无影响。

虽然原告在起运港为B国际贸易公司提供了相应的服务，但根据当事人的约定，原告也另行收取了内陆运费、装箱费、填箱费及报关费等费用，而在目的港交付货物时，是整箱交付，且收货人均为B国际贸易公司，原告事实上没有提供拼箱服务，就不应该再按拼箱货收取或计算费用。因此，综合本案实际情况，本案有争议的9票货物不应按拼箱货而应按整箱货收取或计算费用。

(3) 涉案费用的计算依据及欠费数额的认定。

原告认为，涉案业务所产生的费用应以2004年6月、8月的境外报价和境内报价为计算依据。因为在此之后原告与B国际贸易公司对物流费用再无其他约定，B国际贸易公司也是按照该约定结算了2004年8月至11月的全程物流费用，且对该报价从未提出异议，并实际履行。B国际贸易公司认为，有争议的2个月的物流业务，原告未提供证据证明系B国际贸易公司委托，且原告向C公司的催款通告中从未表示过B国际贸易公司的报价同样适用于C公司。C公司认为，虽然承认与原告之间的物流合同关系，但费用结算应以实际发生的数额为准。

法院认为，虽然原告与B国际贸易公司在2004年8月以后未再就相关费用重新约定，但据已查明的事实，在2004年9月至11月的全程业务中，双方仍按照2004年6月、8月的报价约定履行了各自的义务，况且有争议的2个月的货物到达E市港的时间为2004年12月和2005年1月，B国际贸易公司的委托行为应当在此之前就已经发生，如果双方对相关的物流费用收费标准有异议，应该提前进行重新约定，在不能达成协议的情况下，也可以终止合同。但事实上，双方均未提出再次约定或变更报价，仍然沿用了2004年6月、8月的报价约定。因此，涉案2个月的物流费用结算按照2004年6月、8月的报价约定，既符合本案的实际情况，也不违背当事人当时的真实意思表示。

据已查明的事实，涉案全程物流费用包括：双方当事人均无争议的13票货物的物流费用，应为人民币169322.98元；双方对整箱货还是拼箱货存有争议的9票货物应按照整箱货的标准计算费用，该部分的费用为人民币431280.79元；双方确认的2票在保税区提取的货物的物流费用计人民币7497元；9票危险品货物的保险费、操作费和附加费等，计人民币104370.21元；原告为B国际贸易公司垫付的码头装卸费和熏蒸费人民币70395元。以上费用数额，均经双方当事人对账确认，应当由B国际贸易公司向原告支付。

关于原告在德国为B国际贸易公司垫付的放空车费人民币205203.58元，虽然两被告认为该部分费用应由原告承担，但因原告在德国向B国际贸易公司的供货商提取货物的时间和地点均是按照B国际贸易公司指定，并实际垫付了由此发生的放空车费，B国际贸易公司作为委托人，应当向原告支付该费用。

关于提单编号为×××S030329的集装箱货物相关物流费用的认定。原告认为，该票货物从美国的孟非斯(MENPHISS)陆运至洛杉矶(LOSANGELES)再经海运运到E市，发生了陆运费、海运费和报关费等共计7570美元。两被告认为，原告主张的费用金额没有任何依据，只能确认当时的海运费2685美元和燃油附加费740美元，合计折合人民币28324.75元。法院认为，由于原告和B国际贸易公司事先对该集装箱货物的全程物流费用没有约定，根据谁主张谁举证的原则，原告应当提供证据证明该费用已经实际发生或已垫付，否则应当承担举证不能的不利后果。原告虽然提出了诉讼请求，但没有费用金额的依据，法院应当认定两被告确认的费用金额，即人民币28324.75元。

关于B国际贸易公司扣除的2004年5月份的物流费用人民币100000元的认定。法院认为,原告与B国际贸易公司就2004年5月份的物流费用,事先没有书面约定,相关的电子邮件是双方结算该月费用的唯一依据,而该电子邮件明确记载,如果原告认为没有问题,可以签发作为最后金额的发票给B国际贸易公司。据已查明的事实,B国际贸易公司虽然未在该电子邮件上说明扣除人民币100000元的具体理由,但原告已经按照B国际贸易公司确认的最后金额人民币1692492.88元进行了结算并开具了发票。据此可以认定,就2004年5月份的物流费用按照人民币1692492.88元进行结算系双方当事人的真实意思表示,扣除的费用也是原告与B国际贸易公司当时协商一致的结果。因此,原告凭现有证据向B国际贸易公司主张该部分费用人民币100000元,缺乏事实依据,法院不予支持。

综上所述,B国际贸易公司系涉案物流业务的委托人,应当向原告支付由此所发生的拖欠费用及其利息损失。原告主张从2005年1月起至本判决生效之日止按照中国人民银行活期存款利率计算的欠款利息损失,因两被告无异议,法院予以支持。

6. 判决

依照《中华人民共和国合同法》第一百零七条、第三百九十八条、第四百零五条和《中华人民共和国民事诉讼法》第六十四条的规定,判决如下:

(1) 被告B国际贸易公司于本判决生效之日起10日内向原告A国际货运公司支付物流费用人民币1016394.31元及其利息损失(从2005年1月起至本判决生效之日止,按照中国人民银行活期存款利率计算);

(2) 对原告A国际货运公司的其他诉讼请求,不予支持。

本案案件受理费人民币18706.15元,由原告负担7774.41元,被告B国际贸易公司负担10931.74元;财产保全费人民币8020元,由被告B国际贸易公司负担。

案例3 未交货侵权损害赔偿的纠纷

1. 案情

2005年3月15日,原告与第三人签订了1份编号为×××－01859859/1－28－3045－00－K的买卖合同,约定由第三人卖给原告10000t钢材,深圳到岸价每吨280美元,卖方(第三人)应向买方(原告)提供一式二份提单。合同签订后,原告向第三人支付货款2209090美元。第三人依买卖合同约定将9968t钢材装上被告所属的"D"轮。被告于6月29日签发了一式三份正本提单,提单载明:装港F,卸港中国深圳,记名收货人为原告。7月27日,第三人给原告开具了发票,发票载明:货物品名规格为6.5mm的盘元,数量9968t,单价每吨280美元,已支付款项2209090美元,未支付款项581950美元。发票同时载明:提单正本及副本各2份。同日,第三人将发票及提单正本副本各2份交给原告。9月15日,第三人致函原告,称581950美元的货款尚未收到,要求原告立即支付并在3日内给予答复。9月20日第三人致函被告,称其与原告的买卖合同已取消,要求被告注销6月29日签发的提单,重新签发一套提单,签发日期为2005年8月27日。9月23日,被告通知深圳外轮代理公司,称"D"轮将于10月7日抵深圳。9月24日,第三人致函原告,称被告已通过电传方式通知目的港深圳的船务代理"D"抵深的日期,要求原告在9月28日前支付余款,否则,保留解除合同的权利。9月28日,被告通知深圳外轮代理公司"D"轮将不再呼叫深圳。"D"轮最终未抵深圳。原告亦未将

581950美元付给第三人。

原告仍持有2份正本提单。第三人开庭时提交了另一份正本提单。

9月28日,原告向海事法院申请扣押同属被告的停泊在赤湾港锚地的"E"轮。海事法院准许原告的申请,于当天扣押了"E"轮,责令被告提供3000000美元的担保。被告未在规定期限内提供担保。12月1日原告向海事法院申请拍卖"E"轮,海事法院准予原告的拍卖船舶申请,于2006年3月12日依法拍卖"E"轮,得价款1488000美元。

2. 诉讼答辩

原告于2005年10月21日向海事法院提起诉讼,请求法院判令被告支付货物应抵深圳时的总价值4110504.10美元、利息411050.41美元及其他损失27000美元,并承担本案全部诉讼费用。

被告答辩认为:"D"轮抵达深圳前,被告接到托运人(即本案第三人)的通知,称第三人与原告之间的买卖合同关系已经解除,第三人已向F货运单证部要求取得原签发的提单,并重新签发另一套提单。于是,被告根据第三人指示将货物交给了新提单的合法持有人。原告持有的2份正本提单已经作废,属于无效提单。即使原告所持有的提单是有效单证,由于其仅持有2份正本提单,其据此主张的物权也是不充分的。因买卖合约已解除,原告在货物抵达卸货港之前不再拥有货物处分权,所以原告不应期待任何商业利润,原告要求被告赔偿货物抵达卸货地的价值缺乏法律根据。

第三人认为:原告未在约定的期限内付清货款,第三人取消了买卖合同并要求被告重新签发了另一套提单,所有责任由原告承担。

3. 海事法院审理

海事法院认为,本案为未交货侵权损害赔偿纠纷,中国是侵权行为的结果发生地,应当适用中华人民共和国法律和有关国际惯例来认定承运人是否构成侵权以及是否应当承担赔偿责任。

原告依据买卖合同,支付货款给卖方(第三人),从卖方手里取得2份正本提单,符合国际惯例和中国法律规定,其取得的提单是合法有效的。原告所取得的提单属记名提单,记名提单不得转让,承运人(被告)只能将货物交给提单上的记名收货人,故原告是该提单项下货物的唯一收货人。原告作为国际货物买卖合同的买方,是否付清货款和是否取得全套正本提单,属于原告与第三人之间的买卖合同纠纷,不影响被告履行承运人的义务,及其对所签发的提单所应承担的责任。第三人与原告之间的国际买卖合同货款纠纷本应依据合同及调整合同的法律处理,但第三人在没有收回第一套提单时要求被告重新签发第二套提单,改变了货物的收货人,此举不当。被告作为承运人应第三人的要求,在没有收回原签发提单的情况下,另行签发提单并将货物交给另一套提单的收货人,违反了国际航运惯例,使原告丧失了对该批货物的占有、处分、收益的权利,直接侵犯了原告的合法权益。被告应当对因未交货所产生的损害后果承担赔偿责任。

被告未交货的行为,造成原告支付了货款而无法收到货物,被告应对原告为提单项下的货物支付的货款及利息承担赔偿责任。由于原告未证明其将本案所涉进口钢材在国内市场销售,故其请求被告赔偿市场损失缺乏事实依据,不予支持。本案纠纷发生后,原告依法申请诉前财产保全是正当合理的，由此产生的费用，应由被告赔偿。原告请求的其他损失因无证据，不予支持。

4. 海事法院判决

海事法院依照《中华人民共和国民法通则》第一百四十二条第三款、第一百四十六条、第一百零六条、第一百一十七条和《中华人民共和国海商法》第七十一条、第七十九条的规定，并参照国际惯例，判决：

(1) 被告B公司赔偿原告A公司的货款损失2209090美元及利息。利息从2005年9月28日起至实际支付之日止按中国银行同期企业贷款利率计算。

(2) 被告B公司赔偿原告A公司诉前财产保全所支出的费用人民币5000元。

判决后，三方当事人均没有上诉。

5. 专家评析

本案包含2个相对独立又相互联系的法律关系：一是原告与第三人之间的买卖合同关系，二是原告与被告之间由提单所证明的海上货物运输合同关系。由于原告与第三人之间的买卖合同货款纠纷，第三人单方面解除合同，要求被告签发另一套提单，并将货物交予他方，致使原告持有被告先签发的提单而提不到货物，进而产生原告与被告之间的交货纠纷。

从原告提出的诉讼请求和理由上看，原告提起本案诉讼的依据是提单，请求对象是作为承运人的被告，请求理由是被告不能交付货物，因此，本案属海上货物运输交货纠纷。原告与第三人之间的买卖合同纠纷，不属于海事法院的管辖范围，原告也没有对第三人提出诉讼请求，因此，海事法院不审理买卖合同纠纷。

原告与被告之间的纠纷基于原告持有的、被告签发的提单，因此，该提单的有效性以及原告持有提单的合法性，是本案争议的焦点。本案所涉货物装上承运船后，承运人(被告)应托运人的要求，签发了一式三份正本提单。提单真实记载了托运人、收货人及货物的基本情况，该正本提单是有效的提单。原告作为买方依据其与卖方(第三人)签订的货物买卖合同，向卖方支付大部分货款，取得了卖方交付的2份正本提单，符合国际惯例和中国法律的规定，其取得提单的途径合法。

本案提单是记名提单，原告作为提单记载的记名收货人，持有提单也是顺理成章的。根据原告与第三人之间的买卖合同，原告取得提单不以付清全部货款为条件。原告未付清货款，只是违反了买卖合同中规定的支付货款的义务，并不影响提单的效力和原告取得提单的合法性。原告没有取得被告签发的全套正本提单，不影响其依据所持的2份正本提单对提单项下货物享有的物权。从另一方面讲，被告作为承运人签发了1套正本提单，便应对该提单持有人承担一定的义务和责任。承运人可以应托运人的要求，另行签发提单，但必须将已签发的提单收回。被告在没有收回先前签发的提单的情况下，签发另一套提单，不能免除其对第一套提单持有人所应承担的义务和责任。基于以上分析，海事法院判定原告持有的提单合法有效，被告在没有收回第一套提单的情况下签发第二套提单，行为有过错，应对第一套提单持有人承担不能交货的赔偿责任。

海事法院的判词中明确地将本案定性为侵权纠纷，主要理由有2个方面：

(1) 提单是物权凭证，被告将提单项下货物交给其他人，侵犯了原告对提单项下货物的物权；

(2) 被告签发第二套提单并将货物交给第二套提单收货人的行为，违反了法律规定和国际惯例，主观上有过错，客观上对原告造成损害，被告的行为与损害结果之间有因果关系。上述观点还值得进一步探讨。从另一个角度看，作为提单持有人的原告与作为承运人的被告之间存在着提单所证明的运输合同关系。基于该运输合同关系，原告有向被告提取货物的权利，被告有向原告交付货物的义务。被告不能履行向原告交付货物的义务，违反的是运输合同，被告的行为具有明显的违约的特征。海事法院将本案定性为侵权纠纷，适用侵权行为地法解决，有值得商榷之处。

案例 4　无正本提单放货损失的纠纷

1. 案情

2006 年 12 月 25 日，D 市海事法院适用美国法律，驳回了 A 公司以无正本提单放货为由，要求 B 公司、C 公司赔偿 15 万美元经济损失的诉讼请求，依法保护了国外当事人的合法权益。这是加入 WTO 后，中国审结的首起海上货物运输合同无正本提单放货纠纷。

2003 年 7 月至 12 月，A 公司委托 B 公司向 C 公司托运 A 公司与其销售给美国 M/S 价值 15 万美元的 4 票箱包产品，价格条件为 FOB 中国。B 公司接受委托办理了货物的订舱、报关、向承运人交付货物等事务，并代表 C 公司向 A 公司签发了 4 套正本记名提单。提单注明卸货港为美国佛罗里达州的迈阿密，收货人为美国 M/S 公司。背面条款载明经美国港口运输的货物的提单适用《1936 年美国海上货物运输法》。4 票货物装运后，A 公司将货物的正本提单直接寄交其在美国的 E 国际公司，提示收货人付款赎单。收货人提货时称未收到正本提单，于 2004 年 3 月 5 日前向 C 公司出具提货保函，付清运输费用后提取货物。2004 年 7 月，A 公司以无正本提单交货造成其无法收回货款为由，起诉 B 公司、C 公司，要求连带赔偿其货款损失。

2. 争议

原告 A 公司认为：本案提单是由一个中国法人在中国境内向另一中国法人签发，因而在当事人选择的《1936 年美国海上货物运输法》不足以解决双方争议时，应适用中国法律。承运人依提单交货时，应做到收货人正确和凭正本提单交付。

被告 C 公司认为：《1936 年美国海上货物运输法》没有明确规定记名提单如何交付货物问题，应适用美国其他法律。依据美国法律，记名提单为不可转让提单，承运人将货物交付给记名提单注明的收货人即完成交货义务，无须收货人出示正本提单。请求法院依法驳回原告诉讼请求。

诉讼中，C 公司向 D 市海事法院提供了经美国公证机构公证及中国驻纽约总领事馆认证的美国海利—贝利律师事务所律师、纽约大学法学院教授、依据美国相关法律和判例对记名提单问题的《宣誓法律意见书》。意见书认为，在提单中没有载明要求凭正本提单交付货物的合同条款且托运人也没有指示承运人不要放货情况下，承运人将货物交给了记名提单的收货人，是履行与托运人之间的提单条款的行为，依据美国法律，承运人不违反提单条款或任何义务。

3. 结果

D 市海事法院认为，A 公司起诉 C 公司和 B 公司无正本提单放货属合同纠纷。当事人在提单首要条款中约定《1936年美国海上货物运输法》为处理本案的准据法，符合中国法律的规定。但本案所涉及的承运人能否不凭正本提单向记名收货人交付货物问题，该法未作出明确规定，应认定为选择的法律只调整合同当事人的部分权利义务关系，而对合同本项争议的处理没有选择适用法律。因此，处理合同本项争议，应依照最密切联系原则确定其所适用的法律。双方的争议是承运人在美国港口交货中产生，而非在提单签发地或运输始发地，承运人在运输目的地的交货行为直接受交货行为地法律的约束，因此，处理本案合同争议应适用相关的美国法律为准据法。

依照《美国统一商法典》有关规定，承运人交付货物前，只要发货人未有相反要求，在货物已到达提单所注明的目的地后，可以将货物交付给提单注明的收货人。A公司在记名提单中未增加约定凭正本提单交货的条款，也没有及时在C公司向记名收货人交付货物前，指示承运人不要交货，因此，C公司依据提单将货物交给指定的记名收货人，应为适当交货，符合美国法律规定，C公司对A公司的经济损失不应承担赔偿责任。

案例5 凭银行保函放货他人的纠纷

1. 案情

2007年8月3日，原告A公司与买方订立了编号为×××U0720的国际货物买卖合同，约定由原告向买方销售各种尺码的全棉长裤25000条，单价为FOBD市3.40美元/条，并约定以2种付款方式支付货款，即2.40美元/条以T/T(电汇)方式付款；1美元/条以信用证方式付款。

2007年9月30日，原告将其中的12500条全棉长裤交付被告C公司。C公司签发了抬头为B公司，编号为×××C01074075的一套3份正本格式提单。提单载明，托运人为原告，收货人为凭Y银行指示，启运港中国D市，目的港E公司。在承运人签章栏中，除有的印章外，还有C公司总经理的签名。

2. 法院审理

庭审中，被告C公司确认，该提单系被告C公司所签，所使用的签单章为被告C公司所有，且自1999年至今，C公司一直使用该签单章签发提单。

涉案货物运抵目的港E公司后，两被告未凭正本提单，而是凭Y银行出具的保函，将货物放给他人。

另查明，2007年8月6日，买方开立了以原告为受益人的编号为×××49108NS00071的不可撤销信用证。但是，鉴于本案贸易合同约定的2种付款方式，原告分别于9月5日和10月4日2次要求修改信用证，并最终将信用证的有效期修改为2007年10月30日。

为了适应2种付款方式的需要，原告于2007年9月19日分别签署了编号为×××1844431的2套商业发票和装箱单。其中1套商业发票和装箱单载明货物的单价为3.40美元/条，总金额为42500美元。这一金额与买卖合同约定的货物金额及中国D市海关出口货物报关单上记载的出运货物金额一致。另一套商业发票和装箱单所载明的货物单价为1美元/条，总金额为12500美元，与信用证记载的金额相符。

因被告在目的港凭保函无单放货，买方又拒绝通过T/T方式支付30000美元货款，原告未向银行结汇，因此，原告仍持有全套3份正本提单和全套正本商业发票和装箱单。

庭审中，两被告提交了放货时由买方提交的保函后面所附的商业发票和装箱单的复印件。经核实，被告提交的商业发票和装箱单均无签发日期，且商业发票的编号为×××1844426。而原告提交的2套商业发票和装箱单记载签发日期为2007年9月19日，且商业发票的编号为×××1844431，与两被告提交的商业发票和装箱单均不一致。

再查明，涉案提单背面有管辖和法律适用条款。该条款约定，本提单所证明的合同适用韩国法，争议应在韩国解决或根据承运人的选择在卸货港解决并适用英国法。任何其他国家的法院均无权管辖。

3. 双方争议

原告认为，根据中国海商法的规定，被告负有凭正本提单交付货物的义务，被告应当对其无单放货行为给原告造成的损失承担赔偿责任。原告与买方关于货款的支付方式与被告履行运输合同无直接的关联性。

B公司认为，由于D市新港与E公司之间货物运输仅需20个小时左右即可到达，提单是不可能在如此短的时间内流转到收货人手中的。为了加快港口货物的流转，也为了减少给货方增加额外的费用，按照航运惯例，作为承运人的被告B公司是可以接受银行保函放货的。承运人的这一作法，在正常的情况下是不会给托运人或提单持有人造成任何损失的。本案损失的产生，完全是由于原告的过错造成的。

因为被告B公司收到的货物发票是原告就涉案货物开具的，上面明确记载货物共计12500件，每件1美元，总金额共计12500美元。下方盖有原告的公章，并且原告也承认此发票是原告所出。因此，被告B公司认为，被告B公司的赔偿责任限额应为12500美元。

至于原告出具的记载货物金额为42500美元的发票，被告B公司不能认可。因为原告就同一批货物出具2张价格相差很大的发票，其本身就是违法的。原告的这种作法违背了诚实信用原则，且具有恶意串通损害第三人利益的故意，是对被告B公司的一种欺诈。原告作为托运人，其行为具有明显的违法性，不应得到法律的保护，其诉讼请求应予以驳回。

C公司认为，在本案中，C公司系承运人B公司的签单代理人，显然对本案不应承担任何责任。因为在本案中，C公司签发的是B公司的提单。提单上清楚地表明了B公司是本案的承运人。B公司已确认了C公司是作为其签单代理。而C公司在本案中所从事的也主要是接受订舱、代签提单、代为收取运费等代理行为。因此，按照《中华人民共和国民法通则》第六十三条第二款代理人在代理权限内以被代理人名义实施的民事法律行为，被代理人对代理人的代理行为承担民事责任的规定，本案的责任应由B公司承担。请求法院依法判令驳回原告之诉讼请求，被告C公司不承担30000美元的赔偿责任，诉讼费用按比例由原、被告分别承担。

双方争议焦点为：

(1) 原告与两被告之间的法律关系；

(2) 原告诉请货物的金额；

(3) 原告的货款支付方式是否违法且对两被告构成欺诈。

4. 海事法院审判

D市海事法院认为：本案应为涉外海上货物运输合同无正本提单放货纠纷。

1）关于本案的管辖权和法律适用问题

D市海事法院认为，虽然涉案提单背面条款约定"因提单引起的争议应在韩国解决或根据承运人的选择在卸货港解决并适用英国法。任何其他国家的法院均无权管辖"。但是，原告在D市海事法院起诉后，两被告在法定期限内未对D市海事法院管辖提出异议，并进行了应诉答辩。

根据《中华人民共和国民事诉讼法》第二百四十五条的规定，应视为两被告承认D市海事法院是有管辖权的法院。实际诉讼中，原、被告双方当事人均未曾向D市海事法院提出过适用法院地外法律的主张，也未向D市海事法院提交过相应的法律规定。因此，D市海事法院认为，应适用中华人民共和国法律处理本案的争议。

2）关于原告与两被告之间的法律关系

D市海事法院认为：民事法律关系得以确立的重要因素之一是当事人的意思表示。合同法律关系的确立正是建立在当事人意思表示一致的基础之上的。而根据我国海商法的规定，提单被认为是海上货物运输合同的证明。

本案中，根据提单的记载和D市海事法院对C公司的调查情况可以证明，涉案提单系被告C公司使用自己的签单章所签发。被告C公司虽主张其是被告B公司的签单代理人，但C公司在签发提单时既未注名其为代理人的身份，也未向D市海事法院提交可以证明其为被告B公司签单代理人的相关证据，因此，D市海事法院对被告C公司关于其是被告B公司签单代理人的主张不予支持。依据提单承运人的识别原则，被告C公司应认定为承运人。

再者，因涉案提单为被告B公司的格式提单，原告认为被告B公司与C公司为涉案提单运输关系的共同承运人，被告B公司庭审中也明确承认其为涉案提单运输关系的承运人，原告与被告B公司双方意思表示一致。因此，D市海事法院认定B公司也为涉案提单运输关系的承运人。这样，两被告应为涉案提单运输关系的共同承运人。原告持有全套正本提单，根据提单等相关证据可以证明，原告为涉案提单运输关系的托运人。所以原告与两被告之间存在海上货物运输合同关系。

3）关于涉案提单项下货物的金额

D市海事法院认为：买卖合同和海关出口货物报关单是认定出口货物金额的有效证据。原告提交的买卖合同和海关出口货物报关单均载明涉案提单项下货物的单价为3.4美元/条，12 500件，总金额42 500美元。因此，D市海事法院认定涉案提单项下货物的总金额为42 500美元。

4）关于原告货款支付方式是否违法且对两被告构成欺诈的问题

D市海事法院认为：首先，原告与买方之间对于货款采用2种不同的支付方式的作法，既不违反我国法律，也未损害我国国家利益和社会公共利益。原告与买方之间的买卖合同关系，与涉案原、被告之间的海上货物运输合同关系是2个完全不同的法律关系。原告的货款支付方式与两被告履行海上货物运输合同的义务没有直接的因果联系，因此，两被告关于原告与他人恶意串通损害两被告利益的主张缺乏事实根据。其次，我国民事法律中的所谓欺诈是指一方当事人故意告知对方虚假情况，或故意隐瞒真实情况，诱使对方当事人作出错误意思表示的行为。

本案中，在原被告之间与海上货物运输合同有关的证明文件中，并没有涉及货物金额问题。原告也从未向两被告告知过货物金额问题，两被告在无单放货前也未曾向原告询问过货物金额，当然也就谈不上原告故意告知两被告虚假货物金额或故意隐瞒货物金额真实情况的问题，因此，两被告关于原告的货款支付方式对两被告构成欺诈的主张缺乏事实和法律根据。事实上，两被告凭不能客观反映货物真实价格且并非原告开具的涉案提单项下货物的商业发票和装箱单交付货物，导致两被告所持有的银行保函所担保的货物金额低于货物的实际金额，完全是由于两被告不规范的操作经营方式造成的。

如果两被告完全按法律和国际航运惯例凭正本提单交付货物，两被告完全可以避免这种商业风险。即使像两被告所言其被欺诈，那么欺诈人也只能是接受其所交货物的人。而该接受货物的人并无正本提单，所以其也不是涉案提单运输关系的合法收货人。因此，两被告不按法律和国际航运惯例凭正本提单交付货物，而是凭银行保函将货物交给了一个涉案提单运输关系的合法收货人以外的人导致被欺诈，由此产生的后果只能由其自己承担，这与本案原告没有直接的因果关系。

无论是依据我国《海商法》的规定，还是依据国际航运惯例，凭正本提单交付货物应是承运人对托运人和收货人的一种承诺。作为共同承运人的两被告未凭正本提单交付货物，对作为托运人的原告构成违约，应向原告承担违约责任。

综上，D市海事法院依据《中华人民共和国民事诉讼法》二百四十五条、《中华人民共和国合同法》第二条、第一百零七条、《中华人民共和国海商法》第七十一条、最高人民法院《关于贯彻执行〈中华人民共和国民法通则〉若干问题的意见(试行)》第六十八条之规定判决如下：

(1) 被告B公司和被告C公司共同赔偿原告A公司货物损失42500美元，及该款自2007年11月1日起至实际给付日止，按中国人民银行同期存款利率计算的利息。

(2) 上述义务两被告应于本判决生效后10日内履行完毕。逾期，按《中华人民共和国民事诉讼法》第二百三十二条之规定执行。

5. 上诉与达成协议

一审判决后，两被告不服D市海事法院判决，向D市高级人民法院提起上诉。上诉期间，原告与两被告达成和解协议，由两被告给付原告38000美元后，两被告撤回上诉。

此案至此全部审结。

6. 专家评析

对于无单放货纠纷案件，海事海商界已进行了比较深入的研究，本案暴露出来的以下几个问题很有必要与大家共同研究和探讨，希望能对大家今后审理类似案件，提供一些借鉴。

1) 关于本案中共同承运人的认定

(1) 提单是合同的一种表现形式。提单被认为是一种认定承托双方具有海上货物运输合同关系的最有效的证据。而认定合同法律关系的成立，主要依据当事人的意思表示。本案中，被告C公司在提单上签章时并没有明确其是作为被告B公司代理人的身份，而是以自己的名义在提单承运人一栏中签的自己的公章。按照提单承运人的一般识别规则，应认定C公司为提单承运人。B公司在答辩和庭审中均称自己是涉案货物的提单承运人，该意思表示与原告诉称一致，被告B公司应构成自认，而且涉案所使用的提单亦为B公司的格式提单。因此，基于以上2点，法院没有理由不认定B公司也为承运人。

(2) 前述两被告被认定为共同承运人有一定的社会背景，与两被告的经营方式有一定的联系。为了开辟中韩两国之间的贸易通道，1999 年由 D 市海运公司与韩国某公司共同投资在韩国设立了独资公司 B 公司，专门从事仁川与 D 市新港之间的客货运输。为了经营上的方便，B 公司原打算在 D 市设立一家分公司，但由于当时中韩尚未建交，我国交通部不批准设立分公司，只批准在 D 市设立独资公司，正是基于此，才成立了 C 公司。虽然两被告名义上是 2 个独资公司，但 2 个公司实为一体，共同经营该条航线。在经营分工上，B 公司负责处理该条航线在 E 公司港的客货业务，C 公司负责该航线在 D 市港的客货业务。这就导致本案中，提单由 C 公司以自己的名义签发，但货物在 E 公司的交付放行由 B 公司负责，整个合同从签定到履行完全是由两被告共同完成的。因此，法院认定两被告为共同承运人与两被告的实际经营方式也是吻合的。

2）关于货物价值的认定

在无单放货纠纷案件中，人们对于证明货物的价值应提交那些证据证明没有一个统一的标准。多数情况下，货主提供的证明往往是合同和自己给卖方开具的发票，而合同往往是传真件，给法院认定货物价值造成困难。

在无单放货纠纷案件中，最有效的证明货物价值的证据应是出口货物报关单，报关单上显示的货物价值应是与合同一致的，这样对于原告来讲，证明货物价值既简单又容易被法院认可，何乐而不为呢。

3）关于海上货物运输合同与国际货物买卖合同的关系

一笔国际贸易的完成，肯定要涉及运输和买卖 2 个合同。但这 2 个合同只是完成一笔国际贸易的两个必不可少的环节。从法律上讲，二者是完全不同的两个法律关系。虽然二者之间有密切的联系，但无论如何不能将二者混为一谈。审判实践中，我们经常遇到一些当事人，拿买卖合同中当事人之间的权利义务条款用来与其有运输合同关系的当事人抗辩的情况。这实际上没有任何意义。就本案而言，买卖双方对付款方式的约定，与被告履行运输合同没有任何联系，因此，被告用付款方式进行抗辩徒劳无益。

4）关于欺诈的认定

按照我国民事法律规定，欺诈是指故意陈述虚假事实或隐瞒真实情况，使他人陷于错误而为意思表示的行为。通常情况下，民事行为构成欺诈，应具备一个下列条件：

(1) 行为人须有欺诈的故意，即具有“使他人陷于错误并因而为意思表示”的目的。

(2) 行为人须有欺诈表示，即具有使被欺诈人陷于错误的虚假陈述或隐瞒行为。

(3) 该行为须使对方陷于错误，即欺诈行为与对方错误之间有因果关系。

(4) 受欺诈人须因受欺诈而从事了错误的意思表示。

在海上货物运输合同中，特别是集装箱运输中，关于货物的价值，在托运人没有关于保价运输的情况下，一般不涉及货物的价值问题。本案中，作为托运人的原告关于货物价值的表述，与承运人没有直接的关联。就涉案货物而言，因原告没有结汇，原告没有将涉案货物的发票交给过包括买方在内的任何人。被告提交的货物发票复印件，并非原告开具的涉案货物的发票，原告从未向作为承运人的被告做出过货物价值的任何表述。没有做出过表述，何来欺诈的故意。因此，被告关于原告开具不同的货物发票，对被告构成的欺诈的主张不符合欺诈的构成要件。

至于说，本案中涉及的买方是否有逃避韩国关税的嫌疑，应另当别论。起码就本案而言，原告开具 2 种发票的行为，一不具备对被告构成欺诈的要件，二不存在损害我国国家利益。作为中国的法院，将执法尺度把握到此已足已。

5）关于承运人无单放货与航程的关系

按照我国海商法的规定，凭提单放货是承运人的一项法定义务。

上述规定，无论与世界各国的法律，还是与国际航运惯例都是一致的。承运人无单放货将面临什么样的风险，承运人应是明知的。正因为如此，任何一个承运人无单放货时，都要求提货人提供充分可靠的担保。虽然中韩港口之间相距较近，但中韩两国并没有制订因两国港口相距较近，承运人就可以无单放货的法律。世界其他各国，也没有这样的规定或惯例。因此，被告关于"为了加快港口货物的流转，也为了减少给货方增加额外的费用，按照航运惯例，作为承运人的被告B公司是可以接受银行保函放货的"的主张，没有任何法律依据。

案例6　通关单证不符而引起的纠纷

1. 案情

2006年9月14日，原、被告双方签订编号×××A－98091401销售合同1份。合同规定，原告为买方，被告为卖方；商品：SKYPET牌聚酯薄片，SEMI－DULL　YARN等级；数量500t；价格条件CIFD市；单价530美元/t；总金额265000美元；支付方式：不可撤销见票即付信用证；装运期2006年9月30日，装运港韩国港口，目的港中国D市；允许数量和金额伸缩度为3%等。买方所持有的进口许可证注明：号码为98××106335，进口商为原告，收货人为江苏省G公司，贸易方式为一般贸易。合同签订后，货物由×××DH轮9880航班于同年10月9日运抵D市港，原告则于10月19日给付了全部货款，并委托C公司代为货物进口报关。

C公司于2006年10月23日向V海关申请货物报关，该公司向V海关提交的报关单上填写的经营单位为D市食品进出口公司，收货单位是D市食品进出口公司保税库，许可证号98－××106335，运输工具名称×××D H/9880，贸易方式：保税仓库货物，货物532件等。因该报关单的经营、收货单位与进口许可证上的经营、收货单位名称不一致，报关未获通过。同年11月10日，C公司向海关递交进出口货物报关单更改申请表，申请表注明的申请理由是不予转关进保税库。

更改内容：经营单位为原告，收货单位G公司，贸易方式一般贸易，征税性质一般征税，货物526件等。同日，原告缴纳关税人民币350785.12元。11月11日，海关通知C公司，要求对报关货物中的5件集装箱货物进行抽查，C公司同意抽查。11月12日，海关在抽查货物中发现多出一包货物。11月13日，经C公司申请，海关同意放货，C公司取得提货单。11月14日，C公司将原告进口货物533件转存D市食品进出口公司U仓库。11月18日，原告致函被告称，由于被告的错误，使原告的货物被海关扣押，处于调查中，原告对此保留索赔的权利。

在接到C公司提货通知后，原告于11月20日起，陆续提取货物。2006年11月11日，W货代公司向C公司出具发票，托收港杂费人民币81713元。12月1日，C公司向原告出具发票，发票记载：海关审报费及换单费140元，运杂费11046元，港杂费81713元，定额费1000元，进库费3042元，港口附加费3402元，总计金额人民币100343元。期间，原告于2006年9月25日与E公司签订购销合同，规定由原告"在2006年10月底，最晚必须在交货期之后的10个工作日内"提供E公司韩国鲜东牌聚酯切片500t。此后，原告以被告多放1包货物的错误造成损失为由，诉诸法院。

2. 诉讼与答辩

原告A公司诉称，原、被告双方签约后，被告将货物运抵D市港。但原告接以下简称C公司通知：他们从D市海关获悉，我司委托其报关进口的505.40t聚酯切片，由于被告违反合同约定，多放了1包其他货物而涉嫌走私，被海关扣押。同年11月20日，经交涉，海关在原告交纳了70万元保证金后先行放货等待处理。由此造成了原告的经济损失，包括增加的滞港费、开箱费和商检费10万元，支付客户的违约赔偿金35万元，行情下跌损失35万元，共计人民币80万元。故要求判令被告赔偿原告经济损失人民币80万元。

审理中，原告变更诉讼请求，要求被告赔偿因货物被海关扣押而增加的费用人民币61061.5元，客户索赔损失人民币35万元，货物跌价损失人民币35.35万元，总计人民币764561.50元。

被告B公司辩称，原、被告确实签订了合同，双方亦按合同约定履行了各自的义务。被告在提供货物时，确实误多放1包货物，但该行为并没有导致原告的任何损失的事实。原告误填报关单，造成货物报关延误。在海关放行报关货物后，由原告的报关代理人将货物转移仓库存放，原告又未及时提取，由此造成的损失与被告无关。故被告误多放1包货物的行为与原告的损失结果并不构成法律意义上的因果关系。再则，原告诉称的损失不实。原告提供的银行汇票并没有实际兑现，即不能证明E公司向原告依约支付了70万元定金以及原告已向E公司返还了70万元定金并赔偿35万元的事实。故不同意原告的请求。

3. 一审判决

一审法院经审理认为，原、被告双方在签订的“×××A－98091401销售合同”中，没有选择处理合同争议所适用的法律，而合同规定的价格条件为CIF，即合同的履行地在中国D市。按照与合同有最密切联系的原则，因本合同引起的纠纷适用中国法律。

原、被告双方签订的×××A－98091401销售合同依法成立，双方当事人应当全面履行合同规定的义务，任何一方不得擅自变更合同。被告在履行交货义务时，多提供了1包货物，对此，被告有过错，被告应当承担由此造成的原告经济损失。在合同标的物运抵D市港后，原告委托C公司代为货物进口报关，而该公司至2006年11月10日才为原告的进口货物正确办理报关手续，11月13日货物获准放行。由于原告对客户交货义务的最后期限是“在2006年10月底，最晚必须在交货期之后的10个工作日内”，即11月10日。而原告给付的港杂费是结算至11月11日前的，所以原告因不能及时提货而造成的直接损失，并不是被告多提供了一包货物造成的，原告的直接损失与被告多提供1包货物之间没有必然的因果关系。现原告要求被告赔偿货物因海关扣押而增加的费用和客户索赔以及货物跌价的损失，但原告既没有举证证明货物被海关扣押的事实，也没有证明其对客户的赔偿和货物跌价损失是由于被告的行为造成的事实，故原告的请求，法院难于支持。

依照《中华人民共和国民事诉讼法》第六十四条、第二百三十七条和《中华人民共和国涉外经济合同法》第十六条、第十九条的规定，判决：

原告A公司的诉讼请求不予支持。案件受理费人民币13010元，由原告负担(已预付)。

4. 上诉

一审判决后，原告不服，提出上诉，认为：被上诉人在集装箱内多放了1包货物，使上诉人进口货物的数量超过上诉人所持进口许可证的额度，导致C公司于2006年10月23日报关未获通过。按正常情况，海关在C公司2006年11月10日交完关税后，即可放行上诉人进口的货物。但上诉人进口的货物因海关在抽检过程中发现集装箱内多1包货物而不准放行；货物原存放于安达路港区疏港区，因集装箱租费高，经C公司口头保证不提货，海关才同意撤箱移至U仓库，该仓库亦是保税仓库，属海关监管范围，故货物在11月14日移库后，并未真正放行，实际于11月16日后才得以放行。海关于11月13日在查验作业单上亦注明"同意先放行进保税仓库拆箱等商检报告再作处理"的处理意见。上诉人实际于11月20日才提到货物，此时已超过上诉人和E公司约定的交货期限，且正逢所购货物市场价格下跌，造成上诉人达70多万元的损失。对此，被上诉人应承担赔偿责任。

被上诉人B公司认为上诉人向被上诉人购买的货物于2006年10月9日抵达D市港，上诉人于10月23日报关，因报关单上的经营单位、收货单位与许可证上的经营单位、收货单位名称不一致而未获通过，上诉人遂迟延至11月10日才正确报关，海关于11月13日准予放行。可见，上诉人若10月23日正确报关，则海关准予放行的时间必在上诉人和E公司约定的交货期限内。即使上诉人迟延报关，海关实际放行时间亦未超过上诉人和E公司约定的交货期限。因此，上诉人诉称的损失与被上诉人误多放1包货物之间无必然的因果关系。另外，上诉人诉称的损失并不属实。

5. 二审判决

二审法院经审理认为：上诉人委托C公司报关，C公司于2006年10月23日报关未获通过，其于同年11月9日以"不予转关进保税库"为由申请更改报关单，并对原报关单上经营单位、收货单位、贸易方式、征税性质等内容均更改为与进口许可证一致，故上诉人2006年10月23日报关未成功的原因是上诉人进口货物不准进保税库以及报关单上的经营、收货单位与进口许可证上的经营、收货单位名称不一致等，上诉人称C公司应被上诉人要求将货物申报进保税库，因其未提供相应证据证书，法院不予采信。

故2006年10月23日C公司报关未通过，责任在上诉人。上诉人提供的证据只能证明海关准许D市食品进出口公司设立U仓库公共保税仓库，但根据上诉人在原审中提供的库单证实本案货物系转移在U仓库，并非U仓库的公共保税仓库。上诉人称U仓库是保税仓库，并属海关监管的，因未提供充分证据证实，法院不予采信。

被上诉人在集装箱中多放1包货物是事实，但是上诉人至11月10日正确报关，其已延误了半个多月的报关时间。另外，U仓库于11月13日即制作了作业申请单，上诉人亦于11月14日将货物移至U仓库，故上诉人于11月13日即可提货。上诉人称C公司向海关口头保证不提货，海关才允许货物移至U仓库，故移仓后货物仍属海关监管的上诉理由，因缺乏相应的证据，法院难以采信。

综上，法院认为：上诉人未能向E公司按时交货而遭受损失的原因是有多方面的，被上诉人在集装箱内多放1包货物与上诉人所遭受的损失之间不存在直接、必然的因果关系。因此，上诉人要求被上诉人赔偿其损失的诉讼请求，法院难以支持。

依照《中华人民共和国民事诉讼法》第一百五十三条第一款第(一)项和第一百零七条规定,判决:

驳回上诉,维持原判。二审案件受理费人民币13010元。

6. 专家评析

本案主要是要解决2个方面的问题:一是被告在集装箱中多放了1包货物的行为性质,应当承担什么责任?二是原告诉请的损失与被告行为之间有无必然的因果关系,被告是否应当予以赔偿?

(1) 被告在集装箱中多放了1包货物的行为性质,应当承担什么责任

尽管根据原、被告双方签订的合同规定,“允许数量和金额伸缩度为3%”,被告托运货物时多放1包货物,并没有超出合同允许的伸缩度范围。但作为国际贸易,被告在向原告交付货物提单时,提单记载的货物内容不仅要与合同相符,而且要与托运实物向一致。即被告在货物交付运输时,应当保证其托运货物所提供的货物品名、标志、件数等正确无误。如果托运货物数量与单证记录不一致,在原告持被告单证向海关报关时,就会出现“申报不实”的情况,由此可能产生货物延误通关或受处罚,严重的还可能造成货物不能通关的结果。故而被告的行为仍然构成了对合同的不适当履行,而且可能构成对原告的加害。当这一结果出现时,法律后果应由被告承担。

对此,原告有2种救济方法可供选择:一是拒绝多出的1包货物(如果因“申报不实”造成通关不能或延误通关时间以致不能实现贸易目的时,原告可以拒绝全部货物,并要求被告承担因合同不能履行的违约责任);二是当“申报不实”没有影响货物通关,或者没有严重影响原告的贸易目的时,原告可以选择接受货物,由被告承担因“申报不实”产生的费用和损失。

(2) 原告诉请的损失与被告行为之间有无必然的因果关系,被告是否应当予以赔偿

本案中,原告在货物通关后接受了全部货物,并提出要求被告赔偿因货物被海关扣押而增加港杂费用、客户索赔损失和因市场行情下跌的损失的请求。可是,从案件证据证明的事实情况看,当C公司正确报关后,海关在抽查被告托运的货物时,确实发现集装箱内多放的1包货物,但没有发生海关扣押货物的事实,也没有出现货物延误通关或被海关处罚的结果。即没有出现可供原告选择救济方法的事实和由此产生的法律后果。C公司作为原告的报关代理人因多种原因在11月10日正确报关,并于次日缴纳关税时,已经超过了原告应在11月10日向其客户履行交货义务的最后期限,即原告诉请的违约赔偿和滞港费损失产生的事实原因已经发生,与被告行为没有如何联系。至于行情下跌则是由市场供求关系决定的,因为被告在集装箱内多放的1包货物没有影响货物通关,所以,两者之间也不构成必然的联系。

由此可见,原告诉请的损失并非是被告的行为造成的,被告在集装箱内多放1包货物的行为与原告诉请的损失之间并不存在必然的因果关系,所以原告的请求不能支持。

案例7 国际货代出具保函负连带责任

1. 案情

2007年6月B公司从俄罗斯海参威港承运价值148万美元的5000t钢材至C市,收货人为凭指示,船东代理为C市外代。船到卸港后,外代公司在未收到正本提单也未得到船东任何指示的前提下,根据D市某国际货运代理为提货人D市A集团出具的“收货人无正本提单

提货保函”，擅自将货放给A集团。由于提货人没有支付货款，导致提单持有人即进出口合同的卖方向船东提起索赔。船东在支付对方148万美元货款后，与对方达成和解。之后，船东在我国某海事法院以C市外代、国际货运代理、A集团为被告提供了诉讼，诉讼金额为165万美元及其利息，其中包括货款148万美元、船期损失、银行担保手续费、国外律师费、国内律师费及诉讼费等共计17万美元。

2. 诉讼答辩

诉讼过程中，海事法院对提货人的货物销售款1100万元人民币进行了财产保全，同时要求各方提出答辩。

C市外代认为：货物自2007年6月初抵港后，近1个月一直未有收货人凭正本提单前来提货。直到7月10日，A集团根据国际货运代理出具的“收货人无正本提单提货保函”前来提货。外代公司为方便货主报关，同意开出放货单并在保函上批注“注意催促国际货运代理把正本提单交回，同意先报关放行”，并认为这种凭信用良好的公司保函放货给收货人符合国内业务的操作惯例，对此不应负有责任。

A集团认为：货损是由于进出口合同的卖方迟延交货所引起的，提货人对此不应承担责任。

国际货运代理认为：保函是在接受A集团的提货委托后才出具的，并不是为他人担保。而实际上，货物并不是自己所提，表示自己没有接受对方的委托。因此，国际货运代理不应对提货中的提货行为承担连带的保证责任。

3. 海事法院判决

针对各方的答辩，海事法院最后判决：

C市外代公司承担放货责任，故赔偿部分损失7万余美元；提货人A集团未凭正本提单提货，侵犯了提单持有人的权利，承担对原告的赔偿责任148万美元的货款损失及其他费用12万美元；国际货运代理对提货人的赔偿负连带责任。

4. 专家评析

(1) 审判决的作出，给国际货运代理带来极大的不利，因为，实际提货人已无任何赔偿能力，国际货运代理对此负连带责任，其结果势必将由国际货运代理来承担赔偿责任。

(2) 货运代理在本案中的法律地位而言，他涉及到法律上的担保问题，担保在航运业中的主要表现形式是保函。所谓保函，是指债务人或者保证人或债务人与保证人共同向债权人出具的，承诺由债务人履行到期债务，或者在债务人不能及时履行到期债务时，由保证人履行，并且赔偿债权人因未及时履行债务所造成的损失的书面担保书。保函出具后，在保证人与债权人之间形成了权利义务关系，因此，也可以理解成它是1份合同。

就保证的法律效力而言，分为一般保证和连带责任保证，一般保证是指在通过法院判决及强制执行均不能得到履行时，保证人承担保证责任；连带责任保证是指在债务人不履行债务时，债权人即可以向保证人要求履行债务。它们的区别体现在保函的内容当中。

① 同主体出具的保函在法律性质上具有很大的差异。

(a) 三人(保证人)出具的保函，尤其是银行保函，具有可靠的担保作用，可兑性较大。但债务人在请求该类保函时还得具备一定条件并支付一定费用，这类保函在实践中应用较少。

(b) 债务人和第三人共同出具的保函。实质上包涵债务人和债权人之间以及保证人和债务人之间的两个协议，亦归属保证合同的范畴。

(c) 债务人自己出具的“保函”。债务人向债权人表示愿意承担责任和履行债务的一种承诺，是一种普通协议，不具有保证合同的性质，不具有担保意义。

从以上保证的法律概念可以看出，对外出具保函，须承担相应的法律责任。但不同主体出具的不同形式的保函，其承担的法律责任也将不一样。

② 海运中常见的保函有：

(a) 为提货而出具的保函；

(b)为取得清洁提单而出具的保函；

(c)为预借提单或倒签提单而出具的保函。海运中保函的法律效力没有定论。一种观点认为它的提前行为违反法律或习惯，具有虚伪性和欺诈性，因此不应受法律保护；另一种观点认为它所担保的前提行为违法，应由行为主体对行为后果负责，由行为人对被侵害人承担经济赔偿责任，但并不当然导致在前提行为的基础上签订的保证赔偿协议无效。

(3) 在实践中，包括在国际货运代理公司的业务当中，不可能要求整个系统不要对外出具任何形式的保函。有时对外出具保函，可能会考虑到自身业务的需要，或是考虑到被担保方的商业关系。基于种种原因，出具保函在航运业或其他经营活动中经常出现。在某种意义上说，这也形成了商业惯例。但是，不管是何种原因对外出具保函，都应该注意保函的形式、内容、范围及其保证期限。这是因为，不同形式的保函，其法律后果也将不一样。比如出具一般保证，仅仅是在保函中注明一句话“如果债务人不履行债务时，保证人承担保证责任”。如果加上这样的字句，则保证人就将不会与债务人同时承担对权利人的责任，而只有在债务人被判决或裁决承担责任，且被法院强制执行不能履行债务时，权利人方能另行对保证人提起诉讼或仲裁。这样一来，保证人承担的法律后果在某种程度上来说，将会小很多。另外，出具一般保证在某种程度上既不会损害权利人的利益，而且作为一个善意的有良好信用的债务人也能够接受。

(4) 针对担保中出现的问题，有的公司在其系统内作出以下规定：

以总公司名义对外出具担保(包括保证、抵押和质押)时，须提交书面申请，并附有关文件，如：被担保人资信情况；担保后果的风险分析报告；主合同；申请担保公司领导班子关于同意对外担保的会议纪要；被担保人的反担保；主管部门要求报送的其他文件等，会签有关部门，报告主管副总裁审批后提交常务董事会批准。

子公司对外出具无限额担保，金额超过公司同期净资产 10%或 500 万元人民币的，须由公司领导班子决策，上报总公司，经董事会批准；担保金额低于公司同期净资产 10%的，由公司领导班子决策，报总公司备案。

违反本规定对外出具担保，给企业造成损失的，应追究有关领导和直接责任人的责任，情形严重的，追究刑事责任。

案例 8　外国公司未取得我国国际货代资格的纠纷

1. 案情

2007 年 1 月，X 进出口公司与 Y 公司订立出口办公桌合同，数量 6 万只，单价 20 美元，FOB，信用证付款。货物分 3 批出运，每批 2 万只。合同签订后，荷兰买方货代指定在巴拿马注册的A公司为船务代理人。A公司委托我国广州的B公司为其货运代理人，双方签订了代理协议。随后，X公司通过B公司出运上述货物。第一批货物和第二批货物均顺利出运。Y公司收到货物，X公司顺利结汇。第三批货物产生问题。

涉案货物记名提单由B公司签发，但提单抬头为A公司，表明B公司只是代表A公司签发提单，提单上加盖B公司印章。提单载明，托运人为X公司，承运船舶为C公司所属的货轮。C公司根据其与案外托运人签订的合同，将货物运到了荷兰指定的港口，向记名收货人交付了货物，并收回了海运正本提单。但A公司取得货物以后未凭正本提单就将货物交给了收货人。这导致海外Y公司不付款赎单，故银行退单，X公司不能结汇。X公司货款两空，手里只有涉案正本提单，其认为其损失应由A公司、B公司和C公司负连带赔偿责任。

本案法律责任应如何确定？

2. 法院审理

后来经法院查明，A公司是一个纯粹的外国公司，既未在我国设立办事机构，在工商行政管理部门登记注册，也未取得我国国际货物运输代理资格。这就涉及B公司的法律责任的问题。

A公司由他人代理在我国签订货物运输合同，签发提单，收取运费，在我国开展经营活动，这是违背我国法律规定的。

(1) 国家工商行政管理局《关于外国(地区)企业在中国境内从事生产经营活动登记管理办法》规定：根据国家有关法律、法规的规定，经国务院及国务院授权的主管机关(以下简称审批机关)批准，在中国境内从事生产经营活动的外国企业，应向国家工商行政管理局或其授权的地方工商行政管理局(以下简称，登记主管机关)申请登记注册。外国企业经登记主管机关核准登记注册，领取《中华人民共和国营业执照》(以下简称《营业执照》)后，方可开展生产经营活动。未经审批机关批准和登记、主管机关核准登记注册，外国企业不得在中国境内从事生产经营活动。A公司未经我国审批机关批准和登记及主管机关核准登记注册。

(2) 1996年6月29日，外经贸部在《中华人民共和国国际货物运输代理业管理规定》中，国际货物运输代理企业必须依法取得中华人民共和国企业法人资格。由对外贸易经济合作部颁发，1999年1月26日实施的《中华人民共和国国际货物运输代理业管理规定实施细则(试行)》规定，经营国际货运代理业务，必须取得外经贸部颁发的《中华人民共和国国际货物运输代理企业批准证书》。1990年7月13日，对外经济贸易部《关于国际货物运输代理行业管理的若干规定》中，一切从事国际货物运输代理业务的企业，必须报请审批机关批准，未经批准的企业一律不得经营国际货物运输代理业务。

(3) A公司的行为属于在我国经营无船承运业务。所谓无船承运业务，是指无船承运业务经营者以承运人身份接受托运人的货载，签发自己的提单或者其他运输单证，向托运人收取运费，通过国际船舶运输经营者完成国际海上货物运输，承担承运人责任的国际海上运输经营活动。2002年1月1日起实行的国务院《中华人民共和国国际海运条例》规定，经营无船承运业务，应当向国务院交通主管部门办理提单登记，并交纳保证金，在中国境内经营无船承运业务，应当在中国境内依法设立企业法人。

(4) B公司是在我国登记注册并取得经营资格的国际货物运输代理企业，根据专业的一般要求，其对我国有关国际货物运输代理的法律、法规、规章等的规定是清楚的。作为专业货运代理企业，其在与A公司签订代理协议时，有义务审查A公司是否取得在中国经营有关业务的资格。可以推定，A公司在我国的非法经营行为，B公司是明知的。我国《民法通则》第五十八条规定，违反法律或者社会公共利益的民事行为无效。因此，A公司与B公司之间的代理协议是无效协议。根据《民法通则》第六十七条，代理人知道被委托代理的事项违法仍然进行代理活动的，由被代理人和代理人负连带责任。A公司给X公司造成损失，B公司应该承担连带赔偿责任。

(5) C公司是货物的实际承运人，但它与X公司并无合同关系。其承运货物是根据其与案外人签订的合同，其如果有过错，应该对案外人承担责任。但在本案中，它没有过错。其接受货物，签发自己的提单，货物运到目的港，根据提单交付货物，收回正本提单。A公司无单放货，与C公司没有关系。因此，C公司在本案中不存在法律责任问题。

3. 专家分析

本案为涉外海上货物运输合同纠纷，根据我国法律规定，合同当事人有权选择处理合同争议所适用的法律。本案当事人未选择法律，根据我国海商法的规定，应适用与合同有最密切联系的国家的法律。综观本案各种因素，与合同有最密切联系的国家应该是我国，故应适用我国法律。

本案直接责任人当然是A公司。本案运输合同的当事人是X公司和A公司。X公司是托运人，A公司是承运人。国际海运合同的特点在于，提单具有物权凭证的特性，提单签发以后，就和货物的控制权联系在一起，谁拥有提单，谁就可以控制货物，承运人只能向提单持有人交付货物。A公司向非提单持有人交付货物，违背法律和合同义务，因此A公司必须赔偿X公司由此产生的一切损失。然而，此案的特别之处在于，A公司的行为是由B公司代理完成的，运输合同当事人一方是A公司，但是由B公司代理签订的，即本案还存在一层代理关系。如果A公司是一家合格的国际货物运输代理公司，则本案不存在B公司的责任。因为B公司只是A公司的代理人，根据我国法律规定，代理行为产生的法律后果由被代理人承担，代理人不负责任。

案例9　未及时要求承运人签发提单货损的纠纷

1. 案情

2006年8月22日，原告A公司与D公司签订了一份来料加工合同，由原告为其加工一批服装，加工费(工缴费)总额为64 647.40美元，产品出口价值为201 698.83美元。原料装运港和目的港分别为韩国仁川或釜山港至C市港，产品装运港和目的港分别为C市港至仁川或釜山港；产品装运期最晚为2006年10月，工缴费支付方式为T/T(装运后3天)。

2006年9月27日，原告向被告B社订舱，并出具了委托书，要求被告为其运输一个20ft集装箱至韩国釜山。委托书注明：托运人为“A公司”，收货人为“D公司”，通知方为“收货人E公司”，货物名称为“夹克衫、汗衫和裤子”，件数213箱；运费到付。

被告接受委托后，于2006年10月2日将货物装上船，当时原告未索要正本提单。10月6日货到目的港釜山港并将货物交付收货人D公司总裁。2006年10月8日，原告业务员向被告落实货物上船情况，并索要提单，被告未予书面答复。因未收到韩国收货人的加工费，原告于2006年10月11日书面要求被告退运，被告通知原告该票货物已按惯例放给了指定的收货人，至于有关费用，应由原告与收货人协商解决。应原告业务人员的要求，被告方业务人员于2006年10月13日将加有“FAX RELEASE”(电放)的提单副本传真给原告。

2. 诉讼与答辩

原告向C市海事法院起诉称，原告与D公司总裁株式会社签订了来料加工合同后，向被告托运了2只集装箱来料加工出口的货物。托运后，虽经原告多次催要，被告一直拒签正本提单。后被告在没有正本提单的情况下，将货物交付出去，致使原告的加工费无法收回。因此，原告诉请被告赔偿原告来料加工费10478.90美元及利息。

被告辩称，原告托运的是1只集装箱而非2只；货物托运后，原告从未向被告索要过正本提单；被告在本案中不存在任何过错，对其损失不承担责任；该批货物的运输合同主体是我方和韩国D公司，托运人为韩国的D公司。我方完成运输后，将货物交给托运人或原告指定的收货人，显然没有任何过错。要求驳回原告的诉讼请求。

3. 海事法院审判

C市海事法院经审理认为，被告未提供证据证明被告与D公司存在运输合同，即使存在这样的运输关系也不影响原、被告之间存在运输合同关系。在国际海上货物运输中，一票货物存在2个运输合同关系是完全正常的，关键是原、被告之间是否存在运输合同关系。

从本案的事实来看，原告于2006年9月27日将订舱委托书中传真给被告，并在委托书注明了托运人、收货人、装卸港、目的港，并注明了货物的数量和装船日期，已构成了要约。被告于2006年9月28日在“入货通知”中书面通知了原告该批货物的提单号码、承运船舶的船名、预计装港日期和抵目的港日期，并通知原告入货。实际上，该批货物也已由被告承运。由此可见，被告已经接受了原告的要约。

依照我国《合同法》第二十六条、第二十五条的规定，承诺通知到达要约人时生效，承诺生效时合同成立。因此，原、被告双方存在运输合同关系。被告以存在另一个合同为由，主张原、被告之间不存在运输合同，其理由不能成立。

在本案中，原告在委托被告运输货物的委托书中，明确记载货物的收货人为D公司，在货物装船之后卸货之前，原告未要求被告签发提单，被告将货物运到目的港后，将货物交给委托书指定的收货人，已履行了双方运输合同约定的义务。海上运输合同履行完毕后，原告无权要求承运人补签提单。

尽管我国《海商法》对托运人要求签发提单的期限没有规定，但从公平合理、保护承运人的正当利益及提单由船长签发的历史来看，托运人要求签发提单应当在货物装船之后、船舶离港之前提出。托运人在船舶离港之后提出的，承运人或其代理人也可以签发，但有合理理由的，承运人或其代理人有权拒绝签发。由于托运人未及时要求签发提单而遭受损失的，应由托运人自己承担。

综上所述，本案被告已经按照原告委托书约定的条件将货物交给了指定的收货人，履行了其应尽的义务。原告未在合理的时间内要求被告签发提单，被告有权拒绝签发，由此造成原告的损失，原告应自行承担。据此C市海事法院于2007年6月22日判决如下：

驳回原告A公司的诉讼请求。

判决后，当事双方均未上诉。

4. 专家评析

本案中，原告因未及时要求承运人签发提单，导致其失去对货物的控制而无法收回来料加工费，被告则认为其与原告之间不存在运输合同关系，且原告未要求签发提单，因此不应对原告的损失负责。这里提出了 2 个有意思的问题：一是原、被告之间海上货物运输合同是否成立？二是承运人签发提单义务合理期限如何确定？

1）货物运输合同是否成立

在本案中，原、被告双方之间既无书面合同，又无提单作为合同证明的情况下，要判断原、被告双方之间是否存在（成立）海上货物运输合同关系，首先要看我国《海商法》对海上货物运输合同订立有无形式上的要求。根据《海商法》第四十三条的精神，海上货物运输合同，除航次租船合同应当书面订立外，对其他的海上货物运输合同的订立尚无强制性规定，因此，应解释为这些合同为不要式合同。就本案涉及的合同而言，其显然不属于航次租船合同，在订立形式上，固然不以书面形式为必要。既然《海商法》对海上货物运输合同的订立没有强制性规范，那么在根据事实确认当事人之间是否有海上货物运输合同成立时，应当依据《合同法》关于合同订立、合同成立的制度。

《合同法》规定当事人订立合同采取要约、承诺方式，承诺生效时合同成立。在本案中，法院认为原告传真给被告的订舱委托书，内容具体确定，有明确的缔约意思表示，是有约束力的要约，而被告给原告的“入货通知”是同意要约的意思表示，构成承诺，加之被告已经实际上承运了要约所列货物，足以认定原、被告之间以要约承诺方式订立了海上货物运输合同，该合同在承诺生效时成立，并且已经得到了履行。由本案事实来看，在既不存在书面海上货物运输合同，又没有提单等证据证明合同存在情形下，依据《合同法》关于合同订立、成立相关制度精神，仍可以确认当事人之间是否存在海上货物运输合同，这是运用《合同法》的基本制度补充《海商法》规定空白灵活适用法律的范例，体现了《合同法》作为普通法对《海商法》这一特别法的补充作用。

2）承运人签发提单义务合理期限如何确定

本案解决的第二个问题是以第一个问题的解决为前提的。只有当事人双方之间存在海上货物运输合同关系，才能谈到托运人与承运人之间权利义务关系。在认定原、被告之间成立海上货物运输合同关系后，针对原告称因作为承运人的被告拒绝签发提单导致其经济损失的主张，确定承运人签发提单义务的合理期限成为决定承运人应否承担赔偿责任的关键。就承运人签发提单的法定义务，从原则上讲，应当说在合同履行期间内，承运人应托运人要求，有义务签发提单。

我国《海商法》第七十条规定：“货物由承运人接收或者装船后，应托运人的要求，承运人应当签发提单。”从该条规定来看，首先，承运人签发提单的义务是以托运人有此要求为前提。如果托运人无此要求，承运人可以不签发提单。其次，在合同履行过程中，应推定托运人有权要求承运人签发提单。但是，我国《海商法》对托运人要求签发提单的明确期限没有限制。在这种情况下，应当根据合同双方之间权利义务关系的平衡及海运惯例来确定承运人有无义务签发提单。

在货物装船后，船舶离港前，根据海运惯例，应托运人的要求，承运人有义务签发提单；在船舶离港后，到达目的港之前，应视具体情况来认定承运人有无义务签发提单。在不影响船期、对承运人合同义务履行不造成重大妨碍的情况下，承运人可以应要求签发提单。但若根据实际情况，承运人认为签发提单会严重影响其利益（如船即将到达目的港，此时签发提单会导致提单的流转延误交货，影响船期），可以拒绝签发提单，但如果托运人提供担保，愿意承担由此给承运人造成的损失，承运人也不妨签发。如果承运人签发了提单，依照我国的法律规定，承运人应凭正本提单将货物交给提单指定的收货人（记名提单）或提单的合法持有人（指示提单）。在未签发提单的情况下，承运人应将货物交给委托书指定的收货人或依托运人的指示交有关收货人。承运人将货物交付给指定的收货人后，承运人即完成了其运输和交货的合同义务。

本案的问题是在合同已经履行完毕后，托运人有无权利要求承运人补签提单？承运人签发提单的法定义务是否以合同履行期间为限？要回答这个问题，应当从两个方面看。一方面从海上运输中承运人与托运人的关系看，二者之间为海上货物运输合同关系，因此，对于当事人权利、义务而言，应当以合同履行期间为界限。在合同履行期间，托运人有权要求承运人补签发提单；在运输合同已经履行完毕的情况下，承运人的合同义务也解除，托运人无权要求承运人签发提单。另一方面，正如本案中判决所指出的，从提单的功能及历史来看，国际通行的惯例是托运人应当在货物装船后，船舶离港前提出签发提单的要求。在承运人已经交付货物后，托运人再要求签发提单的话，此时签发提单将置承运人于不利地位，对承运人来说是不公平的。因此，依照合同履行及终止的原理及提单本身的功能来看，合同履行完毕承运人可以拒绝签发提单，由于未及时要求承运人签发提单所造成的损失，应当由托运人自己承担。

综上，C市海事法院对本案的判决是适宜的。

案例10 无船承运人提单内容误认的纠纷

1. 案情

2003年11月7日，案外人C公司与洪都拉斯买方D公司签订成交合同，双方约定由C公司向买方出口糖水雪梨1700箱，单价20美元/箱；糖水桃3000箱，单价12美元/箱。装运港F市新港，目的港洪都拉斯科特斯港，支付方式T/T。2003年12月初，原告接受案外人C公司的定舱，并将货物装入2个20ft集装箱内，其中糖水雪梨罐头850箱，价值17000美元；糖水桃罐头1500箱，价值18000美元，共计35000美元。接受定舱后，原告以承运人的身份向C公司签发了无船承运人提单。

2003年12月23日，原告又以托运人的身份向被告B公司定舱，约定由被告承运上述2个20ft集装箱的货物。被告B公司接受定舱后，签发了×××S460214660TCR/1705已装船记名提单一套3份。提单载明，托运人为原告，收货人为E公司，承运船舶为××× V.179航次，装货港为F市新港，卸货港为洪都拉斯的科特斯，运费预付。

原告将3份正本提单中的2份寄给目的港的代理，以便在目的港提货，另一份仍在原告手中。

2004年1月13日，原告得知被告B公司未将涉案货物运抵提单上列明的卸货港，而是将货物卸至洪都拉斯的圣洛伦索港后，原告多次要求被告将货物运到提单载明的目的港，但被告拒不履行。

2004年11月3日，案外人C公司以A公司违约为由，在F市海事法院起诉A公司。2005年9月25日，F市海事法院一审判令A公司赔偿C公司货款损失35000美元，并承担

10587元人民币的诉讼费用。

A公司不服一审判决，向F市高级人民法院提起上诉。2006年4月，F市高级人民法院依法判决驳回上诉，维持原判。为此，原告A公司损失35000美元和29021元人民币。

A公司以上述损失的发生完全是由于被告B公司未将货物运至提单约定的目的港的违约行为造成的为由，请求F市海事法院依法判令被告B公司赔偿给原告A公司造成的损失35000美元和29021元人民币，并由被告承担本案的全部诉讼费用。

另查明，原告只向法院提交了1份正本提单，其他2份提单在原告的目的港代理手中，原告没有向法院提交。涉案提单背面条款第3条规定"除非本提单中有其他规定，本提单所证明的或包含于本提单中的合同应服从于日本法，因本提单而产生的任何诉讼应向日本地区法院提出。"

A公司起诉后，被告以提单背面有管辖权条款为由，向F市海事法院提出管辖权异议申请。F市海事法院依法驳回被告的管辖权异议申请后，被告没有上诉。

2. 争议焦点

2006年9月12日和11月22日，F市海事法院依法对本案公开开庭进行了审理。法院根据原告的陈述和被告的答辩，归纳双方争议焦点为：

(1) 本案应适用的法律；

(2) 原告是否具有诉权；

(3) 涉案货物没有运抵目的港的原因；

(4) 原告受损货物的价值；

(5) 原告是否尽到减少损失的义务。

原告认为，被告在签发提单时没有将提单背面条款提请原告注意，原被告之间从未就准据法达成任何协议，因此，提单背面管辖权条款对原告无任何约束力。涉案合同的商讨、成立、履行均发生在中国境内，与日本没有任何联系，因此，应适用与本案有最密切联系的地点中国的法律。

1) 关于原告的诉权

(1) 根据提单，原告做为托运人具有诉权。按照我国《海商法》第七十一条规定，提单中载明的向记名人交付货物，或者按照指示人的指示交付货物，或者向提单持有人交付货物的条款，构成承运人据以交付货物的保证。即使是记名提单，根据法律规定，提单签发后在托运人与承运人之间，仍具有海上货物运输合同关系。在记名提单情况下，仅意味着提单不能转让而已，即货物应交付给提单上指定的收货人。但是，提单所代表的合同关系，在承运人没有收回提单之前，与托运人仍具有海上货物运输合同关系。

(2) 确立海上货物运输合同关系与提单份数并无直接关系。被告所谓托运人向承运人索赔必须持有3份正本提单这一说法没有任何法律根据。在本案中，被告作为承运人，既未将货物运到目的港，也未收回任何1份正本提单，却对原告不承担赔偿责任，岂不是说被告虽然签发了提单，却可拒不承认与任何人存在运输合同关系，即使给货方造成了重大损失，也不应该赔偿。

(3) 只有指示提单和不记名提单才能转让，而记名提单不产生转让问题。在记名提单项下，只有托运人或记名收货人持有正本提单的情况下，才有权向承运人提出索赔。其他人即使持有正本提单,也不能向承运人提出索赔。

按照提单的约定,被告应将货物运至目的港洪都拉斯科特斯港,但是,被告却仅仅将货物运至洪都拉斯的圣洛伦索港,虽经原告多次要求,仍未将货物运至目的港,被告没有完成运输合同的基本义务,已经构成了合同的根本违约,并因此导致原告在另案中败诉,给原告造成损失,因此,被告理应承担赔偿责任。

原告已按照生效的F市高级人民法院的终审判决,履行了规定的义务,足以证明和支持原告请求的损失。

原告在另案中进行了充分的抗辩,这在2份判决书中有详细描述,可以证明原告已尽了最大的努力减少损失。

被告认为,涉案提单背面条款第3条清楚载明:"除非本提单中有其他规定,本提单所证明的或包含于本提单中的合同应服从于日本法。"既然本案托运人及记名收货人都接受了本案提单,该提单中的上述法律适用条款应具有约束力,所以本案应适用日本法。

2)原告不具有对被告的索赔权

(1)涉案提单是记名提单,记名收货人是E公司。提单签发了一式三份。根据记名提单的性质,该提单所包含的海上货物运输合同已由托运人转让给记名收货人,其相应物权也转由记名收货人拥有。而托运人已不再是该提单所包含的运输合同的当事方,也不是物权所有人。因此,只有记名收货人有权要求承运人履行按提单规定卸货的合同权利,而托运人已不再享有这种合同权利。因此,即便本案货物没能在科特斯港卸货构成承运人违约(被告并无违约),有权就此违约而主张索赔的只能是合同权利的享有人E公司,而原告没有此项索赔权。如果从物权角度看,由于本案提单项下的物权拥有者是E公司,而不是原告,原告也没有理由向被告主张侵权。实际上,并无证据证明E公司后来没从当地海关提取货物。

(2)涉案正本记名提单签发了一式三份,然而,原告只提供了1份正本提单,且提单背面没有记名收货人的背书。根据记名提单的性质,该提单所包含的海上货物运输合同项下的权利及义务(托运人特有的义务除外,如支付预付运费、托运合法货物等)已由托运人转让给记名收货人。原告已不再是这些权利及义务的享有及承负方,无权就这些权利义务向承运人提出违约索赔。如果允许原告仅凭1份正本提单就向承运人索赔的话,这必然导致承运人因同一事由而面临多重索赔,或一方面货物被提走而另一方面又遭受货物索赔,这无疑是违反法律的基本原则的,也是极不公平的。

(3)本案提单所包含的运输合同的权利及义务并没回转给原告。这些权利义务的享有及承负方只能是记名收货人及承运人。

(4)原告同样没有理由以侵权为由索赔。记名提单所代表的物权仅仅由提单中的记名收货人所拥有,除记名收货人以外的任何其他人均不得以持有记名提单为由主张物权。

(5)原告应自行承担本案签发记名提单而带来的后果。本案记名提单是应托运人的要求签发的,在签发提单之时,托运人与承运人实际上已达成一致,提单项下对承运人的合同权利及其所代表的物权均转给记名收货人,而不再由托运人享有。因此,原告已放弃在提单项下对被告的合同权利和物权。尽管原告被法院判定应对C公司承担赔付责任,但原告不能再主张其已放弃的对被告的合同权利和物权,而只能在其与记名收货人E公司的合同关系中向E公司索赔,这是原告要求签发记名提单而自然产生的后果,应由原告自己承担。

3)被告并无违约

根据提单背面条款的规定，被告有权根据自己的习惯航线，将货物于圣洛伦索港卸下，再由陆上转运至科特斯港。更何况原告在办理本案货物和托运时，已知道货物将卸于圣洛伦索港，再由陆上转运至科特斯港。根据洪都拉斯关于在第一靠港办理货物报关的规定，作为记名收货人的E公司在接到当地船代关于货物将在圣洛伦索港卸下并请其办理相关报关手续的通知后，本应立即办理报关手续，以使货物能转运至科物斯港。如E公司不同意在圣洛伦索港卸货，其也应在接到船舶预抵港通知后立即向船代提出异议，以使船舶能直接驶往科特斯港卸货。但E公司既不提出异议，又迟迟没办理报关手续，使得货物长期置于当地海关的掌管之下。因此，本案货物卸于圣洛伦索港是被告在提单项下行使其合同权利，而并不构成违约。由于E公司的不作为，货物被当地海关掌管，根据提单的以上规定，已构成被告责任的最终解除。

原告提交的证据不能证明原告已按判决结果履行了支付义务。原告称北京永卓国际货运代理有限公司是其付款代理，但原告并没提供相应的代理协议及原告已从自己的账户上支付其代理偿付款的银行付款凭证，在无此2项证据的情况下，原告并没有证明其已对外付款。

本案货物在圣洛伦索港迟迟不被报关，不能安排转运，被告多次与原告联系，请其要求E公司立即办理报关手续，但并未见原告采取任何有效措施。本案货物发运后，原告又委托被告运送另一票货物去科特期港，货物也是于圣洛伦索卸船，在原告与当地收货人的协调下，货物顺利地报关并被转运至科特斯港交货。可见，原告在本案货物于圣洛伦索港出现的问题中，并没尽到减少损失的义务。

3. 海事法院判决

F市海事法院认为，关于本案所应适用的法律，被告在书面答辩状中主张依据提单背面条款的约定，审理本案的准据法应为日本法，但被告并未提交相应的日本法。在实际庭审中，被告当庭表示将提交日本法律，但在法院指定举证期限内，被告仍未提交任何日本法律文本，而F市海事法院亦无法查明。

虽然被告提出了本案应适用日本法的主张，但在庭审过程中，被告为支持其抗辩主张却又引用中国法律。F市海事法院认为，被告的这种意思表示等于被告认可本案适用中国法，这与原告主张适用中国法的主张是一致的，对此F市海事法院予以确认。事实上，本案的提单签发地和货物的出运地均在中国，依据最密切联系的原则，应适用中国法律审理本案。

1）关于原告是否享有诉权

F市海事法院认为：

（1）依据NYKS460214660TCR/1705提单可以证明，原告为托运人，被告为承运人，原被告之间具有海上货物运输合同关系。

（2）诉权和物权是2个完全不同的概念。无论是基于作为运输合同证明的提单的约定，还是根据我国海商法的规定，在运输环节提单仅仅是运输合同的证明、承运人接收货物的收据和承运人保证凭提单交付货物的单证，认为提单在运输环节中具有物权功能缺乏法律依据。提单在运输环节只体现运输合同当事人之间基于合同产生的合同权利和义务，属于合同法律范畴。显然，用物权理论抗辩合同理论属于文不对题。

（3）海上货物运输合同属于利他合同，即为第三人的利益订立的合同，也就是托运人为收货人的利益与承运人订立的合同。海上货物运输合同中承运人的主要义务是根据与托运人的约定和法律的规定将提单载明的货物交付提单持有人（记名提单下要求提单持有人同时是提单记名的收货人)。我国《合同法》第六十四条规定,当事人约定由债务人向第三人履行债务的,债务人未向第三人履行债务或者履行债务不符合约定,应当向债权人承担违约责任。虽然海商法是一部特别法,但我国海商法没有与此基本民事法律原理相反的专门性规定。因此,按照该基本民事法律原理,当承运人未能按照其与托运人的约定履行其向第三人应尽的交货义务时,承运人应向托运人承担违约责任。

(4) 依据我国《海商法》的规定,承运人在记名提单运输中不仅要凭正本提单交货,而且还要将货物交给提单记名的收货人。虽然在海运实践中承运人通常签发3份正本提单,但只要承运人收回1份提单后,其他提单将失去效力。本案中,作为承运人的被告未能按照其与作为托运人的原告的约定将货物运到合同约定的目的地,既未将货物交付提单收货人,也未收回正本提单,违背了与原告的最初约定,并最终导致原告损失的产生。被告欲想免除责任的唯一有效的抗辩理由,是其已收回了正本提单并将提单载明的货物交给了记名提单的收货人。被告未履行和完成上述交货和证明义务,因此,被告有关原告没有全套3份正本提单将导致原告没有诉权的抗辩不成立。

2) 关于被告违约的问题

F市海事法院认为,我国《海商法》第四十九条第一款规定,承运人应当按照约定的或者习惯的或者地理上的航线将货物运往卸货港。被告未将货物运至约定的目的港,被告构成违约,应向原告承担违约责任。

3) 关于原告受损货物的价值

F市海事法院认为,在F市海事法院审理的(2000)海商初字第484号C公司诉本案原告和怡诚(F市)国际贸易有限公司海上货物运输合同纠纷一案中,F市海事法院依法查封了怡诚(F市)国际贸易有限公司的银行存款。F市高级人民法院维持F市海事法院上述判决的二审判决书生效后,F市海事法院按照判决书中所确定的给付款项,依法从冻结的怡诚(F市)国际贸易有限公司的银行存款中划拨给了C公司。原告提交的上述证据可以证明原告已履行了赔偿义务。

4) 关于原告的损失数额

F市海事法院认为,应按照生效判决书来确定。对于原告没有按照判决书的规定期限自动履行,导致原告承担F市海事法院强制执行所支出的执行费用应由原告自己承担。按照判决书的规定,原告的损失应为货款损失35000美元和在另案中发生的诉讼费用损失14069元人民币。

F市海事法院认为,原告提交的一、二审判决书等证据记载了原告行使抗辩的详细经过及内容,可以证明原告以尽到减少损失的义务。

4. 法院判决

综上,F市海事法院依据《中华人民共和国合同法》第六十四条、第一百零七条、《中华人民共和国海商法》第四十九条第一款、第七十一条的规定判决如下:

(1) 被告B公司给付原告A公司货款损失35000美元和在另案中发生的诉讼费用损失14069元人民币;

(2) 驳回原告的其他诉讼请求。

一审判决后,原被告均未上诉。

5. 专家评析

虽然本案涉及争议较多,但本案的实质性争议在于原告的诉权。

(1) 提单运输关系本质上属于合同运输关系。根据海商法的规定,提单被认为是合同的证明。涉案提单可以证明,原告为提单的托运人,被告为提单的承运人,因此原被告之间具有海上货物运输合同关系,这种关系的存在与否不因提单是记名提单还是指示提单或不记名提单而改变。

(2) 在大陆法系,物权和债权属于完全不同的两个范畴。诉权是一种请求权,属于诉讼法上的概念。而请求权既可以基于债权产生,也可以基于物权产生,还可以基于不当得利、无因管理等产生。基于合同法律关系产生的民事权利属于民法债权的范畴,涉案原告的诉权属于债权请求权。而且无论是基于作为运输合同证明的提单的约定,还是根据我国海商法的规定,在运输环节提单仅仅是运输合同的证明、承运人接收货物的收据和承运人保证凭提单交付货物的单证,认为提单在运输环节中具有物权功能缺乏法律依据。提单在运输环节只体现运输合同当事人之间基于合同产生的合同权利和义务,属于合同法律范畴,不涉及物权问题。因此,涉案当事人彼此之间的权利义务只能在合同法范畴讨论。

(3) 按照民法的合同分类理论,海上货物运输合同属于利他合同,即为第三人的利益订立的合同,也就是托运人为收货人的利益与承运人订立的合同。海上货物运输合同中承运人的主要义务是根据与托运人的约定和法律的规定将提单载明的货物交付提单持有人(记名提单下要求提单持有人同时是提单记名的收货人)。海上货物运输合同特别是提单,虽有特殊性,但当事人彼此之间的权利义务在本质没有根本性改变。我国《合同法》第六十四条规定,当事人约定由债务人向第三人履行债务的,债务人未向第三人履行债务或者履行债务不符合约定,应当向债权人承担违约责任。本案中,原被告约定由被告将货物运抵科特斯,交付提单记名的收货人。但被告既未将货物运抵约定的目的港,也未收回正本提单,被告没有履行应尽义务,因此被告应向作为托运人的原告承担违约责任。被告关于只要承运人签发了记名提单,就意味着托运人的权利义务就完全转移给记名收货人,因此托运人就不能向承运人主张任何权利的主张,不仅没有任何法律依据,而且也不符合最基本的民法原理。

(4) 依据我国《海商法》的规定,承运人在记名提单运输中不仅要凭正本提单交货,而且还要将货物交给提单记名的收货人。虽然在海运实践中承运人通常签发 3 份正本提单,但只要承运人收回一份提单后,其他提单将失去效力。本案中,作为承运人的被告未能按照其与作为托运人的原告的约定将货物运到合同约定的目的地,既未将货物交付提单收货人,也未收回正本提单,违背了与原告的最初约定,并最终导致原告损失的产生,被告的行为构成根本性违约。被告欲想免除责任的唯一有效的抗辩理由,是其已收回了正本提单并将提单载明的货物交给了名提单的收货人。被告从未收回过 1 份正本提单,被告未履行和完成上述交货和证明义务,因此,被告有关原告没有全套 3 份正本提单将导致原告没有诉权的抗辩不成立。

案例 11　国际货代过程中钢材交付的纠纷

1. 案情

2006 年 7 月 17 日,原告 A 公司与 D 公司签订 1 份买卖合同,约定由 D 公司向原告供应螺纹钢 10 360t,单价 230 美元/t。其后,原告 A 公司取得了该批货物的编号为 1 号的一式三份全套正本记名提单。该提单载明，托运人为E公司，承运人为C公司，通知方和收货方均为原告，承运船舶为“F”轮，装货港为俄罗斯Nakhodka，卸货港为M市，货物为螺纹钢，净重10351.38t。提单的签发时间为2006年7月27日，签发地点为香港。同日，C公司的装货港代理人为该批货物又签发1套编号为1号的指示提单。提单载明，托运人为G公司，收货人凭指示，通知方为H公司，承运人为C公司，承运船舶为“F”轮，目的港为中国M市港，货物为10351.38t罗纹钢。

2006年8月7日，C公司的香港代理J公司委托B公司作为“F”轮在M市港作业的代理人。8月13日，“F”轮抵达M市港卸货。8月31日，原告委托K公司办理1号记名提单的提货手续。9月2日，B公司收回1号记名提单，向提货人开具提货单并在其上加盖了放行章。该提货单注意事项第5点规定：“此提货单未经船代公司、海关、港务局签章无效”，海关及港务局均未在该提货单上加盖公章。

10月27日，C公司以该批货物出现2套正本提单、原告通过欺诈手段取得其中的一套为由，通过J公司急电要求B公司扣留1号记名提单项下的货物，直至有关问题被澄清。B公司根据J公司的指示，分别于10月28日、11月4日电传中国L公司，要求L公司在未接到船公司及B公司的放货通知前，不要放货给提货方。

10月6日，中国共产党M市纪律检查委员会、M市监察局根据中央纪委驻M市工作组的指示，联合向L公司发出通知，对从“F”轮卸下的10296t钢材予以查扣。2007年4月9日、13日，M市海关先后2次对全部钢材变卖处理。

原告持有由HN省计划厅制发的《特定商品进口登记证明》(第一联，交外汇指定银行办理兑付)，该“证明”显示，进口产品为钢材，数量为5000t，进口单位为HN省国际经济贸易中心，对外成交单位为HN省机械进出口公司，外汇来源为调剂外汇。

2. 诉讼与答辩

(1) 原告A公司的诉讼请求原告认为，B公司、C公司阻止其向海关和港务局办理进口货物的报关、放行手续，致使货物逾期清关被海关处理，请求判令2被告连带赔偿原告的货物损失2380817.4美元。

(2) 被告B公司的答辩意见被告认为，其作为承运人C公司的代理，在同一票货物出现2套提单的情况下，根据承运人指示，通知仓储单位暂停发货，并无过错，但其从未要求海关和港务局停办原告的报关、放行手续。原告在取得提货单后1个多月无法办理报关手续，致使货物逾期而被海关处理，源于原告无对外经营权，无货物进口手续，根本无从正常报关。原告对此后果应自负其责，请求驳回原告诉讼请求。

被告C公司未作答辩。

3. 律师代理词

(1) 原告A公司律师的代理词

原告委托代理人，P律师事务所律师认为：根据《海商法》第七十一条的规定，提单是海上货物运输合同的证明，是承运人接受、交付货物的凭证，其中载明的向记名人交付货物，或者按照指示人的指示交付货物，或者向提单持有人交付货物的条款，构成承运人据以交付货物的保证。原告依据货物买卖合同支付货款后，合法地取得了本案涉及的记名提单，是该批货物唯一合法收货人。被告所称的另一套提单与原告无关，承运人C公司根据原告的提货要求，通过其卸货港代理收回1份正本提单，并出具了提货单，至此货物已正式交付，其后承运人通过其代理留置已交付的货物，并直接导致货物被海关处理，侵犯了原告财产所有权。因此，本案属于侵权纠纷，M市为侵权地，本案应适用侵权地法即中国法律。

根据《民法通则》第一百零六条、第一百三十四条等有关规定，承运人C公司应对本案货物损失承担赔偿责任。B公司作为承运人的代理，明知受托事项违法，仍予代理，根据《民法通则》第六十七条规定："代理人知道被委托代理的事项违法仍然进行代理活动的，或者被代理人知道代理人的代理行为违法不表示反对的，由被代理人和代理人负连带责任。"因此，2被告应对原告的损失负连带赔偿责任。

(2) 被告B公司律师的代理词

被告委托代理人，M市O律师事务所律师认为：

① 原告起诉B公司，显属主体错误。B公司作为承运人的卸货港代理，全部履行其代理职责。根据《民法通则》第六十三条的规定，代理人根据被代理人的委托实施代理行为所产生的民事责任，应由被代理人承担。因此原告货物损失依法应向承运人索赔，与B公司无关。

② 原告因自身过错导致货物被海关处理，应自行承担损失。B公司根据原告提货代理人的要求，向其换发了提货单，进口货物逾期被海关罚没的直接原因是原告未曾办妥提单货物的进口手续，无法为货物报关。庭审中原告提供的钢材进口许可证显然与本案货物无关，持该文件不可能办理本案货物的报关手续。B公司通知仓储公司暂停放货与原告不能提货没有法律上的因果关系。

4. 海事法院审判

审理本案的合议庭，N市海事法院3位法官一致认为：本案为海上货物运输合同交付纠纷。中国M市港为海上货物运输合同的履行地，故应当适用中华人民共和国法律处理本案纠纷。原告根据其与D公司的购销合同，取得了合同项下货物的全套正本提单，并从承运人的卸货港代理处换取了提货单，但其最终未能实际提取货物，原因是原告未能取得进口该批钢材所必需的进口许可证、用汇指标等进口批文，致使逾期被有关主管机关处理。尽管原告在庭审中提供了的进口钢材所需的特定商品登记证明，但该证明所显示的进口单位、对外成交单位、进口数量等内容均与本案提单项下货物的不符，不可能也未曾用于办理本案货物的报关手续。

B公司作为承运人在卸货港的代理人，在同一票货物出现2套提单的情况下，根据委托人的指示，先后2次通知仓储部门暂停放货。但在B公司发出停止放货通知前，M市有关机关于10月6日早已对提单项下的货物进行查扣。因此，B公司暂停放货的通知与原告提货不着没有法律上的因果关系。原告对B公司的诉讼理由不成立，其请求应予驳回。

承运人C公司根据提单合同的要求，将货物运抵目的港后，不仅通过其代理收回提单，换发加盖了放行章的提货单，而且与港口作业人办理了货物交接手续，该行为具有货物交付性质，应视为货物交付的初步证据，若无相反证据证明货物在运输期间发生损坏或短少，应认定承运人已履行了相应的交货义务。承运人虽然曾指示其代理通知仓储单位暂停向收货人交货，但事实上原告换取提货单后，因无合法的进口手续，不能进一步办理海关及港务局等方面的放行手续，才导致货物被海关处理。原告关于C公司指示B公司，阻止原告向海关等部门办理报关手续，致使其未能提取货物的主张，与事实不符，其诉讼请求的理由不成立，应予驳回。

依照《中华人民共和国民事诉讼法》第六十四条第一款、第一百三十条的规定，N 市海事法院判决如下：驳回 A 公司的诉讼请求。

5. 专家评析

本案为海上货物运输合同货物交付纠纷，主要涉及进口货物海上运输合同项下提单货物的交接关系、交接时间与地点及通关风险承担等问题。

1）提单货物的交接关系

提单是用以证明海上货物运输合同和货物已经由承运人接收或者装船，以及承运人保证据以交付货物的单证。提单中载明的向记名人交付货物，或者按照指示人的指示交付货物，或者向提单持有人交付货物的条款，构成承运人据以交付货物的保证。因此，承运人应在目的港收回全套正本提单或其中的 1 份后，将货物交付收货人。除非收货人在法定期限内提出异议，否则构成承运人已经全面履行提单运输合同项下交货义务的初步证据。如《海牙规则》第三条第六项规定，货物交收货人时如有短损，收货人应及时以书面形式通知承运人；如果货物短损不明显，应在自货物交付日起 3 日内提出。我国《海商法》第八十一条对此同样规定："承运人向收货人交付货物时，收货人未将货物灭失或者损坏的情况书面通知承运人的，此项交付视为承运人已经按照运输单证的记载交付以及货物状况良好的初步证据。货物灭失或者损坏的情况非显而易见的，在货物交付的次日起连续 7 日内，集装箱货物交付的次日起连续 15 日内，收货人未提交书面通知的，适用前款规定。货物交付时，收货人已经会同承运人对货物进行联合检查或者检验的，无需就所查明的灭失或者损坏的情况提交书面通知。"从上述有关提单的定义及提单货物交接规范的字面含义，提单持有人与承运人可以通过一手交单、一手交货，即通过提单与货物直接互换的方式，完成提单货物的交接。

在我国海上运输进口货物的港口作业实务中，提单货物的交接关系绝非如此简单。其中既涉及承运人、收货人、港口经营人等平行主体之间的货物交接关系，也涉及海关监管机关与收货人、港口经营人之间的行政监管关系；既存在承运人与收货人之间的拟制交货，也有承运人与港口经营人，以及港口经营人与收货人之间的实际交货。各种法律关系错综复杂，任何环节出现差错，都可能导致收货人实际提货困难。笔者暂将该交货过程中发生的各种关系归纳为纵横 2 个方向的货物流转关系和前后相联的 2 个货物交货环节：

(1) 纵、横两个方向的货物流转关系。

进口货物自到港之日起至交付收货人之日止，所有的空间及权属变动均处于海关的监管之下。故进口货物既是纵向的海关监管关系的标的物，也是横向的货物交接关系的标的物：

① 海关、港口经营人对货物的纵向监管关系。

我国属于外贸管制国家。根据我国《海关法》第二十三条："进口货物自进境起到办结海关手续止，出口货物自向海关申报起到出境止，过境、转运和通运货物自进境起到出境止，应当接受海关监管。"因此，进口货物到港后，提单收货人必须持提货单、货物进口许可证及其他必备文件到有关机关办理报关手续。无论是承运人或其卸货港代理人，还是受托作业的港口经营人，都无权将货物直接交付收货人，否则会涉嫌走私。由此可见，承运人与收货人之间的"一手交单、一手交货"在实践中难以操作。

实务中的做法一般是，进口货物到港后卸进仓库，由港口经营人作为海关监管机关的"仓库保管员”，根据海关的放行通知即加盖了海关放行章的提货单向收货人交付货物。如《海关法》第二十四条第一款明确规定了外贸货物的报关要求：“进口货物的收货人、出口货物的发货人应当向海关如实申报，交验进出口许可证件和有关单证。国家限制进出口的货物，没有进出口许可证件的，不予放行，具体处理办法由国务院规定。”

交通部2002年《港口货物作业规则》第十条则规定了港口经营人对外贸货物的类似“仓库保管员”的监管责任：“作业委托人应当及时办理港口、海关、检验、检疫、公安和其他货物运输和作业所需的各种手续，并将已办理各项手续的单证送交港口经营人。”港口经营人主要包括港务局(公司)、装卸公司、理货公司、仓储公司等。港务局在提货单上加盖公章不仅可显示有关港口费用已经结清或相应支付责任已经确定，还可表示该进口货物已获得有关监管机关的放行许可。仓储单位向收货人交付货物前，必须审查确认有关货物已经获得海关及港务部门的放行许可。

② 船方与货方之间的横向货物交接关系。因为存在第(1)层的海关监管关系，承运人与收货人不能发生直接的货物交接关系，然而，货物到港后必须与收货人办理交接手续，这是进口货物买卖合同及海上货物运输合同的客观要求。为解决这一矛盾，实务中提单货物的交接被分割成相对独立、相互依赖的两套程序：

一是，拟制交货程序，即承运人或其代理人以签发俗称“小提单”的提货单为条件，从收货人手中收回正本提单，从而完成其向收货人的拟制交货。

二是，实际交货程序，即承运人与收货人委托作业的港口经营人完成提单货物的实际交接，有关货物交接的法律后果，如双方编制的货损记录等，直接约束作业委托人即收货人。至此，运输合同履行完毕，承运人解除交货责任。

(2) 内、外2个交货环节。

从收货人持单要求提货到其实际提取货物，涉及承运人、收货人、港口经营人、海关监管机关等多方当事人，关系较复杂。根据有关法律关系的性质，将其区分为前后相继、彼此独立的内、外交货环节：

① 外部交货环节，即分别发生在承运人与收货人、承运人与港口经营人之间的货物交接。这构成海上货物运输合同项下的货物交接。

如前所述，货物到港后，有关货物的交接由拟制交货与实际交货2部分构成，二者相辅相成，密不可分，任何环节的缺失都会导致运输合同无法正常履行。发生在承运人与收货人之间的拟制交货，使运输合同在法律上得以履行完毕。但运输合同实际履行状况如何，则取决发生在承运人与港口经营人之间的实际交货状况。实务中通常的做法是，货物到港后，一方面，收货人应持提单要求承运人或其卸货港代理换发提货单，并凭提货单委托报关企业或自行办理货物报关手续；另一方面，收货人还应委托港口作业人与承运人办理货物交接手续。

港口经营人在卸货作业期间，如发现货物质量或数量与作业委托单或提货单规定的不同，其应当及时向承运人提出书面的短损异议，或编制相应交货记录。就船方与港口经营人的关系而言，我国未就内贸与外贸运输进行区分，因此，在调整外贸运输中的船方与港口经营人关系时，往往参照适用《水路货物运输规则》的相应规定，如该规定第六十一条要求，在货物进港或卸船时，港口经营人应当按作业委托单或货运单证验收、交接货物。如发现货物与港口作业委托单或货运单证记载不符时，港口经营人应会同作业委托人或承运人编制货运记录。故就外贸货物的实际交接而言，货交港口经营人与货交收货人具有同等效力。

故对承运人而言，其责任仅限于其实际控制货物的期间，如《海商法》第四十六条第一款规定："承运人对集装箱装运的货物的责任期间，是指从装货港接收货物时起到卸货港交付货物时止，货物处于承运人掌管之下的全部期间。承运人对非集装箱装运的货物的责任期间，是指向货物装上船时起至卸下船时止，货物处于承运人掌管之下的全部期间。在承运人的责任期间，货物发生灭失的或损坏，除本节另有规定外，承运人应当负赔偿责任。"

即使在无人提货或收货人拒绝提货条件下，承运人根据其管理货物的权利，代表货方自行委托港口经营人卸货，港口经营人仍然是代表潜在的收货人与承运人办理货物交接手续。在该条件下，因拟制交货环节缺失，承运人的法定交货责任仍然存在。但货物卸船后所发生的有关费用和风险，将由潜在的收货人承担。

本案原告已换取提货单，取得了承运人的提货许可，港口经营人也与承运人办理了货物交接手续，拟制交货及实际交货均已完成，至此海上货物运输合同履行完毕。本案法官因此认定被告的交货责任完全解除是正确的。

② 内部环节，即收货人与港口经营人之间的货物交接。

该环节与海上货物运输合同项下的交货环节前后相继，彼此独立。对收货人而言，在承运人向其拟制交货后，货物的实际交接由其委托的或承运人依职权代其委托的港口经营人与承运人完成。但收货人却不能依据委托代理关系直接从港口经营人处接收货物，因为港口经营人不仅是收货人的收货代理，还是海关监管机关的"仓库保管员"。收货人取得提货单仅是实际提取货物的前提，他必须在进一步获得海关监管机关的进口许可条件下，才可以从港口经营人之一的仓储单位提取货物。该环节货物交接的主要依据是收货人与港口作业人双方签订的委托作业合同。这类委托合同一般均规定，作业委托人应及时提取货物，港口经营人仅对其掌管期间货物发生的短损负赔偿责任。除作业委托合同外，当事人还遵照或参照执行交通部颁布的《水路货物运输规则》及《港口货物作业规则》等行为规范。如《水路货物运输规则》第六十条明确规定：港口经营人对作业货物的责任期间，是指起运港从接收货物时起至装上船时止，到达港从货物卸下船起到交付时止，货物处于港口经营人掌管之下的期间。第七十三条规定：在承运人、港口经营人的责任期间内，货物发生灭失、短少、变质、污染、损坏，承运人、港口经营人应负责赔偿。《港口货物作业规则》第二十二条规定：作业委托人或者货物接收人应当在约定或者规定的期限内交付或者接收货物。第二十三条规定：港口经营人交付货物时，货物接收人应当验收货物，并签发收据，发现货物损坏、灭失的，交接双方应当编制货物记录。货物接收人在接收货物时没有就货物的数量和质量提出异议的，视为港口经营人已经按照约定交付货物，除非货物接收人提出相反的证明，等等。

本案原告认为承运人及其代理通知仓储单位停止发货，致使其无法办理货物报关手续，遭受损失，其理由不成立。因为办理报关手续发生在外部交货环节已经完成即承运人交付货物之后，至此海上货物运输合同已经履行完毕。故法院认定，是原告无法办理有关货物的报关手续，而不是承运人及其代理的停止发货通知，与货物被海关依法处理存在法律上的因果关系是正确的。在正常的条件下，收货人办理海关报关手续的时间很短，甚至在货物卸船前已办妥，故办理报关手续一般不会影响收货人向港口经营人提货。

如《海关法》第二十条第二款要求："进口货物的收货人应当自运输工具申报进境之日起14日内，出口货物的发货人除海关特准的外应当在货物运抵海关监管区后、装货的24小时以前，向海关申报。"否则，收货人因故逾期办理或无法办理海关报关手续，货物将被海关依法扣留、处理。如当时适用的1987年《海关法》第三十条要求:"进口货物的收货人自运输工具申报进境之日起超过3个月未向海关申报的,其进口货物由海关提取依法变卖处理,所得价款在扣除运输、装卸、储存等费用和税款后,尚有余款的,自货物依法变卖之日起1年内,经收货人申请,予以发还;其中属于国家对进口有限制性规定,应当提交许可证而不能提供的,不予发还。逾期无人申请或者不予发还的,上缴国库……"故本案倘若确如原告所称,其货物进口手续完备,那么,其完全可在补办有关报关手续后,申请海关发还相应货物的变卖款。

2)提单货物的交接时间、地点及报关风险

(1)交接时间海上货物运输合同的诉讼时效较短,仅1年。所以如何认定提单货物的交付时间对各方当事人都很重要。对此主要存在以下3种观点:

① 拟制交货时间,即以承运人收回提单、向收货人出具提货单的时间为货物交接时间。本案原告认为被告签发提货单的行为,已经构成货物的正式交接。所以其认为,被告其后指示仓储单位扣留其货物的行为,构成侵权。

② 实际交货时间,即以承运人与港口经营人办理货物交接的时间为交货时间。本案被告尽管也认为在其签发提货单后,对货物不再承担风险。但其指示仓储单位停止放货的行为,说明其潜意识里仍认定货物尚未完全交接,因此似乎可认定其持该观点。

③ 收货人提货时间,即以收货人从港口经营人处实际提取货物的时间为交货时间。本案法官们在综合分析了承运人向收货人签发提货单及向港口经营人交付货物2种行为的法律性质后,认定货物交付已经完成,但未明确采用了何种判断标准。

海上货物运输合同项下的拟制交货与实际交货,在法律上是不可分割的有机整体。但其在时间和空间上往往并不同步:可能是换发提货单在先,也可能是货物实际交货在先。然而,只有在2种交货行为均全部完成的条件下,才构成完整的货物交付。因此,两者之间,宜以后发生者的时间为交货时间。这不仅符合有关法律的规定,而且反映了我国港口作业的实际状况。而对于上述第C种观点因收货人与港口经营人与之间的货物交接,与海上货物运输合同的履行无关,故其无疑不成立。否则,其结论将是,只要收货人因故不能向港口经营人提货或拒不提货,承运人就永远无法解除交货责任。这对承运人显然极不公平。

(2)交接地点与交货时间一样,进口货物的交接地点关系到有关费用和风险的分担:交接前由承运人承担,此后由货方承担。交货地点与交接时间关联,但并完全不一致,如在换发提货单在后的条件下,虽以换单时间为交货时间,但却不应认定签发提货单的办公室为交货地点。因与承运人实际办理货物交接手续的是由受托作业的港口经营人而不是收货人本人,交货地点应以实际交接地点为准,一般为船边或卸货码头。交接双方在办理交接手续后,除非有相反证据,否则应视为承运人已按提单记载的货物数量和状况向收货人交付货物。其后收货人与海关监管机关的行政管理关系,以及其与港口经营人之间委托作业合同关系,均与运输合同的履行无关,如《港口货物作业规则》第五十条对此予以明确:"水路运输货物,港口经营人与船方在船边进行交接"。

(3)进口货物的通关风险。

如前如所述,海上进口货物自到港至收货人实际提取货物,货物经过了内、外2个交接环节。货物报关发生货物进境后即内部交接环节过程中,与外部环节的交货人即承运人无关。因此,进口货物的报关属于货物进出口合同项下的义务,如《1990国际贸易术语解释通则》中FOB、CFR、CIF等常用的海上运输贸易术语,都明确由卖方负担货物出口方面的海关费用及风险，由买方负担货物进口方面的海关费用及风险。故货物的报关虽与运输合同项下的货物交接前后承接，却属于不同合同项下不同性质的风险。

本案原告已换取提货单，港口经营人亦与承运人办理了卸货、交接手续，运输合同已经履行完毕。其后原告因货物进口手续问题而无法从海关的“仓库保管员”仓储公司顺利提货，这显然属于买卖合同项下应由收货人自行承担的报关风险，再回头向承运人索赔显然没有法律依据。因此，本案法院判决驳回其诉讼请求是正确的。

案例 12　预借提单侵权损害赔偿的纠纷

1. 案情

上诉人 A 公司因被上诉人 C 省 B 公司诉其预借提单侵权损害赔偿纠纷一案，不服中华人民共和国 D 市海事法院 2006 年 10 月 24 日(2003)D 商字第 13 号民事判决，向 D 市高级人民法院提起上诉。该院依法组成合议庭，经公开审理，查明如下。

2003 年 3 月 29 日，被上诉人 C 省 B 公司作为买方，通过 C 省 G 公司，与日本国 E 社签订了进口日产窗式空调机 3000 台的买卖合同。合同约定：价格条件为成本加运费，到达港为福州，总计 16950 万日元；卖方应于 2003 年 6 月 30 日前和 7 月 30 日前各交货 1500 台；付款条件是买方于接到卖方出口许可证号码和装船的电报通知后，在货物装船前 30 天期间，由中国银行福州分行开立不可撤销的、以卖方为受益人的即期信用证。卖方凭合同规定的各项单据，按信用证规定转开证行议付货款，信用证有效期延至装船后 15 天。付款单据中包括已装船的空白背书、空白抬头、清洁无疵的提单。

依据上述合同，E 社与上诉人办理托运事宜。上诉人于 2003 年 6 月 30 日向托运人 E 社签发了×××CO90 号联运提单。该提单项下的 1496 台空调机，于同年 7 月 1 日在日本横滨港装船。被上诉人收货后与先期收到的 4 台样机一并进行销售。

2003 年 7 月 22 日、23 日，上诉人在日本横滨大黑码头的集装箱堆集场地收取了 E 社托运的 1500 台空调机。上诉人在办理封箱、通关手续后，于 7 月 25 日在日本东京向托运人签发了×××CO97 号联运提单。该提单载明承运人为 A 公司，承运船舶为 C 省轮船公司所属的“F”轮，启运港为日本横滨的集装箱堆集场地，到达港为中国福州的集装箱堆集场地。上诉人在该提单栏内签署了“日本东京 2003 年 7 月 25 日”，又在栏内签署了“2003 年 7 月 25 日”。2003 年 8 月 20 日，“F”轮在日本横滨大黑码头装载×××CO97 号提单项下的货物，并于次日由 C 省轮船公司在日本的代理人 J 公司签发了海运提单。该轮于 8 月 28 日抵达福州。

在第二批空调机启运前，被上诉人对收到的样机只能制冷、不能制热持有异议，多次向 E 社提出停止进口第二批空调机 1500 台的要求，但未被接受。2003 年 7 月 27 日，C 省 G 公司接到日本 E 社的电传通知称，×××CO97 号提单项下的 1500 台空调机已于 2003 年 7 月 25 日付运“F”轮。被上诉人获悉后，即于同月 29 日与原审第三人 C 省 K 公司签订购销合同，将×××CO97 号提单项下的 1500 台空调机以每台价格人民币 2000 元售与原审第三人。该合同规定，交货期限为同年 8 月 20 日前；逾期交货，供方须承担不能交货部分的货物总值 20% 的违约金，并且需方有权解除合同。被上诉人由于没有收到空调机而未能如期交货，原审第三人遂于 2003 年 8 月 26 日通知被上诉人解除合同，并要求被上诉人按约支付违约金。事后，被上诉人即向国内数十家单位联系此批货物的销售，因市场滞销，均未成交。为减少损失，被上诉人于 2005 年 2 月 10 日以每台 1700 港元福州的离岸价格条件，将该批货物向 H 公司复出口。

2004 年 3 月 17 日，被上诉人向 D 市海事法院起诉，请求判令上诉人赔偿因预借提单行为而造成的经济损失，包括货款损失及利息共计 4846.06 万日元，应支付给第三人的违约金人民币 60 万元，营业利润损失人民币 75 万元，律师、会计师咨询费人民币 17000 元，以及邮电、差旅费人民币 5 万元。同年 6 月 30 日，上诉人在答辩中提起反诉，要求被上诉人赔偿租箱费 14728 美元和搬运费 576 美元。

2005 年 11 月 20 日，原审法院认为第三人与原、被告之间有直接利害关系，通知第三人参加诉讼。

2. 海事法院审理

D 市海事法院经审理认为：集装箱运输中的承运人在集装箱堆集场地只能签发待运提单。被告 A 公司却在货物装船前即签发已装船提单，是对原告 C 省 B 公司的侵权行为，应对由此产生的后果承担责任。同时，由于第三人在合同规定期限内未收到空调机，在依照合同规定解除了合同后，该批货物业已发生堆存、保管费用，因此，被告要求原告赔偿因拒收货物而发生的租箱费、搬运费的反诉请求理由不足。

据此，原审判决由被告向原告赔偿×××CO97 号提单项下的货款及因复出口的垫支费用损失 3972.32 万日元、货款利息损失人民币 340401 元、原告应支付第三人的违约金及利息人民币 158550 元、营业利润损失 6133.87 万日元；原告的其他诉讼请求不予支持。驳回被告的反诉。本诉诉讼费人民币 16700.17 元，由原告负担 2881 元，被告负担 13819.17 元；其他诉讼费人民币 9350 元，反诉诉讼费 150 美元，由被告负担。

3. 上诉与答辩

上诉人 A 公司于 2007 年 1 月 6 日上诉称：被上诉人 C 省 B 公司与日本国 E 社因空调机买卖合同发生纠纷而造成的损失，不能转嫁于运输承运人；上诉人收货后签发的提单，依照国际集装箱运输业务的惯例及日本国和中国对集装箱收货的惯常做法，是“待运提单”；上诉人在提单 2 个栏目内分别签署了日期，并不能说明该提单是“已装船提单”，只有自货物实际装载、上诉人履行了承运人装船的应尽职责后，该提单才成为“已装船提单”；对于台风、压港等不可抗拒和不可预见的原因而造成装运迟延的后果，上诉人不能承担责任；托运人持待运提单向银行结汇所引起被上诉人的货款损失与上诉人无关；被上诉人明知货物已运抵目的港而拒不提货，责任在被上诉人，因而无权提出“营业利润损失”的要求；被上诉人擅自削价出售货物，其损失应自负。被上诉人的各项损失与上诉人的行为缺乏因果关系，不应向上诉人追索。原审第三人在本案中无独立请求权，也未依附于一方当事人承担任何义务，不具有诉讼资格；而与本案有利害关系的恰是应承担连带责任的实际承运人 C 省轮船公司。此外，上诉人还对其反诉被驳回表示不服。

被上诉人 C 省 B 公司答辩称：上诉人签发的×××CO97 号提单是已装船提单，构成预借提单的侵权行为，应赔偿由此造成被上诉人的一切损失。

原审第三人 C 省 K 公司答辩称：原审法院已对被上诉人和原审第三人签订的合同无法履行所承担的责任作了判决，故第三人依法享有独立请求权。

4. 高级人民法院审理

D市高级人民法院经审理认为：当事人双方的民事法律关系是由海上货物运输合同所引起。上诉人所签发的×××O97号提单的性质，参照1924年《统一提单的若干法律规定的国际公约》第三条第七款的规定，并注意到日本国1957年《国际海上货物运输法》第六条、第七条的规定，应确认为已装船提单，银行据此予以结汇，符合《跟单信用证统一惯例》的规定。上诉人在货物尚未装船前签发已装船提单，是预借提单的侵权行为。这一侵权行为的结果地在福州，根据《中华人民共和国民事诉讼法（试行）》第二十二条和中华人民共和国最高人民法院《关于设立海事法院的几个问题的规定》第四条第二款之规定，原审法院对本案有管辖权。

该批货物由"F"轮装运是由上诉人与C省轮船公司在日本国的代理人J公司所确定，且上诉人并未受"F"轮船东或其代理人的指示签发×××CO97号提单，故"F"轮在2003年第12、13航次中虽遇有台风、压港以致发生迟期的情况，但不能作为上诉人实施预借提单行为的理由。因此，对上诉人提出追加C省轮船公司为本案第三人的上诉请求不予采纳。

被上诉人要求E社终止合同未被同意并得悉上诉人已签发×××CO97号提单后，与原审第三人签订合同，但因上诉人早在货物实际装船前20余天就签发了提单，使被上诉人无法依照约定的日期向原审第三人交货，从而导致原审第三人按约解除合同。其后，被上诉人在空调机已逾销售季节、内地市场难以销售的情况下，才不得已向H公司复出口。由于当时市场行情的变化，被上诉人复出口的价格不仅未能取得原与原审第三人签订合同所应得的利润，且低于买入价。上诉人实施预借提单的行为，造成了被上诉人的经营损失，其中包括可得利润损失、进口货价与复出口货价之间差额的损失，以及向原审第三人支付违约金的损失。对此，上诉人应承担赔偿责任。被上诉人与E社在履行合同过程中，一方虽曾有解除合同的要求，但双方最终均依合同履行，各自亦未使对方造成经济损失，因而不存在被上诉人将损失转嫁于上诉人的事实。

对于本案诉讼结果，C省K公司有法律上的利害关系，原审法院依照《中华人民共和国民事诉讼法（试行）》第四十八条的规定，将其列为本案第三人并无不当。惟原审判决在核算上诉人的赔偿货款损失中，将被上诉人进口×××CO97号提单项下货物所产生的代办进口手续费、进口港务费、进口银行手续费和拆箱费合计人民币41 955.46元，既纳入成本又作为垫支费用，重复计算是不合理的，应予剔除。被上诉人与原审第三人交易中的利润应按双方约定的货款以人民币计算，原审判决以被上诉人应向原审第三人交付货物之日的日元兑换率折算成日元赔付不当，应予纠正。原审判决对被上诉人利润损失的利息未予计算不妥，应按中国人民银行规定的企业活期存款利率计算。鉴于在原审法院判决后，被上诉人货款损失的银行贷款利息继续滋生，上诉人对此项的赔偿金额应相应增加。

5. 终审判决

依照《中华人民共和国经济合同法》的有关规定，被上诉人应向原审第三人支付违约金。由于被上诉人对原审第三人违约行为是因上诉人预借提单的侵权行为所致，故上诉人对被上诉人因支付原审第三人的违约金而蒙受的损失应负赔偿责任。本案标的物为通用产品，依照《中华人民共和国工矿产品购销合同条例》的规定，被上诉人与原审第三人所订购销合同的违约金的幅度应是货款总值的1%到5%，原审判定违约金为5%偏高，应改为货款总值的3%；

同时，原审法院既已对当事人一方的违约行为判令支付违约金，对该项违约金再行计息则属不当。此外，上诉人预借提单的行为，并不必然引起集装箱的长期堆放，上诉人就租箱费提出的反诉请求合理，应予支持。至于上诉人反诉请求由被上诉人承担搬运费一节，因未能申述反诉理由并提供证据，故不予支持。

据此，依照《中华人民共和国经济合同法》第三十八条第一款第一项、《中华人民共和国工矿产品购销合同条例》第三十五条第一项、《中华人民共和国民事诉讼法(试行)》第一百四十九条、第一百五十一条第一款第(三)项规定，并参照国际惯例，判决如下：

(1) 撤销D市海事法院(2003)D商字第13号民事判决；

(2) 上诉人应赔偿被上诉人在×××CO97号提单中所载货物的货款损失38019618.5日元；

(3) 上诉人应赔偿被上诉人货款损失的银行货款利息计人民币362671.1元；

(4) 被上诉人应支付原审第三人违约金人民币9万元；

(5) 上诉人应赔偿被上诉人所须支付原审第三人的违约金人民币9万元；

(6) 上诉人应赔偿被上诉人的营业利润及其利息损失计人民币810538.36元；

(7) 被上诉人应支付上诉人集装箱租箱费14728美元；

上述第二、三、四、五、六、七项，上诉人和被上诉人须在接到本判决书的次日起10日内履行。逾期按照《中国人民银行结算办法》处理。

(8) 本案第一、二两审案件受理费共计人民币13555.5元，由上诉人负担人民币10166.63元，被上诉人负担人民币3388.87元；本案第一、二两审案件反诉受理费320美元；由上诉人负担20美元，被上诉人负担300美元；本案其他诉讼费人民币6000元由上诉人负担。

案例13　出口货物代理实际托运人的纠纷

1. 案情

原审上诉人A公司不服F省高级人民法院就其与原审被上诉人B公司、C公司、D公司无单放货纠纷一案作出的二审民事判决，向中华人民共和国最高人民法院申请再审。

最高人民法院裁定：提审此案，再审期间中止原审判决的执行。提审期间，C公司因未进行年检、长期歇业以及公司和法定代表人下落不明等原因，已经于2001年12月30日被G市工商行政管理局注销，没有任何公司表示承受C公司的债权债务。据此，最高人民法院依法撤销C公司在本案中的当事人地位。

2. 一审

原审判决认定：1997年7月29日，被上诉人B公司与新加坡E公司以传真的方式签订了1份协议书，约定：B公司向E公司出口1批灯饰；B公司发货后，以传真的形式将提单发出；E公司须在3天内将货款全数汇出；B公司收到汇款通知副本后，再将正本提单交付给E公司；若有违法提货的行为，以诈骗论。

协议签订后，被上诉人B公司于1997年8月14日委托被上诉人D公司办理910箱照明灯具和变压器的出口手续，8月21日委托G市外资企业物资进出口公司办理783箱照明灯具的出口手续。G市外资企业物资进出口公司接受委托后，交由其下属即被上诉人C公司负责办理。D公司、C公司分别在黄埔港以托运人名义，把装有B公司货物的2只集装箱装上上诉人A公司所属的“T”轮和“R”轮，委托该公司承运。A公司为此给D公司、C公司分别签发了编号为×××023158043、×××023157949的一式三份记名提单。2票提单均记载:承运人为A公司,收货人为E公司,装货港为黄埔,卸货港为新加坡,运费预付。黄埔海关提供的《出口货物报关单》证实,2票提单项下货物的贸易术语是FOB,货物价值分别为58994.148美元和39669美元。

上述货物运抵新加坡后,买方E公司未依协议给被上诉人B公司付款,却在未取得正本提单的情况下,先后于1997年9月16日、9月17日致函上诉人A公司,要求A公司将2票货物交给其指定的陆路承运人YUNG XIE运输(私人)有限公司承运,车号13445880000C,并保证承担由此可能产生的任何后果。新加坡港务当局证实,这2票货物已分别于1997年9月16日、17日交付放行。

上述2票货物提单背面的首要条款均规定:"货物的收受、保管、运输和交付受本提单所证明的运输协议的条款调整,包括……(3)美国1936年《海上货物运输法》的条款或经1924年布鲁塞尔公约修改的1921年海牙规则生效的国家内一个具有裁判权的法院裁决因运输合同而产生争端的规定。"持有上述2票货物全套正本提单的被上诉人B公司以上诉人A公司无单放货为由,向G市海事法院提起诉讼,被上诉人D公司、C公司同时申请以第三人身份参加该诉讼,并表示支持B公司的诉讼请求。G市海事法院依法受理此案后,裁定准予D公司和C公司作为第三人参加诉讼。A公司没有提出管辖异议并应诉。

G市海事法院审理后,根据《中华人民共和国海商法》(以下简称海商法)第七十一条、《中华人民共和国民法通则》(以下简称民法通则)第一百零六条、第一百一十七条的规定及国际惯例判决:

A公司赔偿B公司货物损失98666.148美元及利息。利息从1997年9月17日起至判决生效之日止,按中国人民银行企业流动资金同期美元贷款利率计算。

3. 上诉理由

A公司不服G市海事法院的一审判决,向F省高级人民法院提出上诉。

理由是:按照双方在运输合同中的约定,本案应适用美国法律或者新加坡法律。凭正本提单放货,在国际惯例中是针对作为物权凭证的可转让提单而言的。中国法律明确要求,承运人只能将记名提单项下的货物交给提单中载明的收货人。这是承运人签发记名提单的保证,而不论正本提单如何。另外,被上诉人不通知A公司暂停向记名提单所记载的收货人交货,放任损失的发生,后果应当自负。判决让A公司赔偿B公司损失98666.148美元及利息,没有依据。一审判决适用法律错误,应当纠正。

4. 二审

本案为涉外经济纠纷。被上诉人B公司以A公司无单放货,侵害其所有权为由提起侵权之诉,双方之间的权利义务关系应受侵权法律规范的调整,而不受双方原有的运输合同约束。民法通则第一百四十六条规定:"侵权行为的损害赔偿,适用侵权行为地法律。"最高人民法院在《关于贯彻执行〈中华人民共和国民法通则〉若干问题的意见》第一百八十七条规定:"侵权行为地的法律包括侵权行为实施地法律和侵权结果发生地法律。如果两者不一致时,人民法院可以选择适用。"本案的货物交付地在新加坡,侵权行为实施地即为新加坡;现B公司持有正本提单,无单放货行为侵害了其对货物的所有权,故侵权结果发生地为我国。由于侵权行为实施地和侵权结果发生地不一致，人民法院可以选择适用的法律。

由于本案侵权结果发生地是我国，原告的住所地、提单的签发地等也均在我国境内，本案与我国的法律有更密切的联系。况且B公司向G市海事法院起诉后，上诉人A公司没有提出管辖异议并已应诉。因此由G市海事法院对本案行使管辖权并选择适用我国法律，并无不当。

A公司上诉称，对本案应适用美国法律或者新加坡法律处理，缺乏理由和依据，不予采纳。

《海商法》第七十一条规定："提单，是指用以证明海上货物运输合同和货物已经由承运人接收或者装船，以及承运人保证据以交付货物的单证。提单中载明的向记名人交货物，或者按照指示人的指示交付货物，或者向提单持有人交付货物的条款，构成承运人据以交付货物的保证。"对被上诉人B公司是本案所涉货物的托运人和所有人，双方当事人都没有异议。从B公司至今仍持有正本提单的事实看，提单没有转移，应视为货物没有交付，货物的所有权尚未转移给购销合同的买方，B公司事实上仍是本案货物的所有权人。

上诉人A公司未征得作为托运人的B公司同意，在没有收回正本提单的情况下，将货物交给了非正本提单持有人，违反了《海商法》关于承运人应凭正本提单交付货物的规定，侵害了B公司对本案货物的所有权，B公司有权向法院提起侵权之诉。A公司应对将货物交给非正本提单持有人负全部责任，赔偿B公司遭受的损失。根据海关确认的FOB价格计算，该损失共计98666.148美元。

上诉人A公司上诉主张：凭正本提单放货作为国际惯例，只是针对作为物权凭证的可转让提单而言的。对这一主张，A公司没有提供相应的证据，故不予支持。另外，对承运人凭正本提单放货，《海商法》已有规定，所以，本案无需考虑适用国际惯例。《海商法》第七十一条只规定了提单是承运人保证据以交付货物的单证，没有把提单区分为记名提单和非记名提单。故对此条应理解为，无论记名提单或非记名提单，承运人均有义务凭正本提单交付货物。上诉人A公司上诉认为，中国法律明确要求承运人只能将记名提单项下的货物交给提单中载明的收货人，这是承运人签发记名提单的保证，而不论正本提单如何。这一上诉理由，是A公司对《海商法》第七十一条规定的误解。

被上诉人B公司没有通知上诉人A公司暂停向记名提单所记载的收货人交货，不能免除承运人凭正本提单交货的义务，更不意味着B公司放任损失的发生。A公司上诉认为，B公司没有行使权利，放任损失的发生，后果应当自负，其理由不能成立。

一审判决认定事实清楚，证据确凿，适用法律正确，程序合法，处理结果恰当，应予维持。据此，F省高级人民法院依照《中华人民共和国民事诉讼法》第一百五十三条第一款第(一)项的规定判决：

驳回上诉，维持原判。

5. 申请再审

A公司不服，向最高人民法院申请再审，同时请求中止执行F省高级人民法院的终审判决。理由是：

(1) 提单是海上货物运输合同的书面形式之一。交付提单项下的货物，是履行海上货物运输合同。本案纯属海上货物运输合同纠纷，双方争议的焦点是，承运人在未见到正本记名提单的情况下，将提单项下的货物交付给提单记名的收货人，是否符合海上货物运输合同的约定。这不同于在没有合同约定的情况下,承运人不见正本提单而放货,使货物所有人物权遭受侵害的侵权纠纷。原审判决认定,本案承运人无正本记名提单放货是侵权之诉,不是海上货物运输合同纠纷之诉,是错误的。

(2) 本案所涉记名提单的首要条款明确约定:因本提单而产生的争议适用1936年美国《海上货物运输法》或海牙规则。该法律适用,是当事人合法有效的选择,对各方均具有法律约束力。原审判决无视当事人对法律适用的选择及有关国际惯例,将相对独立的海商法律关系视同一般的民事侵权法律关系,以致适用法律错误。

(3) 上诉人作为承运人,将货物交付给提单上的记名收货人,没有过错。被上诉人将提单传真发给E公司后,在没有按时收到E公司货款的情况下,没有依法行使通知承运人停止向E公司交付货物的权利,致使E公司在新加坡顺利合法地提货。被上诉人无权向无过错的上诉人索赔。

6. 答辩理由

B公司书面答辩的理由是:

(1) 本案属于国际海上货物运输合同纠纷,应当适用海上货物运输的相关法律,需要解决的关键问题是承运人无正本提单放货是否合法。

(2) 本案提单的背面条款约定适用海牙规则或1936年美国《海上货物运输法》,这是双方当事人自愿约定,合法有效。但是这个约定中没有明确,对海牙规则或者1936年美国《海上货物运输法》二者是择其一适用还是同时适用;况且这2个法律,对于承运人凭提单副本即可交货是否合法,都没有规定或有加以明确规定,因此影响当事人权利义务的承担。

(3) 上诉人预借提单是一种欺诈行为,是根本违约,无权援用提单中载明的法律适用条款提出抗辩。在这种情况下,对本案适用中国法律和有关的国际航运惯例,就成为唯一的选择。

(4) 提单是物权凭证,是海上运输合同的证明,是承运人据以交付货物的单证。我国法律明确规定,承运人有凭正本提单交货的义务。根据航运习惯,承运人凭正本提单放货是一种默示保证,这个保证对记名提单也不例外。因此上诉人必须承担无单放货的责任。

(5) 原审判决确有不妥之处,但不能因此否定上诉人要对无单放货给被上诉人造成的损失负责的事实。

被上诉人D公司没有答辩。

7. 终审判决

最高人民法院提审查明:原审上诉人A公司与原审被上诉人B公司对原审查明的本案基本事实没有异议。原审第三人D公司、C公司虽然在一审时申请并被一审法院准予参加诉讼,但都承认对本案提单项下的货物无任何利益,参加诉讼仅是为支持B公司对A公司的诉讼主张。

最高人民法院经审理认为:

双方当事人争议的焦点,是本案应适用的准据法和承运人应否向未持有记名提单的记名收货人交付货物。

对本案是国际海上货物运输合同无单放货纠纷,双方当事人没有异议,应予认定。《海商法》第二百六十九条规定:"合同当事人可以选择合同适用的法律,法律另有规定的除外。合同当事人没有选择的，适用与合同有最密切联系的国家的法律。”本案提单是双方当事人自愿选择使用的，提单首要条款中明确约定适用美国1936年《海上货物运输法》或海牙规则。对法律适用的这一选择，是双方当事人的真实意思表示，且不违反中华人民共和国的公共利益，是合法有效的，应当尊重。但是，由于海牙规则第一条规定，该规则仅适用于与具有物权凭证效力的运输单证相关的运输合同。

本案提单是不可转让的记名提单，不具有物权凭证的效力。并且，海牙规则中对承运人如何交付记名提单项下的货物未作规定。因此解决本案的海上货物运输合同纠纷，不能适用海牙规则，只能适用美国1936年《海上货物运输法》。美国1936年《海上货物运输法》第三条第四款规定，该法中的任何规定都不得被解释为废除或限制适用美国《联邦提单法》。事实上，在适用美国1936年《海上货物运输法》确认涉及提单的法律关系时，只有同时适用与该法相关的美国《联邦提单法》，才能准确一致地判定当事人在提单证明的海上货物运输合同中的权利义务。因此，本案应当适用美国1936年《海上货物运输法》和美国《联邦提单法》。原审被上诉人B公司在抗辩中主张对本案适用中国法律，不符合当事人在合同中的约定，不予支持。原审法院认定本案属侵权纠纷，并以侵权结果发生地在中国为由，对本案适用中国法律不符合本案事实，是适用法律错误，应予纠正。

本案提单载明的托运人虽然是原审被上诉人D公司、C公司，但D公司和C公司仅是原审被上诉人B公司的出口代理人，各方当事人都承认B公司是涉案货物的实际托运人。B公司作为托运人，合法持有上诉人A公司签发的提单，因此提单所证明的B公司与A公司之间的国际海上货物运输合同，合法有效。

记名提单与非记名提单不同。记名提单是不可转让的运输单证，不具有物权凭证效力；而非记名提单可以转让，具有物权凭证的效力。根据美国1936年《海上货物运输法》和美国《联邦提单法》第二条、第九条(b)款的规定，承运人有理由将货物交付给托运人在记名提单上记名的收货人。承运人向记名提单的记名收货人交付货物时，不负有要求记名收货人出示或提交记名提单的义务。原审上诉人A公司作为承运人，根据记名提单的约定，将货物交给记名收货人E公司，或者按照E公司的要求将货物交付给E公司指定的陆路承运人，这个交货行为符合上述美国法律的规定，是适当地履行了海上货物运输合同中交付货物的责任，并无过错。A公司的申诉有理，应予支持。

原审被上诉人B公司在货物运抵目的港交付前，没有通知作为承运人的原审上诉人A公司停止向提单记名的收货人交付货物，由此产生的后果应当由B公司自己承担。B公司未能收回货款的损失，是其与E公司贸易中的风险，与A公司无关。原审判决认定A公司未正确履行凭正本提单交付货物的义务不当，判令A公司对B公司的货款损失承担赔偿责任错误，应予纠正。

原审被上诉人B公司在答辩中提出，原审上诉人A公司是预借提单，但没有提交相关的证据支持这一主张，并且涉案提单是否为预借提单，也与B公司的原诉讼请求无关，法院不予审理。

综上，最高人民法院依照《中华人民共和国民事诉讼法》第一百五十三条第一款第(二)项、第一百八十四条的规定，于2006年6月25日判决：

(1) 撤销F省高级人民法院的二审民事判决。

(2) 撤销G市海事法院的一审民事判决。

(3) 驳回原审被上诉人B公司对原审上诉人A公司的诉讼请求。

本案一审诉讼费人民币41490元、二审诉讼费人民币41490元,由原审被上诉人B公司负担。

本判决为终审判决。

案例14 出口代理货物错卸再审的纠纷

1. 案由

原告A公司与被告B公司海上货物运输纠纷一案,F省高级人民法院于2007年12月31日作出终审民事判决。A公司不服该终审判决,向最高人民法院提出申诉,请求再审。最高人民法院决定对本案进行提审。

2. 最高人民法院再审理查明

1) 一审

2006年11月20日,B公司与D公司签订1份货量为1500t的低磷硅锰合金购销合同,嗣后,买卖双方约定,实际履行货量为1200t,B公司的出口代理为E公司。为运输该1200t货物,E公司于2006年12月11日代B公司与C公司签订1份航次租船合同,C公司又与G公司签订1份航次租船合同,G公司则与H公司签订1份租船合同,这3个连环合同的条款内容基本相同,均协议租用"K"轮运输本案所涉1200t货物。"K"轮的注册船东为A公司,该轮实际交由J公司经营管理,船员由J公司配备。J公司又将该轮以期租形式出租给H公司使用。

2006年12月25日,B公司的1200t低磷硅锰合金装上"K"轮,提单号××—95B,目的港为日本名古屋港。"K"轮同航次还装载了另一票目的港为日本川崎的1200t高磷硅锰合金,该2票货物外表状况相同。同年12月27日,"K"轮驶离L市港,于2007年1月8日驶抵日本名古屋港,"K"轮在卸货时将2票货物发生错卸。同年1月26日,D公司以货物不符合合同要求为由,向B公司要求赔偿,B公司向D公司作了通融赔付。受该合同履行情况影响,B公司与D公司间的后一硅锰合金购销合同未能顺利履行,B公司受到了损失。

另查明,本案1200t低磷硅锰合金的××—95B号提单,已经过2次背书转让,贸易合同买方D公司已在目的港名古屋提货并对该批货物进行了处理。

以上事实,有进出口货物购销合同、租船合同、开庭笔录等证据佐证。

B公司向A公司提出索赔要求,因A公司拒赔,该公司遂以A公司为被告诉至L市海事法院,请求判令A公司赔偿其损失61万美元,并承担诉讼费用。

L市海事法院经审理认为:本案为海上货物运输合同纠纷,B公司与A公司之间的运输合同法律关系成立,A公司作为运输合同承运人应对错误卸货承担民事责任。判决A公司赔偿B公司经济损失46.1万美元,人民币8.1万元,驳回B公司的其他诉讼请求。一审案件受理费由B公司负担人民币1万元,A公司负担人民币3万元。

2) 二审

A公司不服L市海事法院一审判决,以B公司无诉权,A公司不应成为本案被告且其对错误卸货无过错,一审法院认定事实不清,适用法律错误为由,向F省高级人民法院提起上诉。

F省高级人民法院经审理认为:B公司是提单上的托运人和实际交付货物的人,有权以托运人的身份依据海上货物运输合同对承运人的错误交货行为提起诉讼。A公司作为实际承运人应对其错误交货行为导致B公司的损失承担赔偿责任。遂判决驳回上诉,维持原判。二审案件受理费人民币4万元,由A公司负担。

3) 再审申请

A公司不服F省高级人民法院终审判决,向最高人民法院提出再审申请。其理由为:B公司在提单转移后,作为托运人对货物已不享有任何利益,不具有诉权;在本案所涉航次运输中,A公司仅系"K"轮的注册船东,"K"轮实际由万通船务经营管理,A公司的地位相当于光船出租人,且在本航次运输中,没有任何过错,A公司不应成为本案被告。

B公司答辩称:B公司是本案的直接利害关系人,具有完全的原告资格,A公司错卸行为直接侵害了B公司的民事权利和利益;A公司作为实际承运人,应对其"错卸"过错行为承担全部法律责任;并应承担因其过错行为给B公司所造成的一切经济损失;B公司对A公司的"错卸"行为无任何过错责任。

3. 最高人民法院裁定

最高人民法院认为:本案为海上货物运输合同纠纷。B公司为出口其1200t低磷硅锰合金,其出口代理E公司与C公司签订了航次租船合同,后C公司与G公司、G公司又与H公司分别签订了连环航次租船合同,连环租船合同租用的船舶均为"K"轮,A公司为"K"轮的注册船东。在本航次期间,该轮已交由J公司经营管理,船员也由J公司配备,本案所涉××—95B号提单亦由J公司签发。在本案所涉航次中,该轮由H公司期租经营,B公司与A公司既无提单所证明的运输合同关系,也无租船合同关系,故作为提单托运人的B公司起诉A公司无合同依据。

海上货物运输系国际贸易中一个通常环节。贸易双方依买卖合同的约定,由一方负责租船订舱之后,卖方作为货物所有权人在装货港将货物交给承运人,再由承运人向卖方签发提单,卖方凭提单按买卖合同中的支付条款结汇。买方在付款赎单后即成为提单的合法持有人。在目的港,买方凭提单向承运人提取货物,成为提单项下货物所有权人,国际贸易货物流转程序便告结束。

本案中,作为贸易合同卖方、提单托运人的B公司,在提单签发时,对其所托运的××—95B号提单项下1200t低磷硅锰合金的货物具有所有权,但当提单经过2次背书转让至贸易合同买方D公司手中,且D公司在日本名古屋港提货后,运输合同在目的港即完成了交、提货程序,提单已实现了正常流转,此时提单所证明的运输合同项下托运人的权利义务已转移给提单持有人D公司,其中包括提单项下的货物所有权和诉权。因此,作为提单托运人B公司对提单项下的货物已不再具有实体上的请求权,B公司与承运人不再具有法律上的利害关系。

对于"K"轮错卸货物造成的损害赔偿的请求权,应由D公司来行使。D公司具有依买卖合同的约定向货物卖方B公司和依货物运输合同向提单承运人主张货物损害赔偿请求权的选择权。D公司选择依买卖合同的约定向货物卖方B公司索赔,这是D公司的权利。但在B公司通融赔付D公司、且D公司未将提单所证明的运输合同项下对承运人的索赔权转让给B公司情况下,B公司对提单项下的货物已不再具有任何权利,该公司并不当然取得对提单承运人的追偿权。故B公司作为托运人就提单项下货物的损害起诉A公司无法律依据,不具有对A公司的诉权。A公司的再审申请有理,应予支持。经最高人民法院审判委员会讨论,依照《中华人民共和国民事诉讼法》第一百五十三条第一款第二项、第一百八十四条第一款、第一百零八条的规定,裁定如下:

(1) 撤销F省高级人民法院(2006)F终字第137号民事判决;

(2) 撤销L市海事法院(2006)L初字第037号民事判决;

(3) 驳回B公司的起诉。本案一、二审诉讼费各人民币4万元,由B公司负担。

案例15　收货人没有在限期内发出通知的纠纷

1. 提要

货物在目的港卸船后,经理货没有发现短少、残损或受污染,收货人也没有在规定的期限内向承运人提出货物受污染的通知。货物运至收货人仓库后,经检验受到污染。货物保险人向收货人赔偿后对承运人提起诉讼。法院认为,收货人没有在规定的期限内向承运人发出通知,可以认定,承运人已按提单上所载明的良好状况交付货物,对货物交付后发生的货损不负赔偿责任。

2. 案情

2006年9月30日,被告所属"C"轮在V市防城港装载2384.3t石灰石和1045.9t散装滑石颗粒运往R港和T港,船长分别签发了该2票货物的清洁提单。根据"C"轮本航次货物积载图,该轮第一舱全部和第二舱后半部分别装载石灰石1200t和1184.3t,第二舱前半部装载滑石颗粒1045.9t,第二舱前、后半部2种货物用2层隔水帆布分隔。上述1045.9t散装滑石颗粒系托运人V市进出口贸易股份有限公司依据贸易合同向A公司提供的,价格条件为C&F,单价73美元/t,总价款76350.70美元。原告是该票货物的保险人。

"C"轮于2006年6日到达第一目的港R港,10月17日卸下第一、二舱石灰石共2384.3t,经理货公司理货没有发现货损、货差。10月18日,"C"轮到达第二目的港T港卸滑石。货物直接卸到收货人A公司卡车上,并由卡车直接运往用户ID公司库露天堆场。至10月19日,共卸下滑石1045.9t。经F公司理货,没有发现货物发生短少、残损或受污染,大副和理货员均在理货报告上签名。10月25日,A公司向检验公司申请货物检验。12月7日,检验公司作出了检验报告。

检验报告记载:通过目测检查可发现货物中夹杂大量的方形石块,经检测硬度大于滑石,被确认为石灰石;收货人于11月1日、2日试图用过筛的方法滤除石灰石未获成功,用手工清理则费用将高于货物价值;滑石用作造纸原料,而石灰石将影响产品质量,用户拒绝接受货物;收货人与用户协商后,同意将货物无偿送给用户;货物污染的原因发生在防城港装货过程中。检验报告所附的照片可清楚辨认石灰石与滑石颜色上的区别。

收货人对上述货物推定全损后,于2007年3月19日向原告提出索赔。原告于2007年7月18日向收货人全额支付9383000日元的保险赔偿金后,取得了收货人A公司出具的权益转让书。

被告签发的提单背面条款第四条规定:"本提单有关承运人的义务、责任、权利及豁免遵照1924年《关于统一提单若干规定的国际公约》即海牙规则。"第十条第二款规定:"除非在交货地点将货物交给根据提单有权交与的人接管之前或当时，将货物的灭失或损坏及其一般性质的通知书面提交承运人，或者，如果灭失或损坏不明显，在交货后连续3天内提交，否则这种移交应作为承运人已按提单上所载明的情况交付货物的初步证据。”

3. 诉讼与答辩

原告于2007年10月11日向海事法院提起诉讼，称："C"轮装载1045.9t散装滑石颗粒后，船长签发的是清洁提单。货物运抵目的港卸货后，收货人发现货物已严重污染，经检验污染物为石灰石。由于污染物与货物大小尺寸相同，清除难度大，清除费用大大超出货物本身价值。经检验人证明，该票货物推定全损。原告作为保险人因此向收货人A公司支付了9576784日元的赔偿金，并取得代位求偿权。经检验人员认定，货物污染是被告将2票货物混装于同一货舱，未尽到妥善装卸及保管义务造成的。请求法院判令被告赔偿原告经济损失9576784日元及其利息损失。

案件审理过程中，原告向法院提交1份由原告向检验公司咨询的函件，函称：货物污染程度大约为0.3%～0.5%，且遍布整堆货物之中；因石灰石的硬度大于滑石，将对机器设备造成损害，用户拒绝接受受污染的货物；用户最终应收货人的请求无偿接受了受污染的货物，并准备利用业余时间用人工清除污染物。

被告答辩认为：货物到达目的港后，经日方理货公司理货并签发理货报告，证实货物并无短少、残损或污染。收货人没有将货物污染的情况在交货后连续3天内书面通知被告，按提单条款的规定，应视为被告在目的港交付的货物是完好无损的。原告提供的检验报告没有记载货物污染的程度，且货物重量没有变化，说明货物并没有发生污染。该检验报告是检验机构在收货人处理货物之后作出的。收货人在发现货物污染及至对货物作出推定全损处理的情况下，没有书面通知被告，从根本上剥夺了被告提出异议和复检货物的权利。收货人在不知货物检验结果的情况下将货物无偿送与他人，既没有向原告发出有效的委付通知，也没有将货物所有权移交给原告，因此，推定货物全损缺乏事实依据，保险委付条件不具备，原告取得代位求偿权不合法。原告违反保险赔偿的一般惯例和原则而作出的赔偿，后果只能由自己承担。被告已履行了承运人责任期间的全部义务，请求法院驳回原告的起诉。

4. 海事法院审判

海事法院认为，原、被告双方同意适用中国法律解决争议，同时，提单背面条款规定关于承运人的义务、责任、权利及豁免应适用海牙规则，因此，本案应适用中国《海商法》。但是，界定本案被告对货物运输的责任，应依据海牙规则。提单作为海上货物运输合同的证明，有关承运人与收货人、提单持有人之间的权利、义务关系应当依据提单确定。原告作为提单项下货物的保险人，赔偿提单持有人、收货人A公司因保险货物所遭受的损失后，并取得了A公司的权益转让，有权依据提单所证明的海上货物运输合同向承运人提起追偿。但本案事实表明，"C"轮先后抵R港和T港卸货，经理货公司理货，均未发现货物短少、损坏或受污染；收货人在码头直接用卡车收受货物时，也未发现可清楚辨认的污染物。

A公司作为收货人，在发现货物受污染后，应当在规定的时间内书面通知被告，并向被告提供进一步检查货物的便利。但A公司未将货物污染情况书面通知被告，并将货物无偿送与他人，从而剥夺了被告提出异议和复检货物的权利。鉴此，可以认定，被告已按提单上所载明的良好状况交付货物，履行了货物在其掌管期间的全部义务，对货物交付后发生的货损不负赔偿责任。检验机关将污染原因推定发生在装货港装货过程，缺乏事实依据，不予采信。原告提出的货损赔偿请求，不能支持。

根据《中华人民共和国海商法》第四十六条、第七十一条、第七十八条第一款、第八十一条的规定，海事法院判决：

驳回原告A公司的诉讼请求。

判决后，双方当事人均没有上诉。

5. 物流专家评析

本案是货物保险人赔偿被保险人的货物损失后，行使代位求偿权，依据海上货物运输合同向承运人提出的索赔。被保险货物在运输过程中发生灭失或损坏，被保险人(收货人)既可以依据运输合同向承运人提出索赔，也可以依据保险合同向保险人索赔而后将向承运人的索赔权转让给保险人。保险人确认货损属于保险责任范围内并依据保险合同给予被保险人赔偿后，取得代位求偿权，有权代替被保险人向承运人提出索赔。

本案中，滑石颗粒经检验受到石灰石的污染，因清除污染的费用超过货物本身的价值而推定全损，收货人要求被告按照全部损失赔偿的，应当向被告委付保险标的，但是，被告可以选择接受委付或不接受委付。被告没有接受委付而赔偿收货人的全部损失，并不影响其代位求偿权的取得和行使。

我国《海商法》规定，对非集装箱货物运输中的承运人的责任期间，是指从货物装上船时起至卸下船时止，货物处于承运人掌管之下的全部期间，这一规定与海牙规则是一致的。在承运人的责任期间，货物发生灭失或者损坏，除法律规定承运人可以免责外，承运人应当承担赔偿责任。但是，收货人应当将货物灭失或者损坏的情况于交货时书面通知承运人。货物灭失或者损坏的情况非显而易见的，也应当在货物交付的次日起连续7日内(海牙规则规定为3日)通知承运人。货物交付时，收货人已经会同承运人对货物进行联合检查或者检验的，无需就所查明的灭失或者损坏的情况提交通知。收货人未在规定的时间内以规定的书面方式提出通知的，则此项交付视为承运人已经按照运输单证的记载交货以及货物状况良好的初步证据。本案中，收货人收受货物后，从未通知承运人货物受污染的情况，因此，此项交付应视为承运人已经按照运输单证的记载交付以及货物状况良好的初步证据。

值得注意的是，初步证据不同于最终证据，仅表示在没有相反证据的情况下，可以推定承运人已经按照运输单证的记载交付货物以及货物状况良好。如果收货人能够提出充分有效的证据证明承运人交付的货物实际上发生了灭失或损坏，则仍应认定货物发生灭失或损坏。这种灭失或损坏属于承运人责任的，承运人仍应负赔偿责任。可见，收货人未按规定提出通知的，并不意味从此丧失索赔的权利，仅以收货人没有在规定的期限内提出通知为理由否定收货人的货损索赔，显然是不够的。

但是，收货人没有在规定期限内提出通知，对其后提出的货损索赔的举证责任便是严格的。收货人除了必须证明货物实际发生了灭失或损坏外，还应当证明货物灭失或损坏发生在承运人的责任期间。本案中，货物卸船后，经理货公司理货，未发现货物短少、损坏或受污染，收货人在码头收受货物时，也未发现可清楚辨认的污染物。因此，虽然收货人经申请货物检验，证实货物确实发生了污染，但没有直接证据证明污染发生在承运人责任期间。据此，海事法院认定原告索赔的证据不足而驳回其诉讼请求。

案例 16　货物指标不合要求并短少的纠纷

1. 案情

2007 年 4 月 12 日，原告 A 公司与被告 B 公司签订一份购买 1 000t 丙酮买卖合同，约定 545 美元/t，货款总值 54.5 万美元，允许溢短装 5%，要求温度在 25℃时高锰酸钾反应试验的指标为 120 以上。

4 月 28 日，950.806t 丙酮装上"E"轮，船长的代理签发了 F 公司的油轮提单，载明收货人由通知方中国对外贸易运输总公司指示，起运港为南非德班港，目的港为中国 H 市港。

5 月 2 日，G 公司出具了事实陈述、数量证明、清洁证明、样品证明、封存证明、分析证明等检验报告，表明装入"E"轮上所载的货物驶往中国港口。

6 月 3 日，代表"E"轮的检验师和代表"D"轮的检验师共同签署协议书，表明丙酮在卸离"E"轮之前和卸至"D"轮之后钾反应试验的指标已小于 120。

6 月 27 日，"D"轮驶抵 H 市港。经 H 市商检局检验，丙酮数量为 931.054t，高锰酸钾反应试验的指标仍小于 120。A 公司收货后，赔付下家违约金 278 110.75 元并削价处理了该批货物。

2. 诉讼与答辩

为此，A 公司以合法的正本提单持有人的身份，于 2007 年 10 月 11 日向 H 市海事法院起诉，要求法院判令被告赔偿货差损失 89 554.4 元，与下家签订合同的违约金损失 276 110.75 元，市场差价损失 1 862 112 元，储罐费 278 000 元，利息损失 244 737 元和诉讼费用。

被告 B 公司答辩称：原告所持正本提单是一程船"E"轮船长签发的全程联运提单，被告作为自韩国釜山港到中国 H 市港的分段承运人，从未向货方签发过提单，与原告之间没有法律关系。在釜山港，货从"E"轮卸下前，其高锰酸钾指标已不合要求，货物少量短卸。被告对货物污损和短少不承担责任。

3. 法院调解

案件在审理期间，被告 B 公司提供了"E"轮投保的 T 保赔协会向"D"轮投保的 UD P&I 保赔协会出具的反担保，T 保赔协会确认本案由被告赔付 12 万美元结案的传真件。

本案在审理过程中，经 H 市海事法院主持调解，原告 A 公司和被告 B 公司自愿达成如下调解协议：

(1) 被告 B 公司赔偿原告 A 公司货物短缺、违约金、市场差价、储罐费、利息等损失 12 万美元，款在调解书生效后 15 日内一次性付清，按付款当日中国人民公布的中间价折算成人民币汇付法院转交。

(2) 本案案件受理费人民币 24 470 元，由原告 A 公司负担。

调解书生效后，被告按约履行了赔付义务。

4. 专家评析

本案虽然以调解方式结案，但其隐含的许多法律问题则有深入分析并加以明确的必要。

1）侵权之诉、合同之诉中对于举证责任的要求不同

根据“E”轮船长签发的全程提单的记载，F公司是本案货物自南非德班至中国H市港的承运人，与持有正本提单的收货人原告A公司存在海上货物运输合同关系。被告B公司则是接受全程承运人的委托，从事部分运输的人，与《中华人民共和国海商法》第四十二条规定的“实际承运人”相符；它只与F公司发生委托合同的权利、义务关系，与提单上的托运人、收货人因为没有合同约定的明确的权利、义务内容而不发生运输合同的法律关系。因此，当提单上的托运人或收货人选择实际承运人为被告时，其所提起的只能是侵权之诉，与承运人为被告时形成的合同之诉有着质的区别。

侵权之诉在举证责任的分担上有不同于违约之诉的要求。一般地说，提单持有人仅凭清洁提单的表面记载和实际收取货物的数量、质量上的损失，就可以以承运人未尽合同约定义务为由，向承运人主张权利，但是在侵权之诉中，这种情形则尚不能满足证据法上的举证要求。根据民法上侵权责任的构成要件，侵权行为人只有在有侵权事实、损害结果、侵权事实与损害结果有因果关系时才承担民事责任，因此提单持有人必须证明其所遭受的经济损失系实际承运人的侵权行为造成。在海事审判实践中，这种举证责任的分担对于提单持有人来说就有很高的要求，也存在着很大风险，因为除非是无船承运人在签订运输合同后根本不从事实际运输，一般情况下要证明货物的损失确系实际承运人过错行为造成，对于远离海洋、不接触运输的外贸商来说，无疑有登天之难。

本案原告无法举证证明其遭受的所有损失系B公司二程运输期间的过错行为造成，至少就货物质量变异部分提起的侵权之诉，不能满足证据法上的要求。因此，对收货方而言，在确认货损责任归属之前，不能盲目地向法院申请扣船或提起诉讼，以免被动。

2）我国《海商法》第六十三条在本案的适用问题

我国《海商法》第六十三条规定：“承运人与实际承运人都负有赔偿责任的，应当在此项责任范围内负连带责任。”本案货物数量和高锰酸钾试验反应的指标较装船时有所减少和下降，F公司负有违反合同义务的法律责任；如果货损货差确实发生在被告B公司承运阶段，则被告负有对货主侵权的民事责任。此时承运人和实际承运人虽都对收货人负有赔偿责任，但他们所负赔偿责任的基础不同，是基于违约或侵权不同的法律事实而产生，承运人和实际承运人对损失的产生没有主观上的共同故意或共同利益，与民法上通常所见的因共同侵权、担保等原因而生的连带责任中主债当事人之间只有或侵权或违约一个法律关系有所区别。不过，承运人和实际承运人之一的履行又能免除另一债务人对于债权人的债务，与民法上连带责任又有相通之处。

这种多个债务人基于不同发生原因而产生的同一内容的给付，各负全部履行义务，并因债务人之一的履行而使全体债务归于消灭的债务，在民法学上称为不真正连带债务，它的对内效力可以表现为已履行债务的义务人有向最终应当负责的终局责任人追偿的权利；如果承运人先行赔付，而货物数量短缺、质量变异确发生在二程承运人运输期间，实际承运人就是应当负责的终局责任人，承运人有追偿的权利。为实现《海商法》第六十三条旨在保护债权人权益实现的立法意图，可以将该款作扩大解释，包括不真正连带债务。

但即便《海商法》第六十三条作扩大解释，该条款也不能在本案予以适用。因为已有证据表明货物在一程运输期间已变异，至少就货损部分的请求，向二程实际承运人提起的侵权之诉不成立，不产生不真正连带债务，《海商法》第六十三条自然不能成为原告任意选择被诉主体的

法律依据。

3）民法上代为清偿制度在本案中的运用

从上面对于侵权之诉的举证要求和《海商法》第六十三条适用的评析中可以看出，本案原告选择的被诉主体成立与否存在着很大风险，当原、被告双方达成调解协议时，法院确认该协议合法有效是否正确呢？答案应当是肯定的。因为本案的事实情况符合民法上代为清偿制度的有效要件。

民法上的代为清偿制度因为能使债权人的权利得以实现，债务人只不过改向第三人承担债务，第三人清偿后可依其与债务人间的委托关系或其他约定于其代偿范围内享有追偿权利，比较好地平衡了各方当事人之间的利益关系而得到各国立法、判例、学说的普遍承认。

代为清偿应当符合 4 项构成要件：

(1) 依债的性质，可以由债务人以外的第三人代为清偿；

(2) 债权人与债务人之间没有不得由第三人代为清偿的特别约定；

(3) 债权人没有拒绝代为清偿的特别鬲，债务人也无提出异议的正当理由；

(4) 代为清偿的第三人须有为债务人清偿的意思。

本案原告与应当承担责任的债务人 F 公司之间债的标的的给付不具有专属性，且无不得由实际承运人代为赔付的特别约定，"E"轮投保的 T 保赔协会又向"D"轮投保的 UK P&I 保赔协会出具了反担保，确认由被告赔付 12 万美元结案，原告也表示接受，这些事实使得本案代为清偿得以有效成立，法院确认该调解协议是正确的。

案例 17　货物损失和检验及处理费用的纠纷

1. 案情

2006 年 6 月，H 市外贸与 A 公司签订售货确认书，约定：H 市外贸向 A 公司出售男女各式皮鞋 42528 双，价值 USD460912.8，付款方式为 T/T，收货人委托发货人投保，保险费由收货人承担等。签约后，H 市外贸组织货源并向 A 公司开具总号码为×××9801－1 发票 1 份。因原合同中部分鞋子尺码变动，双方又约定由 A 公司支付费用 11 万余美元。E 省进出口商品检验局对上述货物进行检验，认为上述货物数量和质量符合合同要求。

E 省 F 公司接受 H 市外贸委托后代为向 D 公司订舱报关。同年 6 月 29 日，H 市外贸作为被保险人向 B 公司填写 4 份投保单，每份均注明鞋子 10632 双、保险金额 USD129933.67，并分别注明发票号为×××9801－1、2、3、4，集装箱号分别为×××U9011678、9135771、9230296、9270719。

B 公司向 H 市外贸出具抬头为 C 公司、签章人为其法定代表人 J 某的格式保险单，记载内容同投保单上述事项，并注明目的港芬兰 KOTKA，查勘代理人为当地合格的勘验人，承保人条件为 1963 年 ICC 一切险附加 1982 年 ICC 战争险等，H 市外贸依约支付保险费。6 月 30 日，承运人签发提单，载明：收货人凭指示，通知人 A 公司，货物数量为 4×40ft 集装箱，每箱件数为 1164，卸货港芬兰 KOTKA 等。

上述货物运抵 KOTKA 后，装上卡车，通过陆路运抵莫斯科。A 公司提货后打开箱子，发现鞋子外包装表面潮湿且发霉，马上与 H 市外贸联系。B 公司获悉后，告知其与 C 公司代理 R 公司联系解决办法，并向其提供 1 份保险人国外查勘和理赔代理人指南，其中之一即为 R 公司。

8月28日，A公司向R公司申请对货物进行检验。R公司指派检验师到A公司仓库进行检验、查勘，于10月6日作出检验报告：……4个集装箱的鞋子共计4 656件。所有集装箱在箱铅封完好的情况下卸到莫斯科，开箱时有发霉素的味道并且箱里特别潮湿。装鞋的纸板箱是湿的，表面有霉点，上层纸箱是湿的并有受潮的痕迹。经过抽样检验，鞋盒、包装纸和鞋均受潮并发霉。所有鞋子均不适合销售。

最后结论，我们认为水包括海水穿过集装箱焊点的疤点、集装箱的容积不断地容纳从漏缝中进来的潮气与水分，由于泄漏以及运输途中湿度的变化引起冷凝是霉菌形成的主要原因。所有鞋子都在过份潮湿的空气及相应温度中从而形成霉菌的情况下作用了相当长一段时间(1～1.5月)。为此，A公司支付检验费750美元。同时，A公司申请俄罗斯货物某科学发展研究院对货物质量进行鉴定。该研究院经过实验，作出结论：该批鞋子内、外部均布满白绿色的霉菌菌落，致使鞋子严重受损。

根据观察该菌菌落的发展可以得出结论，该霉菌成长已经1～1.5月，且系在长时间的高湿度情况下产生的，长时间的霉变作用下产生的皮上营生的菌落使皮鞋及皮革制品的高分子化合物原料组织受到严重破坏、缝线脱落。此外，俄罗斯国家公共传染病监督中心函告A公司，该批鞋子不符合俄罗斯联邦公共卫生的检疫要求，不得签发卫生证书。

10月中旬，A公司通过H市外贸向B公司提交出险通知书和货损检验报告，要求保险人理赔，但保险公司未予明确答复。10月下旬，A公司与莫斯科T公司签订货物销毁合同，约定由T公司将42 528双鞋子运走销毁。11月初，C公司杭州分公司函告H市外贸，要求俄方收货人保存好受损货物以减少损失，我司会联系俄代理人协调此事。但此后，T公司根据合同将全部鞋子销毁完毕，A公司向其支付处理费用41 000卢布。H市外贸、A公司多次向C公司及其杭州分公司、H市分公司索赔，但上述保险人以货损原因和责任一时无法查清等为由未予理赔。

2. 诉讼与答辩

A公司从H市外贸背书转让取得保险单后，诉至G市海事法院，要求判令两被告赔偿货损4 313 797.8元及利息损失490 478.76元、货物检验及处理费用26 145元。

被告B公司、C公司辩称，投保人与原告违反如实告知和陈述义务，投保时提供的外贸合同号均为98018及4份货物运输险投保单的保险金额均为129 933.67美元，而该司向海关申报时所提供3份报关单中只有1份合同号为98018，另2份合同号为98061，该号98018发票金额仅为135 266.4美元，根据保险合同所适用的英国海上保险法，本保险人可宣告保险合同无效并不再承担赔偿责任；合同号98018项下只有部分货物装上集装箱，保险人即使承担保险责任，也只能对该部分货物损失赔偿；涉案货物运抵保险单所载目的港KOTKA时，A公司已拆箱并检查箱内货物质量，然后才转运至莫斯科，根据“仓至仓”责任，保险人保险责任至KOTKA时已终止；A公司委托的检验机构R公司系C公司在芬兰的代理，但本保险人并未指定该机构查勘，该机构系接受A公司委托，而且其检验报告缺乏科学性，不能作为定损依据；A公司既然认为全损，就必须委付，无权申请销毁全部货物。

综上，请求法院驳回A公司的诉请。

3. 海事法院审判

G市海事法院审理认为，被保险人向平安H市分公司投保，保险单抬头虽为C公司，但保险单上保险人的地址和电话为B公司的营业场所。因C公司及其分公司所使用的保险单均系同一格式，唯一区别之处即是保险人的营业场所，故应认定保险合同系B公司与被保险人签订。

H市外贸填写投保单，保险人B公司审核后及时签发保险单，应当认定双方之间的海上保险合同成立。至于报关单中所记载的鞋子合同号与保险单所记载的合同号不一致，因报关单上鞋子数量与保单上的数量相符，而且集装箱号也一致，可见系同一货物；至于金额不一致问题，尽管中途装箱单与公路运单数量比保险单、提单上数量少1000件，但其4个集装箱号与保险单、提单上的集装箱号相符，保险标的物数量为保险单所记载的内容，被保险人并无隐瞒事实的行为，故认为其违反最大诚信义务的理由不成立。

R公司系保险人在芬兰的查勘和理赔代理，该代理人依职权作出检验报告，根据民法中关于代理的法律原理，该代理人的行为后果应由被代理人承担。同时俄罗斯某科学发展研究院的实验报告论证货损事实，该份报告已经过当地公证机构公证，故应确认本案货损事实成立。

保险单载明的目的港为KOTKA，保险责任期间为自G市港至V港的海上运输区间，由于货物最终目的地为莫斯科，货物运抵莫斯科后，A公司马上申请R公司检验。根据检验报告，所有鞋子在过份潮湿的空气及相应温度中从而形成霉菌的情况下作用了1～1.5月，由此可以推断，货损发生在海运期间，属于保险人所承保的责任期间。而且该风险属于一切险中一般附加险的受潮受热险，系保险人所承保的责任范围，故保险人应负赔付责任。

尽管根据R公司检验报告认为所有鞋子失去原有形体和效用，不能销售，但涉案货损为推定全损；A公司要求保险人按照全部损失赔偿的，应当向保险人委付保险标的，但却未经委付而直接委托销毁全部货物，该行为有过错，应对此负部分法律责任。B公司认为货物未销毁，无相应证据，其应对本案货损及货物检验费、处理费用负主要赔付责任。

综上，依照《中华人民共和国民法通则》第一百四十二条第一款、第一百四十五条第一款、《英国2007年海上保险法》第六十一条、第六十二条第一项、《中华人民共和国民事诉讼法》第二百三十七条、第六十四条第一款之规定，经审委会讨论，判决如下：

(1) 被告B公司赔偿原告A公司货损3019658.4元、货物检验费及处理费用18301.5元。上述款项于本判决生效之日起10日内付清。

(2) 驳回原告A公司的其他诉讼请求。

(3) 驳回原告A公司对被告C公司的诉讼请求。

一审宣判后，被告B公司不服，上诉至E省高级人民法院。二审审理期间，双方达成和解协议，被告B公司撤回上诉。

4. 专家评析

本案是一起较为典型的海上货物保险合同纠纷，涉及海上保险法上的最大诚信原则、保险责任、实际全损与推定全损、委付，以及外国法的适用等问题，有一定的探讨价值：

1) 保险合同是否有效，原告是否违反最大诚信原则

海上保险的最大诚信原则是海上保险法的重要原则之一，被保险人在保险合同订立之前

应向保险人告知和正确陈述有关保险标的的重要情况，如果被保险人有违告知义务，保险人有权解除合同，并且在被保险人故意违反时，或者未告知或错误告知的重要情况对保险事故的发生有影响的情况下，有权对合同解除前发生的损失不负赔偿责任。

我国《海商法》第二百二十二条对此作了明确规定，英国《海上保险法》第十八条也具体从告知和陈述方面规定了被保险人承担的最大诚信义务。告知义务始于被保险人要求保险之初，终于保险合同成立之时，是被保险人所负的一项特殊的法定义务，不是纯粹的合同义务。

至于何谓影响保险人的“重要情况”，这是困扰各国海商法理论界和司法部门的一个颇富争议的问题。通常认为，被保险人须如实告知的重要情况，是指对一个合理谨慎的保险人，在考虑是否接受承保或保险费率高低时，有决定性影响的那些情况。

结合本案，被告认为H市外贸违反最大诚信义务，保险人可宣告保险合同无效。理由：原告向保险人提供的2006年6月2日的售货确认书和海关报关单中，合同号与保险单中的合同号不一致，说明投保人严重隐瞒事实，保险人可宣告保险合同无效。

被保险人投保时，提供2006年6月8日的外贸合同及4份外贸发票，并按照合同和发票内容如实填写投保单，保险人审核后及时签发保险单，应当说双方之间的海上保险合同依法成立。至于合同号不一致的问题，报关单中所记载的鞋子合同号与保险单所记载的合同号的确不一致，但这并非被保险人违反如实告知义务的问题。因为本案系海上货物保险，被保险人投保时所填写的投保单载明的货物是集装箱货，且具体注明4个集装箱号；保险人在保险单上的记载虽然也有合同号，但仍清楚载明与投保单相符的4个集装箱号，而该4个集装箱号与海运提单上的集装箱号是一致的，应当认定被保险人已尽到如实告知的最大诚信义务。毕竟保险人所承保的系4个集装箱货物，现4个集装箱已装船，并运抵目的港，在通过公路转运至莫斯科的运输单据上也载明4个集装箱号码，由此可见，被保险人在投保时并未作虚假陈述。

至于外贸合同号不一致，这涉及原告与H市外贸之间的长期业务事宜，不宜将外贸合同与海运单据混为一谈。尽管中途装箱单和公路运单上的货物数量比保单、提单上的数量少1000件，但上面的4个集装箱号与保单、提单上的集装箱号是一致，最重要的是，被告的芬兰代理所作的检验报告中，陈述当时箱内货物数量为4656件。由此可见，保险标的物的数量系保单所记载的内容，而不存在被告所辩称的有隐瞒事实的行为。

2）本案的货损事实是否存在

本案被告认为，R公司检验报告有很多疑点，不能作为本案定性证据。理由是：除非保单上明确指定某代理机构查勘货损，否则，货损发生时，代理机构未经保险公司的委托，无权就某一具体的货损进行查勘。

（1）R公司系被告在芬兰的查勘和理赔代理，因为该代理人系货损发生后H市平安公司向投保人提供的，而且被告对此亦予以承认。

（2）保单中约定查勘代理人为当地合格的勘验人，而并未特别约定，发生货损还需保险人的特别授权，同时保险人向被保险人提供其代理人手册时也未告知代理人查勘需特别授权。现原告按照保险人提供的代理人名册找到其在芬兰的代理人，该代理人依职权作出检验报告，根据民法中关于代理的法律原理，该代理人的行为后果应由被代理人即本案被告来承担。根据该代理人的报告，4个集装箱分2批到达莫斯科，2批开箱时均有俄罗斯商会代表在场，应该说，检验代理人的报告是客观的。

3）保险人的保险责任是否已终止

这涉及保险法上的保险期间问题，所谓保险期间，是指险合同的有效期间，其开始、持续和结束，皆须明确地予以规定，因为保险人仅对保险期间内发生的属于保险人赔偿责任范围内的损失、费用和责任负责。海上运输货物保险合同通常用航程来规定保险期限，我国国内保险公司保单多规定仓至仓条款，即自被保险货物运离保险单所载明的起运地仓库或储存所开始运输时生效，包括正常运输过程中的海上、陆上、内河和驳船运输在内，直至该批货物到达保险单所载明目的地收货人的最后仓库或储存处所或被保险人用作分配、分派或非正常运输的其他储存处所为止。如未抵达上述仓库或储存处所，则以被保险货物在最后卸载港全部卸离海船后满 60 天为止。如在上述 60 天内被保险货物需转运到非保险单所载明的目的地时，则以该货物开始转运时止。

在本案中，有人认为，根据保险单的“仓至仓”条款，承运人将货物运抵保单和提单所载明的目的港 KOTKA 后，原告未提出任何有关货损的异议，证明货到 KOTKA 时是完好无损的，这样，保险人的责任即告终止。这种观点看似有理，仔细分析则不然。因为，本案保险单载明的目的港确为 V 港，保险责任期间为自 G 市港至 V 港的海上运输区间，但由于货物最终目的地为莫斯科，货物运抵 KOTKA 后，通过承运人马上连续用 10 天左右的时间转运至莫斯科。V 港并非收货人最后仓库或用作分派的处所，当时在 KOTKA 不可能拆箱检验，除非收货人(即原告)明知货损。

故上述观点认为保险责任至保险单所载明目的地收货人的最后仓库或储存处所已经终止的理由不成立。货物运抵莫斯科后，原告立即申请 R 公司检验，而且根据检验报告，所有鞋子在过份潮湿的空气及相应温度中从而形成霉菌的情况下作用了 1～1.5 月，由此可以推定，货损发生在海运期间，属于保险人所承保的责任期间。而且该风险属于一切险中一般附加险的受潮受热险，系被告保险人所承保的责任范围，故保险人应负赔付责任。最终一审法院采纳后一观点，认定保险人的保险责任并未终止，应承担相应法律责任。

4) 货物是否全损，即原告委托销毁货物的行为是否合法

对此审判人员有 2 种观点。一种观点认为，原告既然主张全损，依照保险法的规定，原告应当向保险人委付保险标的，可原告不待保险人赴现场处理，急于委托 T 公司将货物销毁，显然值得怀疑。故主张认定原告应承担委付过错责任，即原告承担部分货损款项。另一种观点认为，本案货损为实际全损，原告无须向保险人委付，其不应承担任何法律责任。

保险标的的全损包括实际全损与推定全损。根据我国《海商法》第二百四十五条的规定，保险标的发生保险事故后灭失，或者受到严重损坏完全失去原有形体、效用，或者不能再归被保险人所拥有的，为实际全损。而该法第二百四十六条规定，货物发生保险事故后，认为实际全损不可避免，或者为避免发生实际全损所需支付的费用与继续将货物运抵目的地的费用之和超过保险价值的，为推定全损。

本案中，根据保险人芬兰代理 R 公司委托所作的检验报告和俄罗斯某科学发展研究院的实验报告，所有皮鞋及皮革制品的高分子化合物原料组织受到严重破坏、缝线脱落，已失去原有形体和效用，无法也不能销售。按照英国《1906 年海上保险法》第五十七条的规定，“(1)若承保保险标的被毁，或受到损坏，失去投保时本来的品种或丧失到无法恢复，即为实际全损……”即本案货损实际发生，属于实际全损。

根据海上保险法规定(如我国《海商法》第二百四十九条、英国《1906 年海上保险法》第五十七条第二项)，只有保险标的发生推定全损，被保险人要求保险按照全部损失赔偿的，才必须

向保险人委付保险标的。既然本案货损为实际全损,故原告不必向保险人委付。由于俄罗斯有关当局认为所有鞋子不合卫生检疫要求,原告为此委托T公司销毁货物,应当是符合逻辑的。被告怀疑货物是否已销毁,应提供反证,否则只能驳回其抗辩。

在本案一审判决意见中,法院最后采纳了第一种观点。不过,这种观点的说服力仍值得考虑。

5) 关于法律适用问题

关于法律适用,本案也存在争议。保险单所确定的ICC条款中关于法律适用系英国法律和惯例,即1906年海上保险法。关于海上保险法律问题,我国《海商法》已有明确规定,现英国《1906年海上保险法》是否适用本案?对此,首先应看双方的合约,即保险单。保险单本身没有这方面的约定,其选择的承保条件是1963年ICC一切险,该条款关于法律适用规定适用英国法律和惯例,而英国相关法律即为1906年海上保险法。

在审理过程中,有人认为,英国1906年海上保险法无权威翻译文本,不能直接予以适用,而应适用我国《海商法》的相关规定,这种观点欠妥。因为,根据我国根据最高人民法院关于适用《涉外经济合同法》若干问题的解答第二条第(十一)项的规定,"在应适用的法律为外国法律时,人民法院如果不能确定其内容的,可以通过下列途径查明……此时法院可以责令当事人提供该法的中文译本并经庭审质证即可确定,而非无法确定;何况英国1906年海上保险法为世界各国海商法界所共知,故不存在对该法的查明问题(指国际私法上的外国法查明),该法可直接适用于本案。最后法院采纳该观点,这一法律选择是正确的,既符合当事人意思自治原则的要求,又与我国加入WTO后法院正确适用法律、依法平等保护境内处当事人合法权益的要求。

案例18 进口货物跟单信用证付款的纠纷

1. 案情和诉讼

2001年5月,被告B公司与C公司签订了进口60500t铁矿砂的买卖合同。2001年6月28日,上述货物在澳大利亚黑德兰港装上了原告A公司所属的"D"轮,当日该轮船长签发了一套3份指示提单。提单记明的托运人为C公司,收货人为凭指示,通知方为被告B公司,装港为黑德兰港,卸港为F市,数量为60500t铁矿砂,运费支付方式依据租船合同,租船合同条款并入该提单。2001年7月10日,"D"轮抵达F市港,由于被告B公司尚未通过其开证行F市交通银行取得正本提单,于是便向"D"轮船长出具了担保函,并请求原告向其放货。

该担保函内容如下:

致"D"轮船长,货物名称为散装铁矿砂,货物数量为60500t。船长先生称:上述货物已经由贵轮装运给我方,但相关提单尚未到达。作为收货人,我们在此请求您,在我方没有交付正本提单的情况下于F市港向我方交货。

如果贵方同意以上请求,我方则做出以下承诺:

(1) 我方在此向贵方及贵方代理人保证,应我方要求交货而产生任何性质的损失和损害,贵方免除一切责任。

(2) 如果就上述货物的交付贵方或贵方的任何代理人被提起诉讼,我方则将随时向贵方或贵方的代理人提供足够的资金以承担上述诉讼结果。

(3) 如果船舶或任何其他属于贵方所有的财产被扣押,或者可能遭受被扣押的危险,我方将提供保释金或其他担保以阻止扣押或保证该船舶或者其他财产被解除扣押，以及向贵方赔偿由此产生的损失、损坏或因扣船而引起的其他费用。

（4）一旦我方收到或占有上述货物的正本提单，我方将向贵方交付上述提单，同时我方的责任终止。

（5）在贵方首先追诉本保函涉及的他人的情况下，我方对本担保函所涉及的每一方无条件地承担连带责任，而不管该方是否为该担保函下的相对人。

（6）此担保函由英国法律调整，担保函下的每一个责任人在贵方同意下应将纠纷提交英国高等法院管辖。

2001年7月7日，原告接受了被告出具的上述保函，并将"D"轮所载货物全部交付给被告B公司。

本案所涉进口货物的货款支付方式为跟单信用证付款，该信用证的申请方为被告B公司，开证行为F市交通银行，议付行为澳大利银行，信用证的受益人为E公司和C公司，该信用证后来修改为C公司为受益人。2001年7月3日，银行收到了来自作为C公司银行的西部银行的全套预付单证。7月4日，E公司给B公司出具了金额为1754622美元的临时发票，其中货值917276美元，运费786500美元，112天的临时利息50886美元。7月6日，银行向C公司支付了全部货款，并且应E公司请求支付了运费。随后，银行将上述所收到的全套单证于7月6日寄F市交通银行承兑，但F市交通银行以单证存在不符点为由拒绝承兑，该批货运单证遂被退回至银行。

在得知本案货物已由收货人（即本案被告）B公司凭保函提走后，银行便于2001年10月与B公司就货款支付问题开始协商，2001年1月17日，B公司确认了由银行提出的建议，即B公司承认提取了价值1754611.95美元的60500t铁矿砂，该款项应在2001年10月26日前偿付给银行，该银行同意B公司卖货后用其所得款项支付，B公司尽力在2001年3月全部还清上述债务，主债金1754611.95美元记入B公司借方账户，余额也应根据要求支付，从2001年3月31日前利率定为7.5%。2001年2、3月间，银行收到了B公司根据此协议支付的两笔款项合计699970美元，但自此之后，B公司再未支付剩余款项。

2001年10月15日，银行向澳大利亚法院提出扣押本案原告A公司所属"D"轮的申请，同时责令A公司提供140万美元的担保，该法院于同日将"D"轮予以扣押，10月18日，上述船舶在提供足额担保后被释放。之后，银行又以"D"轮为被告，并以该轮无正本提单放货为由诉至新南威尔士联邦法院，该法院在经过开庭审理后，于2005年7月16日判决银行胜诉，"D"轮及其船东A公司（即本案原告）败诉，并由其赔偿胜诉方1316793.38美元（其中本金1054611.95美元加利息262181.43美元），判定E公司赔偿A公司损失114630.14美元。

上述判决结果A公司已于2006年1月18日履行完毕。同时，该公司又支付了从判决之日起到实际支付之日止的利息36340.54美元及案件受理费150000澳大利亚元（折合94830.48美元）。

另外，原告A公司所属船舶"D"轮在澳大利亚被扣押期间已期租给澳大利亚的"W轮"，每天的租金为6250美元，从2001年10月15日19:00被扣押至10月18日15:40被释放折合天数为2.8611天，共损失租金17881.88美元。为使船舶释放，本案原告委托V公司向银行出具担保金140万美元，至2006年1月18日共产生利息225087.8美元，担保手续费11722.85美元，同时，为在澳大利亚法院参与诉讼，本案原告A公司支出律师费225107.83

美元。

依据英国1980年时效法，就合同违约之诉的诉讼时效期间为6年。

原告A公司履行了澳大利亚法院判决，并遭受扣押船舶损失及提供担保损失后，依据被告B公司出具的保函多次向被告追偿以上所遭受损失，但被告以种种理由拒付，遂于2003年2月28日诉至F市海事法院，要求判令被告支付原告的损失，包括履行澳大利亚判决的损失、利息、诉讼费用144964美元，律师费225107.83美元，船舶被扣押损失的租金、燃油、担保费274971.07美元，在本案中提供反担保费用128.15美元，以及上述利息损失91474.27美元，共计2042267.17美元。

2. 被告答辩

被告B公司在答辩期内未提交书面答辩状，但在庭审时辩称：

(1) 在通常情况下，承运人应凭提单交付货物，但本案原告是凭保函交货，保函不受法律保护，应属无效，由此而给原告造成的损失，应由原告自己承担；

(2) 按中国海商法规定，原告向被告起诉的时效为1年，原告在凭保函交付货物时(2001年7月)即已认识到自己的权利受到侵害，但时至2003年2月才起诉，原告的诉讼请求已超过诉讼时效；

(3) 银行对原告是无诉权的，在银行与被告达成协议时，正本提单已丧失货权凭证的作用，故澳大利亚法院的判决为错误判决，原告应就此判决提出上诉，请求法院驳回原告诉讼请求。

在本案庭审中，原告坚持按被告方出具的保函中确定的准据法——英国法律来处理本案，被告则主张适用中国法律来处理本案。原告代理人向法院提出申请，因英国法"对于调整保函的规则及确定保证人责任与义务的相关案例经过多方努力仍未查明"，申请有关被告向"D"轮船东出具的保函的法律关系适用中国法，而有关本案的诉讼时效则适用英国《1980年时效法》。

3. 海事法院审理

F市海事法院受理案件后，由于原告在澳大利亚法院的诉讼正在进行，应原告的申请，裁定中止案件的审理，2005年7月16日，澳大利亚法院作出判决，2006年1月18日，原告履行该判决完毕，应原告申请，案件恢复审理。其间，因外国法的查明及境外取证、办理相关文件的公证认证手续等程序，应当事人申请，案件审理予以延期。

F市海事法院经审理认为，被告B公司在尚未收到正本提单的情况下，向原告A公司出具保函以提取货物，并在保函中注明"上述提单尚未到达"，"一旦我方(本案被告)收到或占有上述货物的正本提单，我方将向贵方(本案原告)交付上述提单，同时我方的责任终止"，由此可见，被告B公司在出具保函时是善意的，原告A公司在接受保函时亦持有善意态度。

被告出具保函，原告接受保函，并未恶意针对第三方或对第三方构成欺诈，只是后来因开证行F市交通银行以单证存在不符点为由拒付货款，才使得被告B公司得不到正本提单，无法将提单转交原告换回保函，同样也才使得议付行澳大利亚洋银行在将货款议付给卖方后，因开证行拒付，从而无法收回货款，导致在澳大利亚法院的诉讼。故原、被告之间签订的保函对双方当事人是合法有效的，双方构成合同关系，原、被告均应受其约束。

依据该保函，被告B公司应赔偿原告A公司应被告要求交货而产生的任何性质的损失和损害，如果本案原告因无单放货而被提起诉讼，被告B公司还应提供足够资金以承担上述诉讼后果，同时被告还应承担因原告无单放货而导致船舶被扣押造成的损失及为此提供担保以使船舶被释放等。故被告B公司应赔偿原告在澳大利亚判决书中确定原告应承担的损失和费用，原告船舶被扣押所产生的损失和费用，以及原告在澳大利亚法院参加诉讼支出的律师费。

上述各款项所产生的利息损失，被告亦应予以赔付。

依据《中华人民共和国民法通则》的规定，“涉外合同的当事人可以选择处理合同争议所使用的法律，法律另有规定的除外”。

本案中，被告在未收到正本提单的情况下，为使货物被释放而向原告出具的保函中明确约定该保函由英国法律调整。原告为此向法院提交了英国《1980年时效法》及相关案例，但未能提交英国法关于调整保函的规则及确定保证人责任与义务的相关案例，为此，原告申请有关被告向原告出具的保函适用中国法律进行处理。而有关本案的诉讼时效则适用英国《1980年时效法》，依照最高人民法院对民法通则的解释意见第195条“涉外民事法律关系的诉讼时效，依冲突规范确定的民事法律关系的准据法确定”，法院认为，原告的上述申请于法有据，应予支持。

被告B公司在答辩时称，本案所涉保函是无效的，不受法律保护，由此而给原告造成的损失，应由原告自己承担。法院认为，本案中的保函是在被告B公司暂时未收到正本提单的情况下，出具保函提取货物，原告作为保函接受方，被告作为保函出具方，并未有对正本提单持有人进行欺诈的故意，因而在出具保函时原、被告双方均为善意的，故该保函对第三方无约束力，但对原、被告双方是有法律效力的，原、被告双方均应受该保函约束。

被告在答辩时还称，依照中国海商法的规定，原告对被告起诉的时效为1年，从原告收取保函放货即1996年7月起算，但原告直至1999年2月才起诉，已超过诉讼时效。对此观点，法院认为，本保函适用英国法律，根据英国《1980年时效法》就合同违约之诉的诉讼时效为6年，原告起诉并未超过该法规定的诉讼时效，因此原告应受法律保护。

被告在答辩时还辩称，银行对原告是无诉权的，在银行与本案被告达成协议时，正本提单已丧失物权凭证的作用，故澳大利亚的判决是错误的。对此观点，法院认为，虽然正本提单持有人已与本案被告达成协议，但被告只是部分地履行了该协议，并未完全履行，在此情况下，正本提单并未失去其物权效力，银行既可以选择以无正本提单放货为由起诉本案原告，也可依协议来起诉本案被告，银行在澳大利亚法院选择本案原告为被告进行起诉并无不当，且澳大利亚法院的判决业已生效并已执行，法院以此判决确定原告的损失并无不当。

4. 法院判决

综上，原告A公司关于在澳大利亚判决中确定由原告（即澳大利亚判决中的被告）承担的损失和费用，原告船舶被扣押产生的损失和费用，原告在澳大利亚法院参加诉讼所支出的律师费用，以及上诉各款项所产生的利息损失的诉讼请求，理由正当，证据充分，应予支持。原告的其他诉讼请求，证据不充分，理由不当，不予采信。被告B公司的答辩理由不当，证据不充分，不予采纳。

依照《中华人民共和国民法通则》第一百零六条第一款、第一百一十一条、第一百四十五条,"最高人民法院关于贯彻执行《中华人民共和国民法通则》若干问题的意见(试行)",《中华人民共和国海商法》第二百六十九条,英国《1980年时效法》第一部分第五条,于2007年4月4日判决如下:

被告B公司赔偿原告A公司支付澳大利亚判决中确定的损失1316793.38美元、利息36340.54美元,澳大利亚法院诉讼费用150000.00澳大利亚元(折合94830.48美元),原告所属"D"轮被扣押期间产生的租金损失17881.88美元,原告为使船舶释放提供的担保金的利息损失225087.80美元,担保手续费11722.85美元,原告在澳大利亚法院所支出的律师费225107.83美元,以上合计1927764.76美元,由被告赔偿原告并支付上述款项所产生的利息损失(利息以自2006年1月19日起至本判决生效之日止按我国银行同期存款利率计算)。

判决做出后,被告B公司不服该判决,上诉于U省高级人民法院。U省高级人民法院经开庭审理后,于2007年9月24日作出判决:

驳回上诉,维持原判。

5. 专家评析

本案是一起典型的凭保函提货纠纷案。在国际海上货物运输中,承运人接受保函放货给收货人后,可能引起2个诉讼,即托运人诉承运人的无单放货纠纷诉讼和承运人依保函向收货人(即出具保单人)进行追偿的履行保函诉讼。本案属于后者,主要涉及以下2个问题:

1) 保函的效力问题

这一问题是本案一审中的一个重要问题,也是被告B公司上诉至二审时的焦点问题。在国际海上货物运输中,提单运输已成为最为普遍的货物运输方式。而正本提单则是用以提货、结汇的重要单证,正本提单持有人凭正本提单有权要求承运人交付货物,而承运人也负有向正本提单持有人交付货物的义务。但由于近年来航运事业的快速发展,运输时间逐渐缩短,提单的流转却仍然按照传统的方式,环节多、速度慢,往往造成货物已运抵目的港,而提单尚未到达收货人手中,致使收货人无法在目的港凭正本提单提货的局面。这样,逐渐出现了以副本提单等正本提单以外的其他单证连同保函先予提货的习惯做法。

保函放货冲击了提单物权凭证的法律地位,使物权凭证与物分离。承运人可以选择接受或不接受保函,但如果接受保函放货,承运人向正本提单的持有人交付货物的义务却仍未解除,这样承运人将有可能面临承担向正本提单的持有人交货不能的法律后果和责任的风险。

在国际上,调整提单运输的国际公约有1924年的《统一提单若干法律规定的国际公约》(《海牙规则》)、1968年《关于修订统一提单若干法律规定的国际公约议定书》(《维斯比规则》)以及《1978年联合国海上货物运输公约》(《汉堡规则》),但其中均未对凭保函提货的行为予以规范和调整,我国《海商法》中也未涉及。对这一问题的解决,现在还处于司法规范阶段。一般认为,如果承运人和收货人在正本提单未到而又急需提货的情况下,双方均出于诚心善意,收货人以出具保函保证承担因无正本提单提货可能产生损失的责任,而承运人接受保函交付货物,这种保函不针对第三人,也不具有对第三人的欺诈性质,这样的保函应视为有效,对当事人具有约束力。但是承运人不能以保函来对抗善意的正本提单持有人,当正本提单持有人向承运人主张权利时,承运人应负赔偿责任。

如果承运人和提货人恶意串通欺骗真正的收货人,提货人不是将来货物的所有权人,而以骗取货物为目的出具保函,承运人明知提货人不是货物的所有权人而收取保函放货,使货物的真正所有权人持有正本提单而提不到货，这就构成欺诈，此保函应认定无效。

本案属于上述第一种情况。被告B公司是本案所涉货物的将来的所有权人，从被告B公司出具的保函的内容也可以看到其出具保函时的善意："上述提单尚未到达"，"一旦我方（本案被告）收到或占有上述货物的正本提单，我方将向贵方（本案原告）交付上述提单，同时我方的责任终止"。而原告A公司也是基于对被告B公司此种善意的信任，而善意地接受保函的。双方当时的行为没有恶意针对第三方，也未对第三方构成欺诈，所以，此保函应当认定有效。由此，原被告双方在保函的基础上形成了合同关系，双方的权利义务关系应当按照保函的规定进行调整。依据保函，原告A公司因接受保函交货给被告B公司而遭受的在澳大利亚的诉讼中的费用和赔偿金、船舶被扣押的损失、为放船而提供保释金的损失等，应由被告B公司承担。

2）外国法的适用问题

保函被确定有效后，就要看保函中约定的法律适用条款的理解。保函中约定"此担保函由英国法律调整"，很明显，这是双方当事人对法律适用的约定。

(1) 外国法的确定。

① 涉外合同的法律适用问题。涉外合同的法律适用，即是指如何确定合同的准据法，即依照冲突规范，合同应适用何国的实体法。在这一问题上，国际上普遍采用的是当事人"意思自治原则"，即当事人可以通过协商一致的意思表示自由选择支配合同的准据法，这是一项古老的原则。发展至今，世界各国的立法和司法实践中，在尊重当事人选择法律意愿的同时，强调了对意思自治内容的限制，即当事人所选择的法律，不能违反公共秩序、不能违背强制性规则、禁止不确定的准据法，并且只能是实体法。在当事人没有意思自治或意思自治不明而无法确定合同准据法的情况下，法院依照"场所支配行为"的原则，以与合同有关的客观标志为依据，确定合同的准据法，这是对意思自治的补充，这种客观标志通常为合同缔结地、合同履行地、法院地、不动产所在地等。而法院确定合同的准据法时，大多会依照"最密切联系原则"，对与案件有关的各种主、客观因素进行分析，在上述客观标志中选出和案件最具联系的连结点。

② 我国对涉外合同的法律适用的规定。《民法通则》首先对这一问题作了规定，该法第145条规定：涉外合同的当事人可以选择处理合同争议所适用的法律，法律另有规定的除外。涉外合同的当事人没有选择的，适用与合同有最密切联系的国家的法律。《合同法》第126条、《海商法》第269条也作了类似规定。由此可见，我国涉外合同法律适用的首要原则是当事人意思自治原则，在当事人没有意思自治或意思自治不明确时，采用最密切联系原则作为补充，这与国际上的普遍做法是一致的。

(2) 外国法的查明。

若当事人选择的是法院地以外的外国法，这就涉及外国法的查明问题。外国法内容的查明又称"外国法内容的确定"，是指法院在审理涉外民事案件时，根据本国冲突规范确定应适用的某外国法后，对该外国法内容如何确定和证明的问题，外国法内容查明的方法取决于有关国家的诉讼制度及其对外国法性质的认定。综合各国在外国法内容查明上所采取的不同做法，主要有3类，即当事人举证证明、法官依职权查明以及法官与当事人共同查明。我国目前立法中尚未对外国法内容的查明问题做出明确规定，但有关的司法文件曾对此有明确的规定。最高人民法院《关于适用〈中华人民共和国民法通则〉若干问题的意见（试行）》第193条规定：对于应适用的外国法律，可以通过下列途径查明：

① 当事人提供。

② 由与我国订立司法协助协定的缔约对方的中央机关提供。

③ 由我国驻该国使领馆提供。

④ 由该国驻我国使馆提供。

⑤ 由中外法律专家提供。

在实践中，我国法院将对外国法内容的查明，作为当事人应当举证证明的证据内容，主要以当事人提供为主，其他方式为辅。当外国法内容无法查明时，各国国际私法实践通常采取相应方法予以解决，有以法院地法取代应适用的外国法的，也有驳回当事人的诉讼请求或抗辩请求的。我国《关于适用〈中华人民共和国民法通则〉若干问题的意见（试行）》规定，外国法的确定，如果通过多种途径仍不能查明，适用中华人民共和国法律。可见我国在外国法无法查明时，采用的是以法院地法取代应适用的外国法的解决方式。

在本案中，原、被告双方在保函中约定"此担保函由英国法律调整"，这是当事人意思自治的体现。依照国际惯例及我国法律的规定，当事人对适用法律的选择应当得到支持。原告A公司提交了英国《1980年时效法》及相关案例，所以时效问题应当适用经当事人选择并查明的英国法，对于英国法关于调整保函的规则及确定保证人责任与义务的相关案例，原告A公司未能提供，按照我国的法律规定，保函及当事人的权利义务关系适用中华人民共和国法律调整。由此，被告B公司提出的诉讼时效和法律适用的抗辩与法无据。

综上所述，F市海事法院判决的法律适用及责任承担是正确的。

案例19　进口代理协议与货损的纠纷

1. 案情

2004年12月17日，C公司与被告订立租船合同：约定由C公司承租被告的"D"轮装运至少12600t散装豆粕，从印度西岸贝迪—孟买沿线一个安全港口驶往中国南部，包括上海1～2个安全港口。该合同第58条规定"任何由本合同产生的经过友好协商不能解决的争议或分歧，应在伦敦通过仲裁的方式解决……本合同适用英国法律……"

"D"轮于2004年12月28日到达贝迪港，2005年1月25日02:00所有货物装载完毕。同日，租船人和托运人根据租约所指定的E公司作出《气候证书》，该证书显示，该批货物含水量低于11.50%，含油量低于1.00%；E公司同日出具了《质量检验报告》，该报告记载：货物的蛋白含量为46.31%，脂肪含量为1.02%，水分含量为11.90%，纤维含量为5.67%，砂/硅含量为1.39%，船长据此签发了提单。但根据船方所指定的J公司1月28日出具的检验报告记载：根据该公司从1月8日到1月23日各日检验的平均值，该批货物的含水量为12.28%，含油量为0.80%。货物装船之后，被告共签发了11套提单，提单上注明了不同的托运人，提单正面注明：货物"表面状况良好"；C公司为托运人，收货人为凭指示，通知方为A公司；货物的"重量、尺寸、质量、数量、条件、内容和价值均不知"。该提单正面还注明：提单"与租约共同使用"，租约为2004年12月17日的租约。

提单的背面首要条款规定："如果起运地国家实施在1924年8月25日订于布鲁塞尔的《关于统一提单的的某些法律规定的国际公约》（《海牙规则》），则此规则适用于本提单。如果在起运地国家不实施该法，则适用货物运输的目的地所属国家的相应法律。"该提单背面第1条还规定："正面所注明日期的租约中的所有条件、条款、权利和除外事项，包括法律适用和仲裁条款,都并入本提单。”应租船人的要求、并取得租船人担保函的情况下,被告同意签发第二套提单,并由其代理人在新加坡签发了第二套提单(一式三份),本案纠纷是因第二套提单而产生。

“D”轮于2005年1月25日22:00起锚,23:00离港,航程中遇到的天气条件相对良好。该轮于2月9日18:00到达防城港外锚地等待租船人C公司的进一步指示。租船人在1月28日向船东和船长发出指示,在船舶到达防城港之后,该轮须在港区以外等候,不得递交卸货准备就绪通知书,并等待租船人的进一步指示。3月24日,租船人发出卸货指示,当日21:00,“D”轮递交卸货准备就绪通知书,26日06:00,引水员登轮将船舶引领到泊位,28日14:20开始卸货,于4月10日05:30卸货完毕。

原告与F公司就本批货物的进口于2005年2月6日订立代理协议,F公司代表原告与卖方美国和德公司于同日订立豆粕买卖合同。该买卖合同规定,所买卖的货物为印度豆粕,单价为283美元/t,CFR FO中国主要港口,数量为12000t,允许超差5%。货物的规格为:蛋白最小含量为48.00%,脂肪最大含量为1.5%,水分最大含量为12.00%,纤维最大含量为6%,砂/硅最大含量为2.5%,装船期限为2005年2月28日之前,付款条件为不可撤销的信用证。

原告通过C公司与被告订立租船合同。3月24日,原告支付货款3498721.66美元,并取得正本提单。卸货过程中,由于原告怀疑货物遭受损坏,遂委托H省商检局对该批货物进行了抽样检验,H省商检局于2005年4月7日出具了《验残检验证书》,该检验证书结论为:“上述货物变褐、变黑,有霉变结块现象,且水份超过合同规定,严重影响使用,结合商销情况,整批到货贬值60%。”

原告于2005年4月1日向G市海事法院提出扣押被告所属“D”轮的申请。G市海事法院于同日裁定扣押了“D”轮,并责令被告提供300万美元的担保。

2. 诉讼与答辩

船舶扣押后,应被告申请,G市海事法院委托国家质检中心对本案货物进行检验,检验结论为:“D”轮在防城港所卸12546.6t(250932包)豆粕中货损总量为3228.82t,货损率为25.73%。原告在扣船期间向G市海事法院提起诉讼称:被告所属“D”轮运载原告进口的12575.5t印度豆粕,于2005年2月9日抵达中国防城港,3月26日开始卸货。在卸货过程中发现1~4舱的豆粕均发霉变臭、变色,经中华人民共和国H省商检局检验,货物发生严重损害,贬值率为60%,造成原告货物损失2099232.90美元和其他直接损失560000美元。请求判令被告赔偿原告货物损失2099232.90美元及其他直接经济损失560000美元。诉讼费用由被告承担。

被告辩称:由于本案货物的买卖合同缔约方为美国和德国际有限公司与C公司,而原告没有任何证据说明其合法取得涉案货物的权利。尽管原告向法院提交了其与美国和德公司之间的买卖合同以及原告就本批货物进口所订立的进口代理协议,但进口代理协议并不是由原告所订立,原告仍无法证明其合法进口货物,并已支付相应的对价而合法取得提单。因而原告不具有海事请求权,不是本案的适格原告。原告所称货物损失系由货物本身的自然特性或其固有的缺陷所引起。部分货物的含水量已实际超过合同规定的12%,是导致货物损坏的主要原因。被告作为承运人已经恪尽职守。原告对于货物的损失负有不可推卸的责任,原告还夸大了货物损失。原告的请求没有事实和法律依据,请求法院予以驳回。

3. 海事法院裁定

被告在提交答辩状期间向G市海事法院提出管辖权异议称:本案租船合同中的仲裁条款合法有效地并入了提单,对作为提单持有人的原告具有约束力,本案纠纷应当提交英国仲裁机构仲裁,G市海事法院不具有管辖权。

G市海事法院认为:虽然本案所涉提单载明与租约同时使用,租约中也有仲裁条款,但因提单并入的租约仲裁条款的内容只是针对租船人和承运人约定的临时仲裁,该仲裁条款并没有对提单持有人如何指定仲裁员作出规定,故应视为该仲裁条款并未赋予原告指定仲裁员的权利,该仲裁条款对作为提单持有人的原告来讲是一种不能执行的仲裁条款。因此,被告的管辖权异议不成立,应予驳回。

4. 高级人民法院审理

被告不服G市海事法院裁定,向J省高级人民法院提起上诉称:本案当事人选择适用英国法,英国法应当成为解决本案所有有关实体问题的纠纷包括提单并入条款的有效性及被并入提单的仲裁条款的效力问题的准据法。根据英国有关法律,本案提单中的并入条款及被并入的仲裁条款均属合法有效,对作为提单持有人的原告具有法律约束力,并不存在有任何不可以执行之处。为解决本案纠纷,被告已针对原告在伦敦开始仲裁程序,故请求撤销原裁定,将本案提交仲裁解决。

J省高级人民法院认为:本案为海上货物运输货损赔偿纠纷,认定本案所涉仲裁条款的效力属程序性问题,对该问题的审查应适用法院地法即中华人民共和国法律。本案所涉提单中并入的租约仲裁条款约定的是临时仲裁,依照租约,该仲裁条款赋予了承租人和出租人指定仲裁员的权利,但并没有约定提单持有人如何指定仲裁员,亦未明示承租人指定仲裁员的权利相应地转移给非承租人的提单持有人。因此可以确定该仲裁条款未赋予提单持有人A公司指定仲裁员的权利,该仲裁条款无法执行。本案所涉海上货物运输的目的港防城港在A公司起诉时属G市海事法院管辖地域范围,G市海事法院依法对本案行使管辖权并无不当。原审裁定正确,予以维持。B公司上诉理由不充分,予以驳回。

5. 海事法院审理

G市海事法院经公开审理认为:本案为涉外海上货物运输合同纠纷。虽然本案争议提单的背面首要条款规定了提单法律关系的准据法,但并入本提单的租约第58条“仲裁条款”中规定了“本合同适用英国法”,应认为该规定否定了提单背面的首要条款,且对承运人和租船人(托运人)具有效力。因此,对租约项下的纠纷不适用提单背面首要条款的规定。

根据国际商会《跟单信用证统一惯例》第500号出版物的规定,提单在被用作信用证关系议付单据之一时,提单将附上租约,提单第一受让人向银行付款赎单后,意味着其接受租约条款的效力。本案中,因原告不是提单第一受让人,且被告无证据证明提单第一受让人将提单转让给原告时,已附并入提单的租约,被告也无证据证明原告在收受货物时明示或通过其他方式默示接受租约条款的效力。而原告在诉讼中明确表示本案所涉纠纷不适用英国法,因此,租约条款对原告不具有约束力,本案双方当事人在法律适用上并未达成一致意见。本案所涉货物运输的目的港是中国防城港,收货人原告为中国公司,“D”轮被扣押地也在中国防城港。根据最密切联系原则，处理本案纠纷的法律应为中华人民共和国法律。

原告已经向法院提交了本批货物的进口代理协议以及其代理人与进口商之间的货物买卖合同，这些均已充分证明原告系合法取得本案提单。被告作为承运人，有义务运载和保管货物，并根据提单所载明的货物状况向原告交付货物，有关检验报告证明了货损的事实，被告应当承担赔偿责任。

“D”轮 2005 年 2 月 9 日就已经到达目的港防城港，由于租船人的指示以致 3 月 28 日才开始卸货，本案货损的发生与货物被严重迟延卸载有必然的联系。原、被告双方对于货物被迟延卸载均无过错，对租船人指示迟延卸载造成货损的责任问题已超出本案所审理的范围。

在本案中，货物一直处于被告的控制之下，与原告相比，被告更能够决定货物的处理事宜，根据公平合理的原则，应当由被告全部承担货物因迟延卸载而产生的损失。

6. 海事法院调解

G 市海事法院在审理过程中，考虑到案件纠纷的复杂性和办案的社会效果，主持双方当事人进行调解，使原、被告于 2007 年 9 月 20 日自愿达成以下调解协议：

(1) 原告保证其是本案提单的唯一的合法持有人，并且是唯一有权就上述货物的损失向被告提出索赔的单位，没有任何其他第三方向被告提出索赔；

(2) 被告同意赔付原告 950000 美元，包括全部费用和利息，作为本案全部和最终的解决方案。被告在签收法院的《民事调解书》后 30 日内将上述款项汇至原告指定的账户，汇款费用由被告承担；

(3) 本案诉讼费 31116 美元，由原、被告双方各自承担 50%，因原告已预付全部诉讼费，故被告应将其承担的 15558 美元与上述赔款一同支付到原告指定账户。其余双方已预付的财产保全和证据保全的费用由双方各自承担；

(4) 原告保证在收到被告的上述全部款项后，签署《收据和免除责任确认书》给被告，并申请法院将中保财产保险有限公司 J 省分公司于 2005 年 4 月 30 日出具的《担保函》退还给被告；

(5) 原告保证在收到上述全部款项后，不再向任何法院或仲裁机构就本次事故对被告提起任何性质的诉讼或仲裁或申请；

(6) 本协议书的签署不影响双方向其他责任方追偿的权利。

G 市海事法院认为上述协议符合法律规定，予以确认。

7. 专家评析

本案是一宗典型的国际海上货物运输合同货损赔偿纠纷案，较为集中地反映了目前海事审判中的一些热点和疑难问题，如，认定仲裁协议效力的准据法、租船合同的仲裁条款并入提单的效力及管辖权问题，法律适用条款并入提单的效力及提单纠纷的的法律适用、货损原因的认定及损害赔偿的确定等问题。

1) 租船合同的仲裁条款并入提单的效力及管辖权问题

(1) 认定仲裁协议效力的准据法。

有效且可执行的仲裁协议可排除法院管辖。在本案中，确定管辖权，应先明确认定仲裁协议效力的准据法。租船合同约定该合同下的纠纷在伦敦仲裁，适用英国法。确定仲裁条款效力的准据法是否为英国法，是本案中的难点之一。对于认定仲裁协议效力的准据法，目前我国尚没有明确的法律规定。以本案一、二审为代表的一种观点认为：由于管辖权问题为程序性问题，而仲裁条款的效力亦直接影响到管辖权的确立，所以对该问题的审查应属程序审查事项，应依据法院地法。这种观点颇值得商榷。

在香港三菱商事会社有限公司诉三峡投资有限公司等购销合同欠款案中，最高人民法院对湖北省高级法院因国际商事仲裁协议的效力所作请示的答复表明，认定仲裁协议的效力应依据仲裁地的法律。最高人民法院经济庭主编的《经济审判指导与参考》对该答复作了说明，强调先以当事人选择的法律为认定仲裁协议效力的准据法，在当事人未对此作出选择时，则以仲裁地法来认定。可见，对于认定仲裁协议效力这类案件，最高人民法院这种确定准据法的做法是与《承认与执行外国仲裁裁决公约》(即《纽约公约》)第五条第一项规定的原则相一致和相适应的，在实践中应当遵循。

《纽约公约》确定认定仲裁协议效力的准据法仅在公约的调整范围内适用，即只适用于外国仲裁裁决在承认与执行阶段对仲裁协议效力认定的法律适用问题。但在法院决定是否受理的阶段认定仲裁协议的效力在法律适用上与《纽约公约》保持一致，是非常必要的。否则，法院在审查管辖权异议阶段与审查是否承认与执行仲裁裁决阶段认定仲裁协议效力的准据法就会不同，法院在两个不同阶段对类似仲裁协议效力的审查结果也可能不同，进而出现一些不正常的现象，如，法院在管辖权异议的审查中，依据一种法律适用规则确定的准据法认定约定外国仲裁协议有效，当事人在外国仲裁后，到国内法院申请承认与执行仲裁裁决，法院依据公约规定的另一种法律适用规则所确立的准据法可能会认定仲裁协议无效，不予承认与执行，岂不荒唐。

综上，本案认定仲裁协议效力的准据法应当是英国法，而不是法院地法。

(2) 并入条款的效力问题。

关于提单仲裁条款及租船合同仲裁条款并入提单的效力问题，是法院在受理提单纠纷案件时经常遇到的问题，目前海商法理论界没有统一的认识，司法实践中的做法不尽一致。倾向性的认识为：无论提单自身的仲裁条款还是租船合同仲裁条款并入提单，对提单持有人而言均不具有强制的法律约束力，除非提单持有人明示接受该条款约束。具体理由却往往各不相同，主要有：

① 违反仲裁自愿原则当事人自愿是国际上普遍遵循的仲裁原则，也是判断仲裁协议效力的基本准则。提单的仲裁条款是承运人单方制定的，租船合同的仲裁条款充其量是出租人和承租人商定的，提单持有人没有表达意思的机会，在见到提单之前或之后(租船合同并入提单的情况)甚至不知道仲裁条款的存在，更谈不上同意了。以一条没有体现提单持有人意愿的提单条款约束提单持有人，有违仲裁自愿原则，且对提单持有人显失公平。

② 不符合《纽约公约》与《国际商事仲裁示范法》的要求。

根据《纽约公约》第二条第一款和第二款，以及联合国《国际商事仲裁示范法》第七条第二款，一个能约束当事人的仲裁协议必须以书面形式订立，并且能从中明确看到同意或无异议的意思表示。

③ 违反“不作为的默示只在法律有规定或当事人有约定的情况下，才可以视为意思表示”的规定。

根据法理，默示推定为接受，必须有法律的明确规定或在当事人之间有明确的约定。最高人民法院关于贯彻执行《中华人民共和国民法通则》若干问题的意见(试行)第六十六条体现了这一法理。没有任何法律规定,提单持有人接受提单时没有提出异议视为同意接受仲裁条款的约束,实践中提单也没有作出类似的约定。

④ 按照格式条款的解释规则,应认定仲裁条款对提单持有人无效。

按照我国《合同法》第四十一条的规定,对格式条款有 2 种以上解释的,应当作出不利于提供格式条款一方的解释。即使对提单仲裁条款或租船合同的仲裁条款并入提单的效力可以作出不同的解释,也应当采用对提供提单格式的承运人不利的解释,即认定仲裁条款对提单持有人不具有约束力。

⑤ 争议解决的方式不是并入条款应解决的问题并入条款就是在提单上载明将租船合同并入提单,目的是使租船合同可以约束承租人以外的提单持有人,以免承运人对承租人和提单持有人承担不同的义务和责任,同时可以使承运人对提单持有人行使其根据租船合同产生的权利。因此,一般认为,只有与货物运输的主旨有关的当事人的权利义务条款(指装卸、运输、交付等条款)才可以并入提单,约束提单持有人。我国《海商法》第九十五条明确将可以并入提单约束提单持有人的租船合同条款限制在"权利义务关系"方面。

仲裁条款作为争议的解决方式,不是与运输的主旨有关的条款,不涉及当事人的实体权利义务,其并入提单,既不符合租船合同并入提单的宗旨,也违背了有关法律规定。因此,租船合同中的仲裁条款根本就不能并入提单,即使并入条款明确包含了仲裁条款亦然。

以上理由都缺乏说服力。我国《海商法》第七十八条规定:"承运人同收货人、提单持有人之间的权利、义务关系,依据提单的规定确定。"我们不能断定,这里"权利、义务关系"就不包括仲裁条款。提单是一个债权凭证,受让人受让提单就受到提单所证明的运输合同的约束。提单上的仲裁协议或并入条款属书面形式,我们也不能当然推断,提单持有人自愿接受提单,却没有自愿接受提单条款,提单持有人不受提单上仲裁条款的约束,而受其他条款的约束。

《海商法》理论上有观点认为:仲裁条款中只订明租船合同下的争议是用仲裁解决,没有指明提单下的争议也用此方式,这类租船合同仲裁条款不能并入提单。如果租船合同中仲裁条款清楚地订明所有租船合同及根据租船合同签发的提单下的争议用仲裁方式解决,这种情况下仲裁条款应视为已并入提单,这也是英美航运大国处理租船合同仲裁条款并入提单的基本态度,值得我国司法实践借鉴。

即使本案所涉仲裁条款被有效并入提单,但由于仲裁条款只是约定租船合同下的纠纷采用仲裁解决,并指明"本合同"(租船合同)适用英国法律。而本案争议的是提单所证明的运输合同关系,与租船合同关系不同。提单只是并入了租船合同的条款,两种合同关系仍然是泾渭分明的。租约中仲裁条款约定的仲裁事项仅是租约纠纷,并没有"有关本租约下所签发的提单的纠纷也适用本仲裁条款"之类的约定,本案提单法律关系争议不在仲裁条款约定的仲裁事项之列,也不在租约约定的准据法的调整范围内,因此,租约中的仲裁条款和法律适用条款即使并入提单,也与本案提单下的争议无关,对本案没有约束力。笔者认为,这应当是解决类似管辖权问题的较为充分的理由。

因此,本案一、二审认定并入的仲裁条款对提单持有人无约束力,是正确的,但其理由没有简单明了地切中要害,并值得商榷。

2) 实体法律适用问题

本案提单背面的首要条款规定提单法律关系的准据法,即如果起运地国家实施《海牙规则》,该规则适用于提单;如果起运地国家不实施该法,则适用运输目的地所属国家的相应法律。并入本提单的租约第58条"仲裁条款"中规定了"本合同适用英国法",这里"本合同"指租船合同,不包括提单。提单首要条款与租船合同仲裁条款分别调整提单纠纷与租船合同纠纷,两者没有冲突的地方,因此租船合同仲裁条款并入提单后并没有否定提单背面首要条款的效力。

法院认为租船合同仲裁条款并入提单后即否定了提单背面的首要条款,是错误的。提单首要条款应当视为有效。据查,本案货物起运地印度颁布了《1925年印度海上货物运输法》,该法实际上遵循了海牙规则的规定。可见,在国际法与国内法的关系上,印度如英美等国一样采用"二元论",将国际公约转化为国内法实施。因此,本案提单纠纷应在查明印度法的基础上适用海牙规则。本案实体审理确定适用中国法是值得商榷的。

3) 货物损害赔偿的确定

被告是签发提单的承运人,与提单持有人存在以提单为证明的运输合同关系。货物在被告运输过程中发生霉变等损坏,被告不能证明其存在法定的免责事由(《海牙规则》第四条第2款规定了货物固有缺陷等17项免责),就应当承担赔偿责任。原、被告之间的提单关系是一种独立的法律关系,至于租船人指示被告迟延卸载造成货损,这丝毫不能免除被告作为承运人的责任。被告在赔偿提单持有人后可依据租船合同向租船人追偿。

由上述评析可以看出,本案作为一宗典型的国际海上货物运输合同货损赔偿纠纷案,是比较复杂的,上述一些热点和疑难问题仍值得深思。

案例20 国际多式联运代理货物灭失的纠纷

1. 案情

2004年10月4日,告A公司作为买方与N市进出口公司签订1份售货确认书,购买一批童装,数量500箱,总价为68180美元。2005年2月11日,N市进出口公司以托运人身份将该批童装装于一40ft标箱内,交由B公司所属"D"轮承运。B公司加封铅,箱号为×××U5028957,铅封号11021,并签发了号码为XXX-95040的一式三份正本全程多式联运提单,E市F公司以代理身份盖了章。该份清洁记名提单载明:收货地E市,装货港香港,卸货港W港,收货人为A公司。提单正面管辖权条款载明:提单项下的纠纷应适用香港法律并由香港法院裁决。提单背面条款6(1)A载明:应适用海牙规则及海牙维斯比规则处理纠纷。

2005年2月23日,货抵香港后,B公司将其转至C公司所属"G"轮承运。C公司在香港的代理L公司签发了号码为×××UHKG166376的提单,并加号码为×××4488593的箱封。B公司收执的提单上载明副本不得流转,并载明装货港香港,目的港科波尔,最后目的地W港;托运人为B公司,收货人为B公司签发的正本提单持有人及本份正本提单持有人,通知人为本案原告A公司,并注明该箱从E市运至W港,中途经香港。

2005年3月22日,C公司另一代理J公司传真A公司,告知集装箱预计于3月28日抵斯洛文尼亚的科波尔港,用铁路运至目的地W港有2个堆场,让其择一,原告明确选择马哈特为集装箱终点站。3月29日,C公司将集装箱运抵科波尔,H公司出具运单,该运单载明箱号、铅封号以及集装箱货物与C公司代理L公司出具给B公司的提单内容相同。4月12日,J公司依照原告A公司指示,将箱经铁路运至目的地XX集装箱终点站。4月15日,A公司向J

公司提交B公司签发的1份正本提单并在背面盖章。6月6日,A公司提货时打开箱子发现是空的。同日,M公司W港口出具证明,集装箱封铅及门锁在4月15日箱抵××路时已被替换。

2005年11月28日,A公司第一次传真J公司索赔灭失的货物。2006年1月2日,J公司复函称,已接马哈特集装箱终点站通知货物被盗之事。在此之前,C公司2家代理J公司和香港L公司来往函电中也明确货物被盗,并函复B公司E市办事处及托运人N市进出口公司。后虽经A公司多次催讨,三方协商未果。

2. 诉讼与答辩

2006年4月10日,原告A公司向E市海事法院起诉,称:本公司所买货物由卖方作为托运人装于集装箱后交第一被告B公司承运,B公司签发了全程多式联运提单。提单上载明接货地E市,卸货地匈牙利W港,收货人为我公司。B公司将货运至香港后,转由第二被告C公司承运,C公司承运至欧洲后由铁路运至匈牙利W港马哈特集装箱终点站。2005年6月6日,我公司作为提单收货人提货时发现箱空无货,故向2被告索赔此货物灭失的损失以及为此而支出的其他合理费用。第一被告B公司作为全程多式联运承运人应对全程负责,第二被告C公司作为二程承运人应对货物灭失负连带责任。

被告B公司未在答辩期内予以答辩,在庭审时提出管辖权异议和答辩理由,称:依所签发的提单,提单项下的纠纷应适用香港法律并由香港法院裁决。根据提单背面条款,收货人应在提货之日后3日内提出索赔通知,并应在9个月内提起诉讼,否则,承运人便免除了所应承担的全部责任。收货人未向我公司提出书面索赔,又未在9个月内提起诉讼,已丧失索赔权利。又据《海商法》第八十一条的规定,集装箱货物交付的次日起15日内,收货人未提交货物灭失或损坏书面通知,应视为承运人已完好交付货物的初步证据。我公司虽签发了多式联运提单,但C公司在2005年2月23日签发了转船清洁提单,并在箱体上加铅封,应说明货物交付C公司时完好。此后货物发生灭失,依照联运承运人对自己船舶完成的区段运输负责的国际海运惯例,第二被告C公司作为二程承运人应对本案货物灭失负责。请求驳回原告对我公司的起诉。

被告C公司在答辩期内未答辩,庭审时才辩称:我公司作为二程承运人已履行了义务。我公司依照原告的指示由代理人将货交H公司承运,该公司以陆路承运人身份签发了铁路运单,运单上显示铅封完好,可见我公司作为二程船承运期间货物是无损交予陆路承运人的。在此后,货物已非我所控制、掌管。且正本提单的交付意味着承运人交货和收货人收货,货物的掌管权也在此时转移,收货人并无异议。4月15日货抵马哈特站,我公司代理人收回了提单,收货人6月6日才发现箱空无货,即集装箱在堆场存放了52天,这一期间不属我公司的责任期。我公司与原告无直接合同关系,不应对原告的货物灭失承担责任。另外,集装箱运输是凭铅封交接,我公司接收、交付装货集装箱时铅封均完好,故应由托运人对箱内货物真实性负责。

3. 一审

E市海事法院经审理还查明:原告为诉讼已支付了律师代理费人民币4万元。对B公司在庭审时才提出的管辖权异议,E市海事法院认为,其此时才提出管辖权异议,已超过了《中华人民共和国民事诉讼法》第三十八条规定的异议期间,不生异议的效力,因而当庭驳回了B公司的异议。

E市海事法院认为:B公司签发的全程多式联运记名提单有效,B公司作为多式联运经营人应对货物的全程运输负责。C公司签发给B公司的提单属实,其作为区段承运人应对自接受货物始至实际交付之日止期间的货物负责。C公司虽收回了A公司交付的记名提单,但其未能提供充分证据证明已履行了实际承运人的适当义务将货物完好无损地交付给本案原告,故对其与记名提单收货人A公司之间存在的实际运输合同关系应予认定。A公司作为记名提单项下的收货人,有权在法院对多式联运经营人或区段承运人提起诉讼,其主张的货物灭失以及由此而引起的其他合理损失,经查证属实。B公司与C公司对A公司货物灭失的损失均负有赔偿义务,并在此赔偿范围内负连带责任。

据此,依据《中华人民共和国海商法》第六十三条、第一百零四条、第一百零五条及《中华人民共和国民事诉讼法》第二百三十七条、第二百四十五条的规定,于2006年7月23日判决如下:

(1) 被告B公司、C公司应赔偿原告A公司货物灭失损失68180美元及自货物应当交付之日,即2006年6月6日始至实际赔付之日止的利息,按中国人民银行同期贷款利率计。

(2) 上述2被告赔偿原告因货物灭失提起诉讼而支出的律师费4万元人民币。

(3) 上述2被告对其赔偿义务负连带责任,并应在本判决生效后10日内赔付。若逾期赔付,按《中华人民共和国民事诉讼法》第二百三十二条规定处理。

4. 上诉与协议

一审判决后,两被告均不服,以其在一审庭审时答辩的理由上诉至K省高级人民法院。

K省高级人民法院经审理,查明的事实与一审认定的事实一致。经在此基础上主持调解,当事人自愿达成如下协议:

(1) C公司赔付A公司货物5万美元。

(2) B公司赔付A公司损失5000美元。

(3) 一审诉讼费11000元人民币由A公司负担,二审诉讼费11000元人民币由C公司负责。

K省高级人民法院认为此协议符合法律规定,予以确认,于2007年1月10日制发了调解书。

5. 专家评析

本案是一起国际货物多式联运合同引发的纠纷。多式联运合同,是指多式联运经营人以2种以上的不同运输方式,其中一种是海上运输方式,负责将货物从接收地运至目的地交付收货人,并收取全程运费的合同。国际货物多式联运是伴随国际货物集装箱运输的发展而发展起来的,其单据多表现为多式联运提单。多式联运提单是国际货物多式联运的证明,也是承运人在货物接收地接管货物和在目的地交付货物的凭证。本案中B公司签发给A公司的提单即为多式联运提单。

(1) 本案共有3个运输区段,运输形式涉及海运和铁路运输,由3个承运人共同完成运输任务。这就使案件的事实认定显得复杂,其中产生了2个较有争议的问题:

① 集装箱货物的真实性问题。

本案被告曾援引提单中的"CY to CY"条款(即从起运地或装箱港的堆场至目的地或卸箱港堆场的集装箱交接方式)进行抗辩,认为本案货物是由托运人自行装箱的,承运人无权也无义务对箱内货物进行检查;集装箱运抵W港马哈特集装箱终点站时封铅完好;50余日后,收货人A公司开箱提货发现箱子是空的,这只能证明箱子是空的,而不能说明箱内货物被盗。换言之,本案存在集装箱内本来就没有货物的可能性。根据民事诉讼"谁主张、谁举证"的举证原则,被告认为托运人托运的集装箱内可能并无货物,应举出充分确凿的证据。但本案的2个被告均无法举出相应证据证明空箱的事实。而W港口当局出具的证据表明,集装箱在2005年4月15日运抵W港××路时铅封已被替换。

根据国际航运惯例,在集装箱运输方式中,由托运人负责装箱的货物,从装箱托运后至交付收货人时的期间内,如集装箱箱体和封志完好,货物损坏或短缺,由托运人负责;如箱体损坏或封志破坏,箱内货物损坏或短缺,由承运人负责。鉴于以上事实,B公司与C公司关于货物真实性的质疑,应予否定。

② 集装箱货物灭失产生的区段。

C公司认为其在将集装箱运抵目的地堆场,收回多式联运经营人签发的正本提单后,其运输和交货义务即告终止,此后发生的货物损坏或灭失应由收货人即原告自行负责。查明的事实是,B公司将集装箱完好交付C公司,C公司在将箱子运抵目的地堆场前,箱封已经被替换,因此,货物灭失的区段与C公司运输的区段正好吻合。此外,2005年3月22日C公司的代理J公司传真要求收货人在W港的2个堆场中择一,收货人选择了马哈特集装箱运输终点站。根据航运惯例,承运人收回正本提单只是作为其向收货人交付货物的一个必要条件,集装箱运抵目的地堆场后、收货人提货前这段期间,货物仍在承运人掌管之中,承运人仍有义务保管照料货物直至将其交给收货人。若收货人未及时提货,承运人在交付货物时可以向收货人收取额外的堆存和保管费用,但不免除其对货物应负的责任,直至将货完好交付收货人。

本案的集装箱运抵目的地后,收货人A公司虽向C公司提交了正本提单,但货物仍堆放在承运人堆场里,故不能视为承运人已交货。

(2) 上述2个问题解决后,本案要解决的就是以下几个问题:

① 多式联运经营人与区段承运人的责任分担形式问题。

货物在运输过程中发生灭失,是由多式联运经营人负责,还是由区段承运人负责赔偿?国际上对此主要有3种形式。

第一是责任分担制,即多式联运经营人与区段承运人仅对自己完成的运输负责,各区段适用的责任原则,按适用于该区段的法律予以确定。

第二种是网状责任制,即多式联运经营人对全程负责,而各区段承运人仅对自己完成的运输区段负责。各区段适用的责任原则适用于该区段的法律予以确定。

第三种则是统一责任制,即多式联运经营人对全程运输负责,而各区段承运人仅对自己完成的运输区段负责。但不论损害发生在哪一区段,多式联运经营人或各区段承运人承担相同的赔偿责任。

在以上三种多式联运经营人责任形式中,网状责任制和统一责任制都能较好地保护托运人或收货人的利益。因为不论货物损害发生在哪一运输区段内,托运人或收货人均可向多式联运经营人索赔。而责任分担制实际上是单一方式运输损害赔偿责任制度的简单迭加,不能适应国际货物多式联运的要求,故实践中极少采用。《联合国国际货物多式联运公约》(未生效)采用统一责任制,国际上通用的《联运单证统一规则》则采用网状责任制。我国海商法对国际货物多式联运基本上实行网状责任制。

基于国际航运惯例及我国海商法的规定,本案采用网状责任制。本案查明货物灭失发生在C公司运输的区段,但B公司作为联运经营人不能免除对全程运输负责的责任,C公司作为区段承运人亦应对在其运输的区段发生的货物灭失负责。

② 两被告承担的连带责任问题。

按我国民法的规定,在连带之债的关系中,如果债权人有权请求数个债务人中的任何一人履行全部债务时,这种债务称为连带债务,连带债务人所负的责任就称为连带责任。其除了必须符合民事责任构成的4个要素(民事违法行为的存在;民事违法行为造成的损害事实;违法行为与损害事实之间有因果关系;违法行为人的过错责任和无过错责任)外,还有4个特殊的构成要件:

a. 连带民事责任的责任人一方必须有2人或2人以上;

b. 连带民事责任的债务必须是不可分割的;

c. 连带民事责任的客体必须是种类物;

d. 连带责任必须有法律规定或当事人的约定。

很显然,网状责任制就是连带责任的一种表现形式,它能充分保护托运人或收货人的利益,原告可以向应对全程运输负责的多式联运经营人索赔,也可以要求在本区段运输中致货物灭失的区段承运人承担赔偿责任,故B公司与C公司对原告的损失应承担连带赔偿责任。

③ 收货人提起索赔的诉讼时效问题。

B公司签发给A公司的提单背面条款6(4)F载明:如果承运人交付的货物灭失或损害不明显,收货人应在提货之日后连续3日内书面提出索赔;6(4)G规定,只要收货人不在交货后9个月内就货物损害或灭失提起诉讼并将此事的书面通知送交承运人,承运人便应被解除根据提单所应承担的全部责任。简言之,收货人应在提货后3日内提出书面索赔,并在9个月内提起诉讼。

本案两被告均以此提出抗辩,认为即使货物灭失发生在其运输区段内,原告之诉讼请求也已过了诉讼时效,不应受到法律保护,应予驳回。

提单中对收货人对货物损坏或灭失提起索赔时效的约定应否采纳,是航运界及海商法学界一个较有争议的问题。

一种意见认为,提单中关于延长或缩短诉讼时效的规定应视为提单当事人的特别约定和意思表示,国际航运惯例中也常有这种现象,考虑到与国际惯例接轨,应当尊重这种特别约定。

另一种意见认为,这种缩短诉讼时效(《海商法》定为1年)的约定与延长诉讼时效的约定一样,是与现行法律规定相违背的,不应采纳。

根据我国的立法原则,允许当事人就合同的某些条款作出特别约定,但不得与现行法律相抵触。本案采纳了后一种观点,未采纳当事人之间关于缩短诉讼时效的特别约定,这并不排除将来准许这种作法的可能性。但从目前的法律角度来说,诉讼时效制度为一种强制性规范制度,不属当事人在合同中可约定的内容,这样认识不失其严肃性和可取性。

④ 关于本案的管辖权异议问题。

本案第一被告在庭审时提出了管辖权异议,认为根据提单的约定,双方产生的纠纷应由香港法院管辖。一审法院根据《民事诉讼法》第三十八条的规定,认为B公司未在法定的管辖权异议期间(提交答辩状期间)提出管辖权异议,在庭审时才提出此异议,违反了管辖权异议必须在法定期间提出的规定,应视为其无异议或放弃异议权的行使,庭审中才提出异议是无效的。据此,当庭驳回了B公司的管辖权异议。

⑤ 关于本案的法律适用问题。

根据本案提单的约定,应适用香港法律或者海牙规则及海牙维斯比规则处理本案。但在庭审中,被告无法举证证明适用上述规范的结果与适用中国法律有什么不同。况且中国海商法的规定与海牙规则、海牙维斯比规则的规定基本相同。B公司在其诉辩主张中所援引的也是《中华人民共和国海商法》的规定。故本案最终适用了《中华人民共和国海商法》的规定。2被告在上诉中也未提出法律适用的问题,说明其也同意适用《中华人民共和国海商法》处理本案。

根据我国《海商法》第二百六十九条的规定,"合同当事人可以选择合同适用的法律",所以,本案海运提单中关于法律适用的条款,应当是有效的条款。但本案最终未适用当事人选择的法律,而是适用了提单签发地、货物起运地所在的中国法律;并且这种国际多式联运合同并不属于限制当事人选择法律自由的合同。本案的这种作法是否适当呢?

应当认为,本案出现的这种情况,实际上是提出了一个关于法律适用的具体新问题,值得深入研究。在一般情况下,如果合同不属法律限制当事人选择法律的合同范畴,且是明确可以执行的,受案法院应当尊重当事人的选择,认可合同的准据法条款的效力,并以当事人能否证明所选择的法律的有无及具体内容和效力,来最终确定是否可适用当事人所选择的法律。而本案发生的情况是,提单条款虽有约定法律适用的内容,但提单正面管辖权条款中记明适用香港法律,背面法律适用条款却记明适用海牙规则及海牙维斯比规则,而且并未指明各自用于解决合同的哪一方面的问题,即实际上是仍把合同作为一个整体同时适用2种法律,这是有违涉外民事关系法律适用的分割选择和不可分割选择制的(分割选择是指将合同分割成几个方面的问题,分别选择其各自要适用的法律。

不可分割选择是指只把合同作为一个整体选择其所要适用的法律。前者即合同的不同问题分别适用不同国家或地区的法律,可以为2种及2种以上法律,后者只受一个国家或地区的法律的支配)。这在审判中实际上是无法执行的。因此,除非当事人在合同签订后及至诉讼时重新约定要么适用香港法律,要么适用海牙规则及海牙维斯比规则,要么将合同分成几个方面的问题分别适用不同的法律,否则,合同约定的准据法不能得到适用。本案当事人之间没有这种重新约定,法院无法执行合同准据法条款,即应如外国法的查明所遵循的按法定方法不能查明应转而适用法院地法的原则一样,本案应转而适用法院地法。

另外,按合同管辖权条款的约定,合同纠纷应由香港法院管辖。但原告却向提单签发地、货物起运地的E市海事法院起诉,实际上就有避开香港法院管辖和避免香港法律适用的意思。被告之一B公司作为提单签发人在其陈述中也未引用合同中选择的准据法,而是引用了中国的《海商法》,实际上是以积极明示的行为选择适用中国法。

由此可见,双方当事人的行为实际上是放弃了合同准据法条款的适用,而另行选择了法院地法。一审法院依中国《海商法》作出判决后,两被告虽然不服,但在上诉中均未提出准据法适用不当的问题,也进一步说明他们是认可法院地法的适用的。

总结本案,在涉外民事关系法律适用问题上,可以确立这样一个原则,即对法律允许当事人选择准据法的合同中的准据法条款,如果是无法执行的条款,而当事人又未作出新的确定性约定的，受案法院可适用法院地法处理该合同纠纷。

案例 21　申请扣押和担保与反担保的纠纷

1. 案情

B公司（以下称被申请人）的“C”轮及D公司的“E”轮均挂方便旗，并均在某区登记注册，上述2公司均系G公司经营管理。

2006年12月16日，被申请人与A公司（以下称申请人）签订了1份航次租船合同。合同约定：被申请人将“E”轮租给申请人，从美国东部某一港口承运5万t散装化肥至中国港口，运费28美元/t；受载解约日确定为2007年4月8日至18日。2007年3月底，被申请人通知申请人：因船级社验船师发现“E”轮有很多缺陷，将不被美国海岸警卫队接受，该轮在这些缺陷消除之前，无法前往美国装货，因而现不能履行双方签订的航次租船合同。“E”轮将在德国罗斯托克港装废钢至韩国，然后在中华人民共和国进行修理，要求解约。接到此“解约通知”后，申请人以37.5美元/t的运费价格租用了一条替代船从事该项运输。

2007年4月20日，申请人以被申请人不履行2006年12月16日签订的租船合同，造成其47.5万美元和2万德国马克的经济损失为理由，向德国地方法院提出诉前扣押被申请人“E”轮的财产保全申请。同日，德国地方法院裁定扣押了停泊于罗斯托克港的“E”轮，并责令被申请人提供大银行不可撤销的69万德国马克的担保金。4月26日，被申请人向德国地方法院提供了50万美元的现金担保，该法院即作出裁定，解除扣押令，释放了“E”轮。

2007年5月26日，被申请人以“E”轮不属其所有为理由，向德国地方法院提出“反对书”，要求判令申请人承担错误申请扣船的经济损失。2007年6月2日，申请人又以被申请人不履行双方在2006年12月16日签订的“E”轮航次租船合同，造成其约85.15万美元的经济损失为理由，向中国F市海事法院提出诉前扣押被申请人所有的停泊于F市港的“C”轮的财产保全申请，要求被申请人提供115万美元的可靠担保。申请人并提供了15万美元的反担保。

2. 海事法院裁定

F市海事法院经审查认为：申请人的诉前财产保全申请符合中华人民共和国的法律规定。依据《中华人民共和国民事诉讼法》第九十三条第一款、第二百五十一条和最高人民法院《关于海事法院诉讼前扣押船舶的规定》，于2007年6月2日裁定如下：

(1) 准许申请人的诉前财产保全请求。

(2) 自即日起扣押被申请人所属的圣.文森特籍“C”轮。

(3) 责令被申请人自即日起提供115万美元的担保。

3. 申请复议

被申请人不服此裁定，向F市海事法院申请复议。认为：申请人在德国地方法院申请扣船时已确认损失为69万德国马克（近50万美元），现又提出损失为85.15万美元，没有合法依据。对申请人向德国法院提出的损失，我方已提供了足额的可供执行的50万美元的现金担保，不可能存在我方不能履行担保义务的问题。申请人现又以同一海事请求再次申请扣押我方的“C”轮，违背了最高人民法院《关于海事法院诉讼前扣押船舶的规定》（以下称《诉前扣船规定》）第四条第（十）款的规定。要求解除对“C”轮的扣押。我方保留向申请人索赔错误扣船的经济损失的权利。

申请人对此辩称:“E”轮不属被申请人所有,被申请人已向德国法院提出扣押“E”轮的异议。“C”轮属被申请人所有,我方向F市海事法院申请扣押该轮,不构成第二次扣船,此行为不违反最高人民法院《诉前扣船规定》第四条第(十)款的规定。被申请人毁约后,我方期租了替代船,实际损失运费为85.15万美元。在德国法院申请扣船时,要求被申请人提供69万德国马克的担保,是因扣船仓促,计算失误造成的。要求维持扣船裁定,驳回被申请人的复议申请。

4. 海事法院复议

对被申请人的复议申请,F市海事法院经复议认为:德国地方法院扣押的“E”轮船东为D公司,本案扣押的“C”轮所有人系B公司。本案申请人的海事担保金额为115万美元,而在德国地方法院提出的海事请求担保金额为50万美元。两国法院分别扣押非同一船舶所有人的船舶,申请人海事请求的担保金额也不同。因此,法院应申请人申请扣押“C”轮,符合最高人民法院《诉前扣船规定》第四条第(十)款的规定。据此,于2007年6月13日裁定:

驳回被申请人的复议申请,维持原裁定。

5. 最终裁定

6月14日,被申请人向申请人提出就租船纠纷和解的请求。申请人对此表示:“我们准备接受69万德国马克作为全部及最终解决纠纷的标准。当然,你方应对扣押‘E’轮及‘C’轮不当的反诉予以撤销,并退回我们为扣押‘E’轮及‘C’轮所提供的2万德国马克、15万美元的反担保款,我们同意即刻在F市申请释放‘C’轮。”被申请人接受了此和解条件。6月15日,申请人向F市海事法院提出解除扣押“C”轮的书面申请。

F市海事法院经审查认为:当事人间的和解,不违背法律,是真实意思的表示,应予支持。根据最高人民法院《诉前扣船规定》,于同日裁定如下:

(1) 解除对“C”轮在F市港的扣押。

(2) 发还申请人提供的15万美元经济担保。

裁定下达后,“C”轮获释。

6. 专家评析

最高人民法院《诉前扣船规定》第四条第(十)款规定:“申请人不得因同一海事请求申请扣押被释放的船舶或扣押被申请人所拥有的其他船舶,但是下列情况除外:同一海事请求所取得的担保性质或金额不当,但担保总额不应超过船舶价值;担保提供人不能或不可能履行全部或部分担保义务。”

本案是否属于该款规定的情况,符合不符合对2次扣船所限定的条件,诉前扣船要达到什么目的,是解决本案是应放船还是继续扣船的关键。围绕此问题,产生了3种意见。

(1) 第一种意见认为,被申请人的复议理由正当,应解除对“C”轮的扣押。理由是:

① 被申请人在德国法院扣押“E”轮后,已为自己的债务纠纷提供了担保。依据上述规定的精神,被申请人已经提供担保的,申请人就不得因同一海事请求申请扣押被释放的船舶或扣押被申请人所拥有的其他船舶。

本案申请人在被申请人已经提供担保的情况下，又以同一海事请求申请扣押被申请人所拥有的船舶，显然违背上述规定。造成这次扣船，是申请人向F市海事法院申请扣船时隐瞒了第一次扣船时被申请人已经提供了担保的事实。

② 被申请人在德国法院提供的担保，不存在性质或金额不当和不能履行的问题。按照上述规定，当同一海事请求所取得的担保性质或金额不当，或担保人不能或不可能履行全部或部分担保义务时，申请人可以在法定期间内就同一海事请求申请扣押被释放的船舶或申请扣押被申请人所拥有的其他船舶。而被申请人在德国法院提供的是现金担保，较该法院要求的“提供大银行的不可撤销的担保”更为可靠，而且其现金担保金额已超过该法院要求的69万德国马克的金额，不存在不能或不可能履行全部或部分义务的问题，也不存在担保不当的问题。因此，申请人在这种情况下再次申请扣船，是缺乏法律依据的。

第二次扣船要求的担保额为115万美元，已经提供了的担保额为50万美元，这之间的差额不能必然证明第一次担保金额不当的问题。因为，申请人在第一次扣船时已举证证明其损失为69万德国马克，这个证据为法院所采纳，应是有效、不能推翻的，且不存在举证时因某些因素的影响而产生对损害结果估计不足的情况。另外，申请人第二次扣船要求的损失担保，实际上包括了损失的利息上的担保，而利息是每天增加。如果为获取利息而申请扣船的理由成立，就会使被申请人的船处于每天被扣的危险，这显然是不合法也不公平的。

(2) 第二种意见认为，被申请人的复议理由不成立，应予以驳回，继续扣押“C”轮。理由是：依据《诉前扣船规定》的规定，如果第一次扣了责任人所有的船舶，责任人为船舶获释提供担保后，申请人又申请扣押了责任人所拥有的其他船舶，这种情况才属第二次扣船。而本案第一次扣船，尽管扣船申请上写的“E”轮是被申请人的船，但实际上并不是被申请人所有，这次扣押的“C”轮才是被申请人的。因此，这次扣船不属于第二次扣船。

(3) 第三种意见认为，因情况紧迫，当事人双方在短时间内难举出是否属二次扣船的实据。“C”轮挂方便旗，但实际上是国内企业所有的船舶。因此，为避免损失进一步扩大，应由被申请人出具一定保证后再行放船。

上述意见均有一定道理。但本案申请人与被申请人之间所产生的海事请求，不属船舶优先权请求。依《诉前扣船规定》第三条规定的含义，当被申请人对海事请求负有责任时，海事请求权人就有权申请有管辖权的海事法院扣押被申请人所拥有的当事船舶；如果该项请求不是因船舶所有权、抵押权、占有权或船舶的经营、收益分配所引起的，海事请求权人还可以申请扣押被申请人所拥有的当事船舶以外的其他船舶。法律强调必须扣押被申请人所拥有的船舶的目的，在于对被申请人建立管辖并使其向申请人出具担保，以保护海事请求权。如果扣押了不属被申请人的船舶，被申请人在一般情况下是不会出具担保的，因而就达不到海事请求财产保全的目的。即使被扣船舶的所有人为使船舶获释而出具了担保，因其不负有海事请求的责任，其就有权拒绝履行担保的实际义务。

在这种情况下，申请人所获取的担保就成为不能履行的担保了。因此，虽有第一次扣船的事实，但依据《诉前扣船规定》第四条第(十)款第22项“担保提供人不能或不可能履行全部或部分担保义务”的规定，海事请求权人仍有权在法定期间内申请扣押负有责任的被申请人所拥有的其他船舶。如果第一次扣船所扣船舶不属被申请人所有，但其自愿为保证自己的债务履行出具充分可靠的担保的，在进入诉讼程序后，被申请人可以被扣船舶不是其所有为理由进行抗辩。但其如不能举证证明所负海事请求责任是可以免责的，被申请人无权要求返还担保或拒绝履行担保义务。因此,根据《诉前的船规定》第四条第(十)款的规定,在被申请人已经提供担保时,只要这个担保性质、金额得当,且是可以全部履行担保义务的,申请人就不得因同一海事请求申请扣押被释放的船舶或扣押被申请人所拥有的其他船舶。

依据这一原则,如果申请人隐瞒了第一次扣船时被申请人已提供充分可靠担保的事实,使第二次扣船发生,当该事实暴露后,法院即应解除对被扣船舶的扣押。据此,本案被申请人在第一次扣船时,虽然所扣船舶不是其所拥有,但其已自愿为自己的债务履行提供了充分、可靠的担保,申请人海事请求保全的目的已经达到,再次申请扣押被申请人所拥有的其他船舶,是不符合《诉前扣船规定》第四条第(十)款规定的。因此,被申请人的复议申请是有道理的,F市海事法院应裁准及时放船,以保护被申请人的合法权益。当被申请人的复议申请被驳回后,申请人与被申请人于次日庭外达成履行第一次扣船的担保协议而要求放船,F市海事法院于同日裁定放船,仍不失其及时性。

案例22　2份裁定扣押同一船舶的纠纷

1. 案情一

申请人:A公司、B公司、C公司;被申请人:D公司

2007年3月,3个申请人从秘鲁进口鱼粉,共110686袋,总重5525t,委托被申请人所属"E"轮在Y港、Z港装船运输。因"E"轮积载不当,运输途中,装载鱼粉的2货舱发生自燃,造成货损。"E"轮到达中国福州市马尾港后,经L市外轮理货分公司签发的货物溢短单和货物残损单证实:货物短少1814袋,破损51463袋,损失金额约40万美元。2007年5月24日,3个申请人以被申请人对货物管理不善造成货损为理由,向F市海事法院申请扣押停泊于福州马尾港的"E"轮,并责令被申请人提供40万美元的担保。3个申请人同时由中国人民保险公司K省分公司向F市海事法院提供了担保,保证承担因申请错误致使被申请人遭受损失的赔偿责任。

2. 案情二

申请人:G公司、H公司;被申请人:J公司

2个申请人从秘鲁进口鱼粉,由被申请人所属"E"轮承运抵中国福州市马尾港。经检验,发现因承运积载不当发生渔粉自燃,造成货损。2007年5月30日,2个申请人向F市海事法院申请诉前保全,请求扣押停泊在福州马尾港的"E"轮,并责令被申请人提供130万美元的担保。2个申请人同时由中国人民保险公司K省分公司向F市海事法院提供了担保,保证承担因申请错误致使被申请人遭受损失的赔偿责任。

3. 海事法院裁定

F市海事法院收到前一案申请人的诉讼前扣押船舶的申请后,经审查认为,申请人提出的诉前保全申请理由正当,于2007年5月25日对前一申请作出裁定:

(1) 准许申请人提出的诉前保全申请;

(2) 对被申请人所属"E"轮在中华人民共和国福州马尾港实施扣押;

(3) 为使该轮获释,被申请人应在本裁定书送达之日起30日内,向法院提供金额为40万美元的现金或其他可靠的充分的担保。并于同日由院长签发了扣押船舶命令,由执行人员实

施了扣押措施。

在扣押"E"轮后,F市海事法院又收到了后一案申请人的诉前保全申请,受理后,经审查认为,申请人的申请理由正当,于2007年6月2日,在"E"轮还未提供担保并获释的情况下,又作出裁定宣布,对同一被申请人所属的同一"E"轮再次于福州马尾港实施扣押,并责令被申请人在裁定书送达之日起30日内向法院提供130万美元的现金或其他可靠的充分的担保。

2007年7月1日,被申请人按照F市海事法院上述2份裁定的要求,由英国伦敦联合王国保赔协会委托中国人民保险公司L市分公司,向F市海事法院分别出具了45万美元和130万美元的保函,保证赔偿由双方协议或F市海事法院或中国的上诉法院根据中国法律作出判决的任何款项及其利息,同时,保证"E"轮在任何与本案有关的时间内不被光船出租。对被申请人的这种担保,F市海事法院审查认为符合《中华人民共和国民事诉讼法》第二百五十三条的规定,于2007年7月2日作出解除扣押"E"轮的命令,释放了"E"轮。

4. 专家评析

上述2案的主要问题是,对同一船舶,法院在根据享有海事请求权的申请人的申请,作出扣船裁定并实施扣押后,在对该海事请求负有责任的被申请人还未提供担保以使船舶获释前,法院是否有权根据对该船舶享有海事请求权的其他申请人的申请,再次对同一船舶实施扣押,即在同一船舶被扣押期间能否再次实施扣押?这种情况在海事审判实践中是少见的。

有人认为,对同一船舶不宜实行重复扣押。因为该船已在扣船的海事法院监管控制之下,如果其他享有海事请求权的人在扣押期间也申请扣押该船舶,受理法院应在该船获释的同时再行扣押,这同样也能达到保全其海事请求权的目的,这种看法有一定道理。但是,根据《中华人民共和国民事诉讼法》第九十三条第二款的规定,人民法院在接受申请人的诉前财产保全申请后,"必须在48小时内作出裁定;裁定采取财产保全措施的,应当立即开始执行。"

据此,对已被法院扣押的船舶也享有独立的海事请求权的人,无论是其已知还是不知该船已被扣押,都有权对该船舶提出自己的诉前财产保全申请,只要该申请符合法律规定的诉前财产保全申请的条件,人民法院就必须及时受理,并依法在规定的时间内作出是否准予诉前财产保全申请的裁定。对裁定准许的,应当采取财产保全措施并立即开始执行,否则就为法院违法。所以,从法律的规定来看,对在扣押期间的船舶再次予以扣押,是可行的和必要的。另外,民事诉讼法第九十四条第二款规定:"财产保全采取查封、扣押、冻结或者法律规定的其他方法。"第四款规定:"财产已被查封、冻结的,不得重复查封、冻结。"这表明,法律上没有规定不能重复扣押。

据此,F市海事法院的做法是符合法律规定的。

案例23 涉外代理国际物品货损的纠纷

1. 案情

2001年3月和2004年8月,原告A公司先后与D公司、E公司签订协议,由该2公司分别代购工程设备和代订船舶舱位运输。根据协议,D公司分别在德国和意大利为原告A公司订购了所需的设备、仪器和原材料;E公司向被告C公司联系了船舶运输。C公司租用B公司所属。F轮承运该批货物,F轮已加入K保赔协会。

2007年7月19日,F轮承载原告A公司的货物,从意大利热那亚港启航,穿越地中海、印度洋和中国南海，驶往G市新港，途中多次遇热带风暴袭击。由于承运人单方面听从租船人指示，将其中102箱货物置于该轮甲板上，使货物遭受雨淋水冲。8月25日，F轮抵达G市新港卸货，原告A公司在作业现场发现甲板上所载的货物的包装破损，设备锈蚀。经估算，包括损坏的货物的价值和重新购置、运输所需费用等，经济损失计760万德国马克。原告A公司遂于8月29日向G市海事法院申请诉前保全措施，要求扣押被告B公司所属F轮和提供760万德国马克的担保。

2. 裁定

G市海事法院经审查原告A公司的申请，认为符合诉前保全的规定，于8月30日作出裁定：

(1) 准予原告A公司对被告B公司海事请求保全的申请。

(2) 自即日起扣押被告B公司所属F轮。

(3) 责令被告B公司提供760万德国马克的银行担保。同时发出扣押船舶的命令，将F轮扣押在G市新港。

3. 诉讼

9月24日，原告A公司在B公司未提供担保的情况下，重新核查了损失，并向G市海事法院提起诉讼，要求B公司和C公司赔偿货物损失1929357德国马克。

9月27日，G市海事法院经审查原告A公司的起诉，认为符合民事诉讼法规定的起诉受理的条件，予以立案受理。同时，原告A公司申请对F轮采取财产保全措施。

4. 审查裁定

G市海事法院经审查认为，原告A公司的财产保全申请符合法律规定，依据《中华人民共和国民事诉讼法》第九十二条、第二百五十一条和第二百五十三条之规定，于9月29日裁定如下：

(1) 准予原告A公司的申请。

(2) 对现扣押在G市新港的F轮予以财产保全，除非被申请人提供相应数额的担保，方可解除财产保全。

(3) 法院原扣押船舶命令继续有效。

依据最高人民法院《关于强制变卖被扣押船舶清偿债务的具体规定》，船舶被扣押后，船舶所有人在30天内拒不提供充分、可靠的担保的，法院可以应申请人的申请予以强制变卖。

本案被告B公司在其船舶被扣押后，已经超过1个月还未提供所要求的担保。对此，G市海事法院在综合平衡船货双方利益的基础上，没有立即采取强制变卖被扣押的船舶的措施。

5. 审理裁定

在审理过程中，被告向G市海事法院提供了其专家组在现场考察货损情况和赔偿64万德国马克的意向，此意向与原告A公司的请求数额差距很大。为此，G市海事法院聘请了G市商检部门和有关专家进一步核实货损情况。

核实的结论为：货物并未全部损坏，经加工后可以继续使用，实际货损额为80万德国马克。同时,G市海事法院还查明,B公司因贷款问题,已经将F轮以468万美元抵押给英国伦敦银行。

G市海事法院经审理认为:根据原告A公司与D公司和E公司的协议,D公司严格按原告A公司要求购置设备材料并无过错;E公司在租船订舱过程中,未认真审查船公司资信情况,对此次海运货损负有一定责任;被告B公司和C公司违反海上运输惯例和"海牙规则",对此货损负有主要责任。基于此,经过G市海事法院做工作,原告A公司、被告双方代理人和E公司、K保赔协会协商,于2007年11月15日达成和解协议:

由被告赔偿原告A公司80万德国马克,不足部分由E公司补偿。11月21日,被告委托E公司向G市海事法院出具了80万德国马克的货损赔偿担保,并支付了法院在扣船期间的执行费用45000美元。原告A公司表示同意接受该担保,并向G市海事法院申请放船。

G市海事法院根据《中华人民共和国民事诉讼法》第二百五十三条的规定,于同日裁定:

(1) 准予原告A公司的申请。

(2) 解除扣押在G市新港的挪威籍F轮的扣押。同时发出了解除扣押船舶令,释放了F轮。

12月5日,被告依和解协议履行了赔偿义务,原告A公司当天即申请撤诉。次日,G市海事法院根据《中华人民共和国民事诉讼法》第一百三十一条的规定,裁定准予原告A公司的撤诉申请。

6. 专家评析

这起涉外海运货损赔偿纠纷,涉及中外当事人及关系人,经过了诉前保全程序和实体审理的普通程序,在很短的时间内,促使当事人和解并予以履行而结案,处理是成功的。

本案在扣押船舶后,船舶所有人没有在规定的期限内向法院提供担保,依照有关规定,G市海事法院本可应申请人的申请,强制变卖被扣押的船舶。但G市海事法院没有这样做,这是否违法呢?本来扣押船舶和强制变卖被扣押船舶,都是为了保护海事请求权人的利益。但是,本案被扣押的F轮,已经以468万美元抵押给英国伦敦银行。倘若采取强制卖船措施,按照清偿债务的顺序,则原告A公司很可能得不到赔偿,这对原告A公司是十分不利的,也是原告A公司所不希望的。因此,为保护原告A公司的利益,本案不采取强制卖船措施,是符合立法精神的,不存在违法的问题。

本案案外人E公司参与和解,并表示承担一定的义务,这是诉讼外的和解,以其自愿为原则,法院不予干涉。事实上,E公司参与和解,起到了促使纠纷顺利解决的作用,双方当事人也满意。这种情况,只要在案件审理过程中掌握得合适,是于案件的处理有利的。

案例24 承租航运涉外诉前证据保全的纠纷

1. 案情

2006年12月6日,申请人A公司以期租方式向二船东B海运公司承租C航运公司所有的"D"轮,运载农产品自阿根廷罗萨里奥(ROSARIO)港至中国T港。根据该船船长的电传报告,该船于2007年1月23日08:00抵新加坡外港,加完油于14:30离开新加坡开往中国T港。但根据申请人的查证,该船早于2007年1月23日08:00以前就已抵达新加坡外港,并在申请人所安排的加油船抵达前卸下至少80t的MFO(油名)卖给他人。申请人安排的加油船于2007年1月23日09:10开始加油，于12:30加完油。“D”轮在完成加油后并未马上开航，而是于13:00驶进新加坡内港，于22:19又离开新加坡内港驶往新加坡东面外海继续售卖其船上的MDO(油名)95.101t和MFO64.103t给他船。该船于2007年1月24日16:45驶离新加坡，于2007年2月3日抵中国T港。

由于船东在航行中擅自出售申请人所有的MDO和MFO货物，又要求申请人付清所有租金，双方由此产生争议。申请人要求“D”轮船长提供有关航行日记，但船长不予协助。鉴于“D”轮将于2007年2月11日离开中国T港，本次航行的有关记录有可能灭失而无法取得，申请人于2007年2月10日向F市海事法院申请请求，将“D”轮该航次的甲板记录、机舱记录、无线电通讯记录等予以诉前证据保全。

同日，E区海事中心向F市海事法院出具保函，担保申请人如因执行证据保全措施的申请有错误或申请理由不充分而给被申请人造成的损失承担全部责任。

2. 审查与裁定

F市海事法院在接到申请后，认为申请人A公司的申请符合国际惯例和《中华人民共和国民事诉讼法》有关证据保全的立法精神，遂决定受理此案。并根据《中华人民共和国民事诉讼法》第七十四条的规定，于2007年2月11日作出裁定：

责令“D”轮向F市海事法院提供有关该轮自2006年12月10日至2007年2月3日之间的甲板记录、机舱记录和无线电记录，在上述记录提供之前，该轮不得离开T港。

2007年2月12日，F市海事法院向“D”轮送达民事裁定书，“D”轮船长签收了该裁定。同日，该轮将所有的关于收发加油方面的电传及该航次的甲板记录、机舱记录、无线电通讯记录交与F市海事法院。F市海事法院在审查了这些证据之后，对有关的证据进行了复印。2007年2月13日，F市海事法院宣布：

诉前证据保全执行完毕，归还“D”轮提供的证据，恢复“D”轮的航行自由。

3. 专家评析

本案系一起申请人和被申请人均为外国企业的涉外诉前证据保全案件。在本案中，因申请人怀疑被申请人所有的“D”轮出卖申请人所有的货物，故“D”轮的甲板记录、机舱记录、无线电通讯记录自然成了申请人的怀疑是否成立的关键证据。由于申请人和被申请人来自不同国家，在被申请人的船舶靠泊中国港口时，如不对上述证据进行保全，将有可能导致该证据以后难以取得或被涂改，因此，申请人的请求是合理的和必要的。

根据国际司法关于识别的理论，本案所处理的问题属于程序问题。申请人向中国法院申请诉前证据保全，即在中国领域内进行民事诉讼活动。《中华人民共和国民事诉讼法》第四条规定：“凡在中华人民共和国领域内进行民事诉讼，必须遵守本法。”因此，本案适用的法律应是《中华人民共和国民事诉讼法》，也即程序依法院地法。但是，如何由法院来进行诉前证据保全，我国的法律还没有明确的规定。

我国民事诉讼法第七十四条规定：“在证据可能灭失或者以后难以取得的情况下，诉讼参加人可以向人民法院申请保全证据，人民法院也可以主动采取保全措施。”从该条规定的用语和逻辑结构，可以推定出本条规定的证据保全应是指诉讼中的证据保全，对该条规定能否适用于诉前证据保全还有待明确。

一般认为，对证据进行保全应由证据所在地的公证机关执行，但公证机关进行证据保全有其局限性。首先，它必须由利害关系人提出申请；再次，对申请人的公证事项，当事人、利害关系人之间须无争议；再次，公证机关无强制执行的权利。

从本案案情看，被申请人不可能主动向公证机关申请证据保全，公证机关也没有权利到被申请人的船上强制执行证据保全。因此，由公证机关来对本案进行证据保全，是行不通的，申请人选择中国的海事法院进行诉前证据保全是得当的。

我国《民事诉讼法》对法院进行诉前证据保全的程序虽没有明确的规定，但人民法院通过诉前证据保全可以很好的保护当事人的诉权，维护利害当事人的合法权益。从保护当事人的合法权益是我国民事诉讼法的目的和任务来看，F 市海事法院受理该诉前证据保全案，是正确的。

在执行证据保全的措施上，F 市海事法院做到了谨慎得当。经对代表被申请人的“D”轮的船长讲明道理，该轮船长不但签收了法律文书，而且按裁定书的要求提供了有关的证据，使这一诉前证据保全案得以顺利执行完毕。

世界上其他国家主要是大陆法系国家的法律对诉前证据保全一般都作了明确的规定，如日本《民事诉讼法》第三百一十四条、法国《民事诉讼法典》第一百四十五条、德国《民事诉讼法》第四百八十六条等。F 市海事法院根据我国民事诉讼法有关证据保全规定的精神，并参照国际上的做法，受理该诉前证据保全案，并成功地予以执行，是应该肯定的。

案例 25　国际货运提单欺诈损害赔偿的纠纷

1. 案情

原告 A 公司因与被告 B 公司、被告 C 公司发生海上货物运输提单欺诈损害赔偿纠纷，向 D 市海事法院提起诉讼。

2005 年，原告 A 公司申请并办理了进口原木 2 万 m^3 的有关手续，同年 7 月 20 日，原告与 C 公司在 L 市签订木字×××—88 号购货合同。合同约定：C 公司向原告 A 公司供应马来西亚坤甸木 9000m^3（允许增减 10%），每立方米单价 185 美元，T 码头岸上交货价，货款总值 1665000美元。2005 年月 25 日前一批装运，由马来西亚沙巴港运到 T 码头。付款条件：银行即期信用证，全套清洁的已装船且运费已付的海运正本提单一式三份，买方最迟于 2005 年月 10 日前开出信用证给卖方 C 公司。

合同签订后，原告 A 公司向银行申请货款美元 100 万元和人民币 500 万元，并向 L 市分行申请开具信用证。同年 9 月 2 日，中国银行 L 市分行依原告 A 公司申请开具了编号为×××H88573的信用证，并以电传通知了中国银行新加坡分行，该信用证规定了与合同约定一致的条款。C 公司收到信用证后，曾 3 次致电原告 A 公司，要求修改信用证规定的到货日期和信用证有效期，最后展延到货日期为 2005 年 1 月 15 日，信用证有效期为 2005 年 1 月 20 日。原告 A 公司在与被告 C 公司签订购货合同后，于 2005 年 9 月 22 日、9 月 29 日、10 月 10 日先后与 E 省 G 公司、H 公司和 J 公司签订了木材购销合同，约定原告 A 公司向三家公司出售坤甸木 5000m^3。

2005 年 1 月 6 日，被告 B 公司签发了正本提单一式三份，载明：托运人 C 公司，通知人 A 公司，装货港马来西亚沙巴，卸货港 T 码头港，货物坤甸木 2174 根，计 9890m^3，货物清洁已装船且运费预付。提单由 B 公司盖章，代理人签名。同日，托运人 C 公司发出跟单汇票，要求立即付款。11月16日,B公司致电L市外轮代理,通报货轮的名称为K轮、收货及预计到港时间是12月4日。11月18日,"K"轮船长致电L市外轮代理称:该轮预计12月1日到达L市。同日,中国银行L市分行通知原告:C公司已将×××H88573号信用证项下全套议付单证送达L市,要求承诺付款。原告A公司经审单发现:

(1) 一般木材贸易中,材积通常计算到小数点后2位,而B公司的提单与发票中记载的几种原木材积,全部是整数,这是一种异常现象。

(2) 提单与发票记载,此批货物中有直径40cm至59cm的原木1583根,直径60cm以上的原木有1095根,这样大材积的原木占了此批货物的90%。把这样的大材积原木大批量地集中装在一个船上,实际是办不到的。

(3) B公司签发的是班轮提单,适用班轮条款。而"K"轮船长的来电却称提单是在租船合同下签发的,受租船合同条款约束。

(4) B公司的电报称:轮船12月4日抵达L市,而"K"轮船长的来电却称12月1日到达。据此,原告认为其中有诈,要求中国银行L市分行暂不付款。11月28日,B公司再次致电L市外轮代理,要求收货方提供足够的驳船使船舶速遣,并申明卸货费用由收货方支付。12月2日,"K"轮船长致电L市外轮代理称,该轮装原木8043.43m^3(这与B公司签发提单上确认的货物数量不一致),要求申办过琼州海峡的手续,询问能否使用雷达,同时再次预报到港时间为12月4日。同日,L市外轮代理电复船长,告知允许"K"轮进入琼州海峡,在能见度不良时使用雷达。12月13日,"K"轮仍未抵达L市,L市外轮代理即致电B公司查询情况。同日B公司电复确认"K"轮取消去L市卸货。

据某社有关资料证明:"K"轮于2005年10月11日驶离台湾高雄港,11月10日才抵达马来西亚拉V港。又据X公司所提供的资料证实:"K"轮11月10日抵达马来西亚拉V港,当日即驶离该港,11月23日抵达拿笃埠港装载两批旧杂木1485根,共计5537.21m^3,于12月7日抵达香港并开始卸货,该杂木严重爆裂,圆木顶端有蓝色"HT"(即E省木材之意)标志。2006年1月12日,B公司亦致电L市外轮代理,确认其签发了上述提单并称系据C公司书面指示让"K"轮改驶香港,12月10日将货物卸下。

2006年3月1日,中国银行L市分行应新加坡德累斯顿银行国际部的要求,将全部单证退给德累斯顿银行香港分行。

经核实,因被告C公司未依约交付货物,造成原告以下经济损失:

① 与国内3家客户订立的购销坤甸木合同无法履行而赔偿的违约金共人民币561737.06元;

② 申请L市分行开具信用证及其他费用人民币11341.09元;

③ 货物保险费美金2012.61元;

④ 银行贷款利息人民币130140元;

⑤ 外汇贷款利息美金45625元;

⑥ 营业损失人民币649750元。

2. 诉讼

原告A公司诉称:2005年7月20日,原告在E省与被告C公司签订了订购9000m^3马来西亚坤甸木材的购货合同。签约后,原告依约向中国银行L市分行申请开具了以C公司为受益人、编号为×××H88573的不可撤销的跟单信用证,货款总金额1831500美元。但B公司、C公司合谋伪造海运单证，企图欺诈货款，造成原告经济损失。请求法院判令上述购货合同和该信用证项下的海运单证无效，并撤销该信用证；两被告连带赔偿原告经济损失人民币2163467.68元。

被告B公司和C公司收到起诉状副本和应诉通知书后，均未提出答辩。

原告起诉时，申请D市海事法院冻结中国银行L市分行2005年月2日开具的以C公司为受益人的×××H88573号信用证。该院经审查认为：原告的诉讼保全申请符合法律规定，裁定予以准许。

D市海事法院受理此案后，2次合法传唤两被告出庭应诉，但两被告无正当理由拒不到庭，遂依法进行了缺席审理。

3. 海事法院审判

D市海事法院认为，原告A公司领有进口木材许可证，经营进口木材合法。原告A公司与被告C公司签订购货合同，申请银行贷款，依约向中国银行L市分行申请开具信用证，以及与其他3家客户签订购销合同等，均系正当经营活动，依法应受到保护。C公司与原告签订购货合同后，不按合同的约定向原告提供坤甸原木，而在没有交货的情况下，串通B公司取得已装船的清洁正本提单，并依据该提单以及其他伪造的单证，企图收取货款，上述行为足以证明C公司是蓄谋欺诈。被告B公司明知未收到C公司交付的坤甸木货物，却签发了坤甸木已装船清洁提单，然后又数次向L市外轮代理发电，配合C公司制造货已装船并即将到港的假象，为C公司骗取货款提供了必要的条件。以上事实说明，两被告利用合同和作为运输合同证明的提单共同实施欺诈，以此骗取原告货款，没有履行合同的诚意。

依照《中华人民共和国民法通则》第五十八条和《中华人民共和国涉外经济合同法》第十条的规定，C公司为实施欺诈与原告签订的购货合同，以及B公司签发的假提单和伪造的发票等单证均属无效，造成上述合同和单证无效的责任完全在两被告。依照民法通则第六十一条和涉外经济合同法第十一条的规定，两被告应对原告因合同和单证无效而受到的损害负赔偿责任。由于两被告实施的欺诈行为构成了共同侵权，依照民法通则第一百三十条的规定，应对其造成原告的经济损失承担连带责任。原告请求赔偿其对3家客户的违约损失、银行开证费、货物保险费、营业损失和贷款利息有理，予以支持。贷款利息的计算应从贷款之日起至购货合同撤销之日止，由于所贷款项未实际支出，故应扣除该项贷款在上述期间内的银行活期存款利息。

据此，D市海事法院于2007年9月29日缺席判决如下：

(1) 原告A公司与被告C公司签订的购货合同无效；被告B公司2005年1月6日签发的×××－001号提单无效；原告对中国银行L市分行2005年月3日开具的受益人为C公司的×××H88573号信用证项下的货款不予支付。

(2) 被告B公司和C公司共同赔偿原告A公司经济损失人民币1352968.15元以及外汇贷款利息和保险费美金47637.61元。两被告承担连带清偿责任，在本判决发生法律效力之日起20日内付清。

D市海事法院判决后，曾通过外交途径向两被告送达判决书，因找不到两被告而无法送达。该院遂依法进行公告送达。公告送达6个月后，两被告未在法定期限内提起上诉，第一审判决发生法律效力。

案例 26 船务代理营运中伪造提单的纠纷

1. 案由

原告 A 公司因与被告 B 公司、被告 C 公司、被告 D 公司发生海运欺诈侵权纠纷，向 F 市海事法院提起诉讼。

2. 诉讼与答辩

原告 A 公司诉称：被告 B 公司以注册船东的身份伪造提单，将原告装在“E”轮上的一批货物销售给他人。被告 C 公司是“E”轮的实际所有人，被告 D 公司是“E”轮的实际经营人。C 公司对 B 公司签发的假提单进行核实，D 公司在该假提单上盖章批注确认其效力，2 被告的行为已构成与 B 公司共同侵权。请求判令三被告返还原告购买的总价值为 169 万美元的货物，并赔偿因此给原告造成的全部经济损失。

被告 C 公司辩称：与“E”轮本航次的承租人 H 公司签订航次租船合同的是“E”轮的船东、本案被告 B 公司。本公司既不是“E”轮的实际所有人，也与该轮没有任何关系。原告向法庭提供的抬头有本公司标记的传真件，是 D 公司使用本公司的便笺纸发出的，并非本公司发出，不应该对本公司产生约束力。原告认为本案所涉运费是由本公司代收，本公司对 B 公司出具的第二份提单进行了核实，均与事实不符。原告一直无法证明本公司在主观上有欺诈的过错，客观上实施了欺诈的行为，故不应让本公司承担任何责任。原告起诉本公司，既没有法律依据也没有事实根据，应当驳回。

被告 D 公司辩称：本公司与被告 B 公司之间存在着船务代理关系，不是船舶租用关系。本公司是经 B 公司授权，为其代催、代收运费以及代核实提单。本公司代 B 公司核实提单时，不知道该提单是假冒的，不存在欺诈原告的恶意，与原告被欺诈一事无任何关系。本公司只是作为 B 公司的代理人履行了自己的职责，既在主观上没有欺诈原告的故意，也在客观上没有实施欺诈原告的行为。法院应当驳回原告对本公司的诉讼请求。

被告 B 公司未作答辩。

3. 海事法院审理

1）F 市海事法院经审理查明

2006 年 7 月 18 日，原告 A 公司向 G 公司购买了 12000t 尿素，价格为每吨 141 美元。J 公司作为托运人，将该批货物在 S 港装上“E”轮，并向该航次租船人 H 公司支付了从 S 港至 T 港的运费。8 月 18 日，K 公司作为“E”轮的船务代理，签发了一套号码为×××7010021799 的货物已装船正本清洁提单。提单记载：发货人为 L 公司，收货人为“按照菲律宾群岛银行指示”；船舶为“E”轮；装货港为 S 港，卸货港为 T 港；船东为被告 B 公司；货物名称及数量为尿素 12000t；运费为“按租船合同支付”。卖方 R 公司当天收到了该提单。

被告 B 公司曾于 2006 年 6 月 30 日给被告 D 公司出具委托书。该委托书记载：兹委托 D 公司作为 B 公司的代理人，代理 B 公司处理“E”轮在欧洲与东南亚或中国航线的委托装港、卸港代理，添加淡水、燃料和物料，代催、代收运费以及其他必要的代理事宜。2006 年 8 月 20 日、10 月 14 日，D 公司的雇员用以被告 C 公司抬头的便笺纸给“E”轮航次租船人 H 公司发传真，追讨本案所涉航次的运费，发传真的电话号码是 D 公司的号码。

2006年9月30日，原告A公司支付了12000t尿素的全部货款1692282美元后，从银行赎到了经菲律宾群岛银行背书的该批货物的全套正本提单，在T港等待"E"轮抵达卸货。按正常计算，此次航程一般只需约1个月时间。但直到2006年12月，"E"轮仍未抵达目的港，并和托运人、收货人失去联系。

2006年12月11日，被告B公司以卖方身份与M公司签订了一份合同，约定：由B公司卖给M公司尿素12000t，价格为90美元/t，V港到岸交货。B公司为履行该合同，对本案所涉的货物签发了第二套提单。该提单记载的发货人、货物名称及数量、签发日期、承运船舶和装货港等均与在敖德萨签发的提单相同。但该套提单记载的通知地址却为V港务局船务货运代理公司，联系人为U某，签发地为香港，卸货港为V港，提单签发人为B公司。"E"轮根据B公司的这一指示，于2006年12月19日将承运的12000t尿素卸在V港。

2006年12月17日，M公司通过V港务局船务货运代理公司到V港外轮代理公司办理提货手续。V港外轮代理公司因被告B公司签发的这份提单没有发货人背书，故将提单复印件传真给被告D公司，要求D公司确认是否可凭该提单放货。同日，B公司给D公司传真称：请见所附副本提单的拷贝件，此为"E"轮本航次签发的提单，请按照此副本对收货人提交的正本提单加以确认，B公司在此确认D公司可凭此正本提单放货。次日，D公司在V港外轮代理公司传真的提单复印件上盖章并批注："该提单有效，同意放货。"但是，M公司最终也无法凭B公司签发的提单提到货物，故向V港市中级人民法院起诉，要求B公司返还其已支付的货款或交付货物。V港市中级人民法院于2006年12月30日根据M公司的申请，在V港查封了本案所涉的该批尿素。由于该批尿素尚未办结海关手续，故由V港海关监管。

2007年1月8日，原告A公司向F市海事法院提出财产保全申请，请求扣押被告B公司所属的停泊在宁波港的"E"轮，F市海事法院裁定准予其申请，并于2007年1月9日派员前往宁波执行裁定。由于"E"轮在此前已被宁波海事法院扣押，F市海事法院随即终止执行裁定，但由此产生保全申请费、执行费9520美元。

2007年6月，V港海关依照《中华人民共和国海关法》的规定，拍卖了由其监管的本案所涉该批尿素，保全价款，待法院判定货物所有权后再作处理。

以上事实，有原告向G公司购买12000t尿素的合同、K公司作为"E"轮代理签发的正本清洁提单、B公司与M公司签订的12000t尿素买卖合同、B公司签发给M公司的提单、2006年12月17日B公司确认D公司可凭M公司所持提单放货的传真件、D公司于2006年12月18日批注同意V港外轮代理公司放货的提单复印件、2006年6月30日B公司委托D公司代其处理"E"轮经营事宜的委托书、2006年12月1日B公司委托D公司于"E"轮抵达V港期间代其处理确认提单以及放货等事宜的传真件、D公司与W某和X某签订的二份劳动合同书、X某和W某向H公司追讨运费的传真件和双方当事人的陈述等证据证实。

2）F市海事法院认为

本案属于涉外海运欺诈侵权纠纷案，双方当事人之间没有约定处理实体争议所适用的准据法。依照《中华人民共和国民法通则》第一百四十六条和《中华人民共和国民事诉讼法》第二十九条的规定，由于本案所涉侵权行为发生在中国V港，故应由F市海事法院管辖并适用中国法律处理。

原告A公司向G公司支付了货款，并从银行赎到有银行背书的提单，因而是本案提单的合法持有人，对提单项下的货物具有不可争议的所有权。当其货物所有权受到侵害时，有权要求侵权人赔偿因此所造成的损失。

被告B公司作为“E”轮的注册船东和原告A公司货物的实际承运人，本应按提单的记载将货物运至目的港，但B公司严重违反国际海运惯例，对同一票货物2次签发提单，擅自改港卸货，并将A公司的货物卖给他人，其行为侵犯了A公司的货物所有权。民法通则第一百零六条第二款规定：“公民、法人由于过错侵害国家的、集体的财产，侵权他人财产、人身的，应当承担民事责任。”B公司应赔偿A公司因此遭受的一切损失。由于本案所涉货物已被V港海关拍卖，向A公司返还货物已不可能，故B公司应赔偿A公司该批货物的合同价款1692282美元及其利息。

被告D公司是受被告B公司的委托，才由其雇员为B公司实施了追讨运费的行为；D公司还根据B公司的传真指标，实施了确认第二份提单效力的行为。D公司的上述行为，其后果应当由委托人B公司承担。除了D公司的雇员在为B公司追讨运费时使用过带有被告C公司标记的便笺纸以外，C公司再与本案无关。原告A公司关于C公司是“E”轮实际船东的主张，不符合《中华人民共和国海商法》第九条关于“船舶所有权的取得、转让和消灭，应当向船舶登记机关登记；未经登记的，不得对抗第三人”的规定；关于D公司是“E”轮实际经营人的主张，缺乏充分的证据，不能予以支持。A公司既不能证明C公司和D公司与B公司有欺诈的共同故意，也不能证明C公司和D公司实施了欺诈A公司的行为，故A公司要求C公司和D公司承担侵权责任的请求，理由不充分，不予支持。

4. 海事法院判决

综上，F市海事法院于2007年12月29日判决：

（1）被告B公司赔偿原告A公司货物损失1692282美元及其利息。

（2）驳回原告A公司对被告C公司和被告D公司的诉讼请求。

案件受理费18460美元，由被告B公司承担；财产保全申请费、执行费9520美元，由原告A公司承担。

案例27 国际货代中船舶碰撞损害的纠纷

1. 案情

2006年7月10日14:10许，原告A公司所属“C”轮与被告B公司所属“D”轮在34°22′N、123°02′E海面上发生碰撞，造成“C”轮机舱和住舱进水沉没，该轮轮机长随船沉没，下落不明，“D”轮首部和左舷船尾及右舷中部船体受损。

2006年12月29日，原告A公司获悉被告B公司所属“D”轮抵达中国秦皇岛港，遂向E市海事法院提出海事请求权保全申请，申请扣押被告B公司所属“D”轮，并要求被告B公司提供3000000美元的银行担保。E市海事法院于2007年1月1日依法作出裁定：

（1）准予申请人对被申请人海事请求权保全的申请。

（2）自即日起扣押被申请人所属“D”轮。

（3）责令被申请人提供通过中国银行加保的3000000美元的担保。同日，E市海事法院发出扣押船舶命令，将被申请人所属“D”轮在中国秦皇岛港予以扣押。

2007年1月11日，被申请人通过中国人民保险公司E市分公司代日本住友海上火灾保险公司，向E市海事法院提供了3000000美元的担保函。次日，E市海事法院发布解除扣押船舶命令,解除了对被申请人所属“D”轮的扣押。

2. 诉讼与答辩

2007年2月2日,原告A公司向E市海事法院提起诉讼称:本公司所属“C”轮于2006年7月10日驶往香港途中,以航速9节,真航向178°到达34°36′N、123°05′E海面时遇被告B公司所属“D”轮。当两船相距1.2n mile时,“D”轮在无任何声号的情况下,突然向左转向,其船头碰撞“C”轮左舷尾部,致使“C”轮沉没和船员伤亡。“D”轮疏于瞭望,未能保向保速航行,在临近“C”轮时,突然向左转向,违反了《1972年国际海上避碰规则》第五、七、八和十七条的规定。据此,要求被告B公司赔偿经济损失2917728美元。

被告B公司辩称:本公司所属“D”轮驶往日本黑崎港途中,以12.5节航速,真航向103°到达34°28′N、122°32′E海面时遇“C”轮,保向保速航行。当两船相距0.5n mile时,发现“C”轮仍未让路,即改航向95°行驶。此后,又见到“C”轮在未发出任何声号的情况下,突然向右大幅度转向,致使“D”轮船首碰撞“C”轮左舷,使“D”轮首部严重受损。“C”轮严重疏于了望,造成2船碰撞的紧迫局面,采取避让措施过晚,违反了《1972年国际海上避碰规则》第五、八、十六和三十四条的规定,原告A公司应负碰撞的主要责任。并反诉要求原告A公司赔偿370000美元。

3. 海事法院审理

E市海事法院经审理查明:原告A公司所属巴拿马籍“C”轮,系远洋运输货轮。该轮于2006年7月8日载货2519.86t,自中国E市新港驶往目的港香港。7月10日12:00许,该轮卫星导航船位为34°46′N,123°05′E,以真航向178°,约9.5kn速度航行。自13:41～13:55,该轮值班驾驶员发现右舷前方向东航行的“D”轮,方位约80°,距离4～6n mile。14:05许,两船距离缩小至1n mile左右,“C”轮仍未主动采取避让措施。14:07～14:08,两船相距0.5～0.6n mile,碰撞紧迫局面已形成之际,“C”轮才将自动操航改为人工操航,在未与“D”轮联系的情况下,采取右舵10°,继尔再向右转向10°,约1分钟后回舵,以小角度右舵避让航行,直至14:10许两船碰撞。

被告B公司所属巴拿马籍“D”轮,系远洋运输货轮。该轮于2006年7月9日载货11571t,自中国连云港驶往目的港日本黑崎港。7月10日12:00许,该轮船位为34°28′N,122°32′E,以真航向103°,约12.5航速航行。13:40许,“D”轮发现左舷方保向保速向南行使的“C”轮,方位约40°。14:08许,两船相距约0.5n mile时,碰撞紧迫局面已形成之际,“D”轮拟从“C”轮船尾通过,并将自动舵航向103°改为95°。在碰撞将发生时,才改为人工操舵,并采取左满舵、停车、倒车措施,但为时已晚。14:10许,“D”轮船首部碰撞“C”轮左舷船尾机舱部位,造成“C”轮机舱和住舱进水下沉,其轮机长陈越春随船沉没,“D”轮船首部和左舷船尾及右舷中部船体受损。碰撞地点为34°22′N,123°02′E,“C”轮其余船员均登上“D”轮。两轮船员在出事海域尽力搜寻陈越春未果后,“D”轮恢复原航线,开往目的港日本黑崎港。

碰撞发生前后,出事海域海面轻浪,流向180°,流速1.5;天气阴间多云,东南风3～5级,能见距离约10n mile。

E市海事法院因“C”轮、“D”轮注册登记同属巴拿马籍,确定本案应适用巴拿马共和国法律。但经通知当事人提供,至开庭时双方当事人未能提供,法院也未能查明。经征得双方当事人同意，E 市海事法院决定适用法院地法为本案的准据法。

根据《中华人民共和国民法通则》第一百一十七条第二、三款，第一百一十九条、第一百三十四条第一款、第一百四十二条第三款和中华人民共和国交通部关于船舶碰撞赔偿的有关规定，并参照国际海损赔偿的习惯作法，E 市海事法院审核认定，原告 A 公司可列入本案赔偿范围的损失项目和费用有：

(1) 2006 年 7 月 10 日时，"C"轮的船价 920000 美元；

(2) 停止营运后租金损失 62825.40 美元；

(3) 沉船时油料物品等损失 29013.59 美元；

(4) 人身伤亡的费用 100350.58 美元；

(5) 船员工资和遣返费用 36624.75 美元；

(6) 船东赔付船员个人财物损失费 14532.30 美元；

(7) 船东处理海事发生的交通、代理、通讯费用 6849.43 美元。以上共计 1170196.05 美元；

(8) 以上费用利息 223074.63 美元。

被告 B 公司可列入本案赔偿范围的损失项目和费用有：

(1) "D"轮修船费 145168.71 美元；

(2) "D"轮检验费 1451.43 美元；

(3) 停止营运的租金损失 67604.83 美元；

(4) 船东为人身伤害支付的费用 3869.88 美元；

(5) 船东处理事故支付的代理、通讯及交通费用 4244.16 美元；

(6) 额外港口使费 2145.91 美元，以上共计 224484.92 美元；

(7) 以上费用利息 37928.73 美元。

E 市海事法院认为：碰撞前，当两船处于互见交叉相遇状态时，原告 A 公司所属"C"轮为让路船，被告 B 公司所属"D"轮为直航船。"C"轮自两船互见至发生碰撞，未能谨慎驾驶，正规了望，仅凭目测观察，对两船是否存在碰撞危险局面没有作出充分正确的判断。在紧迫局面形成之际，"C"轮本应及早大幅度地避让"D"轮，但其采取避让措施较晚，又未能采取停车或倒车的避碰措施，仅以小角度转向避碰，从而导致碰撞的发生。"C"轮违背了《1972 年国际海上避碰规则》第五条、第八条第一款、第十五条、第十六条、第三十四条第一款的规定。据此，原告 A 公司应承担主要碰撞责任。

"D"轮在与"C"轮交叉相遇时，本应保向保速航行，但其疏于了望，在未判明"C"轮是否让路和未发出本船行动的任何信号的情况下，断然对在左舷的"C"轮采取左转向避让，促成 2 船碰撞的发生，这种避让措施显然是背离规则的避让措施，违背了《1972 年国际海上避碰规则》第五条、第七条第二款、第十七条及第三十四条第一、四款的规定。对此，被告 B 公司应承担次要碰撞责任。

4. 判决

E 市海事法院根据《中华人民共和国民法通则》第一百零六条第二款、第一百四十二条第三款之规定，并参照国际惯例，于 1992 年 6 月 29 日判决如下：

(1) 原告 A 公司负 60% 的碰撞过失责任，承担本案经济损失 993410.60 美元；

(2) 被告B公司负40%的碰撞过失责任,承担本案经济损失662 273.73美元。

(3) 被告B公司除全部承担自身经济损失数额外,应再赔付原告A公司399 860.08美元,并于本判决生效之日起30日内一次汇给原告A公司。逾期不付,则按《中国人民银行结算办法》之规定,每延付1日,加付万分之三的滞纳金。

5. 专家评析

本案是一起国际货代过程中发生在公海上的涉外船舶碰撞损害赔偿纠纷案,双方当事人均为外国企业。因此,本案在审理上,不仅在程序上涉及管辖权如何确定的问题,而且在实体上还涉及到处理案件的准据法如何确定的问题。

(1) 中国法院通过诉前扣船取得本案的管辖权,"C"轮与"D"轮碰撞地点在我国黄海东部的公海海面上。我国《民事诉讼法》第三十一条规定:"因船舶碰撞或者其他海事损害事故请求损害赔偿提起的诉讼,由碰撞发生地、碰撞船舶最先到达地、加害船舶被扣留地或者被告B公司住所地人民法院管辖。"而本案的碰撞发生地、碰撞船舶最先到达地以及被告B公司住所地均不在我国领域。因此,我国法院似无法对本案行使司法管辖权。

但是,本案原告A公司并没有向碰撞船舶"D"轮最先到达地的日法院提起诉讼,也没有向被告B公司住所地日本国法院提起诉讼,而是在被告B公司所属的、又是碰撞船舶的"D"轮驶抵我国秦皇岛港后,向我国海事法院申请诉前扣船。在我国E市海事法院接受申请、采取诉前扣船措施后,原告A公司即向E市海事法院提起了诉讼。据此,E市海事法院对本案是否取得了管辖权呢?

1952年《船舶碰撞中民事管辖权方面若干规定的国际公约》第一条第一项规定:"关于海船与海船或海船与内河船舶发生的碰撞,只能向下列法院提起诉讼:扣押过失船舶或得依法扣押的属于被告B公司的任何其他船舶的法院,或本可进行扣押并已提出保证金或其他保全的地点的法院。"该条规定实际上是对通过扣船取得管辖权原则的承认,它是当今世界各国普遍采用的习惯作法。我国虽然尚未参加和承认该公约,但对通过扣船取得管辖权原则,在司法实践上是承认和采纳的。

最高人民法院《关于诉讼前扣押船舶的具体规定》第六条第一款规定:"扣押船舶的海事法院对于根据该海事请求提起的诉讼具有管辖权。"因此,E市海事法院通过诉前扣船,并在原告A公司向之起诉的情况下对本案予以管辖,是有充分的依据的。

(2) 适用法院地法为处理本案的准据法。"C"轮和"D"轮同在巴拿马共和国注册登记,其船旗国均为巴拿马共和国。根据我国《民法通则》的有关规定和国际惯例,本案适用的准据法应是双方共同的船旗国法,即巴拿马共和国法。但是,双方当事人至开庭审理时均未提供出巴拿马共和国的有关民事、商事、海事等方面的法律规定,我国法院也未能查明该国法律。在此种情况下,我国法院在征求双方当事人同意后,决定适用审理案件的法院地法,即中华人民共和国法律。这样做是否有根据呢?

最高人民法院《关于贯彻执行〈中华人民共和国民法通则〉若干问题的意见(试行)》第193条规定了5种查明应当适用的外国法律的途径,并同时规定:"通过以上途径仍不能查明的,适用中华人民共和国法律。"这个规定,实际上就是关于当事人不能提供、受理案件的法院又不能查明案件应当适用的外国法律时,应当适用法院地法为处理案件的准据法的规定。因此,E市海事法院适用我国法律处理本案,是有充分根据的。

案例 28　国际货代保险代位求偿权的纠纷

1. 案情

2007 年 10 月 16 日，A 公司承包自荷兰鹿特丹运往中国 K 市的 29 卷装饰纸，投保人为 D 公司，收货人是 E 公司，保险条款为一切险加战争险。该批货物于 2007 年 10 月 6 日装船，B 公司的代理人 G 公司签发了以中外运作为承运人的已装船清洁提单，承运船舶为“F”轮。该批货物于 2007 年 11 月 6 日到达 K 市港，2007 年 11 月 16 日收货人 E 公司从码头提货，开箱后发现货物有水湿现象。

2007 年 11 月 17 日 J 公司出具了发现货物水湿的报告，2007 年 11 月 23 日，A 公司在目的港的检验代理人中国人民保险公司 K 市分公司委托 K 市东方公估行对受损货物进行了检验并出具了检验报告，认定货损原因系承运船舶在运输过程中淡水进入集装箱所致，认定货物实际损失为 23521.96 美元。A 公司依保险条款向收货人 E 公司进行了赔偿，收货人 E 公司授权 H 公司接受赔款。A 公司按 E 公司的指示进行了付款，并从 E 公司处得到代位求偿权益转让书。所以，A 公司据此向两被告主张权利，请求两被告赔偿其损失。

2. 法院审判

法院认为，此案是一起海上保险代位求偿权纠纷。

(1) A 公司与 D 公司的海上货物运输保险公司符合法律的规定，依法成立并有效；

(2) A 公司依照保险条款向收货人 E 公司进行了赔偿并得到了其的权益转让书，取得了涉案货物的代位求偿权；

(3) 被告 B 公司在此案中应是涉案货物的承运人；

(4) 货损的价值应以 A 公司在 K 市的检验代理人，中国人民保险公司 T 分公司申请的 K 市东方公估行出具的检验报告为标准；

(5) 被告 C 公司不承担责任。原告 A 公司仅凭承运船舶名称猜测但没有证据证明 C 公司是实际承运人。

依据《中华人民共和国海商法》第四十二条第(一)项、第二百五十二条第一款、第二百五十七条第一款的规定，判决：

被告 B 公司赔偿原告货物损失金额 23521.96 美元；驳回对被告 C 公司的诉讼请求。

被告 B 公司不服此判决，向 Y 市高级人民法院提起上诉。高院经审理，依法驳回其上诉，维持了一审判决。

3. 专家评析

1) 本案涉及保险人如何取得被保险人对第三人的权益和诉讼时效问题

《中华人民共和国海商法》(以下简称《海商法》)第 252 条就海上保险代位求偿问题作了规定：“保险标的发生保险责任范围内的损失是由第三人造成的，被保险人向第三人要求海事法规赔偿的权利，自保险人支付赔偿之日起，相应转移给保险人。”可见保险人的代位求偿权是基于法律规定而产生的，其适用具有强制性。代位求偿权既然是法定权利，其适用必然应符合法定的条件，才能为法律所认可。这些条件包括：

(1) 被保险人因海上保险事故对第三人有损害赔偿请求权；

(2) 保险人已经向被保险人实际支付保险赔偿；

(3) 保险人行使代位求偿权以保险赔偿范围为限；

(4) 保险人应当在保险责任范围内赔偿被保险人的损失。

2) 本案中外运承运涉案货物，其应为承运人

该案中的提单为V公司的格式提单，由W公司代承运人签发，按航运业惯例通过该提单可以识别的唯一承运人为V公司。承运人在海上运输过程中未尽谨慎管货义务，对涉案货物发生货损应承担责任，收货人E公司对B公司享有损害赔偿请求权。

3) 保险人A公司根据保险条款的规定应向收货人E公司进行赔偿

虽然A公司是将赔款交给了H公司，但其是根据收货人E公司对H公司接受赔款的授权。根据我国民法关于债权转移的规定，债权人可以将债权转移，债务人向新债权人清偿债务的行为，视为债务人向原债权人清偿债务。因此本案中保险人A公司完成了保险赔偿并取得了收货人的代位求偿权转让书，其在保险赔偿范围内享有了收货人对承运人的损害赔偿权。

《海商法》第257条规定，就海上货物运输向承运人要求赔偿的请求权，时效期间为1年，自承运人交付或应当交付货物之日起计算。代位求偿权的实质是法定债权让与，时效作为实体权利也应当包括在受让的权利之内，因此，保险人行使代位求偿权向第三人要求赔偿的权利，其时效期间应当和被保险人向第三人要求赔偿的时效期间一致，即1年。

《海商法》第264条第二款规定，根据保险合同向保险人要求保险赔偿的请求权，时效期间为2年，自保险事故发生之日起计算。由于运输合同诉讼时效与保险合同诉讼时效不一致，而且《海商法》也没有像规定承运人向第三人的追偿时效一样规定保险人的代位追偿时效，但一般认为，既然是代位权，保险人对于责任方索赔的诉讼时效应当依被保险人对于责任方的诉讼时效决定。这很容易导致保险人向被保险人赔偿后向第三人追偿往往已过了时效期间，这样就使保险人的代位求偿权得不到时效上的保证。尤其是被保险人和承运人为外国当事人的情况时，其追偿时效的矛盾就更突出。之所以如此，是因为与其他民事权利相比，保险人行使代位求偿权的期间有其特殊性。

从保险事故发生到保险人向第三人追偿，有2个索赔阶段，一是被保险人向保险人索赔；二是保险人代位向第三人索赔。保险人向第三人索赔的前提条件是向被保险人作出赔偿，但有时保险人于被保险人就是否应予赔偿而发生纠纷，如果经过一审、二审后，保险人败诉，则保险人在赔偿被保险人后，被保险人对第三人的请求可能已过诉讼时效，这就会剥夺保险人的代位求偿权。因此，当被保险人首先向保险人提起诉讼请求赔偿，而保险合同诉讼一时难以解决时，应当加重被保险人在保险诉讼期间所负有的向责任第三人索赔的义务，以保护运输合同诉讼时效。否则，保险人可以援引《海商法》第253条的规定：被保险人……或者由于过失致使保险人不能行使追偿权利的，保险人可以相应扣减保险赔偿。因此被保险人必须在1年内向第三人提出赔偿请求。本案中原告保险人在一年内起诉，未超过法律规定的诉讼时效。

案例29 国际货代出口货物经济损失的纠纷

1. 案由

原告A国际货代公司诉被告B公司海上货物运输合同纠纷一案，法院于2007年9月7日受理后，依法组成合议庭，于2007年10月9日公开开庭进行了审理。

2. 诉讼与答辩

原告诉称,2007 年 4 月 16 日,原告将 1840.38t 蔗渣运至 E 市港务局码头出口到韩国。4 月 29 日,原告与被告签订承运协议,约定由被告提供"C"轮装运原告 1500t 甘蔗渣从中国 E 市至韩国仁川港,船舶至装港时间为 5 月 1 日至 3 日,包船运费 39200 美元。5 月 1 日,被告告之不能提供约定船舶。原告迫不得已另行租船,于 5 月 10 日完成 1095.13t 蔗渣的装运,包租船运费 35500 美元。由于最迟交货期限已过,原告未能按期完成 1840.38t 货物的出口,剩余 745.25t 货物滞压港口,给原告造成巨大经济损失。故请求法院判令被告:

(1) 赔偿原告经济损失 241693.13 元;

(2) 支付律师代理费 10000 元;

(3) 承担本案诉讼费用。

被告辩称,因原告对所签订的承运协议的内容提出修改,增加了货物需熏蒸的要求,而被告对此并没有同意。因此,在双方对熏蒸问题没有达成一致意见前,原告的要求为新要约,原协议不发生效力。既然合约没有生效,原告的经济损失与被告无关。即便说被告有责任,其责任也只能在"C"轮按其蔗渣比重装运量 1219t 与"D"轮实际装载量之间差距即 200t 蔗渣损失范围内承担赔偿责任。

3. 法院审理

经审理查明,2007 年 4 月 29 日,原被告签订租船合同约定,由被告提供"C"轮承运原告包装蔗渣 1500t 从中国 E 市港至韩国仁川港或釜山港,船舶受载日期为 5 月 1—3 日,包船运费为 39200 美元。4 月 30 日,原告向被告传真确认目的港为仁川港,并告知被告蔗渣在韩国须办理薰蒸,要求被告做好此项工作。同日,原告又向被告传真确认蔗渣不在船上薰蒸。5 月 1 日,被告传真通知原告:根据该轮船期、货物等情况,我司决定不能按时承运此票货物,请货主另作安排。为了在信用证约定的最后装运期(5 月 10 日)将蔗渣装船,原告迫不得已另行租用"D"轮承运货物。5 月 10 日原告完成了 1095.13t 蔗渣的装运工作,包租船运费 35500 美元。而原租船合同项下 1500t 蔗渣所余部份即 404.87t 滞压港口。

另查明,原告于 2007 年 4 月 16 日发运 1840.38t 蔗渣存放于 E 市港务管理局码头,除 5 月 10 日装运的 1095.13t 外,其余货物均未能运至韩国,即原告滞压港口的蔗渣总数为 745.25t。"D"轮运载蔗渣未薰蒸。为了减少损失,在本案审理过程中,原、被告于 2007 年 10 日 14 日达成协议,约定由原告以 2 万元的价格处理滞压在港口的 745.25t 蔗渣。

以上事实,经庭审质证和合议庭认证,有原告提供的"C"轮租船合同、发票、存货证明、信用证、"D"轮租船合同、销售确认书、提单、原告确认目的港及有关蔗渣函件、当事人双方处理滞压蔗渣协议,被告提供的双方来往函件以及庭审笔录等记录在案。

法院认为,原、被告为运载蔗渣所签订的《租船合同》为双方在平等基础上的真实意思表示,且内容未违反国家法律,因而合法有效,对双方当事人具有法律约束力。原告为了及时装运货物已提前将蔗渣运集于 E 市码头待装,但被告未能在约定期间提供所约定的船舶,致使原告为了对外贸易关系的成立,为了履行信用证所约定的装船时间,不得不另行租船承运,由此造成的损失自应被告承担。

被告认为其未同意原告薰蒸要求的行为是原租船合同未生效力的理由不能成立。因之原告在签订租船合同后提出的薰蒸要求，仅是对原告生效合同的变更要求，对蔗渣不予薰蒸(后蔗渣实际载运也未进行薰蒸)并不影响原合同的效力，更非被告撤消船的正当理由。因而被告应对其擅自撤船的违约行为承担法律责任。

被告承担违约责任即原告因被告违约所约定损失范围应是原被告租船合同所订之蔗渣吨数或去"D"轮运载数额之差货物滞压港口及其相关损失。被告提出"C"轮实际装运只能是1219t而非1500t的理由不能成立。作为一家专门外运公司，被告对其运载之标的物十分清楚的情况下，其船舶载重吨位、货物比重与其积载及密集量之关系自然明确无误，对于一个自愿约定且已生效之合同内容进行翻诲，这在法律上是不允许的。而对原告提出"D"轮所运货物340.38t为原合同1500t之外货物，因而在装运港码头所滞留的货物均为被告违约造成的损失的理由亦不能成立。这是因为在当被告违约后，原告有义务另行租船装运原告项下的货物，以减少被告违约所造成的损失，根据民法通则的有关规定，对其未履行法定义务而造成的损失的扩大部份自应由原告自己承担。因而，原告以"D"轮装运的1093.15t货物里有340.38t是原合同外运货物为由，要求被告赔偿747.25t货物损失的主张，法院不予支持。

事实上，被告违约所致之原告损失应是滞留港口蔗渣404.87t实际损失，包括货物成本价损失和由此实际发生的各种费用损失。其中应扣减处理滞压货物价款包括：港口租费损失、换租船的差额损失、货物的进港费、过磅费、卸车费、套袋费、上堆费、转费等费用损失及其积压资金的利息损失，共计137899.43元。对于原告所提出的利润及律师费主张损失，前者属于商业风险，后者缺乏法律依据，因而其主张法院亦不予支持。

4. 判决

根据《中华人民共和国海商法》第九十六条第二款和《中华人民共和国民法通则》的规定，判决如下：

(1) 被告B公司赔偿原告A公司经济损失137899.43元，上述款项应在判决生效之日起10日内清偿；

(2) 驳回原告的其他诉讼请求。

本案受理费6545.40元，由原告负担2316.40元；被告负担4229元，该款在判决生效之日起10日内由被告径直向原告交付，法院对原告案件查明费预交款不另行清退。

案例30　外贸代理综合性出口业务的纠纷

1. 案由

原告A公司诉被告B公司、B公司X市分公司海上货物运输合同纠纷一案，法院受理后，依法组成合议庭，公开开庭进行了审理。在第二次庭审后，原告申请追加D公司作为被告参加诉讼。法院依法准予原告的申请，通知D公司参加诉讼。

2. 诉讼与答辩

原告诉称：2007年9月、10月期间，E公司与F公司以传真方式签订买卖瓷餐具合同，E公司委托原告办理出口业务，原告为此委托C公司运输货物，装运港X市，目的港哥伦比亚，提单号×××MF7914项下2个40ft集装箱，箱号/铅封号为×××U8044107/×××2854285，×××U8132755/×××2854252，船名/航次×××0316，船期为9月21日，货物价值19366.20美元，合人民币159964.81元；提单号×××MF7915项下3个40ft集装箱，箱号/铅封号为×××U6239195/×××2847628，×××U7894414/×××2847787，×××U9945243/×××2850053，船名/航次：×××0304，船期为10月5日，货物价值36475.20美元，合人民币301285.15元。

原告于2007年11月25日向被告发出退运通知，并告知被告应当于2007年11月26日前作出明确的答复，但时至今日被告仍未作出答复。经原告查证，被告C公司系被告B公司的分支机构，不具备独立法人资格，因此被告B公司应该承担责任。案件审理中被告B公司举证其行为是受D公司的委托而为。

因此原告要求上述三被告共同承担责任，请求法院依法判令被告赔偿货物价值55841.40美元(合人民币461250元)，经济损失人民币22581元，并由被告承担本案诉讼费用。

(1) 原被告之间的海上货物运输合同关系成立，被告按照约定承运货物并将货物交付给收货人，在履约过程中被告没有过错，不应承担责任；

(2) 原告在庭审前从未要求被告签发正本提单，原告也不能举证证明买卖合同的存在，因此原告要求被告赔偿损失既无法律依据，也无合同依据。

综上，被告请求法院依法驳回原告的诉讼请求。

3. 诉讼证据

原告为证明其诉讼请求，向法庭提交以下证据：

(1) 编号为×××MF7914项下货物的配舱通知单及预签提单传真件，用以证明原告是按照被告C公司的指示将货物送到场站，原告是货物的托运人；

(2) 编号为×××MF7915项下货物的配舱通知单及预签提单传真件，证明事项同证据1；

(3) E公司与A公司签订的委托代理出口业务合同及变更启示1份，用以证明E公司委托A公司从事进出口业务，A公司变更名称为原告；

(4) 托单客户应收费用对账单，用以证明原告根据被告的指示将报关费等付至被告处；

(5) 退运通知，用以证明原告要求被告将2提单项下货物退运并承诺负担费用；

(6) 外资企业登记信息查询表，用以证明C公司不具备法人资格，且营业期限截止到2007年8月28日；

(7) 2份报关单，用以证明经营、发货单位为原告，报关单位为B公司，证实了原告的托运人身份及货值；

(8) 国内特快专递详情单及传真单回执，用以证明原告向被告发出退运通知，被告已收到；

(9) H公司港湾分公司的站内集装箱理货单，用以证明原告按被告指示将货物交付给场站，原告有权向被告索取提单；

(10) 工厂证明，用以证明货物的来源，及原告对货物享有所有权；

(11) 银行汇款的单据和费用发票，用以列明原告诉讼请求的组成；

(12) 登记申请表一份，用以证明B公司是C公司的开办单位；

(13) 装货单2份，用以证明原告是托运人，实际承运人是R公司，代理是X市外代，C公司作为原告的代理完成了代理义务，其中7915号提单中收货人已更改，而被告未将货物交付

给已更改的收货人,被告在代理过程中有过错;

(14) 货物销售合同、发票各2份,用以证明2票货物的买方分别为G公司和F公司,以及货物的价值;

(15). 企业变更情况表一份,用以证明原告的原名称为A公司。

被告对原告提交的证据1,2,4,5,6,7,8,9,10,11,12,15没有异议;对证据3本身无异议,但该合同上无签署日期;对证据13的真实性无异议,但对原告说明的问题有异议;对证据14有异议,该货物销售合同是复印件,且合同的内容与原告在庭审中的陈述不一致。

4. 抗辩证据

被告为证明其抗辩,向法庭提交以下证据:

(1) F公司的申明书,用以证明F公司分别于2007年10月26日和11月13日收到货物,这2个时间均早于原告向被告发出退运通知的时间;

(2) 操作代理协议,用以证明D公司与C公司之间存在代理关系,C公司有权签发D公司的提单。

5. 采纳证据

原告对被告提交的证据1有异议,因为原告始终不知货物的下落,并且×××7915号提单项下货物的收货人不是F公司;对证据2,原告认为该证据与他们无关,原告始终不知道C公司是代理D公司办理业务。

根据原被告的质证情况,法院对原告提交的证据1~13、15的内容予以采纳,对原告提交的证据14中2份贸易合同,法院认为该证据上显示的货物买方分别为F公司、G公司,而原告在诉状及第一次开庭时称,E公司是与F公司签订的货物出口合同,因原告提交的证据14系复印件,且其内容与原告的陈述不一致,因此该贸易合同的内容法院不予采纳。

对被告提交的证据1、2,因该证据均为原件,且均符合证据形式要件,原告又未提交其他相反证据,因此对被告提交的该2份证据,法院予以采纳。

6. 法院审理

综合以上证据并结合庭审,法院确认以下事实:

E公司委托A公司为其代理长期的综合性出口业务,即本案原告是E公司的外贸代理。

合同签订后,E公司收购工厂的货物,以原告的名义出口。根据F公司的指示,E公司以原告的名义委托被告C公司代为订舱出运货物。

原被告之间就货物的出运并未有书面协议,能证明原被告之间承托内容的证据为被告C公司发给原告的2份配仓通知单及提单确认件。提单号为×××MF7914的配仓通知单上注明:装运港X市、目的港Y、船期9月21日、入货场站明港港湾,提单确认件上的托运人为原告,收货人为F公司,装卸港同配仓通知单的内容相一致;提单号为×××MF7915的配仓通知单上注明:装运港X市、目的港Y、船期10月5日、入货场站明港港湾,提单确认件上的托运人为原告,收货人为F公司,装卸港同配仓通知单的内容相一致。

原告未向法庭提交其传真给被告C公司关于定舱出运货物的书面材料,因此法院以原告提交的该被告传真给原告的配舱通知单及提单确认件的内容作为原被告双方海上货物运输合同的内容。

被告D公司承认，其是该票货物的承运人，C公司是其代理。

F公司证明2007年10月26日、11月13日，被告在Y港将原告托运的2票货物交付给F公司。被告在交付货物时未有原告的指示。

2007年11月25日，原告要求被告将上述2票货物退运回X市。

原告向法庭提交的出口货物报关单上显示：×××MF7914号提单项下的货值为19366.20美元，×××MF7915号提单项下的货值为36475.20美元。

原告向法庭提交了汽油费发票6张，共计人民币845.40元；房费发票3张，共计人民币996元；高速公路通行费发票16张，共计人民币755元；停车费发票6张，共计人民币17元；车辆渡运费发票1张，金额为人民币45元；公路汽车票2张，共计人民币92元；火车票2张，共计人民币114元。上述36张发票共计金额为人民币2864.40元。原告以此证明其为该2票货物支出的费用。

原告从J总公司X市分公司提取的装货单/场站收据副本显示：×××MF7914号提单项下的收货人为F公司、×××MF7915号提单项下的收货人为G公司。

原告在庭审中称在货物出运后，其要求被告签发正本指示提单，被告对此予以否认。原告还主张其在收到被告传真的提单确认件后，要求被告将×××MF7915号提单项下的收货人更改为G公司，被告对此予以否认。原告也未提交相应的证据加以证明。

法院认为，本案系海上货物运输合同纠纷，X市为起运港，因此法院对本案有管辖权。原被告均要求适用中国法律，因此中国法律为本案的准据法。

原告向C公司订舱后，依据C公司的指示将货物交付运输，被告D公司将该货物运至原告指定的目的港，则原告与D公司之间构成海上货物运输合同关系。原告是托运人，被告D公司是承运人，被告C公司是被告D公司的代理。

因原被告之间没有书面的运输合同，被告也未向原告签发正本提单，因此原被告双方的权利义务应依照原告提交的配舱通知单及提单确认件的内容来确定。在原告未告知被告须凭其指示放货的情况下，被告在货物抵达目的港后，将货物交付给提单确认件上的收货人，应当视为被告正当履行了承运义务。原告向被告发出的退运通知是在被告交付货物之后，此时，被告已不可能再将货物退运，原告的该请求不具有可履行性。

原告关于×××MF7915号提单项下的收货人为G公司，不是F公司，被告在目的港错交收货人的主张，法院认为原告该主张的依据是场站收据，而该场站收据是被告提交给场站的，该场站收据不构成原被告之间合同的内容。另外，原告在诉状中及第一次开庭审理时均主张其买卖合同的收货人为F公司。因此原告关于错交收货人的主张，法院不予采纳。

7. 判决

综上，被告已正当履行了承运义务，原告要求被告赔偿货物损失证据不足，其诉讼请求应予驳回。

依照《中华人民共和国民事诉讼法》第六十四的规定，判决如下：

驳回原告A公司的诉讼请求。

案件受理费人民币9780元，由原告A公司负担。

案例31　租船代理人与航运公司的纠纷

1. 案情

2006年9月15日，原告A航运有限公司经经纪人T运输公司介绍，与被告B公司签订了一份租船合同。合同约定，B公司租用原告之“E”轮将9500t(10%范围)由船东选择的袋装水泥由G港运往马尼拉；运费率为毛重每吨14.30美元，船东不负担装卸、堆舱、平舱费；全部运费在装货完毕后3个银行工作日支付；装卸效率为每晴天工作日1000～1200t。星期日及法定节假日除外；滞期/速遣费率为每天3000/1500美元，所有用于等待泊位的损失时间算作装卸时间，除非船舶已经滞期，否则由于台风或其他自然灾害阻止了装、卸的进行，所损失的时间不计算装卸时间；4.25%的佣金从运费中扣除，付给经纪人T运输公司；其他未提到条款按1922年及1976年修订的“金康”合同范本。

该范本第六条规定：“装卸时间

(a) 装货时间和卸货时间分别计算——星期天、节假日除外，如果使用，则按实际使用时间计为装货时间。

(b) 装卸时间的起算，如果备妥通知书在中午前递交，装卸时间则从下午1时起算；如果备妥通知书在中午后办公时间内递交，装卸时间则从下个工作日上午6时起算。

范本第八条规定：“船舶所有人对货物有留置权，以便收清运费、亏舱费、滞期费和滞期损失。租船人对发生于装货港的亏舱费及滞期费(包括滞期损失)负有责任。租船人对发生在卸货港的运费及滞期费(包括滞期损失)也负有责任，但仅限于船舶所有人无法对货物行使留置权以取得支付的情况下才发生。”

2006年9月20日23:00，“E”轮抵G港，9月21日08:00该轮向B公司递交准备就绪通知书，22日21:50联检完毕。23日星期天，23日18:30开始装货，当天实际使用时间为5小时30分。到10月7日21:00装货完毕，实装水泥9547.5t。根据合同约定的装货率计算，装港可用时间为7天22小时57分，实际装货使用时间为7天21小时，装港速遣1小时57分。按约定，A公司本航次应于10月1日收齐全部运费130726.76美元(已扣除4.25%佣金5802.48美元)。然而，至10月24日，A公司才收到1万美元，尚欠收运费120726.76美元。

2006年10月12日06:00，“E”轮抵达马尼拉港，同日08:00递交准备就绪通知书。除去约定的卸货时间，10月24日02:08开始滞期。11月3日，A公司代理人收到收货人正本提单及申请卸货准许证，但没有签发。11月5日、6日，A公司以未收齐运费为由分别通知收货人和B公司不予卸货。由于滞期过长，A公司为尽快使船卸清开航，于2007年1月2日13:00自动开始卸货，1月10日14:15货物卸完，交给收货人。

2. 诉讼与答辩

2007年3月26日，A公司向F市海事法院提起诉讼，以B公司不具备法人资格、不能独立承担民事责任为由，将其行政主管单位X省C局和业务领导部门D公司列为共同被告，请求判令3被告共同偿还原告的运费、滞期费、利息、律师费用等共计488848.01美元。

被告B公司辩称：我公司并非真正的租船人，只是租船代理人。与原告签约时，已有H公司的租船委托书，在租船合同中我公司以租船人的名义签字意思表示不真实，承担责任的应是H公司。租船合同中只规定了速遣/滞期费率，并没有明确规定卸货港发生的滞期费由租船人承担。原告行使了留置权。但在没有取得损失补偿又无任何担保的情况下自动放弃已取得的货物所有权，其后果应自行承担。建议法院追加H公司为被告或列为无独立请求权的第三人。

被告C局辩称：B公司是国营企业法人，能以国家授予它经营管理的财产承担民事责任；我局只是B公司的行政管理部门，依法不应是本案的被告。

被告D公司辩称：其与B公司没有隶属关系，只在业务上予以指导，故对B公司的行为不承担民事责任。

3. 海事法院审理

F市海事法院审理查明：2005年12月26日，B公司在G市工商行政管理局登记注册，注册资金45万元，经济性质为全民，独立核算，2006年12月27日变更为非独立核算单位，领取营业执照。2007年3月26日，又变更为独立核算单位，领取企业法人营业执照，经济性质为全民，注册资金为304000元。其行政主管部门为C局，业务指导为D公司。

F市海事法院经审理后认为：

(1) 关于租船合同的效力问题。A公司与B公司签订的租船合同合法有效，B公司称是受H公司委托代理订立合同的理由不成立。签订合同时，B公司并未告诉A公司自己是代表H公司，而是以自己的名义签订了该合同。履行合同期间，B公司虽然曾将H公司委托代订合同的委托书传真给A公司，但A公司坚持认为租船方为B公司，后经多次往返传真，B公司亦承认自己是租船方，故B公司应承担租船合同的义务。B公司请求追加H公司为被告或第三人，因其不是租船合同法律关系的当事人，故不予采纳。

(2) 关于D公司与C局的诉讼主体资格问题。B公司、D公司、C局各自独立，相互之间没有经济从属关系。B公司与A公司签订合同时，是具备法人资格的企业，可以其所有的财产对外承担民事责任。故对A公司关于3被告共同承担租船合同责任的主张，不予支持。

(3) 关于装港滞期费问题。A公司与B公司计算装货港滞期时间均有误。

① 关于装货起算时间。装货起算时间应为2006年9月24日06:00。船方虽于9月22日递交了备妥通知书，但当时尚未通过联检。联检是船舶进入港口的必经法定程序，亦是装货的必要条件。联检是港务当局负责的，港务当局何时进行联检是租方无法控制的，故联检完毕才能视为船舶备妥。联检完毕时间是2006年9月22日21:50，9月23日为星期日，依照租船合同第6条第(a)、(b)款的规定，装货起算时间应为星期天后的第一个工作日的上午6时。

② A公司关于9月23日(星期天)装货时间的计算不正确。按照“金康合同”第6条的规定，星期天属除外时间，如果使用了，则按实际使用时间计算。9月23日实际使用时间为5小时30分，因此只能计入5小时30分。

(3) 关于移泊时间。按照合同规定，应计入装货时间。

综上所述，“E”轮在G港的装货起算时间为2006年9月24日06:00时，允许装货时间为190小时57分，实际装货时间189小时。速遣1小时57分(0.08125天)，按1500美元/天的速遣率，A公司应向B公司支付速遣费121.88美元。

(4) 关于卸货港滞期费问题。在卸货港发生了滞期，但租船合同中的留置权条款明确规定：“……租船人对发生在卸货港的运费及滞期费(包括滞期损失)也负有责任，但仅限于船舶所有人无法对货物行使留置权以取得支付的情况下发生。”原告按照合同行使留置权长达60

天后，在没有取得支付，亦未取得收货人担保的情况下，就放行了货物，转而向租船人主张滞期费，不符合合同约定，法院不予支持。

4. 判决

原告请求律师费用，证据不足，法院亦不予支持。综上，依据《中华人民共和国民法通则》第一百零六条第一款、第一百一十一条、第一百一十三条的规定及有关国际惯例，作出如下判决：

(1) 被告B公司向原告A航运有限公司支付运费120726.76美元及从2006年10月24日起至支付之日止的利息，利率按年息12%计；

(2) 被告B公司向原告A航运有限公司支付130726.76美元(已扣除速遣费)12天的利息(按年息12%计)；

(3) X省C局、D公司与本案无关，对上列一、二款项不负责任。

本案诉讼费9843美元，按比例承担，原告A航运有限公司负担7412美元，被告B公司负担2431美元。

F市海事法院对该案宣判后，原告A航运有限公司不服，以与一审相同的诉讼请求和理由向R省高级人民法院提起上诉。

R省高级人民法院经审理认为：原判决认定事实清楚，适用法律正确，处理适当，应予维持。依据《中华人民共和国民事诉讼法》第一百五十三条第一款第(一)项的规定，判决：

驳回上诉，维持原判。

5. 专家评析

本案为涉外租船合同纠纷，合同签订地在中国G市，当事人没有选择处理合同争议所适用的法律，根据最密切联系原则，本案应适用我国法律处理。对本案的处理，主要涉及以下几个问题：

1) 关于B公司在本案租船合同中的法律地位

一般情况下，D公司是作为租船合同的一方的代理人身份出现的，其本身并不是合同当事人。这种情况下，D公司仅需承担代理人的责任。但是，本案中的B公司却是以自己的名义与A航运有限公司签订租船合同的。这表明，B公司是本案租船合同的当事人。认清这一点，是确定本案责任承担者的关键。

2) 被告的主体资格问题

B公司、C局、D公司分别是独立的企业法人，相互之间不存在经济从属关系。《中华人民共和国民法通则》第四十八条明确规定："全民所有制企业法人以国家授予它经营管理的财产承担民事责任。"本案中的B公司是经G市工商行政管理局登记注册的全民所有制法人，因此，理应独立承担民事责任。虽然C局是B公司的行政主管单位，D公司是B公司的业务指导单位，但这种行政主管关系与业务指导关系不能取代需承担民事责任的民事法律关系。因此，法院认定B公司的行政主管和业务指导部门与本案无关，是正确的。

3) 关于承运人对留置权的行使

"金康"合同范本是国际通用的，也是我国航运界采用较多的格式合同，其第八条规定："船舶所有人对货物有留置权，以便收清运费、亏舱费、滞期费和滞期损失。租船人对发生于装货港的亏舱费和滞期费(包括滞期损失)负有责任。租船人对发生在卸货港的运费及滞期费(包括滞期损失)也负有责任,但仅限于船舶所有人无法对货物行使留置权以取得支付的情况下才发生。”

我国《海商法》第八十七条规定:“应当向承运人支付的运费、共同海损分摊、滞期费和承运人为货物垫付的必要费用以及应当向承运人支付的其他费用没有付清,又没有提供适当担保的,承运人可以在合理的限度内留置其货物。”

第八十八条规定:“承运人根据本法第八十七条规定留置的货物,自船舶抵达卸货港次日起满60日无人提取的,承运人可以申请法院裁定拍卖;货物易腐烂变质或者货物的保管费用可能超过其价值的,可以申请提前拍卖。拍卖所得价款,用于清偿保管、拍卖货物的费用和运费以及应当向承运人支付的其他有关费用;不足的金额,承运人有权向托运人追偿……”

本案中,原告A航运有限公司在没有收清运费及滞期费的情况下,对船载货物在目的港实施了长达60天的留置,行使了留置权,这是符合法律规定的。但是在未取得运费、滞期费或者担保的情况下,没有申请拍卖货物就自动交货,这只能视为原告自动放弃留置权。这时原告再转向租船人主张全部债权,不符合租船合同留置权条款的约定,也不符合法律的规定。因此,F市海事法院认定船东行使留置权不当,租船人不应承担责任,是正确的。

案例32　保税货物航次期租延滞损失的纠纷

1. 案情

2005年9月10日,A公司与“B”轮经营人C公司及所有人D公司签订航次期租合同,由A公司租用“B”轮。2005年10月3日,A公司与G公司签订航次租船合同,约定由A公司作为二船东从伊利切夫斯克港运载一批冷轧钢板和热轧钢板分别至湛江港和天津新港。合同约定:卸货时间按港口习惯快速装卸。

合同的附加条款约定:在卸货港,船舶所有人和其代理人应提早1天通知收货人船舶预计抵达时间,以使收货人在船舶抵达卸货港之前办齐清关手续;若产生延滞,经证实是因有关货物在卸货港的单证不齐全而造成,延滞损失为每天10000美元,不足1天按比例计算。

“B”轮本案所涉该航次的提单号为××A和××B的提单记载,托运人为H公司,通知方为E公司,承运人为F公司,提单为金康格式。该提单的内容没有租约及滞期费条款并入的记载。该提单已由H公司背书给E公司。

2006年11月25日,“B”轮代理湛江外代发函给E公司和J公司,称因货物有走私嫌疑,船舶及货物已被海警三支队扣押,要求E公司和J公司提供货物单证原件。11月26日,海警三支队发函给湛江外代,要求其催促货物所有人携带有关进口单据接受调查。12月15日,湛江外代致函要求海警三支队出具书面强制卸货的通知。K省公安厅12月19日出具的扣押物品清单载明,扣押物品包括“B”轮所载5210t薄钢片。

据湛江外代制作的装卸时间事实记录与“B”轮船长陈述的事实记录记载:船舶于1997年11月24日22:00抵达湛江港第一引水锚地,22:30海警登轮宣布怀疑货物走私而扣押“B”轮。12月15日22:40船长收到海警卸货的口头通知,引水员登轮引水,船舶靠泊。12月16日10:00,“B”轮开始卸货。12月17日23:50,“B”轮卸货完毕等待港务监督签发清关手续、海警释放船舶。12月19日24:00,引水员登轮引水,“B”轮离泊。A公司遂向原审法院提起诉讼,要求判令E公司、J公司赔偿船舶延滞损失及其利息259012.08美元。

A公司没有提供证据证明E公司在湛江港卸下的货物单证不齐或属于走私货物。

2. 一审判决

海事法院认为，本案为船舶延滞损失赔偿纠纷，属于涉外海事纠纷案件。双方当事人没有选择审理本案所适用的法律，因本案船舶延滞发生在中国港口，中国法律与本案有最密切联系，故本案适用中国法律。A公司作为租船链中的航次期租船人，其又将船舶承租给G公司，G公司将该轮再租给本案所涉提单项下的托运人H公司。提单上承运人一栏签字的是“L公司作为承运人的代理签发”，E公司所持提单没有并入租约。

据上，可以认定A公司和E公司之间没有合同关系。既然A公司和E公司之间没有合同关系，那么A公司不能依据合同法律关系向E公司提出索赔。如果A公司有损失，只能向下一手租家G公司索赔，A公司和G公司之间租船合同中的滞期费条款对E公司没有约束力。即使A公司以侵权之诉起诉E公司和J公司，但A公司没有举证证明E公司、J公司实施了使船舶发生延滞的行为，A公司也没有证据证明E公司、J公司的行为与船舶延滞存在因果关系。船舶延滞的根本原因是海警三支队怀疑该轮有走私嫌疑，需要调查所致。

据上，A公司要求E公司、J公司赔偿船舶延滞所造成的损失既没有合同依据，也没有事实依据，对其诉讼请求应予驳回。依照《中华人民共和国民事诉讼法》第六十四条第一款之规定，原审法院判决：

驳回A公司的诉讼请求，一审案件受理费6884.8美元由A公司负担。

3. 上诉理由

A公司不服原审判决，向省高级人民法院提起上诉称：

(1) A公司是本航次的实际承运人。本案争议所涉及的“B”轮于2006年10月5日14:00起期租于A公司，10月7日16:45抵达乌克兰装港准备装货，11月24日22:00抵达卸港湛江港，A公司委托了湛江外代作为卸货港船舶代理。A公司在本航次的营运中，实际上负责了船舶的航行及运输业务，即实际承担着本航次的货物运输义务，符合中国《海商法》所规定的实际承运人的定义。原审判决对上述事实并没有作出认定，也没有确定A公司作为实际承运人的法律地位。

(2) A公司依法拥有合法的货物运输的经营权和收益权。A公司于2006年9月10日与C公司签订一份期租合同而成为“B”轮的期租船人，取得了利用该轮进行货物运输的经营权并因此而获得报酬的合法权益。据此，A公司安排了从乌克兰港口载运一批钢材至湛江港的运输任务并为该轮的航行安排加油及委托港口代理。因此，A公司虽然不是提单上的承运人，但A公司实际承运了该批货物，是实际承运人，有权因运输服务而获得报酬。

(3) 被上诉人的货物是进口货物，不是保税货物，且进口单证不齐全，是海警滞留船舶进行调查的主要原因。2006年11月24日，被上诉人向船舶代理湛江外代提交了1A和1B共2份正本提单，要求提货。该2份提单已由托运人背书转让，因此，作为提单持有人的被上诉人是收货人。由被上诉人要求提货的行为来看，被上诉人的意图是准备在货物卸下船舶后即直接提取，而不是他们在一审代理词中所说的先存进保税仓库，然后再复运出口到泰国销售。事实上2007年4月28日，海警宣布解除扣押后，被上诉人就是直接提取了全部货物，而不是再复运出口。这一事实说明了被上诉人的目的就是要将该批货物用于国内销售。根据《中华人民共和国海关对保税仓库及所存货物的管理办法》第二条的规定，保税仓库只限于存放供来料加工、进料加工复运出口的货物，或者暂时存放后再复运出口的货物，以及经海关批准缓办纳税手续进境的货物。一般贸易进口货物不允许存入保税仓库。因此，被诉人的货物根本不符合保税货物的条件。

由上述所得，被上诉人的货物是进口货物，不是保税货物。对于一般贸易的进口货物，收货人应向海关如实申报货物资料，并提交全套进口单证。如果进口货物单证不齐全，即是有意逃避海关监管。因此，海警在扣押船货后，要求货主马上提供全套的货物进口单证以便调查。以上事实足以说明该批货物的进口单证是不齐全的，有走私嫌疑，才导致海警扣押船舶和货物。这是本案纠纷的起因，但遗憾的是，一审判决竟然没有对这一关键事实进行调查和认定。

(4) 被上诉人侵害了A公司的经营权和收益权。

① 被上诉人实施了侵权行为。在本案中，被上诉人违反了法律所规定的义务，没有为载运的货物配备齐全的进口单证，侵害了A公司作为期租船人利用船舶进行营运活动的权利。其次，在货物被海警怀疑有走私嫌疑时，海警及A公司的代理均多次要求被上诉人提交全套进口单证，接受调查。但被上诉人一直迟迟未作答复，也不提供单证。这种消极的不作为，实际上也是侵害了实际承运人的权益，造成实际承运人进一步的船期损失。

② 被上诉人的侵权行为给A公司造成了损失。"B"轮于2006年11月24日22:00抵达卸货港，船长同时递交了装卸准备就绪通知书，并被接受。但因被上诉人的侵权行为致使船舶等到12月16日才开始卸货，12月19日才获准离港，造成A公司的船期损失及其利息达259012.08美元。

③ 被上诉人的侵权行为与A公司所遭受的损害结果存在着直接因果关系。因为货物的进口单证不齐全，有意逃避海关的监管，所以货物被海警认为有走私嫌疑，而作为承运该批货物的船舶也就自然地被海警扣押滞留。也就是说，如果没有货物的走私嫌疑，也就不会有船货的被滞留扣押。其次，也因为被上诉人一直采取消极的态度，不及时接受海警的调查，致使船货被扣押滞留的状态一直持续，进一步扩大了A公司的损失。所以被上诉人的侵权行为直接导致了A公司所遭受的损失。

④ 被上诉人的侵权行为有主观上的过错。首先，被上诉人无视国际公约、国家法律及国际贸易规则的规定，向船方提供了单证不齐全的货物，这是被上诉人主观上的一种故意。其次，当船货被海警扣押后，被上诉人仍然不积极接受海警的调查，而故意地让损失进一步扩大，这都是被上诉人在主观上的过错。另外，据报道，海警三支队的主要负责人原支队长汤镜新、参谋长吴海辉等因利用职权之便，为走私分子谋取非法利益，从而收受走私分子的贿赂，已被法院判决认定犯有受贿罪，判处无期徒刑。结合本案的事实，××A和××B这2票提单项下的货物被海警扣押后，作为收货人的被上诉人一直未能提交齐全的进口单证，甚至在2007年4月28日海警同意放货的文件上也没有对货物的调查结果作任何说明。一审过程中，被上诉人亦未根据一审法院的要求提交全套的进口文件，说明海警调查的经过及海警放行货物的理由，因此，有理由怀疑被上诉人也是采取了"暗箱作业"才使得海警的某些不法分子同意放货。从而也从另一方面证实了被上诉人的货物在单证上是不齐全的。综上所述，请求二审法院撤销原审判决，责令被上诉人赔偿A公司的船舶延滞损失及其利息259012.08美元。

4. 答辩理由

E公司、J公司答辩称:

(1) A公司只是该轮的期租人,并非船东或光租人,因而不是本航次的实际承运人。

(2) A公司是否拥有货物运输的经营权和收益权,与A公司的上诉无关。实际上,租船链中的所有人都有各自的货物运输的经营权和收益权,但并不表明都可以作为船舶延滞纠纷的索赔方。

(3) E公司、J公司的货物是保税货物,后转为国内销售。根据《中华人民共和国海关对保税仓库的所存货物的管理办法》第六条的规定,保税货物经海关核准可转为进人归纳市场销售。另外,以何种货物人保税仓,与船舶是否被滞留没有任何因果关系。

(4) E公司、J公司没有任何对A公司的侵权。

① 船舶是被海警扣留乃带留的,因此就船舶被延滞而言,根本不是E公司、J公司的行为。

② A公司也没有损失。船舶被延滞,是船东的损失而不是A公司的损失。即使A公司要支付租金,其同样也可以向下手租家主张合同债权。如仍允许其在本案中索赔,无疑使A公司获得双倍补偿。如果允许A公司索赔这一损失,则租船链中的任何一人均享有同样的权利,这无疑是荒谬的。

③ A公司既无侵权行为,也无损害结果,所谓两者之间的因果关系当然也就无从谈起。另外,A公司在论述这一点时的逻辑时是错误的,就算货物单证真的不齐,依法海警同样无权扣押船舶。

④ 答辩人无主观过错。A公司引述海警支队长、参谋长被判刑一案,与答辩人是否有主观过错没有任何逻辑关系。

综上所述,A公司上诉无理,应予驳回。

5. 二审判决

省高级人民法院认为,本案A公司是在德国注册成立的公司,其向中华人民共和国海事法院提起诉讼,要求判令E公司、J公司赔偿因船舶延滞所造成的损失,因此,本案属于涉外民事诉讼。由于本案双方当事人没有协议选择处理争议所适用的法律,而本案船舶延滞发生在中华人民共和国的港口,因此,本案与中华人民共和国有最密切的联系。

根据《中华人民共和国民法通则》第一百四十五条的规定,本案应适用中华人民共和国的法律。A公司作为租船链中的航次期租船人,其又将船舶程租给G公司,G公司将该轮再租给本案所涉提单项下的托运人H公司。虽然A公司在与G公司签订的航次租船合同中约定了滞期费条款,A公司亦是本案所涉货物的实际承运人,但是,承运人所签发的提单并没有并人租船合同,因此,租船合同中的滞期费条款不能约束提单的当事人,A公司与E公司、J公司之间不存在滞期费条款的合同法律关系。A公司无权依据租船合同法律关系向E公司、J公司提出滞期费的索赔。

A公司上诉认为,由于E公司、J公司的货物单证不齐全,导致海警三支队扣押“B”轮,因此,应由E公司、J公司赔偿A公司因船舶延滞所造成的经济损失。但是,“B”轮在湛江港发生延滞的事实,是因为海警三支队怀疑该轮有走私嫌疑需要调查所致,单证不全是调查中才提出的问题，这有海警三支队给湛江外代的函为证。尚无证据可证实是因为单证不全导致该轮被扣留，也即尚不能认定E公司或J公司实施了致使该轮被延滞的行为。而且，A公司未能提供证据证明其“B”轮被扣留而所遭到的损失的程度。因此，A公司的上诉理由缺乏充分的事实和法律依据，应不予支持。

综上所述，原审判决认定事实清楚，适用法律正确，处理恰当，应予维持。A公司上诉无理，应予驳回。依照《中华人民共和国民事诉讼法》第一百五十三条第一款第(一)项的规定，二审法院判决驳回上诉，维持原判。

本案二审案件受理费人民币56937.30元，由A公司负担。

6. 专家分析

(1) 本案为涉外海事纠纷，当事人没有约定法律适用，一、二审法院依据最密切联系原则，确定本案应适用中华人民共和国法律作为解决双方之间纠纷的准据法，是正确的。

(2) 由于承运人所签发的提单没有并入租船合同，因此，租船合同中的滞期费条款不能约束提单的当事人，A公司与E公司、J公司之间不存在滞期费条款的合同法律关系。A公司无权依据租船合同法律关系向E公司、J公司提出滞期费的索赔。

(3) “B”轮在湛江港发生延滞的事实，是因为海警三支队怀疑该轮有走私嫌疑需要调查所致，单证不全是调查中才提出的问题，尚无证据可证实是因为单证不全导致该轮被扣留，也即尚不能认定E公司或J公司实施了致使该轮被延滞的行为。而且，A公司未能提供证据证明其“B”轮被扣留而所遭到的损失的程度。

案例33　是国际货代还是契约承运人的纠纷

1. 案情

2007年10月，原告A公司委托被告B公司将一批机翼壁板由美国长滩运至中国上海。实际承运人M公司签发给被告的提单上载明“货装舱面，风险和费用由托运人承担”。而被告向原告签发的自己抬头的提单上则无此项记载，同时签单处表明被告代理实际承运人M公司签单。货抵上海港后，商检结果确认部分货物遭受不同程度的损坏及水湿。

2. 诉讼与答辩

原告A公司遂向法院提起诉讼，请求判令被告赔偿货损68.2万美元，并承担诉讼费。

被告B公司辩称：其身份是国际货运代理人，不应承担承运人的义务。原告遭受货损系由其未购买足够保险而产生，且货损发生与货装甲板无因果关系，据此请求法院驳回原告诉讼请求。

3. 法院审判

法院认为：本案被告所签发的提单经美国商业登记注册，其系列操作过程完全符合契约承运人的操作方式，而原告与实际承运人并未发生任何法律关系，故被告身份应为契约承运人。承运人在舱面装载货物，应当同托运人达成协议，违规装载舱面货致损的，承运人应承担赔偿责任。原告投保与否不影响承运人义务的承担。当然，该案判决并不妨碍被告向实际过错方行使追偿权利。

据此，法院判决：

被告赔偿原告货损 68.2 万美元以及商检费用和案件受理费。

4. 专家评析

本案主要涉及货运代理人与契约承运人的识别问题。货代纠纷和货运纠纷案件是海商审判实践中所遇最多的两类案件，而当事人法律地位的定性就成为确定案由的根本前提。然而，这在实践中并非易事。

（1）国内业界的"货代"内涵是超出其字义法律理解的。外经贸部批准设立的从事国际货代业务的公司，有权签发自己的提单而成为契约承运人。而联合国亚太经社会对"货运代理"的解释是："货运代理代表其客户取得运输，而本人并不起承运人的作用。"国际货运代理协会联合会的定义是："货运代理是根据客户的指示，并为客户的利益而揽取货物运输的人，其本人并不是承运人。"当然，国外也普遍存在既从事货代业务，又充当契约承运人的实体，称为"Forwarder"，香港地区称为"运输行"，性质类似于国内的货代公司。

（2）由于货代公司可以代理人和承运人两种身份出现，就必须在案件中仔细加以区分。若定性为货代，则其主张的垫付运费以外的运费差价将不被支持；若定性为契约承运人，则其主张的代理佣金部分亦将不被支持。实际情况并非泾渭分明。"货代"公司在储货、报关、验收等环节可能是代理人，而签发提单的行为又证明其是契约承运人。这时须看其货代与承运人身份是否重叠，若不重叠可分别认定，若重叠还需要按实际情况在两种身份中确认其最终法律地位。

1）身份是货运代理人

海商审判中较多遇到这样的情况，货代公司在业务中既收取代理佣金，又赚取运费差价，一旦涉讼就极力掩饰承运人身份而逃避责任。本案被告认为其身份是货运代理人，由其出具的"分提单"不同于真正意义上的提单，由此拒绝承担承运人的责任。显然对被告所出具的"分提单"的定性是关键所在。

2）分提单

所谓"分提单"（House B/L 或 Forwarder B/L），是针对总提单（Master B/L 或 Memo B/L）而言的。前者是运输行（Forwarder）受货主的运输委托，在接收货物后以"契约承运人"身份出具的提单；后者则是由作为实际承运人的船公司签发给运输行的提单。由于运输行采取形式灵活的揽货方式，对不足一箱的货物进行直拼，经中转港作拆拼或重拼。鉴于目的港收货人不同，同时也出于避免货主与船公司的直接接触，运输行通常会以"契约承运人"的身份签发多份自己格式的分提单。

对于这样一份运输行出具的分提单，UCP400 中第 25 条特别提到银行可接受国际运输商协会联合会会员所签发的联合运输提单（FIATA BAL），而且只有其中的一种蓝色 FBL 已被国际商会（ICC）所承认。而到了 UCP500，则不再强调运输行的 FIATA 会员身份，即使非会员的运输行所签提单，亦会为银行所接受。而本案中的提单正是这样一种非 FIATA 会员的运输行提单。被告所签发的这张自己抬头的分提单是向美国联邦航运委员会（FMC）注册，并将其所订费率表呈报该单位，经批准后才能正式签发的提单。这样的运输行在美国称为无船承运人（NVOCC），而非经 FMC 批准成为 NVOCC 的运输行是不能签发提单的。

那么，被告的法律地位又如何确定呢？一般来说，提单上用于确认承运人身份的记载有 3

处：提单抬头、提单签单章以及提单背面的“承运人识别条款”。对于提单背面的“承运人识别条款”，鉴于其有可能使承运人有机会规避最低限度的义务，因而否认其效力是大势所趋，故审判实践中一般根据前二者来认定，且尤以签单章为优先。

3）货代的证明

本案中提单上的签单章表明被告是作为实际承运人的代理而代签提单，但提单抬头却是被告本身的。法院不可能凭其在提单上的单方表述即认定其代理身份。如果被告欲主张自己为货代，则必须证明2点：

（1）证明其与实际承运人之间存在代理签单协议；

（2）证明实际承运人在该分提单签发时是合法存在的，而本案被告没有完成对上述内容的举证。鉴于被告是有资格在美国签发提单的运输行，出具自己抬头的提单，并且还收取了部分运费差价，且其未对代理签单的身份进行举证，因此，最终被认定为契约承运人。

案例34　接受错误指令支付运费的纠纷

1. 案情

2005年3月2日至3月11日，被告C贸易公司委托B某办理2票货物的出口货运事项。被告B某受托后，以D办事处（该办事处于2005年3月18日成立，被告B某被委任为负责人，同年12月，该办事处停业清理）名义，委托原告A货运公司办理该2票货物的出口货运代理事项。托单载明：托运人为C贸易公司，运费预付等。原告A货运公司依约办妥出口货运事项，并向承运人垫付海运费39200美元。同年3月23日，原告A货运公司开具该2票货物海运费发票交给B某并向其催要运费。此后，C贸易公司依被告B某指令将运费支付给与本案无关的E市保税区E贸易公司。催款未果，A货运公司遂向海事法院起诉被告B某、被告C贸易公司，要求判令支付其垫付运费。

2. 诉讼与答辩

原告A货运公司诉称：原告接受B某以D办事处名义的委托，依约办妥2票货物的出口货运事项，并垫付海运费39200美元。B某未支付运费，C贸易公司接受错误指令支付运费，均应承担责任。请求判令两被告连带支付原告垫付的海运费39200美元，折合人民币350260元。

被告B某辩称：其行为非个人行为。C贸易公司支付的运费系付给E贸易公司，非由其个人占有，请求判令驳回对其本人的起诉。

被告C贸易公司辩称：C贸易公司与D办事处存在委托关系，但与原告没有直接委托关系，故其不是本案适格被告。且C贸易公司已支付运费，请求判令驳回对C贸易公司的起诉。

3. 一审

E市海事法院经审理认为：被告C贸易公司与原告没有直接的委托关系，且C贸易公司已按照其受托人的指令履行了运费支付义务，C贸易公司按指令付费的行为并无不当，故不应再对原告承担支付垫付费用的责任。被告B某在操作本案货代业务时，其身份为D办事处负责人，故B某的行为不应认定为个人行为，其行为的法律后果也不应由其个人承担。该院依照《中华人民共和国民事诉讼法》第六十四条第一款的规定，于2007年3月22日作出如下判决：

驳回原告A货运公司对被告B某、C贸易公司的诉讼请求。

4. 上诉与答辩

一审宣判后原告不服，向F省高级人民法院提出上诉称：原判认定B某的行为系职务行为，证据不足。C贸易公司不顾财务制度和上诉人的合法权益，将应付给上诉人的运费支付给第三人，应当赔偿上诉人的运费损失。请求撤销原判，依法改判支持其诉讼请求。

2被上诉人答辩称：原判认定事实清楚，适用法律正确，请求驳回上诉，维持原判。

5. 二审

二审期间，根据各方当事人对新证据的质证、认证情况，二审法院确认如下事实：涉案2票业务，B某从未向天津远洋货运公司上海分公司汇报过。B某在办理涉案2票业务时，系E贸易公司海运部经理。

二审法院经审理认为：个人在从事交易行为时，具备多种身份是常见的现象，其以何种身份从事交易行为，应由其举证证明。本案中，没有证据证明B某的行为系职务行为，如由单位委托授权书，或与交易对象签定的合同上盖有单位公章等，故其行为系个人行为，民事责任应由其个人承担。B某委托A货运公司办理涉案2票货物的出口货运代理事项时，将载有"托运人"为C贸易公司的托单等材料交与A货运公司，故可认定A货运公司知道C贸易公司与B某之间委托代理关系的存在，A货运公司与B某之间的委托合同直接约束A货运公司和C贸易公司；A货运公司垫付货物运费，应由委托人C贸易公司偿还并支付利息。况且，C贸易公司履行不当，系因其选任受托人不当所致，由此产生的民事责任理应自负；至于A货运公司关于判令B某和C贸易公司连带支付运费的请求，既无事实基础，亦无法律依据，不予支持。为此，二审法院依照《民诉法》第一百五十三条第一款第(二)、(三)项，《合同法》第一百二十一条、第三百九十八条、第四百零二条之规定，于2007年7月3日作出终审判决：

(1) 撤销一审判决；

(2) 由C贸易公司支付A货运公司垫付海运费39200美元及利息3000美元，折合人民币350260元，于判决送达之日内付清；

(3) 驳回A货运公司对B某的诉讼请求。

6. 专家评析

A. A货运公司垫付了海运费，其基于委托关系的请求能否得到支持，取决于对下面三个关键问题的认识，对此，一、二审法院的看法截然相反，现分述如下。

1) B某行为的性质

在从事民事交易行为时，个人有多种身份是常见的现象，当其主张系职务行为时，应由其举证证明，如未能举证，则应负举证不能之法律后果。本案中，B某未能举证，故其行为系个人行为。事实上，在本案中还有其他证据证明B某行为的性质：B某以D办事处名义委托A货运公司时，D办事处尚未成立，B某也不可能是负责人；C贸易公司接受的是B某个人指令；运费付至B某任海运部经理的E贸易公司；其主管单位从未授权亦不知道B某曾从事涉案2票业务等。

2）C 贸易公司和 A 货运公司间的法律关系

他们之间是否存在委托关系，是适用《合同法》第三百九十八条的条件，也是 A 货运公司诉讼请求能否得到支持的关键。

(1) 本案中双方委托关系是存在的，可适用《合同法》第四百零二条关于委托人自动介入的规定，理由如下：

① C 贸易公司明知 B 某个人无从事货代业务资格，势必要转委托才能办妥所托事项；

② 托单载明托运人为 C 贸易公司，A 货运公司可藉此途径知道 C 贸易公司于 B 某代理关系的存在。不论 B 某是否告知 A 货运公司该代理关系的存在，亦可发生委托人的自动介入。产生的法律后果是，B 某与 A 货运公司之间的委托合同直接约束 C 贸易公司与 A 货运公司。

(2) 按照上述分析，结合《海商法》第六十九条的规定，可得出 2 个结论：

① C 贸易公司应支付运费给承运人；

② 在 A 货运公司垫付运费的情况下 C 贸易公司应将将运费支付给 A 货运公司。本案中，C 贸易公司按 B 某指令将运费支付给了与本案无关的 E 贸易公司，显系履行不当，应承担相应民事责任。从表面上看起来，是 B 某的原因造成了 C 贸易公司的错付，责任应由 B 某承担，这一观点是否成立？

3）在本案中 B 某是否应当承担责任

在委托人自动介入情形下，合同将对委托人产生约束力，而代理人既不享有合同权利，也不承担合同义务，故 B 某作为 C 贸易公司的代理人，在本案中不应承担责任。另外，根据《合同法》第一百二十一条的规定，由于 B 某的原因造成 C 贸易公司违约，C 贸易公司应向 A 货运公司承担违约责任，其和 B 某之间若有纠纷，可根据法律规定或约定另行解决。综上，依照《合同法》第四百零二条规定或一百二十一条的规定，得出的结论是一致的。C 贸易公司应再次支付运费，岂不冤哉？

其实不然，理由有三：

(1) C 贸易公司深信 B 某的诚信，委托其办理涉案业务，按其指令付款。然而 B 某并非如 C 贸易公司想象，也辜负了 C 贸易公司的信任。究其原因，系 C 贸易公司选任代理人不当；

(2) C 贸易公司将运费支付给与整个交易过程毫无关联的 E 贸易公司，不仅违背商业常识，也违背财务结算制度的规定；

(3)《海商法》第六十九条明确规定托运人应按约定向承运人支付运费，故 C 贸易公司具有审查 E 贸易公司是否有权收取运费的义务。

综上所述，对 A 货运公司要求 C 贸易公司支付其垫付运费的请求，应予支持，而 B 某在本案中不应承担责任。

B. 几种可以考虑的思路

在本案审理过程中，也曾考虑过另外几种思路：

(1) 适用代位求偿权制度处理本案有对问题的界定，才有讨论的可能。适用代位求偿权处理本案，似可定义为 A 货运公司垫付海运费后，享有代位行使承运人对托运人 C 贸易公司求偿运费的权利。但这一思路不妥：

① 代位求偿权应在法律有直接规定或约定的情况下才可行使，本案中 A 货运公司垫付运费后，既无法定的代位求偿权，亦无 C 贸易公司予承运人的约定；

② 该思路可解决A货运公司的适格原告问题，但基于《合同法》第三百九十八条的规定，A货运公司的合法权益可依据委托合同得到保护，无须绕圈子解决其主体资格问题；

③ A货运公司起诉依据的是海上货物运输代理合同，而非海上货物运输合同本身。

(2) 适用合同债权转让制度处理本案基于同样的理由，先对本案合同债权转让作一界定，即承运人通过协议将其债权(运费)转让给A货运公司，然后由A货运公司行使对债务人C贸易公司的债权(运费)。这一思路亦不可取，因为：

① 合同债权转让有一基本要求，即让与人与受让人之间须达成协议，而本案中，承运人与A货运公司间没有协议；

② A货运公司取得并得到保护的合法权益，是基于其垫付运费的行为，以及《合同法》第三百九十八条的规定；

③ 债权人转让权利，应通知债务人，否则，该转让对债务人不发生效力。本案中，承运人未通知债务人C贸易公司，债权转让对C贸易公司不发生效力。

(3) 价值衡量即固有的交易方式与公正之间的价值衡量。在类似本案连环委托办理货运代理事项的关系中，也许固有的交易方式是下家向上家代收运费。这种方式不仅为该行业所许可，且具有手续简便、效率高等优点，但是在出现如B某之行为情况下，托运人应承担再次支付运费的责任，如前所述，他并不冤枉。

在固有的交易方式中并存的效率和风险责任之间进行选择，是交易各方的事情；在固有交易方式与公正之间进行选择，法院选择的是公正。

C. 这里隐含一个前提，即本案中当事人各方未明确约定由B某代收代付运费，假如有这样明确的约定，而其他事实不变，该如何处理？

这种情况下有3个法律关系。

(1) B某与C贸易公司委托代理关系中的权利义务为：委托B某办理涉案业务，并支付运费给B某，再由B某支付给A货运公司；

(2) B某与A货运公司委托关系中的权利义务为：委托A货运公司办理货代业务，由B某代收运费并支付给A货运公司；

(3) 基于《合同法》第四百零二条规定形成的A货运公司与C贸易公司间的法律关系，权利义务直接受B某与A货运公司间合同的约束。

上述3个法律关系中，B某的地位是关键，他既是C贸易公司的代收代付运费人，又是A货运公司的运费代收代付人，他还是约束C贸易公司与A货运公司的委托合同中的运费代收代付人，他处分了运费，责任由谁承担，是C贸易公司，还是B某本人？在约束A货运公司与C贸易公司的合同中，明确了由B某代收代付运费，双方就此达成了合意，应依约履行。C贸易公司按B某指令支付了运费，即为履行了支付义务。因为依合同约定，其履行义务的对象是B某，不构成错付。根据B某与A货运公司的委托合同，B某代收运费后，有义务及时支付运费，其处分运费的行为，构成了对A货运公司的违约，应承担违约责任。

案例35 委托方拖欠国际货代费用的纠纷

1. 案由

上诉人A轻工业品进出口公司因与被上诉人B国际货运有限公司货运代理合同拖欠运费及港杂费纠纷一案，不服C市海事法院(2007)C初字第99号民事判决，向法院提起上诉。

法院依法组成合议庭，公开开庭审理了本案。

2. 一审

原审法院查明：2004 年 A 轻工业品进出口公司委托 B 国际货运有限公司办理×××UVCE65236号提单项下货物的进口货运代理事宜，并指示 B 国际货运有限公司安排将货物自 C 市港陆运至四川成都。B 国际货运有限公司依约完成委托事宜，发生运费 28816.50 元、港杂费 3409 元。

2005 年 3 月 5 日，B 国际货运有限公司将运费 28816.50 元、港杂费 3409 元的发票交于 A 轻工业品进出口公司(运费 28816.50 元发票 1 张，港杂费 2659 元发票 1 张，另有回空费 150 元、洗箱费 600 元发票，庭审中 A 轻工业品进出口公司未否认)。

2006 年 9 月 4 日，B 国际货运有限公司工作人员前往 A 轻工业品进出口公司处索要该款，A 轻工业品进出口公司认可该票据在其处及 B 国际货运有限公司此前曾 2 次找过 A 轻工业品进出口公司的事实，但以案外人尚未给付 A 轻工业品进出口公司该款为由拒付。2006 年 9 月 7 日，律师事务所律师代表 B 国际货运有限公司发函催款。2006 年 9 月 13 日，A 轻工业品进出口公司向 B 国际货运有限公司代理人律师回函称：一直在积极努力地向委托方催收此款。A 轻工业品进出口公司至今未将所欠款项给付 B 国际货运有限公司，成讼。

原审法院认为：B 国际货运有限公司与 A 轻工业品进出口公司货运代理关系成立，B 国际货运有限公司依约完成了代理事项并代垫了港杂费及陆运费，A 轻工业品进出口公司应给付 B 国际货运有限公司代垫费用。从证据看：

首先，B 国际货运有限公司是在诉讼时效之内起诉，不存在 A 轻工业品进出口公司可拒赔情况。

其次，A 轻工业品进出口公司未能提供充分有效证据证明 B 国际货运有限公司在双方订立合同或委托时知道 A 轻工业品进出口公司是受案外人委托，所以本案不存在合同法第四百零二条所讲可约束 B 国际货运有限公司与 A 轻工业品进出口公司委托人情况，B 国际货运有限公司向 A 轻工业品进出口公司主张权利并无不当。

再次，因本案是包括了港杂费在内的运费(陆运)给付，应属货运代理合同纠纷，是最高人民法院规定海事法院受案范围之内的案件，C 市海事法院管辖并无不当。据此，依照《中华人民共和国民法通则》第一百零六条第一款之规定，判决：

(1) A 轻工业品进出口公司给付 B 国际货运有限公司陆运费 28816.50 元、港杂费 3409 元，上述款项于判决生效后 10 日内给付；

(2) B 国际货运有限公司对上述款项利息的诉讼请求不予支持。

3. 上诉理由

A 轻工业品进出口公司不服一审判决，向法院提起上诉，请求撤销一审判决，将本案发回重审或依法改判，驳回被上诉人的起诉。主要理由：

1) 一审判决对本案事实认定有误

(1) 上诉人不欠被上诉人海运费。被上诉人开庭时才提出变更请求，不能成立，其向上诉人主张海运费 28816.50 元属于错告。

(2) 上诉人与被上诉人不存在债务关系，被上诉人未能举证证明双方有委托合同关系。

既然一审判决认定被上诉人作为代理人，其为上诉人垫付了费用，被上诉人理应就其垫付的款项提供相关凭证，否则就谈不上索要款项。按被上诉人所述，本案垫付款项的情况发生在2004年10月间，然而，一审法院认定本案诉争费用的确认时间为2005年3月5日，故不超过时效，但被上诉人没有提供相关的证据以证实该问题，被上诉人也没有举出任何中断事由的相关证据。

(3) 一审判决无视上诉人的抗辩意见，偏听偏信，认定"被上诉人提供的证据，特别是光盘无疑点，有其他证据佐证，应予确认"是错误的。

2) 一审判决对几个关键问题的认定存在偏见

(1) 管辖问题。一审法院认为本案纠纷既包括港杂费又包括陆运费，基于委托产生，应属其管辖。上诉人认为海事法院的收案范围，最高法院有明确规定，一审判决无权扩大解释。

(2) 被上诉人提供的光盘是否可以作为证据使用的问题。被上诉人没有证据证实其所主张的被录音人是谁，上诉人也没有认可其就是上诉人单位的职员；光盘中的录音内容虽与本案有关，但不能证明是上诉人单位人员的谈话录音；被上诉人提供的录音光盘，在形式上也不符合最高法院的有关司法解释。

3) 一审判决程序上有问题

一审判决漏列了当事人。上诉人并不是收货人，也不是货主，上诉人与被上诉人是长期的业务关系，被上诉人熟知上诉人是进出口代理而非真正的货主。鉴于被上诉人已将其所述货物交于D设备公司，如果被上诉人所述的费用有真凭实据，则案外人有直接给付义务，故本案应追加案外人或被上诉人另行起诉案外人。

4. 答辩理由

B国际货运有限公司答辩请求查清事实，正确适用法律，依法驳回上诉人的上诉。主要理由：

(1) 被上诉人在起诉状中所称的"海运费"系"运费"的笔误。被上诉人在诉状事实与理由部分清楚表明"被告指示原告安排将货物自C市新港陆运至四川成都"，"被告至今仍欠运费28816.50元。"此费用与诉讼请求中笔误"海运费"3字后面的金额28816.50元完全相同。因此，可以清楚看出"海"字系误打上去。

(2) 被上诉人起诉没有超过诉讼时效。本案业务发生于2004年10月间，但上诉人在委托被上诉人货代业务时，双方并没有就费用问题进行过商谈，直到2005年3月初，上诉人与被上诉人才口头就费用问题达成一致。被上诉人向上诉人开出2张发票收款，上诉人收妥后没有提出异议，但一直没有付费。因此，本案诉讼时效应从2005年3月5日起算。

(3) 上诉人主张本案债务应当由案外人承担毫无事实及法律依据。上诉人向被上诉人委托货代事宜时，根本没有向被上诉人披露所谓的案外人。同时根据上诉人提供给被上诉人用以报关的相关单据可以发现，货物的买方、货物的收货人、货物的进口单位和经营单位全部是上诉人，上诉人没有举证证明被上诉人在订立合同当时了解所谓真实货主的情况。

(4) 上诉人在上诉状中否认双方之间存在货运代理合同关系，但无法解释其进口的货物如何清关、提货并陆运到四川成都的事实，而且上诉人一审庭审中已经承认了双方之间委托代理关系的存在。关于管辖问题，本案确属货运代理合同纠纷，依法应当由海事法院专属管辖。现行法律没有规定私自录音取证的非法性，同时根据最高人民法院证据规则第七十条的规定，被上诉人所提交的视听资料证据的合法性、关联性和真实性不容置疑。

5. 终审判决

二审庭审中，上诉人提交了其与案外人D设备公司签订的进口代理协议和一份上诉人给被上诉人的传真。上诉人提交上述证据意图证明上诉人不是真正的货主，只是进口代理，其与被上诉人只是联络关系，不存在代理关系，涉案费用应由真正的货主D设备公司承担，而且被上诉人知道货主是谁。被上诉人二审期间未提交新的证据。

经庭审质证，被上诉人认为上诉人二审期间提交的证据不属于证据规则规定的新证据，上诉人没有理由在一审时不提交，同时认为上诉人提交的进口代理协议恰恰证明了上诉人从事涉案货物的货代业务，上诉人委托被上诉人时未披露案外人；上诉人提交的传真件并非原件，被上诉人未收到该传真件，被上诉人将货物运至四川并不意味着被上诉人清楚货主是谁。

法院经审查认为：上诉人提交的证据结合本案其他证据可以证明上诉人接受D设备公司委托，办理涉案货物到港后的报关、通关、货代等一切手续这一事实，同时还可以证明被上诉人接受上诉人委托并根据上诉人的指示将货物运至D设备公司这一事实，而对于上诉人提出的其他主张，上诉人所提交的证据则缺乏证明力。

法院经审理查明，原审法院查明的事实基本属实，法院予以确认。

法院认为：

(1) 关于上诉人与被上诉人之间是否存在货运代理关系的问题。从×××UVCE65236号提单及相应报关单的内容来看，涉案货物的收货人为上诉人；庭审中上诉人对于被上诉人完成了该提单项下货物的进口货运代理事宜及自C市新港至四川成都运输事宜的事实未予否认；被上诉人提供的录音光盘所反映的谈话内容可以证明被上诉人将履行上述义务所产生费用的发票交予上诉人的业务经办人员。根据上述事实及理由，法院认定上诉人与被上诉人之间存在货运代理关系。上诉人虽对被上诉人所提交的录音光盘的形式及内容持有异议，但最高人民法院《关于民事诉讼证据的若干规定》第七十条规定：一方当事人提出的下列证据，对方当事人提出异议但没有足以反驳的相反证据的，人民法院应当确认其证明力：……(三)有其他证据佐证并以合法手段取得的、无疑点的视听资料或者与视听资料核对无误的复制件。

结合本案查明的事实，被上诉人录制其工作人员与上诉人工作人员的通话过程的目的在于取得证据，而不是侵犯上诉人合法权利。因此，虽然被上诉人在录音时未征得上诉人的许可，但不能以此认定该录音是通过非法手段获得的。同时，上诉人未能举证否认录音光盘所反映内容的真实性，故其对该录音光盘的证据效力所提异议不能成立。因上诉人未能举证证明被上诉人知道货主为D设备公司，故法院对于上诉人提出的D设备公司应承担付款义务之主张不予支持。

(2) 关于被上诉人是否变更诉讼请求的问题。被上诉人虽然在一审法院审理过程中，将“海运费”更改为“陆运费”，但被上诉人与上诉人之间法律关系的性质并未发生变化，而且被上诉人依据双方之间的委托关系向上诉人主张垫付费用的实体权利亦未发生实质性变化，因此，上诉人提出的被上诉人变更诉讼请求，被上诉人向上诉人主张海运费属于错告之主张不能成立。

(3) 关于上诉人提出的本案是否属于海事法院专属管辖问题。由于上诉人未在民事诉讼法规定的期限内就管辖权问题提出异议，故其在二审期间就管辖权问题提出的上诉，不在法院审理范围之内。

(4) 关于被上诉人的起诉是否超过诉讼时效的问题。上诉人与被上诉人之间的涉案业务发生在2004年10月,此后,双方之间即确立了债权债务关系。被上诉人在费用数额确定后,于2005年3月5日开具发票并将发票交予上诉人的行为,应视为被上诉人向上诉人行使请求权。而且,被上诉人提交的录音光盘同样反映了其向上诉人催款的事实,因此,上诉人提出的被上诉人起诉超过诉讼时效的主张不能成立。

综上,上诉人与被上诉人之间存在货运代理合同关系,被上诉人完成了委托事项并垫付相关费用后,上诉人应向被上诉人承担付款义务。原审判决认定事实清楚,适用法律正确,上诉人提出的上诉理由不能成立,其上诉请求法院不予支持。依照《中华人民共和国民事诉讼法》第一百五十三条第一款第(一)项之规定,判决如下:

驳回上诉,维持原判。

二审案件受理费1299元,由上诉人A轻工业品进出口公司负担。

本判决为终审判决。

案例36 国际货代垫付费用被拒付的纠纷

1. 案情

2004年底,原告A货运公司与被告B轻工业公司口头达成货运代理协议,由A货运公司代为B轻工业公司将草席从C市港经香港转船运至西班牙港口,费用由A货运公司垫付。2005年1月20日,A货运公司依B轻工业公司的按证发货通知单,将1540包计221.93m^3草席,用4只40ft集装箱,从C市港经香港转运至西班牙巴塞罗那及维伦西亚港,每只集装箱全程运费5150美元,共计20600美元。

同年4月23日和5月13日,A货运公司按B轻工业公司的按证发货通知单的委托,分别将750包计86.94m^3和1360包计166.05m^3草席散货交由E轮从C市经香港运至西班牙,D公司签发了全程提单给B轻工业公司。该提单背面第12条规定:"承运人拥有合理的权利来决定运输方式、线路、处理和储存及转船承运货物。"货抵香港转船时,因西班牙正值奥运会前夕,西班牙港口不接受散货,二程承运人经A货运公司同意,遂改用40ft集装箱转运至西班牙的目的港。从C市至香港散货运费分别为1608.39美元和3071.94美元,从香港至西班牙维伦西亚港集装箱运费为11442.6美元,从香港至西班牙巴塞罗那港集装箱运费为15808.52美元。A货运公司将此情况告知了B轻工业公司,B轻工业公司当时并无异议。同年5月17日,A货运公司按B轻工业公司的按证发货通知单,将450包计52.16m^3草席用一只40ft集装箱从C市经香港运抵西班牙阿耳黑西拉斯港,全程运费4628美元。同年10月15日,B轻工业公司向A货运公司如数支付第一批运费20600美元。11月17日,A货运公司向B轻工业公司托收另外几笔运费时,B轻工业公司以"第二批货物应装40ft、20ft集装箱各1只,所有集装箱运费太高,应以5月17日从C市经香港至西班牙阿耳黑西拉斯港该批货每只40ft集装箱运费4628美元计算"为理由,拒付第二批货物运费5991.63美元,第三批货物运费4895.13美元,扣下已结清的第一批货物运费2088美元。另外,第一批货物4只40ft集装箱从余姚至C市的公路运费3056元,B轻工业公司也未支付给A货运公司。

2. 诉讼与答辩

2006年8月20日,A货运公司向C市海事法院提起诉讼,要求B轻工业公司偿付所欠

12974.76美元运费、3056元国内货运包干费及利息。

B轻工业公司辩称:A货运公司集装箱运费超过约定,第二、三批货物未经同意,擅自改变二程运输方式,因之增加的运费应由A货运公司承担;并辩称3056元国内货运包干费用途不明。

上述事实有按证发货通知单、提单、运费账单、电汇凭证、中远集团总公司巴塞罗那代表处总裁吴××关于二程船不能散货装运的通知、B轻工业公司给A货运公司关于拒付运费函等证据证实。

3. 海事法院审判

C市海事法院审理认为,A货运公司、B轻工业公司之间货运代理口头约定、书面委托,合法有效。A货运公司在代理货运事宜中,依据委托和提单背面第12条"承运人拥有合理权利决定运输方式、线路处理和储存及转船承运货物"及奥运会前夕西班牙港口不接受散货的客观情况,同意二程承运人改变第二、三批货物二程运输方式,使货主能及时提到货物,其代理行为并无不当。而且事后A货运公司将二程集装箱运输的有关情况告知过B轻工业公司,B轻工业公司并无异议。

A货运公司履行了4批货物代理事项后,有权向B轻工业公司收取代理中所产生的有关费用。B轻工业公司以自己测算的每只40ft集装箱装货标准,将第二批货物测算为应装一只40ft和一只20ft集装箱,同时又以不同时间、运抵不同港口的最后一批货物的一只40ft集装箱运费为计算标准的做法,于法无据,不予支持。

根据A货运公司提供的运费清单及发票,第一批货物3056元国内汽车运费应予保护。依据《中华人民共和国民法通则》第六十三条第一、二款,第六十五条第三款,第六十六条第一款,第一百一十一条,第一百一十二条之规定,于2007年2月1日作出判决:

B轻工业公司支付给A货运公司运费12974.76美元及利息737.18美元,3056元及利息436.20元人民币,于判决生效后,1个月内一次付清。

判决后,双方都没有上诉,B轻工业公司已自动执行完毕。

4. 专家评析

本案是一起典型的货运代理纠纷案件。货运代理,是指货运代理人受货主的委托,以货主的名义办理货物运输及有关手续的一种民事法律行为。货运代理人是连结货主和承运人的一个专业性机构,利用其丰富的专业知识和灵通的信息,为货主办理运输提供专业性服务,对方便货主托运或收受货物,保证货物高效、快捷的运输,提高社会经济效益等方面都有积极的作用。

目前,中国尚无专门调整货运代理的法律,货运代理适用民事代理的一般规定。C市海事法院在处理这起纠纷过程中较好地解决了以下几个问题:

(1) 本案的案由。本案原告A货运公司的诉讼请求是运费及利息,乍一看似应定为货物运输合同运费纠纷。但从A货运公司提供的营业执照看,它只代理货物托运,并不承运货物,因而其只是代理人,而不是承运人。另外,从B轻工业公司的答辩来看,也仅认为是委托A货运公司代理货运,而且认为其超越了约定的代理权限。因此,本案定为货运代理纠纷是妥当的。

(2) 在第二、三批货物委托运输过程中，A 货运公司在没有 B 轻工业公司明确委托的情况下同意改变二程运输方式，是否超越代理权限？从该两批货物运输情况看，当时目的港所在国西班牙正值奥运会前夕，港口不接受散货，鉴于此种客观情况，二程承运人根据提单条款的规定，提出改用集装箱运输，是符合货主的利益的；A 货运公司对此同意，也不损害货主利益，而且事后 A 货运公司告知了 B 轻工业公司，B 轻工业公司并无异议。由此可见，此种为被代理人利益的代理行为是合理的，不能认为是超越了代理权限。

案例 37　国际货代拖欠运输公司费用的纠纷

1. 案情

原告 A 运输公司与被告 B 货运代理公司、被告 C 配货中心货运代理合同纠纷一案，法院于 2007 年 4 月 11 日立案受理后，依法由审判员适用简易程序于 2007 年 5 月 17 日公开开庭进行了审理。

2. 诉讼与答辩

原告诉称，2006 年 9 月和 10 月，被告 B 货运代理公司向原告发出“出口货物委托书”和“定舱通知单”，分别就 4 票货物委托原告进行定舱托运。原告接受委托后完成了委托事项，并垫付了海运费等相关费用。被告 B 货运代理公司就所托运的 4 票货物向原告出具“海运出口运费确认保函”，保证在所规定期限内向原告结清所有款项。

被告 B 货运代理公司与被告 C 配货中心之间于 2006 年 9 月 20 日签署货运代理协议书，由被告 C 配货中心委托被告 B 货运代理公司安排货物定舱等工作。涉案 4 票货物由被告 C 配货中心委托被告 B 货运代理公司定舱托运，被告 C 配货中心出具了“付费确认书”保证支付全部费用。根据《合同法》的相关规定，被告 C 配货中心应当与被告 B 货运代理公司承担连带责任，向原告支付全部款项。原告为维护自己的合法权益，特向法院提起诉讼，请求法院判令 2 被告支付拖欠的海运费、港杂费、文件费、码头作业费等费用共计人民币 5 715.50 元及利息损失；本案诉讼费由被告承担。

被告 B 货运代理公司未应诉答辩。

被告 C 配货中心在庭审中辨称：

(1) 被告 C 配货中心与原告公司之间没有直接的业务往来，既不构成合同关系，也没有债权债务关系，原告列 C 配货中心为被告不成立，原告请求 2 被告承担连带责任也不成立。

(2) 被告 C 配货中心与被告 B 货运代理公司有直接的业务关系，即合同关系，可能因合同履行发生债权债务关系，但与原告没有关系。被告 C 配货中心与被告 B 货运代理公司的债权债务和原告与被告 B 货运代理公司之间的债权债务是不一样的。被告 C 配货中心和被告 B 货运代理公司之间的债权债务尚不明确，因此不能替代被告 B 货运代理公司偿还债务。

(3) 被告 C 配货中心和被告 B 货运代理公司之间的债权债务并不明确，且债务数额应小于被告 B 货运代理公司和原告之间的债务数额。

(4) 原告提交的涉及被告 C 配货中心的证据不真实并经过篡改。综上，被告 C 配货中心不应向原告承担责任。

3. 原告提交证据

原告为证明自己的主张向法院提供证据如下：

证据1 运费确认保函、出口货物委托书、C配货中心盖章订舱委托书、提单，证明提单号为“×××4272504”的货物从订舱到运费确认的过程，原告和被告B货运代理公司有直接的委托关系，根据法律规定原告和被告C配货中心之间也具有法律关系，及运费的具体数额。

证据2 运费确认保函、出口货物委托书、订舱通知单、C配货中心出具的电放保函、提单，证明提单号为“×××OXNG854259”的货物从订舱到运费确认的过程及运费的具体数额。

证据3 运费确认保函、电放保函、提单，证明提单号为“×××OXNG854257”的货物从订舱到运费确认的过程及运费的具体数额。

证据4 运费确认保函、B货运代理公司盖章订舱委托书、订舱通知单、提单，证明提单号为“×××4292505”的货物从订舱到运费确认的过程及运费的具体数额。

证据5 货运代理协议书，证明2被告之间存在代理关系。

证据6～9 往来传真(明海与C配货中心及我司)，证明提单号为“×××4272504、×××OXNG854259、×××OXNG854257、×××4292505”的货物订舱到运费确认的过程。

证据10 发票留底，证明原告向B货运代理公司开具发票留底及金额。

4. 被告C配货中心的质证意见

被告C配货中心对原告提交的证据发表质证意见如下：

证据1 运费确认保函、出口货物委托书不发表意见；C配货中心订舱单是被人篡改的，真实性有异议，提单不发表意见。

证据2 运费确认保函、出口货物委托书、订舱单不发表意见；电放保函真实性有异议；提单不发表意见。

证据3 运费确认保函、提单不发表意见，电放保函真实性有异议。

证据4 运费确认保函、B货运代理公司盖章订舱单、订舱通知单、提单不发表意见。

证据5 货运代理协议书，真实性无异议。我司和被告B货运代理公司是常年的业务关系，但与原告无关。

证据6 往来传真第1,2,4,5,7,8,9,12,13页不发表意见；第3,6页订舱委托书被人篡改了，真实性不予认可；第10页付费确认书真实性有异议；第11页运费确认保函(原件)真实性没有异议，但对确认数额有异议。

证据7 第1,2页不发表意见；第3页E贸易中心的海运委托书的真实性没有异议；第4,5,6,7,8,12,14页不发表意见；第9页付费确认书真实性有异议；第10页付费确认保函真实性没有异议，对数额有异议；第11页订舱通知单、第13页保函、第15页电放保函真实性有异议。

证据8 第1页跟踪单不发表意见；第2页货物委托书真实性有异议；第3,4页确认单不发表意见；第5页确认单真实性有异议；第6,7页不发表意见；第8页提单样本不发表意见；第9页确认保函真实性没有异议，数额上不一致；第10页付费确认书真实性有异议；第11页订舱单真实性有异议；第12页确认函、第13页电放保函不发表意见。

证据9 跟踪单、第3～12页提单确认；第15页倒签保函，不发表意见；第2页订舱单、第13

页订舱通知单真实性有异议；第14页倒签保函真实性没有异议，是我司传出的；第16页运费确认保函真实性没有异议，运费和我们与B货运代理公司之间的运费是不一致的。

证据10 运费发票真实性没有异议，对本案的关联性有异议。

被告B货运代理公司未向法院提交证据。

5. 被告C配货中心的证据

被告C配货中心为证明自己的主张向法院提供证据如下：

证据1 C配货中心发给B货运代理公司的关于“×××4272504”号提单的订舱单，证明：

① C配货中心确实向B货运代理公司发出了订舱委托书；

② 对照原告A运输公司向法庭提交的证据资料文本，发现此资料被人篡改。

证据2 E贸易中心发给C配货中心的保函的复印件（原件为传真件），证明：

① E贸易中心确实为“×××OXNG854259”号提单发给C配货中心一份保函，C配货中心也确实转发给了B货运代理公司；

② 对照原告A运输公司向法庭提交的证据资料文本，发现此资料被人篡改。

证据3 C配货中心发给B货运代理公司的电放保函的复印件（原件为传真件），证明：

① C配货中心确实传真给B货运代理公司电放保函；

② 对照原告A运输公司向法庭提交的证据资料文本，发现此资料被人篡改。

证据4 C配货中心保存的B货运代理公司发给C配货中心的付费确认书的复印件（原件为传真件），证明：

① B货运代理公司确实曾要求C配货中心对“×××OXNG854259”号提单项下的运费予以确认；

② 因C配货中心对运费金额有异议，而未签章回传，说明双方未对运费金额达成一致意见；

③ 对照原告A运输公司向法庭提交的证据资料文本，发现此资料的文本被人篡改，并被翻印成几个文本。

证据5 B货运代理公司于2006年9月30日收取C配货中心预付的海运费10000元的收据，证明B货运代理公司曾收取C配货中心预付的海运费10000元。

证据6 B货运代理公司于2006年11月9日收取C配货中心预付的海运费5000元的收据，证明B货运代理公司曾收取C配货中心预付的海运费5000元。

证据7 B货运代理公司于2007年2月8日收取C配货中心预付的海运费5000元的收据，证明B货运代理公司曾收取C配货中心预付的海运费5000元。

6. 原告对被告C的质证意见

原告对被告C配货中心提交的证据发表质证意见如下：

证据1～3 真实性没有异议，内容证明了被告B货运代理公司和被告C配货中心之间的委托代理关系。被告C配货中心传给被告B货运代理公司后，被告B货运代理公司修改后又传给原告，资料修改是货代之间经常会发生的事情；

证据4 对真实性有异议，被告单方的无从考证；

证据5～6真实性没有异议，关联性有异议，认为不能证明支付的是本案的运费，是支付给被告B货运代理公司的。

7. 法院审理

法院对原、被告C配货中心的证据分析和认定如下：

法院认为，原告提供的证据运费确认保函、出口货物委托书、提单、相互往来的传真、运费发票能够相互印证证明被告B货运代理公司委托原告出口4票货物的事实，并有被告B货运代理公司给原告的运费确认保函，确认了付费数额和时间。上述证据能够证明与被告B货运代理公司与原告存在委托关系，对原告提供的上述证据的效力予以确认。因被告C配货中心对C配货中心订舱单的真实性提出异议，而原告又未提供其他证据加以证明该证据的真实性，故法院对该证据真实性不予确认。

法院对被告C配货中心提供的证据1,2,3,5,6,7的真实性予以确认，该证据能够相互印证被告B货运代理公司与被告C配货中心之间存在货运委托代理关系并被告C配货中心支付被告B货运代理公司运费20000元，故法院对其证据效力予以确认；证据4原告对其真实性有异议，但该证据能够证明被告B货运代理公司与被告C配货中心之间存在委托代理关系，故法院对其效力予以确认。

经审理查明，2006年9月和10月，被告B货运代理公司出具出口货物委托书，委托原告办理4票货物的海运出口手续，4票货物分别为：

(1) 提单号“×××427Z504”、船名MARE DORICOM、航次V0427E，被告B货运代理公司确认费用为美元2250、人民币为1855元；

(2) 提单号“×××UXNG854259”、船名PHILIPPINE STAR、航次043S，被告B货运代理公司确认费用为美元2200、人民币1854元；

(3) 提单号“×××UXNG854257”、船名G、航次046S，被告B货运代理公司确认费用为美元800、人民币655元；

(4) 提单号“×××429Z505”、船名H、航次0429E，被告B货运代理公司确认费用为美元1085、人民币985元。原告完成了被告B货运代理公司的委托，并于2006年12月21日开出抬头为被告B货运代理公司的发票4张，金额为人民币5715.50元。

另查明，2006年9月20日被告B货运代理公司与被告C配货中心签订货运代理协议书，双方约定，被告C配货中心委托被告B货运代理公司办理货物出口运输事宜，付费方式为月结。被告C配货中心应在开船日起30日内将所有费用结清。被告C配货中心支付给被告B货运代理公司海运费共计人民币2000元。

法院认为，本案系海运委托代理合同纠纷。被告B货运代理公司委托原告办理海运货物的出运事宜，原告与被告B货运代理公司存在货运代理合同关系，而且B货运代理公司对运费数额和付费时间以书面形式予以确认，原告与被告B货运代理公司的债权债务关系明确。原告依据B货运代理公司的委托办理了4票货物出运事宜，履行了货运代理人的职责，被告B货运代理公司作为委托人，应依约履行给付义务，被告B货运代理公司应支付原告海运费用人民币5715.50元及利息损失。原告与被告C配货中心没有直接的法律关系，被告C配货中心无义务向原告支付费用。且原告也没有足够的证据证明在与被告B货运代理公司订立货运委托合同时知道被告B货运代理公司与被告C配货中心之间的代理关系，因此，不应适用

《合同法》第四百零二条的规定，法院对原告要求C配货中心承担连带责任的主张不予支持。

8. 法院判决

据此，依照《中华人民共和国民事诉讼法》第六十四条第一款、第一百三十条、《中华人民共和国民法通则》第八十四条、第一百零六条第一款之规定，判决如下：

(1) 被告B货运代理公司给付原告A运输公司海运费用人民币5715.50元。

(2) 被告B货运代理公司给付原告A运输公司上述款项利息(自2006年10月15日起至被告实际给付之日止，按中国人民银行同期存款利率计算)。

上述款项于判决书生效之日起10日内给付。

(3) 上述款项逾期不付，按《中华人民共和国民事诉讼法》第二百三十二条的规定加倍支付迟延履行期间的债务利息。

(4) 驳回原告对被告C配货中心的诉讼请求。

案件受理费人民币248元，由被告B货运代理公司负担。鉴于原告已预交，为了结算方便，被告在给付上述款项时一并向原告支付，法院不再办理清退手续。

案例38 国际货物运输代理领域合作的纠纷

1. 案由

原告A货运公司诉被告B联运公司货运合同纠纷一案，法院于2006年12月4日立案受理后，依法组成合议庭，并于2007年1月24日公开开庭进行了审理。

2. 诉讼与答辩

原告诉称，原被告双方作为业务合作单位，在国际货物运输代理领域进行合作。2004年10月至2005年12月，被告在委托原告进行的多次业务中共拖欠应支付给原告的运费人民币166676.69元。经催讨，双方于2006年9月28日核账确认上述债务，但被告至今仍未支付。故原告诉至法院，要求判令被告支付运费人民币166676.69元，并承担本案诉讼费。

被告答辩称，原告起诉的依据是对账记录，但未经被告或者被告C市代表处确认；且被告C市代表处没有对外经营资格，对账单是被告C市代表处某些职员的个人行为，不能代表被告。

3. 提供证据

原告为支持其诉请，共向法院提供了5组证据：

(1) 2004年10月至2005年12月对账清单(原件)1份；

(2) 2004年10月至2005年10月被告所发对账传真；

(3) 2004年10月至2005年10月对账明细清单；

(4) 2004年10月至2005年10月对账清单；

(5) 被告C市代表处批准证书。

被告经质证，对证据1、证据5的真实性没有异议；但对其余3组证据，因原告未提供原件，不予确认。

被告未向法院提供证据材料。

法院对原告提供的证据1、证据5予以认定。其余3组证据均系传真件,原告提出3组传真件为原件,但由于传真系采用普通纸,法院无法确定是否是原件,故对该3组证据不予认定。

4. 法院审判

根据认证证据,法院确认以下事实:

原告与被告间存在委托运输业务关系。2006年9月28日,被告C市代表处向原告出具一份对账清单,清单记载被告自2004年10月至2005年12月间的每月应付运费数额,并确认被告尚欠原告运费总计人民币166676.69元。清单末盖有被告C市代表处公章。

被告经C市对外经济贸易委员会批准,于2003年11月26日在C市设立代表处,并领取台港澳企业在C市常驻代表机构批准证书。

法院认为,被告委托原告办理运输业务,理应向原告支付相关运费。双方经核对账目,已确认了被告尚欠运费的数额,原告以此为据,诉请要求被告支付所欠运费,符合法律规定,法院予以支持。被告认为运费确认系被告C市代表处职员个人所为,被告不应承担支付义务。对此法院认为,被告C市代表处已在运费对账清单上加盖代表处公章,该行为代表的应是被告C市代表处,而非代表处的职员个人。被告作为其C市代表处的设立机构,理应对C市代表处的行为承担责任。故被告的上述观点缺乏法律依据,法院不予采纳。

据此,依照《中华人民共和国民法通则》第八十四条及《中华人民共和国合同法》第六十条第一款、第一百零九条之规定,判决如下:

被告B联运公司在本判决生效之日起10日内支付原告A货运公司运费人民币166676.69元。

本案案件受理费人民币4844元,由被告B联运公司负担,并于本判决生效之日起7日内向法院交纳。

案例39 纺织公司对国际货代欠款的纠纷

1. 案情

原审原告A国际公司营业部与原审被告B纺织公司货运合同纠纷一案,原审法院于2006年10月14日作出(2006)C初字第758号民事判决,已经发生法律效力。2007年8月11日,法院以(2007)C监字第5号民事裁定书决定对本案进行再审。再审法院依法另行组成合议庭,并变更原告为A国际公司,于2007年9月30日、11月13日2次公开开庭审理了本案。

2. 原审

原审认定,D纺织公司成立于2003年11月2日,2005年10月11日更名为B纺织公司。原告起诉时提供的欠条上明确写明讼争的运费发生于2002年11月至12月,且欠款人为F某。被告对原告的诉请予以否认,而原告又未能对其受何人委托、与被告发生何种货运业务、被告支付过运费等提供相应的证据,故原告出示的欠条等证据对要证明其与被告存有货运业务关系及被告尚欠原告运费这一事实不具有证明力,原告的诉讼请求依据不足,难以支持。对被告关于其从未与原告发生委托运输业务,也从未支付过原告运费的辩称意见,予以采信。据此,依照《中华人民共和国民法通则》第一百零六条第一款的规定,判决:

驳回原告A国际公司营业部的诉讼请求。

3. 申诉与反驳

判决生效后，原审原告A国际公司营业部向E市人民检察院提出申诉，认为原审原告与D纺织公司发生代理货运业务，运费计273117元，有欠条为证，并有承诺书、商业承兑汇票等佐证。欠条上有当时该公司董事长、总经理F某的亲笔签名并盖有该公司的公章，是双方公司法定代表人对发生业务对账的确认书，具有法律效力。D纺织公司是独资企业，后变更名称为原审被告，故原审被告应承担D纺织公司的债权债务。原审法院不支持原审原告的诉讼请求，显属不当，故提出申诉。再审法院依据(2007)C监字第5号民事裁定书，对(2006)C初字第758号一案进行了再审。

再审中，原审原告除在原审中提供的欠条、商业承兑汇票、承诺、银行进账单、支票等证据外，另提供O某的"证明"1份，以证明欠条上F某的签名系亲笔所写。原审被告在提供原审证据企业法人营业执照、核发营业执照通知单、D纺织公司印章印鉴、F某所写借条的同时，另提供委托拍卖合同及拍卖成交书、验资报告、接受案件回执单等证据。经质证，原审原告对原审被告提供的证据均不予认可。原审被告对原审原告提供的证据均表示异议。

原审被告反驳的主要理由：

(1) 本案讼争的是2002年11月至12月的运费，而原审被告成立的时间是2003年11月2日，故原审被告不可能在该期间与原审原告发生任何业务关系。欠款系F某的个人行为，且不排除双方有恶意串通的可能。

(2) 欠条上的公章与D纺织公司使用的公章不一致，F某的签名与其本人的签名也不一致。

(3) G某出具的承诺书落款时间不明确，从内容看应由G某本人还款，且F某有相互串通、私刻公章等嫌疑。

(4) 银行进账单上写明是借款，故不能证明是原审被告支付的运费。

(5) 本案已超过诉讼时效。

4. 再审

经再审查明，2004年2月底，F某向原审原告出具欠条一份，载明"今欠A国际公司自1998年11月至12月运费计273117.30元。经协商于2004年3月15日付50000元，3月底付100000元，余款于4月底之前全部结清"。欠条上有时任D纺织公司董事长的F某签名并盖有D纺织公司的印章。同年5月31日，G某向原审原告出具"承诺"书："在2004年6月15日左右转给P公司人民币30000元"，该"承诺"上盖有D纺织公司财务专用章。同年8月15日，D纺织公司向原审原告出具了金额为50000元的商业承兑汇票，但原审原告未获票款。同年9月20日，D纺织公司出具支票，原审原告获票款30000元。2004年11月30日，P公司营业部负责人和D纺织公司副董事长G某分别在上述欠条下方写上"此欠条本人已收到现金105000元整，结余168000元和此余款168000元定于2005年元月20日前结清，由D纺织公司支付"，并具签名。嗣后，原审原告因催讨未着，遂向法院提起诉讼。

另查明，D纺织公司系独资(港澳台)企业，于2003年11月2日登记设立时，法定代表人为F某。2004年6月29日法定代表人变更为H某，总经理为F某，副董事长为G某。2005年5月9日，法定代表人变更为I某。

又查明:A 国际公司营业部于 2007 年 10 月 27 日经其申请由工商行政管理部门依法注销。

再审法院认为:

(1) 欠条的形式要件符合法定要求。

本案所涉欠条是 D 纺织公司的原法定代表人 F 某所写,且盖有 D 纺织公司的印章,具有证据的效力。就欠条的实质内容而言,无论欠款系 F 某的个人行为还是 D 纺织公司的企业行为、欠款发生的日期在 D 纺织公司登记设立之前还是登记设立之后,由于欠条上盖有 D 纺织公司的印章,应视为 D 纺织公司对 F 某的民事行为和欠款事实已经确认,故 D 纺织公司应当承担因该欠条而产生的法律后果。同时,由于 D 纺织公司已在欠条上盖章,故欠条上无论有否 F 某的签名或签名的真伪,都不影响该欠条的证据效力,因此,在没有充分证据否认上述欠条真实性和合法性的情况下,D 纺织公司应承担相应的民事责任。

D 纺织公司依法变更名称为 B 纺织公司后,B 纺织公司即原审被告应履行偿还欠款的义务。原审被告提出欠条上所盖印章有伪造之嫌,并提供 D 纺织公司所用的印章印鉴,由于欠条上的印章与 D 纺织公司在提交给工商行政管理部门的企业变更登记申请书上所盖印章相吻合,原审被告提出的相反证据不足以反驳对方当事人的证据,故该欠条应确认其证明力。原审被告认为欠条上 F 某的签名非其本人所签,但未提供充分证据,不足采信。

(2) 当事人对自己提出的诉讼请求所依据的事实或反驳对方诉讼请求所依据的事实有责任提供证据加以证明。没有证据或者证据不足以证明当事人的事实主张的,由负有举证责任的当事人承担不利后果。

本案系因货运合同而产生的债务纠纷,双方当事人争议的焦点是原审被告是否欠原审原告货运费、是否应履行偿还债务的义务,对此,原审原告应承担举证责任。现原审原告提供了由 D 纺织公司当时的法定代表人(后任总经理)F 某签名并盖有 D 纺织公司印章的欠条,在原审被告予以否认的情况下还提供了商业承兑汇票、承诺、进账单等证据,证明 D 纺织公司承认欠款、承诺还款并已偿还部分欠款的事实,故原审原告就其主张的事实已完成了相应的举证责任。

原审被告认为:欠款系 F 某的个人行为,且不排除双方有恶意串通的可能。原审被告就此仅提供 D 纺织公司的营业执照、变更企业名称登记等书证,并在其提供的证据材料的基础上作出“所欠运费发生在 D 纺织公司登记设立之前,其未与原告发生过业务关系的”推断,但未就欠款系 F 某本人所欠和双方有恶意串通损害国家、集体或第三人利益的行为提供充分的证据材料。原审被告对原审原告提供的进账单表示异议,认为进账单上的款项来源系原审原告向其借款,并非是其归还原审原告的欠款,但未提供其他相应的证据证实。据此,原审被告应承担举证不力导致的诉讼后果。原审被告提供的委托拍卖合同以及拍卖成交书、验资报告等证据,与本案事实无直接关联,不能作为认定案件事实的依据。原审被告提供的以 G 某等 3 人相互串通、私刻公章、伪造借款凭证为由而报案的接受案件回执单,因无其他相应证据佐证,法院不予采信。

(3) 有约定履行期限的债权,诉讼时效从期限届满之日的第二天起算。

本案中,F 某出具的欠条中约定的履行期限为 2004 年 4 月底。期间,原审原告多次主张权利,D 纺织公司履行了部分还款义务,至 2004 年 11 月 30 日,D 纺织公司尚欠原审原告运费 168000 元,并约定上述欠款定于 2005 年 1 月 20 日前结清。据此,诉讼时效应从 2005 年 1 月

21日起开始计算。原审原告于2006年7月24日提起诉讼尚未超过诉讼时效期间。原审被告以上述欠款定于2005年1月20日前结清的约定系G某补写，且无原审被告盖章，故本案最后付款日期应为2004年4月底，原审原告起诉已超过诉讼时效的辩驳意见，法律依据不足，法院不予采信。

5. 再审法院判决

综上所述，原审原告要求原审被告偿付欠款的诉讼请求，于法有据，法院应予支持。原审驳回原审原告的诉讼请求，处理不当，应予纠正。依照《中华人民共和国民事诉讼法》第一百七十九条第一款第二项、第一百八十四条和《中华人民共和国民法通则》第八十四条、第一百零六条第一款、第一百零八条的规定，再审法院判决如下：

(1) 撤销原审法院(2006)C初字第758号民事判决；

(2) 原审被告B纺织公司于本判决生效后10日内偿还原审原告A国际公司人民币168000元。

原审案件受理费4870元，再审案件受理费4870元，合计诉讼费9740元，由原审原告A国际公司负担4870元(已付)，原审被告B纺织公司负担4870元(于本判决生效后7日内交付法院)。

案例40　国际物流公司货运代理费用的纠纷

1. 案由

上诉人(原审被告)A金属制品公司因货运代理合同纠纷一案，不服C市人民法院(2007)C初字第826号民事判决，向法院提起上诉。法院受理后，依法组成合议庭进行了审理。本案现已审理终结。

2. 原审

原审查明：2006年2月至同年11月间，上诉人委托被上诉人(原审原告)B国际物流公司代为办理34只集装箱的进口报关货运等业务。被上诉人接受委托后履行了相关义务，垫付报关等费用。上诉人应当支付被上诉人垫付的费用及报酬总计人民币660655.85元(以下币种相同)。期间，上诉人给付被上诉人447000元，尚欠被上诉人213655.85元。因上诉人未履行付款义务，被上诉人遂提起诉讼，请求上诉人给付259955.85元。

原审认为：上诉人与被上诉人签订的进出口货物代理报关协议合法有效，双方均应按约履行各自的义务。现被上诉人作为受托人已按约完成了委托事务，上诉人作为委托人理应支付被上诉人代垫的相关费用。现上诉人拖欠被上诉人垫付的费用，显属违约，应承担相应的民事责任。

诉讼中，双方当事人虽然对总费用发生争议，但根据双方对第1号至第20号集装箱所涉费用进行结算的对账单以及第21号至第34号集装箱发生费用的凭证，应确认双方发生的总费用为660655.85元。诉讼中，双方当事人对付款金额发生争议。被上诉人称自2006年4月15日至同年12月9日共收取上诉人交付的现金432000元并向其出具了14份收据。

上诉人辩称：上诉人共给付被上诉人现金516000元，除被上诉人承认收的432000元外，上诉人另有65000元(其中2006年10月25日50000元、2007年1月19日15000元)以银行汇款的形式汇至D某个人账户，19000元以现金的形式给付被上诉人。对上述19000元付款，被上诉人予以否认，上诉人也未提供证据加以证实，故不予确认。

被上诉人承认2006年10月25日收到50000元汇款，但认为被上诉人于2006年10月29日向上诉人出具收据所记载的50000元就是上诉人于2006年10月25日汇款50000元。上诉人则坚持认为其于2006年10月29日另行向被上诉人支付现金50000元，并由被上诉人出具金额为50000元的收据一张。被上诉人承认2007年1月19日收到15000元汇款，但认为该15000元是被上诉人于2006年12月9日向上诉人出具收据30000元中尚缺的15000元，因上诉人于2006年12月9日仅给付15000元，言明剩余的15000元过后再付，故被上诉人先开收据后收款，上诉人于2007年1月19日汇入的15000元即是补交的款项。上诉人则认为该15000元系上诉人另行给付被上诉人，被上诉人未向上诉人出具收据。

原审法院认为：根据双方交易习惯，上诉人称于2006年10月25日汇款50000元之后，于同年10月29日、12月9日又分别给付被上诉人50000元及30000元，并由被上诉人出具相应的收据，故上诉人不向被上诉人催讨10月25日的50000元收据，显然不符合常理。被上诉人向上诉人出具的50000元收据在10月25日之后，且上诉人未提供其他款项亦以银行汇款形式支付或总和大于432000元的证据，故认定被上诉人于2006年10月29日向上诉人出具的收据记载收到的50000元是上诉人于2006年10月25日支付的50000元。关于上诉人辩称另行于2007年1月19日给付被上诉人15000元的问题，因被上诉人提供的14份收据中截止期为2006年12月9日，而该款在2006年12月9日之后支付，故认定该15000元上诉人系另行给付被上诉人，被上诉人未向上诉人出具收据。被上诉人所称该15000元系补足2006年12月9日收据中的缺额部分，无相关证据予以证实，不予采信。

3. 原审判决

综上，根据现有证据材料，原审法院确认上诉人已给付被上诉人的款项为447000元。据此，双方发生的总费用660655.85元扣除上诉人已付款447000元，上诉人尚欠被上诉人213655.85元。

至于上诉人辩称被上诉人应退还上诉人关税等费用63415.73元一节，一是双方间对此无相关约定，且被上诉人予以否认；二是上诉人作为纳税主体，理应由其自行向有关部门申报退税。故上诉人可另寻途径予以解决，在本案中不予处理。

据此，依照《中华人民共和国合同法》第三百九十六条、第三百九十八条及第四百零五条之规定，判决如下：

上诉人A金属制品公司应于判决生效后10日内给付被上诉人B国际物流公司213655.85元。本案受理费6409.34元，由被上诉人负担1141.54元，上诉人负担5267.80元。

4. 上诉与答辩

判决后，A金属制品公司不服，向法院提起上诉称：

(1) 上诉人与被上诉人之间不存在货运代理合同关系，而是上诉人的代理人E某与被上诉人的代理人D某个人之间的委托关系。E某不是上诉人的在编职工，仅是借用上诉人的名义对外从事业务活动。每次报关之前，由E某在空白的进出口货物代理报关委托书上加盖上诉人公章后交给D某，由D某交报关行报关。

(2) 原审对代理费用的认定有误。海关退还进口第 23 至 27 号箱的保证金 19729.34 元、第 28 至 32 号箱的保证金 27588.14 元,以及第 33、34 号箱被退出境外已收取的关税和增值税 16098.25 元,共计 63415.73 元应从被上诉人垫付的费用中扣除。

(3) 原审认定的上诉人已付款 447000 元错误,上诉人实际付款 497000 元。上诉人于 2006 年 10 月 25 日以银行汇款的形式给付被上诉人 5 万元,有汇款凭证无须要求被上诉人开具收据。上诉人于同年 10 月 29 日给付被上诉人现金 5 万元,并由被上诉人出具金额为 5 万元的收据一张,即上诉人先后支付被上诉人 10 万元。原审以上诉人在 2006 年 10 月 29 日付款时未向被上诉人催讨同年 10 月 25 日付款 5 万元的收据有违常理为由,推定被上诉人于 2006 年 10 月 29 日向上诉人出具的收据记载的 5 万元即是上诉人于 2006 年 10 月 25 日支付的 5 万元,依据不足。基于上述理由,请求二审法院撤销原判,依法改判。

被上诉人答辩称:

(1) E 某是以上诉人的名义对外从事经营活动。D 某是被上诉人货运代理部门的经理,其行为系职务行为。进出口货物代理报关委托书上"委托单位"一栏加盖了上诉人的公章和法定代表人的私章,代理人一栏加盖被上诉人的公章。由此可见,货运代理合同关系发生在上诉人与被上诉人之间。

(2) 被上诉人接收上诉人的委托后另行委托 C 市 G 公司代理报关。上诉人提出的保证金、关税和增值税均由被上诉人垫付,被上诉人未收到相应退款,上诉人应当支付上述费用。

(3) 上诉人于 2006 年 10 月 25 日汇给被上诉人 5 万元,被上诉人于同年 10 月 29 日出具金额为 5 万元的收据,上诉人在同年 10 月 29 日没有给付被上诉人现金 5 万元,原审对该节事实的认定正确。

综上所述,请求二审法院驳回上诉,维持原判。

5. 二审

二审中,双方当事人的争议焦点为:上诉人与被上诉人之间是否存在货运代理合同关系。上诉人提出的保证金、关税等费用是否应当从代理费用中扣除。上诉人于 2006 年 10 月 29 日是否给付被上诉人现金 5 万元。

二审法院经审理查明:2006 年 10 月 28 日,为先行提取编号为×××023269581、×××023269601报关单项下的进口废五金杂件,被上诉人代为垫付保证金 19729.34 元、27588.14元。2006 年 12 月,C 市海关根据 G 公司的申请,凭相关商检报告批准退转上述保证金。

二审法院另查明之一:2006 年 10 月 22 日,编号为×××023269614 报关单项下的进口废五金杂件报关进口,被上诉人代为垫付该批货物的进口关税 1287.51 元、增值税14810.74元,共计 16098.25 元。

二审法院另查明之二:被上诉人自 2006 年 4 月 15 日至同年 12 月 9 日先后向上诉人出具了 14 份收据,上述收据记载收取上诉人现金共计 432000 元。上诉人于 2006 年 10 月 25 日、2007 年 1 月 19 日以银行汇款的形式分别汇至 D 某个人账户 50000 元、15000 元。除上述两笔汇款外,上诉人均以现金方式支付被上诉人费用。

除二审法院查明的以上事实以外,原审查明的其余事实属实,二审法院予以确认。

二审法院认为:E 某是以上诉人的名义委托被上诉人代为办理 34 只集装箱的进口报关货

运等业务，并为上诉人所认可，因此，系争货运代理合同关系发生在上诉人与被上诉人之间。被上诉人完成委托事务后，上诉人应当支付被上诉人代垫的费用和报酬。现已查明被上诉人代为垫付的编号为×××023269581、×××023269601 报关单项下的保证金 19729.34 元、27588.14元，已经由 C 市海关根据 G 公司的申请退还，故上述两笔保证金应当从被上诉人垫付的费用中扣除。扣除上述两笔保证金后，上诉人应付被上诉人 613338.37 元。编号为×××023269614报关单项下的货物已经办理进口报关手续，应当缴付相应的进口关税和增值税。现上诉人主张上述货物之后又重新出口，应当退还已经缴付的进口关税和增值税，缺乏依据，法院不予支持。

关于上诉人于 2006 年 10 月 29 日是否给付被上诉人现金 5 万元一节，从现有的证据看，上诉人主张其于 2006 年 10 月 25 日汇款 5 万元给被上诉人，又于同年 10 月 29 日给付被上诉人现金 5 万元，提供了 2006 年 10 月 25 日的汇款凭证一张，被上诉人于 2006 年 10 月 29 日出具的收到现金 5 万元的收据一张。上述汇款凭证和收据发生的日期、款项交付的方式不同，且上诉人完全可以凭汇款凭证做账，无须向被上诉人索要收据，被上诉人也不能证明双方交易中存在上诉人持有汇款凭证、被上诉人又出具收据的情况，一般情况下，可以认定上诉人支付了两笔 5 万元。除非被上诉人能够提供证据证明被上诉人 2006 年 10 月 29 日的收据上记载的 5 万元就是上诉人于 2006 年 10 月 25 日汇入的 5 万元。

纵观本案的证据，被上诉人始终未能提供相应的证据，故应当认定上诉人支付了两笔 5 万元，总付款金额为 497000 元。上诉人应付被上诉人 613338.37 元，扣除上诉人已付款 497000 元，上诉人尚欠被上诉人 116338.37 元。原审判决有所不妥，二审法院予以纠正。

6. 终审判决

依照《中华人民共和国民事诉讼法》第一百五十三条第一款第(三)项、《中华人民共和国合同法》第三百九十八条、第四百零五条之规定，判决如下：

(1) 撤销 C 市人民法院(2007)C 初字第 826 号民事判决；

(2) 上诉人 A 金属制品公司应于本判决生效之日起 10 日内给付被上诉人 B 国际物流公司 116338.37 元。

一审案件受理费 6409.34 元，由上诉人负担 2868.38 元，被上诉人负担 3540.96 元。二审案件受理费 6409.34 元，由上诉人负担 2868.38 元，被上诉人负担 3540.96 元。

本判决为终审判决。

案例 41 国际货代赔偿货款和退税损失的纠纷

1. 案由

原告 A 进出口公司为与被告 B 货代公司货运代理合同赔偿纠纷一案，于 2007 年 3 月 27 日提起诉讼。法院于同日立案受理后，依法适用普通程序，于 2007 年 6 月 7 日公开开庭进行审理。

2. 诉讼与答辩

1) 原告诉称

2006 年 7 月，原告委托被告办理 4 个集装箱货物的订舱、报关以及拖箱等出运事宜。货物报关、装船后，经原告单证人员多次催促，被告始终未向原告交付提单。在收取原告代理费人民币15805元后，被告只退还了报关单和核销单。现4个集装箱的货物下落不明，给原告造成了货款损失291604.81美元，折合人民币计2335987.81元(以起诉日的汇率8.0108计算)，退税损失人民币259554.20元(按法定退税率13%计算)。请求判令被告支付上述两笔款项共计人民币2595542元。

2) 被告辨称

本公司系接受案外人G国际公司(台湾企业)的委托安排涉案货物的出运事宜，与原告无货运代理合同关系。被告已经妥善恰当地履行了G国际公司的委托事项，被告就涉案货物的出运无任何过错。贸易合同中约定通过T/T方式收款，原告余款不能收取的原因纯属国际贸易风险。原告要求被告承担赔偿责任缺乏事实和法律依据，请求驳回原告的诉请。

3. 证据和质证

1) 原告证据和被告质证

原告为了支持其诉讼请求提供了如下证据，被告发表了相应质证意见：

(1) 销售合同，证明原被告之间的交易背景。被告对其形式无异议，但认为该合同上签字人身份不能确认，且约定的条款不符合实际。

(2) 托运委托书、代理费发票。证明原被告之间存在代理关系。被告对该证据形式无异议，但认为被告从未收到或见到过委托书，且委托书与发票上的内容也不能证明原被告之间的代理关系。

(3) 汇款凭证、报关单、装箱单、商业发票，证明涉案货物的数量、单价、价值。被告对汇款凭证、报关单及装箱单的形式无异议，但认为汇款凭证无法证明原被告之间的代理关系，认为商业发票为原告的单方证据。

(4) 被告员工F某的名片、原告出具给被告的律师函及律师函的签收单，证明F某系被告公司的业务员及原告向被告提出索赔的事实。被告认为该组证据与本案争议事实无关。

(5) E国际公司的传真函，证明被告的货运代理人身份。被告对该函的真实性不能确定。

2) 被告证据和原告质证

被告为了支持其抗辩，提交了如下证据，原告发表了相应质证意见：

(1) 银行进账通知及对账明细单，证明案外人G国际公司向被告支付了海运费。原告认为该证据与本案无关。

(2) 业务账单，证明被告向G国际公司收取了海运费及相关数额。原告认为该账单为被告公司内部文件，真实性无法确认。

(3) 集装箱货物委托书、海运提单确认通知书，证明被告将涉案货物出口事宜向案外人C公司订舱的事实。原告认为该组证据真实性无法确认且与本案无关联性。

(4) 贷记凭证、划款凭证、货代发票，证明被告向C公司支付的订舱费等出口费用及海运费的数额。原告对该组证据的真实性无异议，但认为该证据与本案无关。

(5) 集装箱货物委托书、提单确认通知书，证明被告就涉案货物的出口事宜向案外人D公司订舱的事实。原告认为该组证据与本案无关。

(6) 贷记凭证、货代发票、提单确认通知书，证明被告向D公司支付的订舱费等出口费用的数额。原告对贷记凭证及发票的真实性无异议，对通知书的真实性无法确认，且认为该组证据与本案无关。

(7) 划款凭证、货代发票、提单确认通知书，证明被告向D公司支付海运费的数额。原告对该组证据的真实性无异议，但认为该组证据与本案无关。

(8) G国际公司出具的委托书及证明书，证明G国际公司委托被告办理涉案货物出口的事实。原告认为该组证据未经公证认证，不具有证据效力且与本案无关。

4. 证据审查

原告证据1至4，由于形式多为原件，被告对证据形式的真实性没有异议，且证据之间具有关联性，法院确认其真实性。对第5组证据，由于被告在庭审中确认该证据是G国际公司找到货主，最后货主E国际公司写了该传真给F某，并由F某转传给了原告，因此，法院对该证据的真实性予以确认。

被告证据1银行进账通知虽为原件，但看不出与本案的关联性；对账明细单非银行出具，也无相关单位或人员的盖章或签名，故对证据1的真实性不予确认。证据2为被告内部业务账单，系该公司自己制作，缺乏其他证据佐证其真实性，不予确认。被告证据3至证据7，证据之间具有关联性，且关键证据如银行付费凭证等为原件，故上述证据的真实性应予确认。被告证据8为货运委托书和证明委托关系的证明书，在证据形式上有G国际公司的盖章，但是证明书没有认证，且该组证据与被告在庭审中关于G国际公司是以电话委托被告的陈述明显相悖，真实性不能确认。

5. 法院审理

经对证据审查，并结合庭审内容，法院确认如下事实：2006年6月12日，原告与案外人E国际公司签订了销售合同，约定由原告提供涤纶面料，价格条件为FOB H市，卖方订舱，运费到付，T/T预付总货款的20%，“货物装船后买方付清余款买取提单”。其后，原告向被告出具货运委托书，委托被告代理订舱、报关和拖箱。被告为原告4只集装箱货物履行了订舱、报关和拖箱等货运代理事宜，并向原告出具了国际货物运输代理业专用发票，收取了订舱费、报关费和拖箱费等费用。涉案货物顺利出运，被告没有向原告交付提单。

另查明，涉案4只集装箱货物系C公司和D公司分别承运。被告已经向承运人支付了海运费。涉案货物报关价格为363 604.81美元，E国际公司已经按照约定支付了72 000美元。

原告在庭审中陈述其已经滚动核销涉案外汇但确实没有收到剩余货款，被告陈述涉案货物经E国际公司的代理人G国际公司指示已经电放。

还查明，E国际公司在收取货物后，由于原告货款没有全部收取，E国际公司写了1份传真给被告员工F某，并由F某转传给了原告，该传真载明：“对于A进出口公司经由H市B货代公司出口货物，由于贵公司货品严重瑕疵，我公司持续和客户协调处理……此外货物无论瑕疵问题、货款问题均和货代公司无关，实为我方可协调处理的问题，无需牵连其他公司，盼贵公司谅解，感激不尽。”

法院认为，结合涉案贸易合同、货运委托书，以及被告收取订舱费用的事实，应当认定原告和被告之间存在货运代理合同法律关系的事实，对被告关于其是接受G国际公司委托的抗辩不予采纳。原、被告当事人均应当诚实信用地履行合同义务，享受合同权利。被告接受原告委托，代理原告为涉案货物的顺利出运履行了订舱、报关和拖箱义务，原告也依约履行了支付订舱费等费用义务。被告应当将完成代理行为的成果——提单及时向原告转交。由于被告未转交提单，故应当对其未履行上述义务而导致原告货款 291604.81 美元不能收取的后果承担赔偿责任。原告在贸易合同中约定通过 T/T 方式收取预付款，但对余款的支付方式没有约定，仅约定“货物装船后买方付清余款买取提单”，被告关于原告在贸易合同中约定通过 T/T 方式收款的抗辩与事实不符，不予采纳。再者，即使原告在贸易合同中约定通过 T/T 方式收款，但是原告仍然可以通过选择贸易诉讼方式或者运输诉讼方式实现自己的债权。

关于原告的损失，原告陈述其已经滚动核销涉案外汇但确实没有收到剩余货款，E 国际公司的传真亦能证实原告尚有货款未能收回。由于原告没能顺利收取货款，其虽然滚动核销，但其退税损失依然发生，故其主张退税损失人民币 259554.20 元的请求合理，可以支持。

6. 法院判决

综上，依据《中华人民共和国合同法》第三百九十六条、第三百九十九条、第四百零四条、第四百零六条第一款、《中华人民共和国民事诉讼法》第六十四条第一款之规定，法院判决如下：

(1) 被告 B 货代公司应于本判决生效之日起 10 日内向原告 A 进出口公司赔偿货款损失 291604.81 美元；

(2) 被告 B 货代公司应于本判决生效之日起 10 日内向原告 A 进出口公司赔偿退税损失人民币 259554.20 元。

本案案件受理费人民币 22987.71 元，由被告 B 货代公司负担。

案例 42 国际货运与贸易公司欠款的纠纷

1. 案由

原告 A 国际货运公司与被告 B 贸易公司货运代理合同欠款纠纷一案，原告于 2006 年 11 月 25 日向法院提起诉讼。法院于同年 11 月 29 日立案受理后，依法组成合议庭进行审理。被告在法定期间内对法院管辖提出异议，法院依法裁定驳回。被告不服提出上诉，D 市高级人民法院裁定驳回。2007 年 5 月 31 日、6 月 19 日法院公开开庭进行了审理。

2. 诉讼与答辩

原告诉称：2006 年 2 月 2 日，被告委托原告到 C 货运公司办理有关手续并提取提单号为×××U03075790项下的集装箱货物。原告垫付了该批集装箱的堆存费、搬运费、转栈费、超期费及运费共计人民币 875174 元，并将全部货物运送至被告处，被告签收了该批货物。同年 3 月 4 日，原告将上述费用的专用发票交被告入账，被告在收到发票后仅将该款的银行汇票复印件交付原告确认。后原告多次要求被告支付该款项，被告无故拒付。为此，原告请求判令被告向原告支付堆存费、搬移费人民币 47884 元，转栈费人民币 16082 元，超期费人民币 753858 元，D 市至 Z 市运费人民币 57350 元，总计人民币 875174 元，并承担本案的诉讼费用。

被告未提交书面答辩状，但在庭审中辩称：原告请求的集装箱超期费没有说明事实和理由，本案超期费的产生是由于原告不当保全所产生，应当由原告承担；原告作为货运代理人未垫付任何费用，无权向被告收取费用；被告从未承诺支付人民币 87 万元涉案费用，被告已支付了人民币 57 万元，已经超过了堆场收取的费用。请求驳回原告诉讼请求。

3. 证据和质证及法院观点

1) 原告证据和被告质证及法院观点

原告为支持自己诉请和主张，提供了如下证据材料，被告发表了相应的质证意见。

(1) 2006 年 2 月 16 日被告出具的委托书，证明被告委托原告向 C 货运公司提取提单号为×××U03075790 项下的货物，双方存在货运代理关系。被告质证对真实性无异议。

(2) 2 份协议书，证明双方就货运代理的费用作出了约定，原告按协议约定结算和收费。第一份协议涉及提单×××U03075790 项下存放在 C 货运公司安达路堆场的 31 个集装箱，双方协定按照该堆场费用实行包干制。集装箱超期使用费按照堆场计算的实际金额的五折收取。D 市至江阴新桥的运费为人民币 1850 元/20ft GP，其他费用按时支付。第二份协议是欠款总额人民币 875174 元的具体构成明细。被告质证对第一份协议书不予认可，表示被告没有收到过，是原告的单方意思表示；第二份协议书其实是原告开具的账单，未经被告审核。

(3) 全套货运清单，证明原告按约定已将 31 只集装箱送到被告处。被告质证对真实性无异议，但认为运输主体是 C 货运公司。

(4) 金额为人民币 875174 元的国际货物运输发票和银行汇票复印件，证明原告根据双方的约定向被告收取代理费和被告曾同意付款的事实。被告质证不予认可，称没有承诺支付上述款项。

(5) 调查笔录，证明原、被告经办人一起到 C 货运公司提取货物和货已交被告的事实。被告质证对真实性没有异议，但认为该证据表明原告并没有全部垫付涉案的费用。

(6) C 货运公司出具的涉案货物超期费、转栈费等计费清单，证明涉案货物的收费明细。被告质证认为该清单的数额和原告的主张不符，不予认可。

法院认为，原告证据材料 1、3、5，被告对真实性、合法性和关联性无异议，只是不同意原告的证明目的，法院对上述证据材料予以采信；证据材料 2、4 所表述的内容和数额相互一致，第二次庭审中，被告也确认银行汇票是被告向银行申请开具的，因此法院对这 2 份证据材料予以采信；证据材料 6 系案外人出具的计费清单，且与证据材料 5 相吻合，法院予以采信。

2) 被告证据和原告质证及法院观点

被告为支持自己主张，提供了如下证据材料，原告发表了相应的质证意见。

(1) 进口货物报关单、提单、装箱单、发票和保险单，证明涉案货物的品名、数量等情况，以及涉案货物的经营单位为被告。原告质证对真实性都没有异议，但主张提单、发票、装箱单等都是案外人 F 国际货柜制造公司交给原告的。

(2) 涉案提单项下的货物被 E 区人民法院保全的相关材料，证明涉案集装箱超期使用费的产生是由于原告申请财产保全错误所致。原告质证对真实性无异议，但认为与本案无关。

(3) 2006 年 2 月 28 日原告出具给被告的一份账单总计人民币 577160.80 元、原告出具的发票和被告的支付依据，证明被告已经支付了所有 43 个集装箱的报关费和检验检疫费，被告支付的人民币 57 万余元应包括 43 个集装箱的所有费用。原告质证对真实性都予以承认，但主张该费用只是 12 个集装箱的相关的堆存费和滞期费以及全部 43 个集装箱的报关费和检验检疫费。

(4) 2006 年 3 月 4 日原告出具给被告的账单总计人民币 875174 元，证明原告涉案诉请的费用没有依据，未经被告核实。原告则认为收取该费用是经双方约定的。

(5) C货运公司和原告出具给被告的函件,证明43个集装箱的总额才55万元人民币。原告主张该函件明确55万元人民币仅仅是在C货运公司安达路堆场产生的费用。

(6) 海关保证金专门收据,证明因没有报关报验,被告交付了120万元人民币的保证金。原告质证对真实性没有异议,但认为该证据与本案没有任何关联性。

法院认为,被告证据材料1,2,3,4,5原告对其真实性均无异议,法院对上述证据的效力予以确认;被告证据材料6因无法说明与本案的关联性,法院不予采信。

4. 法院审理

综合当事人提交的证据及其当庭陈述,法院对事实认定如下:

2006年2月16日,被告向C货运公司发函称:“根据E区人民法院民事裁定书(2005)E破字第1号—3文,已将绣河N134,B/L No.×××U03075790项下货物裁定给B贸易公司。兹委托A国际货运公司携带小提单前来办理有关手续,如贵公司因将货物交于(长江货代)产生的损失,由我公司承担。”涉案提单×××U03075790项下的货物为从印度尼西亚进口的多层胶合板883.86m^3,共计43只集装箱。随后,原告正式接受被告委托,双方口头商定了委托事项和费用,原告将全部43只集装箱的货物于2006年3月4日前送交被告,完成了全部委托事宜。所有43只集装箱的保管费、报验费等费用为人民币62504元,其中,12只集装箱在D市恒荣堆场等地存放,产生集装箱堆存费人民币83588元、超期使用费人民币431068.80元,总计人民币577160.80元。被告根据原告出具的账单和发票在2006年3月1日前已将上述费用全部结清。另外31只集装箱,一直在C货运公司安达路堆场存放,并于2006年3月3日、4日由原告提取送交被告。

2006年3月4日,原告根据与被告的口头约定开具了国际货物运输代理业专用发票,向被告收取堆存费等人民币47884元、转栈费人民币16082元、超期使用费人民币753858元和陆路运费人民币57350元,共计人民币875174元。同日,被告向其开户银行申请银行汇票,该银行汇票的收款人为原告、出票金额为人民币875174元。被告将该银行汇票的复印件交给了原告,但事后没有交付银行汇票原件,原告因此没有收到上述款项。案外人C货运公司出具的费用清单和2006年3月5日给被告的函件显示,提单×××U03075790项下的12只集装箱由原告于2005年4月29日提货。其余31只集装箱一直存放于该公司安达路堆场,2006年3月3日和3月4日由原告提走。

上述集装箱该公司收取堆存费人民币38584元、集装箱超期使用费人民币452314.80元和其他费用人民币67232元,共计人民币558130.80元。案外人C货运公司还在函件中明确表示:“我公司同意上述堆存费、集装箱超期使用费等各项费用于贵公司收到货物后由A国际货运公司直接与我公司结算和支付(付款时间、方式等由我公司和长江货运具体商定)。”原告在该函件中上加盖了自己的公章予以确认,再次传真给被告。

另查明,根据报关单的记载,提单×××U03075790项下43个集装箱的进口货物的经营单位是被告,收货单位是F国际货柜制造公司。2005年6月28日原告曾因与案外人F国际货柜制造公司货运代理欠款纠纷一案,向E区人民法院申请财产保全。同年6月29日,E区人民法院裁定准许了原告诉讼保全的申请,查封了涉案提单项下43只集装箱的货物。同年9月7日,被告向E区人民法院提出异议,称提单×××U03075790项下43个集装箱的货物为其所有,请求法院依法撤销查封。2006年1月17日,E区人民法院裁定:“争议的43只集装箱的印尼成品集装箱底板的所有权属B贸易公司所有。由B贸易公司直接至相关保管人处办理提货手续。”

法院认为，本案是一起货运代理合同欠款纠纷。原告接受被告的委托，办理了涉案货物的报关、报验、提箱和陆路运输等事宜，将提单×××U03075790项下43只集装箱的货物送交被告，货运代理义务已经履行完毕。对此，双方当事人均无异议。其中12只集装箱的相关费用等共计人民币577160.80元，被告根据双方的口头约定及原告的账单和发票已支付完毕。本案原告诉请的主要是堆存在C货运公司安达路堆场的剩余31只集装箱的相关费用共计人民币875174元。对此，原告主张双方事先有口头的约定，被告也口头承诺付款，并将付款的银行汇票的复印件交给原告，但最终没有履行承诺。被告则认为同原告就委托费用没有任何约定，原告只有权收取代理费；本案的集装箱超期使用费不应当发生，原告也没有实际垫付；原告开具的人民币875174元的发票没有收到过；银行汇票的原件没有交给原告，说明被告没有承诺付款。

法院认为，原、被告双方就涉案43只集装箱货物的货运代理费用虽然没有形成书面合同，但从双方对涉案货运委托代理业务的履行过程分析，双方事先确有口头的约定。涉案前12只集装箱的代理费用双方也没有书面的合同约定，被告根据原告出具的账单和发票已全部支付了代理费用。剩余的31只集装箱货物的代理费用，原告在履行代理事宜后，同样向被告出具了账单和发票，被告根据账单和发票的金额要求银行开具了银行汇票，该银行汇票的收款人是原告，金额人民币875174元与原告出具的发票金额完全吻合，因此，只能说明原、被告双方对代理的费用有过口头的约定，被告对费用的金额也是认可的。被告最后没有向原告交付该银行汇票原件属违约行为。此外，在被告提交的原告和案外人C货运公司致被告的函件中，C货运公司明确表示“我公司同意上述堆存费、集装箱超期使用费等各项费用于贵公司收到货物后由A国际货运公司直接与我公司结算和支付（付款时间、方式等由我公司和长江货运具体商定）”。因此，被告主张同原告不存在涉案货运代理费用的约定和原告无权收取相关费用的观点，法院不予支持。

另外，被告主张涉案的集装箱超期使用费是由于原告的不当保全所产生的，该费用不应由被告承担。法院认为，原告对涉案货物的保全发生在2005年6月，而本案的货运代理合同成立于2006年2月。原告诉讼保全是否有误、该超期使用费应由谁来承担，不属于本案货运代理合同审理的范围。被告在2006年2月委托原告时也没有就该超期使用费的承担问题提出过异议，因此被告的观点法院不予支持。

5. 法院判决

依照《中华人民共和国合同法》第十条、第三百九十六条和第四百零五条的规定，判决如下：

被告B贸易公司于本判决生效之日起10日内向原告A国际货运公司支付运费、集装箱超期使用费等费用合计人民币875174元。

本案案件受理费人民币13761.74元，由被告负担。

案例43 委托方拖欠国际货代费用的纠纷

1. 案由

原告A货代公司为与被告B纤维公司货运代理合同欠款纠纷一案，于2007年1月26日提起诉讼。法院于同年2月6日立案受理后，依法适用简易程序，于3月7日公开开庭进行审理。

2. 诉讼与答辩

原告诉称：2006年4月至6月间，被告委托原告代为办理将4个40ft集装箱和1个20ft集装箱的货物由C市港运往日本神户的相关手续。原告完成委托后，被告却一直拖欠运费不付，经被告确认，拖欠的费用计人民币43931.40元。另外，被告还委托原告代为办理将几批从C市港运往香港的货物的相关手续，经被告确认，拖欠费用人民币1500元未付。为此，原告请求依法判令被告支付人民币45431.40元及相关利息。

被告辩称：从原告提供的现有证据来看，原、被告之间并没有合同关系，对于原告提供的货物托运单以及费用确认数的真实性不予认可。被告没有收到原告提供的任何发票。另外，原告诉请的第一票货物的运费损失人民币10757元，被告已经支付。请求法院依照证据和事实作出公正判决。

3. 原告证据与被告质证及法院意见

1）原告的证据，被告的质证意见以及法院的认证意见

第一组证据，提单号为×××AUKB3AM382/360的委托书、装箱计划书、装箱单、提单、费用确认书、查验费用结算单、海关出口货物报关单和预录单，以证明被告委托原告出运编号为×××AUKB3AM382/360提单项下的货物，原告完成了委托，产生费用人民币10757元。

被告对上述证据材料的真实性除费用确认书外均没有异议，但对费用确认书不予认可，对报关单所显示的对象与原告之间的关系不明确。

法院认证认为，被告对委托书等材料的真实性没有异议，可以证明被告委托原告出运货物以及原告代为办理相关货运手续的事实，法院对此予以认可。费用确认书经证人当庭确认其真实性，可以证明被告对费用金额确认的事实，法院予以认可。

第二组证据，提单号为×××SHKOG061800的委托书、装箱计划书、装箱单、提单、费用确认书和发票、海关出口货物报关单和预录单，以证明被告委托原告出运编号为×××SHKOG061800提单项下的货物，原告完成了委托，被告确认费用人民币9996.90元，原告的代理向被告开具了发票收取人民币9737元，D国际贸易公司开具发票收取人民币260元。

被告认为，除费用确认书外，对其余的材料没有异议，但对发票的开票人与原告的关系不清楚，其余质证意见同第一组证据。

法院认证认为，对于发票，原告此后提供的证明材料证明原告委托E储运公司代为开具发票，而被告对于其他证明材料的质证意见与第一组证据相同，法院认可这些证据材料的证明效力。

第三组证据，提单号为×××SHKOG062598/99的委托书、装箱计划书、装箱单、提单、费用确认书、发票、海关出口货物报关单及预录单等，以证明被告委托原告出运编号为×××SHKOG062598/99提单项下的货物，原告完成了委托，被告确认费用人民币5247.50元，原告委托E储运公司开具发票向被告收取人民币5247.50元。

被告对原告的上述证据材料的认证意见同第二组证据。

法院认证认为，被告对原告的该组证据没有新的质证意见，法院认可该组证据的证明效力。

第四组证据，提单号为×××KOBHDC42601/02 的委托书、装箱计划书、装箱单、提单、费用确认书、发票及预录单等，以证明被告委托原告出运编号为×××KOBHDC42601/02 提单项下的货物，原告完成了委托，被告确认费用人民币 8965 元，原告委托 E 储运公司开具发票向被告收取人民币 8494 元。向 D 国际贸易公司开具发票收取人民币 471 元。

被告除对原告提供的发票和确认书的金额无法对应提出异议外，其余的质证意见同第二、第三组证据。

法院认证认为，关于编号为 XXXKOBHDC42601/02 提单项下的货物，原告除向被告开具发票收取人民币 8494 元外，还向 D 国际贸易公司开具发票收取人民币 471 元，2 张发票的金额之和，与被告确认的一致，法院认可原告该组材料的证据效力。

第五组证据，提单号为×××SHKOG065284/7 的委托书、装箱计划书、装箱单、提单、费用确认书、发票及预录单等，以证明被告委托原告出运编号为×××SHKOG065284/7 提单项下的货物，原告完成了委托，被告确认费用人民币 8965 元，原告委托 E 储运公司开具发票向被告收取人民币 8604 元。向 D 国际贸易公司开具发票收取人民币 361 元。

被告的质证意见同第四组证据，法院的认证意见亦与第四组证据相同。

第六至第十组证据，提单编号分别为×××KG05438012B5、×××KG05542600E4、×××KG05543902A9、×××KG50792、×××KG05653137W 的货物的委托书、进仓通知书、提单。费用确认书、发票以及海关报关单的预录单，以证明被告委托原告出运上述提单项下的货物，原告完成委托，被告确认运费金额共计人民币 1500 元，原告委托 E 储运公司开具发票向被告收取人民币 1500 元。

被告对上述证据的真实性及证明的相关事实没有异议，法院认可上述材料的证据效力。

第十一组证据，代理关系确认书，以证明原告委托 E 储运公司代为开具发票的事实。

被告对其真实性没有异议，但认为仅凭 E 储运公司的证明，不能证明双方之间有代理关系。

法院认证认为，被告对其真实性没有异议，同时，被告在收到原告委托 E 储运公司开具的发票时，也没有提出异议，法院认可该证据的证明效力。

第十二组证据，原告的已付款证明，以证明就涉案货物原告已经垫付了所有的费用。

被告对于原告提供的上述证据的真实性没有异议，法院认可该组证明的证据效力。

第十三组证据，证人的证词，以证明 2 个证人系被告公司员工，涉案的货物由证人代表被告公司委托原告出运，并对费用进行了确认。

经当庭与证人质证，被告对此证据没有异议，法院认可该组证据的效力。

2) 被告的证据材料，原告的质证意见以及法院的认证意见

第一组证据，编号为 XXX92006076241 的报关单以及货物运输发票，贷记凭证、转账凭证，以证明被告已经向原告支付了第一票货物的运费。

原告认为这些是被告向第三方支付的费用，与原告无关，不能证明原告收到涉案款项。

法院认证认为，对于该票货物的发票，原告提供的 2 证人均当庭证明是原告寄送给证人再交付被告公司的，法院认可该组证据。

第二组证据，6 张发票，以证明该 6 张发票是 E 储运公司出具的，无法证明与原告的关系。

原告对此予以认可，法院认为该组证据可以证明原告委托E储运公司开具发票向被告收款的事实。

第三组证据，付款凭证以及发票，以证明原告委托E储运公司开具的向D国际贸易公司收款的发票，D国际贸易公司已经支付。

原告对该组证据没有异议，法院认可其证据效力。

4. 证人证言以及庭审调查的事实

证人出庭作证，证明涉案货物均是被告委托原告出运，其中由F公司开具发票的那一笔运费已经支付，该张发票与原告提供的由E储运公司开具的发票一样，均是由原告寄送给被告的。

原、被告对证人证言均未提出异议。

根据已经确认的证据材料、证人证言以及庭审调查的事实，法院认定涉案的基本事实如下：

2006年4月至6月间，被告先后委托原告代理出运了10票货物。原告按约完成了委托，并垫付了相关费用。被告在原告提供的海运出口费用确认书上签字确认了相关费用。其中第一票货物开票金额为人民币10757元，第二票货物开票金额人民币9996.90元，第三票货物开票金额人民币5247.50元，第四票货物开票金额人民币8965元，第五票货物开票金额人民币8965元。其余5票货物的金额均是人民币300元。之后，被告收到了原告寄送的发票：第一票，由F公司出具，金额为人民币9335元；第二票，由E储运公司出具，金额为人民币9737元；第三票，由E储运公司出具，金额为人民币5247.50元；第四票，由E储运公司出具金额为人民币8494元；第五票，由E储运公司出具，金额为人民币8604元。其余5票，由E储运公司分别开具了金额各为人民币1200元和300元的2张发票。差额部分由原告另行开具发票向D国际贸易公司收取，上述发票均由证人签章确认后交财务部。被告向F公司支付了第一笔运费人民币8681.55元，D国际贸易公司付清了差额部分。

5. 法院审判

法院认为：对于原告提供的货运委托书，被告没有异议，经证人出庭证明，涉案货物的委托均由2证人在被告公司工作时以被告的名义委托原告出运，故原、被告之间的货运代理合同关系成立。现原告已经将涉案货物安排装船出运，并垫付了相关费用，被告理应按其确认的代理费金额向原告支付费用。现被告声称其已经按原告的指示向F公司和E储运公司支付了部分费用，而原告否认其曾经委托F公司代为收费。因原告始终未曾以自己的名义向被告开具发票，均由他人代开发票。在涉案的10票货物中，除第一票货物外，其余9票货物的发票均由E储运公司开具，对此事实原告当庭予以确认。对于第一票货物，原告否认曾委托F公司开具发票，但原告提供的证人证明该发票是原告寄送给证人，同时，原告对于由D国际贸易公司支付的几笔费用的真实性没有异议，其中就包括由F公司开具的第一票货物的部分费用。

故法院认为第一票货物是由原告委托F公司开具发票来收取运费的。现被告根据该发票的指示向F公司支付了涉案的费用，可以视为被告已经履行了付款义务。至于其他费用，因被告已经确认其已经收到发票，但没有付款。由于E储运公司出具证明其是代原告开具发票，故被告应按发票的金额向原告支付欠款。至于利息，因被告对于费用的最后一份确认书的日期是2006年5月31日，现原告请求于2006年7月1日起计算利息并无不当，法院予以支持。

依照《中华人民共和国合同法》第四百零五条的规定，判决如下：

被告B纤维公司于本判决生效之日起10日内向原告A货代公司支付运费欠款人民币33584.50元及利息损失(利息从2006年7月1日起计算至本判决生效之日止，利率按中国人民银行企业或其存款利率计算)。

本案案件受理费人民币1827.26元，由原告承担人民币476.48元，被告承担人民币1350.78元。

案例44　物流公司国际业务代理佣金的纠纷

1. 案由

原告A物流公司为与被告B公司货运代理合同欠款纠纷一案，于2007年8月5日提起诉讼。法院于同日立案受理后，依法适用简易程序，于2007年9月13日公开开庭进行审理。

2. 诉讼与答辩

1) 原告诉称

2006年3月，原告与被告签订了《海运出口运输合作协议》，约定由被告委托原告办理海运出口货物的报关、订舱等事宜。从2006年11月27日起至今，被告一直拖欠原告的运费和代理费不付。现原告起诉法院，请求判令被告支付运费8816.31美元及人民币3445元，并承担上述费用的违约金人民币5554.98元。

2) 被告辩称

被告未提供书面答辩意见，但当庭辩称：被告拖欠原告的费用情况属实。但原告同意给予被告8050美元的佣金回扣，且被告也曾主动履行了还款的义务，只是因为原告反悔而没有接受。其后，被告也向原告归还了部分费用。故原告诉请的金额与事实不符，违约利息的请求不能成立。

3. 提供证据

1) 原告证据

原告为支持其诉请，向法院提供了下列证据材料：

(1) 海运出口运输合作协议，以证明原、被告之间存在运输代理合同关系。

(2) 被告委托原告出运11票货物的单证，包括委托书、场站收据，提单、电放保函，原告出具的发票等，以证明被告委托原告出运货物的事实以及被告欠付原告费用的金额。

(3) 保函，以证明被告承诺还款的事实。

(4) 通知，以证明被告要求将所有的发票抬头开列为“C市国际货运代理有限公司”。

2) 被告证据

被告为支持其抗辩理由，向法院提供了下列证据材料：

(1) 原告开具给被告的6份应收款账单，以证明被告与原告协商，原告同意给予被告8050美元佣金回扣的事实。

(2) 被告于2007年4月1日给原告的函件，要求佣金在给原告的海运费中扣除。

(3) 被告于2007年5月21日开出的支票,以证明被告欲返还原告欠款,但原告反悔,没有接受。

(4) 银行贷记凭证,以证明被告向原告支付了人民币3030元。

(5) 银行特种转账借方传票,以证明被告以赔偿金的形式支付原告人民币1535.80元的事实。

4. 法院审理

经质证,被告对原告提供的所有证据材料的真实性都没有异议,予以确认。但认为原告提供的11票货物的单据中,原告业务编号后3位数字分别为388、389、390、396、397所附的运费发票金额共计8050美元,原告已经同意为退还被告的佣金,不属于被告欠款。原告对被告提供的对账单的真实性没有异议,但认为对账单不能证明双方已经就退佣进行协商的事实。对被告提供的2007年4月1日的函件以及5月25日的支票认为没有收到过,不能证明被告想要证明的事实。对于被告提供的2次付款的凭证予以确认,承认收到过上述款项。

法院认证认为,被告对于原告提供的证据材料的真实性均没有异议,这些材料可以就原被告之间的代理关系,委托事实以及应付的运费金额等事实予以佐证,法院确认该部分证据材料的证据效力。原告对于被告提供的对账单、付款凭证的真实性没有异议,这些材料,能够对原、被告就欠付款项进行对账,被告支付过原告部分费用的事实进行佐证,法院确认该部分证据材料的证据效力。至于被告2007年4月1日的函件,因被告未能举证证明原告曾收到过该函件,2007年5月25日的支票,被告未能证明其曾经向原告交付过该支票,原告对于上述2份材料也未予认可,法院对其证据效力不予确认。

根据已经确认的证据材料,法院认定涉案的基本事实如下:2006年3月,原告与被告签订了一份"海运出口运输合作协议",约定由原告代被告办理相关国际出口货物的运输代理业务。该协议约定被告应在货物出运后的25天内向原告支付相关的款项,逾期应按每天万分之五向原告支付违约金。协议签订后,被告就委托原告代理海运出口业务。2006年11月至2007年2月间,被告先后委托原告出运11票货物,共计产生运费8816.31美元,人民币3445元。原告向被告开具了发票,并在2007年的1月10日、21日、2月17日、21日、3月11日和5月9日分别向被告出具了应收款对账单,要求被告付款。被告于2007年6月27日和7月25日分别向原告支付了人民币1535.80元和3030元。

法院认为,被告与原告签订了"海运出口运输合作协议",约定被告将所揽的货物委托原告安排出口运输,双方的货运代理合同关系成立。按协议的约定,被告应在货物出运后的25天之内向原告支付海运费及相关的人民币费用,不能随意扣减或拒付。现被告对于原告提出的证据材料的真实性并没有异议。根据这些材料,可以确认被告委托原告出运货物的事实,以及原告安排货物出运后,向被告开具发票,要求被告付款的金额。

现被告对上述事实及欠款金额并没有异议,但以已经与原告就佣金达成协议为由要求扣减其中的8050美元。但被告与原告所签订的"海运出口运输合作协议"对此并没有约定,被告也未能向法院提供其与原告就佣金问题进行商谈以及达成协议的书面依据,原告也予以否认。现被告仅以其提供的几份应收款对账单上,原告对业务编号后3位数字分别为388、389、390、396、397所附的运费发票金额共计8050美元先后予以扣除为由,认为反映了其与原告就佣金进行协商,最后同意给予被告8050美元的佣金的事实依据不足。原告先后提供了6份应收款对账单，每一份对账单所载明的业务编号和金额均有所不同。原告并没有证明其已付款项与变更的对账单之间的联系，光凭对账单中先后消失的几票货物的业务编号就认定原告同意给予佣金且同意在欠付款项中予以抵扣的依据不足，而被告没有证明为何扣减海运费却在对账单中连同一编号下的人民币费用也一同消失的原因。同时，在此之前，被告并没有提出佣金在应付款项中予以扣除。即使原告同意给予佣金，也不应表现在对账单中，否则，被告就没有必要在 2007 年的 4 月再给原告出具一份函件。故对被告的这一辩解理由法院不予采纳。

原告在法庭上承认已经收到过的款项。应在被告欠款的数额中予以扣除。依据原、被告在“海运出口运输合作协议”中的约定，人民币与美元按 8.3:1 的比率进行折算，被告欠原告费用为人民币 72054.57 元。原告请求按协议的约定，判令被告支付违约金，符合双方协议中的约定，且没有违反法律规定，原告请求自被告应付运费之日起算至原告起诉之日止的违约金，符合法律规定，法院予以支持。原告请求违约金的数额没有超过上述期间的违约金数额，亦未超过本金数额，没有违反法律的规定，应予以准许。因原告诉讼请求有美元和人民币 2 种费用，被告已付的人民币费用在原告诉讼请求中的人民币费用中扣除，不够部分按双方协议约定的比率折算成美元扣除。

5. 法院判决

依据《中华人民共和国合同法》第三百九十八条、第一百一十四条第一款的规定，判决如下：

被告 B 公司于本判决生效之日起 10 日内向原告 A 物流公司支付海运费 8681.27 美元及违约金人民币 5554.98 元。

本案案件受理费人民币 2975.26 元，原告承担 136.97 元，被告承担 2838.29 元。原告已预交，法院不再退回。被告应将所承担的款项于判决生效之日起七日内径付原告。

案例 45　出口货物国际代理收取费用的纠纷

1. 案由

上诉人 A 制衣公司因货运代理合同纠纷一案，不服 E 市人民法院(2006)E 初字第 3225 号民事判决，向二审法院提起上诉。二审法院于 2007 年 8 月 26 日受理后，依法组成合议庭，经排期于同年年 9 月 6 日公开开庭审理了本案。

2. 诉讼与答辩

1) B 货代公司诉称

B 货代公司于 2006 年 12 月 17 日诉诸原审法院称：2005 年 6 月 30 日至 2005 年 7 月 8 日，C 集团公司、A 制衣公司委托 B 货代公司从 E 市 J 市国际机场空运女式长裤至洛杉矶。B 货代公司于 2005 年 7 月 2 日为 C 集团公司、A 制衣公司空运女式长裤 1711 箱，30850kg，运费 832950 元。2005 年 7 月 11 日 B 货代公司又为 C 集团公司、A 制衣公司空运女式长裤 735 箱，13498kg，运费 364446 元。货物运抵美国洛杉矶后，C 集团公司、A 制衣公司以资金困难为由未向 B 货代公司支付运费，催讨无着。B 货代公司请求判令：C 集团公司、A 制衣公司支付运费 1197396 元。

2) C 集团公司辩称

C集团公司与B货代公司之间不存在货运代理合同关系，B货代公司提供的空运单、报关单、及出口核销单记载的发货人为C集团公司，不能证明委托B货代公司托运的主体是C集团公司，且B货代公司没有将提单交给C集团公司。C集团公司与A制衣公司之间存在代理出口合同关系，双方约定运费由A制衣公司承担，与B货代公司建立货运代理关系的是A制衣公司，不是C集团公司。应驳回B货代公司对C集团公司的诉讼请求。

3）A制衣公司辩称

程序上，B货代公司申请追加A制衣公司已超过了举证期限，A制衣公司不应承担责任。实体上，B货代公司与A制衣公司之间不存在货运代理合同关系，A制衣公司也不应承担责任。即使存在货运代理关系，B货代公司不能证明其已履行了货运代理义务，B货代公司陈述将A制衣公司的货物空运到危地马拉，提供的空运单（分运单）的目的地是洛杉矶，B货代公司没有完全履行货运代理义务，假如由此引起A制衣公司货损，A制衣公司保留起诉B货代公司的权利，且根据B货代公司提供的相关证据，证明运费是由买方承担的，应驳回B货代公司的诉讼请求。

3. 争议焦点

原审法院依据当事人的陈述及提供的证据，对本案争议焦点归纳为：

(1) B货代公司与谁存在货运代理合同关系；

(2) B货代公司是否履行了货运代理义务；

(3) B货代公司要求C集团公司、A制衣公司支付运费的诉讼请求能否予以支持。

4. 一审

1）原审法院查明

(1) 2005年1月，C集团公司、A制衣公司签订“代理出口协议”，约定，A制衣公司委托C集团公司代理出口A制衣公司的产品，C集团公司按A制衣公司的要求做好出运、报关和结汇工作；A制衣公司负责出口盈亏及商检费、海运费、保险费、对方银行扣费、预付利息、报关费、码头费等费用，C集团公司负担退税部分的利息及银行议付费；出口货物因交货期或产品质量以及其他原因造成的损失、纠纷、索赔或客户拒付，由A制衣公司承担，并退回全额预付款及相应利息；A制衣公司应及时通知C集团公司所托船公司的名称，并保证在出货后45天将核销单退回给C集团公司；C集团公司根据实际收汇情况按汇率9.47折合人民币（以下币种均为人民币），凭A制衣公司提供的有效增值税专用发票和专用缴款书，扣除预付款和应由A制衣公司负担的费用后支付给A制衣公司；必须在合同规定之前出货，逾期所产生的后果和费用由A制衣公司负责。

(2) 2005年6月25日，C集团公司接受A制衣公司的委托以C集团公司的名义与外商G公司（2005年7月1日C集团公司开具的商业发票抬头为××01）签订编号为×××S033的《售货确认书》，约定由C集团公司向该外商销售女式长裤，目的地危地马拉。2005年6月30日，A制衣公司向B货代公司发出空运出口货物委托书传真，委托B货代公司空运女式长裤（1711箱，计30798kg）至LA（洛杉矶），发货单位为C集团公司，提单抬头为××01INC，要求2005年7月3日空运。B货代公司接受A制衣公司的委托，为A制衣公司安排5×6928航班于2005年7月2日出运了上述女式长裤，提运单号×××0215940，应收费重量

30850kg。同日，该批女式长裤由F公司代理报关，×××98413和×××98414报关单记载，经营发货单位为C集团公司；运输方式空运，提运单号×××0215940；合同协议号×××S033；商品名称女式长裤，件数1711箱，毛重28125kg；运抵国(指运港)危地马拉；成交方式FOB。按27元×30K850kg(空运应收费重量)计算，B货代公司要求C集团公司、A制衣公司支付运费832950元。

(3) 2005年6月30日，C集团公司接受A制衣公司的委托以C集团公司名义与外商G公司签订编号为×××S034的售货确认书，约定由C集团公司向该外商销售女式长裤，目的地危地马拉。2005年7月8日，A制衣公司向B货代公司发出《空运出口货物委托书》传真，委托B货代公司空运女式长裤(735箱，计13230kg)，发货单位为C集团公司，提单抬头为××01INC，要求2005年7月12日空运。B货代公司接受A制衣公司的委托，为A制衣公司安排5X6928航班于2005年7月11日出运了上述女式长裤，提运单号×××0216032，应收费重量13498kg。同日，该批女式长裤由F公司代理报关，×××98690报关单记载，经营发货单位为C集团公司；运输方式空运，提运单号×××0216032；合同协议号×××S034；商品名称女式长裤，件数735箱，毛重12225kg；运抵国(指运港)危地马拉；成交方式FOB。按27元×13498kg(空运应收费重量)计算，B货代公司要求C集团公司、A制衣公司支付运费364446元。

(4) 审理中，B货代公司提供了D服饰公司的工商登记资料和D服饰公司与A制衣公司共同出具的通告，D服饰公司的工商登记资料记载该公司的传真号为×××90600。D服饰公司与A制衣公司共同出具的通告称，D服饰公司与A制衣公司于2005年6月8日起迁至H工业园，传真为×××－×××90600，×××90666。

(5) 审理中，B货代公司提供了F公司开具给B货代公司的发票2张，F公司向B货代公司收取上述2批货物的空运费933409.80元。

(6) 审理中，C集团公司确认涉案女式长裤是A制衣公司委托C集团公司代理出口的，运输不是C集团公司的责任，C集团公司也没有委托他人代理货运。A制衣公司对涉案女式长裤是A制衣公司委托C集团公司代理出口的事实不持异议。

2) 原审法院认为

A制衣公司委托B货代公司空运涉案货物的事实，由A制衣公司发给B货代公司的空运出口货物委托书所证实，虽然B货代公司提供的空运出口货物委托书没有A制衣公司的签名盖章，但空运出口货物委托书上的传真号与A制衣公司的传真号相同，且空运出口货物委托书委托空运的货物、出运时间，与C集团公司代理A制衣公司委托他人出口报关的货物和出运时间相一致，对B货代公司与A制衣公司之间存在货运代理合同关系予以确认。

A制衣公司委托C集团公司出口涉案货物的海关出口货物报关单记载，以C集团公司名义出口的涉案货物是由B货代公司出具的2份空运单(分运单)记载的航班空运出口的，对B货代公司接受A制衣公司委托为A制衣公司代理出运了涉案货物的事实予以确认。B货代公司与A制衣公司之间设立货运代理合同关系，应当对双方的主要权利义务作出明确的约定，运费价格是必须洽谈的内容，A制衣公司出具给B货代公司的空运出口货物委托书对运费没有约定，但不能认定B货代公司与A制衣公司未对运费价格作出口头约定，2005年6月30日和7月8日，A制衣公司分2批委托B货代公司空运出口涉案货物，A制衣公司在委托B货代公司代理出运第二批货物时，未对前批出运的货物的运费价格提出异议，且A制衣公司没有提出B货代公司主张的空运费价格明显高于市场价格的辩解，故应认定在A制衣公司委托B货代公司代理空运涉案货物时已对B货代公司主张的空运费价格予以认可。

C集团公司代理A制衣公司委托F公司代理报关时，在《海关出口货物报关单》中记载的成交方式为FOB，该成交方式是C集团公司代理A制衣公司与国外客商的价格约定，海关出口货物报关单中记载的成交方式对B货代公司不具有约束力。B货代公司是按照A制衣公司出具的空运出口货物委托书履行代理货运义务，A制衣公司在《空运出口货物委托书》中要求将涉案货物空运至LA(洛杉矶)，B货代公司签发的空运单(分运单)的目的地为洛杉矶，符合A制衣公司的要求。至于海关出口货物报关单记载的运抵国(指运港)为危地马拉，两者目的地不一致，与B货代公司按照A制衣公司的委托履行代理货运义务无关，B货代公司在履约过程中无过错。C集团公司接受A制衣公司的委托以C集团公司名义代理A制衣公司出口涉案女式长裤，双方在《代理出口协议》中约定，“A制衣公司应及时通知C集团公司所托船公司的名称”，运费由A制衣公司承担，证明涉案女式长裤的运输由A制衣公司负责，C集团公司没有委托B货代公司代理出运涉案女式长裤，B货代公司与C集团公司之间不存在货运代理合同关系，B货代公司要求C集团公司支付运费的诉讼请求，不予支持。B货代公司追加A制衣公司，符合法律规定，A制衣公司对此提出的异议不能成立。

3) 原审法院判决

原审法院于2007年6月22日作出判决：

(1) A制衣公司应于判决生效之日起10日内支付B货代公司运费1197396元；

(2) B货代公司的其他诉讼请求不予支持。案件受理费15996元，由A制衣公司负担。

5. 上诉

原审法院判决后，A制衣公司上诉请求撤销原审判决，改判驳回B货代公司的诉讼请求。B货代公司则表示接受原审判决，要求维持原判。C集团公司亦表示接受原审判决。各方均坚持原审时的诉讼意见和理由，亦未提供新的证据。

6. 终审判决

经审理查明，原审法院认定的事实，已由当事人陈述及相关书证予以证实，二审法院依法予以确认。

二审法院认为，民事行为须遵循诚实信用的原则。A制衣公司委托C集团公司代理出口本案货物、A制衣公司用自己的传真机发出空运出口货物委托书委托B货代公司代理本案货物的出运，本案货物已按A制衣公司的要求运抵目的地，上述事实已由当事人陈述及相关书证予以证实，A制衣公司理应按照约定履行给付运费的义务。A制衣公司无视上述事实，以发出传真的传真机号码非其所有，双方未约定运费、B货代公司支付运费已超出了代理权限、F公司的发票不能证明B货代公司已支付了运费等理由，拒绝支付运费显然缺乏事实和法律依据。

首先，A制衣公司向B货代公司发出的关于A制衣公司与D服饰公司迁址的《通告》中明确了A制衣公司与D服饰公司共同使用登记在D服饰公司名下的传真机号码的事实，且A制衣公司未能证明D服饰公司发出传真的事实；

第二，B货代公司接受了A制衣公司的委托后，确已按A制衣公司发出的《空运出口货物委托书》的要求代理出运了A制衣公司委托出运的货物；

第三，B货代公司代理出运的货物与A制衣公司委托C集团公司代理出口、A制衣公司委托B货代公司代理出运的货物内容及货物出运时间均一致；

第四，A制衣公司作为货物的所有者，在不能证明与代理人存在着运费特别约定的情况下，理应偿付代理人为履行代理义务而支付的费用；最后，A制衣公司在缺乏履行委托合同的义务的诚意、拒绝支付运费的情况下，无权就B货代公司是否已向F公司支付过运费提出异议。

综上所述，原审法院根据本案的事实和法律的规定，判决A制衣公司向B货代公司支付运费具有事实依据，亦符合法律的规定，因而是正确的。A制衣公司的上诉理由因缺乏事实和法律依据而不能成立，其上诉请求，二审法院不予支持。据此，依照《中华人民共和国民事诉讼法》第一百五十三条第一款第一项之规定，二审法院判决如下：

驳回上诉，维持原判。

上诉案件受理费人民币15996元，由上诉人A制衣公司负担。

本判决为终审判决。

案例46 国际货代与委托方个人合同的纠纷

1. 案由

原告A货代公司诉被告B某与海上或者通海水域的船舶运输有关的货运代理合同纠纷一案，法院于2006年12月16日受理后，依法由审判员独任审判，于2007年1月17日组织当事人在开庭审理前交换证据并公开开庭进行了审理。

2. 诉讼与证据

1）原告A货代公司诉称

2006年2月至3月，B某以未经注册登记之“I物流公司”的名义，通过电话、传真等方式委托A货代公司L市分公司代为办理7只集装箱货物的出口运输手续。起运地为C省，目的地为阿拉伯联合酋长国迪拜(DUBAI)。A货代公司接受委托后，向B某指定的D海运公司代为办理订舱等手续。A货代公司受D海运公司的委托签发提单给B某，并已委托C物流公司向D海运公司垫付运费12804.71美元，还向F货运公司支付拖车费人民币3640元。同年4月2日，B某将1张出票人为K商行金额为人民币110672元的支票交予A货代公司，但因该支票系空头支票而未能兑现，A货代公司已将该支票退还给B某。“I物流公司”未经注册登记，B某依法应当承担偿还欠款的法律责任。请求判令B某偿还A货代公司运费12804.71美元、拖车费人民币3640元并负担诉讼费用。

2）原告证据

原告A货代公司在举证期限内提供了以下证据：

(1) L市工商行政管理局证明；

(2) 提单7份(原件1份，复印件6份)；

(3) 传真复印件7份；

(4) 配载通知复印件7份；

(5) 中国农业银行支票复印件；

(6) 付款凭证；

(7) 委托付款通知书；

(8) E 银行支票复印件 2 张；

(9) D 海运公司发票 2 张；

(10) D 海运公司收据 2 张；

(11) F 货运公司发票；

(12) 含运输方式外费用报销明细单；

(13) 明细表 10 张；

(14) 视听资料(磁带)。

A 货代公司于 2007 年 4 月 7 日提供了劳动合同、货物运输代理协议、A 货代公司 L 市分公司营业执照、名片、网站资料等证据。

3. 答辩

被告 B 某辩称：

(1) A 货代公司与 B 某之间没有合同关系；

(2) A 货代公司的行为构成双方代理；

(3) B 某未向 A 货代公司签发支票。请求驳回 A 货代公司的诉讼请求。

4. 法院审理

经审理查明：

本案应审究之问题主要包括：货运代理合同关系是否成立？A 货代公司是否为处理委托事务垫付必要费用？现分述如下：

1) 货运代理合同关系是否成立

A 货代公司主张 B 某以“I 物流公司”的名义委托其办理 7 只集装箱货物的出口运输事宜，并提供传真、配载通知、中国农业银行支票、提单、视听资料(磁带)等证据支持其主张。

A 货代公司提供的 7 份传真标题均为“I 物流公司”，收件人为 J 联运公司或“C 物流公司”，时间分别为 2006 年 2 月 25 日、3 月 1 日、3 月 2 日、3 月 8 日、3 月 12 日。

A 货代公司提供的中国农业银行支票复印件记载：出票人为 K 商行，出票日期为 2006 年 4 月 2 日，金额为人民币 110672 元，用途为备用货款，该支票上盖有印文为“B 某”的印章。

A 货代公司提供的编号分别为×××400016933、×××400019053、×××400020582、×××400019258、×××400021406、×××400021422、×××400023999 的 7 份提单记载：标题为 D 海运公司；编号分别为×××400019258、×××400021406 的提单托运人为“RUIQING LIGHTING FACTORY”，另外 5 份提单托运人为 H 灯饰厂；提单系 A 货代公司作为 D 海运公司的代理签发；提单加盖的印章印文为“A 货代公司”。其中，编号为×××400016933、×××400019053、×××400020582、×××400019258、×××400021422、×××400023999 的 6 份提单复印件上签有“B 某”字样。

A 货代公司主张，其提供的视听资料(磁带)为原始载体，系该公司 L 市分公司工作人员 G 某与 B 某的通话录音，录制时间为 2006 年 10 月至 11 月间，录制地点为该公司 L 市分公司办公室，主叫号码为×××6083，被叫号码为×××396，B 某主张该视听资料(磁带)系其与 C

物流公司联系业务。根据该视听资料(磁带)整理的通话记录显示,G某称:“你们之前是不是有个运费是差我们11万多运费没有付?”B某回答:“11万没有付。你们现在要赔钱,我那货提单没拿,为什么货就不见了?现在你们换了个新人,我们的单子付给你们了,现在要赔钱你们也答应得好好的,D海运公司也给你们讲过了,你们也不是不知道,我们第一次函件已发给你们了,你们现在还问我们要运费,货都不见,30多万货都不见了,还叫我们付运费,有没有搞错?”G某称:“那你有没有详细的列明一下我们公司索赔的金额和抵扣运费的金额……”B某回答:“列明了,列明了,要赔我们30多万。”G某称:“那个运费是不是在那里扣减了,还是怎么样?”B某回答:“对呀,对呀,就是给我们钱,然后就扣掉,然后就退给我们,讲得清清楚楚的,你贵姓?”G某又称:“就是你们向我们索赔30多万,你欠我们的11万多的运费在里面抵扣了是不是?”B某回答:“对呀!”G某称:“你们想这么处理吗?”B某回答:“肯定的,你们先赔给我们,我才给你们付钱,没理由你把我的货不见了,我们有份提单实际还在你那边,没有提单我哪给你运费,我问你?提单没给你,我的货不见了,你叫我怎么给你运费?”B某在与A货代公司工作人员通话中还反复提到“D海运公司”。

编号为×××400016933、×××400019053、×××400020582、×××400019258、×××400021422、×××400023999的6份提单复印件上签有“B某”字样(注:“B某”二字系签字而非复印)。B某主张上述“B某”两字并非其本人所签,但未在举证期限内提出鉴定申请,应当对该事实主张承担举证不能的法律后果。视听资料(磁带)显示B某在与A货代公司L市分公司工作人员通话中表示有一份提单在对方处,而A货代公司提供的提单中有一份系原件,故视听资料(磁带)内容有上述7份提单可以印证。据此,认定B某已经从A货代公司处取得6份提单。

最高人民法院《关于民事诉讼证据的若干规定》(下称《规定》)第七十四条规定:“诉讼过程中,当事人在起诉状、答辩状、陈述及其委托代理人的代理词中承认的对己方不利的事实和认可的证据,人民法院应当予以确认,但当事人反悔并有相反证据足以推翻的除外。”视听资料(磁带)显示B某在与A货代公司L市分公司工作人员通话中承认拖欠该司运费人民币11万多元,该视听资料(磁带)属于对其不利的证据。B某认可该视听资料(磁带),故法院应当予以确认。A货代公司提供的视听资料(磁带)为原始载体,推定属于该公司工作人员录制。视听资料(磁带)内容显示:B某曾因运输事宜要求A货代公司赔偿货物损失30多万元;B某对A货代公司工作人员所称拖欠该司运费人民币11万多元一事未予否认,并且表示“你们先赔给我们,我才给你们付钱”。

据上所述,视听资料(磁带)表明B某拖欠运费人民币11万多元。

《规定》第六十六条规定:“审判人员对案件的全部证据,应当从各证据与案件事实的关联程度、各证据之间的联系等方面进行综合审查判断。”A货代公司提供的上述7份传真的收件人并非A货代公司,发件人并非B某,A货代公司主张上述7份传真系B某以“I物流公司”的名义向其发出,依据不足。上述7份传真没有委托办理订舱等手续的内容,不能据此认定B某指定其委托D海运公司办理订舱等手续。A货代公司提供的7份配载通知均系复印件,没有制作者签名,该公司未提供原件或原件线索,没有其他材料可以印证,对方当事人又不予承认,故不得作为认定事实的根据。A货代公司虽未提供支票原件,但该支票的金额为人民币110672元,出票人签章处盖有印文为“B某”的印章,B某未对该印章提出异议。而视听资料(磁带)系B某与A货代公司工作人员的通话记录,视听资料(磁带)显示的拖欠运费金额为11

万多元，故该支票有视听资料（磁带）可以印证。从A货代公司持有该支票的复印件的事实，可以认定B某曾向A货代公司出具该支票。

A货代公司提供的上述证据虽然不能直接证明B某以"I物流公司"的名义委托其办理7只集装箱货物的出口运输事宜，但根据B某已经从A货代公司处取得6份提单并承认有一份提单原件在A货代公司，B某曾向A货代公司出具金额为人民币110672元的支票以及B某承认拖欠A货代公司运费人民币11万多元等间接事实；结合B某在与A货代公司工作人员通话中反复提到"D海运公司"，而本案所涉提单均系A货代公司作为D海运公司的代理签发等情况，足以认定B某委托A货代公司办理7只集装箱货物的出口运输事宜。

2）A货代公司是否为处理委托事务垫付必要费用

A货代公司为证明其向D海运公司、F货运公司垫付运费、拖车费，提供了以下证据：

(1) 委托付款通知书；

(2) E银行支票复印件2张；

(3) D海运公司发票2张；

(4) D海运公司收据2张；

(5) F货运公司发票；

(6) DEBIT NOTE所含运输方式外费用报销明细单；

(7) 明细表10张。

A货代公司提供的委托付款通知书是其制作的对其有利的证据，不具有任何证明力。《规定》第十一条第二款规定："当事人向人民法院提供的证据是在香港、澳门、台湾地区形成的，应当履行相关的证明手续。"A货代公司提供的E银行支票、D海运公司发票、收据及DEBIT NOTE所含运输方式外费用报销明细单、明细表均是在香港形成的，但未办理相关的证明手续，故不具有证明力。而其提供的运费发票、收据系由D海运公司而非D海运公司出具。据上所述，A货代公司未能证明其向D海运公司垫付运费。

A货代公司提供的F货运公司开具的发票记载：客户名称为A货代公司；日期为2006年4月29日；金额为拖车费人民币24400元。据此，可以认定A货代公司为处理委托事务向F货运公司垫付拖车费。

另查明：2007年1月17日，中国人民银行公布的人民币对美元的交易基准汇价为100美元兑换人民币827.65元。

3）审判员认为：

《中华人民共和国合同法》第三百九十八条规定："委托人应当预付处理委托事务的费用。受托人为处理委托事务垫付的必要费用，委托人应当偿还该费用及其利息。"原告A货代公司与B某之间存在货运代理合同关系。尽管A货代公司未能证明其向D海运公司垫付运费，但B某对A货代公司工作人员所称拖欠该司运费人民币11万多元一事未予否认，并且表示"你们先赔给我们，我才给你们付钱"，表明其拖欠A货代公司运费人民币11万多元。据此，A货代公司要求B某偿还垫付的运费12804.71美元（折合人民币105978.18元）、拖车费人民币3640元，合计人民币109618.18元，应予支持。

当事人其余主张、陈述及所提之证据，核与本案判决结果不产生影响，不再一一论述。

5. 法院判决

据上，依照《中华人民共和国合同法》第三百九十八条的规定，法院判决如下：

被告B某偿还原告A货代公司垫付的运费12804.71美元、拖车费人民币3640元。

本案案件受理费人民币3722元、财产保全申请费人民币1070元、执行费人民币2000元，共计人民币6792元，由被告B某负担。上述费用已由A货代公司预交，B某应将其负担的诉讼费用迳付A货代公司，法院不另清退。

以上给付金钱义务，应于本判决生效之日起10日内履行完毕。

案例47　诉前强制承运人无单放货的纠纷

1. 案情

申请人A集团公司，委托被申请人B轮船公司(已按中国法律进行了工商登记，取得了营业执照)出运1批仿真夹克从上海港至德国汉堡港，运输方式为场到场。B轮船公司接受委托后，将该批货物配载在“E”轮第5397航次出运，并于2007年9月26日向A集团公司签发了号码为“×××U023215205”的提单。该提单为“收货人凭托运人A集团公司指示”的指示提单，到港通知人为C公司。A集团公司收到提单将其空白背书后，在以DHL方式邮寄给C公司的过程中遗失。C公司是A集团公司外贸合同的买方，已将货款以T/T方式支付给了A集团公司。

申请人A集团公司向D市海事法院提出申请，称：遗失的提单已为空白背书，持有人可凭其冒领货物，可能导致申请人丧失货物或使提单通知人不能提货；货物的季节性很强，提单通知人如不能及时提货将因货物错过销售季节而遭受巨大损失。为此，请求法院裁定承运人B轮船公司只能向C公司放货。

2. 海事法院裁定

D市海事法院收到申请后，经初步审查决定立案受理，并立即组织合议庭予以审理。经审理认为：A集团公司主张的事实成立。承运人虽无无单放货的义务又不是提单遗失的责任者，但本案托运人、收货人均明确，裁定承运人向C公司放货不会损害其他人利益，且能有效防止可能发生的纷争和损失。申请人诉请有理，应予支持。

在申请人提供了充分担保的情况下，依据《中华人民共和国民事诉讼法》第一百四十条第一款第(十一)项、第二百三十七条的规定，于2007年10月24日裁定如下：

被申请人B轮船公司在×××U023215205提单项下货物到达目的港汉堡港后，即放货给C公司，不得将货物放给以外的任何人。

裁定送达后，承运人立即遵照执行，并于2007年10月28日将货物交给C公司。

3. 专家评析

本案是一起国内罕见的诉前强制承运人无单放货的案件，具有涉外性、特殊性和无因性。

1) 涉外性

本案的被申请人是美国总统B轮船公司在上海设立的分公司，收货人是德国一家公司；待交付的货物在德国汉堡，交付、收受货物的行为也将在汉堡进行。这些涉外因素必将在确定管辖权、法律适用、司法协助等方面产生重大影响。

2）特殊性

本案保全的性质比较特殊，它不是普通意义上的财产保全，该保全不直接涉及货物，而是针对承运人的行为。然而，与法学界某些专家所论述的"行为保全"相比，本案保全具有无因性。

3）无因性

无论财产保全，还是行为保全，申请人（或原告）对于被申请人（或被告）总存在一个或多个诉求，即依法要求向对方履行法律义务，保全只是确保该义务履行或实现的暂时性的救济手段。在本案中，承运人只有凭正本提单放货的义务，绝对没有无单放货的义务，而且依照国际惯例，无单放货一直被视为严重的侵权行为而被禁止。此外，本案承运人对提单遗失也没有任何责任。所以，要求承运人无单向提单通知人放货无法律依据。

4）承运人凭单放货也不是绝对

基于对本案上述特点的考虑，在审理过程中对本案应如何处理，有2种观点。

一种观点认为，本案被申请人虽是美国总统B轮船公司在上海开办的分公司，但其已按中国法律进行了登记，取得了营业执照，应属中国企业，故本案只能适用中国法律。A集团公司住所地在D市，它向法院提出申请符合法律规定。

另一种观点认为，承运人没有无单放货的义务，其对提单遗失也不承担责任，A集团公司对B轮船公司根本没有诉权和诉因，要其无单放货没有法律依据，如果法院同意了申请人的申请，就有创法之嫌，因此对申请人的申请应予驳回。法院采纳了第一种观点的意见。

本案保全虽然具有无因性的特点，但也应该看到承运人凭单放货也不是绝对的。

(1)《中华人民共和国海商法》第八十六条规定："在卸货港无人提取货物或者收货人迟延、拒绝提取货物的，船长可以将货物卸在仓库或者其他适当场所，由此产生的费用和风险由收货人承担。"这条规定被理论界和实务界普遍解释为"视为交付"或"推定交付"制度，此种情况当然不存在"凭单交付"的问题。

(2) 在实践中，货物到港后长时间内无人提货的，承运人往往要征求托运人的意见，听从托运人的指示。可见，凭单放货是正常情况下必须严格要求的，在特殊情况下，不凭单放货也是存在的，承运人运输、交付货物的义务才是绝对的。

(3) 本案提单已作空白背书，持有人即可凭其向承运人提货。承运人按法院要求将货物交给不持有提单的通知人，承运人存在着可能被提单持有人起诉的风险。但是，本案所涉提单系遗失提单，未通过正常流转关系转让，持有人的持有就是非法的，且申请人已提供了充分的担保，是最终风险的承担者，从这种意义上讲，本案要承运人无单放货，不是以承运人对此承担义务、存在责任为基础，而是以对提单遗失负有责任的托运人对保全行为承担最终责任来换取对承运人权利的限制。这符合保全法的理论基础。

(4) 本案情况十分特殊，如不及时采取措施，就会使托运人、收货人遭受很大损失，也必将造成新的纷争。因此，应当准许申请人的申请，责令承运人向提单通知人放货。

5）适用公示催告程序

本案事实的出现，向海商法理论界、实践界提出了许多重大的法律问题。首先，本案能否对丢失的提单适用公示催告程序。在审理中，也有部分同志考虑过这个问题。本案若适用公示催告程序，要解决以下问题：

(1) 国内公告及其后的除权判决的域外效力问题。这个问题既可能涉及到对本案事实的有关法律规定的冲突问题,又可能涉及到一国裁决在他国的承认与执行问题。

(2) 法律依据问题。我国民诉法及有关解释对遗失提单能否适用公示催告程序尚无明确规定。

(3) 即使适用公示催告程序,适用该程序取得除权判决要耗费很长时间,不能适应本案急迫性的需要。在对有关事实尚无法规予以明确调整时,司法机关如何科学适用有关法律精神,正确、及时、有效处理有关纷争,这是对法的精神的解释尺度如何。第二种观点尽管不乏一定的合理性,但有机械之嫌。在司法实践中,在有关法律规定尚未制定或未尽完善时,依据一定的法律原则和精神而对有关现实问题进行处理,进而促进立法的完善,已成为我国在建设有中国特色社会主义市场经济法制建设过程中的一个明显特征,这在金融、保险、证券、海事海商等领域表现得尤为突出。在《海商法》对本案问题尚未有明确法律规定之前,法院以第一种观点来处理本案,是一种积极、大胆、勇敢的尝试。

本案这种情况的出现,不仅是立法者,就是理论者、实务者都难以预料的。一方面,它说明立法总是跟不上实践的发展;另一方面,它也要求实务界根据法律的作用、原则,按照"法院不得拒绝审判"、"有损害就有救济方法"的审判观念,去积极地寻求解决问题的方法,为立法提供实践经验。因此,在某种意义上,我们确实应当承认法官有"造法"的功能。

海上运输合同法律关系中承运人签发的提单,其显著的特点在于其流通性,而流通的基础在于提单的转让,所以,提单的实质是它的转让性。提单的转让以背书方式转让,包括记名背书和空白背书。

同时,提单对持有人来说,即为其提单项下货物的权利证书。提单的这些属性,和民事诉讼法公示催告程序中所规定的可适用该程序处理的票据是相同的。因此,提单遗失、灭失或被盗,存在适用公示催告程序的基础。

事实上,我国《民事诉讼法》修改时增加公示催告程序一章的立法指导思想,并不限于普通意义上"可以背书转让的票据",当时的全国人大法制工作委员会副主任顾昂然在介绍民诉法的修改原则及主要内容时就谈道:"虽然目前我国可以背书转让的票据还不多,但已经存在,并且今后还会发展。例如,一些国家仓单、提货单也是可以背书转让的。考虑今后的发展,还是在民事诉讼法中对这个程序作出规定为好,哪怕订的原则一些,以后碰到这类问题,处理起来就可以有法律依据了。"(见最高人民法院民事诉讼法培训班编《民事诉讼法讲座》,第 14 页,法律出版社 1991 年版)同时,我们也可以看到,公示催告程序中对票据支付人支付行为也具有"行为保全"的性质,即"支付人收到人民法院停止支付的通知,应当停止支付";并因除权判决的作出,产生支付人应向申请人支付的义务。在本案中,这种特点也是显而易见的,即依法院裁定,承运人不得向提单持有人放货,仅可向申请人指明的 C 公司放货。

综上所述,根据法院在处理纠纷中遇有法律没有规定或规定不明确的问题时可以依"等者等之"的原则处理的要求,对于本案这种情况,法院可以参照最类似的公示催告程序的有关规定来处理,应是可行的。当然,由于提单本身的特殊性和海上运输的特殊要求,提单遗失的公示催告在具体程序内容上也应当有特殊要求。这也可以说,它反映的是海事诉讼程序上的特殊性。

案例 48　外轮代理公司与货主公司的纠纷

1. 案由

原告 A 化工有限公司诉被告 B 外轮代理公司国际海上货物运输合同违约赔偿纠纷一案，法院于 2007 年 1 月 10 日受理后，依法组成合议庭，于 7 月 18 日公开开庭进行了审理。

2. 原告诉讼和证据与被告质证

1）原告诉称

原告于 2004 年 12 月 10 日和 2005 年 1 月 13 日先后委托被告 B 外轮代理公司运输 5 个货柜的工业磷酸和 2 个货柜的食品磷酸，自北海港启运，在香港中转，到目的港埃及亚历山大港，并支付全程运费。被告亦先后签发了以上 2 票货物的全程联运提单。而被告委托的二程承运人 C 国际联合公司却将两票货物误卸至埃及索那港，并在该港产生了滞柜费、港口储存、码头处置费等共计 12403.02 美元。为使货物得以运至亚历山大港，原告被迫委托 D 投资公司向被告目的港代理 E 运输公司支付以上费用，故请求判令被告向原告返还以上费用，并承担本案的诉讼费用。

2）原告证据

原告向法庭提交以下证据，以支持其诉讼主张：

证据 1：授权委托书，拟证明原告授权 M 某办理磷酸进口业务；

证据 2：出口货物托运单，拟证明原告委托被告托运 5 个货柜磷酸至亚历山大港；

证据 3：国际货物运输发票，拟证明原告已向被告支付全程运费；

证据 4：电汇单，拟证明事项同证据 3；

证据 5：提单×××BH20041229，拟证明原被告间货物运输合同关系；

证据 6：2004 年 12 月 22 日，被告致原告的传真，拟证明原告 5 柜货物从香港发运的时间；

证据 7：2005 年 4 月 2 日，被告致原告的二程提单×××ALYP0303212 传真件，拟证明被告将二程船承运的情况通知原告；

证据 8：出口货物委托单，拟证明原告委托被告承运 2 个货柜磷酸至亚历山大港；

证据 9：国际货物运输发票，拟证明原告已向被告支付全程运费；

证据 10：电汇单，拟证明事项同证据 9；

证据 11：提单×××BH20050138，拟证明原被告间货物运输合同关系；

证据 12：2005 年 2 月 13 日，被告发给原告的传真，拟证明原告 2 柜货物从香港发运的时间；

证据 13：2005 年 4 月 2 日，被告致原告的二程提单×××ALYP0403021 传真件，拟证明被告将二程船承运的情况通知原告；

证据 14：委托代理协议，拟证明原告于 2005 年 3 月 12 日委托 D 投资公司和 G 投资公司理货；

证据 15、16：修改后的提单×××BH20041229 和提单×××BH20050138，拟证明原告要求被告修改提单；

证据 17：M 某和 C 国际联合公司的往来电子邮件，拟证明被告将货物卸至索那港；

证据 18：委托付款证明，拟证明原告委托 G 投资公司将在索那港发生的费用支付给 D 投资公司；

证据19～21：3份传真，拟证明被告将货物卸至索那港及其在该港产生的费用；

证据22,23：付款清单，拟证明原告通过D投资公司支付案涉费用给E运输公司；

证据24：传真，拟证明被告在目的港并未扣货；

证据25：电子邮件，拟证明由于被告将货物卸至索那港而产生的费用；

证据26～29：4份传真，拟证明原告就货物在索那港产生费用问题曾向被告交涉。

3）被告质证

被告质证认为：

（1）对证据1,3,6,7,9,12,13,24的真实性、合法性均无异议；

（2）对证据3,9,12,24证明的内容有异议，认为证据3、证据9不能证明原被告间的运输合同关系，证据12证明被告系F船务公司的代理，证据24说明原告因未收到货款而申请扣货；

（3）对证据5,11提单的真实性无异议；

（4）对证据2,4,8,10,15,16,17,19,20,21,25～29,因无原件而不予质证；

（5）对证据14的真实性和合法性均有异议，认为其与本案货物运输无关联；

（6）对证据18,22,23,均系境外形成的证据，未履行相关的公证认证手续，不予质证。

3. 被告答辩和证据与原告质证

1）被告辩称

被告并非案涉运输的承运人，而是代理承运人F船务公司签发提单；案涉货物没有中途卸至索那港，货物正常抵达目的港；原告诉称费用的产生和支付均无事实依据。据此，请求法院驳回原告的诉求。

2）被告证据

被告向法庭提交以下证据，以支持其抗辩理由：

证据1：被告企业法人营业执照；

证据2：F船务公司的通知，拟证明案涉货物由该公司安排中转；

证据3：证据名称及内容同原告提供之证据7；

证据4：证据名称及内容同原告提供之证据13；

证据5：2005年2月20日，被告发给原告的传真，拟证明货物因泄漏而发生1644.44美元费用；

证据6：2005年3月8日，原告发给被告的扣货通知，拟证明原告指示扣货并自愿承担由此产生的港口费用；

证据7：2005年3月8日，被告致F船务公司的函及复函，拟证明根据原告指令，C国际联合公司在目的港扣货；

证据8：2005年3月15日，原告致被告的传真函，拟证明原告指示被告修改提单×××BH20041229；

证据9：2005年3月11日，F船务公司转发给被告发自C国际联合公司的函，拟证明案涉费用产生的原因是收货人不提货；

证据10：2005年3月23日，F船务公司致被告的传真，拟证明5柜货物在目的港产生的费用项目；

证据11:2005年3月24日，F船务公司致被告的传真，拟证明因货物泄漏和被扣押在目的港产生的费用清单。

3）原告质证

原告质证认为：

（1）对证据7,10的真实性不予认可；

（2）对证据2,6,9,11证明的内容有异议，证据2中显示的货抵亚历山大港的时间不真实，证据6不能证明原告因未收到货款而指示扣货，证据9不能证明案涉费用是收货人不提货造成，证据11中费用产生于索那港而非亚历山大港；

（3）对其余的证据的真实性、合法性均无异议。

4. 法院审理

法院认为：原告提交的证据1,3,5,6,7,9,11,12,13,24及被告提交的证据1～6,8,9,11的真实性、合法性双方当事人均不否认，应作为认定本案事实的依据，其分歧的证明事项由法院根据案情和其他证据综合予以认定；原告提交的证据2,8虽为复印件，但与原告提交的证据3,5,9,11相互印证，可以作为证据使用；原告提交的证据14为原件，且与原告提交的证据15,16,被告提交的证据8构成证据链，可以作为证据使用；原告提交的证据4,10虽为复印件，与原告提交的证据2,3,8,9相印证，可以作为证据使用；原告提交的证据15,16虽为复印件，但与原告提交的证据5,11，被告提交的证据8相互印证，具有客观真实性，可以作为证据使用；被告提交的证据7与原告提交的证据24相一致，可以作为证据使用；原告提交的证据22,23均形成于境外，未履行相关的公证认证手续，根据最高人民法院《关于民事诉讼证据的若干规定》（下称《民事诉讼证据规定》）第十一条"当事人向人民法院提供的证据系在中华人民共和国领域外形成的，该证据应当经所在国公证机关予以证明，并经中华人民共和国驻该国使领馆予以认证或者履行中华人民共和国与该所在国订立的有关条约中规定的证明手续"之规定，不能作为定案的依据；原告提交的证据17,19,20,21,25～29，被告提交的证据10为复印件，且无其他证据佐证，不能作为认定案件事实的证据使用；原告提交的证据18虽为原件，但系原告单方出具，且无其他证据佐证，不能作为定案依据。

据此，法院查明并确认以下事实：

2004年12月10日，原告委托被告承运工业磷酸，同日，被告向原告开具国际货物运输代理业专用发票No.0013087，金额合计11015美元，原告于2005年1月14日向被告支付了该海运费。2004年12月12日，被告向原告签发了编号为×××BH20041229的记名联运提单一式三份。该提单记载抬头为K外轮公司，托运人为原告，收货人为H贸易公司，I轮承运，航次××.0307，装货港为北海港，目的港为亚历山大港，货物装于5个货柜：箱号×××U3339220、密封号×D772423；箱号×××U3363165、密封号×D772424；箱号×××U3370708、密封号×D772425；箱号×××U3407427、密封号×D542860；箱号×××U3475421、密封号×D772427；货物描述栏内打印"磷酸……堆场到堆场……托运人装载、记数、铅封……"，运费预付。提单左下栏注明E运输公司是C国际联合公司在目的港交付货物的代理，提单签发栏写有"B外轮代理公司代表承运人K外轮公司签发"。同日，该货物在北海港装船。

2004年12月23日，C国际联合公司出具了该5柜货物的二程提单×××ALYP0303212。提单抬头记载为C国际联合公司，托运人为F船务公司和被告，收货人由持有正本提单×××BH20041229者指示，通知方为H贸易公司，I轮承运，航次×××148，装港为香港，卸港为亚历山大港，货物装于5个货柜，货物箱号和密封号与×××BH20041229提单项下货物相同。进口商为H贸易公司，出口商为原告，北海至亚历山大转船运输，I轮在香港转船，船方管装不管卸，运费预付。同日，该货物在香港装船。

2005年1月13日原告委托被告承运磷酸。2005年1月17日，被告向原告开具国际货物运输代理业专用发票No.0014902，金额合计4815美元。2005年5月24日，原告向被告支付了以上海运费。2005年1月17日，被告向原告签发了编号为×××BH20050128的记名联运提单一式三份，承运船J轮，航次××.0403，装货港为北海港，目的港为亚历山大港，货物装于2个货柜：箱号×××U3358683、密封号×D778860；箱号×××U3565192、密封号×D778540，运费预付。同日，货物在北海港装船。

2005年1月29日，C国际联合公司出具了该2柜货物的二程提单×××ALYP0403021，提单抬头记载为C国际联合公司，托运人为F船务公司和被告，收货人由持有正本提单×××BH20050128者指示，通知方为H贸易公司，承运船KOTA HARTA、航次×××A394，装港为香港，卸港为亚历山大港，货物装于2个货柜，货物箱号和密封号与×××BH20050128提单项下货物相同。北海至亚历山大转船运输，J轮在香港转船，运费预付，船方管装不管卸。同日，货物在香港装船。

2005年3月12日，原告委托D投资公司及其代理G投资公司，办理货进亚历山大保税仓的手续，并约定货物所有权属于原告，凭原告通知将货物交付最后买家。

2005年3月15日，原告指示被告修改2票货物的全程提单为：托运人为G投资公司，收货人为D投资公司。最后，2票货物在亚历山大港被最终收货人提走。

法院认为，本案系国际海上货物运输合同违约赔偿纠纷。管辖权属于程序问题，适用法院地法。根据《中华人民共和国民事诉讼法》和《中国人民共和国海事诉讼特别程序法》的规定，北海港是合同履行地和运输始发地，并且被告住所地也在北海市，均属法院管辖区域内，故法院对本案具有管辖权。庭审中，双方当事人均表示同意适用中华人民共和国法律处理本案，据《中华人民共和国海商法》(下称海商法)第二百六十九条，当事人可以选择合同适用的法律，故本案应适用中国法律作为准据法。

5. 争议焦点

综合诉辩双方的观点，其争议焦点为：对承运人身份的确认；案涉货物是否中途卸港。

1) 关于确认承运人问题

原告认为，被告签发了全程联运提单并收取全程海运费，系本案运输的承运人。

被告认为，其接受F船务公司的委托，代理F船务公司签发提单，F船务公司才是本案运输的承运人。

法院认为，被告签发了案涉运输的全程提单，虽然提单签发处写有"B外轮代理公司代表承运人K外轮公司签发"的字样，但被告并未主张和举证证明其代理签发提单事宜得到了K外轮公司的事先授权和事后追认。根据《中华人民共和国民法通则》第六十三条第一款和第二款"公民、法人可以通过代理人实施民事法律行为。代理人在代理权限内，以被代理人的名义实施民事法律行为。被代理人对代理人的代理行为,承担民事责任"、第六十六条第一款"没有代理权、超越代理权或者代理权终止后的行为,只有经过被代理人的追认,被代理人才承担民事责任。未经追认的行为,由行为人承担民事责任……"之规定,应当由被告承担缔约承运人的民事责任。被告抗辩其签发提单系受F船务公司的委托,但未能举证证明其与F船务公司之间存在委托关系,其后也未能得到F船务公司的追认,故被告与F船务公司之间并无委托代理关系,被告的抗辩理由,缺乏事实和法律依据,法院不予采信。受原告委托,被告承运案涉2票货物自中国北海港启运,在香港换船中转,至目的港埃及亚历山大港,并向原告签发包括运输全程并能凭此在目的港提取货物的全程提单,收取全程运费。据此,表明原告为国际海上货物联运合同的托运人,被告为缔约承运人,双方当事人形成了国际海上货物联运合同关系,故原告主张被告为案涉货物的承运人,于法有据,法院予以认可。虽然案涉货物自中国香港至埃及亚历山大港段的运输由C国际联合公司实际承运,但根据《海商法》第六十条"承运人将货物运输或者部分运输委托给实际承运人履行的,承运人仍然应当依照本章规定对全部运输负责。对实际承运人承担的运输,承运人应当对实际承运人的行为或者实际承运人的受雇人、代理人在受雇或者受委托的范围内的行为负责。虽有前款规定,在海上运输合同中明确约定合同所包括的特定的部分运输由承运人以外的指定的实际承运人履行的,合同可以同时约定,货物在指定的实际承运人掌管期间发生的灭失、损坏或者迟延交付,承运人不负赔偿责任"之规定,承运人仍然对全程运输和实际承运人的行为负责,除非原被告在运输合同中明确约定货物在实际承运人掌管期间发生灭失、损坏或延迟交付的责任由实际承运人自行承担,但被告并未举证证明存在如此约定,被告系全程运输的缔约承运人,故对全程运输负责。

2) 案涉货物是否中途卸港问题

原告认为,案涉货物本应运至目的港亚历山大港,被告委托的C国际联合公司却将5柜和2柜货物分别于2005年1月31日和3月2日卸到索那港,2005年4月8日和5月6日货物最终到达亚历山大港。货物在索那港停留期间产生滞柜费6300美元、港口存储费2800美元、码头处置费1061.32美元,合计12061.32美元。原告通过D投资公司现金支付以上费用给被告目的港代理E运输公司。

被告认为,原告无证据证明案涉货物中途卸至索那港及其案涉费用的发生。原告亦未举证证明案涉费用支付给E运输公司和被告,且E运输公司并非被告的代理,而是C国际联合公司在目的港的代理。

法院认为,F船务公司于2004年10月12日作出的中转安排通知上注明"船名I轮",据此,只能推断案涉5柜磷酸的承运船舶预期到达索那港的时间为2005年1月31日,原告关于该5柜货物于2005年1月31日卸到索那港的主张,法院不予支持。在原告于2005年3月8日致被告的传真函件中明确载明"我司委托贵司2004年12月12日出运到埃及亚历山大港的工业磷酸已到目的港多日,但至今未收到收货人的货款",据此可以认定被告承运的编号×××BH20041229提单项下5柜货物于2005年3月8日前已到目的港,故原告关于该票货物于2005年4月8日到达亚历山大港的主张,与其提供的证据证明的事实相互矛盾,故法院不予支持。原告亦未能提供证据证明案涉2柜磷酸中途卸到索那港的事实,故被告抗辩原告未能举证证明案涉货物中途卸至索那港的理由成立,法院予以采信。由于原告无法证明货物中途卸港的事实,其关于索那港港口费用的产生的主张,法院不予认可。故原告要求被告返还案涉费用的主张,未有事实和法律依据,法院不予支持。

综上所述，根据《海商法》第七十一条“提单，是指用以证明海上货物运输合同和货物已经由承运人接收或者装船，以及承运人保证据以交付货物的单证。提单中载明的向记名人交付货物，或者按照指示人的指示交付货物，或者向提单持有人交付货物的条款，构成承运人据以交付货物的保证”的规定，被告签发全程提单并收取全程运费，与托运人原告形成了海上货物运输合同关系。该运输合同系双方在平等自愿基础上的真实意思表示，且内容不违反中国法律法规的强制性规定，因而合法有效，对双方具有拘束力。

被告履行了承运义务已将原告托运的货物运至目的港。原告主张被告将货物中途卸港构成违约，应承担赔偿损失的责任，但其未能提供充分合法的证据，根据《民事诉讼证据规定》第二条“当事人对自己提出的诉讼请求所依据的事实或者反驳对方诉讼请求所依据的事实有责任提供证据加以证明。没有证据或者证据不足以证明当事人的事实主张的，由负有举证责任的当事人承担不利后果”之规定，原告未能举证证明被告违约及因此使其遭受损失，其应该承担举证不能的不利后果。因此，对原告的诉讼请求法院不予支持。

6. 法院判决

依据《中华人民共和国民法通则》第五条“公民、法人的合法的民事权益受法律保护，任何组织和个人不得侵犯”、《中华人民共和国海商法》第六十条、第七十一条、《中华人民共和国民事诉讼法》第六十四条第一款、《最高人民法院关于民事诉讼证据的若干规定》第二条之规定，法院判决如下：

驳回原告A化工有限公司对被告B外轮代理公司的诉讼请求。

案件受理费3506元、其他诉讼费700元，合计4206元，由原告负担。

案例49　国际船务代理公司放货引起的纠纷

1. 案情

原告(被上诉人)A公司被告(上诉人)B运输公司2004年12月30日，原告A公司委托被告B运输公司将价值为CIF上海418100美元的毛腈纶衣料从香港运往上海，B运输公司的代理人签发了收货人为凭指示的提单。

2005年1月6日，B运输公司的代理人Z船务代理公司根据C机械进出口公司出具的“因生产急需，请予放货，愿承担(由此)产生的责任”等内容的保函，将货放给没有正本提单的C机械进出口公司。1月14日，A公司、C机械进出口公司、D服装厂三方就该批货签订补充协议，但未对货款作出处分。此后，A公司与C机械进出口公司产生贸易纠纷，C机械进出口公司未(付款)赎取提单、注销B运输公司处的保函，致A公司货款无着，损失418100美元。

2. 诉讼与答辩

原告诉称：2004年12月30日委托被告承运739卷毛腈衣料，价值418100美元，被告签发了提单，货抵上海后，被告未凭正本提单擅自放行货物，原告无法提取货物。请求判令被告赔偿货物损失418100美元并承担本案诉讼费。

被告辩称：本案所涉货物抵港后，自己凭副本提单加保函放行了货物，且原告与案外人C机械进出口公司、D服装厂共同验收了该批货物，并签订了“补充协议”确认货物交付，故原告无权提货，无权要求赔偿。

3. 一审

一审法院经审理认为，承运人B运输公司无单放货不当，应承担赔偿A公司货款的责任，遂判决B运输公司赔偿A公司货款418100美元。

4. 上诉与答辩

一审判决后，被告不服，提出上诉称：其凭保函将进料加工的货物放给加工单位C机械进出口公司并无不当；A公司也参与验收了抵达目的港的货物，故无权要求B运输公司承担赔偿货款的责任。

A公司答辩认为：B运输公司违反国际惯例无单放货不当；B运输公司另案起诉C机械进出口公司无单提货已胜诉，故C机械进出口公司应承担赔偿其货款损失的责任。

5. 二审

二审法院经审理查明：2004年11月1日，A公司同时与C机械进出口公司签订供应价值418100美元衣料的合同，及衣料加工后收购657100美元大衣的售货确认书各一份。2005年1月2日，A公司委托B运输公司将衣料运抵上海。1月6日，C机械进出口公司凭保函从B运输公司的代理人处提走衣料。1月9日，C机械进出口公司发现提单上有未注明单件货物的数量、重量、包装以及装船通知等违反信用证约定的不符点，遂通知银行拒付货款。1月14日，A公司与C机械进出口公司、D服装厂(生产厂)验收C机械进出口公司所提取的衣料。同时，三方签订“补充协议”约定：因时间紧迫，不可能待验收全部衣料后投产，衣料质量问题与生产厂无关，衣料有破洞、霉烂不予使用，有色差在裁剪时注意，A公司按原合同价支付成衣货款，等等。1月22日，C机械进出口公司又与D服装厂签订委托加工10000件女式大衣的合同。2月7日、8日，D服装厂、C机械进出口公司先后要求A公司验收大衣，A公司未予理睬。5月9日，A公司向C机械进出口公司承诺5月15日派人验货，亦食言。

2005年11月15日，A公司因未收到衣料款，以衣料无着向一审法院起诉B运输公司无单放货。2006年1月8日，C机械进出口公司向一审法院申请要求参加本案诉讼，1月10日，B运输公司也向一审法院申请追加C机械进出口公司尉案第三人，均未被接受。

2006年1月16日，B运输公司为维护自身的权益，另案起诉C机械进出口公司无单提货后未交还正本提单，致其被A公司起诉，要求C机械进出口公司交还提单，或赔偿提单项下的货款损失。2007年2月2日，一审法院在作出本案一审判决的同时，另案一审判决判处：C机械进出口公司赔偿B运输公司货款418100美元。判决后，C机械进出口公司未予上诉，该案先于本案发生法律效力。

2006年1月31日，C机械进出口公司因本案要求与A公司对簿公堂未能如愿，无奈向中国国际经济贸易仲裁委员会上海分会申请仲裁，要求A公司支付服装加工费23.9万美元(即销售成衣款657100美元与进口衣料款418100美元之间的差额)，“仲裁委”因A公司搬迁失踪而无法裁决。

2005年底2006年初，D服装厂至江苏省常熟市人民法院起诉C机械进出口公司，要求该公司支付服装加工费、逾期违约金人民币145万余元及其利息损失。2007年1月22日，常熟市人民法院判决C机械进出口公司赔付D服装厂人民币172万元(该款已由常熟市人民法院强制执行完毕)。

二审法院经审理认为:A公司验货的法律行为,系追认B运输公司无单放货的行为,其未收到衣料款应系贸易原因所致,与运输合同中的无单放货无因果关系,遂改判:

A公司的诉讼请求不予支持。

6. 专家评析

一审判决B运输公司赔偿A公司418100美元货款不当。

1) A公司所持的提单已丧失物权的效力

A公司在主张海运合同的提单物权前,已选择主张贸易合同中的货款债权。B运输公司无单放货后,A公司非但不持异议,相反还与C机械进出口公司、服装生产厂共同验收这批货物,在三方共同验货的协议中,作为货主的A公司承认衣料的质量问题,并要求厂家尽快生产。A公司这一验货的法律行为,因放货是验货的前提,且所验的又无单放行的货物,故系追认B运输公司无单放货的行为,亦即认可了海运合同中的提单物权向贸易合同中的货款债权转化,实际上也是对自己权利的一种处分。根据"一物一权"的原则,A公司所持的提单不再具有物权的效力。A公司未收到衣料款,系其贸易合同方面的原因所致,与运输合同中无单放货无因果关系。

2) C机械进出口公司拒付衣料款的理由正当

C机械进出口公司未支付衣料款的责任方是A公司。根据A公司与C机械进出口公司签订的贸易合同,C机械进出口公司应以信用证方式支付衣料款。C机械进出口公司发现提单上有未注明单件货物的数量、重量、包装以及船期通知等违反信用证规定的不符点后,通知银行拒付面料款,银行遂未付款。C机械进出口公司针对A公司的违约行为,采取的自我保护措施合理、合法,是符合国际商会500号文件、国际贸易惯例的。如果A公司按合同供货,提单内容没有不符点,C机械进出口公司即使在付款前发现衣料是伪劣商品,A公司根本不会履行采购成衣的合同,其时,C机械进出口公司及银行均不得以任何理由拒付货款,否则就会影响银行及银行所在国的信誉。

3) A公司实施了欺诈行为

A公司采取同时与C机械进出口公司签订供应衣料、收购成衣2份合同,以"收购成衣"为诱饵,引诱C机械进出口公司与其签订购买衣料合同的手法,高价出售伪劣的衣料,意欲牟取销售衣料的巨额利润后逃之夭夭。该事实有A公司与C机械进出口公司、服装厂验货签订的衣料霉洞、色差的协议;C机械进出口公司委托上海市纺织纤维质量监督检验站有关部分面料没有毛的含量检验报告;以及本案A公司的委托代理人港商吴建平有关其所供衣料若无质量问题价格为15万余美元的陈述等证据证实。不可能低报货价的港商吴建平所报正品价仅为15万余美元,该报价也无证据,且远低于其要求B运输公司赔偿41万余美元的货价损失(该批货香港至上海的运价为8300港元)。

4) C机械进出口公司可以参加本案诉讼

C机械进出口公司参加本案诉讼于法有据。A公司是根据有海运合同关系的提单起诉B运输公司无单放货的,鉴于C机械进出口公司是B运输公司无单放货的受益人,是无单提货人(又是A公司此前确定的收货人),故可视作本案海运关系中的当事人,具有可以参加本案诉讼的权利。B运输公司、C机械进出口公司均要求C机械进出口公司参加本案诉讼并不是于法无据，并有一审法院另行审理的B运输公司诉C机械进出口公司“无单放货追偿纠纷”案可佐证。因两案案由、无单放货及提走的货物无异，只是当事人有重叠、变化而已。况且，根据A公司与C机械进出口公司的贸易合同关系，C机械进出口公司要求参加贸易合同中其订购货物所产生的运输纠纷，也未尝不可。

5）剥夺C机械进出口公司本案诉权的社会效果不好

剥夺C机械进出口公司在本案中的诉权，既导致讼累，又不利于案件的正确审判。剥夺C机械进出口公司在本案的诉权，形式上多出B运输公司诉C机械进出口公司、C机械进出口公司诉A公司、服装厂诉C机械进出口公司等其他3件连环、交叉的案件。实质上人为地切断了行骗人A公司与被骗人C机械进出口公司的直接诉讼关系。客观上还为A公司无理的诉讼排除了后顾之忧，壮了胆。因为A公司系行骗C机械进出口公司未逞，才避开C机械进出口公司神秘失踪的。以后其突然铤而走险起诉B运输公司，妄图抓住B运输公司无单放货的过错，通过诉讼改变方向，继续实现其原先追求的行骗目的。可见，剥夺C机械进出口公司在本案的诉权，对保护当事人合法利益、维护社会经济秩序、防止国有资产流失，并无任何积极意义。

6）改判本案前，须对相关错案进行再审

本案改判B运输公司不承担A公司的货款损失前，因一审法院另案判决C机械进出口公司赔偿B运输公司41万余美元货款已经生效，其根据是本案A公司诉B运输公司既未生效，程序和实体又均有错误的一审判决，故需立案先行复查，裁定中止原判决执行，指令上海海事法院进行再审，然后改判本案，对A公司的诉讼请求不予支持。若本案先行改判，将会出现本案A公司诉B运输公司，与另案B运输公司诉C机械进出口公司2个生效判决互相矛盾、B运输公司则在诉讼中莫名其妙地获利41万余美元的极不严肃的情况。

至于C机械进出口公司要求A公司履行收购成衣的贸易合同纠纷，现只能尊重C机械进出口公司的选择，继续通过仲裁途径解决。

案例50　出口货代欺诈货主损失巨大的纠纷

1. 案情

2007年3月，A公司与美国一家公司签订了一笔8万美元的服装出口合同，价格条件为FOB上海，支付条件为D/P at Sight，出口货代为买方指定的B公司。由于在此之前A公司与该客户采用L/C支付方式通过B货代公司曾做过2票单子，所以，没有对B货代公司进行详细了解。A公司将货物发出后，将包括3份正本货代提单在内的全套货运单据通过中国银行交B货代公司指定的代收行收款，但在规定的时间内没有收到货款。

在此后的一个多月内，B货代公司一会儿说没见着单据，一会儿说正在和银行商量赎单，一会儿又传来一份真假难辨的银行付款底单。在忍无可忍的情况下，公司只好指示代收行将全套单据转让给公司在美国的分公司，让其先代收此货然后再与买方交涉，以避免港口滞港费的损失。当美国分公司拿着正本提单去提货时，发现货已被买方提走。A公司一面和买方交涉，但对方既不回传真，也不接电话；一面派法律顾问带人赶往上海，准备对B货代公司采取行动。

A公司赶到上海时，B货代公司早已人去楼空，再到工商部门一调查，才发现B货代公司根本没有货代资质，仅为一家运输咨询公司。事后了解到另外还有2家中国公司受到了同样的欺诈，在万般无奈的情况下，A公司只好采取委托授权的方式，通过美国分公司请美国律师起诉进口方。但得知该客户已申请了破产保护，按美国的法律，A公司只能参加破产清理，经计算如参加清理，其所得可能还不够支付律师费用，A 公司只好撤诉。此案历时半年之久，不仅全部货款血本无归，并且还浪费了大量人力和其他额外的费用，损失特别巨大，其教训也十分深刻！

2. 专家分析

怎样避免类似此案例的风险？专家认为，可以从以下方面去对症下药：

(1) 如果可能的话，争取按先结后出的 T/T 方式或 L/C 方式进行支付。安全主动的支付方式可以在一定程度上消除或减轻 FOB 价格条款所带来的风险。先收钱后给货的付款方式应该是无风险可言，但要记住眼见为实，不要仅凭所谓的银行付款单的传真件就将货付运，最起码要通过银行核实到货款确实是付往你的账户上了。L/C 支付条件下要严把单据质量关，杜绝单据不符点，严格控制担保议付。虽说这还有风险，但毕竟主动权在你手，最起码你可以通过努力在一定程度上去控制风险，毕竟 L/C 的支付方式是银行信用代替了商业信用。

(2) 争取采用船公司提单取代货代提单。船公司大多信誉良好，即便有时凭担保将货放给客户，但一旦出现问题，会凭借其信誉与实力，妥善地处理纠纷，其信誉度远非货代公司可比。

(3) 如果不可避免地要通过对方指定的货代并使用货代提单，必须要对货代公司的资质进行审查，未在工商部门注册登记，并且也未得到商务部批准的非法货代公司坚决不用。如不行，那就只好让对方在发货前预付全部货款。

(4) 拒绝接受“记名提单”和“指示提单”。在 L/C 支付条件下，可接受在提单收货人一栏中注明“凭开证行或付款行指令”(To order of ××× bank)。使用“记名提单”和“指示提单”不仅会引起因对方无单提货而导致的风险和纠纷，而且会在以后的发货人因故要将货物退运、转运，或委托第三方提货等方面造成很难解决的人为障碍。因为在此 2 种提单项下，只有提单的收货人才有权对提单项下的货物进行处置。另外，提单背书转让时，要尽量使用“空白背书”，其道理与原因和前述相同，如不使用“空白背书”，一旦双方发生争执，出口人就有可能不便行使，甚至失去对滞于目的港码头的货物的处置权。

(5) 针对不同的客户进行不同程度的风险控制。人们常说：只有完美的客户，没有完美的交易条件。应该说绝大多数外贸业内人士对此是深有同感的。在具体操作中，对于那些不知底细的客户，信誉不良的客户要严格遵守操作规定，高度警惕，严格把关，切不可操之过急，否则会事与愿违的。

但对于信誉较好的老客户，也不可过分地掉以轻心，要随时关注他的业务的变化，并设立风险控制底线，不可将口子开得太大，以免掉进恶性循环的泥潭。

(6) 投保“短期出口信用险”，以规避并转化风险。中国人民保险公司海外业务部已建立起一套信用调查体系和风险追偿体系，通过投保信用险，由保险公司帮你去调查客户的信用，以规避可能出现的风险。在风险事故产生时，通过代位权的转移，由保险公司帮你通过不同的渠道对有关责任方进行追索，无论结果如何，你均可在规定的期限内得到一定程度的赔偿。这种方式不仅效果好，还省去了大量的人力，精力和费用。